rororo

ro
ro
ro

MIRIAM GEORG

Im Nordlicht

Roman

BAND 2

Rowohlt Taschenbuch Verlag

Originalausgabe
Veröffentlicht im Rowohlt Taschenbuch Verlag, Hamburg,
November 2024

Redaktion Hanne Reinhardt

Covergestaltung FAVORITBUERO, München
Coverabbildungen Shelley Richmond / Trevillion Images;
Look and Learn / Bridgeman Images; Shutterstock
Satz aus der Minion Pro
bei Pinkuin Satz und Datentechnik, Berlin
Druck und Bindung GGP Media GmbH, Pößneck
ISBN 978-3-499-01230-3

FSC
www.fsc.org
MIX
Papier | Fördert gute Waldnutzung
FSC® C014496

Für Louisa

Ich kann nicht versprechen,
dich morgen zu lieben,
weil ich dich heut geliebt habe.

HEDWIG DOHM

Prolog

Viele Jahre hatte der Moment sich angeschlichen. Nun schien er doch aus dem Nichts zu kommen. John stand vor dem Altar, Licht fiel durch die Buntglasfenster, umhüllte alles wie ein sanfter Nebel. In der ersten Reihe saßen seine Mutter, seine Schwester, sein Bruder. Er hörte schwaches Husten, das gedämpfte Rascheln von Kleidern. Die Anspannung war greifbar. Alle Augen im Raum ruhten auf ihm, er spürte jeden einzelnen der Blicke wie ein Brennen auf der Haut. Sie wussten es. Sie konnten seine Gedanken lesen.

Die Musik erklang, die Türen öffneten sich. Evelyn wurde von ihrem Onkel hereingeführt. Sie trug einen Schleier, er konnte ihren Gesichtsausdruck nicht sehen, konzentrierte sich ganz auf sein eigenes, schmerzhaftes Lächeln. Es roch nach Weihrauch, nach Kerzenwachs, nach dem alten Holz der Bänke und dem ausladenden Blumenschmuck auf dem Altar. Ihm war schwindelig.

Mit einem Mal stand sie vor ihm, der Pastor begann zu sprechen. «Wir haben uns heute hier versammelt, um diese beiden Menschen in den heiligen Bund der Ehe zu führen.» Er sah erst John an, dann Evelyn, einen salbungsvollen Ausdruck im Gesicht. «Wie wir alle wissen, gibt es heute einige, die in unserer Mitte fehlen, die bei uns sein sollten in dieser Stunde des Glücks. Wir tragen sie in unseren Herzen. Ich zitiere zu diesem Anlass aus dem ersten Korintherbrief, dem Hohelied der Liebe.» Der Pastor hob die Arme wie zur Segnung. «Die

Liebe ist langmütig und freundlich, die Liebe eifert nicht, die Liebe treibt nicht Mutwillen …»

John hörte nichts mehr. Da war nur noch Rauschen in seinem Kopf.

«Sie erträgt alles, glaubt alles, hofft alles, hält allem stand. Die Liebe höret nimmer auf.»

Ich stehe hier, dachte er ungläubig und befahl sich im selben Atemzug, endlich zur Besinnung zu kommen. Er war kein Opfer, das man gegen seinen Willen vor den Altar gezerrt hatte. Er hatte *entschieden*, hier zu stehen. Weil er Verantwortung trug. Weil es das Richtige war.

Aus der Nähe konnte er unter dem Schleier Evelyns Gesicht ausmachen. Sie war sehr blass und sehr schön. Ihr cremefarbenes Kleid hob sich kaum ab von ihrer weißen Haut. Unsicher sah sie ihn an, und er fasste ihre Hände.

Dann hörte er die vertrauten Worte, die auf jeder Hochzeit gleich, aber noch nie für ihn selbst bestimmt gewesen waren. «Sie dürfen die Braut jetzt küssen.»

Der Pastor nickte ihm aufmunternd zu. John hob ihren Schleier. Er lächelte. Er küsste Evelyn. Ihre Lippen waren warm und vertraut. Ihr Blick gleichzeitig fragend und voller Freude. Es dauerte nur ein paar Sekunden. Doch ihm kam es vor, als dehnte sich der Augenblick. Die Glocken begannen zu läuten.

Aber Sie lieben sie nicht.

Hamburg

1914

1

Die Schildkröte wackelte mit dem Kopf, und Sala schob ihr ein Salatblatt in den Korb. Müde legte sie das Kinn auf die Fensterbank, sah dem Tier beim Kauen zu. Wenigstens eine von ihnen wurde satt. Eigentlich wusste sie nicht, warum sie die Schildkröte mitgenommen hatte, aber nun war sie froh über die Gesellschaft.

Ein Hämmern an der Tür ließ sie zusammenfahren. «Sie haben für diese Woche noch nicht bezahlt!» Die Stimme der Wirtin drang durch das Holz.

«Ich komme gleich runter.»

«Das will ich mir auch erbitten!»

Salas Herz wummerte. Die Pension, in der sie Unterschlupf gefunden hatte, war ein zwielichtiges Logierhaus am Hafen, mit Strohmatratzen und Ratten im Treppenhaus, dennoch verschlang sie in Windeseile ihr Geld. Überall sonst hatte man sie abgewiesen. Diese Woche würde sie noch bezahlen können, die nächste auch, danach würde es bereits knapp werden. Als Kleinmädchen erhielt man Kost und Logis, ansonsten verdiente man nicht viel. Einen Teil des kargen Lohnes hatte sie stets nach Hause geschickt, der Rest war für Alltagsanschaffungen draufgegangen. Sie hatte so gut wie nichts gespart.

Der Schwindel war wieder da. Seit Gesa sie aus der Reeven-Villa hinausgeworfen hatte, überkam er sie ständig und ohne Vorwarnung. Ein Schwindel der Angst.

Als sie nach der Entlassung ihr Buch aufgeschlagen hatte,

war Sala im kleinen Zimmer der Pension vor Entsetzen ein Schluchzer entfahren. Sie hatte so gehofft, dass Gesa ihre jahrelange treue Arbeit mit ein paar Sätzen würdigen würde. Oder dass sie vielleicht gar nichts geschrieben hatte. Ein leeres Buch war immer noch hundertmal besser als ein schlechter Eintrag. Aber Gesas Eintrag war nicht bloß schlecht. Er war vernichtend. Nie wieder würde Sala als Dienstmädchen arbeiten. Dafür hatte ihre ehemalige Herrin mit einigen wenigen Federstrichen gesorgt.

Ins Dorf konnte sie nicht zurück. Bei ihren Heimatbesuchen hatte sie die Kinder ihrer dagebliebenen Freundinnen auf dem Schoß gewiegt, während die mit offenen Mündern ihren Erzählungen von Aalquappensuppe und Sommerresidenzen lauschten. Der Gedanke, mittellos zurückkriechen zu müssen, ohne Aussichten, jemals wieder eine Anstellung zu finden, schnürte ihr die Kehle zu. Vielleicht könnte sie in einer Fabrik arbeiten. Aber der Lohn würde niemals für eine Wohnung reichen, und als alleinstehende Frau konnte sie ohnehin keine mieten.

Weihnachten hatte sie mutterseelenallein in der Pension verbracht, hatte so lange geweint, bis keine Tränen mehr übrig waren. Auch zur Neujahrsnacht war sie allein gewesen. Von ihrem kleinen Fenster aus hatte sie dem Feuerwerk zugeschaut, das die Dächer erhellte, und sich vollkommen leer gefühlt.

Nachdem sie kleinlaut bei der Wirtin bezahlt hatte, zog Sala ihren Mantel an und trat hinaus auf die dunkle Straße. Hamburg bei Nacht. Es war riesig und dunkel und drückte auf ihre Brust.

Sie lief und lief, ohne viel wahrzunehmen, die Hand in der Manteltasche fest um ihr letztes Geld geschlossen. Auf dem verlassenen Fischmarkt suchte sie zwischen den Pferdeäpfeln nach Gemüseresten für die Schildkröte. Und vielleicht auch für sich selbst. Nach einer Weile bemerkte sie, dass sie weinte. Ihr Gesicht war eiskalt, die Tränen gefroren ihr auf den Wangen. Sie blieb stehen und putzte sich die Nase.

«Ja, das geht aber nicht!»

Erstaunt sah sie auf.

Ein Mann mit Zylinder und Lodenmantel lächelte auf sie herunter. «Ein so schönes Kind wie Sie, und dann diese hässlichen Tränen.» Er hielt ihr ein besticktes Taschentuch hin, das nach Rasierwasser duftete. «Was grämt Sie denn so?»

Sala brachte kein Wort heraus. Verwirrt blinzelte sie ihn an.

Der Mann schüttelte den Kopf. «Aber, meine Liebe. Nichts ist so schlimm, wie es auf den ersten Blick ausschaut.» Er schien zu zögern. «Darf ich Sie vielleicht auf eine Wiener Schokolade einladen?»

Sala hatte keine Ahnung, wo er so plötzlich hergekommen war, aber er war ausgesucht gekleidet, er roch gut, und mit dem grauen Bart erinnerte er sie an Theodor. Sie hatte den ganzen Tag nichts gegessen. Seine Augen waren warm. Zaghaft nickte sie.

Sie waren keine zehn Schritte gegangen, da packte eine Hand sie am Arm. «Einen Moment bitte, junge Dame.»

Am Eingang der Davidwache saß ein Mann in Uniform. Er musterte abschätzig ihr tränenverschmiertes Gesicht. «Eine Öffentliche?»

«Hab sie am Hafen aufgegriffen.» Der Schutzmann hielt Sala immer noch fest.

«Ah. Dann kann ich mir die Frage wohl sparen.»

Sie wurde zu einem Tisch geführt, ein Stuhl wurde ihr hingeschoben. «Das ist alles ein Missverständnis», stotterte sie, wie sie es bereits den ganzen Weg bis zur Wache beteuert hatte. Aber es war, als hörte er sie gar nicht.

Das Seufzen des Polizisten machte deutlich, wie überdrüssig er ihrer war. «Sie wohnen in einer Pension?»

«Nur vorübergehend!»

«Allein?»

Sie nickte.

«Für wen arbeiten Sie?»

«Ich sagte doch, ich habe momentan keine Anstellung.»

Er musterte sie, und sie konnte an seiner verschlossenen Miene ablesen, dass sein Urteil über sie bereits feststand. Sala fühlte, wie ihre Wangen heiß wurden.

«Was haben Sie so spät und allein in dieser Gegend gemacht?»

«Ich … war spazieren.»

Er seufzte noch einmal, kratzte sich den Hals, vermied ihre Augen. «Kannten Sie den Herrn, mit dem Sie mitgegangen sind, als ich Sie aufgegriffen habe?»

Sie schüttelte den Kopf.

«Was hatten Sie mit ihm vor?»

«Wir wollten nur in eine Wirtschaft. Er hatte mich angesprochen und mir eine Schokolade angeboten.» Sobald die Worte ihren Mund verlassen hatten, bereute sie sie. Einen Moment war es so still, dass sie draußen die Kutschpferde vorbeitraben hörte.

Der Mann vom Empfang ging an ihnen vorbei. Sein Schlüsselbund klapperte. «In der Vier ist noch was frei.»

«Danke. Wir sind gleich fertig.»

Der Schutzmann sah sie über den Tisch hinweg an. «Sie bleiben bei dieser Aussage?»

Sala nickte schweigend. Ihre Hände zitterten.

Er fuhr sich mit den Fingern über den Schnauzbart, hob die Brauen, seufzte ein drittes Mal. Dann stand er auf. «Würden Sie bitte mitkommen.»

Sie wurde in eine Zelle gebracht, in der bereits drei weitere Menschen warteten. Ehe sie protestieren konnte, fiel die Tür hinter ihr ins Schloss. Fassungslos ließ Sala sich an der Wand auf den kalten Boden hinabgleiten und blieb dort sitzen. Stunden. Die ganze Nacht.

Irgendwann erwachte sie mit einem Ruck.

Eine ältere Frau sah auf sie herunter, berührte sie beinahe sanft am Arm. «Du armes Ding. Lassen sie dich einfach hier versauern, ganz alleine.»

Verwundert blickte sie in freundliche graue Augen. Die Frau trug ein englisches Kostüm, ein Kopftuch, und an ihrem Arm hing ein Korb. Die anderen aus der Zelle waren fort.

«Es ist alles anders, als Sie denken, ich habe nie …» Sie war so müde und so hungrig. Der Schwindel war wieder da.

Die Frau winkte ab. «Das weiß ich, meine Liebe.» Ihre Stimme war rauchig und warm. Sie reichte ihr die Hand, zog sie vom Boden hoch. «Das war nur ein peinlicher Irrtum.»

Sala ließ sich aufhelfen, es dauerte einen Augenblick, bis sie wieder sicher auf den Beinen stand. «Ich möchte nach Hause», sagte sie mit dünner Stimme.

«Na sicher.» Die Frau nickte mitfühlend. «Und wo wohnst du?»

«In einer Pension. Ich habe meine Anstellung verloren.» Sie spürte, wie ihr die Tränen kamen.

«Immer mit der Ruhe. Wir besorgen dir jetzt erst mal etwas zu essen, und dann erzählst du mir alles. Wie hört sich das an?» Ihr Lächeln wirkte beinahe mütterlich.

Sala konnte nicht glauben, dass plötzlich jemand freundlich zu ihr war. Sie hatte niemanden mehr in dieser Stadt, der ihr wohlgesinnt war. «Gut», sagte sie schwach und nickte. «Das klingt gut.»

«Wunderbar.» Die Frau tätschelte ihr den Arm. «Dann komm mit. Ich bin Pauline. Pauline Modersson. Und ich kümmere mich jetzt um dich.»

⁂

Julius trieb dem Hengst die Sporen in die Flanken, das Tier gab ein gequältes Schnauben von sich und lief noch schneller. Schlamm spritzte auf, die Wiesen verschwammen, der Wald wurde zu einem dunklen Schatten in seinem Sichtfeld. Sie flogen so schnell durch die Landschaft, dass er nichts mehr wahrnahm außer dem rhythmischen Schlagen der Hufe und dem Wind, der ihm die Tränen in die Augen trieb. Es war ein herrliches Gefühl. Er beugte sich tief über den Hals des Pferdes. In seinem Leben gab es kaum etwas, das er mehr genoss als das Reiten. Aber als er den Hengst kurze Zeit später wieder zügelte und in schnellem Trab auf den Waldweg einbog, der zum Haus führte, spürte er Frustration in sich hochkochen. Mit den Zähnen zog er sich die Lederhandschuhe von den Fingern und fuhr sich über die nassen Wangen. Aus seiner Kehle drang ein heiserer Laut, und zu seinem Entsetzen wurde ihm klar, dass nicht allein der Wind für seine Tränen verantwortlich war. Er griff hart in die Zügel, und der Hengst blieb stehen. Die Ohren zuckten, doch der riesige dampfende Körper hielt vollkommen still. Das Tier wusste nur zu gut, was ihm blühte, wenn es nicht haargenau das tat, was Julius ihm befahl.

Einen Augenblick saß er einfach nur da, legte den Kopf in

den Nacken, blinzelte in die noch kahlen Baumwipfel, wartete darauf, dass die Emotionen abklangen, die durch den Ritt ein Ventil gefunden hatten, und er sich wieder unter Kontrolle wusste. Nicht einmal mehr das Reiten konnte ihn ablenken. Früher wäre er nach einem solchen Ausflug am frühen Morgen geradezu euphorisch gewesen. Danach ein heißer Kaffee, Rühreier mit Speck und ein Tag voller Arbeit, an dessen Ende man sich abends wie ein Mann fühlte. Ein Mann, der sein Leben im Griff hatte. Der genau wusste, wo er hingehörte, was seine Aufgabe war.

Er schnalzte leise mit der Zunge, und sofort setzte der Hengst sich wieder in Bewegung. Der Wald roch bereits nach Frühling, im Unterholz blühte der Huflattich. Über seinem Kopf riefen ein paar Kraniche. Die Zeit lief weiter, die Welt drehte sich. Nur er fühlte sich wie lebendig begraben.

Als er die zwei Männer bemerkte, die mit mehreren abgeschossenen Hasen über der Schulter vor ihm den kleinen Weg entlangliefen, musste er sich davon abhalten, das Pferd zu wenden. Sicher sah man ihm aus einer Meile Entfernung an, dass er geweint hatte wie ein Schuljunge. Er gab ein unwilliges Knurren von sich und trieb das Pferd an.

«Haben Sie eine Genehmigung?»

Wie auf Kommando fuhren die beiden herum.

Er hatte die Schüsse vorhin gedämpft durch das Unterholz gehört. Sie waren zu weit entfernt gewesen, um das Pferd zu erschrecken, aber das war reine Glückssache. «Um diese Zeit ist der Abschuss verboten. Die Saison ist geschlossen. Und Sie befinden sich auf Privatbesitz.»

«Wir dürfen hier jagen, solange es nur Hasen und Fasane sind. Haben die Erlaubnis vom Haus», erklärte einer der Männer sichtlich erschrocken.

«*Ich* wohne jetzt im Haus», erwiderte er scharf. «Und ich erlaube es nicht. Solange ich hier auf dem Gelände reite, haben Sie in den Wäldern nicht zu schießen.»

Die Männer schauten sich kurz an. Einer von ihnen musterte sein Gesicht, die geröteten Augen.

Julius drückte die Fersen in den Bauch des Hengstes. «Wenn ich Sie noch einmal hier erwische», rief er über die Schulter und zeigte mit der Peitsche in ihre Richtung, «dann gnade Ihnen Gott.»

In langsamem Schritt brach er wenig später aus dem Wald. Als das Haus vor ihm auftauchte, verspürte er erneut den Drang, die Zügel herumzureißen.

Einfach umzudrehen und in ein anderes Leben zu galoppieren.

Grau und herrschaftlich stand das Haus auf einem kleinen Hügel. Immer noch war es ein seltsamer Anblick: eine englische Tudor-Villa, keine Stunde von Hamburg entfernt, mitsamt den typischen Oriel-Fenstern, mit gotischen Spitzbögen und den pittoresken Zinnen und Türmchen. Ein Freund hatte ihm die Sommerresidenz zur Verfügung gestellt. Jetzt, im Februar, wurde sie von niemandem gebraucht. Nach genau so einem Domizil hatte er gesucht. Der perfekte Ort, um vor seinem Leben zu fliehen.

Natürlich verfolgten ihn Teile seines Lebens selbst bis hierher. Hinter einem der Fenster im oberen Stockwerk bewegte sich ein Schatten. Sie hielt schon nach ihm Ausschau. Dachte sie, dass er im Wald ein Schäferstündchen abhielt, oder warum konnte sie ihn nicht einmal in Ruhe ausreiten lassen?

Der Stallmeister erwartete ihn. Mit den Händen in den Hüften stand er vor den Boxen und sah ihm mit grimmiger Miene entgegen, die Lederbreeches blank poliert, die braune Weste augenscheinlich frisch gestärkt und gemangelt. Das Personal hier war ebenfalls von höchstem Rang.

Julius trieb dem Hengst ein letztes Mal mit einer kurzen Bewegung die Sporen in den Bauch. Sofort sprintete das Tier vor und hielt erst so nah vor dem Mann an, dass der einen Schritt zurückweichen musste, um nicht zu riskieren, von siebenhundert Kilo Lebendgewicht umgestoßen zu werden.

Hart griff der Stallmeister in die Zügel. Julius sprang ab. «Reiten Sie ihn trocken und lassen Sie ihn ausdampfen.»

«Hatten Sie einen guten Ausflug?» Die Stimme des Mannes war dunkel vor unterdrücktem Ärger.

Julius wusste genau, warum. Der Hengst war ein preisgekröntes Turnierpferd, und er jagte ihn über die Wiesen, als gäbe es kein Morgen, bestand jeden Tag darauf, ausgerechnet dieses Tier für seine Ausritte zu nehmen, obwohl die Boxen voller Alternativen gewesen wären. Der Hengst war noch immer schweißgebadet, die Nüstern blähten sich krampfartig.

Kochend vor Zorn, kniete der Stallmeister sich hin, tastete mit erfahrenen Fingern die empfindlichen Knöchel ab. Julius wartete nur darauf, dass der Mann etwas sagte. Dass er es wagte, ihm dumm zu kommen. Aber der Stallmeister erhob sich, und ohne ihn anzusehen oder ein weiteres Wort zu sagen, führte er den Hengst davon.

Als Julius in die Halle kam, schritt Marlies gerade die Treppe herab. Perfekt abgepasst, dachte er zähneknirschend. Warum sie ausgerechnet hier zur Frühaufsteherin mutieren musste, war ihm ein Rätsel. Was hätte er darum gegeben, in Ruhe frühstücken zu können. Stattdessen saß sie ihm nun jeden Morgen gegenüber, und sie mussten verkrampft Konversation betreiben.

«Guten Morgen.» Steif nickte er seiner Frau zu.

«Hattest du einen guten Ritt?»

Er hasste diese nasale Stimme. «Wunderbar! Ich gehe mich umziehen.» Im Laufschritt eilte er an ihr vorbei, und eine Wolke Parfum hüllte ihn ein. Sie war bereits frisiert, wie immer viel zu sehr geschminkt und zurechtgemacht, eingeschnürt in ein aufwendiges hellgelbes Ensemble, mit dem sie besser in den Alsterpavillon gepasst hätte als in ein leeres Landhaus.

«Herr Reeven. Ihr Bruder hat angerufen.» Der Diener kam ihm entgegen. «Es ist dringend.»

Daran war Julius bereits gewöhnt. John rief mehrmals am Tag an, und Julius ließ ihn immer vertrösten. In den Wochen, die er nun hier war, hatte er keine drei Mal mit seinem Bruder gesprochen.

Wenig später trat Julius gewaschen und umgekleidet ins Frühstückszimmer. Marlies saß bereits am Tisch. Sie hielt eine Tasse in der Hand, starrte blicklos aus dem Fenster. Wie so oft fragte er sich, was sie beschäftigte. Ab und an ertappte er sie dabei, wie sie irgendwo saß und so verloren und traurig aussah, dass es ihm für einen kurzen Moment den Atem nahm.

«Du hättest nicht warten müssen.» Er setzte sich, faltete die Serviette auf.

Sie reagierte nicht, schien erst aus ihrer Trance zu erwachen, als er ungeduldig mit den Fingern in der Luft schnipste, um ihre Aufmerksamkeit zu erhaschen. «Hm?» Sie blinzelte, und er wiederholte, was er eben gesagt hatte. Erstaunt sah sie auf ihren leeren Teller. «Oh. Ich habe so früh ohnehin keinen Appetit.»

Warum sitzt du dann hier?, dachte er gereizt.

Helene kam herein und stellte einen Korb mit frischen

Wecken und einen Teller mit Spiegeleiern vor ihn. Sie gehörte zu dem kleinen Trupp an eigenem Personal, das aus Hamburg mitgekommen war.

«Bringen Sie mir einen Hennessy!», befahl er, ohne sie anzusehen.

«Zum Frühstück?» Marlies wirkte entsetzt.

«Ich habe Kopfschmerzen», erwiderte er gepresst. «Und das Aspirin ist aufgebraucht.»

Warum nur hatte er sie mitgenommen. Es hatte ihn verwundert, dass Marlies darauf bestanden hatte, ihn in das Sommerhaus zu begleiten. Schließlich gab es hier nichts außer Wiesen und Moor. Spaziergänge und Ausritte waren die einzige Möglichkeit der Ablenkung. «Das macht nichts. Ich kann keinen Moment länger in diesem Haus bleiben. Mit dieser … dieser Grabesstimmung», hatte sie behauptet, als er ihr unterbreitete, dass er einen klaren Kopf bekommen und sich eine Weile zurückziehen müsse.

Was hätte er tun sollen? Er konnte seine Frau ja nicht gegen ihren Willen in Hamburg zurücklassen, während er selbst sich auf dem Land versteckte. Dazu heiratete man schließlich, oder nicht? Um zusammen zu sein. Und tatsächlich schien ihr die Einsamkeit hier nichts auszumachen. Sie vergrub sich den ganzen Tag in der Bibliothek oder schrieb in ihr Tagebuch, saß in Decken gewickelt auf der Veranda, verfasste ellenlange Briefe an ihre Eltern und irgendwelche alten Freundinnen. Viel mehr hatte sie in Hamburg auch nicht gemacht. Sie war eben seltsam. War es immer gewesen.

Er hatte es nur zu spät bemerkt.

Hinter ihnen knisterte das Feuer im Kamin. Eine Weile aßen sie schweigend. Marlies aß nun doch, nahm aber nur winzige Happen zu sich. Julius beobachtete sie und spürte, wie ihn jede ihrer Bewegungen reizte. Nicht einmal normal essen konnte sie. Und was war das auf ihrem Teller?

«Ist schon Fastenzeit?» Missbilligend betrachtete er das trockene Brot.

Sie sah auf. «Ich esse das jeden Morgen.»

«Ach ja?» Er faltete die Zeitung auf. «Und warum?»

Sie antwortete nicht, nur ihr Mund spitzte sich auf eine Art, die ihm sagte, dass er das eigentlich wissen sollte und sie daher nicht gedachte, es ihm noch einmal zu erklären.

«Zur Hochzeit müssen wir zurück.» Hinter ihnen knisterte das Feuer im Kamin, und mit einem Auge überflog er die Annoncen der *Hamburger Börsenhalle*. Es kostete ein Vermögen, die Zeitung hierherliefern zu lassen, aber er brauchte diese Verbindung zur Welt. Mehr aus Trotz als aus echter Ambition studierte er die Anzeigen täglich und hielt nach Möglichkeiten für sich Ausschau. Es tat gut, sich etwas vorzumachen, für ein paar Minuten so zu tun, als hätte er eine Wahl. Als gäbe es eine echte Alternative zur Bank seiner Familie. «Ich traue Mutter zu, dass sie sonst höchstpersönlich hier antanzt, um uns in die Kirche zu schleifen», ergänzte er, als Marlies nicht reagierte.

Mit einem Klirren setzte sie ihre Tasse ab. «Du meinst wirklich, dass diese Hochzeit stattfinden wird?»

Verdutzt lachte er auf. «Warum sollte sie nicht stattfinden? Noch schlimmer kann es ja kaum werden. Was soll denn noch passieren?»

Sie schüttelte den Kopf, nahm trotz ihrer Appetitlosigkeit einen winzigen Bissen Brot zu sich. «Ich glaube eben einfach nicht daran», sagte sie spitz.

«Wie meinst du das?»

«Genau, wie ich es sage. Ich glaube nicht, dass sie stattfinden wird.»

«Es ist alles vorbereitet, die Einladungen sind verschickt. Warum sollte sie nicht stattfinden? Wegen Vater?»

Sie schürzte die Lippen. «Nein, ich … Ach, vergiss es.»

«Was sollen diese seltsamen Andeutungen?» Seine Schläfen pochten. Wo blieb der verdammte Cognac? «Wie kommst du auf diese absurde Idee?»

«Er liebt sie nicht!» Marlies erstarrte, beinahe erschrocken sah sie ihn an.

Ungläubig lehnte er sich zurück, setzte die Tasse Kaffee wieder ab, die er gerade zum Mund hatte führen wollen. «Wie bitte?»

«Er liebt sie nicht. Das ist doch offensichtlich», wiederholte seine Frau etwas leiser.

Stirnrunzelnd trank er nun doch, ließ sie dabei nicht aus den Augen. «John vergöttert Evelyn. Es ist schließlich nicht so, als wäre er gezwungen, sie zu heiraten.»

Stumm zerdrückte sie mit dem Zeigefinger unsichtbare Brotkrumen auf dem Teller. Ihre Brauen hatte sie so weit hochgezogen, dass es grotesk wirkte. «Wenn du meinst.»

«Ja, das meine ich», schnappte er irritiert. «Evelyn ist reizend. Was ist dir da nur wieder in den Kopf geschossen?»

«Ich weiß, dass er sie sehr schätzt. Schließlich ist ja jeder ganz verrückt nach ihr.» Obwohl sie ganz ruhig sprach, hätte sie nicht abschätziger klingen können. «Aber er liebt sie nicht.»

Das war doch absurd. Er hatte keine Ahnung, wie sie darauf kam, und es interessierte ihn auch nicht. Frauen waren einfach nicht zu verstehen. «Liebe vergeht.» Mit einem Ruck schob er seinen Stuhl zurück, warf die Serviette hin. «Vielleicht ist es besser, wenn sie einem vor der Hochzeit gar nicht erst die Sinne vernebelt. Dann weiß man zumindest genau, worauf man sich einlässt.» Er wischte sich im Stehen die Marmelade von den Fingern. «Ich gehe ins Büro.» Marlies hatte noch nicht aufgegessen, aber er hielt es keine Sekunde länger hier drin aus. «Sag Helene, sie soll den Hennessy dorthin bringen. Wenn sie sich irgendwann einmal dazu bequemt, ihre Arbeit zu machen.»

In der Halle riss ihn das schrille Läuten des Telefons aus seinem wütenden Gedankenstrudel. Julius hielt inne. John war beharrlich, das musste man ihm lassen. Es schien, als wollte sein Bruder sich nicht vorwerfen lassen, er hätte nicht zumindest versucht, Julius einzubinden. Vielleicht war es auch Eugen. In den ersten Wochen hatte sein Großvater ebenfalls noch täglich angerufen, es aber mit der Zeit immer weniger versucht.

Es war, als tönte das schrille Läuten direkt in seinem Kopf. In der Einöde hier war es Julius tatsächlich ab und an gelungen, alles zu verdrängen, Momente der Ruhe zu finden. Aber John erinnerte ihn beharrlich Tag für Tag an sein Versagen, an die unglaubliche Blamage, die er hatte hinnehmen müssen. Er konnte noch immer nicht glauben, dass er es so sehr vergeigt hatte. Dass er sich von nun an den Vorsitz der Bank mit seinem Bruder teilen musste, obwohl John keinerlei Ahnung hatte vom Geschäft. Die Demütigung brannte wie Säure in seinem Magen.

Einem Impuls folgend, machte er kehrt und stürmte ins Büro, wo der Fernsprecher stand. «Was?», bellte er, als er durchgestellt wurde. «Was willst du?»

«Julius?» Johns Stimme klang so nah, als stünde er neben ihm. «Endlich.»

«Was ist verdammt noch mal so wichtig, dass du es nicht ohne mich entscheiden kannst?» Der Hass ließ heiße Wellen seinen Rücken hinabschießen. «Das hast du doch schließlich gewollt, oder nicht? Alleine entscheiden.»

«Julius.» John bemühte sich hörbar um Beherrschung, aber sein ruhiger Ton machte Julius nur noch wütender. «Ich rufe nicht wegen der Bank an. Dort ist alles unter Kontrolle.»

Er stellte sich vor, wie er durch den Hörer langte, die Hände um den Hals seines älteren Bruders legte und genussvoll zudrückte. «Was willst du dann?»

In der Leitung knackte es zweimal laut. «Es gibt Neuigkeiten.» Johns Stimme war plötzlich leiser. «Von Vater.»

Blanche wartete, bis der Fahrer ihr die Tür öffnete. «Besten Dank, Oliver.» Sie nahm die ihr dargebotene Hand und stieg aus dem Automobil. Vor ihr erhoben sich die Zinnen und Türmchen der britischen Villa, in der ihr Bruder derzeit residierte. Oder schmollte. Je nachdem, wie man es ausdrücken wollte.

«Ein herrschaftliches Anwesen.» Der Fahrer lud ihre Taschen aus dem Kofferraum. Seine Wangen waren rot gefroren, der Mercedes hatte vorne keine Verglasung, und er war während der Fahrt dem kalten Wind ausgesetzt gewesen.

«In der Tat.» Zweifelnd sah sie sich um. «Ein bisschen protzig für meinen Geschmack.» Sie drückte ihren Muff an sich und ging in Richtung der Eingangstreppe. «So ein eisiger Wind. Dass Sie mir ja nicht zurückfahren, bevor Sie sich aufgewärmt haben!»

Er verneigte sich halb und lächelte dankbar. «Ich verspreche es, Madame. Und ich hole Sie dann in ein paar Tagen wieder ab?»

«Wunderbar. Ich werde nach Ihnen telefonieren, sobald ich

meine Rückfahrt absehen kann.» Ein flaues Gefühl ergriff sie. Sie war gerade erst angekommen, und der Gedanke an eine Heimkehr setzte ihr jetzt schon zu.

Als sie wieder zum Haus aufblickte, standen Julius und Marlies vor der Tür. Bestimmt war die Ankunft des Automobils in dieser Abgeschiedenheit nicht zu überhören gewesen. Kein Laut war zu vernehmen, außer dem Rauschen der Bäume und dem einsamen Ruf eines Greifvogels über dem Wald.

Mit großen Schritten ging Blanche über den weißen Kies auf ihren Bruder und seine Frau zu. Beide hielten die Arme vor der Brust verschränkt, der Abstand zwischen ihnen hätte nicht größer sein können. Was für ein eisiges kleines Empfangskomitee, dachte sie und setzte ein Lächeln auf. «Bruderherz!» Sie umarmte Julius. Die dunklen Ringe unter seinen Augen und die leichte Alkoholfahne, die ihn umwehte, sagten ihr alles, was sie über seine Verfassung wissen musste.

«Was für eine Überraschung», murmelte er und drückte sie an sich, hob sie in der Umarmung spielerisch in die Höhe, wie er es immer tat, wenn sie sich länger nicht gesehen hatten.

Blanche stieß einen kleinen Schrei aus.

Erschrocken ließ er sie los. «Was ist? Was hast du?»

«Nichts. Ich habe mich geprellt, nichts Ernstes.» Der Schmerz nahm ihr den Atem. Aber sie hatte es nahezu perfektioniert, ihn zu überspielen, lächelte noch ein wenig breiter, hielt sich mit Gewalt davon ab, die Hände in die Seite zu pressen.

Marlies gab ihr zur Begrüßung zwei kühle Wangenküsse. Sie war noch blasser und dünner geworden. «Willkommen.» Sie fasste Blanche am Ellbogen. «Du bringst Regen mit.» Tatsächlich begannen kleine Tropfen, Ringe in das Brunnenwasser vor dem Haus zu zeichnen.

«Wie es meine Art ist!»

Lachend ließ Blanche sich von den beiden ins Haus führen. Das Innere übertraf sogar noch den Prunk der Fassade. Ein gewaltiger Kamin mit steinernen Greifvögeln, zwei geschwungene Treppenaufgänge mit roten Teppichen, eine Glaskuppel über ihren Köpfen, die das anschwellende Prasseln des Regens verstärkte.

«Also, wenn ich gewusst hätte, wie ihr hier lebt, wäre ich früher gekommen.» Überwältigt legte sie den Kopf in den Nacken. «Ich muss ein Wörtchen mit Niklas sprechen, wir brauchen dringend auch eine Villa auf dem Land.»

Julius nahm ihr den Mantel ab. «Villen hat doch heutzutage jeder Beamtenschnösel. Man kann ja keinen Fuß mehr aus Hamburg hinaussetzen, ohne über eine zu stolpern.» Er verzog das Gesicht zu einem freudlosen Grinsen. «Aber das hier … Sagen wir mal, es ist eine würdige Residenz.»

Blanche sah zu ihm auf. «Wenn du irgendwann wieder anfängst zu arbeiten, kannst du dir vielleicht etwas Ähnliches leisten.»

Der Scherz zündete nicht. «Ich arbeite», knurrte er. «Ich habe mein ganzes Leben gearbeitet.»

«Du weißt, was ich meine.» Sie ließ sich von seiner Laune nicht einschüchtern. Das Mädchen nahm ihr den Muff ab und half ihr mit den Hutnadeln. «Besten Dank, Helene. Schön, Sie zu sehen. Bekommt man hier im Haus auch Kaffee? Oder gibt es nur Tea und Scones?»

«Ich lasse sofort aufbrühen, Madame.» Helene knickste mit einem warmen Lächeln. «Wir freuen uns, Sie bei uns zu haben.»

«Wir begeben uns am besten ins kleine Kaminzimmer.» Marlies zog fröstelnd die Schultern hoch. «Das ist der einzige Raum im Haus, der wirklich warm wird.»

Das kleine Kaminzimmer erwies sich als großzügiger, dunkel getäfelter Raum im ersten Stock mit Deckengemälde, Panoramablick und einem hochgeschichteten Feuer im Steinkamin. Als Blanche den Bechstein-Flügel sah, entfuhr ihr ein Laut der Bewunderung. Dieses Haus war ein Liebhaberstück, jemand hatte jeden einzelnen Gegenstand sorgfältig ausgewählt. «Hier lässt es sich aushalten. Kein Wunder, dass man von euch nichts hört.»

Keiner der beiden reagierte. Julius ging zum Wandschrank und holte eine Flasche heraus. Er war auf eine Weise gedämpft, die sie von ihm nicht kannte. Die Energie, mit der er sonst durch den Tag wirbelte, schien verschwunden. Obwohl er sich das alles selbst zuzuschreiben hatte, tat es ihr weh, ihn so zu sehen.

«Auch einen Cognac?», fragte er, ohne sich umzudrehen.

«Ein bisschen früh, findest du nicht?» Mit einem schnellen Blick zur Uhr auf dem Kaminsims stellte sie fest, dass es gerade vier geschlagen hatte.

Er verdrehte die Augen, sie sah es in der Spiegelung der Vitrinenscheibe.

«Es gibt auch eine Bibliothek hier, sie wird dir gefallen.» Trotz der verheißungsvollen Worte blieb Marlies' Stimme emotionslos. Sie öffnete eine Flügeltür zu ihrer Linken, und Blanche stieß erneut einen Schrei aus – dieses Mal allerdings vor Begeisterung. Der ganze Raum war voller Bücher.

«Sicher zweitausend Werke, schätze ich. Die braucht man hier draußen aber auch.» Ihre Schwägerin beobachtete mit unbeweglicher Miene, wie Blanche umherging, mit den Fingern über die Buchrücken strich.

Es war eine beachtliche Sammlung, kuratiert von jemandem, der wirklich Ahnung hatte, das sah sie auf den ersten

Blick. Auch der Raum selbst war ein Kunstwerk, wie eine Kapelle öffnete er sich nach oben hin, eine Wendeltreppe führte auf eine Galerie hinauf.

«Griechen, Römer, Briten, Franzosen.» Sie schritt die Reihen ab. Homer, Plato, Sophokles, Vergil, Cicero, Seneca, Shakespeare, Dickens, Austen. Rousseau, Voltaire, Locke, Baudelaire. Vor einer vergilbten Ausgabe des Dichters blieb sie stehen, zog sie vorsichtig aus dem Regal. Ihr Vater hatte Baudelaire geliebt, *Die Blumen des Bösen* geradezu verehrt. *Liebt,* dachte sie und biss sich auf die Lippen. Er liebt ihn immer noch. Er ist nicht tot. Sie musste es sich immer wieder sagen.

Denn es fühlte sich nicht so an.

Sie blätterte in der vergilbten Ausgabe, die trotz ihres Alters noch vollkommen unberührt schien. Dann bemerkte sie die vielen Werke über Medizin und Botanik im Nachbarregal. *Gray's Anatomy*. Sie hatte sich das Standardwerk über die menschliche Anatomie mehrfach zum Geburtstag gewünscht, es aber nie bekommen. Sie nahm es und ließ fasziniert die Augen über die Illustrationen wandern.

«Es zieht!» Julius' Stimme drang aus dem Kaminzimmer, und seufzend stellte sie das Buch wieder ins Regal.

Aber sie würde ein paar Tage bleiben. Sicher konnte sie sich irgendwann hier umsehen. Sie ging zurück, zog die Flügeltüren mit einem leisen Knall hinter sich zu.

Marlies und Julius saßen sich gegenüber in den grünen Sesseln und starrten ins Feuer, er ein Glas zwischen den Fingern drehend, sie die Hände im Schoß gefaltet. Beunruhigt beobachtete Blanche die Szene. Die beiden wirkten wie ein deprimierendes Stillleben.

«Und?» Blanche ließ sich auf der Chaiselongue nieder. Hinsetzen schmerzte sie besonders, aber sie hatte herausgefunden, dass man als Frau geprellte Rippen und andere verletzte Körperteile wunderbar hinter damenhaftem Benehmen verstecken konnte. Betont langsam strich sie ihre Röcke glatt. «Bringt mich au fait! Wie geht es euch? Was habt ihr getrieben hier in der Einöde?»

Julius zog nur die Augenbrauen hoch, leerte sein Glas und goss sich sofort nach.

«Nicht viel.» Marlies hob den Blick, schüttelte beinahe entschuldigend den Kopf. «Man kann hier nicht wirklich etwas unternehmen.»

Herrje, es war schwer, mit diesen Sauertöpfen die Stimmung hochzuhalten. Blanche hätte sich nichts Schöneres vorstellen können, als sich ein paar Wochen hierher zurückzuziehen, zu malen, zu reiten, den Wald zu erkunden, jedes einzelne Exemplar aus dieser herrlichen Bibliothek zu lesen.

Natürlich hatte sie gemerkt, dass die anfängliche Leidenschaft zwischen ihrem Bruder und seiner Frau nach der Hochzeit schnell erkaltet war. Aber erst jetzt bekam sie ein umfassenderes Bild davon, wie es inzwischen wirklich um die beiden stand.

«Es ist bestimmt wunderbar, so zur Ruhe zu kommen. Keine Gesellschaften, keine Abendessen, kein Lärm», versuchte sie es erneut.

«Ich sehe mal nach Helene.» Plötzlich sprang Marlies auf, Unruhe im Blick. «Wir haben ja nicht viel Personal mitgenommen. Entsprechend lange dauert alles», erklärte sie, bereits auf dem Weg zur Tür.

Sobald sie aus dem Raum war, stellte Julius mit einem Klirren sein Glas ab. «Warum bist du hier? Hat John dich geschickt? Kommt er alleine nicht zurecht und muss nun die kleine Schwester vorschieben?»

«Natürlich kommt John zurecht», erwiderte sie, schärfer als beabsichtigt. «Darum geht es nicht. Er sollte das nicht alleine schultern müssen. Es ist schließlich auch deine Familie.»

«Ach ja?», fragte er mit einem abfälligen Schnauben.

Er wirkte auf Blanche zugleich erwachsen und trotzig wie ein kleines Kind. Wenn er wütend oder verletzt war, sah sie in ihm immer noch den kleinen Jungen, der überwältigt von seinen Gefühlen brüllend und Türen schlagend durch das Haus lief. Aber Julius war kein Junge mehr. Er leitete eine der größten Aktienbanken des Landes. *Würde* sie irgendwann wieder leiten, wenn ihre Brüder es endlich schafften, sich an einen Tisch zu setzen und zu besprechen, wie dieses Dilemma zu lösen war.

«Julius.» Ungeduldig lehnte sie sich vor. «Wir wissen alle, dass du zurückkommen wirst. Oder möchtest du mir sagen, dass du deine Anteile an der Bank abtrittst? Dass du dich endgültig herausziehst und dir etwas Neues suchst?»

Er verschränkte die Arme vor der Brust, stierte schweigend auf einen Punkt oberhalb ihrer Stirn.

«Eben!», schloss sie hart. «Du benimmst dich wie ein Kind. Es wirft ein schlechtes Licht auf die Firma. Und ganz besonders wirft es ein schlechtes Licht auf *dich*. John tut alles, um Getuschel zu vermeiden, erzählt jedem, du würdest so unter Vaters Fortgang leiden, dass du eine Auszeit brauchst. Ewig können wir diese Scharade nicht aufrechterhalten.»

«Nicht, dass ich mich nicht freue, dich zu sehen», antwortete Julius betont langsam. Jetzt sah er sie an, seine blauen Augen bohrten sich in sie hinein. «Aber *warum* bist du hier?»

«Ich bin hier», seufzte sie und versuchte, die Schärfe aus ihrer Stimme zu verbannen. Julius war mit Härte nicht beizukommen. «Weil ich möchte, dass du das hier liest.» Eigentlich hatte sie noch warten wollen, aber nun zog Blanche den Grund ihres Besuchs aus der Rocktasche.

Sofort wurde Julius unruhig. «Was ist das?»

«Der Brief von Vater.»

«Ich habe John schon gesagt, es interessiert mich nicht.»

«Natürlich interessiert es dich, verdammt noch mal!»

Perplex hielt ihr Bruder inne.

«Es interessiert dich sogar sehr, Julius», sagte sie nachdrücklich. «Es ist die erste Nachricht von unserem todkranken Vater. Wenn ich wirklich annehmen müsste, dass sein Brief dich nicht kümmert, müsste ich sofort wieder abreisen. Ich könnte keine Minute mit jemandem in einem Haus verbringen, der so kalt ist.»

Erst bewegte er sich nicht, doch sie konnte die widerstreitenden Emotionen in seiner Miene sehen. Schließlich streckte er die Hand aus.

Blanche gab ihm den Brief. «Lies ihn vor.»

«Nein danke.»

«Lies ihn vor!», rief sie, und er hob die Hände, sah sie irritiert an.

«Na schön. Ist ja gut. Jetzt beruhige dich wieder!»

Mit vor Zorn zusammengezogener Stirn faltete er das Papier auseinander. Es dauerte einen Moment, bis er stockend zu lesen begann.

Meine Lieben,
verzeiht die lange Zeit der Stille. Ich habe sie gebraucht, um mich in meinem neuen Leben zurechtzufinden. Inzwischen werdet sicherlich auch Ihr Euch mit der neuen Situation arrangiert haben. Es war ein Schock, das ist mir bewusst. Auch für mich kam alles vollkommen unerwartet. Aber

ich hatte natürlich ein wenig länger Zeit als Ihr, mich auf meine Abreise vorzubereiten.
Denkt Euch nicht, ich wäre in einem Leprosorium, wie man es aus alten Büchern kennt. Hier ist es anders, als man es sich vorstellt. Es geht mir gut. Ich habe ein kleines Zimmer mit Blick auf den Garten, das Essen ist passabel, wenn auch nicht ganz nach Hamburger Manier. Mein geliebter Kaffee fehlt mir sehr, er schmeckt doch anders, wenn man nicht selbst brühen kann. Und Ihr fehlt mir natürlich. Die Tage sind geregelt, viel tun kann ich aber nicht. Ich spiele mit dem Gedanken, ein Buch zu schreiben. Solange ich noch einen Stift halten kann, scheint mir das eine gute Art der Beschäftigung.
Ich denke immer an Euch. An meinen Teich, an die Vögel im Garten. Ich wünsche, dass es Euch ohne mich so gut geht wie möglich. Gleichzeitig wünsche ich, dass Ihr mich ein wenig vermisst. Bitte verzeiht, wenn das selbstsüchtig ist.
Ich werde mich bald wieder melden.

«Seine Schrift sieht anders aus.» Julius starrte auf die Buchstaben. Seine Miene hatte sich verändert, war weicher geworden, offener.

Es löste ein hoffnungsvolles Pochen in ihrer Brust aus. Blanche nickte. «Wir haben es auch bemerkt.»

Einen Moment war es still, während beide darüber nachdachten, was das bedeuten mochte.

«Mutter ist furchtbar durcheinander.» Sie nahm sein Glas vom Tisch und trank einen Schluck. Das scharfe Brennen im Hals tat gut. «Sie versteht nicht, warum sie ihn nicht sehen kann, wo er doch lebt und Briefe schreibt. Schließlich haben wir vorher auch zusammengewohnt, und nichts ist geschehen. Sie hat noch nicht wirklich begriffen, dass es für immer ist. Ich wohl auch nicht.» Blanche brach ab. Wenn sie sich jetzt nicht zusammenriss, würde sie anfangen zu weinen. «Ich glaube immer noch jeden Tag, dass er zurückkommt.» Mit zwei kleinen Schlucken leerte sie das Glas.

Wortlos stand ihr Bruder auf, ging zum Schrank und schenkte nach. «Kein Wort über die Bank, die Brauerei. Sein Leben lang gibt es nichts Wichtigeres, und plötzlich ist ihm das alles egal?», knurrte er.

Sie sah ihm genau an, wie sehr der Brief ihn berührt hatte, doch natürlich konnte er es nicht zeigen. «Er wird sich denken, dass ihr zurechtkommt. Schließlich weiß er, wozu ihr zwei fähig seid.» Sie lächelte, nicht ohne Bitterkeit. «Wenn John und du euch zusammentun würdet, könntet ihr die Welt regieren. Bevor du versucht hast, Vaters Vermögen hinter seinem Rücken zu veruntreuen und in die Rüstungsindustrie zu stecken, hattest du die Bank schließlich bestens im Griff.» Sie war der einzige Mensch auf der Welt, der so etwas zu ihm sagen konnte, ohne dass es Konsequenzen gab.

Julius verzog keine Miene. «Ich hatte sie auch dann im Griff. Das Problem war nur, dass Vater zur falschen Zeit am falschen Ort aufgetaucht ist und alles vermasselt hat.»

«So kann man es wohl auch sehen.» Blanche lehnte sich zurück, zuckte vor Schmerz zusammen, richtete sich wieder auf. «Ihr habt eben unterschiedliche Vorstellungen davon, wie die Zukunft gestaltet sein sollte.»

«Das kannst du laut sagen.»

«Trotzdem stimmst du sicher zu, dass es nicht die beste Idee war, alles hinter seinem Rücken einzufädeln und …»

Julius hatte sich gerade erst wieder gesetzt, ruckartig fuhr er hoch, ging zum Fenster, starrte in den dunkler werdenden Himmel über dem Wald. Nach einer Weile fuhr er sich mit den Händen durch die blonden Haare, ging zum Kamin, warf ein Scheit hinein, obwohl das Feuer noch immer so hoch loderte, dass Blanche die Hitze auf den Wangen spürte. «Was hat John gesagt?», fragte er, immer noch kalt, immer noch abweisend. Aber sie kannte ihn zu gut. Der Eisklotz war dabei aufzutauen.

«Er hat gesagt, du sollst endlich nach Hause kommen und deine verdammte Arbeit machen.» Blanche lächelte, trank noch einen Schluck. «Und er hat Nachforschungen angestellt. Es gibt in Deutschland nur wenige Orte, an denen Vater sich aufhalten könnte. Er hat allen geschrieben. Jetzt heißt es abwarten. Vielleicht verrät er ja irgendwann selbst, wo er steckt. Ich sehe es wie Mutter, es gibt keinen Grund, warum wir ihn nicht besuchen sollten, wenn wir vorsichtig sind.»

Julius schloss einen Moment die Augen. Er setzte sich wieder, rieb sich über das Gesicht. Er sah müde aus. Älter.

«Also!» Blanche fasste mit einer Hand sein Knie und drückte es. «Kann ich John morgen anrufen und ihm sagen, dass diese Farce hier beendet ist und ihr zurückkommt?» Angespannt musterte sie sein verkniffenes Gesicht. Sie wusste genau, was sie den Worten noch hinzufügen musste, damit sie wirkten: «Wir brauchen dich in Hamburg, Julius.»

Es dauerte. Sie sah, wie er innerlich kämpfte, mit seinem Stolz, seiner Scham, all den unsichtbaren Hindernissen, die einer Lösung des Konflikts im Weg standen.

Aber schließlich nickte er. «Schön.» Er nahm ihr das Glas ab, leerte es in einem Zug, verzog das Gesicht, atmete tief ein. «Es ist wohl an der Zeit, dass John und ich uns an einen Tisch setzen und das Ganze klären.»

Marlies hatte die Tür einen Spalt geöffnet und war dort stehen geblieben, still wie eine Statue. Die beiden Geschwister waren so in ihr Gespräch vertieft, dass sie sie nicht wahrnahmen. Als Helene mit dem Kaffeetablett über den Gang heraneilte, hob sie die Hand. Erstarrt hielt das Mädchen mitten in der Bewegung inne.

Er hatte also einfach entschieden, dass sie zurückgehen würden. *Sie* wurde natürlich nicht gefragt. Sie wurde nie gefragt.

Mit einer Mischung aus Neid und Abneigung musterte Marlies ihre Schwägerin. Keine Stunde war sie hier, und schon schien Julius wie verwandelt. Und das alles erreichte sie elegant, schön, gut gelaunt. Sie bewegte sich wie eine Kaiserin, jede Geste saß, und dabei sprühte sie nur so vor Charme. Marlies fragte sich, wie es sich anfühlen musste, so perfekt zu sein. Aber Blanche hatte ja auch einen Mann, der den Boden anbetete, auf dem sie ging, und der ihr jeden Wunsch von den Augen ablas. Sogar die Domestiken liebten sie, ihr war nicht entgangen, wie Helene Blanche begrüßt hatte. Mit Marlies hatte das Mädchen noch nie so warm gesprochen, sie nie so angelächelt, wie sie Blanche vorhin angelächelt hatte.

Während sie Julius und Blanche zusah, wie sie in ihrer geschwisterlichen Vertrautheit jede Maske fallen ließen, wurde ihr mit einem Mal klar, was sie zu tun hatte. Blanche war der Schlüssel. Ihre Brüder vergötterten sie. Niemand kannte Julius und John so gut, bei niemandem sonst waren sie so offen und verletzlich. Wenn sie etwas erreichen wollte, musste sie es über Blanche versuchen.

Mit einem aufgesetzten Lächeln öffnete Marlies die Tür und trat ins Zimmer, winkte Helene, die sich noch immer nicht gerührt hatte, deren Hände unter dem Gewicht des schweren Tabletts aber sichtlich zitterten. Sobald die beiden sie bemerkten, veränderte sich die Stimmung im Raum. Blanche lächelte steif, über Julius' Gesicht legte sich wieder die undurchdringliche Maske, die sie so gut von ihm kannte. Marlies registrierte es ohne Überraschung. Was sie hingegen überraschte, war, dass es sie störte.

Dass sie überhaupt noch etwas fühlte.

*

«Wie geht es allen in Hamburg? Sei ehrlich.»

Es war der nächste Morgen. Der Teich im Garten der Tudor-Villa lag still und dunkelgrün im Nebel. Die kahlen Trauerweiden sahen aus, als knieten sie nieder, um erschöpft ins Wasser zu sinken. Es war eiskalt. Marlies und Blanche hatten die Hände in ihren Fellmuffen vergraben und die Pelzkragen bis zum Hals geschlossen, ihr Atem stieg in Dunstwolken vor ihren Gesichtern auf. Ein Rabe schrie über dem Wald.

«Oh, wo soll man da anfangen.» Blanche hätte gerne gesagt, dass ihre Rippe sie so sehr schmerzte, dass jeder Schritt eine Willensanstrengung war. Dass Gesa Tag für Tag wie eine bleiche Statue im Salon saß, sich manchmal stundenlang nicht bewegte. Dass John nur noch arbeitete und kaum noch sprach. Dass Evelyn immer dünner wurde. Dass es ihr manchmal schien, als läge ein Fluch über der Villa, der die Familie in seinen Klauen hielt. «Alles ist beim Alten. Es ist nicht leicht, aber es nützt ja nichts, wir müssen weitermachen.»

«Wie geht es Evelyn?»

«Sie fängt sich langsam. Die Hochzeitsvorbereitungen lenken sie ab.»

«Und John?»

«John geht es gut. Er kommt zurecht», antwortete sie leichthin, obwohl das nur zur Hälfte stimmte. John kam zurecht, aber gut ging es ihm nicht.

«Und die Hochzeit?»

«Die Planungen nehmen langsam Gestalt an. Ich bin so froh, dass wir nun ein Datum haben. Inzwischen mischt Mutter sich immer mehr ein. Das ist ein gutes Zeichen.»

Für eine Weile gingen sie schweigend nebeneinanderher, das Knirschen ihrer Schritte auf dem Kies das einzige Geräusch, das den stillen Morgen durchbrach.

«Sie wollen das also wirklich durchziehen?»

Marlies klang so seltsam, und Blanche runzelte die Stirn. «Nun, es scheint unziemlich, ich stimme dir zu. Aber Evelyns Eltern werden nicht zurückkommen, und Vaters Krankheit kann sich noch viele Jahre hinziehen. Durch sein plötzliches Abtreten und die Tatsache, dass John in die Geschäfte einsteigt, herrscht natürlich großes Misstrauen unter den Anlegern. Man kann es verstehen, schließlich geht es um unglaubliche Summen. Dass Julius nicht da ist, um sie zu beruhigen, macht die Sache nicht besser. Ich glaube, sie wollen einfach ein wenig Normalität herstellen. Sie wollen, dass das Leben weitergeht.»

«Davon spreche ich nicht.» Plötzlich blieb Marlies stehen. «Ich verstehe wirklich nicht, was du dir dabei gedacht hast, Blanche», sagte sie mit einem Mal so vorwurfsvoll, dass Blanche verblüfft auflachte.

«Wobei? Was meinst du, ich verstehe dich nicht.»

«Wie konntest du so dumm sein.» Marlies griff nach ihrem Arm. Mit einem unruhigen Blick zum Haus flüsterte sie: «Du hast ihm diese Frau direkt vor die Nase gesetzt. Sie wird die beiden auseinanderbringen. Es ist nur eine Frage der Zeit. Wenn sie dann bereits verheiratet sind … Der Skandal wird kaum zu überbieten sein. Noch einen Schlag wird die Familie nicht so leicht verkraften. Wenn du mich fragst, solltest du sie hinauswerfen, so schnell es geht.»

«Von wem redest du bitte?», rief sie, obwohl sie es natürlich schon ahnte. Aber sie wollte nicht wahrhaben, was Marlies da andeutete.

«Du weißt genau, von wem ich rede.» Die hellblauen Augen ihrer Schwägerin wirkten im Licht des Morgens beinahe weiß. «Ich rede von Christina.»

2

Alice öffnete die Augen und blickte an die Decke. Wie jeden Morgen brauchte sie einige Sekunden, um zu verstehen, wo sie sich befand.

Erleichtert stellte sie fest, dass es draußen bereits hell wurde. Die Tage konnte sie überstehen. Nicht enden wollende Aufgaben bestimmten den reibungslosen Ablauf des Haushaltes in der Reeven-Villa, alles war organisiert, alles hatte einen Platz, eine Zeit, eine verantwortliche Person. Nichts war dem Zufall überlassen. Nicht einmal ihre Pausen, für die genau festgelegt war, welche Reste vom Essen sie zu sich nehmen durfte und welche nicht, wo sie sich aufhielt und wie viel Kaffee sie für ihre eigenen Zwecke mahlen konnte. Tagsüber fokussierte Alice sich auf die nächste Aufgabe, erledigte sie, so gut sie konnte, versuchte, ihre Gedanken auszustellen. Nicht denken, befahl sie sich verbissen, wenn sie den Staubsauger über die dicken Perserteppiche bewegte. Nicht denken, wenn sie die Fußabstreifer ausklopfte, die Milchflaschen sterilisierte, die Kamine auskehrte und die Möbel polierte. Was sie eigentlich meinte, war: nicht fühlen.

Die Tage konnte sie überstehen. Es waren die Nächte, vor denen sie sich fürchtete. Die Arbeit in der Villa laugte sie so sehr aus, dass sie trotz allem schlief, sobald ihr Kopf das Kissen berührte, aber es war kein ruhiger Schlaf. In ihren Träumen suchte sie nach Rosa, sie lief durch die dunkle Stadt, rannte panisch durch Gassen und Kellergewölbe, durch leere

Häuser und über verlassene Plätze. Sie hörte Rosa nach ihr rufen, aber nie bekam sie sie zu sehen oder zu fassen.

Die Weckuhr rasselte unter ihrem Kissen. Schnell griff Alice danach und stellte sie aus, bevor die Köchin aufwachte. Sie erhob sich lautlos. Ihre Augen tränten, und bei einem Blick in den kleinen Spiegel über der Waschschüssel sah sie, wie geschwollen sie waren. Aber wie könnte es auch anders sein. Sie war heute Nacht sicher hundert Kilometer gelaufen.

So leise sie konnte, wusch sie sich das Gesicht, putzte sich die Zähne und tupfte ein wenig Kaltcreme auf die Wangen, drehte die Haare im Nacken zu einer Schnecke, steckte sie fest, setzte die Haube auf.

Wurde von Alice zu Christina.

Auf Zehenspitzen ging sie zum Bett zurück und zog die Laken glatt – Gesa war unter den Angestellten berüchtigt für ihre unangekündigten Inspektionen. Schließlich holte sie ihre Zeichensachen unter dem Bett hervor und stahl sich aus dem Zimmer.

Die Küche lag im stillen Morgendämmer, es roch nach Brot und Gewürzen. Alice steckte Späne in die noch warme Glut im Ofen, blies hinein, bis es knisterte. Dann nahm sie das Tuch von Pollys Käfig. «Guten Morgen!»

Polly antwortete nicht wie sonst. Die Papageiendame saß bewegungslos auf ihrer Stange. Alice beugte sich zu ihr hinunter, beobachtete die wachsamen schwarzen Knopfaugen. Dann öffnete sie die Tür und ließ den Vogel auf ihre Hand klettern. «Geht es dir nicht gut heute?», fragte sie und strich über den grünen Kopf.

Polly begann, an ihren Knöcheln zu knabbern. «Rinen!», krächzte sie. «Rinen!»

«Es gibt im Frühjahr keine Mandarinen.» Alice lächelte entschuldigend. «Aber ich kann dir einen Apfel schneiden», bot sie an.

Schon zu dieser frühen Stunde fiel das erste Tageslicht in die Küche. Der Winter zog sich langsam zurück. Statt der Schwärze vor den Fenstern den Garten zu sehen, half Alice, etwas schneller aus ihren dunklen Träumen in den Tag zu finden. Sie streute Polly ein paar Körner auf die Fensterbank, schnitt ihr einen Apfel klein, obwohl sie sich zu dem Vorschlag nicht geäußert hatte. Sie öffnete die Hintertür, sammelte die Milchflaschen ein, nahm Eugens Zeitungen aus dem Kasten. Über der Wiese hing Nebel, es roch nach Gras und dem Wasser der Alster. Ein paar Möwen schrien über dem Feenteich. Am Vortag war es ungewöhnlich warm gewesen, und die Bediensteten hatten abends vergessen, die Liegestühle auf der Wasserveranda wieder einzuklappen. Bestimmt hatte Gesa es von ihren Fenstern aus gesehen und würde sie noch vor dem Frühstück über die Verfehlung informieren. Trotzdem, dieser Morgen war so ruhig und friedlich. So trügerisch schön. Sie fragte sich, ob sie jemals wieder glücklich sein würde.

In der Küche holte sie die Kaffeedose aus der Kammer, platzierte die Kanne auf dem Herd und stellte zwei Tassen bereit. Dann setzte sie sich an den Tisch. Rosa zu malen, fiel ihr gleichzeitig leicht und schwer. Leicht, weil sie kein Gesicht auf der Welt besser kannte als das ihrer Tochter. Schwer, weil sie es so sehr vermisste. Alice arbeitete schnell und konzentriert, erlaubte sich nicht, darüber nachzudenken, was sie gerade tat. Ihr Stift flog über das Papier, ihre Hände führten einfach aus. Nach wenigen Augenblicken war sie vollkommen versunken, hatte bereits vier Zeichnungen fertiggestellt, als ein vertrautes Gefühl sie aufblicken ließ.

John stand im Türrahmen. Mit nachdenklicher Miene

schaute er auf sie herunter. Etwas in seinem Blick sagte ihr, dass er sie schon länger beobachtete.

Er lächelte kaum merklich, aber der nachdenkliche Ausdruck blieb. «Guten Morgen. Gibt es schon Kaffee? Ich muss heute früh in die Kanzlei, bevor ich zur Bank fahre.»

Sie nickte, stand sofort auf. «Natürlich, Herr Reeven. Es dauert nur einen Moment», antwortete sie laut. Wie immer, wenn sie diese förmliche Anrede benutzte, zuckte Ärger über sein Gesicht. Alice senkte die Stimme. «Ich dachte, du hast alle Fälle abgegeben», wisperte sie.

«So gut es ging», erwiderte er, ebenso leise, mit einem Blick Richtung Kammer. «Aber es gibt tausend Dinge zu besprechen, ich kann nicht einfach unkommentiert die Akten über den Schreibtisch schieben. An den Fällen hängen Schicksale. Ich muss …» Er stockte, als ihm klar wurde, wie sich das in Alice' Ohren anhören musste.

«Ich weiß, was du meinst», beschwichtigte sie. Es schmerzte sie noch immer, dass er ihren Fall abgegeben hatte.

Er nickte dankbar. «Außerdem will ich mit Gregorio sprechen.»

Wie immer hier im Haus blieben sie etwas zu weit voneinander entfernt stehen. Es war der Abstand, den man einnahm, wenn man sich unbedingt berühren wollte, es aber nicht durfte.

«Gibt es Neuigkeiten?», fragte sie erschrocken.

Er schüttelte den Kopf. «Ich will nur, dass er mich auf den aktuellen Stand bringt.»

Alice hatte bisher erst einmal mit ihrem neuen Anwalt sprechen können, ihre Arbeitszeiten ließen es nicht zu, dass sie häufiger in die Stadt fuhr. Für den anstehenden Gerichtstermin hatte sie sich unter einem Vorwand einen freien Tag heraushandeln müssen, was ihr nur mit Blanches Hilfe gelungen war. Sie war John dankbar, dass er sich einbrachte, dass er sich weiter in der Verantwortung sah. Trotzdem verwirrte es sie.

Während sie den Kaffee eingoss, ging er zum Tisch, betrachtete die neuen Zeichnungen. «Unglaublich.» Er nahm eines der Bilder hoch. «Es sieht genau aus wie sie. Kann ich das schon mitnehmen?»

Alice nickte. «Ich bin eigentlich fertig.» Sie reichte ihm die Tasse.

«Danke. Du siehst müde aus.» Wieder musterte er ihr Gesicht.

«Ich *bin* müde», erwiderte sie nur.

Alice war auf die Nachricht hin, dass Henk Rosa weggegeben hatte, zusammengebrochen, hatte glühendes Fieber bekommen, tagelang in der Kammer hinter der Küche liegen müssen.

Sobald sie sich wieder einigermaßen auf den Beinen hatte halten können, war sie jede Nacht aus dem Haus geschlichen, um Rosa zu suchen. Mit offenen Augen hatte sie im Bett in der Kammer gelegen und gewartet, bis der Atem der Köchin im Bett neben ihr ruhig und gleichmäßig wurde. Dann war sie wie ein Schatten hinausgeglitten und ziellos durch die dunkle Stadt geirrt. Sie hatte keine Ahnung, wo Henk jetzt lebte. Die Wohnung war inzwischen an eine andere Familie vermietet. Gregorio stand zwar mit Henks Anwalt in Kontakt, aber das Recht war auf Henks Seite, er durfte bestimmen, wo Rosa sich aufhielt, und ohne richterliche Anweisung musste er es niemandem mitteilen. Sie konnten nicht viel mehr tun, als zu bitten. Und Bitten hatten Henk noch nie erweicht. Er hatte die Briefe, die Gregorio ihm über seinen Anwalt zustellen ließ, nicht einmal beantwortet.

Als Alice in einer Nacht zurück in die dunkle Küche geschlichen war, hatte John plötzlich vor ihr gestanden. «Was tust du?»

Sie war zu erstaunt gewesen, um zu reagieren. «Überwachst du mich?», zischte sie schließlich.

«Ich mache mir Sorgen», antwortete er mit einem ärgerlichen Stirnrunzeln.

«Ich weiß ja nicht einmal, wo er ist», sagte sie. Dabei hätte sie eigentlich lieber erwidert, dass es ihn nichts anging, wo sie war und was sie tat.

«Aber *er* weiß vielleicht, wo *du* bist. Ich traue ihm alles zu. Ich habe keine Minute Ruhe, wenn du nicht im Haus bist. Du riskierst alles!», flüsterte er. «Wenn meine Mutter herausfindet, dass du nachts hinausgehst, wird sie dich keinen Tag länger hier dulden. Willst du all das hier zerstören?»

Natürlich hatte er recht, sie brauchte diese Arbeit. Eine Anstellung bei einer Dame wie Gesa Reeven, bekannt und angesehen in ganz Hamburg, konnte vor Gericht den entscheidenden Unterschied machen. «Ich kann nicht einfach nichts tun!», verteidigte sie sich und versuchte, ihm auszuweichen.

Er hielt sie fest, sanft, aber unnachgiebig. «Was erhoffst du dir, Alice? Rosa ist ein Kind, wo auch immer sie sich befindet, sie wird nicht nachts durch die Gassen stolpern. Ich verstehe, dass es schwer ist für dich, aber das hier ist vollkommener Irrsinn. Du wirst irgendwann zusammenbrechen. Und was dann?» In seinem Ärger hatte er sie fast bis zur Wand gedrängt, und sie stieß ihn von sich.

«Du verstehst das nicht! Sie ist nicht deine Tochter, du weißt nicht, wie sich das anfühlt.» Sogar in der Dunkelheit hatte sie wahrgenommen, wie sehr ihn die Worte verletzten.

«Geh wieder ins Bett», hatte er geknurrt, sie losgelassen, sich umgedreht und war ohne ein weiteres Wort gegangen.

In der nächsten Nacht war der Schlüssel zur Hintertür nicht mehr an seinem Platz gewesen. Fassungslos vor Wut hatte Alice dagestanden, als sie merkte, dass er verschwunden war. Hatte ernsthaft überlegt, in sein Zimmer zu stürmen und ihn zur Rede zu stellen. Aber er hatte recht, sogar in ihrem Strudel aus Wut sah sie es ein. Sie konnte sich unmöglich weiter hinausstehlen und ihre Stellung riskieren. Die Richter würden einer alleinstehenden Frau ein Kind ohnehin nur zusprechen, wenn sie keine andere Möglichkeit sahen. Eine alleinstehende Frau ohne Arbeit jedoch hatte keine Chance. Und John setzte bereits Himmel und Hölle in Bewegung, um herauszufinden, wo Rosa war. Genau wie Jaris, der seine Anstellung als Stallmeister in der Holsten-Brauerei gekündigt hatte und all seine Zeit zwischen verschiedensten Gelegenheitsarbeiten aufwandte, um seine Nichte zu suchen. Doch Rosa konnte überall sein. Es gab nur einen Menschen in Hamburg, der ihnen hätte sagen können, wo sie sich befand.

Und der schwieg beharrlich.

Trotzdem war es die reine Qual, den ganzen Tag zu lächeln, höflich zu sein, keine Emotionen zu zeigen, zu funktionieren wie eine Maschine, obwohl ihr ganzes Leben auseinandergebrochen war. Die Bilder von Rosa zu malen, half ihr dabei, sich nicht vollkommen nutzlos zu fühlen.

John musterte sie schweigend aus schmalen Augen.

«Ich schlafe schlecht. Ich gehe nicht mehr hinaus!», fauchte sie unwillig, als sie seinen taxierenden Blick nicht mehr aushielt.

«Glaub mir», sagte er ruhig, «das weiß ich.»

Er kontrollierte sie also immer noch.

Er mochte es nicht, dass sie sich nun die Haare im Nacken aufstecken musste, es ließ sie streng aussehen. John sah dabei zu, wie sie mit schnellen Bewegungen neues Holz in den Küchenofen warf. Er registrierte ihre Wut genauso wie ihre Verwirrung. Trotzdem behielt sie die Kontrolle über sich, wirkte ruhig, gefasst. Er selbst war alles andere als ruhig, wollte aufspringen und weglaufen, wenn er nur ihre Stimme auf dem Flur hörte. Weil er ständig gegen den Drang ankämpfen musste, sie an sich zu ziehen. Trotzdem hätte er sich eher den Arm abgehackt, als sie nicht mehr zu sehen, nicht mehr morgens mit ihr Kaffee zu trinken, steife Gespräche zu führen, Blicken auszuweichen. Nie zu sagen, was er wirklich dachte oder fühlte.

«Der nächste Prozesstag ist in zwei Wochen», lenkte er vom Thema ab.

Sie nickte, und er spürte ihre Anspannung sogar über die Distanz hinweg. Unwillkürlich trat er einen kleinen Schritt näher. Bei Alice lief man immer Gefahr, dass sie sich zurückzog. «Fühlst du dich vorbereitet? Möchtest du noch etwas wissen?»

Die Tatsache, dass er das Mandat abgegeben hatte und nicht mehr ihr Anwalt war, war ein wunder Punkt zwischen ihnen. Er bereute die Entscheidung nicht, durch Julius' Betrug und den Fortgang seines Vaters hatte er einfach keine Zeit mehr gehabt. Und wenn jemals herauskäme, dass sie sich näher standen, als es sich geziemte, hätte es ohnehin das Ende des Prozesses bedeutet. Trotzdem würde ihn das schlechte Gewissen wohl niemals ganz loslassen.

«Es wird noch nichts entschieden werden?»

«Bis zur finalen Urteilsverkündung dauert es noch. Meistens ziehen sich die Zeugenverhöre in die Länge. Außer natürlich, es passiert etwas, das niemand vorhersehen konnte. Etwas, das die Sache vorschnell entscheidet.»

«Was sollte das sein?» Der schockierte Ausdruck auf ihrem Gesicht ließ sie jünger aussehen. Fragend sah sie mit diesen großen grünen Augen zu ihm auf, die ihn in seinen Träumen verfolgten. Und, wenn er ehrlich war, auch in seinen wachen Stunden.

Warum hatte er das gesagt? Er war ein solcher Idiot. Was für ein jämmerlicher Versuch, etwas aus ihr herauszubekommen. «Ich meine nur ... Manchmal passiert so etwas. Eine Zeugenaussage wirft ein neues Licht auf die Dinge, ein Beweis taucht auf. Manchmal gibt es Dinge, die eine Sache glasklar entscheiden.» Er zögerte. «Aber was sollte das in deinem Fall schon sein.»

Er sah ihre Angst. Erzähl es mir endlich, dachte er. Erzähl mir, was dir passiert ist. Aber natürlich hatte er kein Recht, es zu erfahren. Er hatte überhaupt keine Rechte an ihr. Er hoffte nur inständig, dass das, was sie verheimlichte, auch wirklich geheim bleiben würde. Dass nicht etwas ans Licht kam, das sie in Verruf brachte. Eine Frau in ihrer Situation konnte sich das einfach nicht leisten.

«Wie geht es dir?» Es war eine gefährliche Frage. Er sah ja jeden Tag, wie sie litt. Und man musste Alice nicht lange kennen, um zu wissen, dass Rosa für sie das Wichtigste war, was auf dieser Welt existierte.

Sie antwortete nicht. Er gab ihr Zeit, während sie um Fassung kämpfte. Irgendwann räusperte sie sich. «Wie geht es *dir*?»

«Tja.» Er lachte heiser. «Wo soll ich da anfangen?»

In Wahrheit hatte er keine Ahnung, wie es ihm ging, und er vermied es tunlichst, sich diese Frage zu stellen. Nun, schauen wir es uns an, dachte er zynisch. Ich arbeite, damit ich dich vergessen kann. Dann komme ich nach Hause und darf nicht zu dir, obwohl du dich im selben Haus aufhältst. Ich weiß, wie du leidest, und kann dir nicht helfen. Rosa ist verschwunden, und ich kann nichts tun. Ich werde meinen Vater vielleicht nie wiedersehen, ich habe eine Verlobte, die ich nicht liebe, einen Bruder, der mich hasst, und eine Mutter, die nicht mehr weiß, wo ihr Platz im Leben ist. Wenn man es nüchtern betrachtete, war es ein Desaster.

«Ihr habt Nachricht von deinem Vater?»

Natürlich hatte sich diese Neuigkeit auch unter dem Personal herumgesprochen. «Ja, es war eine große Erleichterung. Es scheint ihm den Umständen entsprechend gut zu gehen.»

«Und Evelyn? Es wirkt, als würde sie sich langsam fangen …»

Er räusperte sich. Evelyn war das Letzte, worüber er mit ihr sprechen wollte. «Der Schock sitzt tief. Ich erkenne sie kaum wieder.»

«Verständlich.» Alice nickte. «Sie ist eine reizende Person», sagte sie dann leise. «Sogar in ihrem Zustand ist sie immer höflich. Sie scheucht uns nicht herum und bedankt sich jedes Mal, wenn wir etwas bringen.»

Sein Hals fühlte sich plötzlich zu eng an zum Atmen. «Ich weiß», sagte er gepresst. Er hatte das schon immer an Alice gemocht, diese vollkommene Abwesenheit von Koketterie und Hintergedanken. Obwohl Evelyn seine Verlobte war, hatte Alice nie auch nur ein schlechtes Wort über sie verloren.

«Werdet …», sie stockte, suchte sichtlich nach den richtigen Worten, «werdet ihr hier wohnen bleiben, nach der Hochzeit?»

Sie hatten ein Datum festgesetzt, es wäre der letzte Moment gewesen, um das Ganze abzublasen, Evelyn endlich zu sagen, wie es um ihn stand. Aber er hatte es nicht getan. Die Hochzeit rückte immer näher, er sah es Tag für Tag auf dem Kalender, nahm es mit der Fassungslosigkeit eines Mannes wahr, der auf einen Abgrund zurannte und sich außerstande sah anzuhalten. Er wusste, dass er Evelyn nicht heiraten konnte. Und doch wusste er, dass er sie heiraten musste. Es gab kein Szenario, in dem er mit Alice zusammen sein konnte. Es war einfach nicht möglich.

Trotzdem war da ein Teil in ihm, der wie ein Kind daran glaubte, dass alles irgendwie gut ausgehen würde. Dass er die Frau bekam, die er liebte, und mit ihr zusammen alt werden würde. Wie im Märchen.

«Nein», sagte er mit rauer Stimme. «Wir werden ein eigenes Haus suchen. Vielleicht etwas bauen lassen.»

Sie wirkte erleichtert. Es überraschte ihn, wie weh das tat.

Mehr als alles auf der Welt wünschte er sich, dass sie ihm endlich sagte, was sie für ihn fühlte. Von Anfang an war ihm klar gewesen, dass sie nicht in der gleichen Intensität für ihn empfand wie er für sie. Aber mittlerweile hatte er das Gefühl, dass sie sich bereits vollkommen damit abgefunden hatte, dass zwischen ihnen nichts sein konnte. Und dann waren da wieder diese Momente, die ihn hoffen ließen.

Aber hoffen worauf?

Er schien erleichtert, dass sie nun so offen über diese Dinge sprechen konnten. Sie wusste, dass er Gefühle für sie hegte, aber mittlerweile schien er sich vollkommen damit abgefunden zu haben, dass zwischen ihnen nichts sein konnte. Es überraschte sie, wie weh das tat.

«Mein Bruder wird aus seinem Versteck zurückkommen. Er hat gestern angerufen», unterbrach John ihren Gedankenfluss.

«Oh!» Sie umklammerte ihre heiße Tasse, brauchte ein paar

Sekunden, um den Schreck zu überwinden. «Das ist gut für dich, oder? Dann könnt ihr euch die Arbeit teilen?»

«Gut ist relativ.» John trank von seinem Kaffee, fuhr sich mit der Hand über den Bart. «Es *könnte* gut sein – wenn er bereit wäre, die Arbeit zu teilen. Er wird es mir nicht leicht machen. Blanche sagt, er sei zur Vernunft gekommen, aber Julius ist kein Mensch, der sich von Vernunft leiten lässt.»

Sie spürte, dass er kurz davor war, die Frage zu stellen. Er hatte ihre Reaktion auf Julius an ihrem ersten Tag in der Reeven-Villa gesehen, er musste gemerkt haben, dass sie ihn kannte. Aber bisher hatte er nichts gesagt.

Vor nichts hatte Alice mehr Angst als vor der Wahrheit. Gleichzeitig wollte sie so sehr, dass jemand alles über sie wusste. Alles wusste und sie trotzdem liebte. Sie konnte sich nichts Schöneres vorstellen. Aber es gab Dinge, die sie niemals würde erzählen können. Julius war eines dieser Dinge. Ein Mann wie John konnte vieles verstehen, vielleicht noch mehr verzeihen. Aber nicht das.

«Ich bin sicher, ihr könnt das regeln. Du willst schließlich den Vorsitz so schnell wie möglich wieder an ihn abgeben, oder nicht?», flüsterte sie.

Er nickte, ohne sie anzusehen. «Lieber heute als morgen. Doch das Vertrauen ist erschüttert. Ich werde noch lange Zeit ein Auge auf ihn haben müssen.»

Er war älter geworden in den letzten Wochen. Da war eine verbissene Ernsthaftigkeit in seinen Zügen. Sie wünschte so sehr, dass er ihr sagte, er würde die Hochzeit abblasen. Dass ein Wunder geschehen sei und sich ein Weg aufgetan habe, wie sie dieser Situation entkommen und zusammen sein konnten. Aber sie wusste, dass er es nicht sagen konnte. Dass es nicht möglich war.

Er roch nach Rasierwasser und Tabak, und sie spürte, wie ihr ganzer Körper danach verlangte, ihn zu berühren. Sie wollte sich gegen ihn lehnen und weinen. Sie wollte, dass das alles aufhörte, diese Ungewissheit, dieser ständige Schwebezustand. Er war warm, er war groß und beschützend, er roch, wie er immer roch. Sie fühlte sich sicher bei ihm.

Es war nicht auszuhalten.

Sie trat einen Schritt weiter zurück. Gleich würde er wieder gehen, und sie würde ihn den ganzen Tag vermissen, würde seiner Verlobten das Essen bringen und die Kleider mangeln.

Er hasste es, dass sie hier arbeitete. Und sie hasste es auch. Obwohl sie und John nun im selben Haus wohnten, hatten sie bislang nur wenige kurze Augenblicke allein verbracht. Niemand in der Villa durfte merken, dass sie sich kannten. Heinrich wusste es natürlich, und John hatte ihm absolute Verschwiegenheit abgerungen. Und Marlies. Wie John *sie* auf seine Seite gezogen hatte, war Alice ein Rätsel. Sicherlich hatte er alles auf Blanche geschoben, doch nicht einmal seine Schwester durfte erfahren, wie vertraut sie sich waren. Sie ging vermutlich davon aus, dass Alice einfach eine verzweifelte Klientin war, der John unbedingt helfen wollte. Sie würde sicher niemals vermuten, dass John und Alice längst eine Linie überschritten hatten, von der es kein Zurück mehr gab.

Sich voneinander fernzuhalten, war nicht so schwer, wie Alice anfangs gedacht hatte. Sie arbeitete den ganzen Tag. John arbeitete sogar noch mehr als sie. Er verließ die Villa im Morgengrauen und kam am späten Abend zurück, kümmerte sich dann um seine Verlobte und seine Mutter, beide auf unterschiedliche Weise vom Leben gebrochen, regelte die Angelegenheiten im Haus, die früher sein Vater entschieden hatte.

Außer ihren morgendlichen Treffen, bei denen sie die Zeichnungen von Rosa austauschten, sich flüsternd unterhielten, stets zwei Schritte zu weit voneinander entfernt standen und nie über die Dinge sprachen, über die sie eigentlich sprechen sollten, gingen sie sich aus dem Weg. Sie mussten sich aus dem Weg gehen. Es machte alles schwerer, wenn sie sich sahen. Alice konnte erst aufatmen, wenn er morgens das Haus verlassen hatte.

«Ich muss dir etwas sagen.» Mit einem Klirren stellte John seine leere Tasse auf den Tisch. Erstaunt sah sie auf. Er blickte sie an, als wäre er im Zwiespalt mit sich selbst. «Aber erst musst du mir versprechen, nichts Dummes zu tun.»

«Sag es mir!», drängte sie. Ein ungutes Gefühl breitete sich in ihrem Magen aus. «Hat es etwas mit Rosa zu tun?»

John zögerte, und unwillkürlich hielt sie den Atem an. Es konnte nichts Gutes bedeuten. «Gregorio hat herausgefunden, wo Henk ist. Sein Anwalt hat sich verplappert.»

«Was? Wo?» Die Neuigkeit versetzte ihr einen scharfen Stich in der Brust.

«Genau da, wo du ihn vermutet hattest», erwiderte John grimmig. «Bei seiner Mutter.»

«Aber ich war bei ihr. Ich habe sie doch gefragt, ob sie weiß, wo er ist», rief Alice, um gleich darauf wieder zu verstummen. Was hatte sie denn erwartet? Sigrid schützte ihren Sohn, natürlich hatte sie gelogen. In ihrem Kopf begannen die Möglichkeiten, hin und her zu jagen.

Als könne er in sie hineinschauen, sagte John warnend: «Du wirst nicht hinfahren!»

Bevor sie aufbrausen konnte, hob er beruhigend die Hände. «Natürlich müssen wir versuchen, mit ihm zu sprechen. Mir wird er nichts verraten, aber du hast vielleicht eine Chance.»

«Du hast doch eben noch gesagt …»

«Nicht alleine!», unterbrach er sie leise, aber bestimmt. «Ich werde mitgehen. Aber er sollte mich nicht sehen. Ich glaube nicht, dass er dir etwas tut, er steckt schließlich mitten in einem Prozess. Vielleicht kannst du ihn erweichen oder ihn reizen. Vielleicht siehst du irgendwas.»

«Wann?», fragte sie atemlos.

«An deinem freien Tag, wann sonst.»

Ein Geräusch ließ ihre Köpfe simultan in die Höhe rucken. Rasch warf Alice einen Blick auf Johns Armbanduhr. «Die Köchin steht auf», warnte sie.

Er nickte. «Versprich mir, dass du nicht ohne mich hinfahren wirst. Versprich es», verlangte er. «Denk an den Prozess. Denk daran, was er tun kann.»

«Ist ja gut», presste sie hervor.

Rasch sammelte er die Zeichnungen vom Tisch, wandte sich zur Tür. Dann hielt er inne, sah zu ihr zurück, zögerte. Mit zwei schnellen Schritten war er bei ihr, zog sie an sich, drückte seine Nase in ihr Haar. «Es ist eine Chance!», sagte er leise.

Bevor sie reagieren konnte, war er verschwunden.

Alice blickte auf die Tür, die leise in den Angeln schwang. Alles in ihr vibrierte. Er war so distanziert, kalt beinahe, in der Gegenwart seiner Familie ignorierte er sie meist völlig, sprach nur das Nötigste. Aber was er eben getan hatte, war beinahe noch schwerer zu ertragen.

Heirate sie endlich, dachte sie wütend und schloss einen Moment die Augen. Dann ist es wenigstens vorbei, und ich kann wieder atmen.

Schlurfende Schritte aus der Kammer kündigten die Köchin an, und Alice ließ sich auf die Küchenbank gleiten.

«Sala saß auch immer so da, wenn ich morgens rauskam.»

Die Köchin wickelte sich ihr Tuch um die Haare und gähnte herzhaft.

Alice bemühte sich um ein neutrales Lächeln. Was eben geschehen war, hatte sie vollkommen aus dem Konzept gebracht. «Sie hat vor mir hier gearbeitet?» Bisher hatte sie nur Andeutungen über den Verbleib ihrer Vorgängerin gehört. «Was ist aus ihr geworden?» Sie erhob sich wieder und holte eine Tasse aus dem Schrank, legte den Zwieback, den die Köchin morgens gerne aß, auf einen Teller und stellte ihr beides auf den Tisch.

«Dank dir, Mädchen!» Sie setzte sich, hob die Schultern zum Zeichen, dass sie es nicht wusste. «Schön, wenn man auch mal bedient wird. Sie kam irgendwo aus der Nordmarsch, aus einem kleinen Dorf. Wahrscheinlich ist sie wieder dorthin zurück.» Krachend biss die Köchin in den Zwieback.

Die Nordmarsch. Alice spürte, wie sich beim Klang der Worte alles in ihr zusammenzog. Zu ihrem Entsetzen war es Sehnsucht, die sie verspürte. Sie dachte daran, dass sie nie herausgefunden hatte, wo Erika beerdigt worden war. Sie dachte daran, dass sie im Herbst mit Grete die Schwarzbeeren hatte ernten wollen, die sie an der kleinen Böschung entdeckt hatten. Daran, wie der Wind im Frühling die Wildkirschenblüten wie duftenden Schnee über den Dorfplatz gewirbelt hatte. Ob man Grete wohl gesagt hatte, was mit ihr geschehen war? Sicherlich nicht, schließlich sollte Christinas verdorbener Charakter nicht auf die Mädchen abfärben.

Die Köchin sah das Papier auf dem Tisch liegen. «Malst du sie immer noch?» Der Blick in ihrem zerfurchten Gesicht wurde weich. «Noch kein Zeichen, nichts gehört?»

Alice schüttelte den Kopf. «Nichts», sagte sie leise.

Die Köchin legte kurz eine Hand auf ihre und drückte sie.

«Ich zeig ihr Bild rum, wenn die Lieferanten kommen. Auch beim Metzger, beim Krämer. Ich hab es immer dabei.» Sie zog die zusammengefaltete Zeichnung von Rosa, die Alice ihr gegeben hatte, aus der Schürzentasche. «Das wird schon werden.»

Irgendwann hatte Alice begriffen, dass sie Unterstützung brauchte. Sie musste Rosa finden, und je mehr Augen nach ihr Ausschau hielten, desto besser. Falls Rosa noch in Hamburg war, waren die Bilder eine Chance. Blanche verteilte sie bei ihren Frauentreffen, in ihrem Lesezirkel, bei der Schneiderin und beim Friseur. Jaris nahm die Zeichnungen mit, wo auch immer er hinging. Heinrich verließ das Haus nur selten, aber auch er hatte versprochen, sie jedem zu zeigen, der ihm unter die Nase kam. Sie hatte verstanden, dass sie alleine nichts ausrichten konnte. Dass sie endlich lernen musste, anderen Menschen zu vertrauen.

«Nun komm, Mädchen, wir müssen langsam anfangen.» Gähnend erhob sich die Köchin, steckte sich den Rest des Zwiebacks in den Mund. «Gleich wird der Fisch geliefert.» Mit einem Augenrollen trank sie die Tasse leer. «Und heute kommt Julius zurück.»

3

Er hatte seine Rückkehr angekündigt, aber John war nicht da, als sie die Einfahrt hinauffuhren. Julius spürte, wie sich sein Körper entkrampfte, als ihm klar wurde, dass das Automobil nicht in der Garage parkte. Er hatte schon vor sich gesehen, wie sein Bruder mit steinerner Miene und wehendem Mantel vor dem Haus stand und ihm zur Begrüßung vor versammeltem Personal eine Moralpredigt hielt.

«Wo soll er sein, in der Bank natürlich», erklärte seine Mutter, offensichtlich irritiert, da seine erste Frage John galt. Gleich darauf schien sie erschrocken, er könnte ihre Worte als Vorwurf auffassen. An Johns Stelle hatte Gesa vor dem Haus auf Julius und Marlies gewartet, und etwas förmlich küsste er sie auf die Wange. «Es ist schließlich Dienstag», fügte sie hinzu und beobachtete mit konzentrierter Miene, wie das Gepäck ausgeladen wurde.

Julius registrierte, wie dünn seine Mutter geworden war. Wie viel Weiß sich in den wenigen Wochen seiner Abwesenheit in ihr Haar gemischt hatte. Trotzdem schienen Gesa die Nachrichten ihres Mannes beflügelt zu haben. Hatte Blanche nicht berichtet, dass sie untätig herumsaß und oft ganze Nachmittage im Bett verbrachte? Nun erschien sie ihm lebhaft und voller Energie. Überrascht stellte er fest, dass er sie vermisst hatte.

«Wie schön, dass ihr zurück seid. Das Haus war leer ohne euch!» Gesa freute sich offenbar sogar über Marlies, küsste ihre Schwiegertochter auf die Wangen und hielt einen Moment ihre Hände. «Es gibt Labskaus. Ich hoffe, ihr habt Hunger mitgebracht.»

Marlies hingegen machte einen so erschöpften Eindruck, als wäre ihr bereits dieser kleine Austausch an Höflichkeiten zu viel. «Die Fahrt war schrecklich holprig. Ich lege mich erst einmal hin», antwortete sie mit dieser matten Stimme, die ihn in den Wahnsinn trieb.

Gesa nickte verständnisvoll. «Ich lasse dir später ein Teebrettchen bringen.»

In der Halle kam ihnen Evelyn entgegen, ein angestrengtes Lächeln im Gesicht. Auch sie war noch schlanker geworden. Julius hatte sie immer gemocht; wenn er ganz ehrlich zu sich selbst war, hatte er seinen Bruder vom ersten Moment an um sie beneidet. Nicht nur Aussehen und Statur waren perfekt, auch ihr Wesen schien ihm alles aufzuweisen, was eine Frau vereinen musste. Sie würde ihren Mann niemals bei einer öffentlichen Veranstaltung mit ihrer schlechten Laune blamieren, erfüllte die ihr zugewiesene Rolle mit Bravour. Es war keinerlei Anstoß an ihr zu finden.

«Ihr seid zurück. Wie schön. Wir haben euch vermisst!», hauchte sie.

Julius küsste auch sie auf die Wange, atmete ihren Duft ein. Ihn durchzuckte der Gedanke, dass sein Leben anders aussehen würde, hätte er Evelyn zuerst kennengelernt.

Beim Essen blieben sie zu dritt, Marlies erschien nicht. Das neue Mädchen servierte, er hatte ihren Namen schon wieder vergessen. Christiane, Christa … Beim besten Willen, er konnte sich nicht erinnern. Er folgte ihr mit den Augen. Sie war attraktiv, hatte aber eine bleichsüchtige Aura, tiefe Schatten unter den Augen, als würde sie nicht schlafen. Immer noch rumorte dieses Gefühl in ihm, dass er sie kannte, aber er konnte sie nicht zuordnen. Außerdem, schöne Frauen waren doch auf eine Art alle gleich. Als er nach den Kartoffeln griff und sie im selben Moment die Schüssel nehmen wollte, um nachzufüllen, streifte ihre Hand die seine.

Sie fuhr zurück, als hätte sie sich verbrannt, der Löffel fiel klappernd auf das Tischtuch. «Verzeihung!», stotterte sie.

«Ist alles in Ordnung?» Irritiert runzelte er die Stirn.

«Natürlich!» Sie sah ihn nicht an, fegte rasch die kleinen Kartoffelstücke mit dem Tischbesen auf. Rote Flecken bildeten sich auf ihren Wangen.

Erstaunt sah er ihr zu. Seine Mutter hatte ihr Personal wirklich unter der Fuchtel, die Mädchen vergingen ja regelrecht vor Angst, etwas falsch zu machen.

Gesa beobachtete die Szene mit gespitzten Lippen, sagte aber nichts. Generell kam ihm seine Mutter wie ausgewechselt vor. Sie tat, als wären er und Marlies eben von einer Kur an der See zurückgekehrt, fragte nach dem Haus, dem Wetter – *wir waren kaum zwei Stunden entfernt, Mutter, das Wetter war nicht anders als hier* –, dem Essen. Kein Wort über die Bank, seinen Vater, die Verantwortung. Gesa hielt sich selten mit Vorwürfen zurück. Wenn sie wie sonst ihre Litanei angefangen hätte, hätte er wie sonst reagieren, sich verteidigen oder aus dem Zimmer stürmen können. So hing die Gewitterwolke drohend über ihren Köpfen, türmte sich immer dichter und höher auf.

Erst beim Nachtisch räusperte seine Mutter sich, legte klirrend ihren Löffel beiseite, das Schälchen mit Himbeerpudding und Schlagsahne schob sie unangetastet von sich. «Wirst du heute noch in Bank fahren? Oder möchtest du dich auch erst einmal hinlegen?»

Wortlos trank er seinen Kaffee aus. Evelyn hob nicht den

Kopf, aber er sah, wie sie die Schultern hochzog, da seine Antwort auf die Frage seiner Mutter ausblieb.

Gesa räusperte sich zum wiederholten Mal, und er spürte, wie etwas in ihm zuschnappte. «Lass mich doch erst mal ankommen», erwiderte er hart.

«Ich frage ja nur!»

Mit einer fahrigen Bewegung schob er seinen Teller von sich. «Du fragst nicht, du suggerierst!» Er stand auf. «Aber dein Wunsch ist mir natürlich Befehl, Mutter.» Es war peinlich, wie er sich aufführte, peinlich vor Evelyn, peinlich vor sich selbst. Aber Gesa hatte etwas an sich, das ihn sich fühlen ließ wie ein Kind, sie rief einen alten Trotz in ihm hervor, gegen den er nicht ankam. «Heinrich!», rief er theatralisch, im vollen Bewusstsein, dass dieser viel zu weit weg war, um ihn zu hören. «Mein Mantel!»

Gesa und Evelyn saßen auf ihren Stühlen wie festgefroren, fehlte nur, dass sie die Köpfe einzogen. Bevor er aus dem Zimmer rauschte, sah er, wie sie sich einen Blick zuwarfen, und Scham schoss durch ihn hindurch wie eine glühende Welle. Sie hatten genau diese Reaktion von ihm erwartet.

Der Reeven-Schriftzug an der Fassade war ihm stets wie eine Verheißung erschienen. Jeden Morgen war er den Buchstaben mit Stolz entgegengeschritten. Der Name wartete dort oben auf ihn. Eines Tages würden alle wichtigen Männer dieser Stadt ihn einzig mit ihm in Verbindung bringen. Das war sein Lebensziel gewesen, alles, worauf er in seiner Berufslaufbahn hingearbeitet hatte. Nun, da Julius seinen Bruder hinter den vergoldeten Drehtüren wusste, war das Gefühl, als er von der Fähre stieg und die Straße hinauf auf die Bank zulief, ein vollkommen anderes.

Natürlich flüsterten sie alle, drehten die Köpfe. Beinahe war es lustig, wie emsig und beschäftigt sich die Angestellten plötzlich gaben, seinen Blick mieden und taten, als sähen sie ihn nicht. Einzig seine Sekretärin eilte ihm vom Empfang entgegen, eine Mischung aus Furcht und Überraschung im Gesicht. «Herr Reeven, wie schön, Sie zu sehen. Ich hoffe, es geht Ihnen besser? Soll ich Sie bei Ihrem Bruder anmelden?» Ihr Blick ruhte einen Moment zu lange auf seinem Gesicht, als wollte sie prüfen, ob die Gerüchte, die man über sein Ausbleiben erzählte, tatsächlich stimmten. Ihm war klar, dass er schlecht aussah, schließlich schlief er kaum, trank zu viel, aß zu viel, er war aufgedunsen und bleich. Der Anblick im Spiegel hatte ihn am Morgen regelrecht schockiert. In kurzer Zeit schien er um Jahre gealtert, selbst seine blonden Haare hatten ihren Glanz verloren. In der entsetzten Miene seiner Sekretärin fand er all das gespiegelt.

Es besserte seine Laune nicht unbedingt.

«Das ist nicht nötig», erwiderte er knapp und reichte ihr seinen Mantel. «Aber bringen Sie mir einen Kaffee hinauf.»

Er nahm den Paternoster nach oben und ging mit großen Schritten den Gang entlang. Johns Stimme dröhnte durch die geschlossene Flügeltür. Offenbar telefonierte er, denn es war keine Antwort zu hören. Kurz spielte Julius mit dem Gedanken, einfach hineinzumarschieren, schließlich war das hier die letzten Monate über sein Büro gewesen, und das würde es auch wieder werden. Stattdessen klopfte er zu laut und zu fest.

John hielt in seinem Redestrom inne. «Herein?», rief er irritiert.

Ohne zu zögern, trat Julius ein, als müsste er sich selbst beweisen, dass er sich weder schämte noch sein Handeln bereute.

Bei seinem Anblick breitete sich Erstaunen auf Johns Gesicht aus. Er erhob sich, beendete das Gespräch mit knappen Worten und legte den Hörer auf die Gabel.

«Julius!» Sein Bruder kam nicht um den Schreibtisch herum, wies ihn mit einer Geste an, ihm gegenüber Platz zu nehmen. Dann setzte er sich wieder, rückte seine Krawatte zurecht.

Durch die Fenster hinter dem riesigen Schreibtisch schimmerte das Wasser der Alster. Die Situation war absurd. Dort saß John wie ein Rektor vor einem in Ungnade gefallenen Schüler. Julius presste die Zähne so fest aufeinander, dass es wehtat. Er war ein Besucher in seinem eigenen Haus.

«Du bist also tatsächlich zurück. Ich hatte nicht damit gerechnet, dass du heute direkt herkommst. Aber es ist gut, dass du da bist.» John musterte ihn einen Moment. «Es gibt einiges zu besprechen, ich werde die Prokuristen einbestellen. Wir sollten uns zusammensetzen.»

Überrascht registrierte Julius, dass John einfach zum Tagesgeschäft überzugehen schien. Anscheinend hatte er entschieden, die Moralpredigt vorerst auszufallen zu lassen. Sieh mal einer an, dachte Julius. Mein Bruder kann mich ja doch überraschen. Normalerweise war John vorhersehbar durch seine Besessenheit von Regeln und Moral. Eigentlich hätte er dankbar sein müssen dafür, dass John ihm keine Vorwürfe machte. Stattdessen wurde er noch wütender. Als wäre es an seinem Bruder, ihm Absolution zu erteilen für seine Taten.

Während John ihn mit knappen Worten auf den neuesten Stand zu bringen versuchte, musterte Julius ihn verstohlen. Auch John schien älter, er war ernster geworden, der Bart war kürzer, sein Kiefer wirkte kantiger. Gleichzeitig strahlte er eine entschlossene Härte aus. Der Wandel überraschte ihn. Als er sprach, schien es Julius fast, als säße da ein neuer Mensch vor ihm. Er war erstaunt, wie mitgenommen und angespannt sein Bruder wirkte. Blanche zufolge gingen John die Geschäfte leicht von der Hand, aber sie wusste schließlich auch nur, was er ihr erzählte.

«Hast du dir angesehen, was ich geplant hatte?», fiel er John ins Wort. Er fühlte sich in der Defensive, hatte keine Lust, um den heißen Brei herumzureden.

John unterbrach sich, sein Blick verfinsterte sich auf der Stelle. «Selbstverständlich», erwiderte er knapp, lehnte sich zurück, taxierte ihn. «Sogar sehr genau.» Er zögerte, schien dann eine Entscheidung zu treffen. «Warum ausgerechnet Krupp?»

Julius verschränkte die Arme vor der Brust. Sein Herzschlag beschleunigte sich. Er hatte nicht damit gerechnet, dass er wirklich eine Chance bekommen würde, über seine Pläne zu sprechen. «Mir ist klar, dass viele die Verlagerung der Produktion in die Privatwirtschaft missbilligen. Aber die technologischen Entwicklungen sind zu rasant, wir brauchen verlässliche Rüstungspartner. Krupp produziert inzwischen mehr als die staatlichen Heereswerkstätten und hat immer geliefert, wenn die nicht hinterherkamen. Außerdem ist der Kaiser überzeugt, dass ihr Kanonenstahl der beste ist, und was dem Kaiser gefällt, wird auch bestellt. Er hat Krupp schon mehrfach mit staatlichen Finanzhilfen unterstützt.»

John hörte aufmerksam zu. Sein konzentrierter Blick befeuerte Julius weiterzusprechen.

«Ich habe auch lange mit Schneider-Creusot geliebäugelt», fuhr er hastig fort. «Sie wetteifern geradezu mit Krupp um die Entwicklung neuer Panzertürme. Aber es sind Franzosen, und man weiß nie, wie sich alles ausgeht.» Er winkte wegwerfend ab. «Zu riskant, wenn du mich fragst. Bei einer deutschen Firma sehe ich größere Chancen. Sehr große. Technischer Fortschritt und gute Kriegsführung bedingen einander. Momentan scheine ich einer der wenigen zu sein, die das begreifen, aber wenn es erst so weit ist, werdet ihr an meine Worte denken.»

«Julius.» John seufzte irritiert. «Ich weiß, wie massiv in Europa in den letzten Jahren hochgerüstet wurde. Trotzdem gehst du offenbar von einem Krieg aus, der lange dauert und eine extreme Materialschlacht bedeutet. Woher willst du das wissen? Niemand außer dir scheint mit einem solchen Szenario zu rechnen. Mit Verlaub, du bist nun wirklich kein Experte. Ich habe mir die Mobilmachungspläne angeschaut. Sie kalkulieren den benötigten Nachschub im Falle eines Krieges nur für wenige Wochen.»

Julius lächelte milde. «Das ist eben der Unterschied zwischen uns beiden. Ich weiß es nicht. Ich pokere. Der Einsatz ist hoch, das ist mir vollkommen bewusst, aber nicht so hoch, dass wir ihn nicht tragen können. Sollte ich mich irren, wird es uns einen Dämpfer verpassen. Aber sollte ich recht haben …» Bevor John protestieren konnte, redete er weiter: «Du hast keine Ahnung, was es inzwischen alles gibt. Massenvernichtungswaffen, John. Ein Krieg kann nicht mehr so schnell entschieden werden. Es wird zu Pattsituationen kommen, aus denen als Sieger hervorgeht, wer am schnellsten Munition nachliefern kann. Das müssen *wir* sein, verstehst du? Deutschland! Und bei wem wird der Kaiser wohl bestellen, wenn es so weit ist?»

Er konnte sehen, dass er dabei war, seinen Bruder zu verlieren. John rieb sich mit der Hand nachdenklich über den Bart, sein Blick jedoch hatte sich von ihm entfernt.

«Wir sind schon spät dran, John. Aber man kann die Produktion von Munition und Minen sehr schnell hochfahren, wenn die entsprechenden Verträge bereits unterschrieben sind. Ich habe auch noch andere im Visier, Thyssen könnte neben Stahl und Kohle auch sehr gut die Produktion von Waffen …»

«Wir werden nicht in Rüstung investieren.» Johns Worte schnitten durch seinen Monolog wie eine zufallende Tür.

Natürlich hatte Julius keine andere Antwort erwartet. Aber dass John überhaupt zuhörte, hatte die Hoffnung in ihm keimen lassen, sein Bruder hätte inzwischen vielleicht doch Lunte gerochen.

John richtete sich auf, verschränkte die Hände vor sich auf der Tischplatte. «Wir werden nicht investieren. Und damit Punkt. Ich habe die Sache während deiner … *Abwesenheit* gründlich durchdacht.»

Also doch. Da war sie, die Spitze.

«Es ist Kriegstreiberei. Wer Waffen herstellt, nimmt Einfluss auf das politische Geschehen. Sollte der Kaiser im Ernstfall ordern, schön und gut, natürlich muss dann produziert werden. Aber sie vorzubereiten, wenn wir gar nicht wissen, ob sie jemals gebraucht werden? Wenn andere davon Wind bekommen, werden sie nachziehen. Wenn wir hier Geld in die Industrie pumpen, führt das doch nur dazu, dass andere Länder es auch tun. Das Militär will Krieg. Es braucht ihn. Es hat sonst keine Funktion.»

Julius atmete tief ein und wieder aus. «Das sind unvermeidbare Kreisläufe. So funktioniert nun mal die Welt. Pazifismus hin oder her, so naiv kannst du nicht sein, dass du glaubst, unsere Beteiligung würde einen Unterschied machen. Wenn wir es nicht tun, tun es andere. John, wir leben in einem Zeitalter der Bankenkonzentration. Wenn wir unseren Rang in der Hochfinanz dieser Stadt halten wollen …»

«Das schaffen wir auch ohne Rüstung», erwiderte John unnachgiebig.

«Unsere Außenpolitik ist seit Bismarcks Entlassung komplett unberechenbar!», rief Julius erbost. So viel zu seinem Vorhaben, ruhig zu bleiben. «Die ganze Welt spricht mittlerweile über einen Zweifrontenkrieg, das weißt du so gut wie ich. England würde unsere Hegemonie niemals akzeptieren. Russland will die Meeresengen, sie unterstützen Serbien gegen Österreich, Frankreich will Elsass-Lothringen zurück. Das sind brodelnde Vulkane, die jederzeit ausbrechen können.»

Er sah genau, dass John wirklich über seine Worte nachdachte. Doch dann sagte er: «Unsere Außenpolitik liegt doch mittlerweile so stark in den Händen der Militärs, dass wir gar nicht mehr wissen, was eigentlich Sache ist. Die informieren uns nur so weit, wie es ihnen nützt. Uns und das Parlament gleichermaßen. Du kannst genauso wenig beurteilen wie ich, was momentan die Lage bei der Heeresführung ist.»

«Es ist doch vollkommen egal, wer die Waffen bezahlt, hergestellt werden sie so oder so, ob jetzt oder später, ist einerlei!» Warum verschwendete er seine Energie an jemanden, der es einfach nicht sehen wollte?

«Eine recht unpatriotische Einstellung», sagte John kühl.

«Im Gegenteil!», schnappte er zurück.

Es fiel Julius schwer, ruhig sitzen zu bleiben. Sein Bruder war eben kein Bankier, war es nie gewesen. Im Herzen war John genauso ein monarchistischer Liberaler wie Theodor, er hoffte stets auf den Sieg der Vernunft. Aber Menschen waren nicht vernünftig. Sie waren gierig. Gierig und machthungrig.

Die Sekretärin klopfte mit dem Kaffee. Es war ihr anzusehen, dass sie darauf lauerte, etwas aufzuschnappen, ihr Blick pendelte zwischen ihnen beiden hin und her. Sie schwiegen einvernehmlich, bis sie den Raum wieder verlassen hatte.

John lehnte sich im Stuhl zurück. «Ich höre dir zu, auch wenn du es nicht glauben möchtest. Ich höre auch Großvater zu.»

«Eugen hat mit dir gesprochen?» Überrascht hob Julius die Brauen.

John nickte, ohne weiter darauf einzugehen. «Ich stimme dir inzwischen zu, dass es nicht unklug wäre, sich auf den Ernstfall einzustellen. Allerdings nicht in Form weiterer Investitionen.»

Julius unterdrückte einen Seufzer. «Du sprichst von den Akzeptkrediten?»

Wieder nickte John. «Wir haben Kredite in Millionenhöhe bei russischen Banken, und wir können es uns nicht leisten, diese zu verlieren.»

«Ich dachte, du glaubst nicht an einen Krieg», sagte er spöttisch.

Obwohl er sich sichtlich zusammennehmen musste, erwiderte John ruhig: «Nun, ich muss zugeben, auch ich erkenne mittlerweile, dass die Gefahr größer ist, als ich bisher sehen wollte.»

Erstaunt musterte Julius seinen Bruder. Dass John einen Krieg für möglich hielt, berührte etwas in ihm, womit er nicht gerechnet hatte. Ein dumpfer Druck entstand in seinem Magen. Bisher hatte er einen Krieg nur als Investitionsmöglichkeit gesehen. Aber ein Krieg würde noch ganz andere Dinge bedeuten. Hamburg würde von einer Seeblockade durch England stärker betroffen sein als andere Städte. Wenn man wollte, konnte man die Stadt vom Welthandel ausschließen. Die Auswirkungen auf die Bevölkerung wären verheerend, schließlich war Hamburg mittlerweile nach London und New York die drittgrößte Hafenstadt der Welt.

Und Julius und John waren beide Männer im wehrfähigen Alter.

«Aber wir können die Kredite nicht einfach einbringen. Es würde auffallen.»

«Nicht alle auf einmal zumindest. Ich schlage vor, dass wir einen Plan entwickeln, wie wir … sagen wir mal: vorsichtig anklopfen. Für die zukünftigen Geschäfte müssen wir uns verstärkt auf das neutrale Ausland konzentrieren. Buenos Aires, São Paulo, Amsterdam, Kopenhagen, vorerst natürlich auch die Amerikaner.»

«Riskant», sagte Julius knapp.

«Weitsichtig», konterte John.

«Das weiß man erst hinterher.»

Johns Mundwinkel zuckte. Und auch Julius, obwohl weit davon entfernt zu lächeln, spürte, wie sich etwas in ihm kaum merklich entspannte. Wie plötzlich neue Möglichkeiten aufschimmerten.

«Ich lasse ein Radio-Telegramm nach New York schicken, in Ordnung?» Julius erhob sich. Er hatte sich an diese neueste Errungenschaft der Technik noch nicht gewöhnt und nutzte jede Möglichkeit, sie auszutesten.

John nickte. «Tu das.» Er sah auf die Uhr. «Ich setze unsere Besprechung mit den Prokuristen in einer Stunde an. Dein Büro habe ich vorbereiten lassen.»

Julius hielt inne. «Danke», sagte er knapp. Er meinte es beinahe ehrlich.

Am späten Abend fuhren John und er zum ersten Mal in ihrem Leben gemeinsam von der Bank nach Hause. Auf dem Schiff sprachen sie nicht viel, beide hatten die Mantelkrägen gegen den Wind aufgeschlagen und lehnten an der Reling, rauchten, sahen die Lichter des östlichen Alsterufers auf sich zukommen.

«Wie geht es Mutter?», fragte Julius schließlich. Der Übergang vom Geschäftlichen ins Private war etwas, das sie erst würden lernen müssen. Genau wie die Zusammenarbeit. Es war ein anstrengender Tag gewesen, voller kleiner Momente des Kräftemessens.

John blickte auf das aufgewühlte dunkle Wasser. «Besser, seit Vaters Brief. Aber ich weiß nicht, wie ich das finde. Sie macht sich Hoffnungen.» Er blies den Rauch aus, sah seinen Bruder an. «Wir wissen beide, dass es die nicht gibt. Nicht wirklich.»

«Und Evelyn?»

John zögerte. Da stand plötzlich etwas im Gesicht seines Bruders, ein gequälter Ausdruck, der ihn überraschte und den er nicht zu deuten wusste. «Sie kommt zurecht.»

«So schlecht, hm?»

John antwortete nicht, starrte nur erneut auf das Wasser, rauchte schweigend weiter.

Julius musterte ihn von der Seite. Im Laufe der letzten Stunden, in denen er beobachtet hatte, wie souverän John mit den Prokuristen sprach, wie er verhandelte, entschied, leitete, war ihm etwas klar geworden. Es gab nur eine Lösung für all seine Probleme.

Er musste John loswerden.

Sein Bruder musste sich wieder seiner Kanzlei zuwenden, musste ihm endgültig und freiwillig die Anteile an der Bank abtreten. Nur so würde es gehen. Er musste Johns Vertrauen gewinnen – damit dieser sich zurückzog. Im Grunde hatte John keinerlei Interesse daran, die Bank dauerhaft zu leiten. Den ganzen Tag hatte Julius ihm angesehen, wie sehr er jede

Sekunde hasste. John gab alles. Und er war gut, herausragend sogar, Julius musste es ihm neidlos zugestehen. Aber er war auch verkrampft, schlecht gelaunt, angespannt. John hatte nicht so viele Jahre Jura studiert, um jetzt jeden Tag um Geld zu feilschen.

Als die Fähre auf den Anleger zusteuerte und sie die Lichter der Villa bereits durch die Bäume schimmern sahen, wusste Julius, was er tun würde.

Vielleicht hatte er Glück: Vielleicht würde es noch Jahre dauern, bis einer der schwelenden Konflikte ausbrach, die den Frieden in Europa bedrohten. Dann hätte er noch die Möglichkeit, die Bank wieder allein zu leiten und vorher alles ins Rollen zu bringen. Vielleicht passierte auch gar nichts. Er war kein Hellseher, er konnte nur tun, was in seiner Macht stand, um sich auf den Ernstfall vorzubereiten. Sobald das Ruder in seiner Hand war, würde er durchgreifen, ohne Rücksicht auf Verluste. Bis dahin musste er versuchen, sein Leben so solide aufzubauen, wie er nur konnte. Keine Klubabende mehr, kein Trinken, keine Regatten, keine Frauen. Er würde sich vollkommen auf seine Karriere konzentrieren, die Männer der Hamburger Hochfinanz um den Finger wickeln, John mit einem loyalen Lächeln und einem warmen Händedruck hinausmanövrieren und die Tür hinter ihm zuknallen.

Er würde ein neuer Mensch werden. Nie wieder würden Gesa und Evelyn ihn erleben, wie sie ihn heute erlebt hatten. Vor seinem inneren Auge entstand ein präzises Bild von dem Mann, der er sein würde. Dazu gehörten eine repräsentable Familie, eine vorzeigbare Frau, ein imponierendes Haus. Kinder.

Wir müssen über die Familienplanung reden», sagte Julius, als er wenig später zu Marlies ins Schlafzimmer trat.

Ihr stockte der Atem. Sie war vollkommen vertieft gewesen in ihre Lektüre der *Buddenbrooks*, hatte nur aus den Augenwinkeln wahrgenommen, dass er hereingekommen war. Nun blickte sie so entsetzt von ihrem Buch hoch, dass er auflachte.

«Glaube mir, es gefällt mir genauso wenig wie dir.» Julius zog sich aus, streifte das Nachthemd über und schlug die Decke zurück.

Gleich würde er die seidene Haube aufsetzen, die er nachts benutzte, um seine Locken zu schützen. Bei dem Anblick musste sie sich immer eine zynische Bemerkung verkneifen. Jetzt solltet ihr ihn mal sehen, dachte sie dann und meinte damit all die Frauen, die sie im Laufe ihrer Ehe um Julius beneidet hatten, ihm auf Bällen hinterherschauten, ihn heimlich anschmachteten. Jetzt solltet ihr ihn mal sehen, euren großen Helden.

«Wir sind seit fast drei Jahren verheiratet», stellte er in einem merkwürdigen Ton fest, als wären sie Freunde, die eine unterbrochene Unterhaltung wieder aufnahmen. «Blanche und Niklas machen es nicht besser damit, dass sie sich so viel Zeit mit ihrem Nachwuchs lassen. Mutter hat schon recht, die Leute reden.»

Marlies spürte, wie sich ihre Brust verengte, in ihren Ohren begann es zu pulsieren. «Heute jedenfalls nicht», sagte sie entschieden und widerstand dem Drang, noch weiter auf ihre Bettseite zu rücken, als sie ohnehin schon lag. «Ich habe Migräne.»

«Du hast immer Migräne. Oder Bauchschmerzen oder deine Zeit des Monats.» Schon wurde er barsch, natürlich war die Freundlichkeit nur gespielt gewesen. «Ich weiß ja schon gar nicht mehr, wie lange es her ist.»

«Fünf Wochen», erwiderte sie wie aus der Pistole geschossen. Sie wusste es genau. Denn jedes Mal, wenn es vorbei war, verschaffte es ihr eine kleine Atempause. Jedes Mal dachte sie erleichtert: So, jetzt habe ich mindestens drei Wochen Ruhe.

An seiner Miene konnte sie ablesen, dass ihm diese Antwort ganz und gar nicht gefiel. «Du führst also Buch, ja?»

Sie wussten beide, dass es ganz sicher nicht die Vorfreude auf das nächste Mal war, die sie so genau mitzählen ließ.

«Wenn nicht heute, wann dann? Gib mir ein Datum.»

«Man kann das doch nicht bestellen wie ein Essen im Restaurant», fauchte sie empört und spürte, wie ein Anflug von Furcht ihren Rücken hochkroch. Was sollte sie tun, wenn er darauf bestand? Er hatte sie schon oft gedrängt, aber noch nie gezwungen, dabei hatte er jedes Recht dazu. Sie drückte ihr Buch an die Brust, wie um sich zu schützen. «Was ist denn plötzlich los mit dir? Ich weiß nicht, wann ich mich danach fühlen werde.»

Er schnaubte abfällig, und sie wusste natürlich genau, was das Schnauben sagen sollte. Sie fühlte sich nie danach. «Du fühlst dich nie danach. Das musst du ja auch nicht, es reicht schon, wenn du nicht vor Migräne vergehst oder vor was auch immer. So lange dauert es schließlich nicht. Es wird wohl auszuhalten sein. Wir machen das nicht zum Vergnügen, Marlies.»

Dieses Gespräch, wie aus dem Nichts über sie gekommen, brachte sie völlig aus dem Konzept und war ihr so unangenehm, dass ihr Gesicht heiß wurde. Sie grub die Finger in das Buch. Es war schlimm genug, es tun zu müssen. Aber man *sprach* doch nicht über diese Dinge. Julius war einfach schamlos, war es schon immer gewesen.

Plötzlich schien er die Taktik zu ändern. «Glaubst du, ich

weiß nicht, dass das Ausreden sind», bohrte er weiter, ohne sie anzusehen, und seine Stimme klang beinahe verständnisvoll. «Marlies.» Er seufzte, rieb sich das aufgedunsene Gesicht. Sie hasste es, wenn er mit den Händen über seinen Bart fuhr, das Geräusch verursachte ihr eine Gänsehaut auf den Schultern. «Wie soll das weitergehen? Ich möchte Kinder. Jeder möchte Kinder. Dass ich das überhaupt erwähnen muss, ist … schlichtweg … widernatürlich.»

Marlies zog die Beine an die Brust und musterte ihn. Er verlor seine Attraktivität, sie stellte es nicht ohne Genugtuung fest. Der Alkohol und der Stress machten sich bemerkbar, er hatte Ringe unter den Augen, wirkte älter, erschöpft.

«Nun, wir sollten es von jetzt an jeden Abend tun, so lange, bis …» Er brach ab.

Ein wenig Schamgefühl hatte er also doch noch. Was wollte er mit dieser seltsam verständnisvollen Stimme erreichen? Sie machte ihr Angst. Mehr als alles andere, mehr als seine schlechte Laune, seine barschen Antworten, seine Art, sie kunstvoll und leidenschaftlich zu ignorieren. Warum wollte er plötzlich so unbedingt Kinder? Was kümmerten ihn ein paar Jahre mehr oder weniger? Warum sah er sie plötzlich so an? Als wäre sie unsichtbar gewesen und hätte mit einem Mal wieder Konturen angenommen.

Aber natürlich gab es eine Erklärung – und natürlich hatte sie nichts mit ihr zu tun.

«Meine Reputation ist ohnehin angeschlagen. Die Sache mit Vater … Es war dumm wegzufahren. Die falsche Strategie. Ich habe die Zeit gebraucht, aber es wirft kein gutes Licht auf mich. Ich muss mich verlässlich zeigen, die Dinge in die Hand nehmen. Die Leute merken doch, dass wir beide … Differenzen haben. Blanche stellt schon Fragen, Mutter sieht mich immerzu an, als warte sie nur darauf, dass ich ihr etwas Schreckliches beichte. Wir müssen uns zusammenreißen, Marlies. Nicht nur in der Öffentlichkeit.» Er räusperte sich, und plötzlich war der verständnisvolle Klang seiner Stimme wieder verschwunden. «Bis zum Ende des Jahres möchte ich ein Kind. Oder zumindest eine Schwangerschaft. Ich habe Dr. Blaustin einbestellt, damit er dich untersucht.»

«Du hast was?» Sie schnellte im Bett in die Höhe.

Julius blieb vollkommen gelassen. «Ich mache mir Sorgen. Du isst wie ein Spatz, du bist trübsinnig, du starrst den ganzen Tag Löcher in die Luft, du tust nichts von dem, was andere Frauen tun, du spielst ja nicht einmal Klavier. Irgendwas stimmt nicht mit dir. Ich möchte, dass wir das in den Griff kriegen, und zwar so schnell wie möglich.» Er sah sie an – und jetzt war er wieder der Mann, den sie kannte. «Wir sind verheiratet. Finden wir uns damit ab.»

4

Das Haus stank nach Kohl und Mäusen. Jaris trat seine Zigarette aus und hievte sich den Seesack auf die Schulter. In dem niedrigen Flur war es dunkel, aus den Wohnungen drangen Kinderlärm und streitende Stimmen. Er stieg eine knarzende Treppe hinauf, dann eine weitere, suchte nach der richtigen Nummer. Hier oben musste er den Kopf einziehen, um nicht mit der Mütze gegen die Balken zu stoßen. Manche Wohnungen waren vom Flur nur durch Bretterwände getrennt, Licht fiel durch die unregelmäßigen Spalten, ab und an erhaschte er im Vorbeigehen einen Blick auf eine Wäscheleine oder einen kahl geschorenen Kinderkopf. Vor der Tür mit der Nummer sieben blieb er stehen und klopfte. Als ihm klar wurde, dass der Großteil des Lärms, der durch das Haus schallte, aus dieser Wohnung kam, seufzte er tief. Wie sollte es auch anders sein? Er wummerte noch einmal mit der Faust gegen das Holz, dieses Mal deutlich fester, und jetzt schien ihn jemand zu hören. Der Lärm veränderte sich, und es erklangen Schritte hinter der Tür.

Beim Eintreten zählte er nicht weniger als neun Kinder. Sie saßen um einen Tisch herum und aßen etwas aus einem einzigen großen Topf, das wie Grütze aussah, aber nach Bohnen roch. Alle starrten ihn an, hörten dabei jedoch nicht auf, sich die Löffel in die Münder zu schieben.

«Guten Abend!» Er lüftete die Mütze. Eine so große Familie war nichts Ungewöhnliches, dennoch fragte er sich, wo zur Hölle er hier noch Platz finden sollte.

«Drüben ist das Bett!» Die Frau, die ihm geöffnet hatte, schien vor Müdigkeit kaum mehr geradeaus gucken zu können. Sie führte ihn durch die Stube in eine fensterlose Kabuse, gerade lang genug, um sich auszustrecken. Darin befanden sich zwei Betten. «Die Jungs schlafen hier bei Ihnen. Um sechs Uhr morgens kommt der andere Schlafgänger, da müssen Sie raus sein.»

Er nickte stumm, warf seinen Seesack ab, in dem sich nicht mehr und nicht weniger als sein ganzer Besitz befand. «Wo schlafen Sie?» Die Frage war unhöflich, aber er konnte sie sich nicht verkneifen.

Die Frau zeigte mit dem Kinn in Richtung des großen Raums, der gleichzeitig Küche, Ess- und Wohnzimmer zu sein schien, und auf der gegenüberliegenden Seite entdeckte er eine weitere Tür. «Drüben ist noch eine Kammer.»

Was auch immer sich hinter der Tür befand, es war nie und nimmer groß genug, um all diese Kinder zu beherbergen, nicht einmal, wenn die Hälfte von ihnen bei ihm im Zimmer schlief. Sicherlich nächtigten die Größeren auf dem Boden in der Küche. Davon ging man nicht zugrunde, er selbst hatte während seiner Kindheit auf der Küchenbank geschlafen, aber in seiner Familie hatten wenigstens alle Matratzen gehabt, die sie abends auf das Holz legten.

«Essen kostet extra.»

«Danke, morgen vielleicht», murmelte er verhalten, denn was auch immer in dem Topf dümpelte, es schien kaum für die vielen Münder zu reichen, die hier zu stopfen waren. Und besonders appetitlich sah es sowieso nicht aus.

Die Frau nickte nur, zog die Tür hinter sich zu. Er ließ sich auf die Strohmatratze fallen und starrte an die Decke. Seine kleine Wohnung in der Brauerei war ein Palast gewesen gegen das hier. Aber er hatte nicht weiter für John Reeven arbeiten können. Nicht nach dem, was er seiner Schwester angetan hatte. Sie hatte es nie ausgesprochen, aber ihm war vollkommen klar, dass die beiden miteinander geschlafen hatten. Und danach hatte Reeven sie fallen gelassen wie eine heiße Kartoffel. Schon vorher war ihm der Kerl nicht eben sympathisch gewesen, und seither hasste er ihn mit jeder Faser seines Wesens. Deswegen hatte er seine fristlose Kündigung eingereicht. Er vermisste nicht nur seine Wohnung, sondern auch die Pferde, aber an eine ähnliche Anstellung war nicht zu denken. In einem Stall hätte er von morgens bis abends schuften müssen, was ihm nicht genug Zeit ließ, um nach Rosa zu suchen.

Seit Wochen schlug er sich nun mit Gelegenheitsarbeiten herum, war meistens im Hafen zum Löschen der Schiffsladungen, fuhr mit den Fischern raus, schlief, wo auch immer er sich niederlassen konnte. Die Zeit zwischen den Jobs nutzte er, um die Stadt zu durchkämmen.

Mit einem unterdrückten Stöhnen stand Jaris wieder auf, suchte einen Pullover aus dem Seesack und zog ihn über. Der ganze Körper tat ihm weh. Im Hafen gab es nur Knochenarbeit, seine Kleidung roch alles andere als frisch. Er sollte die Frau fragen, ob sie für ihn waschen konnte, vielleicht war sie froh um das Extrageld. Andererseits wirkte sie, als schaffte sie es gerade so, sich und die Kinder durch den Tag zu bringen. Er wusste, dass sie Witwe war, und fragte sich, wie sie überlebte. Er setzte seine Mütze wieder auf und öffnete die Tür.

«Ich muss noch einmal los.»

Die Kinder hatten inzwischen ihr Mahl beendet und gossen gerade Wasser in eine Schüssel für die Nachtwäsche. Zwei kleinere Jungen prügelten sich, ein Säugling lag in einer Schublade und begann in diesem Moment, schrill zu schreien. Die Mutter packte die streitenden Kinder und zog sie mit einer energischen Bewegung auseinander.

Sie runzelte die Stirn. «Ich muss bald zuschließen. Die Jungs stehen morgens früh auf, um die Zeitung auszutragen.»

Aha, dachte er. So kamen sie also zurecht. Im Kopf überschlug er die Zeit, die er zum Rathaus und zurück brauchen würde. «In einer Stunde bin ich wieder hier.»

Sie zögerte, aber im Grunde hatte sie keine Wahl.

«Ich beeile mich», fügte er hinzu. Dass sie nun auf ihn warten musste und er sie um den dringend benötigten Schlaf brachte, fühlte sich nicht gut an. Aber er hatte einen wichtigen Termin.

Jaris zog die Tür hinter sich zu, lief die dunklen Stiegen wieder hinunter. Dieses Rattenloch war sogar noch schlimmer als die Wohnung, in der Alice und Rosa in den letzten Jahren gehaust hatten. Ihm kam die Galle hoch, wenn er sah, wie die Menschen hier lebten. In Hamburgs Innenstadt standen unzählige Wohnungen leer – weil ein Arbeiter eine Miete von höchstens fünfundzwanzig Mark im Monat aufbringen konnte, man dort aber dreißig bezahlen musste. Die Lebenshaltungskosten stiegen kontinuierlich, genau wie Fahr- und Fährgelder. Seit nunmehr fünf Jahren existierte eine empfindliche Wirtschaftskrise. Die Bezüge von Beamten waren infolge der Teuerungen mehrfach erhöht worden, die Arbeiter jedoch sollten sich selbst aus dem Dilemma helfen. Die Zahl der Arbeitslosen schoss in die Höhe. Diese Ungerechtigkeit, die vom Bürgertum immer weiter toleriert, ja, gefördert wurde, erfüllte ihn mit nagendem Groll. Der Senat erkannte das Problem an, wollte sogar den Bau von günstigem Wohnraum finanzieren. Aber die Berechnungen waren schwierig, das Jahreseinkommen eines

Arbeiters nicht einfach aus den Stundenlöhnen abzuleiten, die meisten hatten sowieso keine feste Anstellung, und die vielen Wochen der Arbeitslosigkeit zwischen verschiedensten Jobs wurden in einem solchen Szenario nicht berücksichtigt. Auch fehlte in manchen Schichten der gute Wille, das Bürgertum war verärgert, vielleicht sogar ein wenig in Panik. Sie sahen, dass die Arbeiter mehr und mehr aufbegehrten, sich nicht weiter gängeln lassen wollten. Deswegen stimmten die Reichen und Mächtigen dieser Stadt beharrlich gegen die Anträge der Sozialdemokraten, die Verbesserung hätten bringen können.

Eine Erkenntnis war in ihm gereift, die seinen Blick auf die Welt veränderte. Man war nicht unten, weil das Schicksal es so gewollt hatte. Man war unten, weil die oben einen dort hielten. Ohne Armut gab es auch keinen Reichtum. Ohne Menschen, die den ganzen Tag schufteten, funktionierte diese Wirtschaft nicht. Und die Wirtschaft machte vor allem die noch reicher, die ohnehin schon mit einem goldenen Löffel im Mund geboren worden waren. Menschen wie John Reeven.

Er musste raus aus der Stadt, raus aus dieser Welt, in der die Reichen die Armen ausbeuteten. Hier würde er für immer ein einfacher Arbeiter bleiben. Als Schausteller hingegen konnte er sich etwas Eigenes aufbauen. Dort gab es Gemeinschaft, man lebte beengt, aber man hatte seinen eigenen kleinen Wagen, man hatte die Freiheit der Straße, die Natur, die Nähe zu den Tieren. Er spürte schon lange, dass seine Zeit in Hamburg zu Ende war. Zugleich konnte er nicht gehen ohne Alice und Rosa.

Erst musste er seine Nichte finden. Und dann würde er die beiden hier rausbringen. John Reeven würde Alice nie wiedersehen – geschweige denn anfassen. Das hatte Jaris sich geschworen.

Henk Bloom legte die Hand über den Stöpsel der Bierflasche, öffnete ihn so langsam und vorsichtig er konnte und verzog das Gesicht, als dennoch ein leises Ploppen ertönte. Hastig nahm er einen Zug aus der überschäumenden Flasche, verschluckte sich, hustete. Er spürte an der Bewegung des Bodens, dass seine Mutter sich im Schlafzimmer herumdrehte, und stellte das Bier rasch unter seinen Sessel. Er trank immer noch Holsten, auch wenn es ihm wie ein Verrat vorkam. Aber es schmeckte einfach am besten.

Müde zog er den kleinen Vorhang auf und warf einen Blick aus dem Fenster. Es war noch früh am Morgen, über dem Garten waberte leichter Nebel, die alten Fischreusen und der rostige Käfig, in dem früher der Tanzbär gelebt hatte, schimmerten im ersten Tageslicht. Aus den Schornsteinen der Nachbarwagen kräuselte sich Rauch in den hellblauen Himmel über Entenwerder, der Platz lag noch leer und verlassen, nur im Wärterhäuschen am Eingang des Geländes sah er Licht.

Henk rülpste leise. Er hatte einen widerlichen Geschmack im Mund. Beim Gedanken an den Tag vor ihm begannen seine Schläfen zu pochen. Dabei war Sonntag, es stand nichts an, er musste nicht mal zur Arbeit, würde später in die Wirtschaft gehen. Trotzdem fühlte es sich an wie ein Berg, der sich vor ihm auftürmte und die Sonne verdunkelte. Wie sollte er die vielen Stunden bis zum Abend rumkriegen, wenn das Leben so leer war? Wenn er gar nicht richtig wusste, wozu er eigentlich hier war.

Auf dem Tisch lag *Der Anker*, die internationale Schaustellerzeitung, das offizielle Fachorgan für Reisende und Berufsgenossen. Das Blatt wurde in Hamburg herausgegeben, es erschien jeden Sonnabend. Im *Anker* fand sich alles, was man für das Leben als Fahrender wissen musste, angefangen von

Hochzeitsmeldungen samt Lebensläufen und Fotografien über Todesanzeigen und Silberhochzeiten bis hin zu jeder Art von Annoncen für Handwerksbedarf, Drehorgeln und Wohnwagen, Tiere und Mitarbeiter. Alle größeren Schaustellungen und Berufe wurden in der Zeitung berücksichtigt: Menagerien, Zirkusse, Panoramen, Karussells, Schießbuden, Waffelbäckereien, Schnellfotografen. Seine Mutter las das Blatt hauptsächlich wegen der Klatschspalten und Hochzeitsmeldungen, aber als Witwe waren auch Neuigkeiten über die Genossenschaften und Versicherungen wichtig für sie. Die Schaustellerwelt hatte ihre eigenen Regeln, ihre eigene Organisation. Man unterschied sich nicht nur in Arbeit und Wohnstätte vom Rest der Welt, sondern auch in anderen Dingen. Da war es nur logisch, dass es eine eigene Zeitung gab. Den Rest der Stadt würden Neuigkeiten über Feuerschlucker und Krokodile schließlich wenig interessieren.

Die Seiten mit den Stellenanzeigen waren aufgeschlagen. Henk zog die Zeitung zu sich heran. Ihm drängte sich das Gefühl auf, seine Mutter hätte sie absichtlich hier liegen gelassen. Inzwischen erledigte er Gelegenheitsarbeiten für Bernhard. Trotzdem reichte das Geld hinten und vorne nicht, und es war auch keine würdige Tätigkeit für einen Mann seines Alters.

Mit zusammengekniffenen Augen überflog Henk die Spalten. Ein Mann hatte in Berlin neue Apparate für lebende und sprechende Fotografien entwickelt und bot diese zum Verkauf an. Jemand suchte zwei *junge, anständige Mädchen fürs Schaugeschäft.* Auch Offerten für Dienstmädchenstellen gab es einige; in den wohlhabenderen Schaustellerfamilien war es nicht ungewöhnlich, dass Angestellte in den Wagen mitreisten, sich um Haushalt und Kinder kümmerten. Seit er denken konnte, sicherten sich einige große Dynastien die Löwenanteile am

Markt, überboten sich mit riesigen Fahrgeschäften und immer weiter anwachsenden Fuhrparks. Zufrieden stellte er fest, wie viele Möglichkeiten es für junge Mädchen gab, in der Schaustellerwelt Anstellung zu finden. Wenn Rosa etwas älter war, würde er sie ohne weitere Umstände einsetzen können. Viel verdienen würde sie dort allerdings nicht, mit einer Anstellung in der Stadt war nicht mitzuhalten. Aber man musste Prioritäten setzen, in Hamburg wäre sie immer unter der schnüffelnden Nase ihrer Mutter.

Aufmerksam las er weiter. Viele Arbeitgeber suchten helfende Hände für die Reise. Auch Budenmeister schienen dringend gebraucht zu werden, auf den ersten Blick fielen ihm vier Anzeigen auf. Zwei davon hatte seine Mutter mit kleinen Bleistiftkreuzen markiert. Als er das sah, durchströmte ihn eine Welle der Wut. Was fiel der Alten ein! Sie konnte ihn wohl nicht schnell genug loswerden. Sollte er vielleicht ganz alleine auf Tour gehen, sich durchschlagen wie ein Geselle? Er war ein sesshafter Mann geworden, mit einer Adresse, einer Familie.

Als ihm klar wurde, dass das nicht mehr stimmte, presste er die Zähne aufeinander.

«Das könnte dir so passen», murmelte er und schlug die Seite um. Die meisten Gesuche waren für Vorführer von Kinematografen. So etwas konnte er sich schon eher vorstellen. Die Technik faszinierte ihn, und es war nicht viel Arbeit, die Maschine erledigte alles von selbst.

Kaufen Sie keinen Apparat für lebende, singende und sprechende Photographie, bevor Sie den neuen Apparat Synchronismus der Firma Pathé Frères gesehen haben.

Vielleicht sollte er sich eine der kostenlosen Vorführungen mal ansehen – aber der Apparat befand sich in Wien. Die Reise dorthin würde alle seine Ersparnisse aufbrauchen, vom Kaufpreis ganz zu schweigen. Mit so einem Ding konnte man sicher gutes Geld verdienen, aber erst musste man gehörig investieren, wie so oft im Leben. Jemand bot lebende Seehunde zum Verkauf, *für 50–60 Mark pro Stück, Futter stets lieferbar.* Drehorgeln, Schiffsschaukeln, alles konnte man kaufen, bei allem waren die Preise gleich mit angegeben. Und die ließen ihn schwindeln. Eine weitere Anzeige sprang ihm ins Auge.

> Wohnwagen abzugeben, auch als Badwagen zu gebrauchen, 6 1/2 Meter lang, 2 1/2 Meter breit, noch in gutem Zustande, für 400 Mark zu verkaufen.

Vierhundert Mark. Er schnaubte belustigt, musste gleich darauf schlucken. Vierhundert Mark für einen lausigen alten Wohnwagen. Wann war das Leben so teuer geworden? Wenn man nicht gewillt war, den ganzen Tag zu ackern, blieben nicht viele Möglichkeiten. Und selbst wenn doch, war es kaum zu schaffen, aus dem wenigen, was man verdiente, etwas aufzubauen. Er sah schon vor sich, wie er bei seiner Mutter im Garten parkte und ihr sauertöpfisches Gesicht für immer sein Leben verdunkelte.

Wie auf Kommando schob Sigrid die faltbare Ziehharmonikatür auf, die den Wohnraum von ihrem winzigen Schlafgemach am Ende des Wagens trennte. Das Geschirr in den Schränken klirrte leise, als sie zum Tisch schlurfte und sich setzte. Sie trug bereits ihre Schürze, darüber eine ausgeleierte Strickjacke. Die langen grauschwarzen Haare fielen ihr offen über den Rücken, was eine Frau immer schlampig aussehen ließ. Ein vertrauter, leicht saurer Geruch ging von seiner Mutter aus, und er spürte, wie sich alles in ihm anspannte. Wieder ein neuer Tag in der Hölle.

Obwohl die Wohnung in der Stadt nicht viel größer gewesen war als dieser stillgelegte Budenwagen im Winterquartier der Schausteller auf Entenwerder, wo seine Mutter ihren Lebensabend verbrachte, fühlte er sich hier eingesperrt. Man hörte jedes Geräusch, spürte jede Bewegung. Er schlief im Sessel, mit den Beinen auf der Küchenbank. Zwar hatte er es warm, der Kamin war keine drei Schritte entfernt, aber der Schmerz in seinem Rücken brachte ihn um den Verstand.

In seinem dreißigsten Lebensjahr hatten seine Eltern das Schaustellerleben aufgegeben und waren sesshaft geworden. Zum Teil hatte das auch an ihm gelegen: Bis dahin hatte er es nicht geschafft, eine Frau zu finden, und sie sahen seine Chancen wachsen, wenn sie in der Stadt blieben. Außerdem hatten sie sich sowieso nur noch einigermaßen durchschleppen können. Ständig gab es hohe Ausgaben für den Erhalt der Wagen und der Ausrüstung, für Versicherungen und Tiere, für Stellplätze und Mitarbeiter.

Henk dachte sehnsüchtig an die Flasche unter seinem Sessel und sah sich um. Er hasste diesen Wagen, und es war bizarr, dass er wieder hier gelandet war. Als hätte jemand die Zeit zurückgedreht. Früher war die Einrichtung modern gewesen, inzwischen war alles alt und abgenutzt, speckig und angelaufen. Es roch muffig, die Wände waren feucht, die klamme Kälte von draußen war nur fernzuhalten, wenn man den Ofen Tag und Nacht brennen ließ, was wiederum bedeutete, dass es immer nach Ruß roch und er ständig Holz hacken musste.

«Glaubst du, ich bezahl dafür den Nachbarsjungen, während du hier rumhockst und Däumchen drehst?», hatte seine Mutter gekrächzt, keine Stunde, nachdem er vor der Tür gestanden hatte. Sofort hatte sie mit funkelnden Augen Aufgaben für ihn aus dem Hut gezaubert. Der Zaun musste repariert, der Garten entrümpelt, der Schornstein erneuert werden. Die kleine Veranda vor dem Wagen war so gut wie durchgefault. Nichts funktionierte richtig. Es hätte ihn mit Scham erfüllen sollen, dass seine Mutter so lebte. In der Gemeinschaft hier unterstützte man sich, es hätte Hilfe gegeben, hätte sie sie angenommen. Aber sie war zu stolz. Der Einzige, von dem sie sich helfen lassen wollte, war er. Und er hatte dazu weder Zeit noch Lust.

Er konnte spüren, dass auch Sigrid es hasste, ihn hier zu haben. Sie beobachteten sich gegenseitig. Urteilten im Stillen übereinander. Er sah genau, wie sie ihn musterte, wie ihr Blick an seinem schütteren Haar hängen blieb, seinem sich leicht wölbenden Bauch.

Alleine, ohne das Gehalt von Alice, hatte er sich die Miete in der Stadt nicht leisten können, das war die beschämende Wahrheit. Oder sie wäre vielleicht zu stemmen gewesen – dann hätte er jeden Tag von morgens bis abends arbeiten müssen. Und wozu? Um danach in eine leere, zu große Wohnung zu kommen.

Die Entscheidung, Rosa wegzugeben, hatte er vollkommen spontan getroffen. Er hatte sie Alice einfach nur wegnehmen wollen, hatte sein Recht geltend machen wollen und schlicht nicht darüber nachgedacht, was es bedeutete, Tag und Nacht ein Kind versorgen zu müssen. Irgendwie war er davon ausgegangen, dass Rosa von selber mitlief in seinem und Alice' Leben. Aber sie musste dreimal täglich essen, sie musste beschäftigt werden, sie brauchte Kleidung und ein warmes Zuhause. Sie war laut und anstrengend, immer in Bewegung, hatte nachts Angst und morgens Hunger. Sie weinte ständig, vermisste ihre Mutter und diesen verdammten Stoffbären. Sie ging ihm auf die Nerven. Wenn er arbeiten wollte, brauchte er jemanden, der auf sie aufpasste. Und das kostete.

In der alten Wohnung hätte Alice Rosa natürlich sofort gefunden, und auch hier, bei seiner Mutter, war sie aufgekreuzt und hatte nach dem Quälgeist gefragt. Wenn sie ihre Tochter fand, würde sie die Kleine mitnehmen, da war er sich sicher, sie würde sogar das Sorgerecht dafür riskieren, mit ihr untertauchen. Alice war alles zuzutrauen. Also hatte er dafür gesorgt, dass sie gar nicht erst in Versuchung kommen konnte.

Wie die Sache stand, hatte er eine gute, eine beinahe geniale Lösung gefunden. Wenn Alice jemals erfuhr, wo Rosa steckte, würde es sie wahnsinnig machen, sie würde durchdrehen. Er sah es beinahe bildlich vor sich, und das bereitete ihm eine grimmige Genugtuung.

«Hast du schon Kaffee aufgesetzt?» Es waren die ersten Worte seiner Mutter an diesem Morgen.

Er blickte zum Herd, keinen Meter von Sigrid entfernt. Sie sah doch genau, dass er keinen Kaffee aufgesetzt hatte. Als er nicht antwortete, musterte sie ihn mit ihren stechenden Augen, die alles sahen und die er als Junge so gefürchtet hatte.

«Ich bin selbst eben erst aufgewacht», schnauzte er, und sie erhob sich mit einem unwilligen Stöhnen. Er widerstand der Versuchung, hinter ihrem Rücken nach der Bierflasche zu angeln.

Seine Mutter hatte ihm untersagt, in ihrem Wagen Alkohol zu trinken, darum hatte er ein paar Flaschen unter dem Gefährt versteckt. Nachts schlich er hinaus, stand in der Kälte, schaute in den dunklen Himmel und schlotterte am ganzen Körper, während er Schluck für Schluck trank und sich fragte, was werden sollte. Auf seltsame Weise schien er wie festgefroren. Er musste sich ein eigenes Zimmer mieten, aber er hatte nicht die Kraft dafür.

Das Ende des Gerichtsstreits lag vor ihm wie eine Verheißung. Wenn er erst gewonnen hatte, würde alles anders werden. Im Grunde wusste er jedoch nicht, was es bedeuten würde zu gewinnen. Außerdem konnten die Richter genauso gut gegen eine Scheidung stimmen. Was dann? Alice würde so oder so nicht zu ihm zurückkommen. Und er würde Rosa ganz sicher nicht wieder zu sich holen. Alice würde er das Kind natürlich auch nicht geben. Egal, wie die Sache ausging.

Seine Mutter schüttete Bohnen in die Mühle. Als sie den Knauf zu drehen begann, bohrte sich das Geräusch in seinen Kopf. Ein leichter weißer Dunst lag im Zimmer, der Kaminabzug funktionierte nicht richtig. Wenn sie nicht aufpassten, würden sie eines Nachts einschlafen und am Morgen nicht wieder aufwachen. Aber vielleicht passierte auch gar nichts, schließlich zog es hier drin wie Hechtsuppe.

«Hol schon mal das Brot aus dem Kast...» Ein Hämmern an der Tür unterbrach sie. Erstaunt tauschten sie einen Blick. Sigrid hörte auf zu mahlen, stand auf, schlurfte zum Fenster und sah hinaus. Mit einem Ruck zog sie den Vorhang zu. «Sie!»

Er schoss in die Höhe. «Alice?»

Draußen hämmerte es wieder. «Henk? Bist du da? Mach auf, ich will nur mit dir reden!»

«Was machen wir?», fragte seine Mutter alarmiert.

Er stand einen Moment bewegungslos da. «Geh du an die Tür. Sag, dass ich nicht hier bin», flüsterte er.

Sie warf ihm einen langen Blick zu. Er war erst ganz und gar nicht sicher, dass sie der Aufforderung nachkommen würde, doch schließlich zog sie ihr Tuch übers Haar, trat zur Tür und öffnete sie einen Spaltbreit.

«Was willst du?»

«Ich muss mit ihm sprechen.»

«Er ist nicht hier.»

«Ich weiß, dass du lügst!»

Wortlos schlug seine Mutter Alice die Tür vor der Nase zu und drehte den Schlüssel im Schloss.

Nach ein paar Sekunden hämmerte Alice wieder dagegen. «Ich will nur kurz mit ihm reden. Mach auf! Sigrid, mach auf!»

Mit zwei Fingern zog er die Gardine beiseite. Alice stand im Garten vor der Tür, hilflos drehte sie sich einmal um sich selbst, als könnte sie nicht entscheiden, was sie tun sollte. Dann entfernte sie sich, aber nach ein paar Schritten drehte sie wieder um. Er sah ihr an, wie verzweifelt und wütend sie war. Gott, sie war so schön. Dünn war sie geworden und ausgezehrt. Trotzdem war sie noch immer die schönste Frau, die er kannte.

Es tat gut, zu sehen, wie schlecht es ihr ging. Das alles hatte sie sich selbst zuzuschreiben. Wäre sie geblieben, wo sie hingehörte, wäre das alles nicht passiert.

Aber als er sie dort stehen sah, überkam ihn plötzlich ein Gefühl, mit dem er nicht gerechnet hatte, eine Mischung aus Traurigkeit und Sehnsucht. Er erinnerte sich genau daran, wie sie roch, wie sich ihre Haut anfühlte. Der Gedanke, dass er sie niemals wieder berühren würde, schnürte ihm die Kehle zu. Sie gehörte doch zu ihm.

Er liebte diese Frau genauso rasend, wie er sie hasste. Er konnte nicht ohne sie leben. *Wollte* nicht ohne sie leben. Das wurde ihm in diesem Moment mit aller Macht klar.

Mit zitternden Fingern ließ Henk den Vorhang los. Sein Hals fühlte sich an, als drückte ihn jemand zu.

Sigrid schlurfte zurück in Richtung Tisch, hielt unterwegs

vor dem Ofen an und warf ein Scheit nach. «Du musst hacken, der Korb ist leer.»

Er stand immer noch am Fenster, schwieg.

Erst nach einer ganzen Weile wandte sie sich wieder zu ihm um. «Wo hast du sie gelassen?»

Verwirrt sah er seine Mutter an. Dann verstand er. Er räusperte sich. «Es ist besser, wenn du das nicht weißt, das habe ich dir doch schon gesagt.»

«Sie kann doch hier bei uns wohnen.»

«Willst du den ganzen Tag auf ein kleines Kind aufpassen?» Den Zusatz: Du kommst doch selbst kaum zurecht, verkniff er sich im letzten Moment. Sigrid hatte sich nie für Rosa interessiert.

«Warum gibst du sie ihr nicht einfach, wenn du sie doch nicht willst?»

«Das könnte ihr so passen!», grunzte er.

«Ein Kind gehört zu seiner Mutter», murmelte sie, so leise, dass es über dem Mahlen der Kaffeebohnen kaum zu verstehen war.

«Was?»

Sie blickte zu ihm auf, ein Funkeln in den Augen. «Ein Kind gehört zu seiner Mutter.»

«Soll das heißen, du bist auf ihrer Seite?»

«Was ist, wenn die Richter dich zwingen, sie rauszugeben?»

Henk kratzte sich am Hals. Darauf hatte er keine Antwort. «Warum sollten sie?», fragte er schließlich.

«Brauchst du nicht eine eigene Wohnung, wenn du ein Kind großziehen willst? Dass du bei deiner Mutter auf Entenwerder lebst, wird die Richter sicher nicht beeindrucken.»

Er schnaubte leise. «Sie werden einer Frau nicht das Sorgerecht geben. Wo kommen wir denn da hin, sie kann die Kleine nicht mal alleine ernähren.» Aber ganz so sicher, wie er tat, war er nicht. Irgendwie hatte Alice es hingekriegt, einen der besten Anwälte der Stadt für sich arbeiten zu lassen. Wer wusste schon, was die Gegenseite sich noch so alles einfallen ließ. Dass er sich bei seiner Befragung nicht unbedingt mit Ruhm bekleckert hatte, kam noch hinzu. Kochende Scham durchflutete ihn, als er daran dachte, wie dieser Bastard John Reeven ihm die Worte im Mund umgedreht und ihn lächerlich gemacht hatte.

«Wenn du verlierst, musst du dann alles bezahlen?»

Seine Mutter hatte schon immer diese nervtötende Angewohnheit gehabt, den Finger in die blutende Wunde zu bohren. *Er* wusste, dass *sie* wusste, dass er bei einer Niederlage gar keine andere Wahl hatte, als auf ewig bei ihr wohnen zu bleiben.

«Ich denke nicht …», erwiderte er ausweichend. «Ich habe das Armenrecht beantragt.» Dabei hatte Dr. Harbke ihm unmissverständlich erklärt, dass trotzdem genau das passieren konnte.

Sigrid stellte die Kaffeemühle beiseite. «Vielleicht solltest du die Sache endlich selber in die Hand nehmen.»

Er hatte keine Ahnung, wovon sie sprach. «Was meinst du?», schnauzte er ungeduldig.

«Vielleicht solltest du etwas über Alice herausfinden, das den Richtern klarmacht, wie sie entscheiden sollen.»

Langsam bekam er Kopfschmerzen. Er dachte an das Bier unter dem Wagen und daran, dass nur noch zwei Flaschen übrig waren und er dringend für Nachschub sorgen musste. «Kannst du mir einfach sagen, was du zu sagen hast?»

«Ich meine», erklärte sie mit Verachtung im Blick, «dass du einmal mit ihren Eltern reden solltest. Schließlich wollen sie auch, dass ihr verheiratet bleibt.»

Damit hatte er nun wirklich nicht gerechnet. «Was bitte soll das bringen?»

Sie zögerte kurz. «Hast du dich nie gefragt, was Alice vor eurer Hochzeit gemacht hat? Warum eine so schöne Frau in ihrem Alter noch nicht verheiratet war?» Nach einer kurzen Pause fügte sie hinzu: «Warum sie *dich* geheiratet hat?»

Perplex starrte er sie an.

«Ich meine ja nur.» Sie leckte einen Finger an, blätterte eine Seite in der Zeitung um. «Wenn ich du wäre, würde ich mit ihnen sprechen.»

Eine ganze Weile war es still. Henk beobachtete durch das Fenster, wie einer der Nachbarn aus dem Wagen kam, sich laut prustend über der Regentonne wusch. Er stand auf, nahm seine Jacke. «Ich hab was zu erledigen.»

«Und das Holz?»

«Mache ich später!» Er sah gerade noch, wie sie eine wütende Geste mit den Fingern in Richtung Himmel machte, als wollte sie sagen: Herrgott, ich ertrag ihn nicht länger!

Henk schlug die Tür hinter sich zu. Beim zweiten Schritt auf der Veranda krachte sein linker Fuß durch eins der morschen Bretter, und er fluchte laut, zog ihn heraus, schüttelte die kleinen Späne ab. Schimpfend ging er den zugewachsenen Weg auf das schiefe Gartentor zu.

Seine Mutter hatte eine Schraube locker. Er musste, so schnell es ging, von hier fort und wieder auf eigenen Beinen stehen.

5

John stand vor dem Altar. Alle Blicke ruhten auf ihm – und er spürte jeden einzelnen wie ein Brennen auf der Haut. Die Musik erklang, die Türen öffneten sich. Evelyn trug einen Schleier, er konnte den Ausdruck auf ihrem Gesicht nicht sehen, es roch nach Weihrauch, nach Blumen, nach Kerzenwachs. Ihm war schwindelig, viel zu heiß.

Es dauerte nur Sekunden, und plötzlich stand sie vor ihm. Sie nahm den Schleier ab, und der Pastor begann zu sprechen. «Wir haben uns heute hier versammelt, um diese beiden Menschen in den heiligen Bund der Ehe zu führen. Ich möchte zu diesem Anlass aus dem ersten Korintherbrief zitieren, dem Hohelied an die Liebe.» Er hob die Arme wie zur Segnung. «Die Liebe ist langmütig und freundlich, die Liebe eifert nicht, die Liebe treibt nicht Mutwillen …»

John hörte nichts mehr. Da war nur noch Rauschen in seinem Kopf. Und dieses Gefühl, vollkommen und abgrundtief versagt zu haben.

«Sie erträgt alles, glaubt alles, hofft alles, hält allem stand. Die Liebe höret nimmer auf.»

Evelyn sah ihn an. Plötzlich schimmerten Tränen in ihren Augen. «Aber Sie lieben sie ja gar nicht», flüsterte sie, so leise, dass nur er es hören konnte.

Sein ganzer Körper wurde taub.

«Was?», krächzte er. «Was hast du …»

John fuhr mit einem Ruck in die Höhe. Der Traum war so real gewesen, sie hatte so verzweifelt ausgesehen, so tieftraurig. Genau wie im Traum war sein ganzer Körper von einem kribbelnden Taubheitsgefühl erfüllt.

Stöhnend rieb er sich über das Gesicht, sah sich um. Hinter dem Fensterglas schimmerte die Alster. Er war im Büro eingeschlafen, das Kinn in die Hand gestützt. Das war ihm noch nie passiert. Beschämt sah er sich um. Hoffentlich war keine der Sekretärinnen hereingekommen. Aber es konnte sich nur um wenige Minuten gehandelt haben, eben war er doch noch die Akten der Brauerei durchgegangen, dann hatte er sich kurz dazu hinreißen lassen, darüber nachzudenken, wie müde er in letzter Zeit immer war, und dann … Er richtete sich auf, blickte auf die Uhr. «Himmel, ich muss los!» Entsetzt stellte er fest, dass er mehr als eine halbe Stunde geschlafen haben musste.

Beinahe hätte er seinen Termin mit Gregorio verpasst.

«Sie verschweigt etwas.» Die dichten Locken seines alten Mentors gingen allmählich von Grau in Weiß über, Gregorio trug eine halbmondförmige Brille auf der langen, leicht schiefen Nase. John und er saßen sich im Hamburger Hof gegenüber, soeben war ihre Bestellung serviert worden. Die Hammelkeule auf Gregorios Teller dampfte, er aß schnell und mit Appetit, doch John wusste, dass er vollkommen auf ihn und den Fall konzentriert war. Gregorio arbeitete immer. Es würde ihn nicht wundern, wenn der Mann von seinen Fällen träumte. Genau deshalb hatte er ihn für Alice ausgewählt. Es gab keinen Besseren in der Stadt. Außer vielleicht ihm selbst.

«Als es um die Vergangenheit oder ihre Familie ging, wurde sie ausweichend.» Gregorio hob den Blick vom Teller, musterte John aufmerksam, als suchte er in seiner Mimik nach Hinweisen.

«Ich weiß», bestätigte er mit einem unterdrückten Seufzer und legte die Gabel hin. «Ich hatte mit ihr das gleiche Problem.» *Habe*, korrigierte er in Gedanken. Kurz überlegte er, von den Narben an ihrem Rücken zu erzählen. Aber dann hätte er auch erzählen müssen, woher er davon wusste, und das war sicher keine gute Idee.

«Es kann vollkommen irrelevant sein, kann uns aber auch in Schwierigkeiten bringen. Das ist unmöglich zu beurteilen, solange ich nichts weiß.» Gregorio wischte sich mit der Serviette die Finger ab und trank einen Schluck Wein. «Zu mir hat sie noch nicht genug Vertrauen. Du kennst sie besser, du solltest versuchen, mehr aus ihr herauszubringen.»

Er lachte hohl. «Glaube mir, das habe ich versucht.»

«Dass sie für deine Mutter arbeitet, werden die Richter seltsam finden.»

John verzog das Gesicht. «Das hat mit mir nichts zu tun. Meine Schwester hat es eingefädelt. Und ich bin aus dem Fall raus, es sollte also egal sein, oder nicht?» Noch ein Grund, aus dem es gut gewesen war, das Mandat niederzulegen. Rein rechtlich war es nicht von Bedeutung, schließlich hatte nicht er Alice eingestellt, sondern Gesa. Andererseits arbeitete sie nun auch für ihn. Es war eine vertrackte Situation, und er war froh, sie den Richtern nicht erklären zu müssen.

Ein livrierter Kellner räumte ihre Teller ab, brachte zwei Cognac und einen Aschenbecher auf einem Silbertablett.

Gregorio zog seine goldene Kettenuhr aus der Weste und hob die Brauen. «Ich bin schon zu spät. Ist eine Strecke von hier bis zum Gericht, und die Pferdebahn ist in letzter Zeit unfassbar unpünktlich. John, ich weiß, dass dir persönlich an dem Fall gelegen ist.» Er nahm die Serviette, wischte sich über den Mund. «Ich kann ihr nur helfen, wenn sie sich helfen lässt. Wie soll ich mich vorbereiten, wenn meine Klientin nicht mit mir spricht?»

«Alice ist …» Er wusste nicht, wie er den Satz beenden sollte. Wie sollte er eine Frau wie Alice beschreiben? Inzwischen war er zu dem Schluss gekommen, dass ihr besonderes Wesen, ihr Charakter, von ihrer Geschichte geformt worden war. Aber Alice ließ ihn nicht an sich heran. Sie vertraute ihm nicht. Und wie die Dinge lagen, konnte er das sogar verstehen. «Sie hatte es nicht leicht», schloss er ausweichend.

«Das ist mir bewusst. Deswegen machen wir das Ganze schließlich», erwiderte Gregorio brüsk.

«Ich meine nicht nur ihren Mann. Ich bin sicher … Nun, ich glaube, es ist noch anderes passiert, früher, bevor sie ihn geheiratet hat.»

«Denkst du, die Gegenseite hat Überraschungen auf Lager?» Mit besorgtem Stirnrunzeln leerte Gregorio erst den Hennessy und zog dann seine Geldbörse hervor.

«Ich übernehme die Rechnung.» John, lehnte sich zurück, blickte einen Moment aus dem Fenster. «Sein Anwalt ist ein Idiot, und der Fall ist ihm vollkommen gleichgültig. Aber du weißt, wie diese Dinge laufen. Einer Frau das alleinige Sorgerecht zuzusprechen, wird die Richter große Überwindung kosten. Da muss die Sache schon sehr eindeutig liegen.»

«Das geht aufs Spesenkonto. Ich arbeite schließlich gerade. Du nicht.» Gregorio zwinkerte und hob das Portemonnaie. «Die Richter haben inzwischen einen Eindruck davon, wer ihr Mann ist, und das ist gut für uns. Aber ihre Persönlichkeit bleibt noch blass, ihr Auftreten ist nicht von Vorteil, sie ist zu schön, zu … wie soll ich sagen … zu wenig mütterlich. Du weißt, was ich meine. Wäre sie ein rundliches Weiblein mit Buckel und Kopftuch, läge die Sache anders, so absurd das auch klingt.»

«Auch wieder wahr.» John seufzte. «Aber wie sie aussieht, hat nichts damit zu tun, wie sie als Mutter ist.» Er wusste genau, was sein Freund meinte und dass er recht hatte. Trotzdem hatte er das Gefühl, Alice verteidigen zu müssen.

«Das ist mir bewusst.» Gregorio ließ sich nicht aus der Ruhe bringen. «Aber die Menschen denken in einfachen Kategorien. Auch die Richter. Und sie lassen sich von Vorurteilen leiten. Man hat nun mal ein Bild von einer idealen Mutter. Du musst ihr einschärfen, dass sie vor Gericht die Haare nicht offen tragen darf.» Gregorio steckte die Daumen in die Weste, beobachtete John. «Solange ihr Mann nichts von ihrer Vergangenheit weiß – was auch immer da gewesen sein mag – und er nicht mit einer bösen Überraschung um die Ecke kommt, haben wir eine Chance.» Er zögerte. «Die Zeugen werden entscheidend sein.»

«Ich weiß.»

«Ist dir noch jemand eingefallen?» Aufmerksam sah Gregorio ihn über seine Halbmondbrille hinweg an. Er war schon vor Wochen mit dieser Frage an John herangetreten. Aber bislang hatte er mit seiner Antwort gezögert. Alice' Zeugen waren dürftig, ihre Freundin Marietta war eine Frau und galt damit vor den Richtern nicht viel, ihr Bruder gehörte zur Familie und war somit befangen, der alte Mann aus den Gängevierteln, der sie behandelt hatte, weigerte sich auszusagen. Seit John ihn aufgesucht hatte, war er zu dem Schluss gekommen, dass das auch besser so war. Dass John persönlich Alice' gebrochene Nase hatte bezeugen können, war ein großer Pluspunkt, aber es fehlte an einer weiteren integren, gebildeten Person, die Alice glaubwürdig in ein gutes Licht rückte.

Nachdenklich fuhr John mit dem Finger am Rand seines Cognacglases entlang. Sie würde ihn hassen. Sie würde es niemals verstehen. «Das habe ich», sagte er schließlich. «Aber die Sache ist nicht ganz einfach.» Er hob den Blick. «Und sie könnte nach hinten losgehen.»

Blanche zog zweimal kurz an der Schnur neben der Tür. Sie schlüpfte in ihre seidenen Hausschuhe, ging zum Frisiertisch, griff nach der Dose mit der Radiumcreme und begann, sich das Gesicht einzureiben.

«Nur herein, Helene!», rief sie über die Schulter, als es gleich darauf klopfte.

«Verzeihung, Madame, Helene ist unpässlich. Sie hat Fieber und musste sich hinlegen. Wenn Sie erlauben, helfe ich Ihnen heute Abend bei der Toilette?»

«Alice … ich meine … Christina.» Überrascht brach Blanche ab. «Natürlich, das ist kein Problem!»

Zögernd trat Alice ein und schloss die Tür hinter sich.

«Wenn Sie mir die Haare öffnen und ein Bad einlassen, reicht das schon für heute», sagte sie, etwas zu schnell. Alice machte sie nervös, die Trauer über den Verlust ihrer Tochter schien die junge Frau zu umgeben wie eine unsichtbare Hülle. Wann immer Blanche sie sah, wollte sie ihr helfen und konnte es doch nicht. Sie fand nie die passenden Worte. «Falls Helene morgen immer noch unpässlich ist, muss ich Sie aber bitten, mir in der Frühe mit der Frisur zu helfen.»

Ohne dass die Verzweiflung aus ihren Zügen verschwand, brachte Alice es fertig, freundlich auszusehen. «Sehr wohl.» Sie knickste und ging ins En-suite-Bad, kurz darauf begann das

Wasser zu rauschen. «Sie haben wunderschöne Räume, Madame!», stellte sie mit hölzern klingender Stimme fest, als sie wieder hereinkam.

Blanche lächelte. «Bei Ihrem nächsten Besuch sollten Sie einmal unser eigenes Haus besichtigen, dagegen ist das hier eine Puppenstube. Natürlich ist größer nicht gleich besser. Aber Niklas hat darauf bestanden, mir einen eigenen Flügel einzurichten. Ich habe ein Lesezimmer, ein Musikzimmer, einen Salon … Manchmal weiß ich gar nicht, wo ich zuerst sitzen und mich langweilen soll.» Sie lachte leise, als sie sah, wie Erstaunen in Alice' Augen aufblitzte. «Ich bin lieber hier in der Villa, wissen Sie. Sie ist kleiner, dafür gemütlicher, und es ist immer was los. Bei uns … Wie soll ich sagen? Die Töne haben dort ein Echo, so leer ist es. Wir müssen wohl bald Kinder bekommen.» Etwas Kaltes legte sich auf ihre Schultern. Sie lächelte noch breiter.

Alice trat hinter sie und begann, mit zarten Bewegungen ihre komplizierte Flechtfrisur zu lösen. Blanche beobachtete sie im Spiegel. So eine schöne, traurige Frau, dachte sie.

«Haben Sie etwas gehört?», fragte sie leise, obwohl sie unter sich waren. «Gibt es Neuigkeiten? Sie würden es mir doch sofort erzählen?»

Alice schüttelte den Kopf, ohne den Blick zu heben. «Wir haben keine Ahnung, wo sie ist.»

Blanche konnte nur wiederholen, was sie schon so oft gesagt hatte: «Ich bin mir sicher, mein Bruder tut sein Bestes, um an Informationen zu gelangen. Wenn selbst John nichts herausfinden kann, muss es wirklich sehr schwierig sein.»

«Der Vater ist der Einzige, der weiß, wo sie sich aufhält. Wenn er es uns nicht verrät, werden wir es nicht erfahren.»

Bestürzt sah Blanche, wie Alice' Mundwinkel anfingen,

ganz leicht zu beben. Wie musste es sich anfühlen, nicht zu wissen, wo sich das eigene Kind befand? Ob es ihm gut ging?

«Soll ich Sie kämmen?»

«Bitte, lassen Sie uns Du zueinander sagen, wenn wir unter uns sind, Alice.»

Erstaunen flackerte in ihren Augen, sie runzelte die Stirn. «Sehr gerne, wenn Sie es wünschen, Madame … Blanche.»

«Ich kämme mich selbst, vielen Dank. Setz dich doch einen Moment.» Sie wies auf den stoffbezogenen Hocker neben sich. Die vertraute Anrede war so ungewohnt, dass Blanche mit vollem Gewicht spürte, was sie für einen Unterschied kreierte.

Und wie sehr es die Dinge verschob, wenn sie wegfiel.

Zögernd ließ Alice sich nieder. Sie wirkte nervös, so als könnte sie jeden Augenblick wieder aufspringen.

«Gibt es irgendetwas, das ich tun kann?», begann Blanche. «Ich weiß, meine Mutter ist eine Zumutung, aber sie meint es nicht böse. Und es geht ihr sehr schlecht, seit … seit das alles mit meinem Vater und Evelyns Eltern passiert ist.»

Alice schüttelte den Kopf. «Mir fehlt es hier an nichts, die Arbeit ist im Vergleich zu der in der Fabrik eine Wohltat. Ich bin dankbar, dass Sie … dass du mir diese Möglichkeit gegeben hast.»

«Du arbeitest, Alice. Ich habe dir nichts geschenkt, tun wir nicht so, als hätte es mich etwas gekostet.»

«Trotzdem, ich …»

«Bitte!» Blanche hob die Hände. «Mach es nicht noch schlimmer. Ich fühle mich so schon so grauenvoll unnütz. Ich würde so gerne helfen.»

«Du *hast* geholfen», erwiderte Alice ruhig.

«Ich wollte dich etwas fragen.» Die Nervosität schoss ihr in den Magen. Aber sie musste es wissen, und eine solche Gelegenheit würde es so schnell nicht wieder geben. Seit Tagen überlegte sie, wie sie an die Sache herangehen sollte. «Meine Schwägerin, Marlies. Nun, sie hat etwas angedeutet …» Sie stockte, wusste nicht, wie sie in Worte fassen sollte, was sie fragen musste. «Mein Bruder und du …»

Panik schwappte in Alice' aufgerissene Augen. Und Blanche hatte ihre Antwort.

«Oh, Himmel», murmelte sie und schlug die Hände vor den Mund. «Wenn ich das geahnt hätte …»

«Es ist vorbei!», rief Alice hastig. «Es war nie … Es ist vorbei. Ich muss diese Stelle unbedingt behalten. Ich würde nie etwas tun, das sie gefährden könnte. Es war eine einmalige Sache. Er hat es sofort bereut. Und beendet.»

Blanche schwieg betroffen. Bereits bei ihrer ersten Begegnung hatte sie sehen können, dass John mehr für diese Frau empfand, als er sollte. Aber ihr Bruder war ein Mann von äußerster Integrität, nie hätte sie vermutet, dass es so weit hatte kommen können. Eine kleine Verliebtheit, eine Schwärmerei, sicherlich. Alice war nicht nur schön, sie hatte auch eine ganz besondere Art zu sprechen, sich zu bewegen. Es fiel Blanche leicht, sich vorzustellen, was das mit einem Mann machen konnte. Aber ein Betrug? Das konnte Steine ins Rollen bringen, von deren Existenz man nicht einmal etwas ahnte, konnte Auswirkungen haben, die weit über eine persönliche Tragödie hinausgingen. Besonders für Evelyn.

«War es vor dem Tod ihrer Eltern? Oder danach? Ich muss das wissen.»

«Davor», erwiderte Alice schnell.

Sie sah so gequält aus, dass Blanche entgegen ihren Gefühlen ihre Hände ergriff. «Ich hoffe, dir ist klar, dass meine

Loyalität bei Evelyn liegen muss. Mein Bruder hätte das nicht zulassen dürfen. Du warst in einer verletzlichen Position, und er …»

«So war es nicht», unterbrach sie Alice. «Ich habe den ersten Schritt getan.»

«Nun!» Blanche drückte ihre Hände, dann ließ sie sie los, nahm die Bürste und begann, sich damit durchs Haar zu fahren. Sie war vollkommen durcheinander. «Mein Bruder hat es nicht nötig, in Schutz genommen zu werden. Er ist sehr gut in der Lage, seine Entscheidungen zu durchdenken.» Es wunderte sie selbst, dass sie so starke Empathie für diese Frau empfand, die kurz davor gewesen war, ihrer Familie noch mehr Leid zu bescheren, als sie ohnehin schon durchmachte. Blanche zweifelte keine Sekunde daran, dass sie niemandem hatte schaden wollen.

«Die Wanne ist sicher gleich voll.» Sie war so in Gedanken, dass sie sich zu schnell erhob, und ihr entfuhr ein Keuchen.

«Was ist?» Erschrocken fasste Alice sie am Arm. «Sie haben Schmerzen.»

«Du», korrigierte Blanche gepresst. Sie rang um Atem. «Es ist nichts, nur eine kleine Prellung.»

Alice schüttelte kaum merklich den Kopf. «Das stimmt nicht.»

Verwundert sah Blanche sie an. Menschen, die sie ihr Leben lang kannten, hatten nicht die leiseste Ahnung, und diese Frau verstand sofort. Aber warum überraschte sie das? Schließlich teilten sie das gleiche Schicksal.

Alice musterte sie weiter mit zweifelndem Blick, und Blanche war von sich selbst überrascht, als sie sagte: «Würdest du mir helfen, mein Kleid aufzuschnüren?»

Wortlos stand Alice auf und begann, die feinen Schnüre

zu lösen, die das Kleid im Rücken zusammenhielten. Blanche trug kein Korsett. Als Alice die Male sah, die ihre Körpermitte überzogen, gab sie einen entsetzten Laut von sich. «Das sieht entzündet aus», sagte sie und deutete auf den dunklen Fleck an ihrer Leiste, der einfach nicht abheilen wollte und sie seit Wochen um den Schlaf brachte.

Blanche nickte. «Ich weiß.»

«Du musst das anschauen lassen.»

«Nun, Dr. Blaustin kann ich deswegen wohl kaum rufen.» Blanche lächelte gequält. «Es geht schon, es dauert manchmal einfach etwas länger.»

«Wenn ich dir die Adresse von jemandem gebe, von dem ich weiß, dass er nichts erzählen wird, wirst du dann hingehen?»

Blanche zögerte. Aber sie hatte niemanden, an den sie sich wenden konnte. «Ich werde es mir überlegen», antwortete sie schließlich.

Das schien Alice zu beruhigen. «Wie ist er?», fragte sie dann. «Wenn es passiert.»

Blanche konnte nicht antworten. Sie hatte noch nie darüber gesprochen.

«Mein Mann war immer laut. Er trinkt zu viel, und er hasst sein Leben, er hasst sich selbst. Wenn er wütend wird, kann er sich nicht kontrollieren. Auch in der Wirtschaft gerät er ständig mit anderen aneinander, es ist, als würde in seinem Kopf etwas aussetzen. Sogar sein Blick verändert sich.»

Es entstand eine Pause, im Kamin knackte die Feuerschlacke.

«Niklas ist anders.» Blanche sah auf ihre Hände. «Er trinkt nicht, und er brüllt auch nicht. Ich weiß nicht, wie ich seine Art beschreiben soll. Ich mache einfach immer irgendetwas falsch …» Plötzlich waren da die Tränen, die sie sonst so erfolgreich zurückdrängte. «Egal, wie sehr ich mich bemühe. Es sind Kleinigkeiten. Schon Stunden vorher merke ich, dass etwas nicht stimmt, aber er sagt mir einfach nicht, was es ist. Das ist das Schlimmste», flüsterte sie. «Das Warten. Manchmal ist tagelang alles gut, dann trage ich ein Kleid in einer Farbe, von der ich hätte wissen müssen, dass er sie verabscheut, und es fühlt sich an wie das Ende der Welt. Oder ich habe einen Mann angelächelt.» Sie hob die Schultern. «Ich bin zu freundlich, er fühlt sich blamiert davon, wie ich mit Männern spreche. Meistens weiß ich nicht einmal, wen er meint …» Überwältigt von ihren Gefühlen brach Blanche ab.

Alice sagte nichts. Plötzlich war es Blanche peinlich, dass sie so privat geworden war, diese Frau hatte nun wirklich ihre eigenen Probleme. «Ich weiß nicht, was ich tun soll», sagte sie trotzdem. «Ich glaube nicht, dass er sich ändern wird.» Es tat so gut, das endlich auszusprechen.

«Nein, das wird er nicht», erwiderte Alice schlicht.

«Ich nehme ein Mittel.» Sie konnte nicht fassen, dass sie das sagte. «Es verhindert, dass ich schwanger werde.» Sie machte sich damit strafbar, konnte sogar ins Gefängnis kommen. Mit großen Augen sah sie Alice an.

Die stand immer noch hinter ihr, hielt ihren Blick im Spiegel. Wortlos nahm Alice Blanche die Bürste ab und begann, ihr die Haare zu kämmen. «Niemand wird es erfahren», sagte sie, und es half Blanche, wie ruhig sie klang. «Aber du kannst das Mittel nicht dein ganzes Leben lang nehmen.»

«Ich weiß.»

«Wenn du mit John sprechen würdest …»

«Ausgeschlossen!»

«Aber …»

«Das geht nicht!» Sie war die Möglichkeiten schon Hunderte Male durchgegangen, in jeder Nacht, in der sie nicht schlafen konnte, ob vor Schmerzen oder vor Sorgen. «Ich kann nicht. Ich liebe Niklas. Ich liebe ihn wirklich.»

Alice kämmte weiter. Nachdenklich ließ sie eine von Blanches hellen Haarsträhnen durch die Finger gleiten. «Hast du Angst?», fragte sie. «Dass du es eines Tages vielleicht nicht überlebst?»

Blanche konnte nicht antworten. Wieder trafen sich ihre Augen im Spiegel.

«Dann gibt es nur eine Antwort. Liebe hin oder her. Du musst von ihm weg.»

Blanche hob die Schultern. «Wenn es so einfach wäre. Er ist hinterher so verzweifelt. Du müsstest ihn sehen, er entschuldigt sich, er kauft mir Blumen und Schokolade.»

Alice' Miene zeigte keinerlei Spur von Mitgefühl. «Prügelt er sich auch mit anderen Männern? Wird er gegenüber anderen ausfallend und laut?»

Erstaunt lachte Blanche auf. «Um Himmels willen, wie kommst du darauf? Natürlich nicht.» Allein der Gedanke, dass ein Mann wie Niklas sich prügelte wie ein Schuljunge, war lächerlich. «Natürlich wird er mal laut bei den Dienstboten, aber er schlägt sich doch nicht herum.»

Mit dieser seltsamen Ruhe kämmte Alice weiter Blanches Strähnen. «Dann kann er es auch kontrollieren.»

Blanche spürte, wie eine kleine Schockwelle ihren Nacken hinabrieselte. Sie hat recht, dachte sie entsetzt. Gott, sie hat ja recht.

Nachdem Alice gegangen war – nicht, ohne ihr die Adresse dazulassen und ihr das Versprechen abgerungen zu haben, so bald wie möglich hinzugehen –, trat Blanche zurück ins Badezimmer. Die Wanne war voll bis zum Rand, der Spiegel beschlagen. Sie wischte mit den Fingern über das Glas und betrachtete ihr verzerrtes Ebenbild.

Eine Scheidung kam nicht einmal im Entferntesten infrage. Es wäre ein riesiger Skandal, immer noch, obwohl sie in einem neuen Jahrhundert lebten. Das konnte sie ihren Eltern nicht antun. Aber das war nicht der wichtigste Grund.

Sie liebte ihn.

Und sie schämte sich.

Sie schämte sich, dass ihr Mann, den alle so schätzten, um den ihre Freundinnen sie beneideten, der so gerne mit ihrem Vater Skat spielte und mit Julius segelte, den ihre Mutter an ihrem Hochzeitstag begeistert als den größten Charmeur bezeichnet hatte, dass dieser Mann sie so sehr verabscheute, dass er sie schlug und demütigte. Sie schämte sich, dass sie sich von ihm hatte blenden lassen, dass sie nicht erkannt hatte, wer er wirklich war. Dass sie der Ehe mit ihm zugestimmt hatte, fröhlich und enthusiastisch, wie sie es immer war, und die vielen kleinen Warnzeichen nicht bemerkt hatte, die sich bald nach der Trauung zu einem Bild zusammensetzten, das einen völlig neuen Mann zeigte.

Sie hätte auf ihre Träume hören sollen. Dort verstand sie meist zuerst, was sie wirklich fühlte. In den Wochen vor der Hochzeit hatte sie so unruhig geschlafen wie nie zuvor, war oft im Morgengrauen hochgeschreckt und hatte eine Weile gebraucht, um dieses dunkle Gefühl abzuschütteln, gewarnt zu werden und nicht zu wissen, von wem und wovor. In der Nacht vor der Trauung war sie durch einen dunklen Wald geirrt, ihr weißes Kleid in Fetzen am Körper, gejagt von einer unsichtbaren Gefahr. Am Altar hatte sie pures Glück empfunden. Aber die Träume hatten sich nach der Hochzeit nicht verändert. Und bald darauf hatte sie gewusst, was sie ihr sagen wollten.

⁂

John blickte auf die Uhr. Ungeduldig stand er auf, ging zur Tür seines Büros, spähte über den verlassenen Gang. Mal wieder waren alle anderen bereits nach Hause gegangen, sogar Birgit hatte zaghaft an seine Tür geklopft und darum gebeten, entlassen zu werden. Entsetzt hatte er ihr den nächsten Morgen freigegeben – er hatte geglaubt, sie wäre schon seit Stunden fort gewesen. Langsam wuchs ihm alles über den Kopf.

Als er sich wieder umdrehte, machte er sich einen Augenblick bewusst, dass er sich nicht in der Bank befand. Es tat so gut, hier zu sein. Er vermisste alles an seiner alten Arbeit, sein Büro mit Blick auf den Rathausplatz, dieses Gefühl, einen neuen Fall zu beginnen und ihn langsam vor sich auszurollen, sich immer tiefer hineinzuwühlen, die Auftritte vor Gericht, den Triumph nach einem erfolgreichen Abschluss. Er kam häufiger in die Kanzlei, als er sollte, zum einen, um alle nötigen Absprachen zu tätigen, zum anderen, weil er hier Treffen abhalten konnte, die in der Bank Fragen aufgeworfen hätten. Besonders jetzt, da Julius zurück war.

Er ging zurück zum Schreibtisch, rückte die Lampe ein Stück weiter in die Mitte, setzte seine Lesebrille auf. Die Akten vor ihm waren anders als alle, die er bisher gesehen hatte. Aber er hatte sich auch noch nie zuvor mit Kinderarbeit beschäftigt.

Dass es in einer bestimmten Bevölkerungsschicht normal war, Kinder zum Arbeiten zu schicken, war ihm bewusst gewesen, es fußte auf jahrhundertealten Gewohnheiten. John selbst war damit aufgewachsen, dass morgens die Milch und die Zeitung von Jungen gebracht wurden, die genauso alt waren wie er selbst, und hatte es nie infrage gestellt. Obwohl in der Reeven-Villa selbst gebacken wurde, war es in ganz Hamburg Sitte, morgens die Rundstücke von kleinen Lieferanten zugetragen zu bekommen. Auf dem Markt putzten Kinder die Schuhe, und wenn man beim Schneider gewesen war, brachten sie eine Woche später die fertigen Stücke ins Haus.

Während der wenigen gestohlenen Abendstunden, die er sich dem Thema bisher hatte widmen können, hatte John sich mit den Schriften von Konrad Agahd befasst, einem Berliner Volksschullehrer, der sich für den Kinderschutz in Deutschland einsetzte. Diesem Mann war es zu verdanken, dass zehn Jahre zuvor ein erstes Reichsgesetz eingeführt worden war, das sich der Regelung der Kinderarbeit widmete. Inzwischen gab es einige, die dem Beispiel Agahds folgten und daran arbeiteten, der gewerblichen Kinderarbeit einen Riegel vorzuschieben. Aber der Staat konnte nicht immer ohne Weiteres eingreifen, das Recht der Eltern stand an erster Stelle, und nicht wenige waren auf die Mithilfe und Einnahmen ihrer Sprösslinge angewiesen. Wenn die Kinder zum Arbeiten geschickt wurden, etwa in der elterlichen Bäckerei halfen und Brot austrugen, verstieß das nicht gegen das Gesetz, solange sie für diese Arbeit keinen Lohn erhielten. Man konnte nur gut zureden, in besonders schweren Fällen eine Anzeige wegen Verletzung der Erziehungspflicht erstatten – die aber meistens im Sande verlief.

Die Sozialdemokraten hatten in Hamburg in den letzten Jahren hart durchgegriffen, es gab inzwischen sogar eine Zentralkommission, die sich mit dem Thema befasste. In jedem Reichstagswahlbezirk beschäftigte sich eine Person mit der Überwachung und Einhaltung des Kinderarbeitsgesetzes. Mehrmals im Jahr schwärmte diese Kommission im Morgengrauen vor Schulbeginn aus und durchkämmte die Stadt nach minderjährigen Arbeitern. Sie stellten Statistiken auf, legten Fragebögen für jeden festgestellten Fall an. John hatte sich diese Zahlen besorgt. Inzwischen gab es über siebenhundert Kontrolleure in der Stadt, und die hatten ihre Arbeit mittlerweile bis nach Altona-Ottensen, Wandsbek, Schiffbek und Wilhelmsburg ausgeweitet. Vor drei Jahren hatte man 2378 gewerblich beschäftigte Kinder in Hamburg gezählt, die meisten von ihnen hatten Brot, Milch und Zeitungen ausgetragen und waren zwischen fünf und vierzehn Jahren alt gewesen. Obwohl Arbeitskarten für Kinder vorgeschrieben waren, wurde das meist ignoriert; die Dunkelziffer schätzte man daher zehnfach höher. Aber die Sozialdemokraten stießen mit ihren Versuchen, an diesen Zuständen etwas zu ändern, auf heftigen Widerstand. Besonders für die großen bürgerlichen Zeitungen war es selbstverständlich, auf Kinder zurückzugreifen, um die Ware unter das Volk zu bringen. Und wenn man sich ansah, wie viel Lohn sie dadurch sparten, verstand man es sogar, schließlich bekamen die meisten Kinder nur zwischen eineinhalb und fünf Mark im Monat dafür, dass sie morgens vor Sonnenaufgang aufstanden und Zeitungen austrugen und oft am selben Tag bis in die Nacht unterwegs waren für die Abendzeitung. Das Arbeiterblatt *Hamburger Echo* bildete die einzige Ausnahme und beschäftigte keine Kinder. Trotz der vielen festgestellten Fälle gab es so gut wie keine Anzeigen durch die Kontrolleure. In den Akten standen stets Begründungen wie: *Der Vater ist krank, und die Familie kommt ohne den Lohn des Kindes nicht über die Runden*; oder: *Der Vater ist arbeitslos, die Kinder hungern, wenn sie nicht selbst etwas erwirtschaften.*

Die Lektüre der Akten machte John fassungslos. Dieses System war hinten und vorne nicht tragbar. Zugleich war ihm bewusst, dass Familien wie die seine, die großen Einfluss auf die Geschicke der Stadt hatten, ihren Teil dazu beitrugen, dass alles genauso blieb, wie es war.

Als die Tür aufging, hob er den Kopf. Jaris hatte nicht angeklopft – oder vielleicht hatte John ihn nur nicht gehört. Wenn er sich konzentrierte, vergaß er alles um sich herum.

Wie immer begrüßten die Männer sich nur mit einem Nicken. Sofort schien sich die Atmosphäre im Raum zu verdichten.

John stand auf. «Sie sind spät.»

«Bin heute wieder umgezogen.» Jaris entschuldigte sich nicht; immerhin war es eine Erklärung.

«Irgendetwas Neues?»

Alice' Bruder schüttelte den Kopf. Er sah müde aus – und er roch nicht besonders gut. Was für ein absurdes Spiel des Schicksals, dass dieser intelligente Mann seine sichere, gut bezahlte Arbeit in der Holsten-Brauerei gekündigt hatte, nur, weil er nicht für John und seine Familie arbeiten wollte – und nun gezwungen war, *mit* ihm zu arbeiten.

Wie jedes Mal, wenn sie aufeinandertrafen, schlug ihm Jaris' kalter Hass entgegen, und sofort spürte er den Drang, sich zu rechtfertigen. Ja, er war seiner Schwester näher gekommen, als er durfte. Ja, er hatte ihr Hoffnungen gemacht, die Auflösung der Ehe und das Sorgerecht vor Gericht zu erstreiten, und den Fall dann wieder abgegeben. Aber Jaris kannte seine persönliche Situation nicht. Und John hatte das alles nicht getan, weil Alice ihm egal gewesen wäre. Er hatte es getan, weil er Gefühle für Alice hatte.

Doch natürlich konnte er das ihrem Bruder nicht sagen.

Schon bei der Vorstellung spürte er, wie Jaris' Faust in seine Zähne krachte. Jaris sah in John einen Mann, der alles besaß und sich trotzdem noch mehr nahm, der die Situation einer hilflosen Frau ausgenutzt hatte, um ihr persönlich näherzukommen. Und von seiner Warte aus war das sogar verständlich.

«Bei mir auch nicht.» John schob mit einem Seufzer seine Akten zur Seite, faltete stattdessen die große Karte auseinander und fuhr mit den Fingern über die eingezeichneten Straßen. Er nahm einen Stift und platzierte zwei große Kreuze über den Vierteln, die sie diese Woche abgehakt hatten. «Dann machen Sie nächste Woche St. Pauli. Und ich übernehme Rotherbaum.»

Jaris sah ihn an, ohne zu blinzeln. «Scheint passend.»

Erst jetzt wurde ihm klar, wie sein Vorschlag wirken musste. Er hatte die Viertel willkürlich bestimmt, aber neben der Elbchaussee war Rotherbaum eine der reichsten Gegenden Hamburgs, die Straßen gesäumt von herrschaftlichen Villen und Parks, während St. Pauli mit seinen Bordellen und Wirtschaften eine vollkommen gegensätzliche, wesentlich düsterere Welt darstellte.

«Wir können auch tauschen, mir ist es vollkommen egal …»

«Nein.» Jaris schüttelte den Kopf, seine Mundwinkel verzogen sich zu einem freudlosen Grinsen. «Stimmt schon so.»

Sie teilten die Stadt untereinander auf, klapperten die Mitglieder der Kommission gegen Kinderarbeit ab und zeigten ihnen Bilder von Rosa. Wenn jemand mitbekam, dass das Mädchen in Hamburg war, dann waren sie es. John war sich beinahe sicher, dass Henk sie nicht irgendwo hingebracht hatte. Das kostete Zeit und Geld, und es entzog Rosa seiner Kontrolle. Schon gar nicht hatte er sie irgendwo untergebracht, wo sie nur kostete, ihm aber nichts nutzte. Nein, Henk ließ sie irgendwo in Hamburg für sich arbeiten, daran hatte er keinerlei Zweifel.

Siebenhundert Personen ausfindig zu machen und zu befragen, war keine Kleinigkeit. Sie hatten zwar eine Liste mit allen Namen und Adressen – für die John nicht weniger als seinen Ruf und seine Zulassung aufs Spiel gesetzt hatte –, trotzdem war diese zusätzliche Belastung kaum zu bewältigen. Das erklärte, warum Jaris aussah, als hätte er seit zwei Wochen nichts gegessen, geschweige denn sich gewaschen oder umgezogen.

John tat vor und nach der Arbeit, so viel er konnte, zusätzlich hatte er für die Aufgabe zwei vertrauenswürdige Männer engagiert, die die Liste systematisch mit ihm abarbeiteten. Obwohl es für einen guten Zweck war, hatte er ein schlechtes Gewissen. Geld machte alles einfacher. Seit es Alice in seinem Leben gab, wurde ihm das öfter bewusst, als ihm lieb war.

Jaris nahm die Adressenliste für St. Pauli, und John markierte auf der Karte die restlichen Bezirke. Es blieben nicht mehr viele Viertel übrig. Und er hatte keine Ahnung, wie sie weitermachen sollten, wenn sie diesen Weg erschöpft hatten.

Anscheinend las Jaris diese Gedanken an seiner Miene ab. «Wir werden sie nicht finden, oder?», fragte er, und anders als sonst klang seine Stimme nicht abweisend, sondern hoffnungslos.

John räusperte sich. «Wir werden nicht aufhören zu suchen. Und wenn wir sie nicht vorher finden, wird der Ausgang des Prozesses sie zurückbringen.»

Obwohl Jaris verhalten nickte, sah John ihm an, dass er nicht an seine Worte glaubte. «Was, wenn er sie auch dann einfach nicht rausrückt?»

«Das muss er.»

«Sie kennen ihn nicht. Eher nimmt er eine Gefängnisstrafe auf sich, als Alice zu geben, was sie will.»

«Warum hat sie ihn geheiratet?» Diese Frage stellte sich John, seit er Alice kannte. Trotzdem war er von sich selbst überrascht, als er sie nun laut aussprach. «Warum diesen Mann? Es ist doch offensichtlich, wer er ist.»

Etwas zuckte über Jaris' Gesicht. Erschrecken? John registrierte es mit einem Stirnrunzeln. «Das dürfen Sie mich nicht fragen!» Jaris hob die Achseln. «Es ist mir selbst ein Rätsel. Aber früher war Alice anders, unsicher, ängstlich. Wahrscheinlich wollte sie einfach eine Familie.» Mit schnellen Schritten ging er zur Tür. «Also dann. Bis nächste Woche.»

Jaris reichte ihm nicht die Hand, und er wartete auch nicht auf eine Antwort, sondern war verschwunden, bevor John reagieren konnte. Seine lauten Schritte hallten draußen auf dem Gang wider, dann fiel das Portal ins Schloss, und Stille senkte sich über den Raum.

John blieb stehen, wo er war. Unsicher? Ängstlich? Konnte ein Mensch sich so sehr ändern? In seinem Kopf setzte sich etwas fest. Ein Gedanke, der dort schon lange umherschwirrte, den zu greifen ihm bisher aber nicht gelungen war: Es ergab keinen Sinn. Es gab keinen Grund, warum eine Frau wie Alice, schön, klug, charakterstark, einen Mann wie Henk heiraten sollte.

Keinen einzigen.

Außer einen.

Sie hatte keine andere Wahl gehabt.

Alice klopfte zweimal fest an die niedrige Kellertür.

«Ist offen!» Von drinnen erklang die vertraute kratzige Stimme.

Wie immer roch die abgestandene Luft nach Äther und Jodoform. Vater Kohl schien seit ihrem letzten Besuch noch ein wenig mehr in sich zusammengesunken zu sein, er wirkte wie eine schrumpelige Kartoffel, in seinem weiten Überwurf und den viel zu großen Holzschuhen. Aus wachen schwarzen Augen sah er ihr entgegen.

«Ah!» Er nickte. «Ich weiß, wasde willst.»

Alice blieb mitten im Raum stehen. Der Anblick der Pritsche in der Ecke verursachte ihr Gänsehaut. Schließlich hatte er ihr beim letzten Besuch hier die Nase herumgedreht.

Vater Kohl trat auf sie zu, behutsam fasste er ihr Kinn, drehte das Gesicht hin und her. Dann nickte er zufrieden. «Ich sach es ja. Das hätten sie im St. Georg auch nicht schöner zusammengeflickt.»

«Stimmt», bestätigte sie. «Das war gute Arbeit.» Tatsächlich war kaum noch zu sehen, dass die Nase einmal gebrochen gewesen war.

«Ich weiß, was ich tue.» Zufrieden schlurfte er zu dem bollernden Herd in der Ecke, auf dem ein Teekessel stand, der in diesem Moment zu pfeifen begann, schüttete sich etwas von der dampfenden Flüssigkeit in eine zerbeulte Zinntasse. Ihr bot er nichts an. «Ich hab dem Anwalt schon gesagt, dass ich nicht komme.» Er drehte sich nicht um, nahm einen Löffel voll Pulver aus einem Glas und rührte es klappernd in sein Gebräu.

«Das hat er mir erzählt.» Alice stockte. Sie wusste nicht, wie sie beginnen sollte. «Ich dachte, vielleicht hat er nicht richtig erklärt, worum es geht …»

«Hat er.» Vater Kohl ließ sich auf seinen Hocker fallen und schlürfte den Tee.

«Es geht um meine Tochter!», erklärte sie mit Nachdruck. «Um Rosa.»

Im Laufe ihres Kinderlebens hatte Vater Kohl Rosa unzählige Male behandelt. Er mochte sie, hatte ihr immer einen Extra-Drop aus der Dose auf dem Fensterbrett geschenkt.

Er nickte nur. «Weiß ich.»

«Weißt du auch, dass sie verschwunden ist?», rief sie. «Dass mein Mann sie verkauft hat, damit sie für ihn arbeitet?» Es fühlte sich an, als verengte sich ihr Brustkorb, mit einem Mal fiel ihr das Atmen schwer. «Ich habe sie seit Wochen nicht gesehen, kein Wort von ihr gehört. Ich weiß nicht, wie es ihr geht, wo sie ist, ob jemand bei ihr ist. Ob sie zu essen bekommt, ob sie krank ist, ob sie Angst hat. Ob sie überhaupt noch …» Sie sprach so schnell, dass sie vergaß zu atmen. Als sie Luft holen wollte, ging es nicht.

Erschrocken riss sie die Augen auf. Aus ihrer Kehle drang ein Gurgeln. Dann plötzlich schien sich ihre Lunge wieder zu öffnen, aber sie ließ nur einen kurzen Stoß Luft hinein. Es war viel zu wenig. Alice fasste sie sich an die Brust, hustete.

Vater Kohl stand auf. Wortlos schob er sie auf die Pritsche, nahm eine kleine Schüssel vom Boden und spritzte ihr mit den Fingern etwas Flüssigkeit ins Gesicht. Sie roch nach Minze und etwas stark Alkoholischem, das sie noch mehr husten ließ, aber fast sofort merkte sie, wie sich ihre Atemwege entkrampften. Mit einem Mal hielt er eine zerknitterte Papiertüte in der Hand, blies hinein, presste sie ihr dann vor den Mund. «Atme hier rein!», befahl er streng. «Ein!» Die Tüte zog sich zusammen. Er zählte bis vier, während sie krampfhaft einatmete. «Und aus!» Die Tüte blähte sich auf. «Ganz langsam. Schau mich an.»

Es dauerte etwa zwei Minuten, bis der Anfall vorbei war. Vater Kohl ließ die Tüte sinken und musterte sie kritisch. «Gut so weit?», fragte er, und sie nickte erschöpft. Ihr war schwindelig, und ihr Hals tat weh, aber der Druck auf der Brust, der sich angefühlt hatte wie ein von zu Sekunde zu Sekunde enger werdender Stahlkäfig, war verschwunden.

«Du musst doch nur sagen, dass du mich behandelt hast», sagte sie heiser, noch um Atem ringend. «Die interessieren sich doch gar nicht für dich.»

«Keine Chance», erwiderte er knapp.

«Ich muss sie wiederkriegen.» Sie wusste, wie riskant es war, mit Bestechung zu arbeiten – wenn es herauskäme, würde sie den Prozess automatisch verlieren. Aber einen verschwiegeneren Menschen als Vater Kohl würde sie kaum finden. «Ich … kann dir Geld geben.» Das stimmte nicht, sie hatte kein Geld. Aber wenn es half, würde sie welches beschaffen, egal wie.

Für einen Wimpernschlag wurden die harten Augen in dem welken alten Gesicht weich. «Alice. Ich hab keine Konzession. Das weißt du. Ich hab keine Versicherung, keine Rente. Ich bin eigentlich gar nicht hier.» Er machte mit der Hand eine Bewegung, die den kleinen Keller und ihn mit einschloss. «Mich gibts nich. Irgendwann sterb ich auf meiner Pritsche, und ein paar Wochen später weiß niemand in dieser Stadt mehr, dass ich überhaupt da war. Die Menschen hier kümmerts nich, die sind froh, dass ich sie versorge. Aber die Spitzhelme haben mich schon lange im Visier. Wie sollst du erklären, warum du bei mir warst, ohne zu sagen, was ich mach. Ohne dass sie was rausfinden und mich verschütt nehmen.» Sie begriff, dass seine Entscheidung feststand. «Tut mir leid, Mädchen. Ich kann dir nicht helfen.»

6

Eugen saß am Treppengeländer und blickte in die Halle hinunter. Ab und an bewegte er sich, und der Rollstuhl unter ihm knackte leise. Wenn er den Kopf hob, konnte er durch die Buntglasfenster die kahlen Äste der Trauerweiden sehen. Noch mindestens zwei Monate, bis es wieder wärmer wurde. Im Sommer war alles noch halbwegs zu ertragen, aber die ewigen dunklen Tage, der Nieselregen, die Kälte … Sosehr er diese Stadt liebte, das Wetter war eine Zumutung.

Das Haus lag still da, einzig aus der Küche hörte er leises Klirren. Draußen rumpelte eine Droschke vorbei, und wenn er die Hände in die Lehnen stützte und sich ächzend ein wenig nach oben schob, sah er durch das Fenster ein Fährschiff, das auf die Walhalla-Haltestelle zutuckerte. Heute war die Landestelle für die Alsterschiffe nur noch das: eine Landestelle. Er aber kannte sie noch aus alten Zeiten, war dabei gewesen, als der Glaspavillon mit Orangerie eröffnet worden war, Café und Ballhaus, die größte Konkurrenz zum Alsterpavillon und eine der besten Adressen der Stadt. Es hatte sogar eine eigene Konditorei im Haus gegeben – besseren Kuchen hatte er seitdem nie gegessen – und mehrmals in der Woche Unterhaltungsmusik unter der Leitung von Canthal. Er sah sich noch mit Irmgard am Arm durch das Glashaus schweben. Aber im Laufe der Jahre war die Walhalla unter wechselnden Besitzern von einer Uhlenhorster Institution zu einem gewöhnlichen Tanzlokal und schließlich zu einem Wirtshaus verkommen.

Jetzt standen dort Mietshäuser, wo einst Musik über das Wasser gezogen war und die Champagnergläser geklirrt hatten. Damals war ihm alles so selbstverständlich erschienen, die langen, feuchtfröhlichen Abende, die vielen gesellschaftlichen Verpflichtungen. Ja, lästig gewesen waren sie ihm oft genug … Plötzlich spülte eine Welle der Einsamkeit über ihn hinweg. Alles schien so weit entfernt, die Welt, das Leben. Er gab es nicht einmal vor sich selbst gerne zu, aber er vermisste Irmgard so sehr. Sie war ein herrisches Weib gewesen, mit einer zu dunklen Stimme und zu männlichen Ansichten, hatte sich in alles eingemischt und keinen Respekt gehabt vor der gottgegebenen Autorität eines Ehemannes. Aber sie war immer bei ihm gewesen.

Sie hatte sich dafür interessiert, wenn seine Knie mal wieder schmerzten. Wenn er nachts wach lag und hustete. Wenn seine Zeitung zu spät kam oder die Angestellten frech geworden waren. Sie hatte sich um alles gekümmert, alles im Blick gehabt, sie war das Zentrum seiner Welt gewesen. Aber das hatte er erst verstanden, als es zu spät gewesen war: Wie viel Gewicht doch die kleinen Dinge hatten. Wie anders es war, wenn man jemandem von seinen Wehwehchen erzählen konnte, seinem Alltagsfrust. Und wenn es auch nur ein abfälliger, hingeknurrter Satz war, sie hatte immer zugehört. Hatte oft genug einfach nur zurückgeknurrt. Aber manchmal hatten sie sich doch auch ganz gut verstanden. Was hatten sie sich so schön gemeinsam über die Dienstboten aufgeregt oder über die Nachbarn. Hatten miteinander besprochen, was man zu Taufen und Hochzeiten mitbrachte, wer gestorben war, wer ein Kind bekommen, wer sich mal wieder unmöglich benommen hatte. Gott, er vermisste das Weib so sehr. Sogar ihr Schnarchen fehlte ihm, die Art, wie sie morgens aufwachte und erst einmal das Wetter vor dem Fenster kommentierte, jeden verdammten Tag, wie sie ihn fragte, ob er gut geschlafen hatte, jeden verdammten Tag. Wie sie ihm beim Frühstück gegenübersaß und aufpasste, dass er auch Fisch aß und nicht nur Kuchen.

Jeden verdammten Tag.

Manchmal konnte er es nicht fassen, dass sie nie wiederkommen würde. Dass sie einfach aufgehört hatte zu existieren und sein Leben trotzdem weiterging.

Wie sie Burchard hassen würde. Er lachte leise bei dem Gedanken. Mit Tieren hatte sie nie etwas anfangen können, und die Tatsache, dass Burchard sabberte, wenn er Hunger hatte, und seinen Gedärmen ab und an Winde entfuhren, die man nur als magenumstülpend bezeichnen konnte, hätte sie mit Sicherheit zur Weißglut getrieben. Aber Burchard war sein Halt. Er erzählte dem dämlichen Hund alles. Manchmal las er ihm sogar vor. «Ha! Hör dir das an!», rief er, wenn ihn etwas in der Zeitung besonders aufregte. Und Burchard legte den Kopf schief, nahm die Augen keine Sekunde von ihm.

Es war besser als nichts. Besser als die Stille, die mit Irmgards Tod in sein Leben eingezogen war. Wenn er nachts aufwachte, wachte auch Burchard auf. Stand innerhalb von Sekunden an seinem Bett, die Ohren gespitzt, die Augen auf ihn fokussiert, und so seltsam es auch war, es half.

Für Burchard war er wichtig.

Über sechzig Jahre lang war er der Patriarch seiner Familie gewesen. War es wohl noch, wenn man es genau betrachtete, auch wenn er im Haus seines Schwiegersohns wohnte. Aber ohne seine Frau, ohne die Villa, die eigenen Dienstboten fühlte es sich nicht so an. An manchen Tagen bereute er es, dass er die Villa in Pöseldorf seinem Sohn überlassen hatte und zu Gesa gezogen war. Aber was wäre sonst aus ihm geworden? Ein verbitterter alter Tattergreis, der nachts durch die verlassenen Flure eines viel zu großen Palastes spukte und die Dienstboten heimsuchte? Da war es doch besser, die Reevens ein wenig auf Trab zu halten. Manchmal kam er sich vor wie ein Poltergeist, der hier auf dem Dachboden lebte und über den sie unten alle nur mit gedämpften Stimmen sprachen, um ihn ja nicht aufzuschrecken. Aber hier war wenigstens Leben im Haus. Zumindest meistens. Seit Theodor fort war, hatte sich die Stimmung drastisch verändert. Er war froh, dass Blanche immer wieder in die Villa zurückkehrte, wenn ihr Mann in Übersee war. Nur ihretwegen bequemte Eugen sich ab und an nach unten und mischte die Familienessen auf. Hier war sie unter Aufsicht, ihre Brüder wachten über sie, und das war wichtig. Frauen brauchten nun mal eine feste Hand, besonders Frauen wie seine Blanche, die vom Wesen her lebhafter und fröhlicher war als andere. Sie neigte zu Ideen. Aber Blanche würde nicht ewig so viel hier sein können. Wenn sie endlich Kinder bekam, würde sich alles ändern. Auch Julius und Marlies würden irgendwann in ihre eigene Residenz übersiedeln, wenn die Baumaßnahmen in diesem Leben noch einmal abgeschlossen werden sollten. John und Evelyn suchten sicher ebenfalls bereits nach einem Haus. Schließlich würde nur noch Gesa übrig bleiben. Der Gedanke ließ ihn schaudern. Was, wenn auch sie sich entschied, dass ihr die Villa allein zu groß war, sie woanders hinziehen würde, nach Franzbad oder Ostend, wo sie es so liebte? Wenn er alleine zurückbliebe …

Als unten in der Halle endlich die Haustür geöffnet wurde und er gleich darauf Heinrichs eilige Schritte vernahm, die dem Eintretenden entgegeneilten, lenkte Eugen den Rollstuhl vom Treppengeländer fort, wieder hinein ins Zimmer zu seinem Tisch. Er richtete sich die Fliege, versuchte, sich aufrecht hinzusetzen, und knirschte mit den Zähnen, als es nicht gelang. Trotzdem erwartete er seinen Besuch mit steinerner Miene.

Julius zog die schwere Eingangstür der Villa hinter sich zu und übergab Heinrich seinen nassen Schirm. «Was für ein Sauwetter. Ich bin komplett durchgeweicht.» Er nahm den triefenden Hut ab und begutachtete seine Schuhe.

«Ihr Großvater wünscht, Sie zu sprechen.» Heinrich klappte den Schirm zu und stellte ihn mit spitzen Fingern in den gusseisernen Ständer.

«Lassen Sie mich doch erst mal ankommen, Mann», knurrte Julius müde und fuhr sich mit den Fingern durch die tropfenden Haare.

«Verzeihung. Er hat heute bereits mehrfach nach Ihnen gefragt. Sie sollen es sich nicht einfallen lassen, in den Klub zu verschwinden, ohne zu ihm hochzukommen. Seine Worte, nicht meine.» Heinrich blinzelte gutmütig.

Der Diener arbeitete im Haus, seit Julius denken konnte, seine Haare waren inzwischen fast komplett weiß, und sein Rücken hatte einen leichten Buckel bekommen, aber er war aufgeräumt wie eh und je.

Julius seufzte tief. Eigentlich hatte er sich nur rasch umziehen und dann wieder verschwinden wollen, aber es roch verführerisch nach Frikadellen, und der Regen wurde immer stärker. «Dann bringe ich es hinter mich.»

«Ihr Mantel!», rief Heinrich, aber Julius lief schon die Treppe hinauf.

«Ich bleib nicht lange oben, glauben Sie mir.»

«Was hast du da an?» Eugen wartete an seinem Tisch auf ihn, dabei war sich Julius sicher, dass er bis eben noch am Treppengeländer gesessen hatte, seinem Stammplatz, von wo aus er heimlich das Familienleben belauschte, was alle wussten, er aber niemals zugeben würde.

Julius sah an sich hinunter. Er trug einen schnittigen Cut, der Mantel war momentan überall in Mode. Aber natürlich hatte sein Großvater davon keine Ahnung, weil er die Villa seit Jahren nicht mehr verließ. Trotzdem kam es ihm nicht in den Sinn, sich zurückzunehmen, vielleicht einfach einzusehen, dass die Welt sich weiterdrehte und er selbst es war, der nicht mehr dazu passte. «Einen Mantel», erwiderte er schroff. «Du wolltest mich sprechen?»

«Scheußlich, wie die Männer heutzutage rumlaufen.» Die Missbilligung in Eugens Augen sprach Bände. «Ja, ich wollte dich sprechen. Komm rein!»

«Dauert es lange? Ich muss …»

«Das kommt auf deine Antwort an.» Eugen ließ ihn nicht ausreden, bedeutete ihm mit einer Handbewegung, sich zu setzen.

Angespannt betrat er das große Zimmer mit den Bogenfenstern und dem herrlichen Blick auf Alster und Feenteich. Wenn sein Großvater eine Anweisung gab, folgte man, das war einfach so. Oder ging das nur ihm so? Der Rollstuhl knirschte entsetzlich, ein Sondermodell aus den USA, aber inzwischen trotzdem in die Jahre gekommen.

Manchmal hörte Julius das Geräusch in seinen Träumen.

Mit einer geübten Handbewegung hielt Eugen an und drehte sich um. Er sah ihn an, durch das Fenster im Rücken wirkte sein Großvater selbst im Rollstuhl größer als sonst. «Was ist dein Plan?»

«Deswegen wolltest du mich sprechen?» Entnervt fuhr Julius sich durch die Haare.

«Natürlich deswegen!»

Burchard hob den Kopf; er lag auf dem Teppich und lauschte auf jedes von Eugens Worten. Armes Schwein, dachte Julius bitter. Du wirst hier niemals mehr rauskommen. Genauso wenig wie ich.

«Ich habe keinen Plan.» Er knöpfte seinen Mantel auf und warf ihn über eine Sessellehne. Ihm war kalt, er hatte Hunger, seine Socken waren nass. «Ich mache einfach weiter.»

«Und? Die Brauerei?»

«Nichts und. Du weißt genauso gut wie ich, dass ich momentan nichts machen kann.»

«Warum nicht?»

Julius presste die Zähne aufeinander. «Weil», sagte er langsam, «ich nun einmal nicht alleine entscheide.»

«Pah!» Eugen winkte ab. «Dann sprich eben mit deinem Bruder. John ist schließlich nicht auf den Kopf gefallen. Wenn du es richtig einfädelst, wird er schon verstehen, worum es hier geht. Es muss ja nicht die Brauerei sein, falls die beiden da eben sentimental sind. Die Bank hat schließlich noch andere Möglichkeiten. Worauf wartest du? Warum muss man dir eigentlich immer erst Beine machen, bevor etwas passiert?»

Offenkundig hatte Eugen heute einen schlechten Tag. Die faltige Haut an seinem Hals wackelte, als er leise vor sich hin murmelte, was für ein Holzkopf Julius doch sei. Früher hätte Julius sich jetzt irgendwo versteckt, auf dem Dachboden oder in einem Schrank, wäre erst wieder herausgekommen, wenn Entwarnung gegeben war. Aber er war kein kleines Kind mehr und sein Großvater ein invalider alter Mann. Trotzdem besaß er immer noch diese Wirkung auf Julius, dass er sich am liebsten weggeduckt hätte. Gott, wie sehr er ihn manchmal hasste.

«Ich tue, was ich kann.» Jetzt wurde Julius selbst lauter. «Du hast doch gesehen, was passiert ist. Vater hat einen Herzkasper bekommen.»

«Mäßige deine Stimme!», brüllte Eugen. «Du bist hier nicht bei Krethi und Plethi.»

Ärger brodelte in ihm, eingesperrt wie in einem Dampfkessel. Er hätte den Alten gerne am Kragen gepackt und geschüttelt. Die Scham darüber, dass Eugen ihn für einen Versager hielt, brannte. Doch die Zeit, in der er sich zu einem kleinen Jungen hatte degradieren lassen, war vorbei. «Ich habe zu tun.»

«Ich bin noch nicht fertig!»

«Ich aber.»

Fassungslos sah der alte Mann ihn an. «Du bleibst gefälligst hier!», bellte er.

Julius antwortete nicht. Er steuerte auf die Tür zu. Wenn er jetzt sprach, würde das kein gutes Ende nehmen.

«Julius!»

«Ich komme später wieder», knurrte er und biss sich gleich darauf auf die Lippen. Warum konnte er nicht einfach schweigen, dem Alten zeigen, was er von ihm hielt, und ihn stehen lassen?

Beinahe rannte er die Treppe hinunter, das wütende Keifen von Eugen im Ohr, flüchtete ins Herrenzimmer. Hier drinnen war es warm. Er ließ sich auf den Sessel vor dem Kamin fallen, betrachtete seine nassen Schuhe. Warum machte es ihm so viel aus, was sein Großvater von ihm hielt? Eugen war ein alter Schwätzer, ein Mann, den die Welt vergessen hatte, er hatte nichts mehr zu melden, weder daheim noch sonst wo, und in den Geschäften der Familie Reeven erst recht nicht. Trotzdem konnte ein Kompliment von Eugen ihn tagelang in Hochstimmung versetzen, eine Auseinandersetzung wie diese rüttelte etwas tief in ihm durcheinander. Er war sein eigener Herr, gottverdammt, niemand hatte über seine Arbeit und seine Entscheidungen zu urteilen außer ihm selbst!

Julius lehnte sich zurück und starrte ins Feuer.

Plötzlich war er wieder im Internat. Er roch die Kiefernkloben, die im Ofen des Klassenzimmers verbrannten. Er sah die Tintenfässer auf dem hohen Pult von Ordinarius Lerch – ein rotes, ein grünes und ein blaues –, die der Lehrer zum Korrigieren der Schulaufgaben benutzte. Ihre Wachstuchhefte aufgestapelt daneben. Er blickte wieder aus den hohen Bogenfenstern hinaus in die verheißungsvolle Freiheit. Er hörte alle Knaben im Chor rufen: «Unser allergnädigster und geliebter Kaiser, er lebe hoch!»

Bis zum Gymnasium war er gern zur Schule gegangen. Er lernte schnell und mühelos, hatte Interesse an Mathematik und den Naturwissenschaften. An den militärischen Ton, der in der Schule herrschte, gewöhnte er sich, es war von Vorteil, jeden Sommer bei den Großeltern verbracht zu haben. Gegen Eugen war Ordinarius Lerch geradezu zahm.

Jeden Morgen überprüfte der Lehrer als Erstes, ob die Uniform richtig saß, das Haar eines jeden Schülers korrekt gescheitelt war, ob die Schuhe poliert waren und ein sauberes Taschentuch in der Hose steckte. Für alles gab es Regeln. Besonders wichtig war es Herrn Lerch, wie seine Schüler saßen. Er hatte die Schulordnung in einem kleinen Heft immer auf dem Schreibtisch liegen und las regelmäßig daraus vor, während er zwischen den Reihen auf und ab ging und mit seinem Zeigestock die Haltung korrigierte. «Der Oberkörper ist vollständig aufrecht zu halten, der Kopf zu beugen. Das Auge mindestens fünfundzwanzig Zentimeter von der Schrift entfernt.» So ging es weiter. Die Brust hatte drei Fingerbreit vor der Tischkante zu sein, die Unterarme sollten zu zwei Dritteln auf dem Tisch liegen, die Unterschenkel senkrecht gehalten. Die Beine durften weder am Knie noch an den Knöcheln übereinandergeschlagen werden. Die innere Fläche der schreibenden Hand war nach links zu richten. Die ersten drei Finger durften nur leicht gebeugt werden, der Handballen beim Schreiben den Tisch nicht berühren. Ebenso detaillierte Anweisungen gab es für die Lage des Schreibheftes auf dem Pult.

Manchmal ertappte Julius sich auch jetzt noch dabei, wie er an seinem Schreibtisch im Büro saß und exakt die Haltung annahm, die ihm damals beigebracht worden war. Dann beeilte er sich, die Beine übereinanderzuschlagen und sich im Stuhl zurückzulehnen. Meist schien in diesen Momenten trotzdem auf einmal ein Hauch von verbranntem Kiefernholz und Tinte durch die Luft zu wehen.

Die Schule hatte aus Jungen Männer gemacht, man konnte es nicht leugnen. Kleine Soldaten, abgerichtet in jeder Hinsicht. Wer aufgerufen wurde, antwortete wie beim Militär: kurz, knapp, im ganzen Satz. Wenn man aufstand, hatte die Hand an die seitliche Hosennaht zu zeigen, die Schuhspitzen nach vorne. Den Nachbarn auch nur anzusehen, war verboten, genau wie zappeln, reden oder sich unaufgefordert melden. Die Schüler rezitierten im Chor, und sie wurden im Chor bestraft. Wenn einer ausscherte, musste die ganze Klasse Strafarbeiten machen. Meistens jedenfalls.

Manchmal waren die Strafen auch individuell.

Für «Eigensinn» bekam man sieben Schläge mit dem Stock, auch «Zuwiderrede» wurde bestraft; in der Schulordnung gab es eine ganze Seite nur für die körperlichen Strafen. Meistens schlug der Rektor, ab und an auch einer der Oberschüler oder der Lehrer.

Julius erinnerte sich noch an sein erstes Mal, als wäre es gestern gewesen. Der Rektor hatte ihn warten lassen, bis er den Brief, an dem er gerade schrieb, beendete und mit dem Löschpapier über die nasse Tinte fuhr. Julius hörte das Kratzen der Feder, er roch die Rasieressenz des Rektors, sah die kleine goldene Brille auf der fleischigen Nase.

«Ich tue diese Dinge nicht gerne, mein Junge. Das musst du mir glauben. Aber Disziplin kommt nun einmal nicht von selbst. Man muss sie lernen, sie *beigebracht bekommen*. Ebenso wie Gehorsam. Faulheit dulde ich nicht an meiner Schule.» Was hatte er damals doch gleich verbrochen …? Vielleicht hatte er eine Schulaufgabe vergessen, es konnte auch etwas anderes gewesen sein. Was er jedoch noch genau wusste, war, wie es sich anfühlte, als der Stock ihn das erste Mal traf.

«Tritt an die Wand!»

Er gehorchte mit zugeschnürtem Hals.

«Bück dich!»

Er sah noch das Muster der Tapete, er fühlte es, presste in Gedanken seine Hände hinein. Die Sekunden schienen sich zu dehnen, beinahe glaubte er schon, der Rektor habe es sich anders überlegt, da hörte er das Zischen.

Und dann war da der Schmerz.

Er konnte nicht glauben, wie weh es tat. Und es hörte nicht auf, es schien, als würde den Rektor eine Art Wahn überkommen, die Schläge wurden immer fester, immer schneller.

Hinterher wurden die Schläge sorgfältig in das Strafenbuch der Klasse eingetragen. Er sah, wie der Rektor, nachdem er den Stock wieder in den eigens dafür vorgesehenen Glasschrank gestellt hatte, mit der roten Tinte sorgfältig und ruhig hinter den Züchtigungsgrund die Zahl Fünf schrieb.

Julius hatte zwölf Schläge gezählt.

Von anderen Strafen stand zwar nichts in der Schulordnung, aber Herr Lerch benutzte sie gerne als milde Alternativen zum Stock. Auf einem Bein in der Ecke stehen. Auf Holzscheiten knien. Sich auf den heißen Ofen setzen.

Als Erwachsener konnte er das pädagogische Leitbild von damals kritisch reflektieren. Dem Kaiser war Bildung extrem wichtig; er hatte mit einem Erlass die Schulen dazu verpflichtet, die Monarchie als einzige politische Möglichkeit zu propagieren. Wenn er darüber nachdachte, verstand er sehr schnell, weshalb.

Sie waren zu Untertanen gemacht worden. Sie sollten auch im Erwachsenenalter nicht aufbegehren gegen die Obrigkeit.

Die Erinnerung lag ihm im Bauch wie ein Stein. Gedankenverloren strich er sich über den Bart. Plötzlich war ihm übel. Er stand auf.

Frikadellen waren jetzt ohnehin nichts für seinen Magen. Im Klub gab es Essen à la carte, und allein der Gedanke an Zigarrenrauch und Alkohol ließ ihn ein wenig leichter atmen. Dort war er nicht der jüngere Sohn, dort war er ein Mann. Da fiel ihm ein, dass er seinen Mantel bei Eugen liegen gelassen hatte. Er stöhnte auf, ging zu dem kleinen Kasten an der Wand und zog die Klingel. Wenig später kam Heinrich über den Flur, ein leichtes Humpeln im Schritt, das Julius nie zuvor aufgefallen war.

«Stimmt etwas nicht mit Ihrem Fuß?»

«Oh.» Heinrich errötete leicht und winkte ab. «Ich habe ihn nur ein wenig verknackst. Es ist nicht weiter schlimm.»

Julius nickte abwesend. «Holen Sie meinen Mantel, Heinrich. Er liegt oben bei meinem Großvater.»

Heinrichs Blick flackerte keine Sekunde. «Sehr wohl!»
«Ich warte in der Halle auf Sie.»

*

«Sie haben sich in der Gegend geirrt!»

Blanche fuhr herum. Der Mann, der plötzlich vor ihr stand, hatte keine Zähne mehr im Mund, nur verfaulte Stumpen. Seine Lippen waren spröde und aufgesprungen. Er stank unangenehm nach etwas, das sie im ersten Moment nicht zuordnen konnte, das aber Eiter sein musste, wie ihr nach ein paar Schrecksekunden klar wurde.

«So was wie Sie gehört auf die Elbchaussee.»

Blanche hatte nur einen Augenblick angehalten, um sicherzugehen, dass sie sich in der richtigen Straße befand, und plötzlich war der Mann wie aus dem Nichts aufgetaucht und versperrte ihr den Weg.

Sie wusste nicht, was sie erwidern sollte, umklammerte den Griff ihres Sonnenschirms. Von einer Sekunde auf die andere klopfte ihr Herz zum Zerspringen. Aber die Straße war voller Menschen, ein Händler rollte gerade ein Fass mit Pökelfisch vor die Tür, ein Ziegenkarren fuhr vorbei. Er würde sie doch sicher nicht ausrauben, am helllichten Tag, vor aller Augen.

Sie war mit der Kutsche in die Stadt gefahren, hatte einen Treffpunkt in zwei Stunden vereinbart und sich davongeschlichen, immer tiefer in die Gassen um den Michel herum. Es war eine zwielichtige Gegend, trotzdem hatte sie keine Angst gehabt. Bis jetzt. Erleichtert entdeckte sie in diesem Moment hinter der Schulter des Mannes zwei Wachbeamte, die an einem Brunnen Wasser in ihre Zinnflaschen füllten.

«Lassen Sie mich bitte durch», sagte sie ruhig.

Sofort trat der Mann zur Seite. Mit Erschrecken bemerkte sie, dass er keine Schuhe trug, seine Zehen waren schwarz, und an seinen Beinen prangten offene, kreisrunde Wunden. «Sehen Sie die Jungen dort drüben?»

Blanche hatte sich schon zum Gehen gewandt, aber da war etwas in der Stimme des Mannes, das sie innehalten ließ. «Wie bitte?» Sie drehte sich wieder um.

Er trat nur einen kleinen Schritt näher. «Da drüben an der Ecke», raunte er, sein Kinn ruckte kaum merklich nach rechts. «Die folgen Ihnen seit dem Pferdemarkt.»

Blanches Blick flackerte in die gewiesene Richtung. Die drei waren noch jung, keine fünfzehn, schätzte sie. Kinder. Sie wirkten unauffällig mit ihren Schirmmützen, aber bei näherem Hinsehen stellte sie fest, dass auch einer von ihnen keine Schuhe trug. Als er etwas sagte und der andere lachte, entblößte auch dieser einen schwarzen Mund ohne Zähne. Für eine Sekunde schwenkte der Blick des Jungen in ihre Richtung. Und als ihre Augen sich trafen, wusste sie, dass der Mann recht hatte. Sie beobachteten sie.

«Ich komme mit Ihnen.» Der Fremde trat neben sie. «Die machen sonst nichts als Ärger.» Er schaute kein einziges Mal in die Richtung der Jungen. «Wo wollen Sie hin?»

Blanche stand da wie festgefroren. Ihre Gedanken jagten. Was, wenn der Mann sie in eine dunkle Gasse lockte und dann alle vier über sie herfielen? Dann trafen ihre Hände die Entscheidung ohne ihr Zutun. Entsetzt sah sie sich selbst dabei zu, wie sie dem Fremden den Zettel mit der Adresse reichte, den sie umklammert gehalten hatte, seit sie aus der Kutsche ausgestiegen war.

Er warf einen schnellen Blick darauf. «Ah», sagte er nur. «Ist klar. Hier entlang.»

Unentschlossen blickte sie sich um. Die drei Jungen hatten innegehalten. Alle drei sahen jetzt zu ihr herüber.

Der Mann eilte um eine Ecke, dann um eine weitere. Blanche hastete hinter ihm her. Plötzlich bückte er sich und verschwand mehrere Stufen hinab, in einen jener dunklen Hausuntergänge, die in die Hinterhöfe führten und um die sie bislang einen großen Bogen gemacht hatte. Es wäre ihr im Traum nicht eingefallen, einen dieser Tunnel zu betreten.

«Kommen Sie!», rief er aus dem Dunkeln zu ihr hoch. «Schnell. Das ist eine Abkürzung.»

Blanche hob ihre Röcke und eilte die Stufen hinunter.

Es roch so durchdringend nach Moder und Exkrementen, dass sie eine Hand vor Mund und Nase hielt. Sie konnte nur gebückt gehen. Dabei hatte sie gedacht, hier sei alles saniert worden! Im Dämmerlicht erkannte sie einen dunklen Schatten am Boden, und entsetzt stellte sie fest, dass ein Mensch hier schlief. Zumindest hoffte sie, dass er nur schlief. Bereits nach ein paar Metern tauchte vor ihr ein Lichtkegel auf, und die Stufen führten wieder nach oben.

Der Mann war schon an der nächsten Ecke, er sah sich nicht nach ihr um, beschleunigte seine Schritte, bog immer wieder ab. Was für ein Labyrinth aus Gassen und Fleeten sich im Herzen Hamburgs befand, jenseits der großen Straßen! Natürlich wusste sie um den Zustand der Gängeviertel, Niklas spendete regelmäßig an wohltätige Vereine, die sich für die Verbesserung der Lebensqualität in Hamburgs Armenvierteln einsetzten. Aber sie war noch nie hier gewesen. Es war viel schlimmer, als sie es sich vorgestellt hatte, und wesentlich größer.

«Jetzt haben wir sie abgehängt.» Der Mann blieb so plötzlich stehen, dass sie fast in ihn hineingerannt wäre. Er wies auf eine kleine schiefe Kellertür.

Im Nähertreten entzifferte sie mit Erleichterung den Namen, dessentwegen sie hergekommen war. «Ich danke Ihnen vielmals.» Sie kramte eine Münze aus ihrer Börse.

Nach kurzem Zögern nahm der Mann das Geld. «Soll ich warten?»

Erstaunt blickte sie auf. «Ich wäre Ihnen sehr verbunden», erwiderte sie schließlich. «Sonst finde ich niemals wieder zurück.»

Er lächelte, entblößte seine Zahnstumpen. «Ich steh da vorne an der Ecke. Rufen Sie nur!»

Blanche klopfte an die kleine schiefe Tür. Es war ein warmer Frühlingstag, hoch oben über den Hausgiebeln kreisten die Mauersegler. Sie schwitzte nach dem schnellen Lauf, trotzdem hielt sie ihr Tuch fest um die Schultern geschlungen und zog den Hut mit dem kleinen Schleier tief in die Stirn. Schließlich sollte niemand sie hier sehen.

«Herein!», rief eine kratzige Stimme.

Blanche trat ein. Es war eng und dunkel hier drin. Einen Moment lang war sie sicher, sich in der Tür geirrt zu haben. Dann sah sie die Pritsche. Unter der Decke hingen Kräuterbündel, in der Ecke bollerte ein kleiner Ofen.

Blanche stieg die Stufen hinunter. Sie war nicht sicher, ob der Geruch vom Raum oder von dem alten Mann in den viel zu großen Holzschuhen ausging, aber sie musste mehrfach schlucken, weil sie plötzlich das Gefühl hatte, ihr Mageninhalt dränge durch die Speiseröhre zurück nach oben.

Der Alte, der sie wohl gerade hereingerufen haben musste, sah aus wie eine verschrumpelte Kartoffel. In seinen krummen Händen hielt er ein blutiges Tuch, und sie zuckte zurück.

«Keine Sorge.» Er warf es in eine Ecke. «War nur 'ne Platzwunde. Im Hafen passieren ständig Unfälle. Ich sag den Männern immer, sie sollen Helme tragen bei der Arbeit.» Er saß auf einem kleinen Hocker, lachte meckernd, drehte sich wieder zu ihr, ohne aufzustehen. «Und was kann ich für Sie tun?» Er musterte ihr Kleid. «Mir scheint, meine Wenigkeit spricht sich langsam auch in Pöseldorf rum.»

«Ich wohne auf der Uhlenhorst», korrigierte sie ihn mit einem halben Lächeln – schließlich war das ein bedeutender Unterschied. «Und ja, Sie wurden mir empfohlen. Ich … habe einen Bluterguss, der mir Schmerzen bereitet. Er ist heiß und schwillt nicht wie sonst ab.»

«Wie sonst?»

Als sie nichts erwiderte, nickte er wissend. «So. Und von wem wurde ich empfohlen?»

Blanche zögerte. Aber sie hatte nicht gesagt, dass Blanche ihren Namen nicht erwähnen sollte. «Eine gewisse Frau Alice Bloom.»

Sein Gesicht war so zerfurcht, dass es ausdruckslos schien. Sie konnte sich unmöglich vorstellen, wie er früher einmal ausgesehen haben mochte. Aber als sie den Namen nannte, veränderte sich seine Miene doch. «Ah, Alice», sagte er nur. «Ich verstehe. Wo befindet sich der Bluterguss?»

Blanche schob ihr Leibchen beiseite und entblößte die Taille. Noch nie hatte ein anderer Mann als Niklas ihren Körper gesehen. Sie war nie ernsthaft krank gewesen, hatte im Erwachsenenalter kein einziges Mal ohne Kleidung untersucht werden müssen.

Auch als der alte Mann den dunkellila Fleck sah, blieb seine Miene ohne erkennbare Regung. Er stand auf. Mit kalten, krummen Fingern drückte er ihr in die Seite, und sie stieß einen Schmerzenslaut aus. «Hm», murmelte er. «Gut, dass Se gekommen sind. Der Fleck hat sich entzündet. Er sondert

Hitze ab, ist hart unter dem Fleisch. Das kommt selten vor.» Konzentriert verzog er das Gesicht, während er sie weiter abtastete. Blanche stand regungslos da. «Sie könnten vielleicht eine Gerinnungsstörung haben. Aber die Blutung darf nicht in den Körper gehen. Ich muss die Flüssigkeit ablassen.»

«Wird das wehtun?»

«Nicht viel mehr als ohnehin schon. Ich gebe Ihnen etwas gegen die Schmerzen mit.» Er stemmte eine Hand in die Seite, sah sie an. «Bezahlung voraus!»

«Was kostet die Behandlung?»

Er lächelte nicht. «Was haben Sie dabei?»

Blanche gab ihm die kleinen Ohrringe, die Niklas ihr nach ihrem letzten Streit geschenkt hatte. Der Alte nickte nur und ließ sie in seinem Kittel verschwinden.

«Machen Sie sich frei, so gut es geht.» Er deutete auf die Pritsche. «Einmal Platz nehmen, bitte.»

Erleichtert bemerkte sie, dass der Alte keine einzige Frage stellte, die nichts mit dem Fleck zu tun hatte. Der zerkratzte Schrank hinter ihm stand voller kleiner Tiegel und Flaschen. Er öffnete ihn, nahm, ohne hinzusehen, ein Glas heraus, ließ Körner in einen steinernen Mörser rieseln, gab einen Schluck Wasser dazu. «Ich mische Ihnen eine Paste aus Bromelain und Beinwell. Wenn sie aufgebraucht ist, kaufen Sie in der Apotheke Kamille und Calendula nach, das hat eine ähnliche Wirkung.»

«Kann ich nicht einfach wieder herkommen, und Sie rühren mir eine neue Salbe?», fragte sie erstaunt. «Oder ich schicke jemanden, um sie abzuholen?»

Er schlurfte zum Herd, schaute in den brodelnden Topf auf der Platte. «Wenn Sie es einrichten können. Ich war davon ausgegangen, dass Se das lieber vermeiden wollen.»

Aber Blanche hörte schon gar nicht mehr zu. Sie hatte sich aufgesetzt, ihr Blick klebte an dem Schrank hinter ihm. Er hatte ihn offen stehen lassen, und sie begutachtete die zahllosen Töpfchen und Fläschchen.

Plötzlich war da dieser Gedanke.

Schon oft war er vorbeigeflogen, irgendwo am Rande ihrer Angst, in den vielen schlaflosen Nächten, zu extrem, zu schrecklich, um sich zu konkretisieren. Nicht einmal, als sie allein in die Bibliothek des englischen Tudor-Hauses zurückgeschlichen war, um in den Büchern nachzuschauen, hatte sie sich eingestanden, was sie da eigentlich tat. Aber jetzt war der Gedanke plötzlich da. Und zu ihrem Erstaunen blieb er. Schob sich mit Gewalt in den Vordergrund.

Es war ein Ausweg. Ein letzter, schrecklicher Ausweg. Doch vielleicht würde sie ihn brauchen.

«Kann man bei Ihnen auch Medizin kaufen, prophylaktisch, sozusagen?»

«Ich sagte doch, ich gebe Ihnen die Salbe mit. Kann Ihnen auch mehr machen, wenn Sie meinen, Sie brauchen bald wieder was.»

Blanche schüttelte den Kopf. «Ich hätte gern etwas anderes.»

Der Alte hielt inne, hob den Kopf, folgte ihren Augen zum Schrank hinüber. «So?», fragte er dann. Der Mörser in seiner Hand hielt plötzlich still. «Was genau wollen Sie denn?»

Blanche schluckte. «Eisenhut», erklärte sie nach einem Moment des Zögerns und sah ihn an. «Oder Bilsenkraut.»

Der Blick aus seinen kleinen schwarzen Augen war so wach und klar, dass er zu einem wesentlich jüngeren Mann zu gehören zu schien. Einige Augenblicke reagierte er nicht. «Sie kennen sich aus mit Medizin?», fragte er endlich.

Blanche lächelte verhalten. «Ein wenig. Ich lese gerne darüber. Ich habe manchmal … Beschwerden. Da ist es notwendig, sich gut zu informieren.»

«Und was würde eine Frau, die sich ein wenig mit Medizin auskennt und nur ab und zu darüber liest, mit Bilsenkraut und Eisenhut unternehmen?»

Blanches Lächeln blieb zuckersüß, obwohl ihr die Traurigkeit die Kehle zuschnürte. «Ich habe gelesen, dass Eisenhut gut bei Gelenkbeschwerden sein soll. Er hat doch eine schmerzlindernde Wirkung?»

Sein Blick wich keine Sekunde von ihrem Gesicht, es schien ihr, also könnte er direkt in sie hineinschauen. «Richtig.» Er blinzelte langsam. «Und das Bilsenkraut?»

«Gegen Schlafstörungen. Und Atemwegsbeschwerden.»

Er klopfte den Mörser ab, legte ihn beiseite. «Was könnte das für ein Buch gewesen sein, in dem Sie das gelesen haben?»

«Ich erinnere mich nicht genau. Eine Abhandlung über Heilkräuter wahrscheinlich. Aber es stimmt doch, nicht wahr?»

«Es stimmt», bestätigte er mit einem Nicken. «Unter anderem.»

Blanche sah ihn an, schluckte mit trockenem Hals.

«Die toxische Wirkung, die diese Kräuter ebenfalls aufweisen, ist viel zu stark, als dass unbedarfte Hände sie dosieren könnten. Es gibt keine ungefährliche Menge für den Menschen. Schon kleinste Mengen können tödlich sein.»

Sie erwiderte seinen Blick, hielt es aus, dass seine kleinen wachen Augen in sie hineinschauten und erkannten, was dort auf dem tiefsten, dunkelsten Grund ihrer Seele geschah. Ich kann einfach nicht mehr, dachte sie. Ich halte es nicht mehr aus.

Und er schien es zu verstehen.

«Können Sie es mir verkaufen?», fragte sie leise.

Er schwieg. Draußen hörte sie das Klappern eines Handwagens, eine Kellerluke krachte, jemand rief etwas, ein anderer antwortete.

«Das könnte ich», antwortete er schließlich.

«*Würden* Sie?»

«Nun.» Er zögerte immer noch. «Sie wissen sowohl über die medizinische als auch die toxikologische Wirkung Bescheid.»

«Das weiß ich.»

«Und was Sie damit anfangen, ist nicht mein Geschäft.»

«Richtig.» Das Lächeln war wie festgeklebt auf ihrem Gesicht, auch wenn sie innerlich so entsetzt darüber war, was sie hier tat, dass es sich anfühlte, als hörte sie einer Fremden zu. Tu es nicht, schrie etwas in ihrem Kopf. Es gibt andere Lösungen.

Aber alle anderen Lösungen war sie Hunderte Male durchgegangen, sie waren durchweg zu beschämend, um auch nur länger darüber nachzudenken.

Mit seinen viel zu großen Holzschuhen schlurfte der alte Mann zum Schrank und schloss die Tür.

Blanche ließ sich wieder auf die Pritsche sinken. Sie faltete die Hände über dem Bauch, schloss die Augen, damit er ihre Tränen nicht sah, aber es half nichts, sie rannen ihr über die Wangen.

Der Alte hantierte weiter mit dem Mörser, nach einer Weile hörte das Stampfen auf, und als Blanche die Augen aufschlug, stand er neben der Pritsche und sah auf sie herunter.

«Junge Frau», sagte er, und plötzlich stand etwas Neues in seinem Blick. Mitgefühl. «Ich hoffe, Sie wissen, was Sie tun.»

7

John betrat sein Schlafzimmer. Bett und Fußboden waren bedeckt mit Büchern und Papieren. Er nahm oft Arbeit mit nach Hause – früher hatte er sich mit seinen Unterlagen ins Herrenzimmer zurückgezogen, aber seit Julius zurück war, belagerte dieser den Raum, war quasi immer, wenn er zu Hause war, dort statt bei Marlies.

Um die Ehe seines Bruders stand es nicht gut. Und dieses Wissen machte das, was John heute zu erledigen hatte, nicht unbedingt leichter.

Der Anblick der verstreuten Papiere versetzte ihn in Nervosität. Er konnte Chaos einfach nicht ertragen. Entschlossen sammelte er alles zu einem Haufen zusammen, nahm eine leere Hutschachtel aus dem Schrank und warf Bücher und Papiere hinein.

Es wurde Zeit. Er konnte es nicht ewig aufschieben.

Seit sein Vater fort war, hatte niemand dessen Büro in der Villa betreten, sah man von Ferngesprächen und der wöchentlichen Reinigung ab, die die Mädchen jeden Dienstag vollzogen. Sie hielten den Schreibtisch blank poliert, gossen die Zimmerpflanzen, lüfteten, saugten die Teppiche – als wäre Theodors Weggang nur ein kleiner Schluckauf in ihrem sonst so reibungslosen Alltag. Als könnte er jederzeit wiederkommen.

John drückte die Klinke hinunter, und die Tür schabte über den Teppich. Sofort empfing ihn der vertraute Geruch. Schon als kleiner Junge hatte er diesen Raum geliebt. Die Wände waren hinter deckenhohen Bücherregalen verborgen, die dunkle Deckenvertäfelung und die Ledersessel standen in starkem Kontrast zu der restlichen Einrichtung des Hauses, die in ihrer modernen Opulenz die Handschrift seiner Mutter trug. Über der Tür hing ein Porträt seines Großvaters Arnold Reeven.

Langsam trat er ein. Wie lange es hier wohl noch so riechen würde? Nach einer Mischung aus dem Rasierwasser seines Vaters, das er seit vierzig Jahren nicht gewechselt hatte, den alten Ledersesseln, den Büchern und den Kiefernkloben im Kamin. Der Geruch einer Geborgenheit, von der ihm mit einem sinkenden Gefühl in der Brust klar wurde, dass es sie nicht mehr gab und nie mehr geben würde. Eines Tages würde er die Tür öffnen, und auch der Geruch wäre verschwunden. In diesem Moment verstand er, dass der physische Abschied von seinem Vater der erste schwere Schritt in einer langen Kette aus Abschieden gewesen war, von kleinen Dingen, Gerüchen, Momenten, Gewohnheiten, die nie mehr wiederkehren würden.

Das Zimmer wirkte, als würde es auf jemanden warten. Er stellte die Kiste auf dem Schreibtisch ab, knipste die grüne Glaslampe an, kniete sich hin und schichtete einige Scheite im Kamin auf. Das Holz war staubtrocken, seit Wochen lagerte es ungenutzt im Korb, und innerhalb weniger Minuten knisterte ein kleines Feuer.

Als er sich hinter dem dunklen Schreibtisch niederließ, wurde ihm bewusst, dass er noch nie hier gesessen hatte. Es fühlte sich falsch an.

Rasch zog er die Papiere aus der Kiste und begann, sie zu sortieren, die Bücher zu stapeln. Sein Vater hatte penibel aufgeräumt, der Schreibtisch war leer bis auf das Hochzeitsporträt von Theodor und Gesa, den Briefbeschwerer und den mächtigen Globus.

Wie es seine Art war, hatte er sich vollkommen eingegraben in das Thema, alles gelesen, was er in die Finger bekommen konnte. Aber ganz gegen seine Gewohnheit kam er einfach nicht voran. Und er wusste auch, warum.

«Was machst du hier?»

John fuhr zusammen.

Blanche stand in der Tür, sie lächelte und trat ein, in einen Morgenmantel gehüllt, ein Buch unter dem Arm. «Ich habe Geräusche hier drinnen gehört und mich gewundert.»

«Ich dachte, es ist Zeit», sagte er, beinahe entschuldigend, mit einer Geste in den Raum.

«Natürlich, John!» Blanche nickte sofort. «Er kommt schließlich nicht zurück.»

Einen Moment schwiegen sie beide. Er sah, wie ihr Blick auf dem Hochzeitsbild ihrer Eltern hängen blieb, und sein Hals verengte sich.

«Woran arbeitest du?»

John zögerte. «An meinem Ehegelübde», gab er unwillig zu.

Wie er vorhergesehen hatte, blitzten ihre Augen auf. Mit einem Rascheln ihres Morgenmantels ließ sie sich auf der Schreibtischkante nieder. Wie immer roch sie schwach nach Veilchen, und er dachte mit einem Anflug von Rührung, dass er zumindest diese tröstende Gewohnheit nicht verlieren würde. «Lass hören! Was hast du für Liebesschwüre zusammengeschustert?» Da war etwas in ihrer Stimme, das ihn stutzen ließ.

«Ehrlich gesagt fällt es mir bisher etwas schwer, die passenden Worte zu finden.» Er räusperte sich, lehnte sich im Stuhl zurück. «Deswegen dachte ich mir, ich lasse jemanden für mich sprechen, der in diesen Dingen besser bewandert ist», tastete er sich vorsichtig vor und suchte in ihrem Gesicht nach einem Hinweis, ob seine Idee brauchbar oder Schwachsinn war. Auf Blanches Urteil war in diesen Dingen Verlass.

Sie runzelte die Stirn. «Zum Beispiel?»

«Na ja.» Er zog seine Notizen zu sich heran. «Bisher sammle ich noch. Was hältst du von: *Die Ehe ist die Quelle der größten Freuden und des größten Elends.*» Er sah auf. «Milton.»

«Evelyn wird begeistert sein», erwiderte sie trocken.

«Es geht noch schlimmer. Hör dir an, was Johann Gottlieb Fichte über die Ehe sagt. Ich paraphrasiere. *In der Ehe liegt die unbegrenzte Unterwerfung der Frau unter den Willen des Mannes beschlossen. In der Ehe hört die Frau auf, ein Leben als Individuum zu führen. Ihr Leben ist Teil seines Lebens geworden.*» Er lachte auf. «Gut, dass sich in den letzten zweihundert Jahren in den Köpfen der Menschen einiges getan hat.»

«Findest du?» Blanche lachte nicht. «Im Grunde ist es doch immer noch genauso.»

«Jetzt übertreib mal nicht. *Die Ehe ist der Himmel oder die Hölle, sie ist das Beste oder das Schlimmste, was uns passieren kann?*» Als er ihr Gesicht sah, beeilte er sich weiterzusprechen. «Ich hör ja schon auf. Hier, das wäre vielleicht etwas: *Ehe ist der höchste Zustand der Freundschaft.* Eduard Mörike. Oder von Goethe: *Man liebt nur das, was einen erfreut.*»

«Das soll von Goethe sein?» Sie zog das Blatt zu sich heran, schaute stirnrunzelnd auf seine Notizen.

«*Wilhelm Meister.* Warum?»

«Weil es nicht stimmt», erwiderte sie kritisch. «Eine typisch männliche Sichtweise.»

«Goethe war ein Mann», gab er mit einem Grinsen zurück. «Aber ich sehe deinen Punkt.»

Blanche stand auf. «Vielleicht suchst du lieber Rat bei jemandem, der nicht diverse Liebschaften und uneheliche Kinder vorzuweisen hat und der Frauen in seinen Werken nicht zu marionettenhaften Marienfiguren stilisiert?» Sie schmunzelte, dennoch war da ein zynischer Zug um ihre Mundwinkel. «Ich verstehe natürlich, warum Goethe dich fasziniert. Schließlich hat er schon vor hundert Jahren gewagt, weit unterhalb seines Standes zu heiraten.»

John hielt mitten in der Bewegung inne. Hatte sie das eben wirklich gesagt?

Doch seine Schwester sprach schon weiter. «Du gehst das Ganze viel zu verkopft an. Nicht über die Ehe sollst du sprechen, sondern über die Liebe. Und glaub mir, wenn ich dir sage, dass du dafür deine eigenen Worte finden musst.»

Natürlich hatte sie recht – er musste Ehe und Liebe voneinander trennen. Das Problem war, sobald er heiratete, war das nicht mehr möglich. Die Ehe schrieb Regeln in die Paarbeziehung ein, Gesetze, die vor dem Vertragsabschluss rein gesellschaftlich und sozial existierten, danach aber reale Konsequenzen hatten. Streng genommen war das jedoch nicht das eigentliche Problem. Er musste lügen, wenn er dieses Gelübde schrieb. Und zwar gerade dann, wenn er von der Liebe sprechen sollte.

«Ich kann nicht versprechen, dich morgen zu lieben, weil ich dich heut geliebt habe.»

«Wie bitte?», fragte John verwirrt.

Blanche hatte leise gesprochen, mehr zu sich selbst als zu ihm. Sie stand vor dem Bücherregal, jetzt drehte sie sich zu ihm um. «Wie wäre es damit?»

«Nicht unbedingt das, wonach ich suche, oder?» Was war los mit ihr, worauf wollte sie hinaus?

«Es ist auch nicht vollständig. *Ich kann nicht versprechen, dich morgen zu lieben, weil ich dich heut geliebt habe. Ich kann nur versprechen, nie das Band der Ehe lösen zu wollen.»* Sie sah ihn an. «Hedwig Dohm.»

«Die Frauenrechtlerin?»

Blanche nickte zögernd. «Aus ihrem Essay über die Ehescheidung. Es ist erst ein paar Jahre alt.»

«Warum liest du so etwas, um Gottes willen?» Ehrlich erstaunt sah er sie an.

Sie zuckte die Achseln. «Ein Teil davon stand irgendwann in der Zeitung und ist mir im Gedächtnis geblieben. Obwohl wir doch gar nicht wissen, ob wir jemanden für immer lieben werden, versprechen wir es einander. Wenn es dann anders kommt, leiden wir ein Leben lang. Es gibt so viele unglückliche Ehen, John.» Einen Moment starrte sie gedankenverloren ins Nichts. «Wenn wir mal ehrlich sind: Wir haben eine in unserem eigenen Haus.»

John blickte auf seine Hände, schockiert, dass sie es so unumwunden aussprach. «Ich weiß», sagte er schließlich. Und bald gibt es zwei davon, fügte er in Gedanken hinzu und spürte das inzwischen gut bekannte Brennen in seinem Magen.

«Einen Irrtum zu widerrufen ist das Gebot ehrenhafter Gesinnung.» Blanche seufzte. «Diese Frau ist so klug. So mutig. Sich öffentlich hinzustellen und das zu verkünden. Aber sie hat recht, oder nicht? Es ist Irrsinn, Menschen dazu zu zwingen, für immer zusammenzubleiben.»

«Hedwig Dohm lehnt die freie Scheidung ab», antwortete er und sah das Erstaunen in ihrer Miene. «Sie weiß genau, dass Frauen ohne Männer wirtschaftlich vor dem Aus stehen. Wenn wir zulassen, dass jeder sich scheiden lässt, wie er lustig ist, gibt es bald überall sitzen gelassene Frauen, die buchstäblich am langen Arm verhungern, und Männer, die sich mit ihren neuen Liebschaften ein leichtes Leben machen. Die Frau erhält alles vom Mann, den Namen, den Titel, Geld, sozialen Status. Wenn sie sich scheiden lässt, verliert sie auch alles. Der Mann aber verliert nichts, außer der Frau. Das sind nicht meine Worte, sondern die von Dohm.»

«Sie ist nicht dagegen! Sie sagt nur, dass wir die ökonomische Gleichstellung der Frau brauchen, damit es freie Scheidungen geben kann», konterte sie sofort.

«Richtig. Es geht also nicht ohne die wirtschaftliche Unabhängigkeit der Frau, und die gibt es nicht. Weil man Beruf und Mutterschaft nicht vereinen kann, braucht es den Mann als Ernährer. Weil Frauen in den meisten Berufen ohnehin nicht arbeiten dürfen …» Er machte eine ratlose Geste mit den Händen. «Am Thema Ehe hängt eine komplette Sozialreform. Irgendwann wird es eine freie Ehe geben, da bin ich mir vollkommen sicher. Schließlich war auch der Weg zum Standesamt anstelle der kirchlichen Trauung lang und steinig, und heute ist das vollkommen normal. Wenn Männer und Frauen irgendwann wirtschaftlich gleichgestellter wären, mag es Möglichkeiten geben, die Regeln zu lockern. Aber solange Frauen so abhängig sind … Jemand muss sich schließlich kümmern.»

«Wie soll sich daran jemals etwas ändern?»

«Es wäre gar nicht so schwer, der Staat müsste nur wollen. Aber es bedürfte großer Einschnitte, und das ist immer schwierig. Es dauert. Die Menschen mögen keine Veränderungen, die Hamburger schon gar nicht.»

«Wem sagst du das?» Blanche schwieg einen Moment. «Du hast also Hedwig Dohm gelesen?» Sie musterte ihn plötzlich so eindringlich, dass ihm heiß wurde.

«Als ich mich mit Alice' Fall beschäftigt habe, ja», gab er zu.

«Du glaubst also eigentlich, dass es falsch ist, was Alice tut. Dass sie bei ihrem Mann bleiben sollte?»

Er stieß die Luft aus, rieb sich müde über den Bart. «Natürlich nicht. Es ist nicht falsch. Aber es ist höchst riskant. Sie handelt gegen die soziale Ordnung.»

«Wie tapfer sie ist», sagte Blanche leise.

«Tapfer und verzweifelt», erwiderte er knapp. «Es musste erst so schlimm werden, dass sie es nicht mehr ausgehalten hat.»

«Warum wird es ihr so schwer gemacht? Er hat sie misshandelt, die Dinge liegen doch auf der Hand. Für solche Fälle muss es Regeln geben.»

«So in etwa hat Alice auch argumentiert, als sie das erste Mal in mein Büro kam.» Er lächelte unwillkürlich, als er daran dachte. Es schien ein ganzes Leben her zu sein. «Leider ist es in der Realität komplizierter.» Er brach ab. Das rasante Tempo, mit dem sie von Evelyn über Hedwig Dohm nun bei Alice gelandet waren, behagte ihm ganz und gar nicht.

Blanche hob die Brauen. «Zu kompliziert für mein weibliches Gemüt?»

Leise lachend klappte er das Buch zu, in dem er sich die Zitate für sein Ehegelübde notiert hatte. Es war eine dämliche Idee gewesen, und eigentlich hatte er das von Anfang an gewusst. «Es ist kompliziert aus all den Gründen, die ich eben genannt habe. Unser Rechtssystem ist darauf ausgelegt, die Ehe zu schützen. Scheidungen sind Ausnahmen, nicht die Regel, und Ausnahmen müssen gebilligt werden. Dazu wird meistens das Schuldprinzip angewandt: Man braucht eine Schuld als Grund für die Scheidung.»

«Das kann die Misshandlung sein?»

Er nickte langsam. «Aber nur, wenn eine besondere Schwere vorliegt. Untreue, Desertion, in der Theorie gäbe es viele Gründe, aber in der Praxis sind sie meist schwer zu beweisen.

Wenn der Mann die Scheidung verlangt, ist es einfacher, aber bei Alice … Es ist eine doppelte Ausnahme, wenn die Frau diejenige ist, von der das Verlangen nach einer Trennung ausgeht. Wenn sie dann auch noch das Sorgerecht möchte … Eigentlich ist es ein gutes Zeichen, dass es lange dauert und wir so viele Termine im Gerichtssaal haben. Das heißt, dass die Richter nicht leichtfertig entscheiden und wirklich prüfen, was ihnen vorgelegt wird.»

Blanche musterte ihn kritisch. «Bist du sicher, dass es klug war, den Fall abzugeben?»

Es fiel ihm nicht leicht, ihren Blick zu halten. Seine Schwester durchschaute immer mehr, als ihm lieb war. «Es war das Richtige», erwiderte er nach einer Weile.

«Ist das Richtige immer auch das Beste?»

«Blanche.» Wieder seufzte er tief.

«Ich bin nicht zufällig hier vorbeigekommen», erklärte sie plötzlich. Ihre Stimme veränderte sich, und er runzelte die Stirn. «Ich habe dich gesucht.»

«Und weswegen?» Erstaunt nahm er die Lesebrille ab, schob sie in die Tasche.

«Weil ich mit dir sprechen wollte.»

Sie wusste nicht, wie sie das empfindliche Thema einleiten sollte, also beschloss sie, einfach direkt damit herauszuplatzen. Trotzdem spürte sie ihren Herzschlag bis in den Hals. «Marlies hat neulich etwas angedeutet.»

Augenblicklich versteifte er sich. «Angedeutet?», fragte er mit rauer Stimme.

«Ziemlich explizit angedeutet.» Blanche setzte sich ihm gegenüber in einen der Sessel. «Ich habe Alice bereits gefragt», fuhr sie sogleich fort, um ihn zu erlösen. «John, ich weiß Bescheid.»

Sie sah den Schock in seinen Augen, den Unglauben.

«Sie hat mir beteuert, dass du euer Verhältnis beendet hast, bevor mehr passieren konnte, und dass sie niemals etwas tun würde, um ihre Stellung hier zu gefährden. Oder deine Verlobung.»

Er runzelte die Stirn, schien nicht ganz einverstanden mit dem, was sie sagte. Eine Weile war es still. Sie gab ihm die Zeit, die er brauchte, um sich zu sammeln. Mit verschränkten Armen saß er hinter dem Schreibtisch. Ihr Bruder hatte sich in letzter Zeit verändert. Seine Schläfen begannen, grau zu werden, sie bemerkte es mit Schrecken. Er war doch noch so jung.

Es dauerte eine ganze Weile, bis er schließlich sprach. «Manchmal trifft man einfach Menschen, die alles durcheinanderbringen», begann er langsam. Da lag ein so unglaublich bitterer Unterton in seiner Stimme. «Du weißt, was Evelyn mir bedeutet.»

«Weiß ich das?», fragte sie leise. «Ich muss sagen, in den letzten Wochen wart ihr nicht unbedingt ein Vorzeigepaar.»

Er zog gequält die Brauen zusammen. «Ich gebe alles, was ich habe, Blanche. Es ist nun mal nicht leicht zurzeit.»

Es stimmte, er gab sich alle Mühe, das war zu sehen. Aber wer ihn kannte, musste merken, wie sehr es ihn anstrengte. Dass es nicht natürlich war. Und schon gar nicht echt.

Sie sah die Trauer in seinem Gesicht, die Anspannung, die Schuld, die Scham. Wie hatte sie nur so blind sein können für die Tragödie, die sich in diesem Haus abspielte. Einem Impuls folgend, stand sie auf, trat hinter ihn, schlang die Arme um seine Schultern. «Die Einladungen sind verschickt, John!» Sie drückte ihre Wange gegen seinen Bart, atmete seinen vertrauten Geruch ein, der immer eine tröstliche Wirkung auf sie hatte. «Du weißt, dass es ab einem bestimmten Punkt kein Zurück gibt? Und dass dieser Punkt bald überschritten sein wird.»

«Das ist mir mehr als bewusst», antwortete er, jetzt nicht mehr bitter, sondern nur noch traurig.

«Ihr seid euch wahnsinnig ähnlich», murmelte Blanche, und weil sie immer noch die Wange gegen seine gepresst hielt, fühlte sie, wie er die Stirn runzelte.

«Wen meinst du?», fragte er erstaunt.

«Dich und Alice. Ihr habt beide diese Art, ihr gebt euch so unnahbar, als wärt ihr die stärksten Menschen auf der Welt. Aber wenn man euch kennt …» Sie ließ den Satz unvollendet.

Ärgerlich schüttelte er den Kopf. «Was sollen wir denn tun, uns weinend in den Armen liegen?»

Blanche löste sich wieder von ihm. «Hast du ernsthaft mit dem Gedanken gespielt?»

«Nein», sagte er brüsk. «Welcher Gedanke sollte das schon sein, Blanche. Sag es mir.»

Es tat weh, dass er so mit ihr sprach, auch wenn sie wusste, dass seine Wut nicht ihr galt. Als sie irritiert die Brauen zusammenzog, fügte er hinzu: «Wie sähe sie aus, die Alternative? Welche Möglichkeit gäbe es, die auch nur einen konkreten Gedanken in diese Richtung erlauben würde?» Beinahe wurde er laut. «Soll ich meine verwaiste Verlobte auf die Straße setzen und das Dienstmädchen heiraten?»

Sie schwieg. Denn natürlich hatte er recht.

Es war vielleicht die einzige Angelegenheit, in der Frauen einen kleinen Vorteil hatten. Wenn sie sich damals statt in Niklas in jemanden weit unterhalb ihres Standes verliebt hätte, hätte es einen Skandal gegeben, sicherlich, aber sie leitete keine millionenschwere Aktienbank, sie repräsentierte nicht den Namen Reeven. Sie trug keinerlei Verantwortung. Solange sie es einigermaßen diskret eingefädelt hätte, hätte nach ein paar Jahren kein Hahn mehr nach ihr gekräht. In dieser Hinsicht hatte die Welt sich tatsächlich weiterentwickelt. Sie erinnerte sich noch an die Erzählungen aus ihrer Kindheit; damals hatte ein Skandal ganz Hamburg in Atem gehalten. Lily Karsten war mit einem einfachen Hafenarbeiter durchgebrannt und lebte unverheiratet und mittellos in den Gängevierteln. Es hatte die ganze Familie in Verruf gebracht, die Reederei der Karstens hatte Jahre gebraucht, um sich zu erholen.

«Hast du wirklich Gefühle für sie? Immer noch?» Sie hatte das Ganze vollkommen unterschätzt, das wurde ihr klar, als sie die gequälte Miene ihres Bruders betrachtete. Er brauchte viel zu lange, um zu antworten.

Er bekam keinen Ton heraus. Was sollte er darauf erwidern? Jede ehrliche Antwort war ausgeschlossen. Ihr Name war immer in seinen Gedanken. Alice, dachte er, wenn er morgens aufwachte. Alice, wenn er in das Gesicht seiner Verlobten blickte. Alice, wenn er abends nach Hause fuhr und sich innerlich darauf vorbereitete, sie zu sehen, in einem Haus mit ihr zu sein, aber nicht mit ihr zusammen sein zu dürfen. Alice, Alice, Alice. Konnte man süchtig nach einem anderen Menschen sein? Natürlich konnte man. Er war es ja längst.

Er konnte Alice nicht immer nur für gestohlene Momente sehen. Er wollte sie die ganze Nacht. Und am Morgen. Und am nächsten Tag. Was zwischen ihnen war, konnte niemals mehr werden als eine Affäre, ein kurzes Zusammenkommen in erkämpften Momenten. Alice brauchte Sicherheit, Ruhe, einen Neuanfang. Nicht noch mehr Chaos. Er wusste das alles. Trotzdem war es ihm unmöglich, nicht ununterbrochen an sie zu denken.

Aber er würde das Richtige tun. Er hatte sich ablenken lassen, war schwach geworden. Doch jetzt sah er klar. Es gab nur eine Möglichkeit: Wenn er erst verheiratet war, würde er Alice vergessen können. Es würde immer noch wehtun, es tat die ganze Zeit weh, aber er würde es besser akzeptieren können. Die Realität wäre dann eine andere. Er hoffte es mit aller Kraft. Evelyn und er würden hier ausziehen, und er würde Alice nicht mehr jeden Tag sehen.

Irgendwann musste es doch aufhören, dieses Ziehen in seinem Inneren.

«Selbst wenn», sagte er schließlich abweisend, nachdem er viel zu lange für seine Antwort gebraucht hatte. «Eine Frau wie sie … Du weißt, dass niemals auch nur der Hauch einer Möglichkeit bestünde.» Er schnaubte abfällig und war selbst nicht ganz sicher, wem die Abfälligkeit galt. «Das geht nicht einmal im Märchen.»

Lautlos trat Alice von der Bürotür zurück und ging wieder in Richtung Küche, das Tablett mit dem Tee, den Gesa bestellt hatte, gegen den Bauch gepresst.

«Ist etwas nicht in Ordnung?» Heinrich kam ihr entgegen, sah sie verwundert an.

«Ja. Nein. Könnten … Sie das bitte in den Salon bringen?» Mit zitternden Händen hielt sie ihm das Tablett entgegen. «Mir geht es nicht gut.»

«Selbstverständlich.» Besorgt glitt sein Blick über ihr Gesicht. «Du siehst blass aus. Hol dir eine Tablette, Kind. Sie liegen im Küchenschrank neben den Mausefallen.»

Alice nickte, obwohl seine Worte gar nicht zu ihr durchdrangen.

Warum tat es so weh?

Sie zweifelte nicht daran, dass John Gefühle für sie hatte. Sie sah es, sie spürte es, egal wie verschlossen er sich gab. Aber wenn sie ganz ehrlich war und realistisch dachte, wusste sie, dass es keine Zukunft für sie beide gab. Es existierte schlichtweg kein Szenario, das denkbar gewesen wäre. Erst jetzt, da sie sich inmitten seiner Familie befand und jeden Tag sah und fühlte, wie tief sie alle miteinander verflochten waren, verstand sie wirklich, dass es nie einen Weg gegeben hatte. Sie verließen sich alle auf ihn, waren von ihm abhängig. Er gehörte hierher, in dieses Haus, diese Familie. Er hatte es grausam treffend formuliert – ein Dienstmädchen konnte Evelyn nicht ersetzen. Und sie hatte nicht einmal etwas, das sie ihm im Gegenzug bieten konnte, nichts außer Problemen, Ängsten und einer Vergangenheit, die sie ihr ganzes Leben lang heimsuchen würde. Wenn sie sah, wie Evelyn und Blanche sich im Salon unterhielten, kamen die beiden ihr vor wie Wesen von einem fremden Stern. Alles an ihnen war anders, ihre Stimmen, ihre Wortwahl, ihre Gestik, ganz zu schweigen von den Themen, die sie beschäftigten. Sie aßen anderes Essen, sie trugen andere Kleider, sie rochen anders, sie konnten Klavier spielen, sie kannten Namen von Dichtern und Künstlern, sie waren es gewohnt, ins Theater zu gehen, zu tanzen, zu reiten. Nichts von alledem gehörte zu ihrer Realität.

Was hatte ihn jemals dazu bewogen, mehr in ihr zu sehen als einen Fall, den es zu gewinnen galt? Sie verstand es nicht.

Aber sie wusste, dass es trotz allem da war. Sie sah es, jedes Mal, wenn ihre Blicke sich kreuzten.

John hatte nichts gesagt, was sie nicht selbst schon wusste. Sie würde niemals in eine Villa wie diese gehören – außer vielleicht in die Küche. Er würde niemals in ein Leben wie ihres gehören. Schnittmengen gab es nicht.

Und das war die Realität.

8

Der Wind war wieder kälter geworden. Niemand schien es zu merken. Er wehte aus Nordost und hatte etwas Beißendes, das sie an Schnee denken ließ, an Eisberge im Meer, an weiße Blumen am Fensterglas. Dabei sollte doch der Frühling kommen. Aber der Himmel kam ihr alt vor, grau und verbraucht. Genau wie sie. Und wenn schon, auch ein neuer Frühling bedeutete nur wieder eine neue Jahreszeit, in der sie hier festsaß, in diesem Leben, in dem sie bloß träumen und hoffen konnte, immer bloß träumen und hoffen. Und sogar das Hoffen war eigentlich ein Träumen.

Marlies blickte auf das Wasser des Feenteichs. Es schien ihr dunkler als sonst. Der Gedanke löste ein Ziehen aus, irgendwo in ihrer Mitte. Die großen Dinge waren ihr gleich, sie fühlte sie nicht, sie glitten von ihr ab wie Honig von einem Löffel, ließen allenfalls einen klebrigen Rest zurück, der ihr vorwurfsvoll zuflüsterte, dass da eigentlich etwas in ihr passieren sollte. Doch meist war da nichts, keine Reaktion, keine Emotion. Theodors Krankheit war ihr egal, Gesas Sorge war ihr egal, der Tod ihrer Cousine im letzten Sommer war ihr egal. Aber die kleinen Dinge … die brachten alles in ihr durcheinander. Der Wind, wollte sie sagen, wenn sie jemandem auf den Fluren der Villa begegnete. Merkt ihr es? Es ist wieder Winter im Wind.

Sie merkten es nicht. Marlies hingegen verbrachte all ihre Zeit im Salon am Fenster oder hinten im Garten am Fluss, so wie auch an diesem Tag. Sie saß an dem kleinen Anleger, in eine Decke gewickelt, eine Tasse Kaffee in den kalten Händen, und betrachtete die Trauerweiden. Sie hatte gesehen, wie sie im Herbst langsam die Farbe wechselten, wie die Blätter lautlos ins Wasser fielen und dort kleine Kreise auslösten, um dann vom sanften Strom mitgenommen zu werden oder langsam unterzugehen, tiefer und tiefer zu sinken und schließlich vom Dunkel verschluckt zu werden. Nun brachen die Knospen langsam auf, alles wurde grün, die Welt veränderte sich, und sie wollte schreien, wenn sie es sah.

«Was bist du denn immer am Wasser?» Julius hasste es, dass sie so viel herumsaß. Mittlerweile machte sie sich nicht einmal mehr die Mühe, ein Buch mitzunehmen. «Man könnte denken, du wärst eine trauernde Witwe», fauchte er manchmal. «Du hast alles, was man sich nur erträumen kann. Reiß dich zusammen. Was stimmt denn nicht mit dir?»

Sie *war* eine trauernde Witwe. Sie *hatte* etwas verloren. Es fühlte sich an, als wäre jemand gestorben. Und eine Ehe hatte sie schließlich auch nicht. Was sie und Julius lebten, konnte man nur als Farce bezeichnen, als schlechtes Theaterstück, in dem sie ihren Text vergessen hatten und nun Tag für Tag improvisierten.

Sie hatten schon vor langer Zeit aufgehört, miteinander zu reden, sich anzufassen. Das war natürlich hauptsächlich ihre Schuld. Im Grunde war sie ein pflichtbewusster Mensch, hatte alles gelernt, was sie als Frau können musste, alles ertragen, ohne einen Gedanken daran, sich zu weigern. Aber ein paar Monate nach der Hochzeit hatte sie zu rebellieren begonnen. «Ich habe Kopfschmerzen!», keifte sie, wenn er die Bettdecke zurückschlug, damit er nicht einmal auf die Idee kam, sich ihr zu nähern. «Meine Zeit des Monats», wenn er sich im Dunkeln auf ihre Bettseite rollte und begann, ihren Hals zu küssen.

«Wie kannst du nur daran denken, wo du doch von meiner Migräne weißt!», hatte sie einmal so hasserfüllt gezischt, dass er aus dem Bett hochschoss, auf nackten Füßen aus dem Zimmer stürmte und die ganze Nacht nicht wiederkam.

Anfangs war es nicht leicht gewesen, immer und immer wieder Ausreden zu finden, aber nach ein paar Monaten wurde er ihrer ebenfalls überdrüssig. Wenn er sich doch einmal zu ihr drehte, waren die Versuche halbherzig, mehr eine Pflichterfüllung als echtes Begehren.

Ihr war es recht. Sie hatte nicht einmal mehr ein schlechtes Gewissen deswegen, es war ihr eines Tages einfach abhandengekommen. Da war nur noch Gleichgültigkeit, allenfalls Abscheu.

«Wir müssen es öfter tun», flüsterte er manchmal in die Dunkelheit des Schlafzimmers, die so voll ungesagter Worte und Gefühle war, dass sie ihr vorkam wie eine vollgesogene Decke, die sie zu ersticken drohte. «Man wird nicht von alleine schwanger.» Damit hatte er natürlich recht, sie mussten es tun, das wusste sie genauso gut wie er. Aber sie wollte nicht. Sie wollte einfach nicht.

«Bald wieder!», murmelte sie und brachte es über sich, kurz seinen Arm zu drücken. «Wenn es mir besser geht.»

Etwas in ihr bewahrte sie davor, die Beziehung in offene Feindschaft ausbrechen zu lassen. Ab und an ließ sie es wortlos über sich ergehen. Sie sah sich selbst erstaunt dabei zu, wie sie eine im Ansatz liebevolle Geste vollführte, ihn anlächelte, seine Hand nahm. Als wollte ein Teil von ihr, den sie selbst nicht steuern konnte, vermeiden, dass alles vollkommen aus dem Gleichgewicht geriet.

Und jetzt zwang er sie einfach. Er hatte es sich in den Kopf gesetzt, dass so schnell wie möglich ein Kind hermusste. Sie konnte nichts tun, es war sein Recht als Ehemann, und sie hasste ihn dafür. Sie sollte einfach aufgeben, sich fügen, ihn machen lassen, schwanger werden und ihre Träume ein für alle Mal vergessen. Aber wenn sie erst ein Kind von ihm hatte, dann wäre auch der letzte aberwitzig verzweifelte, vollkommen unrealistische Funken Hoffnung, den sie in sich trug, Vergangenheit. Dann konnte sie nicht einmal mehr in ihre Tagträume versinken. Was hatte sie dann noch?

Und wenn sie aus der Residenz der Reevens ausziehen mussten? An der eigenen Villa hatte er so scheußliche Änderungen geplant, dass ihr beim Gedanken daran ganz schlecht wurde – eine zweistöckige Außenveranda mit Säulen etwa, dem Weißen Haus in Washington nachempfunden. «Wir sind in Hamburg, nicht in Amerika!», hatte sie gerufen, als er ihr davon erzählte. «Wie sieht das denn aus?» Sie fand den Protz peinlich. Das Haus war ohnehin viel zu groß für zwei Personen. Was soll ich hier?, hatte sie gedacht, als sie es das erste Mal betrat. Den ganzen Tag die leeren Flure auf und ab wandern? Er wollte sie in eine leere, protzige Villa setzen, ihr ein paar Kinder machen und sie dann den ganzen Tag mit ihnen alleine lassen. Oh, ihr graute davor.

Was sie dachte und fühlte, kümmerte ihn nicht im Geringsten. Es war so rührend, wie sehr John sich im Kontrast dazu um seine Mutter und seine Schwester sorgte, wie er für Evelyn da war. Er hatte seinen kleinen Fehltritt hinter sich gelassen und war nun mehr denn je der Vorzeigeverlobte. Ich bin auch hier, wollte sie manchmal schreien. Ich leide auch! Siehst du es nicht? Aber für sie war Julius zuständig. Julius war zu allen charmant, er versuchte stets zu beeindrucken. Er kam ihr immer vor wie ein kleiner Junge, der verzweifelt bei den Erwachsenen mitspielen wollte. Aber der Charme fiel von ihm ab, sobald sein Gegenüber sich umdrehte. Es war eine Fassade, nichts weiter. John war nur warmherzig, wenn er es so meinte. Er wollte niemanden beeindrucken. Sie liebte es, wie er dem Hund heimlich Essen gab, ohne ein Spektakel daraus zu machen, wie es ihm unangenehm schien, wenn jemand es dennoch bemerkte, wie er mit konzentriertem Blick die Zeitung las, die Ärmel aufgekrempelt, ab und an etwas murmelnd. Wie er sich vollkommen auf das fokussierte, was er gerade tat. Seine penibel ordentliche Art, seine perfekt sitzenden Anzüge, seine Vorliebe für Ruhe und gutes Essen, all das fiel ihr auf, all das mochte sie.

In ihren Träumen sagte sie immer das Richtige. Sie war witzig, warm, klug, jung, schön. John verehrte sie, sie verehrte ihn. Mehr brauchte es nicht. Aber in letzter Zeit hatten ihre Tagträume sich verändert. John war immer noch da, er war der beständige Mittelpunkt, um den sich alles drehte. Doch den Träumen ging nun eine neue Sequenz voraus, die sie durchspielen musste, damit sie am Ende wirklich frei sein konnte, damit kein dunkler Schatten ihr neues Leben an Johns Seite verdunkelte.

Sie träumte sich Julius tot.

Er starb immer auf andere Weise, mit der Zeit war sie sehr erfinderisch geworden. Fiel in den Feenteich und ertrank schnell und effizient im Wasser, brach im Winter ins Eis der Alster ein, erlag einem Herzinfarkt, der ihn am Abendessenstisch mitten in einer seiner angeberischen Geschichten ereilte, die er so gerne zum Besten gab und die sie tödlich langweilten, fiel einfach mit dem Gesicht in seinen Teller und verstummte für immer. Er vergiftete sich an einer faulen Muschel, er wurde von einer Droschke überrollt, er fiel die Treppe hinunter. Immer war es unerwartet, tragisch und schnell, sie ließ ihn nicht leiden, so schrecklich war sie dann doch nicht. Und sie trauerte, oh, wie sie trauerte, sie ließ sich wunderschöne dunkle Kleider anfertigen, die ihre Figur umschmeichelten und die Schatten unter ihren Augen auf dramatische Weise untermalten, sie hörte auf zu essen, ihre Taille wurde sogar dünner als Evelyns, sie versank in stiller Verzweiflung, genau wie alle anderen im Haus, aber stärker, tiefer. Bis John eines Tages bemerkte, wie sehr sie litt – und sie in Gedanken langsam in eine der anderen Traumsequenzen hinüberglitt. Ein toter Julius ließ sie leichter atmen. Es gefiel ihr einfach besser so. Und die Gedanken gehörten nur ihr. In Gedanken konnte sie tun und lassen, was sie wollte.

Als John damals das erste Mal von Evelyn gesprochen hatte, war ihr beim Essen beinahe die Gabel aus der Hand gefallen. Wie erstarrt hatte sie zugehört, Gesas aufgeregten Fragen gelauscht, die verschmitzten Blicke beobachtet, die Julius und Blanche sich zuwarfen, den zufriedenen Ausdruck auf Theodors Gesicht. Alle fanden Evelyn wundervoll, nicht einmal Eugen hatte etwas gegen sie einzuwenden. Und wie John aussah, als er über sie sprach – mit diesem seligen Lächeln, das seinen Mund umspielte. Zum Erbrechen!

«Gott, das wird auch Zeit!», hatte Gesa gerufen und theatralisch die Hände zum Himmel gehoben. Sie alle hatten verdutzt innegehalten und dann schallend gelacht. Marlies hatte sich gezwungen, mit einzustimmen, hatte gefühlt, wie ihr die Galle hochkam, und sich frühzeitig vom Tisch entschuldigt. Und nun waren die beiden verlobt, die Hochzeit rückte näher und näher.

Evelyn war perfekt. Natürlich war sie es, John war nicht all die Jahre Junggeselle geblieben, um dann eine Frau unter seinem Stand zu heiraten, die seiner nicht würdig war. Sie gehörte selbstverständlich zu den «Geborenen», wie man in Hamburg sagte. Man ehelichte sich nur untereinander, hielt die alten Familiennamen beisammen. Alle hatten sich auf Anhieb in Evelyn verliebt, und das Schlimme war, dass Marlies es sogar verstand. Evelyn war reizend, klug, warmherzig, auf eine Weise zurückhaltend und doch gesprächig, die man nur als charmant bezeichnen konnte. Keine Schönheit, aber ohne jeden Makel, mit milchweißer Haut, hellbraunen Haaren, sanften Augen. Sie schien ihr viel zu erwachsen für ihr Alter, erwachsener, als sie selbst es war, dabei war Marlies zwei Jahre älter. Wie konnte man so vollkommen sein? Es war zum Schreien.

Je näher die Hochzeit rückte, desto tiefer wurde ihre Verzweiflung. Er hatte ja nicht mehr lange Zeit. Irgendwann musste er es doch erkennen – musste doch sehen, was sie für ihn empfand.

Marlies stand auf und schlug die Decke von ihren Schultern zurück. Die Luft war kalt, sie trug nur ihr dünnes Hauskleid. Trotzdem ging sie langsam über die Bohlen der Terrasse auf das Wasser zu. Sie hatte sich nicht einmal die Haare aufstecken lassen an diesem Morgen, sie wirbelten ihr ums Gesicht, verfingen sich in ihrem Mund, nahmen ihr die Sicht. Die Böen waren eisig. Nordwind bringt Ärger, hatte ihre Großmutter immer gesagt. Nun, sie konnte sich nicht vorstellen, wie es noch schlimmer werden sollte.

Marlies schloss für einen Moment die Augen. Als sie sie wieder öffnete, stand sie ganz vorne am Wasser. Die Spitzen ihrer Schuhe ragten über die Bohlen hinaus. Es sah warm aus da unten. Warm und dunkel und still. Etwas brachte sie dazu, zum Haus hinüberzublicken. John stand am Fenster des Büros. Er beobachtete sie mit gerunzelter Stirn. Als ihre Blicke sich trafen, fühlte es sich an wie ein Stromstoß. Sie hob eine Hand zum Gruß, und nach einer Sekunde erwiderte er die Geste. Dann drehte er sich um und verschwand im Inneren des Hauses.

Marlies stand da wie angewurzelt, starrte auf das dunkle Fenster. Er kam nicht wieder. Sie schloss die Augen, ließ den Wind an ihren Haaren ziehen, lauschte auf dieses seltsame neue Gefühl in sich, von dem sie nicht genau wusste, was es von ihr wollte. Dann drehte sie sich um und ging zum Haus zurück. Sie hatte noch eine Chance. Noch waren die beiden nicht verheiratet.

Noch konnte sie träumen.

Die ersten Schritte waren gemacht. John begann aufzutauen, er spürte es jeden Tag. Sie wuchsen mehr und mehr zusammen, spielten sich bei Verhandlungen in der Bank die Bälle zu, stimmten in fast allem überein, entschieden gemeinsam. John hatte sicher nicht vergessen, was vorgefallen war, aber er machte sich Hoffnungen, es war ihm anzusehen. Hoffnungen darauf, schneller als gedacht wieder in sein altes Leben zurückkehren zu können.

Julius lenkte den Mercedes in die Klopstockstraße und hielt an. Zufrieden blickte er an der Fassade empor. Die kleinen Runddächer seines Hauses erinnerten an Loireschlösser, genau wie er es sich vorgestellt hatte, die zweistöckige Veranda an das Weiße Haus in Washington. Er hatte die Dinge im Griff, alles lief in die richtige Richtung. So unermüdlich er an der Familiengründung arbeitete – genauso unermüdlich trieb er die Bauarbeiten an seinem Haus voran. Wenn man in dieser

Stadt etwas sein wollte, musste man mehr vorweisen können als den Namen des Vaters.

Als er wenig später an der Seite des Architekten durch die verwaisten Räume schritt, verflüchtigte sich die gute Stimmung jedoch schnell. «Es kostet *was*?», fragte er ungläubig und blieb stehen.

Der Mann nickte betreten. «Das Budget wird nicht ausreichen, ich hatte es ja bereits angedeutet. Glas ist teuer. Es sei denn, Sie verzichten auf die großen Bogenf…»

«Auf keinen Fall», unterbrach er grob. «Wie viel brauchen Sie? Und wie lange wird es dauern?»

Dieses Haus würde sein ganzer Stolz werden, und er hatte nicht vor, es an ein paar lächerlichen Krediten scheitern zu lassen. Er hatte das Esszimmer von zwanzig auf fünfundzwanzig Fuß vergrößern und Warmwasserversorgung in allen Zimmern installieren lassen, hatte sogar extra einen Gartenkünstler aus London bestellt, der das Gewächshaus und die Grünanlagen entwarf. Er wollte Remisen, er wollte einen Wintergarten und einen Teepavillon. Nicht, dass er jemals gedachte, auch nur eine Minute in einem Teepavillon zu verbringen. Das hanseatische Patriziertum war noch nie nach seinem Geschmack gewesen, er mochte Opulenz, den Stil der amerikanischen Oberschicht. Trotzdem hatte er Pigelheim mit der Möblierung beauftragt, die alteingesessene Hamburger Dekorationsfirma. Ganz mit den Traditionen brechen konnte er dann doch nicht, sonst würde man über ihn lachen. Die Bauarbeiten würden noch mindestens drei Jahre andauern. Er hoffte, dass sie vorher würden einziehen können, aber selbst wenn nicht – man würde in Hamburg über dieses Haus sprechen. Das war alles, worauf es ihm ankam.

Er träumte von diesem Moment, in dem allen in der Stadt

klar wurde, wie reich er war, wie schwer der Name Reeven wog, der Name *Julius* Reeven. Und er dachte bereits an mehr. Irgendwann würde er ausbauen lassen, vergrößern, erweitern. Er hatte schon ein Auge auf das Nachbargrundstück geworfen, träumte von einem Tanzsaal wie dem der Budges im Stil Louis XIV, mit den großen Adlerskulpturen auf dem Kranzgesims, über die in Hamburg alle sprachen, oder dem verspiegelten Gartensaal der Meßtorfs. Er verlor sich in diesen kleinen Gedankenspielereien. Wenn er in der Bank eine langweilige Besprechung hatte, liefen kleine Sequenzen vor seinem inneren Auge ab. Immer sah er sich selber, wie er in einer Traube erlesener Gäste über das Grundstück schritt, ein hellblaues, offenes Hemd, das seine Augen betonte, ein Getränk in der Hand, und beiläufig Sätze fallen ließ wie: «Der Kabinettschrank? Ach ja, der hat einmal Marie-Antoinette gehört. Ich habe ihn letztes Jahr in Paris ersteigert, für meine Frau.»

Er wusste nur zu gut, dass das Haus, das er da bauen ließ, und der Mann, den die Welt in ihm sah, nicht zusammenpassten. Jetzt noch nicht. Doch er arbeitete daran. Er hatte seinem Vater nie von den Krediten erzählt, die er hatte aufnehmen müssen, hatte auch hierfür Theodors Unterschriften gefälscht. Bisher war es niemandem aufgefallen, und wenn alles so lief wie geplant, würde es auch dabei bleiben.

Marlies spielte ebenfalls eine Rolle in diesen Gedankensequenzen. Sie war wieder die Frau, in die er sich verliebt hatte, lächelte sanft, zeigte erste Anzeichen einer Schwangerschaft, für die anderen noch nicht wahrnehmbar, die sie aber rundlich und weich aussehen ließ. Männer blickten ihr hinterher, Frauen tuschelten neidisch, wenn sie vorbeiging. Wenn sie ihn ansah, leuchteten ihre Augen auf. Wenn sie sprach, klang sie wie Evelyn, warm und zart. Wenn sie abends ihr Haar öffnete, drückte er seine Nase in ihren Nacken und zog sie an sich. Sie waren glücklich, eine kleine junge Familie, die gerade erst durchstartete.

Leider entsprach die Realität momentan auch in dieser Hinsicht nicht seinen Wunschträumen.

«Ich mache mir langsam Gedanken.»

Erst vor ein paar Tagen hatte Blanche ihn beiseitegenommen. «Marlies redet mit sich selbst! Sie ist so antriebslos, den ganzen Tag sitzt sie herum und starrt Löcher in die Luft. Wenn man sie anspricht, ist es, als würde sie aus einem Traum erwachen. Es geht ihr nicht gut. Ihr solltet an eine Kur denken.»

Er hatte nur abgewunken. Dachte sie ernsthaft, eine Kur würde etwas bringen? In einem Sanatorium würde schließlich auch keiner in Marlies hineinfassen und eine andere Frau aus ihr herausziehen. Dabei war das alles, was er inzwischen noch wollte. Eine andere Frau.

Du hast sie dir selbst ausgesucht, dachte er mit einem bitteren Lächeln, als er an diesem Abend zu ihr ins Bett schlüpfte und das Licht löschte.

«Ich lese noch!», beschwerte sie sich in die Dunkelheit in diesem gewohnt eisigen Ton, den sie in letzter Zeit ihm gegenüber immer anschlug.

«Jetzt nicht mehr», erwiderte er ruhig, aber bestimmt. Wenn er die Sache nicht in die Hand nahm, würde sie lesen, bis er neben ihr einschlief – das hatte er inzwischen als ihre Strategie erkannt, um ihm auszuweichen. Auch wenn es ihn kränkte, es würde ihn ganz sicher nicht davon abhalten, sich zu nehmen, was ihm zustand.

Er rückte an sie heran. Im Dunkeln war sie warm, sie roch heute sogar nicht ganz so schlimm, vielleicht hatte sie die Salben vergessen, mit denen sie sich sonst einpökelte. Im Dunkeln fand er den weichen Körper, ihre zarte Haut manchmal sogar begehrenswert. Sie war etwas zu knochig für seinen Geschmack, aber solange sie den Mund hielt, war es kein Problem. Dann konnte er sich einfach vorstellen, dass sie …

«Hör auf!»

Erstaunt hielt er inne. Er hatte ihr Nachthemd bereits halb hochgezogen, kniete über ihr, eine Hand auf ihrem Oberschenkel. Nach einigen Sekunden des Zögerns machte er weiter.

«Hör auf!», wiederholte sie. Er spürte, wie sich ihr Körper versteifte.

«Es ist verdammt noch mal mein Recht!», knurrte er. «Ich bin dein Mann.»

Sie stieß ihm mit solcher Wucht beide Hände vor die Brust, dass er nach hinten fiel, sich unter seinem eigenen Körpergewicht den Arm verdrehte. Der Schmerz durchfuhr ihn vollkommen unerwartet. «Ja, bist du von allen Sinnen verlassen!», brüllte er und rappelte sich wieder hoch, stürzte sich in der Dunkelheit auf sie und gab ihr eine schallende Ohrfeige, die sie aufheulen ließ. Sie trat nach ihm, wollte ihn abwehren, aber die Wut verlieh ihm ungeahnte Kräfte, er packte sie, drückte sie ins Kissen, seine Hände bekamen ihre Haare zu fassen, ihren Hals. «Bist du übergeschnappt?», keuchte er.

Im Dunkeln sah er sie nicht ausholen, er merkte es erst, als sie ihm mit solcher Gewalt über die Wange kratzte, dass er einen hohen, beinahe weiblichen Schrei ausstieß. Sofort ließ er sie los.

Sie wand sich unter ihm hervor, stolperte aus dem Bett, fiel beinahe hin, rappelte sich wieder auf. «Fass mich nicht an!», schrie sie. «Fass mich nie wieder an!»

Julius hielt sich die Wange. Vollkommen verstört stand er

auf und machte das Licht an. Ihre Haare standen zu Berge, sie hatte kleine geplatzte Äderchen in den Augen. In diesem Moment wurde ihm klar, wie ganz und gar abstoßend er sie fand.

«Ich habe gesagt, hör auf!», wiederholte sie, etwas leiser, als wäre das eine Erklärung für das alles hier. Da war etwas in ihrem Blick, das er nicht kannte. Etwas Wahnsinniges.

Julius trat einen Schritt auf sie zu, sie wich zurück, starrte ihn an wie eine Maus in der Falle. Er blieb stehen, hörte seinen eigenen keuchenden Atem. Blinzelnd nahm er das Schlafzimmer um sich herum wahr, das Bett, den Schrank. Die ganze absurde Situation. Er war kein Mann, der seine Frau schlug. Eine Ohrfeige im Eifer des Gefechts war das Eine. Aber egal wie sie sich aufführte, wie sehr er sie hasste, er würde nicht noch tiefer sinken.

«Ich schlafe im Herrenzimmer.» Er raffte seine Decke an sich und ging zur Tür. Trotz aller Wut hielt er noch einmal inne und drehte sich um. Doch ihr Anblick, wie sie da stand, die Haare zerzaust, der Blick wirr, ließ ihn den Mund wieder zuklappen. Was sollte er sagen?

Wortlos drehte er sich um und schloss die Tür hinter sich. Ein dumpfer Laut auf der anderen Seite des Holzes ließ ihn zusammenzucken. Sie hatte ihr Buch nach ihm geworfen.

Sein Puls raste, als er über den Flur ging, die Decke unter dem Arm. Sie war verrückt. Wie hatte er nicht bemerken können, wie schlimm es um sie stand? Sie war ja vollkommen geisteskrank. Er konnte sich mit ihr nicht mehr in der Öffentlichkeit sehen lassen.

Während er seine Decke auf dem harten Sofa ausbreitete, in das Kabinett unter der Lehne griff, die Zigaretten herausholte, dann in der Dunkelheit lag und rauchend aus dem Fenster starrte, wurde ihm eines vollkommen klar.

Sie würde niemals die Frau aus seinen Träumen sein. Nicht einmal ansatzweise.

9

So, das wäre abgehakt.» Gesa strich einen Punkt auf ihrer Liste durch. Zufrieden sah sie auf. «Dann wäre so weit alles besprochen?»

John und Evelyn nickten gleichzeitig. Sie saßen im Wintergarten mit Blick auf den Feenteich, draußen regnete es, und die Tropfen liefen in kleinen Bahnen an den Fenstern hinab.

«Ich denke schon», sagte John zögernd. Fahrig griff er nach seiner Tasse und trank einen Schluck Kaffee.

Evelyn lächelte. «Wir sind dir dankbar, dass du uns so sehr unter die Arme greifst.»

«Aber, meine Liebe!» Gesa schüttelte den Kopf. «Es ist mir eine Freude, das weißt du. Die Bewirtung nach der Trauung wäre unter anderen Umständen Sache deiner Eltern gewesen, während wir den Polterabend finanzieren. Aber selbstverständlich bestehen wir darauf, beides zu übernehmen.»

John dachte, dass seine Mutter viele Fehler hatte, aber sie war da, wenn man sie brauchte, und ihre Hilfsbereitschaft war echt.

«Du schenkst das Brautkleid?» Jetzt sah sie ihn an.

John nickte. Das war in Hamburg so üblich. «Evelyn hat es bereits letztes Jahr bestellt.» Sie wechselten einen Blick.

«Um Kranz und Schleier kümmern sich die Brautjungfern …» Gesa ging weiter konzentriert ihre Liste durch. «Wir stellen wieder im Herrenzimmer die Geschenktische auf, wie bei Julius und Marlies. Die Halle und den Vorplatz schmücken wir mit Topfpflanzen, ich werde zeitig ordern, die Wagen auch gleich dazu. Für den Polterabend müssen wir uns noch etwas überlegen, es sollte natürlich nicht zu lustig zugehen, nach all den … nach all den Katastrophen in letzter Zeit.» Sie schnalzte leise mit der Zunge. «Vielleicht können wir eure Kindheiten in Bildern nachstellen oder so etwas.»

John betrachtete Evelyn von der Seite. Sie sah müde aus. Noch immer lag die Trauer wie ein Schatten auf ihren Zügen. Er fragte sich, wie lange es wohl dauern würde, bis sie den Tod ihrer Eltern überwunden hatte. Sie war sehr still heute, beinahe schien es ihm, als wäre ihr das Gespräch unangenehm. Sie beide hatten sich in den letzten Wochen mit jedem verstreichenden Tag weiter voneinander entfernt. Da war eine unsichtbare Mauer zwischen ihnen, die er nicht einreißen konnte. Er gab sich Mühe, für sie da zu sein, aber sie war ihm fremd geworden, und er spürte, dass auch sie so empfand und nicht wusste, was geschehen war. Doch wie konnte sie auch? Es war schließlich allein seine Schuld.

Alles war vorbereitet. Obwohl es noch Wochen hin war, hatte seine Mutter nichts dem Zufall überlassen. Sogar die Torte war bereits bei der Conditorei Junge am Neuen Wall bestellt. Für die Trauung war ein kleines Kammermusikensemble engagiert. Für den Einzug in die Kirche hatte er die *Ode an die Freude* aus Beethovens 9. Sinfonie vorgeschlagen, ein bisschen mehr Freude konnte schließlich nicht schaden, aber Evelyn wollte unbedingt *Ich bete an die Macht der Liebe*. Das Stück wurde oft bei Trauungen gespielt, und er konnte es seiner angehenden Frau schließlich schlecht ausschlagen, auch wenn sich ihr Wunsch wie ein Schlag in den Magen angefühlt hatte. Wie eine Mahnung, die sie nicht wagte, selbst auszusprechen.

Den Polterabend und den Empfang würden sie in der Villa

abhalten, die Feier jedoch würde im Hotel Atlantic stattfinden. Im eigenen Haus feierte man in Hamburg hauptsächlich, um es schmücken und herzeigen zu können, aber für besonders große Feierlichkeiten wie Hochzeiten wich man auf Hotels und Restaurants aus.

«Da wir nicht in der Villa feiern, seid ihr natürlich von euren Pflichten freigestellt und eingeladen, an der kirchlichen Trauung teilzunehmen», hatte Evelyn den Angestellten mit einem etwas zu strahlenden Lächeln verkündet. «Wir erwarten, euch alle dort zu sehen!»

Sofort war Alice' panischer Blick zu ihm herübergezuckt.

«Du erwartest hoffentlich nicht, dass ich komme?», hatte sie am nächsten Morgen in der Küche mit bleichem Gesicht geflüstert.

«Natürlich nicht», hatte er erwidert, etwas zu grob.

Gib mir ein Zeichen, hatte er gedacht, einen Hinweis darauf, wie du fühlst.

Es würde nichts an der Situation ändern, trotzdem verzehrte er sich danach. Aber von ihr kam nichts. Er sah genau, dass sie Gefühle für ihn hatte, es war deutlich, jedes Mal, wenn ihre Blicke sich kreuzten. Aber sie wusste wohl genauso gut wie er, dass sie aufhören mussten, sich etwas vorzumachen.

Gesa klappte ihr Notizbuch zu und riss ihn aus seinen Gedanken. «Gut. Dann wäre das besprochen. Und jetzt, meine Lieben, müssen wir über die Zukunft reden.»

Wieder wechselten sie einen Blick, dieses Mal spiegelte die Beunruhigung in Evelyns Miene seine eigene. «Die Zukunft?», fragte er und konnte nichts dagegen tun, dass seine Stimme alarmiert klang.

«Richtig.» Gesa nickte ernst. «Ihr sucht immer noch nicht nach einem Haus.»

Schrecken durchfuhr ihn, sofort abgelöst von einem schlechten Gewissen. Sie hatte recht, er hatte es immer weiter vor sich hergeschoben, und auch Evelyn hatte seit längerer Zeit nicht mehr danach gefragt. Er hatte angenommen, dass sie sich hier so wohlfühlte, dass es keinen Grund für sie gab, ihn unter Druck zu setzen, während ihm die Arbeit bis zum Hals stand. Aber natürlich betraf diese Angelegenheit nicht nur Evelyn.

«Du hast recht», sagte er nach einer kurzen Pause und räusperte sich, weitete seinen Kragen mit den Fingern. «Es tut mir leid, Mutter. Es war alles etwas viel in letzter Zeit, und ich habe die Sache schleifen lassen. Ich werde …»

Mit einer ungeduldigen Handbewegung unterbrach Gesa ihn. «Du hast mich falsch verstanden.»

Verblüfft hielt er inne.

«John, wozu sollt ihr euch die Mühe machen.» Sie schloss einen Moment die Augen. «Ihr könnt die Villa haben», sagte sie dann. «Wenn ich euch im Weg bin, finden wir eine Lösung. Natürlich fände ich es wunderbar, wenn ich bleiben und euch eines Tages mit den Kindern zur Seite stehen könnte. Aber es gibt genug andere Möglichkeiten für eine Witwe, um zu …»

«Mutter», sagte er erschrocken.

Gesas Mund wurde schmal. «Es bringt doch nichts, darum herumzureden! Ich werde bald eine Witwe sein. Was bin ich denn jetzt? Eine Ehefrau ohne Mann. Was ist das bitte?» Sie hob die Hände. «Soll ich Schwarz tragen? Soll ich Trauer halten? Soll ich Leute einladen und so tun, als ob nichts wäre? Ich weiß doch nicht einmal, was man in so einer Situation tut!»

John kannte das bereits, sie wechselte von einer Sekunde auf die andere zwischen ohnmächtiger Trauer, Schaffensdrang und Wut.

Evelyn nahm ihre Hand und drückte sie. «Gesa …», sagte sie mitfühlend.

Seine Mutter blinzelte die Tränen zurück, lächelte ihr dankbar zu. «Falls ihr euch dagegen entscheidet, werde ich die Villa über kurz oder lang verkaufen», sagte sie entschlossen. «Sie ist viel zu groß nur für Vater und mich. Und wir müssen den Tatsachen ins Auge sehen.» Sie schluckte sichtlich, fasste sich an den Hals, als wollte sie verhindern, dass die Rührung ihr die Worte nahm. «Theodor kommt nicht mehr zurück.»

Sie hatte ihn vollkommen überrumpelt. Dass seine Mutter das Haus verkaufen könnte, hatte er keine Sekunde in Betracht gezogen. Es hätte ihm egal sein sollen, aber das war es nicht.

«Ihr würdet unsere Räume bekommen. Ich ziehe ins Parterre, und den ersten Stock richten wir für euch her. Ihr könntet alles erneuern, wie es euch beliebt. Würdet ihr darüber nachdenken?» Hoffnungsvoll sah seine Mutter ihn an.

Mit einem Schlag wurde ihm klar, dass die Aussicht, in nicht allzu ferner Zukunft in der Reeven-Villa mit Eugen allein zurückzubleiben, sie keineswegs glücklich machen konnte.

«Ich möchte, dass du das entscheidest», sagte er zu Evelyn, und dieses Mal war die Wärme in seiner Stimme nicht gespielt. Er wollte, dass sie glücklich war. Eigentlich hatte er Evelyn und sich selbst in einem eigenen Heim vor sich gesehen. Aber damals hatte er noch nicht gewusst, dass die Familie Reeven im Begriff stand, sich in alle Winde zu zerstreuen. Es war etwas anderes, sich eine eigene Heimstatt aufzubauen, wenn man jederzeit heimkehren konnte. «Was auch immer für dich die beste Lösung ist», bekräftigte er, da Evelyn zögerte. «Wir können das auch erst einmal in Ruhe besprechen.»

Aber nach einer kurzen Pause, in der sie sich augenscheinlich zu sammeln schien, nickte sie. «Ich fände es wunderbar, wenn wir hier zusammen leben könnten, Gesa!», sagte sie, und sichtlich ergriffen fasste nun seine Mutter Evelyns Hände.

«Oh, Kinder. Damit macht ihr mir eine solche Freude. Wir müssen doch zusammenhalten. Gerade in diesen Zeiten. Und dann können die Kinder hier aufwachsen, und es kommt wieder Leben ins Haus.»

John beobachtete die beiden, ohne etwas zu sagen. Es erleichterte ihn, dass die Suche nach einem geeigneten Haus nun entfiel. Trotzdem wäre es ein riesiger Schritt, seine Mutter aus dem Elternschlafzimmer auszuquartieren, wo sie ihr gesamtes Eheleben mit Theodor residiert hatte, und selbst dort einzuziehen. Ein Schritt, vor dem ihm jetzt schon graute.

Enkel.

Plötzlich wurde alles so konkret, dass er glaubte, nicht mehr richtig atmen zu können. Evelyn wirkte weiter angespannt, aber es schien sie zu freuen, wie glücklich Gesa war. Sie war so schön, so liebreizend, so warm. So perfekt.

Aber sie war nicht Alice.

Ich kann nicht versprechen, dich morgen zu lieben, weil ich dich heut geliebt habe.

Mein Gott, dachte er. Was tue ich hier?

Er musste mit ihr sprechen. Er musste es endlich tun.

Er konnte nicht mit Alice zusammen sein. Und er konnte Evelyn nicht heiraten.

Sie musste es endlich tun, sie musste mit ihm sprechen.

Nachdem sie sich erhoben hatten und Gesa mit wehenden Röcken davongegangen war, ihr Notizbuch an die Brust gedrückt, die Tränen der Erleichterung fortblinzelnd, spürte

Evelyn, wie eine Welle der Panik über ihr zusammenschlug. Warum hatte sie es so weit kommen lassen? Warum konnte sie nicht endlich den Mund öffnen und es hinter sich bringen?

Sie machte doch alles nur noch so viel schlimmer.

Aber als sie John musterte, sein müdes Gesicht, die Schatten unter seinen Augen, wusste sie wieder, warum es ihr so schwerfiel. Er verließ sich auf sie. Sie hatte versprochen, ihm ewig treu zu sein, an seiner Seite zu stehen. Oder, im Grunde hatte sie es noch nicht versprochen … Sie hatte versprochen, dass sie es versprechen *würde.* War eine Verlobung nicht genau dafür gedacht? Dass man alles noch einmal überdenken und zur Not einen Rückzieher machen konnte? Aber wie könnte sie ihm das auch noch antun? Er hatte gerade seinen Vater verloren und das, was ihn auf dieser Welt am meisten mit Freude erfüllte: seinen Beruf. Er hatte herausgefunden, dass sein Bruder die Familie auf das Schändlichste hintergangen hatte. Es ging ihm schlecht, sie sah es jeden Tag.

Doch sie hatten sich voneinander entfernt. Manchmal hatte sie das Gefühl, dass der Mann, mit dem sie sich verlobt hatte, und der Mann, den sie nun heiraten sollte, zwei komplett unterschiedliche Menschen waren. Wo bist du?, wollte sie dann rufen, wenn er wieder so höflich-distanziert war, alles richtig zu machen versuchte und sie gar nicht zu sehen schien. Wo bist du hin? Du warst doch immer so anders. Aber es lag nicht nur an ihm. Seit dieser Ring an ihrem Finger steckte, hatte sich etwas in ihr verändert. Vorher hatte es keinen Zweifel gegeben. Als er sie um ihre Hand bat, war sie nicht verzückt gewesen, sondern ungeduldig. Na endlich, hatte sie gedacht.

John war ihr wie ihre ganz persönliche Sonne erschienen, wie ihre Bestimmung. Männer wie ihn gab es nicht oft. Er hatte diese tiefe, echte Integrität, sie fühlte sich vollkommen sicher bei ihm. Ihr war nach wie vor bewusst, dass sie wahrscheinlich keinen besseren Ehemann finden würde. Doch seit einiger Zeit keimte dieser Gedanke in ihr. Lange war es nicht einmal ein richtiger Gedanke gewesen, mehr ein Bild, das sich plötzlich vor ihrem inneren Auge zusammengesetzt hatte. Sie wusste selbst nicht, wo es herkam, vielleicht aus einem Buch, vielleicht aus einem aufgeschnappten Gespräch. Vielleicht war es auch einfach das Wissen um die Endlichkeit und damit die Kostbarkeit des Lebens, die ihr durch den Tod ihrer Eltern vor Augen geführt geworden waren. Plötzlich war diese Möglichkeit da, lag vor ihr wie eine Verheißung.

Es war ungeheuerlich, undenkbar. Sie dachte es trotzdem: Sie wollte nicht heiraten. Noch nicht jetzt. Vielleicht nie. Vielleicht irgendwann einmal. Sie wollte einfach nur sich selbst gehören. Die Pflichten, die ihr als Ehefrau und Mutter zukamen, schienen sich vor ihr aufzutürmen wie ein riesiger Berg, den es zu erklimmen galt.

Ihr war selbstverständlich bekannt, dass es Frauen gab, die sich freiwillig dafür entschieden, allein zu bleiben. Besonders Frauenrechtlerinnen waren oft unverheiratet. Aber sie hatte nie wirklich über diese Möglichkeit nachgedacht, hatte solche Frauen belächelt, bemitleidet, ein wenig bewundert. Von ihrer Realität waren sie so entfernt gewesen wie die Kolonien in Afrika.

Doch der Tod ihrer Eltern, so tragisch er war, hatte ihr vollkommen neue Perspektiven eröffnet. Wenn niemand mehr da war, der einem die Schande bewusst machte … Gab es sie dann noch? Da waren noch der mahnende Rest der Stadt, ihre Freundinnen und Bekannten. Sie würde es nicht ewig aufschieben können. Aber eine Verlobung zu lösen, war nicht zu vergleichen mit einer Scheidung. Es kam vor, sogar regelmäßig. Und es würde ihr Zeit verschaffen.

Wenn sie an die Hochzeit mit John dachte, hatte sie das Gefühl, auf einen Abgrund zuzurennen und nicht anhalten zu können. Es verursachte ein Brennen in Hals und Magen, eine diffuse Angst, eine ständige Unruhe, die sie nicht benennen konnte und die keinen Sinn ergab, die sich aber nicht auflöste, sondern im Gegenteil immer schlimmer wurde. Dabei war doch alles geregelt, sie sollte nicht unruhig sein. Traurig, ja, aber nicht unruhig.

Es konnte nur einen Grund geben: Sie liebte ihn nicht.

Gesa war so gut zu ihr. Die ganze Familie hatte sie aufgenommen wie eine Tochter, sie aufgefangen, als sie vollkommen allein gewesen war. Wie könnte sie ihnen so in den Rücken fallen?

Dies hier würde ihr Leben sein, diese Villa ihr Zuhause. Es würde sich nicht viel ändern, außer, dass sie und John irgendwann Kinder bekamen. Obwohl es kein schlechtes Leben war, fühlte es sich nicht richtig an. Da musste doch noch etwas kommen? Das konnte doch nicht alles sein. Sie würde jeden Morgen mit Gesa zusammen frühstücken, würde beim Aufwachen auf den Feenteich blicken, John würde ins Büro fahren, und sie würde hier auf ihn warten, in diesen Zimmern und mit diesem Personal, mit ihrer Schwiegermutter zusammen die Menüs für die Woche besprechen, mit Blanche Ausflüge in die Stadt unternehmen, ab und an mit Marlies Karten spielen.

Was war das für eine Sehnsucht in ihr?

Wollte sie Leidenschaft, Abenteuer? Ungewissheit? Sie wusste es nicht, sie wusste nur, dass sie nicht heiraten wollte. Sie mochte John, er war der perfekte Mann.

Aber sie liebte ihn nicht.

Die Tore der Kirche öffneten sich, und sie traten hinaus. Das Paar wurde mit Hurrarufen empfangen, weiße Fahnen wehten im Wind, die Gäste warfen Reis, der vorher in kleinen Samtbeuteln verteilt worden war, die Kapelle spielte einen Tusch. Evelyn warf den Brautstrauß und strahlte mit John um die Wette. Die beiden waren verheiratet. Nun gab es kein Zurück mehr.

Es war zu spät.

Marlies erwachte mit einem Stöhnen. Sie konnte noch nicht lange geschlafen haben, doch sie war schweißgebadet. Müde rieb sie sich die Schläfen. Der schreckliche Geschmack des Traumes klebte in ihrem Mund. Evelyn hatte hinreißend ausgesehen, schmal und zerbrechlich.

Die Bettseite neben ihr war leer. In der letzten Zeit hatte Julius seine Gewohnheiten geändert, er trank weniger, ging nur noch selten in den Herrenklub. Aber nach ihrer Auseinandersetzung hatte er nicht mehr im Ehebett übernachtet, und an diesem Abend war er schon früh mit dem Automobil davongefahren.

Sie erhob sich, noch immer halb im Traum gefangen. Wie ein Tiger im Käfig lief sie im Schlafzimmer auf und ab, tröpfelte sich Pfefferminzöl auf die Fingerspitzen, rieb es auf ihre schmerzenden Schläfen. Natürlich half es nichts, sie rieb den ganzen Tag, das Zimmer roch schon wie eine Apotheke. Auf dem Nachttisch stand der stinkende Johanniskrauttee, der angeblich Wunder wirken sollte, aber auch der half nichts. Nichts half, wie auch: Wie sollten Tee und Öl ändern, dass ihr Leben auf eine Katastrophe zulief?

Wenn die beiden erst mal in der Kirche waren, wenn sie vor den Altar traten … Sie durfte nicht einmal daran denken.

Wenn er sie heiratet, gehe ich in den Fluss, dachte sie plötzlich. Sosehr der Gedanke sie in seiner Absolutheit erschreckte, so sehr spürte sie doch auch seine erlösende Kraft.

Wenn er Evelyn heiratete, gab es kein Zurück. John würde niemals seine ihm angetraute Frau verlassen, Liebe hin oder her. In erster Linie war er ein Mann der Prinzipien. Und in ihren Kreisen war die Ehe für immer. Unumstößlich.

Ein Käfig, aus dem es kein Entkommen gab.

Blanche hatte ihr versichert, dass die Sache mit ihm und Christina nicht mehr gewesen war als eine Affäre. Dass es vorbei gewesen war, bevor es überhaupt richtig angefangen hatte. Und Marlies glaubte ihr. Er konnte diese stille, blasse Person nicht lieben, dieses Dienstmädchen, das immerzu aussah, als würde es gleich in Tränen ausbrechen. Schön war sie, das musste sie ihr lassen, Marlies hätte getötet für diese riesigen grünen Augen. Aber Christina hatte keine Ausstrahlung, keinen Charme, wirkte wie eine Schlafwandlerin. Was wollte er schließlich mit so einer langweiligen Gans?

Was auch immer zwischen den beiden gewesen war, es war vorbei. Sobald Christina den Raum betrat, verschloss sich sein Gesicht. Er bereute es, es war klar zu sehen, er schämte sich für seine Schwäche. Er hatte einfach einen Ausweg gesucht, weil er verstanden hatte, dass er mit Evelyn in eine Falle lief, und sich das erstbeste junge Ding geschnappt, das ihn davon ablenken konnte.

Marlies hörte ihren eigenen pfeifenden Atem. Wenn sie einen Schritt von sich selbst zurücktrat, musste sie zugeben, wie irrational sie sich verhielt. Sie hatte ihren Mann gekratzt, hatte sich ihm verweigert. Wie sollte das weitergehen?

Ab und an sah ihr rationales Ich sogar, dass ihre Besessenheit gar nicht so viel mit John selbst zu tun hatte. Sicher, er war ein attraktiver, charmanter Mann. Aber er hatte nie mehr als ein paar unterkühlte Worte mit ihr gewechselt, zeigte weder Sympathie noch Zuneigung, schon gar keine Verliebtheit. Sie wusste durchaus, dass ihre Tagträume niemals Realität werden würden.

Aber für den anderen Teil ihres Selbst, den Teil, der so gut darin geworden war, sich ihr gemeinsames Leben auszumalen, dass sie manchmal regelrecht schockiert war, wenn sie aus ihren Träumereien auftauchte, war John das Einzige, was sie noch davon abhielt, allem ein Ende zu setzen.

Sie würde erst aufgeben, wenn er wirklich einen Ring am Finger trug.

Alice erwachte und schaute blinzelnd an die niedrige Decke. Der Traum war so real gewesen. «Schuldig! Führen Sie sie ab!» Beckmanns Stimme hallte in ihrem Kopf wider, sie spürte, wie die Gerichtsdiener sie an den Armen fassten, sie sah Henk lachen, hörte John nach ihr rufen.

Ein lautes Rauschen ließ sie den Kopf zum Fenster drehen. Draußen ergoss sich eine Regenflut über den Garten, die kahlen Rosenbüsche wogten unter der Last des Wassers. Mit einem Stöhnen setzte sie sich auf, rieb sich über die schweißnasse Stirn. Sie war hier, in der Villa, in ihrem Bett. Es roch nach Ruß, bei Regen drückte die feuchte Luft von oben in den Kaminschacht. Alice blickte zum Bett der Köchin hinüber. Ihr Atem ging ruhig und gleichmäßig.

Langsam stand sie auf und nahm ihr Tuch vom Stuhl neben

dem Bett. Die Müdigkeit hing wie eine Decke aus Blei über ihren Schultern, dennoch würde sie nicht zurück in den Schlaf finden. Und sie wollte nicht mehr träumen.

Alice tappte in die Küche. Auf dem großen Holztisch unter dem Fenster waren Rundstücke und Brandteigkrapfen zum Auskühlen aufgereiht. Einen Moment stand sie da, überlegte, ob sie sich einen Kaffee aufbrühen konnte, ohne die anderen zu wecken. Aber was sie wirklich brauchte, war, mit jemandem zu reden.

Lautlos schlich sie über den Gang in die Halle. Unter ihren nackten Füßen fühlte sich der Boden an wie Eis. Der Regen rauschte noch stärker, er trommelte aufs Dach, gurgelte in den Rohren. Eigentlich hatte sie gehofft, Licht unter der Bürotür durchschimmern zu sehen; John arbeitete oft bis spät in die Nacht. Aber er musste sich bereits zurückgezogen haben.

Sie hatte noch nie an seine Tür geklopft, wusste, welches Risiko sie einging, wenn sie sein Zimmer betrat. Aber eine Mischung aus Sehnsucht und Einsamkeit zog sie die Treppe hinauf, sie konnte nichts dagegen tun.

Gerade hatte sie die letzte Stufe betreten, da öffnete sich unter ihr in der Halle die Eingangstür, und das Rauschen des Regens schwoll zu einem Dröhnen an. Julius kam hereingewirbelt, eine Zeitung zum Schutz über den Kopf gehoben.

«Dieser verdammte Regen in dieser verdammten Stadt.»

Trotz des lauten Prasselns hörte sie sofort, dass er getrunken hatte.

Er nahm seinen Hut ab, versuchte, ihn an die Garderobe zu hängen, und verfehlte den Haken, versuchte es erneut und machte einen seltsamen Torkelschritt zur Seite, knipste das Licht auf der Kommode an und verzog das Gesicht, als es ihn blendete. Die durchweichte Zeitung warf er auf den Boden.

Zwei dunkelrote Kratzer zierten seine rechte Wange, unter den Dienstboten waren sie seit Tagen Gegenstand von Spekulationen.

Er kam die Treppe herauf. Als er sie bemerkte, wie sie stumm wie ein Geist auf der obersten Stufe stand und ihn anstarrte, gab er einen erschrockenen Laut von sich. «Was zum Teufel …» Er wich einen Schritt zurück, wäre beinahe gefallen. «Du hast mich zu Tode erschreckt.»

«Ich … bitte entschuldigen Sie.»

«Was tust du hier?», knurrte er. «Mitten in der Nacht.» Sein Blick glitt über ihr Nachthemd, wanderte zu ihren nackten Füßen. Siedend heiß wurde Alice klar, wie unschicklich sie aussah. Sie hatte vergessen, dass sie hier zwar lebte, aber nicht zu Hause war, dass sie, wann auch immer sie ihr Zimmer hinter der Küche verließ, vorzeigbar zu sein hatte. Ohne Schuhe und Strümpfe im Nachthemd herumzulaufen, war auf jeden Fall ein Grund zum Anstoß, vielleicht sogar zur Kündigung.

«Ich … hatte einen Albtraum.» Überrumpelt sagte sie die Wahrheit.

«Tatsächlich», sagte er spöttisch.

«Bitte entschuldigen Sie», wisperte Alice. Sie sollte sich umdrehen und gehen. Aber sie konnte sich nicht bewegen.

Julius sah sie prüfend mit zusammengekniffenen Augen an, offenbar hatte er Schwierigkeiten, den Blick zu fokussieren. «Woher kenne ich dich?»

«Wie bitte?», hauchte sie, obwohl sie ihn genau verstanden hatte.

«Ich kenne dich.» Er kam einen Schritt näher. «Ich weiß nicht, woher, aber ich kenne dich. Ein Gesicht wie deins vergisst man nicht so schnell.»

Jetzt stand er so nah vor ihr, dass sie sich beinahe berührten.

Der stechende Geruch nach Zigaretten und Alkohol ließ sie schlucken. «Ich weiß nicht, wovon …»

«Wo hast du vorher gearbeitet?»

«Ich …»

Eine Tür ging auf. «Was ist hier los?»

Augenscheinlich hatte John noch nicht geschlafen. Er trug seinen schwarzen Hausmantel und hatte die Lesebrille aufgesetzt. Er blieb neben ihnen stehen, aber erst, als er erneut in scharfem Tonfall fragte: «Was ist hier los!», löste Julius seinen Blick von Alice.

Sofort stahl sich Verachtung in seine Miene. «Ich bin aus dem Klub nach Hause gekommen, und da stand sie im Flur rum wie ein Geist. Hat mich zu Tode erschreckt.»

John runzelte die Stirn. «Und was genau willst du hier oben?»

Verwirrt blickte Julius zur Treppe, dann wieder zu John. «Hoppla.» Er grinste freudlos. «Mein Fehler. Alte Gewohnheit.» Er drehte sich um und stieg leicht schwankend die Stufen hinab. «Oder vielleicht Wunschdenken», murmelte er. Dann rief er viel zu laut: «Buona notte, allerseits!», und winkte ihnen, ohne sich noch einmal umzusehen.

«Was geht denn hier vor sich?» Erneut öffnete sich eine Tür. Evelyn trat heraus, eines von Johns Jacketts über das Nachthemd geworfen.

Alice brauchte einen Moment, um zu verstehen, dass sie aus seinem Zimmer gekommen war.

Johns Blick flackerte. Er sah Alice an, öffnete den Mund, dann wandte er sich jedoch mit verkrampftem Kiefer an Evelyn. «Nichts, es ist alles in Ordnung.»

«Was tun Sie hier oben so spät?» Evelyn ignorierte ihn, trat mit fragender Miene auf Alice zu.

«Ich … habe etwas gehört und dachte an Einbrecher.» Die Enttäuschung brannte in ihrer Kehle. «Bitte entschuldigen Sie, es war wohl nur Herr Reeven, der aus dem Klub nach Hause kam.»

«Julius ist mal wieder betrunken.» John fasste Evelyn besänftigend am Arm. «Kein Grund zur Aufregung.»

«Wirklich, dein Bruder! Langsam mache ich mir Gedanken.» Evelyn lächelte Alice entschuldigend zu. «Wie unschön, dass Sie gestört wurden. Gehen Sie nur schnell wieder ins Bett, die Nacht ist doch so kurz, wenn man früh rausmuss.»

Alice starrte sie an, grub die Fingernägel in die Handflächen, dass ein heißer Schmerz ihren Arm hinauffuhr. «Ja», sagte sie hohl.

Sie bewegte sich nicht. Sie wollte es sehen, *musste* es sehen, um zu begreifen.

Einen Moment standen alle drei unschlüssig voreinander auf dem Flur. Dann drehte Evelyn sich um und fasste John am Arm. «Nun gut. Kommst du?»

Er zögerte, sie sah es genau, sah die Unentschlossenheit über sein Gesicht huschen. Dann nickte er. «Gute Nacht, Christina.» Er schaute sie nicht an. Ohne ein weiteres Wort folgte er Evelyn in sein Zimmer und schloss die Tür hinter sich.

Alice stand im Dunkeln und lauschte auf ihren hämmernden Pulsschlag.

10

Henk hatte die Verhandlung so lange hinausgezögert, wie es nur irgend ging, hatte Krankheit vorgeschützt, unaufschiebbare Termine, Zeugen, die nicht auffindbar oder verhindert waren. Er wollte sie damit um den Verstand bringen, Alice war klar, dass es seine Strategie war. Er genoss es, dass sie litt.

Nun würde es bloß noch zwei Termine geben, beide zur Zeugenbefragung, bis zur Verkündung des endgültigen Urteils. Irgendwann hatte Richter Beckmann sie kurzerhand festgesetzt.

Alice war seit dem Morgengrauen wach, hatte sich sorgfältig frisiert und die Haare im Nacken zusammengesteckt. Sie trug ein dunkelblaues, hochgeknöpftes Kostüm, das Helene ihr geliehen hatte. Das Frühstück war ihr im Hals stecken geblieben, dafür hatte sie zu viel Kaffee getrunken, war in der Küche auf und ab gelaufen, hatte es nicht geschafft, auch nur eine Minute stillzusitzen.

Nach wie vor hatte es etwas Einschüchterndes, auf das riesige Justizforum am Sievekingplatz zuzugehen. Oberhalb des Frieses über dem Eingang schaute eine in Stein gemeißelte Justitia auf die Besucher herab. Still saß sie auf ihrem Thron, eine Wächterin über die Gerechtigkeit, und Alice schickte in Gedanken ein Stoßgebet zu ihr hinauf.

Gregorio wartete vor dem Gerichtsgebäude. Sein Anblick erleichterte sie. Die Angst, auf den Fluren Henk zu begegnen, hatte sie die ganze Nacht wach liegen lassen. John hatte angeboten, sie zu fahren, aber seit sie gesehen hatte, dass Evelyn die Nacht in seinem Zimmer verbracht hatte, fühlte sie sich noch weiter von ihm entfernt als zuvor. Es war nicht gerecht, doch sie spürte es trotzdem. Die Selbstverständlichkeit, mit der sie aus seinem Schlafzimmer gekommen war, seine Jacke über dem Nachthemd. Die Selbstverständlichkeit, mit der sie wieder hineingegangen war ... Evelyns Platz war an seiner Seite. Und ihrer war draußen auf dem dunklen Flur. Es hätte nicht klarer sein können.

«Ich fahre lieber allein.» Sie hatte ihm ansehen können, wie sehr es ihn traf.

«Alice ...» Resigniert hatte er geseufzt. Dann war die Köchin hereingekommen, und sie hatten nicht weiterreden können.

Statt im Mercedes war sie mit der Pferdebahn angereist und hatte den Entschluss bereut, sobald sie eingestiegen war. Die Stadt war verstopft, es ging nur schleppend vorwärts. Als sie auf den Sievekingplatz zuging, entdeckte sie Gregorios weiße Locken von Weitem. Ungeduldig lief er auf und ab.

«Frau Bloom. Endlich!»

«Es tut mir leid ...», begann sie zerknirscht, aber er schüttelte nur den Kopf, lächelte ein wenig angespannt. «Hauptsache, Sie sind da. Heute ist ein wichtiger Tag.» Sein Blick glitt kurz an ihr hinab, er schien zufrieden mit ihrem Anblick. «John wartet bereits drinnen.»

«Er ist hier?» Alice fuhr herum.

«Er hat beantragt, den Sitzungen beiwohnen zu dürfen», bestätigte Gregorio überrascht. «Hat er das nicht erzählt? Ich dachte eigentlich, Sie würden zusammen erscheinen.»

Er trug einen dunklen Anzug und saß etwas abseits der Tür, weiter hinten in einer der Holzbänke. Sobald er sie wahrnahm, stand er auf. «Frau Bloom. Geht es Ihnen gut?», erkundigte er sich förmlich.

«Was machen Sie hier?», fragte sie statt einer Antwort.

«Ich werde beiwohnen. Ich nahm an, das sei in Ihrem Interesse.»

«Warum haben Sie heute Morgen nichts davon gesagt?»

«Ich wollte Sie nicht noch nervöser machen.»

Sie war ganz und gar nicht sicher, was sie denken sollte.

«Ist es in Ordnung?», fragte er leise, als Gregorio begann, seine Akten zu ordnen. «Ich kann auch wieder gehen, wenn es dir lieber ist.»

Einen Augenblick sah sie ihn an. «Nein», sagte sie dann. «Bleib.»

Henk und sein Anwalt betraten als Letzte den Saal. Erstaunt stellte Alice fest, wie schlecht Henk aussah. Zwar war er frisch rasiert und sein Anzug knitterfrei, aber er wirkte fahrig und auf eine Weise ausgezehrt, die ihn älter und fast ein wenig gebrechlich erscheinen ließ.

Das Richterkollegium nahm die Plätze ein. Nachdem das Füßescharren verklungen war, eröffnete Beckmann die Sitzung. «Wir hören heute die Zeugen der Gegenseite. Da wir bereits genug Zeit verloren haben, mache ich es kurz.» Er blickte in seine Unterlagen. «Wir rufen Wilhelmine Westram auf.»

Frau Westram wurde vom Gerichtsdiener hereinbegleitet. Mit schnellen kleinen Schritten kam sie in den Saal gehuscht. Sie trug Schwarz, die Haare hatte sie auf dem Kopf zu einem strähnigen, dünnen Kranz geflochten. Ihr Gang war so gebückt, dass Alice ihr Gesicht kaum sehen konnte. Erschrocken stellte sie fest, dass ihre alte Nachbarin den linken Arm an den Körper presste. Anscheinend war er noch immer nicht vollständig verheilt.

«Sie wohnten direkt neben den Parteien?» Richter Beckmann lehnte sich vor, nachdem die Generalfragen geklärt waren.

«Richtig. Mittendrin wohn ich, man hört alles, jedes Wort, jeden Schritt.»

«Das bedeutet, Sie haben viel aus dem Alltagsleben der Betroffenen mitbekommen.»

«Viel zu viel! Haben ständig gestritten, sich angeschrien. Ich hab's dem Vermieter gleich gesagt, dass er so welche nicht aufnehmen soll. Aber er hat nicht auf mich gehört, und dann musste er seinem Geld hinterherrennen.»

Alice war so angespannt, dass ihr Rücken schmerzte.

Beinahe wirkte der Richter ein wenig entnervt. Er nickte Henks Anwalt zu. «Herr Harbke, Sie können beginnen.»

Harbke erhob sich, knöpfte seine Anzugjacke zu. «Frau Westram, schön, dass Sie heute hier sind, um uns in dieser wichtigen Angelegenheit zu unterstützen. Ich beginne mit einigen allgemeingültigen Fragen. Wie haben Sie Frau Bloom als Mutter wahrgenommen?»

Frau Westrams Gesicht zuckte. «Wie meinen Sie das?»

«Erzählen Sie uns etwas darüber, wie sie mit ihrer Tochter umgegangen ist.»

Fragen Sie doch lieber, wie ihr Vater mit ihr war, dachte Alice wütend.

«Darüber kann ich nicht viel sagen.» Frau Westram hob die Schultern.

«Ihnen fällt bestimmt etwas ein.»

Sie spitzte die Lippen, ihre kleinen dunklen Augen huschten für einen Wimpernschlag zu Alice hinüber. «Also … Sie hat sie nicht mit den anderen spielen lassen. Bei uns im Viertel spielen die Kinder im Hof, das ist normal. Aber sie hat sie nie runtergelassen. Die Kleine war den ganzen Tag oben bei den Nachbarn.»

Der Anwalt nickte. «Was noch?»

«Na ja …» Frau Westram schien verwirrt. «Abends haben sie manchmal gesungen. Das weiß ich, weil ich's durch die Wand gehört habe. Kinderlieder. *Häschen in der Grube* und solche Sachen.»

Harbkes Gesicht zuckte kaum merklich. Er warf Henk einen schnellen Blick zu. «Aha», sagte er knapp. «Was noch?»

«Puppentheater haben sie auch aufgeführt.»

«Sie sagen, Sie haben die Streitigkeiten des Ehepaars belauscht.»

«Belauscht? Ich habe nichts belauscht», rief Frau Westram empört, und er beeilte sich zu korrigieren: «Mit angehört!»

«Das musste ich ja!», schnappte sie, sichtlich beleidigt.

Alice verstand nicht, was vor sich ging. Hatte keiner Frau Westram erklärt, warum sie hier war?

«Sie hatten kein gutes Verhältnis zu Frau Bloom?»

«Nein», blaffte sie.

«Und warum nicht?»

«Wir mochten uns nicht.»

«Hat sie je etwas getan, um Ihren Ärger auf sich zu ziehen?»

Frau Westram schwieg einen Moment. Alice hielt die Luft an.

«So war's auch wieder nicht. Wir sind einfach nicht warm geworden miteinander. Aber sie war freundlich und höflich, das war sie.»

Alice hätte nicht überraschter sein können. Ähnlich schien es Henks Anwalt zu gehen, er wirkte, als wollte er noch etwas sagen, stemmte die Hände in die Hüften, öffnete den Mund, überlegte es sich dann anders. «Keine weiteren Fragen.»

Der Richter nickte. «Frau Westram, haben Sie je mitbekommen, dass Frau Bloom Alkohol trinkt?», setzte er die Befragung fort.

«Mitbekommen nicht, nein.»

«Gesehen, gerochen? War sie betrunken in Ihrem Beisein?»

«An so was erinner ich mich nicht.» Frau Westram schüttelte den Kopf. «Nein.»

Er machte sich eine Notiz. «Was können Sie uns über Herrn Bloom sagen?»

«Nichts Gutes, so viel steht fest. Nichts Gutes!» Mit einem Mal wurde sie lebhaft.

Beckmann runzelte die Stirn. «Sie wissen, dass Sie als eine seiner Zeuginnen geladen sind.»

«Das weiß ich. Aber was hab ich davon, verraten Sie mir das mal. Was sagen kann ich, aber wenn ich schon herkomme, dann sag ich auch die Wahrheit. Ständig lag er im Treppenhaus. Ist besoffen nach Hause gekommen. Und dann hat er rumgebrüllt. Seine Frau hatte blaue Augen. Ich hab's ja gesehen. Und gehört hab ich's auch.»

«Sind Sie jemals eingeschritten?»

«Eingeschritten?» Frau Westrams Hals wurde rot vor Empörung. «*Eingeschritten?* Ich bin eine alte Frau. Wie stellen Sie sich das vor! Soll ich einem Mann sagen, was er zu tun oder zu lassen hat? Ist ja sein Recht, oder nicht? Deswegen muss ich's noch lange nicht gut finden.»

Fassungslos hörte Alice zu.

«Ob *sie* getrunken hat, kann ich Ihnen nicht sagen. Aber dass *er* trinkt, das weiß ich. Oh ja, das weiß ich. Das ganze Haus hat gestunken nach seinem Fusel.»

Frau Westram warf ihr einen Blick zu. Und als ihre Augen sich trafen, verstand Alice. Im Bruchteil dieser Sekunde erkannte sie etwas im Blick dieser alten, gebrechlichen Frau, das ihr nur allzu vertraut war. Scham.

Ihre ehemalige Nachbarin hatte sich nie damit abgefunden, in welche soziale Lage sie der Tod ihres Mannes manövriert hatte. Als Alice sie in ihrer Wohnung fand, war sie bereits seit langer Zeit nicht mehr allein zurechtgekommen, aber zu stolz, sich Hilfe zu suchen. Alice hatte gesehen, wie sie lebte, den Dreck und den Müll, hatte die Mäuse gerochen. Frau Westram hatte vor ihr geweint und sich vollkommen vergessen in ihrer Angst. Sie hatte Alice gekratzt wie ein kleines Kind, das sich nicht kontrollieren konnte.

Sie schämte sich. Frau Westram glühte geradezu vor Scham.

Und sie schien Angst zu haben, dass Alice davon erzählen würde. Als ihre Augen sich trafen, hielt Frau Westram sichtbar die Luft an. Dann nickte sie ihr zu.

Alice spürte, wie eine warme Welle der Erleichterung durch sie hindurchfloss.

«Keine weiteren Fragen! Herr Gregorio, möchten Sie übernehmen?»

Gregorio schüttelte den Kopf, einen zufriedenen Ausdruck im Gesicht. «Ich denke, es wurde alles Nötige gesagt.»

Richter Beckmann entließ Frau Westram mit einem knappen Satz, ohne von seinen Notizen aufzusehen. Eilig drehte sie sich um und trippelte hinaus.

Alice hörte, wie Henk seinem Anwalt empört etwas zuzischte, sie sah, wie Gregorio überrumpelt, aber triumphierend den Kopf schüttelte. Reglos saß Alice auf ihrem Platz und versuchte, zu begreifen, was eben geschehen war. Auf einen Impuls hin drehte sie sich um und blickte zu John. Seine Augen ruhten auf ihr. Er hob die Brauen als Zeichen, dass er genauso erstaunt war wie sie. Dann lächelte er. Nach kurzem Zögern lächelte sie zurück.

«Wir hören die nächste und letzte Zeugin der Gegenseite!» Der Gerichtsdiener läutete, die Türen des Saals öffneten sich erneut. Alice krallte die Hände ineinander.

Eben war sie davongekommen – aber Henks Mutter würde alles daransetzen, ihr zu schaden, daran bestand nicht der geringste Zweifel.

Sigrid Bloom kam in den Saal wie die Hexe aus einem Märchen. Sie hatte ein kariertes Tuch um die langen grauen Haare geschlungen, stützte sich zu Alice' Erstaunen schwer auf einen Stock. Bei ihren seltenen Begegnungen hatte sie gut alleine gehen können.

Auf die Generalfragen antwortete Henks Mutter so kurz angebunden, dass Richter Beckmann verwundert blinzelte und mit den anderen Landrichtern erstaunte Blicke wechselte.

«Frau Bloom», begann er, und wie immer kam es ihr seltsam vor, dass sie mit dieser Frau den Namen teilte. «Bitte sagen Sie uns, was Sie über die Situation denken.»

«Ich denke, dass Sie meine Schwiegertochter genau da lassen sollten, wo sie ist.»

Erstaunt blickte der Richter auf Sigrid hinunter. «Wie meinen Sie das?»

«Die beiden sind verheiratet. Die Ehe ist für immer. Wo kommen wir da hin, wenn jeder einfach geht, wenn es schwierig wird!» Sigrid schaute zu Alice hinüber. «Mein Sohn hat sie genommen, als keiner sie wollte. Sie hatte nichts, kein Geld, keine Arbeit, keine Mitgift. Sie hat ihm versprochen, für ihn da zu sein. Und sie hat willentlich ein Kind mit ihm bekommen. Dieses Kind braucht einen Vater *und* eine Mutter.» Sie sah den

Richter an, und als sie sprach, war ihre Stimme so fest und klar wie Glas. «Ich bitte Sie, diese Ehe nicht zu scheiden. Es wäre ein großer Fehler. Denken Sie an Rosa.»

Richter Beckmann schob seine Brille auf die Stirn. «Beide Parteien fordern ausdrücklich die Trennung von Tisch und Bett. Sie geben unüberbrückbare Differenzen als Grund dafür an, warum sie keinesfalls zusammenbleiben können.»

Sigrid blieb vollkommen unbeeindruckt. «Alice kann nicht alleine für Rosa sorgen, das wissen wir alle. Woher soll sie das Geld nehmen, verraten Sie mir das.» Nach kurzem Zögern fügte sie hinzu: «Aber mein Sohn kann es auch nicht.»

Ein Raunen ging durch den Saal. Aus den Augenwinkeln sah Alice, wie John sich aufrichtete. Gregorio fuhr sich mit der Hand über den Bart, warf ihr einen Blick zu.

Auch Beckmann stutzte sichtlich. «Was wollen Sie damit andeuten?»

Als Sigrid weitersprach, realisierte Alice, dass sie sich genau überlegt haben musste, was sie heute hier tun würde. In Henks Miene spiegelte sich Unglauben. Er starrte seine Mutter an. Der Mund stand ihm ein kleines Stück offen, als hätte er vergessen, wie man ihn schloss.

«Ich meine», sagte Sigrid mit einer Entschlossenheit und Autorität, die nicht zu ihrem äußeren Erscheinungsbild passte, «dass mein Sohn kein guter Vater ist. Er spielt, und er trinkt. Er hat keine Geduld für ein Kind. Er hat keine Geduld für irgendetwas. Er fährt leicht aus der Haut. Kinder sind anstrengend und laut, und sie brauchen ständig Aufmerksamkeit. Männer sind dafür nicht gemacht, schon gar nicht allein. Vielleicht findet er irgendwann eine neue Frau. Aber vielleicht auch nicht.» Ihre Miene verriet, dass sie Letzteres für wahrscheinlicher hielt. «Er kann nicht alleine für sein Kind sorgen.

Das ist ausgeschlossen. Und ich werde nicht einspringen. Ich bin zu alt.»

Alice hatte damit gerechnet, dass Sigrid ihren Sohn in den höchsten Tönen loben und Alice verdammen würde. Dies hier hatte sie nicht vorausgesehen. Johns und Gregorios Mienen nach zu urteilen, ging es ihnen genauso. Die beiden Männer sahen sich an, Gregorio hob sichtlich überrumpelt die Schultern. In Alice' Magen breitete sich Säure aus. Ihr Mund wurde staubtrocken. Sie hatte nicht daran gezweifelt, dass die Richter zumindest die Trennung von Tisch und Bett bewilligen würden. Obwohl Sigrid nichts gesagt hatte, was nicht alle längst wussten, warf ihre Aussage ein neues Licht auf die Angelegenheit. Sie hat recht, dachte Alice mit einem dumpfen Druck auf der Brust. Henk kann nicht für Rosa sorgen, weil er nicht die Geduld hat, und ich kann es nicht, weil ich alleine nicht genug Geld verdiene.

Sie wusste, dass sie es trotzdem schaffen konnte. Sie würde Tag und Nacht arbeiten, sie würde sich Hilfe organisieren. Aber die Richter sahen nur die nackten Tatsachen und nicht ihren Willen.

«Sie wissen um die Vorwürfe gegen Ihren Sohn? Er soll seine Frau wiederholt schwer misshandelt haben.»

Sigrid gab einen Laut der Verachtung von sich. «Das weiß ich», sagte sie nur.

«Sie wissen, dass diese Vorwürfe vorliegen, oder Sie wissen, dass er seine Frau misshandelt hat?»

«Ich weiß, wer mein Sohn ist. Wenn sie sagt, dass er sie schlägt, dann tut er das auch.»

Wieder ein Raunen, dieses Mal lauter. Henk rührte sich nicht, doch seine Wangen bebten vor Wut.

«Aber er wird seine Gründe haben.» Jetzt richtete sie den

Blick auf Alice, dunkel und undurchdringlich. «Jeder erhebt mal die Hand. Und Alice … Sie ist nicht normal. Ihre Eltern haben sie weggegeben, als sie noch ein Mädchen war. Sie hatten kein Geld, Alice musste bei Fremden wohnen und arbeiten. Dann war sie verschwunden. Ein paar Jahre war sie weg, und niemand wusste, wo sie ist und ob sie noch lebt. Als sie wiederaufgetaucht ist … Sagen wir mal, die Leute haben geredet.»

Alice konnte sich nicht bewegen. Alle im Raum sahen sie an. John sah sie an. Aber sie hielt die Augen starr geradeaus gerichtet, hoffte nur, dass niemand sah, wie sehr ihre Mundwinkel zitterten.

«Ihre Eltern wollten sie damals so schnell wie möglich verheiraten. Es hätte uns stutzig machen sollen. Es *hat* uns stutzig gemacht, mich zumindest.» Sie holte Luft. «Mein Sohn war in einer schwierigen Lage. Seine erste Frau war gestorben. Er neigt zum Trinken und zur Schwermut, und mein Mann und ich hatten Angst, dass er nicht mehr rausfindet aus der Traurigkeit. Ich kannte ihre Eltern, sie sind anständige Leute. Eine neue Frau für Henk schien mir eine gute Idee. Als ich Alice dann gesehen habe, habe ich es sofort bereut. Etwas stimmte nicht mit ihr. Sie hat nicht geredet, nicht gelacht. Sie war nicht normal. Als ich das verstanden hatte, war es zu spät.»

«Sie wollten dann doch nicht mehr, dass die beiden heiraten?»

Sigrid zögerte. «Richtig.» Sie nickte. «Aber sie hat meinem Sohn den Kopf verdreht mit ihren Haaren und ihren Augen. Schön ist sie ja, aber davon darf man sich nicht täuschen lassen.»

Der Richter warf Alice einen langen Blick zu. Dann sagte er: «Keine weiteren Fragen.»

Als die Verhandlung kurz danach geschlossen wurde und der Saal zum Leben erwachte, blieben sowohl Gregorio als auch John auf ihren Plätzen. Beide sahen Alice nachdenklich an. Und Alice wusste, dass *sie* durchaus weitere Fragen haben würden. Viele Fragen.

Fragen, auf die sie keine Antworten geben konnte.

1897

Später habe ich es mir selbst hoch angerechnet, dass ich zumindest um Otto kämpfte. Obwohl es von Anfang an zwecklos war, habe ich ihn doch wenigstens nicht freiwillig hergegeben. Nachdem Käthe mir verkündet hatte, wie alles ablaufen würde, schloss ich mich in meinem Zimmer ein, verweigerte das Essen und jedes weitere Wort. Ich hoffte, dass sie wieder fahren würde, aber sie nistete sich im Haus ein, und ich meinte, sogar unter dem Türspalt hindurch ihre Gelenksalbe zu riechen, die alles verpestete. In meiner wachsenden Verzweiflung beschloss ich fortzulaufen. Ich kam kaum fünfhundert Meter weit, mit meiner Tasche in der Hand und Otto auf dem Arm. Mein Körper war noch immer so furchtbar schwach, meine Beine brannten, ich blutete, die warme Flüssigkeit rann mir an den Oberschenkeln hinab. Ich hatte kein Geld, nicht einen Groschen, ich hatte kein Essen. Und Otto fror in seiner dünnen Jacke.

Ich vermisste seinen Geruch so sehr. Seine kleinen Finger, dieses warme Gefühl neben mir. Ein paar Wochen lang war er meine ganze Welt gewesen. Und dann war er plötzlich einfach weg.

Sie kamen mit ihrem Automobil und nahmen ihn mit. «Sie dürfen ihn natürlich besuchen, sobald er sich eingelebt hat. Schreiben Sie uns, wir finden einen Termin! Dann behaupten wir einfach, Sie seien eine entfernte Cousine.» Frau Oberleutnant Schmittfeld begleitete ihre Worte mit einem falschen Lächeln. Sie musste gemerkt haben, wie es mir ging, schließlich konnte ich mich kaum auf den Beinen halten. Als sie Otto aus dem Wagen nahm, entfuhr mir ein gequälter Laut, und Frau Grün versetzte mir einen Stoß mit dem Ellbogen.

Ich starrte Frau Schmittfeld immerzu an, sie war so schön in ihrem zartrosa Kleid. Ich konnte mir nicht vorstellen, dass diese Dame fähig wäre, sich um mein Kind zu kümmern. Würde sie nachts aufstehen, wenn er weinte? Würde sie ihm die Flasche geben und ihn trösten? Aber natürlich war ich dumm, die Oberleutnants beschäftigten eine Amme für diese Dinge. Für mich hatten sie Geschenke mitgebracht, mir schien es, als wollten sie mich damit von Otto ablenken.

Am Ende nahmen sie ihn mit. Einfach so. Ich meinte, die Welt würde einstürzen, die Zeit würde anhalten. Aber nichts geschah. Sie stiegen in ihr Automobil und fuhren davon.

Das Leben ging weiter wie bisher. Mein Körper war noch so geschwächt von der Geburt, dass Frau Grün mir erlaubte, weitere zwei Wochen zu bleiben. Bis dahin wollte sie mir eine Anstellung besorgen.

«Ich werde dir ein Zeugnis schreiben. Wir machen dich ein wenig älter, dann ist das kein Problem. Bei dem Dienstmädchenmangel in Hamburg bekommen wir dich leicht untergebracht.»

Ich hörte sie nicht einmal richtig. Immer wieder dachte ich an Erika. Die Qualen, die sie bei ihrem Freitod erlitten haben musste, waren das Einzige, was mich davon abhielt, ihr zu folgen. Stundenlang saß ich am Fenster und starrte hinaus, spürte nicht, wie mir die Tränen aus den Augen liefen. Nachts weckte mich Ottos Weinen. Dann musste ich immer wieder aufs Neue den Moment durchleben, in dem ich zu seiner Wiege stürzte und sie nicht mehr fand. Panik durchfuhr mich, bis mir wieder einfiel, dass er nicht mehr da war, dass er in meinen Träumen geweint hatte. Dass er von jetzt an nur noch in meinen Träumen weinen würde.

Meine Brüste schmerzten, ich musste die Milch, die eigentlich für ihn war, mit einer Handpumpe loswerden. Frau Grün verkaufte sie in kleinen Flaschen. Ich wusste nicht, an wen, es interessierte mich auch nicht.

Zu schnell waren die zwei Wochen um. «Du musst jetzt weitermachen, sonst nimmt das kein gutes Ende mit dir.» Mit ungewohnt strenger Miene reichte Frau Grün mir das Buch mit der gefälschten Referenz, mit dem ich mich bei meinem neuen Arbeitgeber vorstellen sollte. «Du musst dankbar sein, Christina. Otto wird aufwachsen wie ein Prinz. Es wird ihm an nichts fehlen.»

Doch, dachte ich und hielt wortlos ihren Blick, bis sie die Augen senkte. Es wird ihm an mir fehlen. An seiner Mutter.

Aber laut sagte ich es nicht. Was hätte es auch gebracht.

Frau Grün hatte auf mehrere Anzeigen in den *Hamburger Nachrichten* geantwortet und ging persönlich mit mir zum Vorsprechen, gab sich als meine Tante aus und verhandelte an meiner statt die Bedingungen. In meinem gefälschten Zeugnis stand, ich hätte einer Nachbarin von Frau Grün zwei Jahre lang treu gedient. Brav sagte ich die Sprüche auf, die sie mir eingebläut hatte. Dass ich auf der Straße enden würde, wenn ich nichts fand, gab mir etwas Antrieb. Und während ich Stunde um Stunde bei Frau Grün aus dem Fenster gestarrt hatte, hatte ein Plan in mir zu reifen begonnen. Dieser Plan half mir weiterzuleben. Ich würde eine Anstellung finden. Ich würde jeden Groschen sparen, den ich verdiente. Irgendwann würde ich mir Otto zurückholen, und wenn ich ihn stehlen musste.

Bereits im dritten Haus wurden wir uns einig. Ich sollte fünfundvierzig Taler Lohn erhalten und außerdem eine «gute Weihnacht», wie sie es nannten. Frau Grün war zufrieden. «Sicher muss man dem Mädchen noch ein paar Hamburger Manieren beibringen, sie ist nicht hier aufgewachsen», erklärte sie mit einem strahlenden Lächeln. «Sie ist noch so jung, dass sie erst eine Referenz hat. Aber ich verbürge mich für sie. Kochen kann sie.»

Kochen konnte ich, davon abgesehen war ich auf einen Haushalt wie den der Poggenfuhls allerdings nicht vorbereitet. Am Tag meines Antritts warf die Dame des Hauses nur einen Blick auf mich und stellte fest: «Also, so kann sie nicht bleiben!»

Beinahe war es komisch. Aber nur beinahe.

Sie gaben mir Schürze und Kleid der hellen Hamburger Dienstmädchentracht. Die Haare musste ich im Nacken zu einem Knoten schlingen und mit einer Haube zurückhalten, die Schürze wurde in einer großen Schleife auf dem Rücken gebunden. Dann brachte mich das Kleinmädchen des Hauses in den Keller, in ein geräumiges, aber dunkles Zimmer mit zwei Betten darin. Die Fenster waren winzig und sehr weit oben. Fröstelnd drehte ich mich einmal um mich selbst. Zwei Stühle, ein Schrank. Trotz der sommerlichen Temperaturen draußen war es hier unten eiskalt.

«Gewöhn dich dran.» Das Kleinmädchen hieß Koleen, und ich sah sie in meiner gesamten Zeit bei den Poggenfuhls nicht ein einziges Mal lächeln. Sie setzte sich auf ihr Bett und rieb sich die Beine. «Den ganzen Tag schon lassen sie mich rauf- und runterrennen, für deine Ankunft musste alles blitzblank sein.»

«Für mich?», fragte ich erstaunt. Vorsichtig betastete ich die Matratze, denn seit der Geburt plagte mich mein Rücken.

«Sie wollten Eindruck schinden – als wär es ihr Verdienst, wenn hier alles glänzt.»

Sie führte mich ins Parterre, wo die Herrschaften bereits auf mich warteten, schob mich ins Zimmer, knickste mit ausdrucksloser Miene und verschwand.

Auf einer Chaiselongue lag ein Mann, er war um die fünfzig, rauchte Zigarre und hielt sich eine Zeitung vors Gesicht. Frau Poggenfuhl saß am Tisch und gab vor, in einem Buch zu lesen, hielt es jedoch falsch herum. Bei ihrem strengen Blick gefror mir das Lächeln auf den Lippen.

«Das sieht doch schon viel besser aus.» Sie musterte meine Uniform. «Wir werden sicher gut miteinander auskommen. Das ist Herbert, mein Mann.»

Der Herr auf der Chaiselongue richtete sich halb auf und lüftete einen imaginären Hut. Ich knickste. Während ich mich wieder Frau Poggenfuhl zuwandte, sah ich aus den Augenwinkeln, dass er die Zeitung nicht wieder aufnahm, sondern mich weiter musterte.

«Wir sind es gewohnt, unser Personal zu duzen», begann sie ihre Einführung. «Du redest uns mit Herr und Frau Poggenfuhl an. Ich werde dir das Haus zeigen, anschließend machst du dich an die Zubereitung des Abendessens. Heute soll es falschen Hasen geben. Du weißt, wie man ihn zubereitet?»

Ich nickte.

«Wollen wir doch mal hoffen, dass du auch sprechen kannst!» Herr Poggenfuhl lachte.

Frau Poggenfuhl spitzte die Lippen.

Ich räusperte mich. «Ja, das kann ich», antwortete ich in seine Richtung, mied jedoch seinen Blick.

«… Herr Poggenfuhl», ergänzte sie.

«Herr Poggenfuhl», fügte ich gehorsam hinzu.

«Dein Dienst beginnt morgens um halb sechs. Herbert nimmt um Viertel nach sieben die Pferdebahn, deswegen muss ein reibungsloser Ablauf in der Frühe garantiert sein.»

«Wie alt bist du?» Die Augen meines neuen Herrn schienen mich zu durchbohren. Auf seiner Stirn prangten dunkle Leberflecke, und sein breites Gesicht zierte ein schütterer Backenbart.

«Achtzehn», erwiderte ich, wie Frau Grün es mir aufgetragen hatte, und rasch fügte ich hinzu: «Herr Poggenfuhl.»

Er antwortete nicht, schüttelte nur die Zeitung auf. «Wenn ihr fertig mit eurem Rundgang seid, könnte ich eine Tasse Kaffee vertragen.»

«Eine wunderbare Idee. Ich zeige dir jetzt das Haus, Tine, und dann richtest du uns ein schönes Teebrett her.»

Erstaunt hielt ich inne. «Mein Name ist Christina.»

Sie winkte ungeduldig ab. «Wir nennen dich Tine. Das geht schneller.»

Die nächste halbe Stunde lief sie mir voran und redete unaufhörlich auf mich ein. «Wir haben strenge Regeln in diesem Haus. Absolute Pünktlichkeit ist ein Muss. Hast du Verwandtschaft in der Stadt?»

«Nein, niemanden», erwiderte ich zögernd. «Nur meine Tante in Borgfelde.»

Das schien sie zu erfreuen. «Wunderbar. Du hältst oben Ordnung und Koleen unten. In deine genauen Aufgaben werden wir dich beizeiten einweisen.»

Die erste Nacht in dem fremden Haus war schrecklich für mich. Alles war fremd. Zu meiner Überraschung sehnte ich mich nach dem Dorf zurück, nach meinem kleinen Zimmer, den Spaziergängen in der Abendruhe, dem Pastor und seinem Geruch nach Pfeifentabak, nach der Ordnung unserer Tage. Gleichzeitig dachte ich an meine Mutter. Ob sie wusste, wo ich war?

Irgendwann musste ich doch eingeschlafen sein. Als ich Otto weinen hörte, sprang ich auf.

«Ich komme, ich komme ja schon!», rief ich und stolperte zu seiner Wiege. Jemand schrie, ich zuckte zurück und schrie ebenfalls, dann ging ein Licht an.

«Himmel, was tust du denn?» Entgeistert blickte Koleen mich an. Sie hatte ein Streichholz angerissen und hielt es mir entgegen. Da fiel mir alles wieder ein.

Nachdem Koleen das Licht wieder gelöscht hatte und ich im Dunkeln lag, dachte ich, dass es ja auch andere Wege gab als den, den Erika genommen hatte. Ich könnte in den Fluss gehen. Oder den Kopf in den Herd stecken. Ich wollte nur noch sterben.

Doch als ich erwachte, lebte ich noch.

Im Haus der Poggenfuhls gab es so viel zu tun, dass ich abends todmüde ins Bett fiel und am Morgen nicht glauben konnte, dass die Nacht schon wieder um war. Meist erledigte ich still meine Arbeit und versuchte, allen aus dem Weg zu gehen, so gut es ging. Darum weiß ich nicht mehr, wann es zum ersten Mal vorkam, dass ich mich unbehaglich fühlte. Aber irgendwann konnte ich die Blicke von Herrn Poggenfuhl nicht mehr ignorieren.

Inzwischen hatte ich begriffen, was zwischen Männern und Frauen geschah. Elli und die anderen hatten bei Frau Grün kein Blatt vor den Mund genommen, wenn es um diese Angelegenheiten ging, daher war ich gut im Bilde. Es schien mir immer noch alles absurd. Aber besonders absurd fand ich, dass niemand mir je von alldem erzählt hatte, obwohl es doch so weitreichende Konsequenzen haben konnte.

«Nimm dich in Acht, dass es nicht wieder passiert», hatte Paula gesagt, als sie merkte, wie wenig ich wusste.

«Es kann wieder passieren?» Ich hätte nicht entsetzter sein können.

«Natürlich!» Die anderen hatten heftig genickt. «Jedes Mal, wenn du es tust.»

Man musste sich vor Männern in Acht nehmen. Vor allen, auch den verheirateten. Es war eine Sünde, sich mit einem Mann einzulassen, auch für ihn, aber schuld waren wir allein, und auch die Schande lag nur bei uns. Ich dachte oft an Erika in jenen Tagen. An sie und den Pastor und Mechthild und daran, was sie alles getan und nicht getan hatten, was alles verboten und sündhaft war und trotzdem geschah, wer Schuld hatte und wer nicht und wie falsch mir das alles schien. Ich schrieb Frau Grün Briefe und bat sie um Ottos Adresse, aber sie antwortete mir stets, ich solle mich gedulden. Ich schrieb beharrlich weiter, sodass sie irgendwann begann, meine Briefe zu ignorieren. Und da Frau Grün aufhörte, mir zu antworten, beschloss ich, sie in Borgfelde zu besuchen.

Frau Poggenfuhl sah es gar nicht gern, wenn Koleen oder ich unseren freien Abend für Privatangelegenheiten nutzten. «Du hast doch keine Verwandtschaft, wo willst du hin?», fragte sie mit spitzem Mund, wenn ich begann, mich ausgehfertig zu machen. «Dass du mir ja nicht eine Wirtschaft aufsuchst!»

«Ich besuche meine Tante», erwiderte ich ohne weitere Erklärungen, schließlich ging es sie nichts an.

Sie konnte es nicht ertragen, wenn sich etwas ihrer Kontrolle entzog. Gingen wir aus, stand sie oben an der Treppe, eine Uhr in der Hand, und überprüfte, wann wir zurückkamen. Waren wir eine Minute über der Zeit, sperrte sie die Türen zu, und wir mussten betteln, um eingelassen zu werden.

Die Fahrkarte war zu teuer, darum lief ich den ganzen Weg, bis ich das Haus gefunden hatte. Als Frau Grün mir öffnete, riss sie erst überrascht die Augen auf, dann fiel ihr Gesicht in sich zusammen.

«Oh, Christina», seufzte sie, und ich sah genau, dass sie überlegte, ob sie mir die Tür vor der Nase zuschlagen sollte.

Schnell trat ich einen Schritt vor. «Ich gehe nicht weg, und wenn ich auf der Schwelle übernachten muss!»

Sie musterte mich erstaunt, dieses entschlossene Auftreten kannte sie nicht von mir. Schließlich ließ sie mich hinein.

Im Haus wohnten zwei neue Frauen, beide standen kurz vor der Entbindung. Ich fragte mich, ob sie eine Ahnung davon hatten, was ihnen bevorstand, oder ob sie genauso wenig wussten, was es bedeutete, ein neues Leben aus seinem Körper zu pressen, wie ich damals. Und dann fragte ich mich, ob ihre Kinder auch verkauft werden würden.

«Ich muss ihn sehen.»

Frau Grün schüttelte den Kopf. «Das geht nicht.»

«Sie haben mir versprochen, dass ich ihn besuchen darf.» Plötzlich hatte ich genug. Ich hatte genug davon, dass alle mich herumschubsten, wie sie wollten, mir die Kleidung gaben, die sie wollten, mich nannten, wie sie wollten, mich hin und her reichten wie einen Blumentopf und über mein Leben bestimmten, ohne sich im Geringsten darum zu scheren, was *ich* wollte. «Wenn ich ihn nicht sehen darf», sagte ich so entschieden, dass ihre Augenbrauen überrascht in die Höhe fuhren, «dann gehe ich zur Polizei.»

Mit diesem einen Satz verlor ich die einzige Person, die in dieser Stadt zu mir gestanden hatte. Frau Grün war immer freundlich zu mir gewesen, sie hatte meinem Kind auf die Welt geholfen und mich getröstet, wenn ich vor Verzweiflung in mein Kissen schluchzte. Ihr Blick, als sie die Tür hinter mir zuschlug, tat weh. Aber der Zettel in meiner Hand war es wert.

Als ich nach Hause ging, zehn Minuten vor meiner Zeit zurückkam und Frau Poggenfuhl schon aus dem Salonfenster nach mir Ausschau hielt, lächelte ich. Denn den ganzen langen Weg über malte ich mir aus, wie es sein würde, ihn wieder in meinen Armen zu halten.

Für meinen Besuch bei den Oberleutnants musste ich vorzeigbar sein, aber ich besaß keine guten Kleider, nicht einmal einen Hut. Als Kind hatte ich keinen gebraucht, doch nun, da ich vorgab, erwachsen zu sein, konnte ich unmöglich ohne dort auflaufen. Außerdem sah ich müde aus, hatte tiefe Schatten unter den Augen. Nach der Geburt waren die Haare an den Schläfen dünn geworden und wuchsen erst langsam nach, wellten sich in kleinen, widerspenstigen Locken um mein Gesicht, die Frau Poggenfuhl beständig Grund zum Anstoß boten.

Koleen war meine Rettung. Sie lieh mir ihr gutes Ausgehkleid und den dazu passenden blauen Hut. Sie half mir auch, die Haare mit Creme an den Kopf zu kämmen und gab mir Farbe für die Wangen – die ich gar nicht gebraucht hätte, denn die Aussicht, Otto wiederzusehen, ließ mich tagelang wie im Fieberwahn herumlaufen, mein Gesicht und meine Augen glühten, ich war so aufgeregt, dass ich kaum einen Bissen herunterbrachte.

«Du siehst schmuck aus wie eine Dompuppe!» Herr Poggenfuhl ließ die Augen an mir auf und ab schweifen, während ich, bereit für mein Vorhaben, in Koleens Kleid in der Halle stand und ihren Hut aufsetzte. Vor Schreck fiel mir die Tasche aus der Hand. Es war eine alte Hamburger Redensart, er konnte ja nicht ahnen, was sie bei mir auslöste: Das Vergnügungsfest Dom war für mich gleichbedeutend mit meiner Familie. «Hast du einen Galan, von dem wir nichts wissen?»

«Das wäre ja noch schöner!» Seine Frau musterte mich ebenfalls, allerdings auf ganz andere Art. «Das will ich mir verbitten, Tine, das ist wohl klar?»

«Ich bin zu einer Feier eingeladen. Bei meiner Tante», erwiderte ich ruhig.

«Nun, du siehst bezaubernd aus. Dass du dich ja nicht verliebst und uns dann wegheiratest!»

«Um fünf erwarte ich dich zurück», presste Frau Poggenfuhl hervor.

Ich lief einen Umweg durch die Stadt, um Otto ein Geschenk zu kaufen. Viel hatte ich noch nicht verdient, und das Geld von Friedemann verwaltete Käthe für mich bis zu meiner Volljährigkeit. Lange streifte ich durch die Geschäfte, betrachtete die Auslagen. Es schien mir hundert Jahre her, seit ich mich nach Bertes Puppen gesehnt und geglaubt hatte, sie würden mich glücklich machen. Schließlich entschied ich mich für eine Rassel. Erst beim Verlassen des Ladens wurde mir klar, dass ich die Begegnung mit meinem Sohn aus Angst hinauszögerte. Ich hatte Angst, dass er mich nicht erkannte. Oder noch schlimmer: dass er mich erkannte, aber nicht wollte. Doch die Uhr in Frau Poggenfuhls Hand tickte. Ich hatte keine Zeit mehr zu verlieren.

Als ich an der Hintertür der imposanten Villa klingelte, glaubte ich, jeden Moment ohnmächtig zu werden.

«Ja, bitte?» Ein Kleinmädchen öffnete und musterte mich misstrauisch aus schmalen Augen.

«Ich möchte gerne mit den Herrschaften sprechen. In Angelegenheiten … ihren Sohn betreffend.» Es auszusprechen, kostete mich alle Überwindung, die ich aufbringen konnte.

«Sie meinen Krusius?»

Sie hatten ihm einen anderen Namen gegeben.

«Ja», erwiderte ich nach einer Schrecksekunde. «Ich habe ein Geschenk für ihn.» Zum Beweis hielt ich das Päckchen mit der Rassel hoch.

«Ohne Anmeldung empfangen die Herrschaften keinen Besuch, aber ich gebe es gerne für Sie ab.» Sie streckte die Hand aus.

«Ich möchte es persönlich überreichen.»

«Tut mir leid», erwiderte sie kühl.

«Bitte», rief ich, als sie die Tür schon wieder zudrücken wollte. «Können Sie etwas ausrichten?»

Sie zögerte, nickte schließlich widerwillig.

«Sagen Sie ihnen bitte, dass Christina hier ist. Und dass es um Otto geht … Dann wissen sie Bescheid. Ich warte hier, falls sie mich doch empfangen wollen. Wenn nicht, dann komme ich zurück. Ein andermal.»

Ich sah, dass sie verstand. Sah, wie die Erkenntnis darüber, wer ich war, ihren Blick auf mich veränderte. Dann machte sie die Tür vor meiner Nase zu.

Ich weiß nicht, wie lange ich da stand, an die Wand neben der Hintertür gelehnt. Ein Händler kam und brachte Ware für die Küche, dann ein Bote mit Plättwäsche, ein kleiner Junge mit der Abendzeitung. Beinahe hatte ich die Hoffnung schon aufgegeben. Obwohl es sich nicht gehörte, setzte ich mich auf eine Stufe, mein Rücken tat zu weh, um länger zu stehen.

Ich war halb weggedämmert, da hörte ich hinter mir ein Geräusch.

«Die Herrschaften empfangen Sie jetzt!»

Sie führte mich in einen Salon. Das Ehepaar Schmittfeld saß auf den Sesseln, als ich hereinkam, erhoben sie sich gleichzeitig.

«Fräulein Christina.» Oberleutnant Schmittfeld trat auf mich zu und schüttelte mir die Hand. «Wir haben nicht mit Ihnen gerechnet. Setzen Sie sich.» Er deutete auf das Kanapee, und ich ließ mich zögernd nieder. Seine Frau sagte nichts, stierte mich nur an. Sie trug einen Hausmantel und weiße Perlenohrringe.

«Nun, liebes Kind.» Er räusperte sich. «Sie müssen einsehen, dass Sie nicht einfach so unangemeldet hier auftauchen können. Eine Begegnung würde Krusius durcheinanderbringen. Er muss sich immer noch eingewöhnen.»

«Er heißt Otto», sagte ich.

Die beiden wechselten einen Blick. «Nicht mehr», erwiderte sie eisig. «Wir haben ihn nach meinem Großvater benannt.»

«Ich will ihn sehen. Sie haben gesagt, ich darf ihn besuchen. Ich habe das Recht, ihn zu sehen.»

«Meine Liebe!» Herr Schmittfeld hob die Hände, wie um mich zu beruhigen. «Ich fürchte, ganz so einfach ist es nicht. Wir haben Krusius rechtmäßig adoptiert. Er ist nun unser Sohn. Sie haben Ihre Rechte abgegeben, als Sie ihn uns … verkauften.»

Eine Ohrfeige hätte weniger wehgetan.

«Ich will ihn sehen!» Es erstaunte mich selbst, mit welcher Vehemenz ich sprach. Aber ich würde dieses Haus nicht verlassen, ohne zu bekommen, was ich wollte.

Wieder sahen die Schmittfelds einander an. Dann seufzte

er. «Also gut. Eine kurze Audienz wird ihm wohl nicht schaden.»

«Ich bin dagegen!», fauchte sie.

«Nun ist sie schon einmal hier, Gisel, was sollen wir es ihr verweigern. Sie ist ja schließlich doch die Mutter.»

Das ließ sie verstummen.

Sie führten mich in den zweiten Stock ihrer Villa. Das Zimmer war hell, die Wände hatte man blau gestrichen. Otto konnte schon sitzen, thronte in einem kleinen Stühlchen und aß Brotschnitze von einem Teller. Ich werde den Anblick nie vergessen. Er hatte inzwischen dunkle Locken bekommen und trug ein helles Kleid mit Rüschen. Das Kindermädchen saß neben ihm. Sie mied meinen Blick, knickste und verließ sofort den Raum.

Ich fiel vor ihm auf die Knie, küsste seine kleinen Hände. Sein Antlitz verschwamm vor meinen Augen. Er sah mich erschrocken an, sein Gesicht zog sich zusammen, als wollte auch er weinen, die Hand mit dem zerdrückten Brot hielt er an die Wange gepresst. Aber ich sprach auf ihn ein, ganz leise und beruhigend, und seine Miene glättete sich wieder. Ich glaube, er erkannte mich. Zumindest musste er spüren, dass ich kein normaler Besuch war. Er streckte die Hand aus und berührte mit nassen Fingern meine Wangen, meinen Mund, beschmierte mein Gesicht mit den feuchten Brotstückchen, und es war das beste Gefühl, das ich je empfunden hatte. Dann lächelte er. Und dann war *das* das beste Gefühl, das ich je empfunden hatte.

Es war, als würde mein Herz schmelzen.

Er hatte nichts von Friedemann, rein gar nichts. Das erleichterte mich mehr, als ich gedacht hätte. Vielmehr hatte er mein dunkles Haar und den ernsten Blick, die Augen aber glichen denen meines Bruders.

Herr und Frau Oberleutnant Schmittfeld standen im Türrahmen, lauerten wie zwei dunkle Schatten am Rande meines Sichtfeldes. Ich wollte fragen, ob ich ihn hochnehmen durfte, dann fiel mir ein, dass er mein Kind war und ich ihn natürlich hochnehmen durfte. Sie protestierten nicht, und Otto patschte mir mit beiden Händen auf die Wangen, gurgelte erfreut.

«Ich denke, wir lassen Ihnen ein wenig Zeit», sagte Herr Schmittfeld von der Tür aus.

Ich hörte, wie sie draußen miteinander diskutierten, dann wurden ihre Stimmen leiser, verklangen schließlich ganz, und ich vergaß, dass sie existierten.

Es war die schönste Stunde meines Lebens.

Sie verflog in Sekunden.

Als die Schmittfelds wiederkamen und ich mich verabschieden musste, war ich unfähig, etwas zu sagen. Das Kindermädchen trat an ihn heran, und Otto weinte. Ich drehte mich nicht nach ihm um, sonst hätte ich es nicht geschafft.

«Mein liebes Kind.» In der Halle wandte sich Frau Schmittfeld mir zu. Die Worte waren freundlich, aber ihre Stimme klang eine Oktave zu hoch. «Wir möchten Sie bitten, in Zukunft von überraschenden Besuchen abzusehen. Das schadet Krusius.»

Otto, dachte ich.

«Das verstehe ich durchaus», erwiderte ich freundlich. «Wann darf ich ihn also wiedersehen?»

Überrascht sagte sie: «Nun, das werden wir dann …»

«Ich möchte ihn regelmäßig besuchen. Ich habe ein Recht darauf.»

Einen Moment schwiegen sie. «Hinterlassen Sie Ihre Adresse, und wir werden uns mit einem Termin bei Ihnen melden», erwiderte Herr Schmittfeld schließlich gepresst. «Und nun muss ich Sie höflich auffordern zu gehen. Wir erwarten Gäste zum dîner.»

Das Mädchen ließ mich zu der Hintertür hinaus, zu der ich auch hereingekommen war.

Als ich zurückkam, wartete Frau Poggenfuhl bereits auf mich. «Na, das hast du ja bis zur letzten Minute ausgekostet.»

Später am Abend klingelte es an der Küchentür. Ein Bote streckte mir ein Kuvert entgegen. «Der Herr Oberleutnant lässt Ihnen dies überreichen. Mit den wärmsten Empfehlungen.» Erstaunt blickte ich auf den versiegelten Umschlag. Das Wachs war noch weich. Als ich das Siegel brach, fielen mir zwei blaue Hundertmarkscheine in die Hände. Ich verstand sofort, was er mir mit dem Geld sagen wollte. Am liebsten wäre ich hingegangen und hätte es ihm vor die Füße geschmissen. Aber das tat ich nicht. Ich versteckte es in meinem Schuh. Wenn die Oberleutnants sich einbildeten, sie könnten mich mit ihrem Geld von Otto fernhalten, würden sie schon bald eines Besseren belehrt werden. Aber mir war klar, dass ich bis zu meinem nächsten Besuch etwas Zeit verstreichen lassen musste.

An meinen freien Mittwochabenden ging ich nun statt zu Frau Grün zu den Schmittfelds. Ich drückte mich auf dem Gehsteig herum, schlich wie eine Diebin ums Haus und versuchte, einen Blick auf ihn zu erhaschen. Wäre es Sommer gewesen, hätte ich ihn sicher ab und an im Garten gesehen, aber der Herbst hatte begonnen, darum hatte ich nur ein einziges Mal Glück. An einem regnerischen Abend kehrten sie mit dem Automobil zurück und ließen sich von den Bediensteten die Schirme halten. Die Amme trug Otto auf dem Arm und beeilte sich, trocken ins Haus zu kommen. Ich stand auf der anderen Straßenseite. Niemand nahm mich wahr, der Regen tropfte mir von den Haaren und in den Kragen, meine Zehen waren taub gefroren. Aber für ein paar Sekunden sah ich sein Gesicht.

Und das reichte mir.

Manchmal weinte ich während der Arbeit. Die Tränen kamen einfach, ich konnte nichts tun, sie flossen mir in Strömen übers Gesicht. Frau Poggenfuhl war jedes Mal ganz außer sich, verordnete mir Brompulver und Prießnitzer Umschläge zur Stärkung. Natürlich hatte sie keine Ahnung, was mit mir los war, diagnostizierte mir ein schwaches Herz und eine Disposition zur Bleichsucht. Ewig würde sie sich das nicht ansehen, und ich wusste, dass jede Fürsorge nur dazu diente, mich möglichst schnell wieder arbeitsfähig zu machen.

Der Dezember kam und mit ihm der Dom. Ganz Hamburg hatte auf das große Vergnügungsfest hingefiebert. Wenn ich einholen ging, trug die Luft bis in die Innenstadt einen Hauch von Zuckermandeln und Karamelläpfeln mit sich.

Schon seit Oktober war ich unruhig geworden, und nun war es so weit. Meine Familie war in der Stadt. Wenn ich wollte, könnte ich sie finden. Aber wann immer dieser Gedanke in mir aufkam, verdrängte ich ihn wieder. Meine Scham war zu groß – alleine die Vorstellung, meiner Mutter und meinem Vater unter die Augen treten und erzählen zu müssen, was passiert war, brachte mich um den Schlaf.

Frau Poggenfuhl und ihre Tochter gingen jeden Tag. «Manche haben sogar elektrische Fahrwerke, kannst du dir das vorstellen, Tine? Die Warteschlangen waren zum Gotterbarmen, eine halbe Stunde standen wir in der Kälte für das Riesenrad. Und dann hat es geregnet.»

Die Tage verstrichen. Ich saß morgens in der Küche, starrte auf den Kalender, sah, wie die Zeit mir unter den Fingern zerbröselte.

Und dann ging ich doch.

Ich musste sie sehen, wenn auch nur aus der Ferne. Ich musste wissen, dass sie noch lebten. Dass es sie noch gab, in dieser Welt, in der ich mich nicht mehr zu Hause fühlte.

Ich hatte die Jahrmärkte früher am liebsten gemocht, wenn die Lichter erloschen. Wenn die Karussells stillstanden, die Budenschreier aufhörten, sich gegenseitig zu übertönen, und die Besucher nach Hause gingen. Dann gehörten sie wieder uns. Es wurde sauber gemacht, abgerechnet, alles für den nächsten Tag vorbereitet. Dann waren nur noch die Leute dort, die uns nicht schräg ansahen, weil sie genauso außerhalb der Gesellschaft lebten wie wir.

Langsam lief ich durch die dunkle Stadt aus stillen Fahrgeräten und verrammelten Buden. An einem der Karussells hing ein Schild: *Leute zum Mitreisen gesucht.*

Lange blieb ich davor stehen. Aber Otto war hier, in Hamburg. Ich konnte nicht ohne ihn gehen.

Die Wohnwagen waren in zweiter Reihe hinter der glitzernden Welt aufgestellt. Wäscheleinen spannten sich zwischen Traktoren und Pferdezäunen. Hier waren die Lichter noch nicht erloschen, aus den Schornsteinen kräuselte sich Rauch, es roch nach Suppe und Ruß, ein paar Hühner liefen vor mir davon.

Ich zog mein Kopftuch tief in die Stirn. Viele der Schausteller erkannte ich wieder, auch nach all den Jahren, sogar einige der Pferde schienen mir vertraut, und ein großer schwarzer Hund, der mir neugierig entgegenlief, begrüßte mich wie eine alte Freundin. Aber wann immer ich Menschen sah, duckte ich mich weg.

Ich lief durch alle Gassen, blieb vor jedem erleuchteten Wagenfenster stehen und versuchte, einen Blick hinein zu erhaschen. Enttäuscht wollte ich schon aufgeben, da sah ich ihn. Er trat aus einem Wohnwagen, den ich nicht kannte, mit schweren Schritten stieg er die kleine Eisentreppe hinab. Jaris war älter geworden, von einem Jungen zum Mann herangewachsen. Sein schönes Gesicht war breiter und kantiger, als ich es in Erinnerung hatte. Und trauriger. Ich blieb stehen. Alles in mir strebte danach, zu ihm zu rennen, mich in seine Arme zu werfen, wieder ein Teil der Familie zu sein. Aber es war zu gefährlich. Erst musste ich Otto zurückbekommen. Ich war minderjährig, wenn ich zurückging, konnten sie mit mir tun und lassen, was sie wollten. Wenn es ihnen einfiel, mich wieder wegzugeben, hätte ich keine Möglichkeit mehr, an meinen Sohn heranzukommen.

Aus den Schatten heraus beobachtete ich meinen Bruder. Er ging zu den Hühnern, warf ihnen Futter hin, sprach mit ihnen, wie ich es von ihm in Erinnerung hatte. Das Pferd kannte ich nicht, und unser Hund, der sonst bei Wind und Wetter unter der Treppe gelegen hatte, war nicht da.

Irgendwann ging Jaris wieder hinein. Noch immer stand ich im Schatten und bewegte mich nicht. Es kostete mich alles, was ich hatte, mich vom Anblick der kleinen hellen Fenster loszureißen, mich umzudrehen, zurückzukehren in die Einsamkeit bei den Poggenfuhls. Aber es musste sein. Sobald ich meinen Sohn zurückhatte, würde ich ihnen gegenübertreten, und wir würden sehen, ob die Menschen, die wir in der Zwischenzeit geworden waren, wieder so etwas wie eine Familie sein konnten. Oder ob es kein Zurück für mich gab.

Nach dem Dom überfiel mich eine Traurigkeit, die mir alle Kraft raubte. Ich wurde krank und konnte eine ganze Woche nicht arbeiten. Mein Fieber stieg auf beinahe einundvierzig Grad, mein Umfeld nahm ich nur noch wie im Traum wahr, sah die Gestalten, die mich an meinem Bett besuchten, wie verschwommene Schatten. In klaren Momenten fürchtete ich, ein Arzt würde erkennen, dass ich ein Kind geboren hatte. Frau Poggenfuhl hätte mich in hohem Bogen auf die Straße geworfen.

Aber sie holten keinen Arzt; außer Koleen sah überhaupt niemand nach mir. Nach ein paar Tagen sank das Fieber von selber wieder, und mir wurde klar, dass die vielen Gesichter, die ich im Fieberwahn gesehen hatte, nicht echt gewesen waren.

Jede Bewegung strengte mich an, aber Koleen berichtete mir bei ihren kurzen Besuchen, wie Frau Poggenfuhl zeterte, was es für eine Zumutung für sie sei, dass ich nicht arbeitete. Also stand ich bald wieder auf und quälte mich durch die Tage. Wenn ich Otto sehen wollte, musste es mir besser gehen. Wenn ich Geld verdienen wollte, musste ich arbeiten. So einfach war das.

In unserem Kellerraum befand sich eine Schelle an der Wand. Zweimal klingeln war das Zeichen für Koleen, einmal klingeln war für mich. In einer Nacht kurz nach meiner Erkrankung riss ein einzelner heller Ton uns aus dem Schlaf. Kurz war es still, dann ging die Schelle wieder. Ich tappte zum Sprachrohr, war sicher, die Stimme von Frau Poggenfuhl zu hören, die mal wieder ein Leiden hatte und einen Eisbeutel brauchte oder eine Wärmflasche. Aber es war die Stimme ihres Mannes.

«Tine, bist du wach? Komm in den Salon.»

Erschöpft lehnte ich meine Stirn gegen die Wand. Dann zog ich meine Jacke über das Nachthemd, schlüpfte in die Hausschuhe und ging nach oben.

Herr Poggenfuhl saß im Sessel und hatte das Feuer frisch geschürt, obwohl er normalerweise keinen Finger krümmte. «Tine, würdest du mir die Beine salben? Ich kann nicht schlafen, es sticht zu sehr.»

Ich war zu erstaunt, um zu antworten. Die Uhr auf dem Kaminsims zeigte halb drei. In genau drei Stunden begann mein Tag. Aber was sollte ich tun? Ich hörte schon Frau Poggenfuhl, falls ich es wagen würde, mich zu beschweren. Es half nichts. Ohne diese Stelle hatte ich nicht einmal ein Dach über dem Kopf. Das Schmerzensgeld für Otto und das Geld der Oberleutnants verwaltete Käthe, ich würde es zu meiner Volljährigkeit bekommen. Die beiden Hundertmarkscheine in meinem Schuh waren das Einzige, was ich besaß. Wenn sie ausgegeben waren, könnte ich direkt ins Armenhaus ziehen.

Der Cremetiegel stand auf dem kleinen Tisch. Alles in mir sträubte sich dagegen, diesen Mann anzufassen. Schnell verrieb ich die Salbe in den Händen und verteilte sie auf seinen haarigen Beinen. Ich sah ihn nicht an.

Sein Atem veränderte sich.

Rasch stand ich auf. «Kann ich sonst noch etwas tun?»

Es dauerte viel zu lang, bis er antwortete. «Nein, das war alles, Tine.»

Von da an klingelte er regelmäßig, mindestens einmal die Woche. «Reib noch ein wenig höher, es sticht heute besonders stark», forderte er, als ich noch halb schlafend die abstoßende Aufgabe verrichtete. Er zog seine Schlafanzughose hoch, so weit es ging, sodass seine weißen Oberschenkel zu sehen waren. So schnell und oberflächlich ich konnte, tat ich, was er verlangte. Es war vollkommen still im Raum, nur die Uhr auf dem Kaminsims tickte leise, und ein Scheit im Feuer gab knackend nach und fiel in die Asche.

Im Nachhinein weiß ich nicht, wie wir sie beide nicht hatten bemerken können.

«Was geht hier vor?»

Ich schoss in die Höhe.

Bleich unter ihrer Nachthaube, starrte sie mich mit solchem Hass in den Augen an, dass ich sofort wusste, was passieren würde.

«Verschwinde!»

«Aber …», stotterte ich, doch sie gab ein Zischen von sich wie eine Schlange, und ich rannte nach unten.

Den ganzen nächsten Tag ließ sie mich noch arbeiten, bevor sie mich auf die Straße setzte. Am Abend klingelte sie mich in den Salon. «Ich bin zu dem Schluss gekommen, dass du nicht zu uns passt. Mein Mann stimmt mir zu», sagte sie schroff und legte ihre Hände übereinander. «Das hier ist ein anständiges Haus.»

Ich sah ihr an, dass es keinen Sinn ergab zu betteln, und ich hätte es auch nicht gekonnt. «Ohne mein Geld gehe ich nicht.»

Sie lachte leise. «Und was willst du tun, wenn ich es dir nicht gebe?»

«Dann gehe ich zur Polizei.»

Das Grinsen auf ihrem Gesicht wurde noch breiter. «Was glaubst du wohl, was die Beamten sagen, wenn ich ihnen erzähle, in welcher Situation ich dich angetroffen habe?» Ihre Stimme war ein genussvolles Flüstern.

«Aber ich habe doch gar nichts getan …», rief ich erbost.

«Geh nur», unterbrach sie mich. «Besorg dir einen Anwalt und verklag uns. Von mir kriegst du keinen Pfennig.»

Ich sah, dass sie es ernst meinte. Wortlos drehte ich mich um und ging in den Keller, um meine Sachen zu packen.

«Die Uniform lässt du hier!», rief sie mir nach.

Koleen umarmte mich, als ich mit meinem kleinen Koffer aus dem Zimmer kam. «Ist besser so. Das hier ist kein gutes Haus», murmelte sie mitfühlend. Dann musste sie weiterarbeiten.

Frau Poggenfuhl stand an der Tür, wie sie immer mit der Uhr dort gestanden hatte, wenn wir ausgingen, um die Zeit zu verkünden und die Stunden, die wir bis zu unserer Rückkehr hatten. Nur waren ihre Hände dieses Mal leer.

Herrn Poggenfuhl sah ich nicht wieder. Ich hörte im Salon das Rascheln seiner Zeitung, aber er kam nicht heraus, um mich zu verabschieden.

Sie gab mir mein Buch. Ich blickte nicht hinein. Was auch immer sie geschrieben hatte, es würde verhindern, dass ich wieder eine Anstellung bekam. «Lass dir nicht einfallen, hier noch einmal aufzukreuzen.» Genussvoll warf sie die Tür hinter mir zu.

Ich trat vor dem Haus auf die Straße. Und dann war ich ganz allein.

Eben noch hatte die Wut mich stark gemacht, aber mit jeder Sekunde drang die Realität mehr zu mir durch. Hamburg bei Nacht. Es war riesig und dunkel und drückte auf meine Brust. Irgendwo erklang Kirchengeläut, es war neun Uhr. Bis zum Morgen waren es noch viele Stunden. Die Luft roch nach Regen und Fliederblüten. Langsam ging ich los, versuchte, meinen Herzschlag zu beruhigen, den ich bis in den Hals spürte. «Eins nach dem anderen», murmelte ich, während ich Schritt für Schritt in Richtung Innenstadt lief. «Erst mal einen Platz für diese Nacht.»

«Wir vermieten nicht an alleinreisende Frauen!» Der Wirt sah mich mit großen Augen an. «Schon gar nicht für nur eine Nacht.» Er musterte mich, während er ein Bierglas polierte. «Wie alt sind Sie eigentlich?»

Ich drehte mich um und floh.

Im nächsten Wirtshaus war es das Gleiche. «Ein Zimmer nur für Sie? Ich fürchte, das geht auf keinen Fall.»

Plötzlich erinnerte ich mich an den Ring, das billige Imitat, das Frau Grün den Bewohnerinnen ihres Geburtshauses angesteckt hatte, damit die Nachbarn nicht auf die Idee kämen, wir wären nicht verheiratet.

«Mein Mann liegt im St. Georg und wird heute noch notoperiert, ich darf erst morgen wieder zu ihm.» Im nächsten Wirtshaus bemühte ich mich, verzweifelt auszusehen, was mir angesichts meiner Lage nicht wirklich schwerfiel. Die beringte Hand legte ich auf den Tresen. «Ich brauche unbedingt ein Zimmer.»

Die Wirtsleute tauschten einen erstaunten Blick. Dann nickte der Mann. «Das wird sich wohl machen lassen», brummte er mitfühlend.

Die Wirtin führte mich in ein kleines, aber sauberes Zimmer mit Doppelbett. «Nein so etwas, Sie müssen ja ganz außer sich sein!» Prüfend sah sie an mir rauf und runter. «Haben Sie denn schon etwas gegessen? Sie sind ja ganz blass.»

Ich schüttelte den Kopf. «Es ging alles so schnell …»

«Aber Kind, das geht nun nicht. Ich werde Ihnen etwas bringen lassen. Ruhen Sie sich nur aus.» Mitfühlend drückte sie meinen Arm. «Im St. Georg haben sie die besten Ärzte. In unserem Haus beherbergen wir ständig Angehörige. Wir werden uns gut um Sie kümmern.»

Ich lag angezogen auf dem Bett, starrte an die Decke und fragte mich, was die Wirtin gesagt hätte, wenn sie wüsste, warum ich wirklich hier war. Aber natürlich kannte ich die Antwort. Sie hätte getan, was alle taten.

Sie hätte mich gar nicht erst aufgenommen.

An meinem ersten Tag jenseits des Hauses der Poggenfuhls war es, als gäbe es eine unsichtbare Wand zwischen mir und den anderen Menschen. Alle hatten einen Platz, waren miteinander verbunden. Ich lief zwischen ihnen umher wie ein Geist und fragte mich, wie ich jemals wieder den Übergang finden sollte von meiner Welt in ihre.

Wie sollte ich als Frau eine Arbeit finden, ohne Referenzen, ohne gute Kleidung, ohne nennenswerte Erfahrung? Wie eine Bleibe ohne Geld?

Am Abend zog ich das Buch hervor. Vielleicht war es ja nicht ganz schlimm, was sie geschrieben hatte, vielleicht konnte ich die Seite irgendwie herausreißen oder die Worte erklären. Mit angehaltenem Atem schlug ich es auf. Hektisch blätterte ich hin und her. Nichts.

Frau Poggenfuhl hatte nichts eingetragen.

Die nächsten Tage bemühte ich mich, eine Anstellung zu finden. Da ich ohne Frau Grün nicht wusste, wo ich suchen sollte, klopfte ich wahllos an Türen und zeigte mein Buch vor, aber mit nur einem Eintrag und ohne jemanden, der sich für mich verbürgte, wurde ich überall wieder fortgeschickt.

Als es am dritten Abend dunkel wurde, lief ich einfach weiter. Wenn ich das Zimmer noch länger mietete, war mein Geld bald weg. Wenn ich keine Arbeit fand, musste ich ins Armenhaus. In meiner Verzweiflung stolperte ich über den Jungfernstieg, ohne meine Umgebung wahrzunehmen.

«Verzeihung!» Erschrocken drehte ich mich um. Der Mann, den ich angerempelt hatte, verzog das Gesicht, dann sah er meine Tränen und stutzte.

«Was ist passiert? Brauchen Sie Hilfe?»

Blinzelnd sah ich zu ihm auf. Wie sehr ich Hilfe brauchte! Aber was sollte ein Fremder schon tun.

«Kind, nun beruhigen Sie sich erst mal.» Mein Anblick erschütterte ihn sichtbar. Er zog ein Taschentuch aus dem Mantel. Etwas hilflos sah er zu, wie ich mir über die Wangen wischte. «So schlimm kann es doch nicht sein?» Als ich nichts sagte, nur immer weiterweinte, drehte er sich suchend um. «Da vorne ist eine Wirtschaft. Trinken wir etwas Warmes, und Sie kommen wieder zu Kräften?»

Er lächelte, nahm sanft meinen Arm, wollte mich mit sich ziehen. Bis heute bin ich überzeugt, dass er nur Gutes im Sinn hatte, doch irgendetwas sah er hinter meiner Schulter, und ihm wich die Farbe aus dem Gesicht. Bevor ich etwas sagen konnte, war er verschwunden.

Jemand fasste mich grob am Unterarm. Der Wachtmeister musterte mich unter seinem Helm hervor. «Wie alt bist du?»

Er nahm mich mit auf die Wache. Dort versuchte er, Informationen aus mir herauszubekommen. Aber was konnte ich ihm erzählen? Von Käthe und Friedemann? Von Frau Grün und Otto? Herrn Poggenfuhl und seiner Salbe? Zu keinem von ihnen konnte ich zurück. «Wo wohnen Sie? Wo kommen Sie her?» Ich schwieg.

Er seufzte und holte mir einen heißen Kaffee, den ich umklammerte wie einen Rettungsanker.

Ein anderer Polizist trat zu uns an den Tisch. «Ein Fall für die Sitte?»

Der Beamte, der mich aufgegriffen hatte, musterte mich nachdenklich. «Nein», sagte er schließlich. «Sie ist zu jung. Da kann man noch was machen.»

1914

11

Wann hatte es angefangen? Dieses Gefühl, nicht atmen zu können.

Die erste Phase nach der Hochzeit war noch von einem dämpfenden Schleier aus Hoffnungen, Erwartungen, gegenseitigen Zugeständnissen überzogen gewesen. Aber vielleicht hatte er das Gefühl auch vorher schon gehabt. Dieses Zerren. Dieses Gefangensein, ein Spielball in den Händen der Menschen um ihn herum. Sein Vater hatte ihn seit jeher für seine Interessen benutzt, unter dem Vorwand, «das Beste für die Familie» zu wollen. Das war er gewohnt. Inzwischen schienen die Erwartungen immer höher zu werden. Er musste gleichzeitig das Familienwappen blank halten, den Geldbeutel gefüllt, seine Ehefrau glücklich machen und seine Eltern stolz. Er sollte Kinder bekommen, ein Haus bauen, eine zufriedene Ehe führen, in der Bank glänzen, gleichzeitig innovativ und traditionsbewusst sein, bloß nicht zu viel riskieren, aber doch bitte mutig zupacken und gestalten, wo blieb denn seine Waghalsigkeit, sein jugendlicher Elan. Aufbruch war gefragt. Aber wehe, es ging etwas schief! Über den Tellerrand hinauszudenken und den Teller gleichzeitig gut gefüllt zu halten, war nicht so leicht, wie es sich anhörte. Seine Freunde erwarteten, dass er im Herzen der Lebemann und Dandy blieb, den sie kannten, aber natürlich in Grenzen, immer im Rahmen des guten Geschmacks, schließlich war er jetzt verheiratet. Lustig sollte er sein, den Frauen hinterherschauen, die Männer abends im

Klub mit seinen Geschichten unterhalten bis in den Morgen – um dann zu früher Stunde wieder ausgeschlafen und voller Tatendrang am Frühstückstisch zu sitzen.

Oder erwarteten die Menschen all das gar nicht von ihm?

Erwartete er es bloß selbst?

Manchmal beschlich ihn das Gefühl, nicht zu wissen, wie der alte Julius und der neue Julius, der erwachsene, verantwortungsvolle, der Mann, der er im Grunde seines Herzens immer gewesen war, zusammenpassten. Manchmal schienen all die Ansprüche und Erwartungen ihn förmlich zu zerreißen. Und das Schlimmste war, egal was er tat, egal wie erfolgreich er die Bank durch die Sturmfluten und Untiefen des Finanzmarktes steuerte, egal wie sehr er sich bemühte, allen gerecht zu werden, seiner Frau, seiner Mutter, seinem Vater, seinem Großvater – sich selbst: Er würde immer an zweiter Stelle stehen. John war der Erstgeborene. Obwohl John die Unverfrorenheit besessen hatte, seinen eigenen Weg zu gehen und nicht ins Familiengeschäft einzusteigen, obwohl er damit Theodors Wünschen widersprochen hatte, hatte es keinerlei negative Konsequenzen für ihn gegeben. Im Gegenteil. Auf perfide Weise schien Theodor stolz auf seinen ältesten Sohn. Da war immer dieser besondere Ton in seiner Stimme, wenn er von John sprach. Diese Bewunderung. Manchmal dachte Julius, dass Theodor es vielleicht selbst gerne gewagt hätte, etwas Eigenes zu tun, einen Weg einzuschlagen, der ihm nicht schon im Mutterleib vorgegeben war. Sein Bruder war nicht der einfachste Mensch, stur bis zur Verbissenheit, verschlossen, aber John ließ sich nicht verbiegen, das musste er ihm lassen. Julius neidete ihm diese Ruhe, die er ausstrahlte, diese Gelassenheit im Angesicht des Chaos. Woher wusste John so genau, wer er war? Wer er sein wollte?

Warum vermochte er selbst das nicht?

Trotzdem hatte er alles gegeben, sein ganzes Leben lang versucht, sich an dem Schatten vorbeizukämpfen, den die Sonne auf ihn warf, indem sie immerzu auf John schien.

Irgendwann hatte er bemerkt, dass er nicht atmen konnte. Dass sein Leben sich anfühlte, als säße er auf dem Grund eines Aquariums, blickte durch trübe Scheiben nach draußen, während seine Lunge verzweifelt versuchte, sich mit Luft zu füllen, und sein Körper niedergedrückt wurde vom Gewicht des Wassers.

Am deutlichsten empfand er dieses Gefühl, wenn er abends nach Hause kam und Marlies sah.

Wenn sie sprach, stellte sich beim Klang ihrer Stimme dieses Kribbeln in seinem Nacken ein, als hätte er eine Allergie gegen sie entwickelt. Als würde sein Körper versuchen, ihn vor ihr zu warnen.

Die falsche Frau konnte einen Mann in den Wahnsinn treiben. Sie konnte sein Leben buchstäblich zerstören, mit nichts weiter als ihrer Stimme und ihren Augen und diesen leisen Lauten der Enttäuschung, die ihrer Kehle entwichen, wenn er mal wieder das Falsche sagte, das Falsche tat, der Falsche war. Wie Schuppen war es ihm eines Tages von den Augen gefallen: In ihrer Gegenwart fühlte er sich wie ein Versager. Eine Frau sollte ihren Mann emporheben, sie sollte ihm das Leben einfacher machen und ihm ein Heim schenken, einen Ort, an den er zurückkehren und sich sicher fühlen konnte. Gott, wann war er zuletzt entspannt gewesen? Kannte er dieses Gefühl überhaupt? Und ein Heim hatten er und Marlies auch nicht. Er ließ das Haus für Unsummen immer weiter aus- und umbauen, und ihm graute vor dem Tag, an dem er dort mit ihr allein sein würde. Ein riesiger Eispalast war es, die Wände erstarrt von Marlies' Kälte, alles Leben für immer eingefroren.

Was er ebenfalls nicht mehr genau wusste, war, wann der Plan in ihm zu reifen begonnen hatte. Anfangs war es auch kein Plan gewesen, nur eine Idee, der Geist einer Idee, ein Gedanke, ein flüchtiges Spiel mit dem Was-wäre-wenn, für das er sich sofort schämte. Aber die Idee war wiedergekommen, war einfach da gewesen, in den absurdesten Situationen, hatte ihn von der Arbeit abgelenkt, ihn zuweilen versonnen aus dem Fenster starren und alles um sich herum vergessen lassen.

Dieses Was-wäre-wenn.

Anfangs war es wie ein kurzes Aufatmen, eine Fantasie, in die er sich flüchtete, wenn alles zu viel wurde. Aber dann war er süchtig nach der Fantasie geworden. Und nach dem letzten Vorfall im Schlafzimmer erlaubte er sich mit einem Mal, darüber nachzudenken, ob sie nicht doch irgendwie Wirklichkeit werden könnte. Ob es nicht eine Möglichkeit gab, die ihn wieder atmen ließ, den Druck von seiner Brust nahm. Und natürlich gab es sie, sie war so einfach wie absurd. Zumindest dachte er das anfangs. Irgendwann fand er sie nur noch einfach.

Er konnte die Zeit nicht zurückdrehen. Aber er konnte sein Schicksal selbst in die Hand nehmen. Musste sich nur trauen. Ihm wurde klar, dass nichts zwischen ihm und der Verwirklichung seiner Fantasie stand. Nichts außer seiner eigenen Feigheit. Vielleicht noch die Moral, das Gewissen. Aber beides hatte er schon immer gut zur Seite schieben können.

Julius trat aus dem Klub, umgeben von einer Traube seiner ältesten Freunde. Sie rochen nach Whiskey und Zigarren, keiner von ihnen konnte noch ganz gerade laufen. Er hatte sich zurückgehalten, wie meistens in letzter Zeit, sein volles Glas den ganzen Abend mehrmals irgendwo stehen lassen.

Er hob das Gesicht, sah in den dunklen Hamburger Himmel, atmete tief ein und aus. Es roch nach Frühling. Etwas Neues schien in der Luft zu liegen. Etwas, das ihm ein Prickeln die Arme hinaufjagte.

Richard und Wilhelm ließen ihre Automobile warm laufen, die anderen teilten sich eine Droschke. Er beobachtete, wie sie einstiegen, lachend und grölend, und als die Reihe an ihm gewesen wäre, warf er die Tür hinter ihnen zu.

«Ich laufe!», rief er mit einem lässigen Winken, als Arne den Kopf durchs Fenster streckte, um erstaunt zu fragen, warum er nicht mitkam. «Muss mir ein wenig die Beine vertreten.»

«Wohl eher die Birne ausnüchtern!», rief sein Freund mit glasigem Blick zurück, aber Julius hatte dem Kutscher schon das Zeichen gegeben, dass er losfahren sollte, und würdigte Arne keiner Antwort.

Die Räder ruckten an, suchten sich ihren Weg durch den aufgeweichten Schotter der Straße. Richtig, dachte Julius und sah ihnen nach. Ich brauche frische Luft.

Ich kann nicht atmen.

Er hielt das Lächeln, bis sie um die Ecke waren. Mit kalten Fingern holte er das Geld aus der Manteltasche, zählte es sorgfältig, obwohl er das sicher schon zehn Mal getan hatte, steckte es wieder ein, hielt die Hand in der Tasche fest um das Bündel geschlossen. Er zog sich den Hut tief in die Stirn und lief los, in eine wesentlich dunklere Ecke der Stadt.

Er konnte sie nicht jeden Abend dazu zwingen, mit ihm zu schlafen. Wollte es auch nicht. Und wenn erst ein Kind da war? Wer garantierte ihm, dass sie nicht vollkommen den Verstand verlor. Sie war doch jetzt schon wie eine Figur aus einem Schauermärchen, mit ihrer Trübsal, den Kräutern und Tinkturen, ihren ständigen Stimmungen und Leiden. Was, wenn sie ein Kind bekam und es nicht verkraftete?

Sie hatte ihn gekratzt, verdammt noch mal, seine Familie lachte über ihn, von seinen Freunden ganz zu schweigen.

Fluchend scheuerte Julius den Absatz seines Schuhs an einem Stein ab. Er war in irgendwas reingetreten, hoffte nur, dass es kein Hundekot gewesen war. Das Kopfsteinpflaster hier war so uneben, dass er immer wieder stolperte. Die Häuser gingen nahtlos ineinander über, eine nicht enden wollende Wand aus Fenstern wie in einem albtraumhaften Irrgarten. Enger und enger wurden die Gassen, er hatte keine Ahnung mehr, wo genau er sich befand, war um so viele Ecke gebogen, hatte sich in so viele Durchgänge gebückt, dass er langsam meinte, sich im Kreis zu drehen. Die Nacht war kühl und voller Sterne. Während er weitereilte, blitzte über ihm ab und an der Mond auf, wurde dann wieder von den Dachfirsten verdeckt, die beinahe gegeneinanderstießen, so eng und schief waren die Häuser hier gebaut.

Trotz der späten Stunde waren die Gassen nicht menschenleer. Blicke folgten ihm, blieben an seinem teuren Anzug hängen. Man sah sofort, dass er nicht hierhergehörte – und keine Ahnung hatte, wo er sich befand. Sogleich kamen auch ein paar Straßenjungs angerannt, umringten ihn. Er konnte nicht anders, als sie entsetzt zu betrachten, die kaputten Fingernägel, die dunklen Zähne, die eingefallenen Wangen. Einige sahen aus wie alte Männer, dabei schien der Jüngste nicht einmal vier Jahre alt zu sein. Ein stechender Geruch ging von ihnen aus. Sie zogen ihn bittend am Ärmel, sprachen aufgeregt auf Missingsch auf ihn ein. Wortlos zog er seine Geldbörse hervor und gab jedem von ihnen eine Münze. Der Anblick dieses Elends schnürte ihm den Hals zu. Johlend zogen die Jungen ab. Julius sah ihnen nach und fragte sich, was sie sich wohl kaufen würden. Sie waren Kinder. Wenn John und er früher eine Münze zugesteckt bekommen hatten, waren sie zum Krämer gerannt und hatten Schokoladenzigaretten gekauft, Papierflugzeuge und Knallfrösche. Dinge, die man nicht brauchte. Ob die Jungs der Versuchung erliegen würden, die sie beim Anblick solcher Spielereien sicherlich genauso überfiel wie sie beide damals? Oder war der Hunger zu groß, und sie kauften einfach Brot? Dinge, die satt machten statt glücklich.

Etwas langsamer ging er weiter. Das Mondlicht gelangte bis auf den unebenen Steinboden, und als er den Kopf in den Nacken legte und die Stockwerke zählte, die Hunderte Fenster betrachtete, die krummen Balken, die quer über die Straße reichten und augenscheinlich die Häuser auf beiden Seiten davon abhielten ineinanderzusacken, verstand er, dass es hier wohl auch am Tage nicht bedeutend heller war. Das erklärte den glitschigen Boden. Und den Gestank.

Die schiefen Haustüren öffneten sich direkt auf den Gehweg, hier gab es keine Zäune oder Auffahrten, keine Vorgärten – keine Spur von Grün. Selbst die Hinterhöfe hatten Hinterhöfe, und auch dort waren die Wohnhäuser mindestens vier Stockwerke hoch. Wie konnte er das alles noch nie gesehen haben? Andererseits: Warum hätte er herkommen sollen? Hier lebten Arbeiter, keine Bürger. Der Zustand der Gängeviertel war ihm bekannt. Er wusste, was Robert Koch der internationalen Presse erzählt hatte, als er zur Bekämpfung der Choleraepidemie hergeholt worden war: «Ich vergesse, dass ich in Europa bin», und dass sich seit dieser Zeit einiges geändert hatte. In den letzten Jahren war umfangreich saniert worden, allein dem Bau der Mönckebergstraße waren Tausende Wohnungen zum Opfer gefallen. Der Kaiser hatte 1896 eine riesige Schneise mitten durch die Viertel ziehen lassen – um Luft zu schaffen, wie es hieß, weil die Menschen in ihren Kellerwohnungen in besonders heißen Sommern buchstäblich verrotteten. Auch der Bau der Kaiser-Wilhelm-Straße und die Sanierung der Neustadt hatten sich durch die Viertel gefressen und das Stadtbild für immer verändert. Neue Kontore und Warenhäuser schossen in Hamburg wie Pilze aus dem Boden, verdrängten die Arbeiter an den Stadtrand. Es hieß, die Innenstadt würde langsam, aber sicher entvölkert. Wohnungsnot gab es nicht mehr, im Gegenteil, es gab sogar Leerstand. Aber es mangelte an bezahlbaren Wohnungen für Arbeiter. Nun, davon merkte man hier nicht viel.

Er wusste das alles, es stand täglich in der Zeitung, man besprach es im Herrenklub oder beim Abendessen, blätterte durch die Berichte, hatte ein Bild im Kopf.

Aber hier gewesen war er noch nie.

Es war nicht so viel saniert worden, wie er gedacht hatte. Und es war schmutziger und enger, als er es sich je hätte vorstellen können.

Eine junge Prostituierte versuchte, sich an seinen Arm zu hängen. Ihr faulten die Zähne aus dem Mund, dabei war sie sicher noch keine zwanzig Jahre alt. Auch sie stank zum Gotterbarmen. Sie hatte Pockennarben im Gesicht und Spuren von Krätze an den Armen. Ihre offensichtliche Verzweiflung rührte etwas in ihm an, trotzdem schüttelte er sie angewidert ab. Als sie nicht von ihm ließ, verzweifelt hinter ihm her trippelte und versuchte, sich gegen ihn zu drängen, packte er sie und drückte sie gegen die Hauswand, eine Hand an ihrem Hals, die andere in ihrem Haar.

«Fass mich nicht an, du widerliches Stück Dreck!», knurrte er und stieß sie von sich.

Die Frau stolperte, fiel auf die Knie. Sie fluchte ihm etwas hinterher, er hörte sie ausspucken. «Fahr zur Hölle!»

«Da bin ich doch schon längst», murmelte er und lief weiter. Er zitterte ein wenig. Was er vorhatte, überspannte seine Nerven bis zum Zerreißen. Und das würde jeder zu spüren bekommen, der sich ihm in den Weg stellte.

Bald darauf erkannte er den richtigen Straßennamen und bog in die Gasse. Er entdeckte die niedrige, krumme Tür und daneben das Schild mit dem Namen, den er suchte.

Kohl.

Im Keller des alten Mannes roch es nach Jodoform und Äther. In der Ecke bollerte ein Kohleofen, der Abzug wurde aus dem einzigen, winzigen Fenster nach draußen geleitet. Der Alte schlurfte in viel zu großen Holzschuhen umher, auf der Pritsche in der Ecke lag ein Kissen. Der Anblick bestätigte, was Julius über diesen Ort gehört hatte: dass der Mann hier lebte und arbeitete und den Keller so gut wie nie verließ. Julius hatte im Klub unauffällig herumgefragt, und diese Adresse war ihm mehrfach hinter vorgehaltener Hand als die diskreteste der Stadt empfohlen worden.

Die Miene des Alten war nicht zu deuten. Als Julius eintrat, in seinem teuren Anzug und seinen blauen französischen Herrenschuhen, drehte er lediglich kurz den Kopf in seine Richtung. Auch als Julius ihm seinen Wunsch nannte, zuckte er mit keiner Wimper.

Der Alte betrachtete ihn aus kleinen dunklen Augen und knackte mit den Fingerknöcheln. «Wofür braucht ein Mann wie Sie ein Mittelchen wie dieses?»

Julius dachte, dass dieser Kerl vielleicht uralt wirkte, aber sein Geist war wach und klar, seine Stimme nicht die eines Greises, sondern eines Mannes. Er würde ihn nicht täuschen können. «Das ist meine Privatsache», erwiderte er, bestimmt, aber höflich, denn er wollte den Mann keinesfalls verärgern.

«Hm», sagte der nachdenklich. «Hm. Hm.» Er nahm einen kleinen Topf und spuckte eine Ladung schwarzen Kautabak hinein, den er in seiner schlaffen Wange gehalten hatte. Julius musste an sich halten, um nicht das Gesicht zu verziehen.

«Es *ist* Ihre Sache», bestätigte er, ohne den Blick von ihm zu nehmen. Ein kleiner schwarzer Tropfen rann ihm das faltige Kinn hinab. «Bis hier die Spitzhelme auftauchen und mich verschütt nehmen. Dann ist es auch meine.»

«Meine Diskretion kann Ihnen gewiss sein.» Julius holte das Bündel aus der Tasche und legte es auf den Tisch.

Die Augen des Alten verrieten ihn. Sie weiteten sich beim Anblick des Geldes. Er hatte es gewusst. Jemand, der so lebte und arbeitete, tagein, tagaus diesen Gestank ertrug, war käuflich. Moral hin oder her.

Der Mann streckte eine runzelige Hand aus, die Finger vom Tabak schwarz verfärbt, und nahm das Geld. Er zählte es in aller Seelenruhe durch. Zufrieden nickte er schließlich, stieß einen der schmutzigen Holzpantoffeln vom Fuß, steckte das Bündel hinein und zog den Schuh wieder an. «Wenn ich nicht frage, was Sie damit vorhaben, kann ich auch nicht wissen, was Sie damit machen.» Er lachte leise in sich hinein. «Nicht wahr?»

«Sehr richtig», bestätigte Julius. Er spürte einen Schauer im Nacken. «Aber niemand wird kommen, um zu fragen. Weil man das Mittel nicht nachweisen kann. Ist es nicht so?»

Was tat er hier? *Was zur Hölle* tat er hier?

Der Mann nickte wieder, bückte sich und drückte konzentriert mit dem Zeigefinger in den Schuh, um das Geldbündel an die richtige Stelle zu rücken. «Zumindest wäre es schwierig.»

Er richtete sich wieder auf und sah ihn an. «Kommen Sie in drei Tagen wieder.» Die schlaffe Haut seiner Wangen verzog sich zu einem Grinsen. «Und bringen Sie das Doppelte mit.»

Julius zog hörbar die Luft ein, aber er hatte sich so etwas schon gedacht. Und er hatte keinerlei Verhandlungsgrundlage. Außerdem war das, was er bekommen würde, jeden Preis wert. Zögernd nickte er. «Abgemacht.»

«Und ziehen Sie sich unauffälliger an.» Mit Abscheu betrachtete der Alte seine blauen Schuhe.

Wortlos drehte Julius sich um und stieg die glitschigen Stufen hinauf. «In drei Tagen dann», rief er über die Schulter.

Draußen stand er schwer atmend da und starrte einen Moment in den dunklen Nachthimmel, an dem jetzt die Wolken jagten. Hatte er nicht bereits das Gefühl, ein wenig freier zu atmen?

Die Migräne war so stark, dass sie kaum die Augen offen halten konnte. Marlies hatte die Vorhänge im Schlafzimmer zugezogen und das Licht gelöscht. Einzig der Kamin spendete Helligkeit. Sie nahm ihr Buch hoch. Lesen brachte ihre Schläfen noch mehr zum Pochen, aber sie musste einfach etwas tun, um sich abzulenken, zwang sich, den Blick auf die Zeilen zu richten.

In diesem Kapitel ging es um leibliche Fülle, und die Beschreibung im Buch ließ sie das Gesicht verziehen:

> Bei Frauen werden die Brüste groß und hängend, reichen als mehr oder minder platt gedrückte Halbkugeln bis in die Magengegend, zuweilen bis in die Nabelgegend herab. Der

Unterleib wird fassförmig ausgedehnt oder ist in mehrfachen Wulstungen herabhängend, zuweilen bis über die Schenkel.

Gott, und sie hatte gestern schon wieder so viel gegessen. Ihr wurde schlecht. Sie verstand nicht, warum sie plötzlich so einen Hunger entwickelte. Normalerweise hielt sie sich streng an die Diät aus dem Buch von Dr. Gebhardt, und meistens fiel es ihr leicht. Wenn sie nach dem Aufwachen feststellte, dass über Nacht kein Wunder geschehen war und sie noch immer in diesem Leben festsaß, verschlug es ihr ohnehin den Appetit. Sie bewegte sich so wenig, dass ihr Körper keine Energie brauchte. Manchmal schaffte sie nicht einmal das, was Dr. Gebhardt als das tägliche Minimum nannte. Aber in letzter Zeit hatte sich etwas verändert. Sie wollte essen. Sie hatte Hunger. Wahrscheinlich hatte sie ihrem Körper so lange jede Art von Vergnügen verweigert, dass der nun rebellierte. Der Duft von gebratenen Eiern und Speck brachte sie morgens beinahe um den Verstand. Noch schlimmer war es mit Süßspeisen. Für gewöhnlich fand sie Gebäck klebrig und ekelhaft. Jetzt dachte sie an nichts anderes als an Aprikosenkuchen und Frankfurter Kranz. Letzte Woche hatte sie sich ein warmes, noch dampfendes Milchhörnchen aus dem Korb genommen, es mit Butter und Marmelade bestrichen und einfach, ohne nachzudenken, hineingebissen. Es hatte so unglaublich köstlich geschmeckt.

Marlies überlief ein wohliger Schauder, als sie daran dachte. Sie könnte direkt wieder eines verschlingen.

Sie wollte sich so dünn, schön und jung bewahren, wie sie nur konnte. Daher hatte sie die Diätverordnung zur Bekämpfung von Fettleibigkeit von Dr. W. Gebhardt fein säuberlich aus dem Buch abgeschrieben und jedes Wort verinnerlicht.

Frühstück: Kaffee ohne Milch und Zucker, oder mit nur wenig von beidem, etwas geröstetes Brot oder Zwieback (keine Butter, kein Kuchen);
Mittagessen: ein Teller dünne Fleischsuppe, mageres Fleisch, gekochtes oder gebratenes grünes Gemüse oder Kompott, einige Kartoffeln und weißes Brot;
Nachmittags: schwarzer Kaffee;
Abendessen: Fleischsuppe oder Tee mit kaltem Fleisch, magerer Schinken, weiche Eier, Salat und etwas Brot.

Seither aß sie kaum etwas anderes, und auch davon nur winzige Portionen.

Hier im Haus der Reevens ließ man ihr alles durchgehen, man beobachtete sie, urteilte im Stillen. Inzwischen hatte sie den Ruf, schwierig und seltsam zu sein, und niemand stellte ihr Verhalten mehr infrage. Ihr war oft schwindelig, sie war ständig müde, und ihr war klar, dass es auch damit zu tun hatte, wie wenig sie aß. Aber auf eine Weise fühlte es sich gut an zu leiden. Verdient.

Es klopfte an der Tür, und sie zuckte zusammen. Kurz überlegte sie, nicht zu antworten. Aber Julius würde nicht aufgeben. Wenn sie den Besuch des Doktors heute verweigerte, würde er ihn morgen wieder rufen. Dr. Blaustin hatte mehrmals in den letzten Wochen versucht, sie zu sprechen, und sie hatte ihn immer vertröstet. «Herein», keifte sie, und schon war der Mann im Zimmer.

«Nun, was erzählt mir Julius für Sachen?» Dr. Blaustin warf seine Tasche mit Schwung auf die Kommode, ging als Erstes zum Fenster und riss die Vorhänge auf.

Marlies stöhnte, als das Licht sich in ihren Kopf bohrte. «Ich habe Migräne!», rief sie protestierend.

Er ignorierte den Einwand, trat zu ihr und sah auf sie herunter, schnalzte missbilligend mit der Zunge. «Aber meine Liebe! Hier ist es ja heiß wie in einem Backofen. Kein Wunder, dass Sie nicht aus dem Bett kommen.» Er hielt ihr eine Hand hin. Marlies starrte sie an. Zögernd griff sie danach, und er zog sie in eine sitzende Position. «Dann einmal der Reihe nach. Julius berichtete mir von starken Stimmungsschwankungen?»

«Ich habe keine Stimmungsschwankungen», rief sie erbost. *Ich will einfach nur nicht, dass er mich anfasst.* Das Rasierwasser des Arztes roch viel zu aufdringlich. Sie drehte den Kopf weg.

«Was fehlt Ihnen denn dann?» Das gespielte Mitleid in seiner Stimme machte sie wahnsinnig.

«Mir fehlt überhaupt nichts. Ich habe Julius gesagt, er braucht Sie nicht zu holen.»

Dr. Blaustin lächelte in sich hinein, als würde er sich über sie amüsieren. Er setzte sich neben sie auf die Decke und nahm einen Holzstab aus der Tasche, den er ihr vors Gesicht hielt. «Ahhh!», sagte er auffordernd, und nach ein paar Sekunden, in denen sie sich vorstellte, wie sie den Stab nahm und ihn ihm in den Rachen schob, gab sie auf. Marlies öffnete den Mund, und er drückte ihre Zunge erst hinab, dann nach oben, fasste sie am Kinn und drehte ihren Kopf ins Licht, blickte ihr in die Ohren und in die Nase.

«Wie ich höre, macht Ihr Mann sich ernsthaft Gedanken. Ich kann ihn verstehen, er will ja nur das Beste für Sie. Fast drei Jahre verheiratet und kein Kind in Sicht, da muss man sich schon fragen, was mit Ihnen nicht stimmt.» Er lächelte gutmütig, wackelte tadelnd mit dem Zeigefinger. Sie verkrampfte innerlich vor Scham. «Aber machen Sie sich keine Sorgen, ich schreibe Ihnen einen Saft zur Stärkung auf, der wirkt wahre

Wunder. Wir müssen für das Kindelein ja eine freundliche Umgebung in Ihnen schaffen, verstehen Sie? Damit es auch bleiben und wachsen will! Dafür müssen Sie schon auch das Ihre tun, meine Liebe, positives Denken und ein gesunder Alltag sind das A und O.»

Marlies konnte nicht fassen, dass er so mit ihr redete. Hielt er sie für schwachsinnig?

«Dann lassen Sie mich einmal Ihre Lunge abhören.» Er nahm das Stethoskop aus der Tasche und drückte es ihr an die Brust. Marlies wich ein Stückchen zurück. Er hob eine Augenbraue.

«Verzeihung. Es ist nur … Ihr Rasierwasser. Es macht die Kopfschmerzen schlimmer.»

«Sind Sie immer so geruchsempfindlich?» Nachdenklich legte er den Kopf schief.

«Nein», erwiderte sie dumpf. *Nur, wenn etwas ganz besonders stinkt.*

Wenn sie einfach mitmachte, würde er am schnellsten wieder verschwinden. «Aber in letzter Zeit ist es schlimmer.»

«Vollkommen normal», proklamierte der Arzt. «Sie müssen an die frische Luft, etwas unternehmen! Niemand fühlt sich gesund, wenn er den ganzen Tag im Zimmer sitzt.»

«Ich habe Kopfschmerzen», wiederholte sie mit zusammengebissenen Zähnen.

«Haben Sie oft Kopfschmerzen?» Er nahm ein kleines Büchlein aus der Tasche und schrieb etwas auf, sah sie stirnrunzelnd durch sein Monokel hindurch an.

«Ja.»

«Wie steht es um Ihren Appetit?»

Marlies schluckte. «Er ist groß», gab sie zu. «Momentan.»

«Hm!» Der Arzt ging um sie herum und betrachtete sie

von der anderen Seite. «Meine Teuerste. Gäbe es eventuell die Möglichkeit, dass Sie … Nun, dass Sie bereits mit Kind sind?»

Sie lachte auf. «Ausgeschlossen! Das hätte ich wohl gemerkt.»

«Es würde alles passen, die Kopfschmerzen, die Müdigkeit, die Stimmungsschwankungen. Die Geruchsempfindlichkeit. Wenn man nicht damit rechnet, bemerkt man die ersten Anzeichen manchmal nicht.»

Es dauerte einen Moment, bis sie seine Worte auf sich bezog.

Schlagartig wurde ihr wieder übel.

Seit einiger Zeit spannten ihre Brüste. An ihrer Blutung konnte sie nichts festmachen; seit sie so dünn war, kam sie ohnehin so unregelmäßig und selten, dass es sie beinahe überraschte, wenn sie Flecken in ihrer Wäsche fand. Sie war so müde. Noch viel müder als gewöhnlich. Und das Milchhörnchen. Der Kuchen. Der Frankfurter Kranz.

Panik vernebelte ihr die Sinne. Er hatte recht. Oh Gott, er hatte recht.

Wie hatte sie es nur nicht sehen können?

12

Raschen Schrittes lief Blanche die Schöne Aussicht entlang, nahm am Fährhaus das Schiff über die Außenalster zur Rabenstraße hinüber – denselben Weg, den ihre Brüder nun jeden Morgen zur Bank zurücklegten. So ganz hatte sie sich noch nicht daran gewöhnt. In Gedanken sah sie John immer noch in der Kanzlei am Rathausplatz, mit den alten Korridoren und den Bogenfenstern, versunken in seine wie mit dem Lineal gestapelten Aktenberge und die komplizierten Fälle. Sie verfluchte Julius jeden Tag für das, was er getan hatte. Dafür, dass er nicht gesehen, nicht verstanden hatte, was es für die Familie bedeutete, dass es nicht nur um Geld ging, sondern um so viel mehr. Dass es ihre innere Ordnung verschoben hatte, das Vertrauen auflöste, das sie immer getragen hatte und ohne das sich alles veränderte. Oder vielleicht hatte er es auch ganz genau verstanden, hatte es sehenden Auges in Kauf genommen.

Es würde zu ihm passen. Sie wusste, dass die neue Ordnung der Dinge nicht für immer war. Es war John anzusehen, wie sehr er dieses ihm aufgezwungene Leben hasste. Oder vielleicht sah auch nur sie es. Man musste ihn gut kennen, um ihm etwas anzumerken, seine Maske saß nahezu perfekt, aber sie bemerkte die Anstrengung in den vielen kleinen Bewegungen seines Gesichtes, hörte sie in seiner Stimme, in seinem Lachen, oder vielmehr in der Art, wie er nicht mehr lachte. Ab und zu beobachtete sie ihn, wie er kurz die Augen schloss, wie um alles auszublenden, als könnte er es nicht mehr ertragen.

Er war todunglücklich, doch er sagte kein Wort. Er tat, was zu tun war, hatte sich vollkommen in die Geschäfte der Bank eingegraben, dafür sogar Alice' und Rosas Fall abgegeben. Als sie davon erfahren hatte, hatte es ihr die Sprache verschlagen. Es schien ihm ganz und gar nicht ähnlich. Aber nach längerem Nachdenken war ihr klar geworden, dass das nicht stimmte – es war haargenau John. Er widmete all seine Aufmerksamkeit, Kraft und Zeit den Angelegenheiten, die vor ihm lagen. Und wenn das nicht möglich war, dann ging es eben nicht. Er hatte so entschieden, wie er es für richtig hielt. Sie hoffte nur, dass er es nicht eines Tages bereuen würde. Der Fall war vielleicht in anderen Händen tatsächlich besser aufgehoben, was Zeit und Sorgsamkeit – und Distanz! – anging, aber er würde ganz sicher bei niemand anderem dieselbe Hingabe erfahren, wie sie John eigen war.

Wie so häufig, wenn Blanche alleine unterwegs war, sich mit der Ausrede, einen Spaziergang am Wasser zu machen, davonschlich und die Stadt erkundete, fühlte sie sich auf eine Art verwegen. Wie sie hier lief, als gehörte ihr der Tag! Geradezu unerhört.

Der Harvestehuder Weg war stets einen Ausflug wert, die Villen der alteingesessenen Hamburger Oberschicht waren an Pracht kaum zu überbieten. Auch auf der Uhlenhorst residierten altbekannte Hamburger Familien, aber auch viele reiche Übersiedler aus Übersee und England. Die meisten ihrer Nachbarn waren entweder selbst Amerikaner oder unterhielten Handelsbeziehungen mit Nord- oder Südamerika, reisten regelmäßig geschäftlich dorthin, hatten entsprechende Ehebündnisse geschlossen. Die Villen glichen einander wie ein Ei dem anderen, der Reichtum stand sich in nichts nach, dennoch hatte der Hamburger Uradel von der Elbchaussee oder aus Harvestehude für dieses «Ausländertum» der Uhlenhorst nicht viel übrig. Man wurde zwar nicht direkt belächelt, aber doch vom anderen Alsterufer aus mit hochgezogenen Brauen beobachtet, wenn man in Hamburg nicht seit Generationen einen Senatssitz oder ein öffentliches Amt bekleidete. Harvestehude und die Uhlenhorst standen in ständiger stiller Konkurrenz. Die Mitte bildete die Bellevue beim Krogmann'schen Haus. Blanches Familie befand sich irgendwo dazwischen, die Reevens waren eingefleischte Hamburger, die jedoch auf der Uhlenhorst inmitten des weltoffenen Flairs ein wenig freier und mondäner lebten als in Pöseldorf. Vielleicht feierte man auf der Uhlenhorst deshalb so ausgelassen, den ganzen Sommer über stolperte man von einem Fest ins andere. Aber am Harvestehuder Weg stand man ihnen kaum nach, keines der Ufer wollte den Ruf weghaben, langweiliger und weniger feierwütig zu sein. Sogar sportlich versuchte man, es «denen drüben» mindestens gleichzutun. Früher war Julius im Sommer sicher jedes Wochenende auf einer Regatta. Der Gedanke an den ausgelassenen jungen Mann, der er noch vor zwei Jahren gewesen war, der das Leben liebte, keine Gelegenheit ausließ, um zu feiern, über die Stränge zu schlagen, und an den verbissenen Bruder, der heute mit verschlossener Miene im Eilschritt durchs Haus lief, mit niemandem richtig sprach, Türen knallte, die Angestellten anherrschte, immer blasser und ungehaltener wurde, versetzte ihr einen tiefen Stich. Was passierte nur mit ihrer Familie? Wann würde endlich alles wieder normal? Aber es gab wohl kein Normal mehr. Vielleicht sollte sie es sich endlich eingestehen und nicht mehr darauf warten und hoffen, dass dieses alte Gefühl zurückkam.

Sie lief die Sophienterrasse entlang, bog an der St. Johanniskirche ab.

Das Notariat befand sich im Untergeschoss eines Wohnhauses am Rotherbaum gegenüber dem Abteilpark. Die Sekretärin führte sie durch den hohen Flur, der nach Kernseife und Zitrone roch, in das holzgetäfelte Büro.

«Blanche! Was verschafft mir die Ehre?»

Seit sie denken konnte, kümmerte der Notar sich um die Angelegenheiten der Familie. Er war im Alter ihres Vaters, Blanche kannte ihn und seine Frau von den unzähligen Gesellschaften, die ihre Eltern über die Jahre gegeben hatten. Er war Meister im Scharadespielen, gewann fast jedes Mal den Pokal. Mit einem entsetzlichen Gefühl der Endgültigkeit wurde ihr klar, dass sie nie wieder alle zusammen lachen und feiern würden. Dass dieser Teil ihres Lebens unwiederbringlich vorbei war. Alleine würde ihre Mutter nicht Haus halten, keine Gäste zu einer großen Veranstaltung einladen. Sie erinnerte sich daran, wie es sich angefühlt hatte, im Sommer aufzuwachen und zu wissen, dass eine Feier bevorstand, wie das ganze Haus gesummt hatte. Die Vorbereitungen, die neuen Kleider, der Blumenschmuck, die Fackeln im Garten, die roten Teppiche am Bootsanleger, die Küche voll besonderer Speisen, überall Schüsseln und Platten, überall Aufregung. Wie oft hatte sie mit am großen Tisch gesessen und beobachtet, wie die Mädchen Suppenklöße rollten und Kuchen glasierten. Dann hatte sie sich gefühlt, als wäre ihre Familie die Mitte der Welt. Die Sonne drehte sich um die Reevens, nichts würde ihnen jemals gefährlich werden.

«Ich nehme an, es geht um Theodor? Ich kann Ihnen gar nicht sagen, wie sehr mich das Ganze mitgenommen hat.»

Blanche ergriff die ausgestreckte Hand des Notars und drückte sie. «Wir sind Ihnen so dankbar für Ihre Unterstützung», erwiderte sie aufrichtig.

«Das ist doch selbstverständlich.» Er bot ihr einen Stuhl an und setzte sich dann selbst, mit einem leisen Aufstöhnen, das verriet, dass er nicht mehr der Jüngste war.

Blanche streifte die Handschuhe ab. Sie hatten niemandem außerhalb der Familie von der Diagnose ihres Vaters erzählt. Das Stigma hätte sowohl ihnen als auch der Bank großen Schaden zugefügt. In Hamburg ging man davon aus, dass Theodor in einem Sanatorium für Tuberkulose weilte, so schwer erkrankt, dass man seinen genauen Aufenthaltsort nicht mitteilen wollte, um seine Genesung nicht zu stören. Aber der Notar wusste, wie es wirklich um ihn stand, und hatte ihrem Vater geholfen, alle Angelegenheiten zu regeln. Ihr schoss der Gedanke durch den Kopf, dass er vielleicht sogar wusste, wo Theodor sich aufhielt. Sie musste sich mit Gewalt davon abhalten zu fragen.

«Wie kann ich Ihnen helfen?»

Blanche hatte sich per Fernsprecher angemeldet, jedoch nicht gesagt, worum es ging. «Ich bin in einer privaten Angelegenheit hier. Sie hat nichts mit meinem Vater zu tun.»

Erstaunt faltete der Notar die Hände über dem Bauch. «Ich bin ganz Ohr.»

Zögernd holte Blanche den Brief aus der Tasche, an dem sie tagelang gefeilt hatte. Das Siegelwachs trug ein verschnörkeltes *R* in der Mitte. Sie hatte sich nie ganz von ihrem Familiennamen verabschieden können, dachte von sich selbst immer noch als Blanche Reeven. Mit beiden Händen schob sie den Umschlag über den Schreibtisch. «Ich möchte diesen Brief bei Ihnen hinterlegen. Er ist an meinen Bruder John auszuhändigen.» Sie spürte kleine Nadelstiche überall am Körper, da das, was sie so sorgsam verschwieg und geheim hielt, nach außen zu schwappen drohte. «Im Falle meines überraschenden Ablebens.»

Verwunderung überzog sein faltiges Gesicht, die buschigen

Augenbrauen schossen nach oben. «Wie darf ich das verstehen? Haben Sie Grund zur Annahme, dass Sie …» Er stockte entsetzt, brach ab. «Sie haben sich doch nicht etwa bei Ihrem Vater angesteckt?»

Blanche lächelte warm. «Aber nein! Um Himmels willen, dann säße ich doch jetzt nicht hier. Es gibt keinerlei Anlass, außer, dass ich Vorkehrungen treffen möchte. Die Krankheit meines Vaters hat mich wachgerüttelt. Man sollte sich um seine Angelegenheiten kümmern, solange man es vermag. Schließlich weiß man nie, wann es zu spät ist.»

Er zwirbelte mit einer Hand sein weißes Kaiserbärtchen, nickte mit gerunzelter Stirn. Ihm war anzusehen, dass er sich fragte, welche Angelegenheiten das in ihrem Fall wohl sein könnten. Sie verübelte es ihm nicht, was hatte sie schließlich schon groß zu vermachen, außer ihren Klaviernoten und einer überbordenden Sammlung an Abendtoiletten?

«Mit Verlaub, wenn Sie mich etwas näher einweihen möchten, kann ich in Ihrem Namen Vorkehrungen treffen …»

Blanche schüttelte den Kopf. «Das ist sehr freundlich, aber nicht nötig. Es handelt sich mehr um eine, wie soll ich sagen, persönliche Abschiedsnotiz. Können Sie beglaubigen, dass ich den Brief heute bei Ihnen abgegeben habe und mich im Vollbesitz meiner geistigen Fähigkeiten befinde?»

Verblüfft blinzelte er. «Wenn Sie es wünschen, selbstverständlich.»

Sie nickte nachdrücklich. «Ich wünsche es.»

Es war nicht zu glauben, dass das hier gerade wirklich passierte. Sie dachte an ihren attraktiven Mann, der ihr die Welt zu Füßen legte, und ihre Mundwinkel begannen zu beben, als sich die Tränen kaum noch zurückhalten ließen.

Wie hatte es so weit kommen können?

Für ihre Hochzeitsreise hatte er sie nach Italien entführt. Die Riviera, das endlose blaue Meer, das Essen, die Liebe. Sie hatte ihre gemeinsame Zukunft vor sich gesehen wie einen Traum. Und jetzt?

Jetzt trank sie seit zwei Jahren täglich eine Mischung aus Beifuß, Petersilie und Zimt, um nicht schwanger zu werden. Eine Garantie war es nicht, im Grunde genommen gab es keinerlei wissenschaftliche Belege für die Effektivität, aber sie wagte auch nicht, einen Schwamm einzuführen. Bisher hatte das Getränk seine Aufgabe erfüllt. Oder vielleicht hatten auch ihre Gebete gewirkt. Jedes Mal, wenn sie sich geliebt hatten, lag sie wach, starrte an die Decke und dachte: Bitte, bitte lass mich nicht schwanger werden. Noch nicht. Jetzt noch nicht. Ich muss erst eine Lösung finden. An dieser Stelle brach sie immer ab und begann das Gebet wieder von vorn, denn sie hatte keine Ahnung, wie eine solche Lösung aussehen konnte. Sie wusste nur, dass sie selbst seine Ausbrüche aushalten konnte. Aber was, wenn seine Wut eines Tages das Kind traf?

Als es das erste Mal passierte, hatte er sie so heftig geschüttelt, dass sie sich auf die Zunge biss. Er hatte sie an den Handgelenken gepackt und einfach nicht losgelassen, hatte sich immer weiter in seine Wut hineingesteigert, hatte schließlich den Spiegel an der Wand mit einem gezielten Fausthieb zerschlagen, so nah an ihrem Gesicht, dass sie erschrocken den Kopf wegdrehte. Später hatte sie hauchfeine Splitter aus ihren Haaren und ihrem Dekolleté gesammelt. Als er gegangen war, war sie auf den Badezimmerboden gesunken und dort sitzen geblieben, eingefroren im Schock, hatte erst aufstehen können, als sie vor Kälte zu zittern begann.

Es hatte sie sprachlos zurückgelassen. Sprachlos vor Zorn, aber auch vor Demütigung.

Sie war bereit gewesen, auf der Stelle ihre Sachen zu packen und zu ihren Eltern zu fahren. Aber am nächsten Tag hatte er ihr ein Bouquet aus dunkelroten Rosen mitgebracht und ein Schmuckstück von Brahmfeld & Gutruf, eine Kette mit grünem Stein, ihrer Lieblingsfarbe. Der Schmuck war ihr egal, und die Blumen waren es auch, es war einzig wichtig, dass er verstanden hatte, wie absolut inakzeptabel sein Verhalten gewesen war. Dass er es bereute.

«Unser Streit von gestern tut mir leid. Bitte lass uns nicht mehr böse sein.»

Sie war erleichtert in seine Arme gesunken.

Erst später hatte sie genauer über die Worte nachgedacht. Er hatte nicht gesagt, dass es ihm leidtat, ihr Schmerzen zugefügt zu haben. Er hatte auch nicht für sein Verhalten um Entschuldigung gebeten. Und mit der Zeit hatte sie feststellen müssen, dass das einen bedeutenden Unterschied machte.

Aber dieses erste Mal war sie noch sicher gewesen, dass es eine Ausnahme bleiben würde. Und tatsächlich war ihr Miteinander harmonisch. Zumindest für eine Weile. Sie hatten sich versöhnt, hatten sich geliebt, hatten wieder in ihren normalen Alltag gefunden.

Manchmal geschahen Dinge, die sie mit absoluter Sicherheit davon ausgehen ließen, dass sie ihn rasend machen würden – und nichts passierte. So wie vor ein paar Wochen, als ein Freund von ihm bei einer Abendveranstaltung halb betrunken und mehr oder weniger korrekt den *Handschuh* von Schiller rezitiert hatte und danach beiläufig, aber mit süffisantem Grinsen bemerkte, dass er einen von ihr geworfenen Handschuh mit Vergnügen aus jedem Raubtierkäfig der Welt holen würde. «Und sollten sie mich dabei zerfetzen, wäre ich wenigstens als Held gestorben in den Armen der schönsten Frau Hamburgs.»

Sie hatte laut gelacht, ihm bedeutet, dass er ein wenig zu tief ins Glas geschaut habe – und war den ganzen Abend lang tausend kleine Tode gestorben.

Aber Niklas hatte den Vorfall nicht einmal erwähnt. Vielleicht lag es daran, dass er den Freund sehr mochte und gesehen hatte, dass dessen Bewunderung echt, aber unschuldig war. Vielleicht hatte er es gar nicht richtig registriert. Vielleicht hatte er andere Gründe, die sie nie erfahren würde.

Sie sprachen nicht über diesen Abend, wie sie auch niemals darüber sprachen, wenn er ihr wehgetan hatte.

Sie wusste nicht genau, warum, aber sie konnte sich nicht dazu bringen, im Nachhinein auch nur ein Wort darüber zu verlieren. Es war einfach schon zu oft passiert, sie hatte die Gelegenheit zu oft verstreichen lassen, und nun hatte sich diese Mauer gebildet, tief in ihr, die sie einfach nicht überwinden konnte. Was hätte sie auch sagen sollen? «Niklas, vielleicht hast du es nicht bemerkt, aber du hast mich gestern mehrfach sehr heftig gegen die Kommode gestoßen, würdest du so etwas das nächste Mal bitte unterlassen?» Es war alles so absurd. Als hätte er einen bösen Zwillingsbruder, der nichts mit dem warmherzigen, feinsinnigen Mann zu tun hatte, den sie so liebte. Dieser Zwilling tauchte ab und an auf, übernahm die Kontrolle, wütete eine Weile herum und zog dann wieder ab, als wäre nichts gewesen.

Außerdem war es ihr entsetzlich peinlich. Sie konnte nicht glauben, dass sie das alles mit sich machen ließ und sich nicht wehrte. Sie war nicht schwach, sie war kein kleines Lieschen, das man herumschubsen konnte. Ihre Freundinnen bewunderten sie für ihre schnippische Zunge und ihren Scharfsinn. Sie machte den Mund auf, wenn ihr etwas nicht passte. Sie war mit John und Julius groß geworden, Herrgott noch mal, sie hatte gelernt, wie man sich durchsetzte. Niemand würde es jemals vermuten. Ausgerechnet sie beide. Blanche und Niklas, das Traumpaar, das alle so beneideten.

Wenn Niklas er selbst war, war er der wundervollste Mann, den sie sich nur wünschen konnte. Er liebte es, dass sie sich für Medizin interessierte, hatte ihr einen Kräutergarten hinter dem Haus anlegen lassen und brachte ihr von jeder Reise neue exotische Pflanzen mit wundersamen Namen mit. Wenn sie sich gemeinsam für eine Abendveranstaltung fertig machten, trat er hinter sie, küsste sie in den Nacken und flüsterte: «Womit habe ich dich verdient?» Wenn sie krank oder unpässlich war, kam er früher nach Hause, wann immer er es einrichten konnte, setzte sich zu ihr, las ihr vor oder leistete ihr einfach Gesellschaft. Niemand behandelte sie so wie er. Von niemandem fühlte sie sich so gesehen. Es waren zwei Seiten einer Medaille, und obwohl sie mit der einen nicht länger leben konnte, konnte sie die andere nicht aufgeben.

Einmal war sie nach einem Streit tatsächlich zu ihrer Familie gefahren. Sie hatte es gewagt, ihm bei einer politischen Diskussion zu widersprechen, am Tisch seiner Eltern. «Du hast mich heute lächerlich gemacht!», sagte er, als sie später in der Kutsche saßen. Und der Ton seiner Stimme verhieß, was auf sie zukommen würde.

«Wir hatten einen Streit», erklärte sie nur, als sie drei Stunden später mit verweinten Augen an der Tür der Reeven-Villa klingelte und ihre Mutter mit großen Augen die Tasche ansah, die neben ihr auf dem Boden stand. «Ich übernachte heute hier.»

Aber auch an diesem Tag hatte sie nichts erzählen können. Nicht einmal, als sie und Gesa abends beisammensaßen, Schokolade tranken und ihre Mutter sie liebevoll fragte, was genau geschehen war. Die Scham saß zu tief.

«Zeig ihm nur, wenn dir etwas nicht passt», hatte Gesa sie ermutigt. «Aber strapazier es nicht. Er ist auch nur ein Mann. Zu anstrengend darfst du es ihm nicht machen.»

Er war bereits am nächsten Morgen in der Villa aufgetaucht. Sie saßen beim Frühstück, und als er hereinkam, sah sie auf den ersten Blick, dass er wieder normal war. Zerknirscht hatte er sich entschuldigt, er hatte Blumen dabei, und sie wusste, dass es nicht gespielt war, als er sich vor aller Augen reumütig gab: «Ich habe überreagiert. Kommst du mit nach Hause?»

Sie sah in den Gesichtern der anderen, dass es sie rührte, dass sie es ihm hoch anrechneten, wie verletzlich er sich für sie machte. Einzig John hatte konsterniert die Stirn gerunzelt.

Sie war mit ihm nach Hause gegangen. Auch weil sie in den Mienen ihrer Eltern, die das Ganze zwar ernst, aber auch mit einem amüsierten Funkeln in den Augen beobachteten, genau sah, dass die beiden nicht einmal im Traum eine andere Möglichkeit in Betracht gezogen hatten. Man stritt sich nun einmal in einer Ehe, man durfte ab und zu bei seinen Eltern Dampf ablassen, sich beschweren, dem Gatten zeigen, wo der Hammer hing. Aber dann fuhr man wieder heim. Etwas anderes kam nicht infrage.

Und an der Art, wie Niklas sie bereits in der Kutsche fragte, ob sie nicht mal wieder zu Hagenbecks gehen wollten, gut gelaunt von einem Boot erzählte, das er vielleicht kaufen würde, erkannte sie, dass er genauso dachte. Etwas anderes kam nicht infrage.

Es war nicht einmal eine Möglichkeit.

«Nun gut!» Der Notar erhob sich, trat an den deckenhohen Eichenschrank hinter seinem Schreibtisch und zog eine

Schublade auf. «Dann setzen wir besser ein entsprechendes Schriftstück auf.»

«Sie halten mich sicher für schrecklich sentimental.» Ihr glockenhelles Lachen war ein wenig zu laut.

Augenscheinlich hatte sie damit ins Schwarze getroffen, doch es schien ihn auch zu rühren. «Aber mitnichten, meine Liebe, mitnichten. Man kann gar nicht vorausschauend genug sein. Auch wenn wir natürlich davon ausgehen, dass in Ihrem Fall noch Jahrzehnte vergehen, bis wir gezwungen sein werden, über diese Dinge überhaupt nachzudenken.» Er stockte, und ihnen wurde wohl beiden im selben Moment bewusst, dass er bis dahin längst nicht mehr unter ihnen weilen würde. «Aber wenn es Sie beruhigt, stelle ich Ihnen eine entsprechende Beglaubigung aus. Selbstverständlich kann ich auch jederzeit persönlich bezeugen, wie ich Sie heute angetroffen habe, falls es einmal notwendig sein sollte.»

«Das beruhigt mich sehr.» Sie lächelte warm.

Seine Feder kratzte über das Papier, sie beobachtete seine altersfleckige Hand, die mit geübtem Schwung ein kurzes Schreiben aufsetzte. Das Geräusch des Stempels besiegelte ihr Vorhaben auf seltsame Weise. Sie hatte den ersten Schritt getan. Sie hatte sich überwunden.

Es fühlte sich unglaublich gut an. Und gleichzeitig entsetzlich.

«Hilde wird alle Unterlagen sogleich wegschließen. Sie sind bei mir sicher aufbewahrt, darauf können Sie sich verlassen. Wenn es noch etwas gibt, das ich für Sie tun kann?» Er betrachtete sie aufmerksam, liebevoll beinahe, und sie wusste, dass er in diesem Moment keine erwachsene Frau vor sich sah, sondern die Tochter eines Freundes, die er hatte aufwachsen sehen. «Ich hoffe, Sie wissen, dass Sie mir vollkommen vertrauen können, Blanche. Die Angelegenheiten Ihrer Familie haben für mich oberste Priorität.»

Sie erhob sich, griff nach ihren Handschuhen. «Das weiß ich. Aber das war alles, verbindlichsten Dank. Meine Mutter lässt herzlich grüßen. Sie hofft, Sie und Margarete bald wiederzusehen, wenn die Umstände es erlauben.»

Als sie wenige Augenblicke später auf die Straße trat, fühlte sie sich anders als vorher. Leichter.

Sie spürte erst, dass sie weinte, als sie schon fast wieder bei der Fähre angekommen war.

Der Fährarbeiter, der ihr vom Vorderperron aufs Schiff half, betrachtete sie besorgt. «Ist alles in Ordnung, Madame?»

Blanche lächelte. «Der Wind», antwortete sie und nahm seine ausgestreckte Hand. «Nur der Wind!»

Immer wieder blickte sie sich um. Die Gassen waren so eng, feucht und dunkel, dass dunkelgrünes Moos an den Wänden wuchs. Marlies hatte sich mit der Droschke fahren lassen, so weit es möglich war, aber irgendwann war der Kutscher gezwungen gewesen anzuhalten, weil das Gefährt stecken zu bleiben drohte. Sie stolperte über Unrat, wich Hundekot aus. Eine Ratte lief leise quiekend an der Hauswand entlang. Entsetzt hielt sie inne, blickte auf den kleinen Zettel in ihrer Hand.

Sie war schwanger. Es gab keinen Zweifel, alle Zeichen wiesen darauf hin. Wenn sie daran dachte, krampfte sich ihre Brust zusammen. Aber es bedeutete noch nicht das Ende. Es gab noch Hoffnung. Jetzt zahlte sich aus, dass sie so genau wusste, wie lange es her war, dass sie Julius' körperliche Nähe hatte ertragen müssen. Wenn man es früh erwischte, konnte man es noch loswerden. Immerhin war Dr. Blaustin sich nicht sicher gewesen. Es würde ein Leichtes sein, seine Annahme wieder zu entkräften, wenn sich die Schwangerschaft nicht weiterentwickelte.

Schließlich blieb sie vor einem niedrigen Kellereingang stehen. Konnte Blanche wirklich dieses Haus gemeint haben? Zweifelnd blickte Marlies an der schiefen Fachwerkfassade empor. Sie hatte ihrer Schwägerin stammelnd etwas von einem peinlichen Frauenleiden erzählt, und Blanche hatte ihr sofort die Adresse aufgeschrieben.

«Er ist diskret, und du wirst dort garantiert niemanden treffen, den wir kennen!» Mitfühlend hatte sie ihr den Arm gedrückt. «Einfach schrecklich, dass man in solchen Fällen so hilflos ist, nicht wahr? Ich wünschte, Dr. Wilson würde in Hamburg praktizieren, dann wüssten wir, an wen wir uns wenden könnten. Ich ertrage es ja kaum, wenn Dr. Blaustin mich *über* dem Kleid anfasst.»

Sie hatte kein schlechtes Gewissen wegen der Lüge. Es *war* ein Frauenleiden, und sie hatte sonst wirklich niemanden, an den sie sich wenden konnte.

Unsicher blickte Marlies ein letztes Mal um sich. Aber ja, es musste hier sein. Auf einem Schild neben der Tür stand in verblassten Buchstaben der Name, den sie suchte.

Der alte Mann sah aus wie eine lebende Mumie. «Schon wieder hoher Besuch in meiner Hütte.» Er spuckte Kautabak in eine Schüssel. Der Lappen, mit dem er sich daraufhin über die Lippen wischte, war so dreckig, dass sie schauderte. «Mir scheint, meine Fähigkeiten sprechen sich langsam rum. Was verschafft mir die Ehre?»

Unsicher räusperte sie sich. Eine Pritsche in der Ecke, ein kleiner, bollernder Ofen, ein Schrank mit Tiegeln und Gläsern. Von der Decke hingen Kräuterbüschel. Es stank nach Mäusen und Schimmel. Aber eine andere Adresse als diese hatte sie nicht. Vielleicht musste es genau so aussehen. Der düstere Keller passte jedenfalls zum Grund ihres Besuchs.

«Ich brauche Hilfe in einer … delikaten Angelegenheit.»

Er grinste wissend. «Lassen Se mich raten.»

Marlies zog ihren Mantel enger um sich. «Ich muss mich auf Ihre äußerste Diskretion verlassen.» Sie holte die Kette aus der Tasche, und die Augen des Alten weiteten sich. «Ich habe kein Bargeld, mein Mann verwaltet unseren Besitz. Und ich kann ihn in dieser Sache schlecht …» Sie brach ab. Das ging ihn schließlich einen feuchten Kehricht an. «Nun, ich nehme an, das hier ist ausreichend?»

Er streckte die klauenartige Hand aus. «Es wird passen», erwiderte er knapp, als sie die Kette hineinfallen ließ, um ihn nicht zu berühren. Natürlich merkte er es. Sein Mund verzog sich zu einem schwarzen Grinsen.

«Wann hatten Sie Ihre letzte Blutung?»

«Das weiß ich nicht genau. Sie kommt unregelmäßig.» Marlies verschwieg, dass sie nur ein- bis zweimal im Jahr überhaupt kam. «Es ist schon eine Weile her. Aber man sieht noch nicht viel, ich muss ganz am Anfang sein.»

«Hm», machte er nur. «Sie sollten mehr essen, Sie sind zu dünn. Aber dann wollen wir mal sehen. Freimachen, bitte.»

«Ich brauche einfach nur das Mittel.»

Er schüttelte den Kopf, schlurfte mit seinen viel zu großen Holzschuhen zu der Pritsche und rieb kurz mit dem schmutzigen Lappen darüber, mit dem er sich eben den Kautabak vom Mund gewischt hatte. «Ich fürchte, das wird nicht gehen. Ich muss genau wissen, wie weit Sie sind. Die meisten Mittelchen funktionieren nur am Anfang. Später wird es zu gefährlich. Ich kann nicht riskieren, dass Sie mir wegsterben und dann im Todeskampf vielleicht noch schnell verraten, wem Se das Ganze zu verdanken haben. Man muss sehr aufpassen, mit diesen … *delikaten* Angelegenheiten.» Er zeigte auf die Pritsche. «Einmal rauf hier, bitte.»

Sie wollte sich umdrehen und wegrennen. Aber dann dachte sie an John. Daran, was es bedeuten würde, dieses Kind zu bekommen und all ihre Träume für immer begraben zu müssen.

Zögernd schlüpfte sie aus ihrem Mantel.

«Das reicht nicht. Ich muss Ihren Bauch sehen. Und ich muss in Sie hineinfassen.»

Sie keuchte auf. «Wie bitte?»

Er verzog keine Miene. «Na, ich muss Sie abtasten. Nur so kann ich genau bestimmen, wie wir vorgehen.»

Entsetzt blickte sie auf seine klauenartigen Finger.

«Keine Sorge.» Er schlurfte zu dem kleinen Herd, wo neben einer krustigen Konservendose etwas in einem gusseisernen Topf brodelte. «Ich wasche mir die Hände.»

Auf ihre Bitte hin hängte Vater Kohl noch einen Stofffetzen vor das winzige Fenster. «Schließen Sie auch die Tür ab!»

«Schlüssel steckt», erwiderte er nur, und nach einer Sekunde des Zögerns stieg sie selbst die Stufen hinauf und drehte ihn im Schloss, schob auch noch den eisernen Riegel vor, der darüber angebracht war.

Während er begann, in einem kleinen Mörser etwas anzurühren, zog Marlies mit brennenden Wangen ihr Kleid und das Schnürleibchen aus. Dann fiel ihr zu ihrem Entsetzen ein, dass sie eine Kombination als Unterwäsche trug.

«Ich kann nicht … Nun.» Verlegen zeigte sie ihm ihr Dilemma. Kombinationen waren der neueste Schrei, Unterhose und Hemd in einem Stück. Sehr modern, aber höchst unpraktisch in ihrer Lage.

«Dann müssen Se sich ganz freimachen, fürchte ich.» Auf ihren entsetzten Blick hin schlurfte er zu einer Truhe und holte etwas hervor, das einmal ein Herrenbademantel gewesen sein musste. «Ziehen Se das über. Nun schauen Se nicht so, ich guck Ihnen schon nichts weg.» Er lachte meckernd. «Glauben Se, Se sind die erste Frau auf meiner Pritsche?»

Schlimmer wird es nicht, dachte sie, während sie schnell die Spitzenwäsche fallen ließ und nackt in den dreckigen Bademantel schlüpfte, der so stark nach ungewaschenem alten Mann roch, dass sie würgen musste. Schlimmer kann es nicht werden.

«Was machen die Brüste?»

«Wie bitte?»

«Tun sie weh? Sind sie geschwollen?»

«Ja», sagte sie zögernd. «Beides.» Ihre Wangen brannten vor Scham. Noch nie in ihrem ganzen Leben hatte sie über ihre Brüste gesprochen.

Er nickte. «Gut, dann einmal zurücklegen und Beine spreizen, bitte.»

Sie biss so fest die Zähne aufeinander, dass es wehtat. Ohne zu blinzeln, starrte sie an die modrige Kellerdecke.

Seine Hände waren eiskalt. «Einmal tief durchatmen!» Er drückte ihre Knie zur Seite. Sie gab einen leisen Schmerzenslaut von sich, als sie fühlte, wie er sich langsam in sie hineinschob. Nun presste sie die Augen doch zu.

«Atmen!», befahl er streng. «Sie verkrampfen sonst.»

Sie hätte gelacht, wenn es nicht so demütigend gewesen wäre.

Eine Weile tastete er in ihr herum. Sie schaffte es, keinen Laut über die Lippen kommen zu lassen, obwohl es schrecklich wehtat.

Mit konzentrierter Miene zog er schließlich die Hand zurück. «Sie sind etwa im vierten Monat. Fünfter wäre auch möglich.»

«*Was?*» Marlies fuhr in die Höhe. «Das kann nicht sein.»

Er lachte leise. «Sagen Sie mir nicht, es war eine unbefleckte Empfängnis.»

«Aber man sieht doch kaum etwas.»

«So etwas ist bei jeder Frau anders. Der Bauch wird schon noch kommen. Ich sag ja, Se sind zu dünn.»

Kalte Panik stieg in ihr auf.

Vierter Monat. Vielleicht schon fünfter. Es durfte nicht wahr sein. «Gut.» Sie versuchte, ruhig zu atmen. Schließlich war es egal, solange es nur wegkam. «Haben Sie das Mittel hier? Kann ich es heute noch nehmen? Was genau wird dann passieren, wird es wehtun?»

Langsam wischte er sich mit dem Lappen über die Hände. «Ich fürchte, ich kann nichts mehr für Sie tun.»

«Wie bitte?»

«Sie sind schon zu weit. Meine Mittelchen wirken nicht mehr. Und wenn, dann gehen Sie direkt mit drauf.»

Sie konnte nicht glauben, was sie hörte. «Aber es muss eine Möglichkeit geben!»

Er reichte ihr die Hand, um ihr von der Pritsche zu helfen. «Nicht bei mir. Bedaure.»

Einige Augenblicke stand sie schwer atmend vor ihm. Wieder wallte die Panik in ihr auf, sie sah kleine Lichtflecken vor den Augen tanzen. «Was könnte ich selber tun, um … es loszuwerden?»

Es war unmöglich, in dem schlaffen Gesicht eine Emotion zu lesen. Er sagte kein Wort, sah sie bloß an.

Marlies zog ihre Ohrringe ab und streckte sie ihm entgegen. «Was kann ich tun?»

Er nahm die Ohrringe, ohne den Blickkontakt zu unterbrechen, und ließ sie mit einer schnellen Bewegung in seinem sackartigen Hemd verschwinden. «Also», sagte er schließlich. «Äußere Gewalteinwirkung kann 'ne Fehlgeburt bewirken. Wenn Se die Treppe runterfallen und sich den Bauch stoßen zum Beispiel, könnte es was bringen. Könnte Ihnen aber auch das Genick brechen.» Er lachte meckernd und machte eine abwägende Geste mit den Händen. «Fünfzig-fünfzig. Wenn Se jemanden dazu kriegen können, Ihnen in den Bauch zu schlagen, ist es wesentlich sicherer, dass Sie überleben, das Kind aber abgeht.»

«Wo soll ich bitte jemanden finden, der dazu bereit wäre?», rief sie verzweifelt.

«Nicht meine Sache», erwiderte er ungerührt. «Aber wenn Se noch ein wenig tiefer in Ihre Schmuckschatulle greifen, lässt sich sicher jemand auftreiben.»

«Können Sie nicht …»

«Auf keinen Fall», unterbrach er barsch. «Wenn es schiefgeht, habe ich Se hier in meinem Keller in einer Blutlache liegen. Die Spitzhelme warten nur auf 'ne Gelegenheit, mich verschütt zu nehmen.»

«Helfen Sie mir!», rief sie. «Sie verstehen das nicht, ich kann dieses Kind nicht kriegen.»

«Erzählen Sie das jemandem, den es interessiert.»

In diesem Moment rüttelte es von draußen an der Türklinke. Marlies fuhr herum, aber Vater Kohl verzog keine Miene.

«Immer mit der Ruhe», brüllte er. «Ich bin noch in einer Behandlung!» Er wandte sich wieder zu ihr um. «Mein nächster Kunde. Beeilen Sie sich ein bisschen.»

«Nein. Nein, das geht nicht. Sie können mich nicht einfach wieder wegschicken. Helfen Sie mir!» Weinend umklammerte sie seinen Arm. Ihr war bewusst, wie unwürdig sie sich verhielt, aber die Angst drohte sie zu überwältigen.

Offenbar merkte er, dass er sie so schnell nicht aus seinem Keller bugsieren würde, wenn er sich weiter querstellte. Mit einem Blick zur Tür sagte er: «Sie können Wacholderwurzel ausprobieren oder Beifuß. Das kann aber auch schiefgehen. Sie sind schon zu weit. Alles, was Sie jetzt unternehmen, kann Sie genauso das Leben kosten wie Ihr Kind. Stricknadeln machen viele, bei den meisten geht es schief. Im schlimmsten Fall wird das Kind verkrüppelt, und Sie ebenso.»

«Ich kann Geld besorgen», schluchzte sie. «Wenn Sie mir ein bisschen Zeit geben, kann ich Ihnen alles besorgen, was Sie …»

«Ihr Geld hilft Ihnen dabei auch nichts.» Ohne jede Rührung ließ er sich auf seinem Hocker nieder, nahm ein neues Stück Kautabak aus einer verbeulten Dose und ließ es in seiner Wange verschwinden. «Es gibt nun mal Angelegenheiten, bei denen sind alle gleich, Geld hin oder her.» Er grinste freudlos. «Und Anschreiben gibt's bei mir sowieso nicht.»

13

Sie wusste, dass sie etwas falsch gemacht hatte. Sie spürte es daran, wie er ihren Arm mit dem seinen umschlang, während sie gemeinsam auf das hell erleuchtete Fährhaus zugingen. Ein wenig zu fest, ein wenig zu besitzergreifend. Sie sah es daran, wie sein Kiefer zuckte, wenn er mit ihr sprach, seine Augen den ihren immer wieder auswichen, sie dann wieder fixierten, als wollte er in sie hineinschauen. Sie hörte es an seiner Stimme, die diesen Unterton annahm, wenn er wütend auf sie war, sich aber noch zurückhielt. Ihr Magen schien ein einziger Klumpen. Sie würde sich den ganzen Abend Sorgen machen, würde um ihn herumschleichen, immer auf der Hut, würde versuchen, ihn vergessen zu lassen, was auch immer ihn erzürnte, und damit wahrscheinlich alles nur noch schlimmer machen.

Ein Tango wurde aufgespielt, und im Saal kam freudige Unruhe auf, als die Paare sich auf der Tanzfläche bereitstellten. Auch Niklas führte sie aufs Parkett. Tango war momentan in aller Munde, und obwohl der Kaiser auf die rasante Ausbreitung in seinem Land empört reagiert und den Tanz seinen Offizieren sogar verboten hatte, liebten es selbst die konservativen Hamburger, sich zu den lasziven Klängen ganz öffentlich und ungehemmt aneinanderzuschmiegen. In Frankreich hatte der Couturier Poiret bereits entsprechende Roben entworfen, die die Tangobesessenheit der Menschen in Europa widerspiegelten und die in Windeseile Verbreitung fanden. Auch Blanche trug an diesem Abend ein Tangokleid, den neuesten

Schrei mit einem v-förmigen Ausschnitt, einem eng anliegenden, geschlitzten Rock und darüberliegender Tunika. Sogar die dazu passende Reiherfeder wippte auf ihrer Frisur, gehalten von einer kleinen Kette aus Perlen.

Sie fühlte sich wunderschön. Oder: Sie *hatte* sich wunderschön gefühlt. Bis sie in das Gesicht ihres Mannes geblickt und gesehen hatte, dass ihm ihre Aufmachung ganz und gar nicht gefiel.

Niklas hatte sie an diesem Abend direkt nach der Arbeit von zu Hause abgeholt und ihre Toilette daher zu spät bemerkt. Als sie die Treppe herunterkam, wartete die Droschke zum Bootsanleger bereits, es war nicht mehr genug Zeit, sich umzuziehen. Aber er ließ keinerlei Zweifel an seiner Meinung zu ihrem Aufzug, überlegte sogar kurz, den Abend einfach abzublasen. Immer wieder blieben seine Augen ärgerlich an ihrem Ausschnitt hängen.

«In Paris tragen das alle», hatte sie protestiert.

«Paris, Paris. Lebst du vielleicht in Paris?», hatte er geknurrt. Die ganze Fahrt über hatte er nicht mit ihr gesprochen.

Sie war selbst schuld. Sie hatte gewusst, dass er einen langen Tag hatte, aufreizende Kleidung generell nicht mochte, und es trotzdem angezogen. Ein bisschen hatte sie ihn herausfordern wollen. Oder rebellieren. Sie war selbst nicht sicher, ob es einen Unterschied gab. Vielleicht gefiel ihr auf eine seltsame Art doch etwas daran, wenn er sich aufregte? Schließlich hatte sie letztes Jahr auch den Hosenrock bestellt, aber den brauchte sie gar nicht erst aus dem Schrank zu ziehen. Spätestens, seit der Vatikan öffentlich verkündet hatte, dass das Kleidungsstück abzulehnen sei und Frauen es nicht tragen sollten, war klar, dass sie damit in Hamburg nicht durchkommen würde. Aber das war ihre eigene Entscheidung gewesen. Wo war die Grenze? Wie weit war sie bereit, sich ihrem Mann unterzuordnen, anzuziehen, was er für richtig hielt, zu sprechen, wie und mit wem er es für angemessen befand? Das musste sie jeden Tag neu ausloten, und je nach Laune verschoben sich seine Grenzen – oder lösten sich gleich ganz auf.

Als sie tanzten, wirbelte er sie ein wenig zu schnell umher. «Kennst du diesen Mann?», flüsterte er so nah an ihrem Ohr, dass sie seinen Atem auf der Haut spürte.

«Welchen Mann?» Alarmiert sah sie auf.

«Dort hinten. Mit dem Zylinder und der roten Fliege.»

Blanche schaute sich suchend im Raum um. «Ich glaube, das ist ein Cousin von den Amsincks», sagte sie stirnrunzelnd, nachdem sie den Herrn entdeckt hatte – und begriff im selben Moment, welchen fatalen Fehler sie begangen hatte.

«Du kennst ihn also.» Er nickte, als hätte er es ohnehin gewusst. Seine Finger bohrten sich in ihren Rücken.

«Nein, ich … flüchtig.» Sie schüttelte den Kopf. «Ich kann mich auch irren.»

Die Musik endete, und sie blieben stehen, ein wenig atemlos, klatschten, verneigten sich vor den Musikern.

Sein versteinertes Lächeln sagte ihr alles, was sie wissen musste. «Er starrt dich an!» Niklas fasste ihre Finger und zog sie an sich, drehte ihr die Hand beim Gehen so auf den Rücken, dass es wehtat, jedoch für einen Beobachter wirken musste wie eine innige Geste. Er küsste ihre Wange, sein Bart streifte kaum merklich ihren Hals. «Schon den ganzen Abend.»

Blanche sah sich um. Der Mann mit der Fliege war in ein Gespräch vertieft, er schaute nicht einmal in ihre Richtung.

Niklas führte sie zu ihrem Tisch zurück. Dann entdeckte er jemanden an der Bar, den er kannte, und entfernte sich, ohne etwas zu sagen.

Blanche beobachtete ihn. Er war ein so schöner Mann. Groß, schlank, beinah weißblonde Haare, ein markantes Gesicht mit gerader Nase. Sie hatte sich auf den ersten Blick in ihn verliebt. Erschöpft tastete sie nach ihrem Riechfläschchen, es war unglaublich warm hier drin, die Hitze schien sich wie unter einer Glocke zu stauen, es roch nach Haarteilen, nach Parfum, Puder, Blumen und Schweiß. Aber hier war sie sicher. Ihr graute davor, nach Hause zu fahren.

Auf Niklas' Platz standen verschiedene Gläser, Champagner, Bier, ein Ardbeg. Außer Bowle trank sie normalerweise keinen Alkohol, schon gar nicht in der Öffentlichkeit, aber jetzt griff sie nach seinem Whiskey wie nach einem Rettungsanker und nippte daran. Der torfige Geschmack holte sie zurück aus ihren Gedanken. Um sie her brandeten Lachen und Gläserklirren, die Stimmung war ausgelassen, die Band spielte einen schnellen Foxtrott, und auf der Tanzfläche wirbelten die Paare.

John löste sich aus der Menge, ließ sich ihr gegenüber auf einen Stuhl fallen und lockerte seine Fliege. Ihr Bruder wirkte, als wäre er jetzt gerne woanders, sie war nicht sicher, ob andere es würden sehen können, aber für sie war es offensichtlich – er hasste jede Minute hier, doch einer der Aktionäre der Bank hatte eingeladen, und es gehörte zum Geschäft, sich sehen zu lassen, Kontakte zu knüpfen, Freundschaften zu pflegen. Johns Blick traf den ihren, er verzog das Gesicht zu einem freudlosen Lächeln und hob fragend eine Augenbraue, als er den Whiskey sah.

Sie stellte das Glas sofort wieder hin. «Tanzt du mit mir?»

Er zögerte nur eine Sekunde. «Immer», antwortete er dann ergeben und stand wieder auf.

Auch Blanche erhob sich. Es würde sie ablenken. Niklas würde sie eine Weile mit Nichtachtung strafen, da konnte sie sich genauso gut amüsieren. Ihre Brüder waren die einzigen Männer, mit denen sie gefahrlos reden konnte. Und die einzigen, mit denen sie tanzen durfte.

Doch bevor die nächste Melodie erklang, stand plötzlich jemand anderes vor ihr. «Blanche? Erlauben Sie?» Der Mann hielt ihr den Arm hin, sah aber fragend John an. Entsetzen durchzuckte sie. Es war der Herr mit dem Zylinder und der roten Fliege.

Galant trat John zurück. «Natürlich, ich lasse Ihnen den Vortritt», sagte er. «Aber der nächste Tanz ist meiner.»

Schon nahm der Mann sie am Ellbogen, die andere Hand an ihrer Hüfte, zog sie auf die Tanzfläche, verwickelte sie strahlend in ein Gespräch. Anscheinend hatten sie einmal Scharade zusammen gespielt, es war ihr unmöglich, sich zu erinnern, die Sommer waren schließlich eine einzige, nicht enden wollende Abfolge an Festen. Sie nickte, sie log, sie redete, das Lächeln klebte ihr wie festgefroren im Gesicht.

Aus dem Augenwinkel sah sie, wie Niklas zu ihrem Tisch zurückkehrte. Verdutzt blieb er stehen, suchte sie mit den Augen. Sie konnte sogar aus der Ferne, sogar in den kurzen Sekunden, die der Tanz es ihr erlaubte, sehen, wie sich sein Hals mit flammender Röte überzog. Einen schrecklichen Augenblick lang glaubte sie, dass es jetzt so weit war: Jetzt würde er die Beherrschung verlieren und vor aller Welt das tun, was er sonst nur in der Verborgenheit ihres Hauses tat.

Aber er stand bloß da.

Ihr Tanzpartner wirbelte sie herum, und bis sie das nächste Mal einen Blick auf ihren Tisch erhaschen konnte, war Niklas verschwunden.

Als der Tanz endlich vorbei war, sie eine Entschuldigung stammelte und zu John zurückging, war ihr Mann nirgends zu entdecken. Atemlos setzte sie sich. «Wo ist Niklas?» Mit zitternder Hand hob sie ihr Limonadenglas an die Lippen.

Es konnte nicht so weitergehen. Sie hielt es nicht mehr aus. Ich will dieses Leben nicht mehr, dachte sie, und das Gefühl in ihr war überwältigend in seiner Alternativlosigkeit. Sie tanzte mit John einen Charleston und schließlich mit Julius einen Maxixe, den sie noch nicht gut beherrschte, der sie aber trotz allem lachen ließ, die Schritte waren unmöglich schnell, die Stimmung im Saal kochte. Als sie von der Tanzfläche stolperten, stand Niklas vor ihnen. Blanche spürte, wie ihr vor Schreck die Gesichtszüge entglitten.

«Mir geht es nicht gut.»

«Oh!» Erstaunt musterte sie ihn. Tatsächlich sah er bleich aus, auf seiner Stirn stand ein feiner Schweißfilm. «Was hast du?»

Er hob die Schultern, sie sah ihm an, wie angespannt er war. «Das Boot wartet schon, lass uns fahren.»

«Ich kann dich später nach Hause bringen, wenn du noch bleiben willst.» John hatte ihre Unterhaltung mitgehört, aber sie schüttelte hastig den Kopf. Wenn sie jetzt nicht mitging, hatte ihr letztes Stündlein geschlagen.

«Danke, ich fahre mit, ich bin ohnehin müde. Und du siehst wirklich nicht gut aus.»

Sie reichte Niklas ihr Limonadenglas, und er trank es in gierigen Zügen leer. Jetzt bemerkte sie, dass er auch nach Schweiß roch. Besorgt musterte sie ihn. Auf dem Weg zum Boot stützte er sich auf ihren Arm.

«Willst du nicht doch lieber ins Krankenhaus?» In der Kabine wischte sie ihm über die Stirn. Vermutlich trugen die Wellenbewegungen dazu bei, dass er von Sekunde zu Sekunde noch bleicher wurde. Mit einer Hand klammerte er sich an den Türgriff, sein Atem rasselte. «Da stimmt doch etwas nicht!» Eben noch hatte sie ihn verflucht, nun löste sein Anblick Panik in ihr aus, er wirkte todkrank.

«Nein», presste er hervor. «Ich muss mir den Magen verdorben haben.»

«Hast du etwas Falsches gegessen?»

Sie erwartete eine barsche Antwort, aber die Schmerzen schienen zu stark. «Anscheinend», erwiderte er nur und beugte sich vor.

Er umklammerte ihre Hand so fest, dass sie einen Aufschrei unterdrücken musste. «Es scheint mir doch eine sehr starke Reaktion», murmelte sie angstvoll. «Wenn wir daheim sind, rufe ich sofort Dr. Blaustin an.»

«Ich dachte, du hältst ihn für einen Scharlatan.»

«Er ist nun einmal unser Hausarzt», gab sie ein wenig zu schroff zurück. «Wenn du nicht ins Krankenhaus willst, was soll ich denn sonst tun?»

Er nickte nur, richtete sich wieder auf und lehnte die Stirn gegen das Fensterglas.

Wenig später beugte Dr. Blaustin sich mit besorgter Miene über Niklas. Der Atem ihres Ehemannes ging pfeifend. Blanche stand am Fußende des Ehebettes und rang hilflos die Hände. Sie hätten doch in ein Krankenhaus fahren sollen. Niklas' Zustand hatte sich in der letzten halben Stunde rapide verschlechtert, er hielt die Augen geschlossen, seine Lippen waren lila angelaufen.

Dr. Blaustin hielt ein Stethoskop an seine Brust, lauschte konzentriert. Schließlich rollte er es zusammen und musterte Niklas mit gefurchter Stirn. «Das gefällt mir gar nicht», sagte er, und Blanche schlug betroffen die Hand vor den Mund. «Haben Sie sich heute sehr aufgeregt?»

Niklas' Augen ruckten in ihre Richtung. «Nun, ich ... Es gab einen kleinen Vorfall», sagte er zögernd. «Ich war wohl ein wenig außer mir.» Noch immer bereitete es ihm Schwierigkeiten, Luft zu bekommen.

Blanche sagte nichts. Sie hatten noch kein Wort über die Tanzveranstaltung verloren, und sie war bereits voller Hoffnung gewesen, sein Unmut würde sich vielleicht in Luft auflösen.

Dr. Blaustin nahm sein Monokel ab. «Ich sage es ganz offen: Ihr Herz. Es macht mir Sorgen.»

«Wie meinen Sie das?», fragte Blanche erschrocken.

«Es schlägt viel zu schnell. In seinem Alter sollte es ihm eigentlich noch keine Beschwerden bereiten.»

Einem Impuls folgend, griff sie nach seinem Arm. «Herr Doktor, er wird doch wieder gesund?» Sie hörte sich an wie ein verschrecktes Kind. Tatsächlich war der Gedanke, Niklas' Zustand könnte lebensgefährlich sein, kaum zu ertragen. Sie brauchte ihn, trotz allem. Sie liebte ihn. Er war doch ihr Mann.

Als Antwort lächelte Dr. Blaustin väterlich auf sie herunter, und wie so oft blieb sein Blick einen Wimpernschlag zu lang auf ihren Lippen hängen. «Aber natürlich, meine Teuerste. Es scheint kein Herzanfall zu sein. Wir kriegen ihn schon wieder auf die Beine.»

Dankbar drückte sie seinen Arm. Und auch sie ließ ihre Finger eine Winzigkeit zu lange auf seinem Hemdsärmel ruhen, strich für eine halbe Sekunde sogar mit dem Daumen darüber.

Er musterte sie überrascht. «Ich lasse Ihnen ebenfalls etwas zur Stärkung da, Sie scheinen mir doch ein wenig mitgenommen, meine Liebe.»

«Es war ein großer Schreck! Normalerweise ist er niemals krank.» Niklas hatte breite Schultern, aber nun sah er so klein aus, wie er da zwischen den Kissen lag, klein und schwach.

«Das verstehe ich gut. Momentan besteht jedoch kein Grund zur Sorge.» Dr. Blaustin holte eine Spritze aus der Tasche und begann, sie aufzuziehen. «Ich gebe Ihnen jetzt eine Arznei zur Stärkung und zur Weitung der Blutgefäße», erklärte er Niklas. «Dann muss das Herz nicht so stark pumpen. Auf lange Sicht müssen wir die Sache allerdings beobachten. Wenn Sie wieder auf den Beinen sind, kommen Sie in meine Praxis, und ich werde Sie gründlich untersuchen.»

Nachdem er die Spritze verabreicht hatte, holte der Arzt eine winzige Glaskapsel aus der Tasche, öffnete sie und legte sie Niklas unter die Zunge. «Lehnen Sie den Kopf zurück und halten Sie sie eine Weile im Mund. Dann können die Schleimhäute das Mittel am besten aufnehmen.»

«Was geben Sie ihm?» Sie konnte es nicht lassen.

Dr. Blaustin lächelte milde. «Ein Analgetikum gegen die Schmerzen. Und Nitroglycerin für die Vasodilatation.»

«Für die Erweiterung der Blutgefäße.» Sie nickte wissend.

Konsterniert sah er in ihre Richtung. «Ganz recht.» Er richtete sich auf und begann, seine Sachen zusammenzupacken. «Sie sollten jetzt ruhen, gehen Sie es in den nächsten Tagen gelassen an. Ich tippe auf eine allergische Reaktion, für alles andere sind Sie zu jung und zu gesund. Aber man muss sichergehen. Kommen Sie in die Praxis, wenn Sie wieder auf dem Damm sind.» Er wandte sich wieder an Blanche. «Und für Sie lasse ich eine Veronal da. Die nehmen Sie vor dem Einschlafen.»

Blanche nickte dankbar, obwohl sie wusste, dass sie die Tablette nicht nehmen würde. Sie mochte es nicht, wie sie sich danach fühlte, wie tief der Schlaf war, und wie seltsam verworren ihre Träume wurden.

Sie begleitete Dr. Blaustin zur Tür. «Ich danke Ihnen, dass Sie so schnell hergekommen sind, Rüdiger.» Normalerweise nannte sie ihn nie beim Vornamen.

Er hielt ihre Hand, wieder ein wenig zu lange, erwiderte ihren Blick ein wenig zu intensiv. «Aber meine Liebe. Jederzeit!»

Sobald der Arzt das Zimmer verlassen hatte, drehte Blanche sich um. Sie atmete einmal tief ein und aus. «Nun, das ist eine Erleichterung! Gott, einen Moment lang dachte ich wirklich, du stirbst.» Ihr freundliches Lächeln fiel ihn sich zusammen. Sie trat ans Bett, sah stirnrunzelnd auf Niklas hinunter. «Umbringen wollte ich dich nämlich nicht.»

Verwirrt blinzelnd sah er sie an. «Was?», fragte er schwach, während er begann, sein Kissen zurechtzurücken.

Vorsichtig trat Blanche zurück ans Fußende des Bettes, wo sie für Niklas außer Reichweite war. «Weißt du, was Eisenhut ist?»

Verständnislos sah er sie an. «Was redest du denn?» Verärgert schüttelte er den Kopf. «Reich mir bitte das zweite Kissen.» Er stöhnte bei dem Versuch, selbst hinüberzulangen und es zu greifen. «Meine Rippen tun so weh.»

Bedächtig ging Blanche an ihre Seite des Bettes, nahm ihr Kissen und reichte es ihm. «Man nennt ihn auch Aconitum. Es ist eine Pflanze. Sie hat eine schmerzlindernde Wirkung, wenn man sie richtig einsetzt. Aber sie ist sehr schwer zu dosieren. Wenn man nur ein bisschen zu viel davon verwendet, kommt es zu schrecklichen Symptomen. Erbrechen. Schwindel, Übelkeit, Durchfall.» Er legte sich das Kissen in den Nacken. Mitleidig sah sie ihn an. «Mir ist vielleicht etwas die Hand ausgerutscht, als ich es vorhin in dein Glas gegeben habe.»

Er verstand noch immer nicht, sie sah es an seinem leeren Blick. Aber wie sollte er auch. So ganz hatte sie nicht einmal selbst begriffen, was sie hier tat. Doch sie tat es. So viel stand fest.

«Mit Gift ist es so eine Sache, weißt du. Im Körper ist es schwer nachzuweisen. Man müsste einen konkreten Verdacht haben, um eine Autopsie zu veranlassen. Ist dir klar, was das bedeutet? Man müsste eine chemische Analyse deines Mageninhalts vornehmen.» Sie ging zu dem Teebrettchen, das eines der Mädchen auf den kleinen Tisch vor dem Kamin gestellt hatte, nahm eine Tasse, schüttete behutsam etwas Kaffee hinein. Das Plätschern war für einen Moment das einzige Geräusch im Raum.

Blanche sah auf. Niklas war wie erstarrt.

«Dazu musst du aufgeschnitten werden, deine Gedärme müssen entnommen werden. Dein Gewebe wird unter dem Mikroskop untersucht, das ist sehr zeitaufwendig. Wenn man nicht einmal weiß, wonach man suchen soll ...» Sie zuckte die Achseln, nahm einen Schluck Kaffee.

Langsam dämmerte es ihm, und das Entsetzen veränderte seine Züge. Noch nie hatte sie ihn derart überrumpelt gesehen. Er war immer so selbstsicher und beherrscht. Außer, wenn er wütend wurde natürlich. Aber durch Alice hatte sie begriffen, dass er auch dann noch beherrscht sein konnte. Er wollte es nur nicht. Nicht bei ihr.

«Und weißt du, was weitere Symptome sind, die bei einer Vergiftung mit Eisenhut auftreten?» Sie trat wieder ans Bett. «Die Pflanze wirkt auf das Nervensystem. Sie kann Atembeschwerden hervorrufen, im schlimmsten Fall sogar Atemstillstand. Du spürst Taubheit und Kribbeln in verschiedenen Körperteilen. Der Blutdruck sinkt.» Sie hielt inne. «Aber was rede ich. Du hast es ja selbst erlebt.»

Seine Augen weiteten sich voll Unglauben. Er hatte noch keinen Ton gesagt.

«Es kommt zu Muskelschwäche, zu Zittern und Lähmungen. Schließlich zu Herzproblemen.» Sie betrachtete ihn nachdenklich «Und das Beste daran? Es sind alles Symptome, die denen eines Schlaganfalls zum Verwechseln ähnlich sind.» Sie spürte ihre Hände nicht mehr. Eigentlich spürte sie gar nichts. Das Entsetzen über sich selbst war so groß, dass es alles andere ausschaltete. Trotzdem redete sie weiter. «Bei jemandem, der so viel arbeitet und so großem Druck ausgesetzt ist wie du … Wer käme schon auf eine Vergiftung? Niemand hätte einen Grund dazu. Vor allem deine immer fröhliche, immer gut gelaunte Frau würde keinerlei Anlass für Zweifel wecken, deine Frau, die niemals jemandem zeigt, mit welchen Schmerzen sie durch die Welt läuft. Die noch niemals jemandem, nicht einmal ihren Brüdern, erzählt hat, was sie in ihrer Ehe ertragen muss.»

Sie schwieg einen Moment, und als sie weitersprach, war ihre Stimme eine Nuance härter. «Falls mir etwas zustoßen sollte, habe ich einen Brief bei unserem Notar hinterlegt. Im Falle meines überraschenden Ablebens geht er direkt an John.» Sie holte tief Luft. Und dann sagte sie es: «Die Dienstmädchen haben meine blauen Flecken über die Jahre gesehen. Sie werden alles bezeugen.»

Noch nie war ihr etwas schwerer gefallen, als in Worte zu fassen, was sie seit Beginn ihrer Ehe vor der Welt verschwieg, in sich hineinfraß, einzig und allein mit sich selbst ausmachte. Zugleich fühlte es sich an, als würde sich tief in ihr etwas lösen.

Abwartend sah sie ihn an. «Es geht so nicht weiter, Niklas. Du kannst deine Wut nicht an mir abreagieren. Ich werde das nicht mehr hinnehmen.»

Das Schweigen im Zimmer war erstickend. Als sie begriff, dass er nichts sagen würde, fuhr sie fort: «Du kannst es natürlich genauso machen. Du kannst dich absichern, ebenfalls einen Brief hinterlegen, aller Welt kundtun, dass du mich im Verdacht hast. Vielleicht würde man der Sache sogar nachgehen. Obwohl sicher auch du merkst, wie verrückt es klingt, wenn man es laut ausspricht.»

Seiner Kehle entwich ein leises Gurgeln. Er lag bewegungslos da, nur seine Brust hob und senkte sich pfeifend. Seine blauen Augen folgten ihr durchs Zimmer. Ihm fehlten die Worte, allem Anschein nach konnte er sich nicht rühren. Sein Hals war dunkelrot angeschwollen, eine Vene pulsierte an seiner Schläfe. «Du …», krächzte er schließlich. «Du … hast …» Ein heiseres Lachen entfuhr seiner Kehle, aber seine Augen waren immer noch so weit aufgerissen, dass sie das Weiße um die Iris sah.

Blanche nickte. «Ja», sagte sie leise. «Das habe ich.» Jetzt spürte sie, wie ihre Augen sich mit Tränen füllten. Aber sie fühlte noch immer nichts. Da war kein Ärger, keine Wut, keine Trauer. Nur ihre Hände waren eiskalt, das nahm sie wahr, irgendwo am Rande ihrer Anspannung. Und sie hatte zu zittern begonnen.

Mit einem leisen Klirren setzte sie die Tasse auf dem Teebrettchen ab. Es war so still im Zimmer, dass sie in der Ferne ein Schiffshorn hörte.

«Bist du verrückt geworden?», flüsterte er schließlich.

«Vielleicht.» Sie zuckte mit den Schultern. «Bei Frauen ist das immer eine gute Erklärung, nicht wahr? Wenn einer

Frau die Gefühle durchgehen, ist sie verrückt oder hysterisch. Wenn das bei euch Männern geschieht, seid ihr wütend. Weißt du, Dr. Blaustin hatte schon immer eine Schwäche für mich, er verheimlicht es nicht einmal. Es ist absurd: Du verdächtigst mich, anderen Männern schöne Augen zu machen, und die meisten von ihnen habe ich noch nicht einmal wahrgenommen. Doch wenn mich tatsächlich jemand vor deiner Nase umwirbt, merkst du es gar nicht. Aber darum geht es auch nicht. Darum ist es nie gegangen.» Sie lächelte bitter. «Eine Frau merkt es, wenn ein Mann sie attraktiv findet. Es wird ein Leichtes sein, ihn für mich einzunehmen. Ich muss nur ein wenig weinen, ein bisschen verzweifelt sein. Die arme trauernde Witwe. Er würde sich nur zu gerne um mich kümmern.» Sie erkannte sich selbst nicht wieder. «So wird es von jetzt an sein, Niklas. Mein Bruder hat sich in den letzten Monaten in das Scheidungsrecht eingearbeitet, in die Rechte von Frauen, die eine Scheidung in die Wege leiten.»

«Blanche!», keuchte er und wollte sich hochstemmen, fiel aber stöhnend zurück in die Kissen, eine Hand auf den Magen gepresst.

Sie war bereit gewesen, aus dem Zimmer zu rennen. Alarmiert beobachtete sie ihn, jeden Muskel aufs Äußerste gespannt. Als klar wurde, dass er das Bett nicht verlassen konnte, entspannte sie sich. «Aber eine Scheidung kommt für mich nicht infrage.»

Überrascht hob er den Kopf.

Sie hatte ihn geheiratet, weil sie ihn liebte. Und sie liebte ihn auch jetzt noch. Sie liebte ihn, wenn die Wut und die Raserei seinem Blick fernblieben, wenn er der Niklas von vor der Hochzeit war, wie den Großteil der Zeit. Sie wollte keinen anderen Mann. *Blanche und Niklas, bis dass der Tod uns scheidet.*

Vielleicht würde sie es eines Tages schaffen, sich von ihm zu lösen, aber sie war noch nicht bereit. Sie konnte sich nicht vorstellen, wie ihr Leben ohne ihn aussehen würde. Diese ungewisse Zukunft ängstigte sie zu sehr.

Sie war einfach noch nicht stark genug.

«Wir sind verheiratet. Wir teilen dieses Haus, dieses Bett, dieses Leben. Und das wird auch so bleiben.» Sie wandte sich zur Tür, weil sie spürte, dass sie die Tränen nicht mehr länger würde zurückhalten können. «Aber von jetzt an wird sich hier einiges ändern.»

❋

«Wie kamst du überhaupt auf die Idee, dir eine Ärztin ins Haus zu holen?» Eugen schlürfte genussvoll seinen Sherry. «Seid ihr sicher, dass sie weiß, wovon sie spricht? Schließlich hatte Rüdiger doch keinerlei Anhaltspunkte für diese Krankheit. Was, wenn Theodor nun umsonst am Ende der Welt hockt? Wenn er vielleicht etwas ganz anderes hat und wir uns alle verrückt machen?»

«Dr. Wilson ist eine Bekannte der Karstens», erwiderte Blanche und warf John einen Blick zu. Sie hatten nie darüber gesprochen, dass sie sich über seinen Willen hinweggesetzt und die Ärztin einbestellt hatte. Erst jetzt wurde ihm klar, dass eine Entschuldigung von ihm ausstand. Blanche hatte recht gehabt, und er hatte sie nicht ernst genommen. «Sie wurde mir wärmstens empfohlen. Inzwischen behauptet Dr. Blaustin selbst, durchaus eine Ahnung gehabt zu haben.»

Unwirsch schüttelte Eugen den Kopf. «Ein größeres Stigma hätte sie sich wohl nicht ausdenken können. Nicht ein Mucks darüber darf jemals nach außen dringen, das ist euch hoffentlich bewusst. Niemand würde mehr auch nur in unsere Nähe kommen wollen. Eine Bekannte der Karstens, sagst du? Nun, dann wundert mich nichts mehr.»

Müde runzelte John die Stirn. Die Familie saß im Esszimmer zusammen, die Fenster standen offen, es war ein milder Abend, und es roch bereits ein wenig nach Sommer. Im blühenden Garten der Villa zwitscherten die Vögel, aber die Sonne war bereits untergegangen und färbte den Himmel glutrot. Der Nachtisch war serviert und verspeist worden, und nun wartete John ungeduldig darauf, dass auch Eugen endlich sein Schüsselchen mit der Errötenden Jungfrau leerte und er aufstehen konnte. Aber sein Großvater ließ sich Zeit. Der Löffel, den er gerade an den Mund hob, zitterte in seiner Hand. Mit einem schweren Gefühl auf der Brust sah John ihm zu. Eugen wurde langsam zum Greis.

«Was meinst du?», erbarmte sich Julius mit einem Seufzer. «Wir haben mit den Karstens immer gute Geschäfte gemacht.»

Eugen prustete in sein Glas. «Sicher. Um die Reederei ist man früher in Hamburg nicht herumgekommen. Aber an den Karstens hat man wunderbar gesehen, was passiert, wenn Frauen zu viel Freiheit bekommen.»

Blanche sah auf. «Und was soll das bedeuten?»

«Eine so angesehene Familie. Und dann diese Schande … Der alte Karsten war ein Mann von Ehre, das kann ich euch sagen, solche wie ihn machen sie heute nicht mehr. Ganz anders als sein Sohn. Franz hat mir nie gefallen, zu viel Kalkül, zu viel Gier. Er hat sich blenden lassen vom Geld.» Eugen hob einen mahnenden Zeigefinger in Richtung seiner Enkelin. «Und an Lily Karsten sieht man, dass ihr Frauen auf eine Art genauso viel Macht habt wie die Männer. Wenn ihr den Ruf der Familie ruiniert, hat das gravierende Auswirkungen. Gravierende.»

John war sich nicht sicher, ob seine Schwester lächelte oder ob ihr Gesicht gerade in einer Grimasse erstarrte.

«Meine Liebe, geht es dir nicht gut?», wandte Evelyn sich an Gesa. Die hatte während des gesamten Essens geschwiegen und kaum etwas zu sich genommen.

Verwirrt sah sie auf. Offenbar hatte sie kein Wort von der Unterhaltung mitbekommen. Gesa würde nach dem Abendessen den neusten Brief ihres Mannes vorlesen. Seit Theodor begonnen hatte zu schreiben, war es ein Ritual geworden, dass sie mit dem Öffnen des Umschlags wartete, bis alle versammelt waren, und John wusste, dass die Anspannung seiner Mutter zusetzte. Es war schließlich nie vorherzusehen, was Theodor zu berichten hatte und wie es ihm ging.

«Dr. Emma Wilson ist eine angesehene Ärztin», sagte Blanche ungewohnt streng für ihre Verhältnisse in Richtung ihres Großvaters. Sie war sonst die Einzige, die Eugen alles durchgehen ließ.

«Für Frauen vielleicht.»

Jetzt sah Blanche aus, als würde sie ihm gerne die Augen auskratzen. «Papa hat es allein ihr zu verdanken, dass er nun an einem Ort ist, an dem man sich mit seiner Krankheit auskennt. Und wir haben es ihr vielleicht zu verdanken, dass uns ein ähnliches Schicksal erspart bleibt.»

«Die Reederei der Karstens hat sich doch gut erholt, das war ein kleiner Schluckauf, nichts weiter. Franz hat das Ruder herumgerissen, und die Geschäfte laufen besser denn je», warf Julius ein, ohne auf die Diskussion über Dr. Wilson einzugehen. John war ihm dankbar, das Gespräch würde zu nichts führen. Blanche sollte es besser wissen. Erwartete sie etwa, dass ihr Großvater plötzlich umschwenkte und sich für die Emanzipation einsetzte?

«Die Reederei vielleicht. Aber gesellschaftlich haben die Karstens nie wieder Fuß fassen können. Der Bund der Ehe muss die Söhne und Töchter Hamburgs zusammenführen. Familie und Firma hängen nun mal aneinander. Und Familie bleibt Familie. Ich sag's ja immer», grummelte Eugen und lehnte sich zurück, sodass sein Rollstuhl knarzte. «Seit der Cholera ist diese Stadt nicht mehr, was sie war. Die Preußenseuche hat uns in ihren Klauen und lässt uns nicht mehr los. Von den Sozialisten gar nicht erst zu reden.»

John seufzte tief. Es war immer dieselbe Leier. Er fragte sich, ob irgendwann seine eigenen Söhne auch heimlich mit den Augen rollen würden, weil die Werte der Generationen zu weit auseinanderklafften.

Alice trat durch die Schwingtür und räumte lautlos die Schalen ab. John zwang sich, sie nicht anzusehen. Trotzdem spürte er ihre Anwesenheit mit jeder Faser seines Körpers, wie er sie immer spürte, wenn Alice in der Nähe war, als verteile sich etwas von ihr in der Luft. Er konnte erst wieder richtig atmen, als sie den Raum verließ.

Seit er Alice mitten in der Nacht auf dem Treppenabsatz begegnet war, hatte sich etwas zwischen ihnen verändert. Sie hatte sich noch mehr von ihm distanziert – und ihm war klar, warum. Sie glaubte, Evelyn habe bei ihm übernachtet. Tatsächlich hatten er und Evelyn nur geredet, ein wenig Karten gespielt. Sie war seine Verlobte, aber Evelyn hätte niemals vor der Hochzeit sein Bett geteilt. Natürlich war ihm bewusst, wie es für Alice ausgesehen habe musste. Trotzdem erklärte er sich nicht. Die Distanz tat weh, vielleicht war sie jedoch genau das, was sie brauchten, um endlich abschließen zu können.

«Möchtest du beginnen?», fragte er Gesa ungeduldig, ein Auge auf dem noch immer halb vollen Schälchen seines Großvaters. Das hier konnte noch Stunden dauern, wenn er nichts unternahm. Statt auf Eugens Geschwätz einzugehen, betrachtete er wieder seine Mutter. Sie war blass und blickte mit verkniffener Miene auf ihren Teller.

«Das Wahlrecht wurde doch gerade erst wieder eingeschränkt», bemerkte Julius in Richtung seines Großvaters.

Gesa nickte John zu, stand auf und nahm den Brief vom Tablett auf der Anrichte, brach das Siegel und holte das Papier heraus.

«Nicht genug», blaffte Eugen. «Die Sozialisten haben immer noch viel zu viel Einfluss. Willst du vielleicht jeden Hinz und Kunz über die Geschicke der Stadt mitentscheiden lassen?»

«So weit wird es nicht kommen.»

Eugen lachte spöttisch. «Das hat der alte Karsten bestimmt auch gedacht, und dann reichte eine abtrünnige Tochter, um die ganze Familie ins Verderben zu führen. Trotzdem ist es verglichen mit den Godeffroys natürlich nichts.» Eugen schnaufte durch die Nase, und Gesa warf ihm einen erschöpften Blick zu. Alle am Tisch wussten, dass ein Tadel nichts bewirken würde. Nichts und niemand konnte ihn davon abhalten, seine Geschichten zu erzählen.

Das Schicksal der Godeffroys, deren Handel in Hamburg beinahe zweihundert Jahre lang floriert hatte und die zu den reichsten und repräsentativsten Familien der Stadt gezählt hatten, wurde von Johns Großvater gerne als warnendes Beispiel aufgeführt. Der Name war noch immer jedem in Hamburg bekannt, aber niemand konnte ihn aussprechen, ohne einen leichten Schauer zu verspüren. Vielleicht war es der kalte Atem der Vorsehung, der einem in den Nacken hauchte und einen erinnerte, wie schnell das Blatt sich wenden konnte. Wie schnell alles vorbei sein konnte.

Eugen lehnte sich vor, tätschelte Burchards riesigen Schädel. «Ich war 66 selbst dabei, als der alte Godeffroy alles, was Rang und Namen hatte, auf Schlitten über die Elbe nach Dockenhuden kutschieren ließ. Ein Spektakel sondergleichen, das Eis war extra freigeräumt worden. Und die Schlitten, ich sag es euch, so was Prächtiges habt ihr noch nicht gesehen! Diener in galonierten Pelzen, Fackeln den ganzen Weg runter. Nachdem alle fürstlich gespeist hatten, ging es zurück. Das waren noch Zeiten, das war noch Glanz.» Schmatzend löffelte er, während sein Blick nach innen gerichtet war, in die glitzernde Vergangenheit, von der er so gerne erzählte und die sie alle nur aus seinen Geschichten kannten. Als etwas, das den Raum verlassen hatte, kurz bevor sie selbst eingetreten waren.

Julius nickte abwesend. Niemand hörte richtig zu, sie alle hatten diese Anekdoten ihr ganzes Leben lang ertragen.

«Und dann ging alles vor die Hunde.» Eugen trank seinen Sherry aus. «Er hatte alles in Aktien und Grundbesitz gesteckt und kein Kapital mehr, um seine Ausgaben zu decken. Man sagt, er habe Bismarck persönlich um Hilfe angefunkt. Aber so groß hätte der Kredit gar nicht sein können. Niemand konnte ihn mehr retten.» Er steckte sich noch einen zitternden Löffel Gelee in den Mund.

Julius zerknüllte mit gerunzelter Stirn seine Serviette in der Hand, Blanche trank Kaffee und blickte mit versteinerter Miene aus dem Fenster, Evelyn sah aus, als wäre sie gedanklich weit, weit fort. Nur John hörte zu. Etwas im Tonfall seines Großvaters ließ ihm ein alarmierendes Prickeln den Nacken hochsteigen.

«Was soll man sagen!» Eugen schnalzte mit der Zunge und betrachtete die Sherryflasche, als überlegte er, sich einen zweiten zu genehmigen. «Es waren eben Hugenotten. Sie hatten hier nie etwas verloren.»

«Ich lese jetzt!», sagte Gesa streng.

Eugen nickte, wischte sich Gelee vom Mund und wedelte mit der Hand, zum Zeichen, dass sie anfangen sollte.

Gesa überflog die ersten Zeilen des Briefes, und als offenbar keine Hiobsbotschaften zu erwarten waren, entspannte sie sich sichtlich.

… beim Kaffeetrinken brauche ich Hilfe, da ich nicht mehr gut unterscheiden kann, wann etwas heiß und wann es kalt ist. Es ist schwer, den Stift zu halten, seht es mir also nach, wenn die Buchstaben anders aussehen, als ihr sie kennt. In einem gewissen Ausmaße bin ich aber noch arbeitsfähig, noch nicht ganz nutzlos. Wir haben hier einen Garten, um den wir uns gemeinsam kümmern. Es tut gut, in der Erde zu wühlen, denn auch wenn ich sie nicht richtig spüre, so rieche ich sie doch. Im vergangenen Herbst wurden Zwiebeln gesetzt, nun blüht der Garten in voller Pracht. Es geht mir gut hier. Es wird euch sicher schwerfallen, das zu glauben, aber man kümmert sich hervorragend um mich, alle Patienten werden gut versorgt. Niemand vom Personal und auch keiner der Ärzte hat den Aussatz bekommen, obwohl sie schon lange hier arbeiten. Das beruhigt mich ungemein. Es wäre nicht zu ertragen, hätte ich einen von euch infiziert. Aber Dr. Wilson hatte wohl recht, die Krankheit ist anscheinend weniger ansteckend, als man gemeinhin glaubt. Trotzdem ist es unbestreitbar, welchen Dienst an der Menschheit das Personal hier Tag für Tag erweist.

John hörte zu, aber in seinem Kopf schwirrten zugleich andere Worte herum, mischten sich mit Gesas Stimme. Er selbst hatte erst kürzlich ebenfalls einen Brief von seinem Vater erhalten.

Aber während Theodor sich bei Gesa zurückhielt, so tat, als ginge es ihm blendend, war er John gegenüber ehrlicher.

Es frisst die Gelenke. Langsam, über Monate, manchmal Jahre. Das Fleisch stirbt, es fällt ab, nur der Knochen bleibt stehen. Irgendwann lässt er sich einfach aus den Gliedmaßen herausziehen. Ich träume davon, wie ich jemandem die Hand gebe, wie derjenige sie festhält und der Knochen aus mir herausgleitet. Die Träume sind ohne Schmerz, aber mit so viel Entsetzen. Die Nächte sind schwer, wirklich schwer, ich kann es nicht leugnen. In der Nacht ist alles weiter weg und gleichzeitig näher.

Einerseits war John dankbar, dass sein Vater ihm gegenüber so offen sein konnte, sicherlich verschaffte es Theodor Erleichterung, seine Ängste mit jemandem zu teilen. Andererseits war es kaum zu ertragen.

«Mein Gott!»

Der spitze Aufschrei seiner Mutter riss John aus den Gedanken. Erschrocken fuhr er herum.

«Ich darf ihn besuchen!» Gesa hatte ein paar Zeilen überflogen, ohne sie vorzulesen, und sah jetzt mit großen Augen in die Runde. Sie hielt das Papier mit zitternder Hand von sich, als könnte sie es nicht glauben. «Er hat geschrieben, dass ich kommen und ihn besuchen darf.» Sie blickte zu ihm. «John», hauchte sie. «Ich darf ihn sehen!»

Jaris sah sich um. Er hatte schon ein paar Gläser zu viel getrunken, die Lichter verschwammen auf angenehme Weise vor seinen Augen. Gott, er war so müde. Am liebsten hätte er einfach den Kopf auf den Tisch gelegt und geschlafen. Die Männer um ihn herum lachten über einen Scherz, den er nur halb mitbekommen hatte, jemand hatte ein Kartenspiel ausgepackt, aber er winkte ab, zündete sich eine Zigarette an, saß einfach da und genoss es, nichts zu tun. Als er den Blick durch den Raum schweifen ließ, blieb er an einer korpulenten älteren Frau hängen. Ihre Lippen waren sehr rot, ihre Wangen ebenso. Ihre Haut hingegen wirkte durch den hellen Puder beinahe weiß. Sie lachte schallend, und er sah, dass sie kaum noch Zähne im Mund hatte. Schlagartig wurde ihm klar, wo er sich befand.

Es war kein Bordell im klassischen Sinne, aber wenn man genau hinsah, erkannte man die Zeichen. Es waren etwas zu viele Frauen ohne Begleitung hier, und sie wirkten alle etwas zu übereifrig, Bekanntschaften zu schließen, waren zu stark zurechtgemacht, hängten sich an die Gäste, als gäbe es einen Preis zu gewinnen. Halbseidene. Er hätte es wissen müssen, wo sonst sollten ihn seine Kollegen hinschleppen. Die Männer aus den Hafenschuppen waren ein raues Volk, und obwohl die meisten von ihnen verheiratet waren, wunderte es ihn nicht.

Plötzlich erschien ihm alles um ihn herum in einem vollkommen anderen Licht. Sahen seine Kollegen es denn nicht? Störte es sie nicht, wie müde die Frauen unter dem Puder wirkten, wie angewidert sie sich abwandten, wenn die Männer ihnen etwas zuflüsterten und dabei ihre Haut berührten? Wie das Lächeln von ihnen abfiel, sobald niemand hinsah, und auf magische Weise wieder erschien, wenn es musste.

Gerade wollte er sich erheben, um zu gehen, da fiel sein Blick auf eine junge Kellnerin.

Sie trug Schürze und Haube, stand hinter dem Buffet und goss Sekt in kleine Schalen. Auf eine zerbrechliche Weise war sie schön, hatte helle Locken und braune Augen. Etwas stimmte nicht mit ihr. Sie hielt den Rücken so gerade, dass es beinahe schmerzhaft wirkte, schenkte so langsam und sorgsam ein, als hinge ihr Leben davon ab. Die ganze Zeit hielt sie den Blick gesenkt. Jaris runzelte die Stirn. Ihre Hand zitterte.

Als die Gläser voll waren, schien sie einen Moment nicht zu wissen, was sie tun sollte. Fasziniert saß er da und beobachtete, wie sie einfach dort stand, mit entrücktem Blick, die leere Flasche in der Hand, und aussah, als würde sie sich am liebsten in Luft auflösen. Auf dem Buffet vor ihr wurden Hors d'œuvres in mehr oder weniger frischem Zustand dargeboten. Plötzlich streckte sie die Hand aus, zog ein Salatblatt von einem der Kaviarbrötchen und ließ es in ihrer Schürzentasche verschwinden.

Verblüfft lachte er auf. Was zum Teufel hatte sie mit einem einzelnen Salatblatt vor?

Eine hagere ältere Frau schoss plötzlich auf die Kellnerin zu und schob sie energisch in den Schankraum, drückte ihr das Tablett mit den vollen Sektschalen in die Hände und deutete auf einen runden Tisch voller Männer, von dem dröhnendes Lachen herüberschallte. Jaris sah, wie die Kellnerin vor Angst die Schultern verkrampfte. Mit langsamen Schritten ging sie durch die Menge, das Tablett hielt sie mit ausgestreckten Armen, als wären die Gläser mit Dynamit gefüllt, das jeden Moment explodieren könnte.

«Na, gefällt dir die Kleine?» Sein Vorarbeiter drehte sich zu ihm, die Zigarette noch im Mundwinkel, und eine Wolke Tabakatem umhüllte ihn. «Brauchst nur ’nen Ton zu sagen.» Er senkte die Stimme zu einem heiseren Flüstern. «Pauline arrangiert das. Ist alles diskret hier, brauchst dir keine Gedanken zu machen. Wir kommen jede Woche her.»

«Kein Bedarf», erwiderte er und hätte dem Mann gerne die Zigarette aus den gelben Zähnen geschlagen.

Es schepperte laut, und alle Köpfe fuhren herum. Ungläubig starrte das Mädchen auf die Scherben und ihre besudelten Schuhe. Sie bewegte keinen Muskel. Als sie nach ein paar Sekunden noch immer keinerlei Anstalten machte, die Bescherung aufzuwischen, kam eine andere Bedienung angerannt und begann mit einem strafenden Blick in ihre Richtung, die Glassplitter in ihre Schürze zu sammeln. Die Männer an dem runden Tisch beobachteten die Situation amüsiert. Einer von ihnen stand auf und zog die junge Frau an sich. Der glasige Blick und die roten Wangen sagten Jaris, dass der Mann mehr als nur betrunken war. Er schien die Kellnerin trösten zu wollen, legte lachend einen Arm um sie, doch seine Hand landete etwas zu weit unten auf ihrem Rücken. Sie erwachte aus ihrer Starre, versuchte, sich zu entziehen. Als der Gast sie nicht losließ, stieß sie ihm mit aller Kraft die Hände vor die Brust. Er taumelte zurück, stolperte über die eigenen Füße, wäre hingefallen, wenn der Tisch mit seinen Freunden nicht im Weg gewesen wäre, die ihn johlend auffingen.

Jaris beobachtete, wie die Alte mit glühenden Augen herbeigeschossen kam, die junge Frau in eine Ecke hinter dem Tresen zog und ihr so fest in den Arm kniff, dass sie vor Schmerz aufschrie.

Er dachte daran, dass sein Erspartes nur noch drei Wochen reichen würde. Er dachte daran, dass seine Stiefel unbedingt zum Schuster mussten und er keine Ahnung hatte, wo er demnächst wohnen würde. Seufzend stand er auf und blickte Richtung Tür.

Die Alte ließ eine Straftirade über die Kellnerin niedergehen, die mit hängenden Armen dastand und auf ihre Schuhe starrte. Jaris trat an die Theke. Er räusperte sich laut, und die Frau fuhr herum.

«Pauline, nehme ich an?», fragte er, ohne die Spur eines Lächelns. Er fand die Alte einfach nur widerwärtig.

Augenblicklich veränderte sich ihr Gesicht. Die Augen blitzten auf, die faltigen, rot bepinselten Lippen bogen sich nach oben. «Ganz richtig. Was kann ich für dich tun, mein Hübscher?»

Jaris zog Geld aus seiner Weste und legte es auf den Tresen.

Ihr Blick flackerte erschrocken. «Nicht hier!», zischte sie ärgerlich, legte aber nichtsdestotrotz ihre Finger auf die Münzen. Mit einem kurzen Wink bedeutete sie ihm, ihr hinter den Vorhang zu folgen. Er hatte sich noch nicht bewegt, da war das Geld bereits in ihrer Schürzentasche verschwunden.

«Ich will die Kellnerin.» Jaris war ihr gefolgt und deutete nun mit dem Kinn in Richtung Schankraum.

«Sala steht leider noch nicht zur Verfügung.» Bedauernd schüttelte sie den Kopf. «Sie ist neu. Muss sich erst eingewöhnen. Es bringt nichts, wenn man die Mädchen zwingt. Aber ich habe genug Auswahl, wenn du …»

Wortlos zog er zwei weitere Münzen aus der Tasche und hielt sie ihr hin.

Sie zögerte nur einen Wimpernschlag. «Das vierte Zimmer von rechts, einmal den Gang runter.» Mit dem Daumen deutete sie in den dunklen Flur hinter sich. «Geh schon vor. Ich hole sie.»

Er wusste nicht, was er erwartet hatte. Das Zimmer sah auf eine Weise normal aus, dass es ihm fast grotesk erschien. Ein kleines Regal mit Büchern, bestickte Kissen auf dem Bett, eine stoffbezogene Stehlampe in der Ecke. Auf einem Trockengestell hing ein Handtuch, und neben der Waschschüssel in der Ecke stand ein Glas mit einer Zahnbürste darin. Mit einem Schlag wurde ihm bewusst, dass sie hier lebte.

Aus Mangel an Alternativen ließ er sich auf dem sorgsam gemachten Bett nieder. Kurz darauf erklangen Schritte auf dem Flur. Jemand zischte etwas, es schien, als gäbe es ein kurzes Gerangel, dann öffnete sich die Tür, und die junge Frau stolperte in den Raum.

«Eine Stunde!», rief die Alte, ohne selbst ins Zimmer zu kommen. Dann hörte er, wie von außen der Schlüssel herumgedreht wurde.

Die Angst, die schon im Schankraum auf ihrem Gesicht gelegen hatte, war noch intensiver geworden. Aus dunklen Augen sah sie ihn an, wich so weit zurück, dass sie mit dem Rücken gegen die Tür stieß.

Vorsichtig stand er auf. Reflexartig hob er beide Hände, wie er es bei scheuen Pferden machte, ließ sie dann schnell wieder sinken. Sie war ein Mensch, kein Tier. «Keine Sorge.» Wie sollte er erklären, was er hier wollte? Er hatte einfach gehandelt, hatte es nicht ertragen, sie so zu sehen. «Ich … dachte einfach, du kannst vielleicht eine Pause gebrauchen», schloss er etwas lahm. Er lächelte, und ihr Blick flackerte entsetzt. Na wunderbar. Wenn er so weitermachte, stürzte sie sich vor Angst noch aus dem Fenster.

Sie sagte kein Wort, und er begriff, dass sie seine seltsame Erklärung nicht verstanden hatte. Gut, das war vielleicht auch kein Wunder. Langsam setzte er sich wieder. «Ich fasse dich nicht an.» Als sie immer noch nicht reagierte, sagte er nachdrücklich: «Ich verspreche es.»

Ihre Brust hob und senkte sich, als bekäme sie nicht genug Luft.

«Du sahst so aus, als wärst du nicht freiwillig hier.»

Sie erwiderte immer noch nichts.

«Wir müssen auch nicht reden.» Er sah sich im Raum um, verzweifelt bemüht, ein Thema zu finden. «Dann könnte die Stunde aber ziemlich lang werden.» Plötzlich fiel es ihm ein. «Sag mir nur eins.» Er lächelte. «Was hast du mit dem Salat vor?»

So lange stand sie bewegungslos da, dass er sich schon wieder eine neue Frage überlegte. Doch plötzlich brachte sie mit einer seltsam rauen Stimme, die nicht zu ihr passte, hervor: «Was?»

«Das Salatblatt.» Er lächelte noch breiter. «Ich habe gesehen, wie du es eingesteckt hast. Leugnen ist zwecklos.»

Sie zögerte immer noch. Doch endlich bewegte sie sich, ging langsam zum Schrank, ließ ihn dabei keine Sekunde aus den Augen, als wäre er ein gefährliches Tier, das sich jeden Moment auf sie stürzen könnte. Er nahm es ihr nicht übel. Schließlich hatte sie keinerlei Beweise für das Gegenteil. Und er hatte die Männer da draußen ja gesehen.

Sie drehte den kleinen Schlüssel, öffnete den Schrank und zog einen Schuhkarton hervor, hob vorsichtig den Deckel. «Der Salat ist für sie», sagte sie so leise, dass er es kaum verstand.

Erstaunt trat er näher. Sie wich zurück, und er hielt sofort inne. Nach einem Moment nickte sie.

Als Jaris die Schildkröte sah, lachte er überrascht auf.

1898

Ich weiß nicht genau, warum ich all das erzähle. Warum ich immer wieder über die Kette aus Ereignissen nachdenken muss, die mein Leben bestimmt und mich zu dem Menschen gemacht haben, der ich heute bin. Vielleicht, weil ich mich frage, wie es so weit kommen konnte.

Wie konnte alles schlimmer und schlimmer werden? Wie oft zermartere ich mir den Kopf über die Frage, auf welche Weise ich die Spirale hätte anhalten können, die sich immer weiter nach unten drehte. Dabei habe ich doch längst erkannt, dass es keine Wahl für mich gab, keinen anderen Weg. Den gibt es für Frauen nur selten. Besonders nicht für solche wie mich, die bereits unten angefangen haben. Und irgendwann am Boden der Gesellschaft ankommen.

Im Stift wurden «gefallene Frauen» aufgenommen. Ich kannte den Ausdruck nicht. Wie naiv ich immer noch war, wie jung und vollkommen weltfremd!

Als ich erfuhr, dass ich in ein Gotteshaus gebracht würde, dachte ich erleichtert an den Pastor, seine Liebe zu süßem Essen, seine tiefe Stimme und seine Geduld, als er mir die Buchstaben beibrachte. Obwohl er mich bitter verraten hatte, beruhigten mich diese Gedanken.

Man führte mich die Gänge entlang und zeigte mir ein Zimmer mit acht Betten, in dem ich wohnen würde. Ich erhielt ein einfaches Gewand und erfuhr, wie ich die Haare zu tragen hatte – im Nacken gebunden und geflochten über den Rücken hängend. Dann führte mich eine der Schwestern des Stifts in einen Saal. Es herrschte eine solche Stille dort, dass ich erschrak, noch bevor ich die blassen Gesichter sah, die mir entgegenblickten. Die jungen Frauen saßen kerzengerade und so still, dass man eine Stecknadel hätte fallen hören können. Sicher zwanzig, dreißig Augenpaare musterten mich.

«Wir essen schweigend.» Die Schwester wies auf einen freien Platz.

Ich setzte mich und bekam sofort einen Ellbogen in die Rippen. Meine Banknachbarin deutete mit dem Kinn auf ihre Hände. Erst jetzt bemerkte ich, dass alle Frauen die Hände gefaltet vor ihren Tellern auf den Tisch gelegt hatten, jede in der exakt gleichen Position. Rasch tat ich es den anderen nach. Meine Nachbarin verzog kaum merklich den Mund, zum Zeichen, dass ich es richtig machte. Sie war blond und dünn, mit herzförmigem Gesicht und großen blauen, besorgt blickenden Augen. Später lernte ich, dass sie Heide hieß und eine der Ältesten hier war. Und eine von denen, die es schon am längsten bei den Schwestern aushielten.

Nun wurde es noch stiller. Selbst die Luft schien zu erstarren. Alle senkten die Blicke auf den Tisch. Plötzlich sah ich eine der Schwestern mit einem Stock. Sie war klein und hager, hatte aber buschige Augenbrauen, wie ein Mann. Langsam schritt sie an uns vorbei, ließ dabei den Stock an den Rücken der Frauen entlangfahren. Dann hörte ich ein Geräusch, ein Zischen, als würde ein fest gespanntes Seil entzweireißen. Es folgte ein gequältes Wimmern. Ich traute mich nicht aufzusehen. Als sie an mir vorbeiging, glitt die Spitze des Stocks über meine Schultern. Ich war schon oft geschlagen worden, aber die Atmosphäre im Raum machte den Stock bedrohlicher als alles, was ich kannte. Sofort drückte ich den Rücken noch ein wenig mehr durch, bis ich hörte, wie die Schritte sich entfernten. Meine Achseln waren schweißnass.

Nach der Inspektion standen die vier Frauen auf, die der Tür am nächsten saßen, und verschwanden im Gleichschritt, um kurz darauf mit dampfenden Schüsseln wiederzukommen. Der Duft ließ mich schwindeln. So schlimm kann es nicht sein, wenn das Essen so gut riecht, dachte ich, und obwohl ich inzwischen verstanden hatte, dass wir weiterhin auf die Tischplatte schauen sollten, konnte ich nicht anders, als mit den Augen zu verfolgen, wie am Tisch der Schwestern aufgetragen wurde. Ich sah eine Schale mit Erbsen und eine Platte mit Fleisch, und das Wasser lief mir buchstäblich im Munde zusammen – ich hatte den Tag auf dem Polizeirevier verbracht, und dort war die Versorgung mehr als dürftig gewesen. Doch dann setzten die vier Frauen sich wieder. Es klingelte, und wie auf Kommando öffneten alle um mich her die Münder und begannen zu sprechen.

Wir beteten, während die Schwestern aßen. Ich kannte die Worte nicht und bewegte nur stumm die Lippen. Die duftenden Platten wurden wieder abgetragen, dafür wurden Schmalzbrote gebracht, zwei Scheiben für jede.

Das Schmalz war so dünn geschmiert, dass man es kaum sah. Trotzdem schlang ich alles hinunter, als hätte ich nie etwas Besseres bekommen. Danach ging eine der Schwestern herum und verteilte Medizin, jede von uns musste einen großen Löffel schlucken. Es war eine bitter riechende Flüssigkeit, die nach Fisch schmeckte. Ich habe nie erfahren, was für eine Arznei es war. Sie ließ mich nachts traumlos und tief schlafen, beim Erwachen jedoch war mein Kopf schwer wie Blei. Morgens bekamen alle wieder einen Löffel, diesmal mit einer anderen Flüssigkeit, und danach konnten wir klarer denken.

Sehr schnell begriff ich die Abläufe im Stift, denn sie waren immer gleich. Es gab eine hauseigene Wäscherei. Sprechen war während der Arbeit nicht erlaubt. Zu jeder vollen Stunde sangen wir ein Marienlied, ansonsten war es still, abgesehen vom Rattern der Heißmangel und dem Zischen der Eisen. Jede von uns hatte eine Nummer, die auch auf den Kleidern stand, und die Schwestern redeten uns nur mit den Zahlen an.

Die Schichten dauerten dreizehn Stunden. Wie vermisste ich jetzt das Haus der Poggenfuhls! Verglichen mit dem Stift, war es der Himmel auf Erden gewesen. In Zweierreihen ging es zum Essen und danach direkt in die Betten. Keine Gespräche, keine Erholung.

«Ihr seid zu schwach für ein freies Leben», sagten die Schwestern. «Ihr könnt mit der Freiheit nicht umgehen. Man sieht ja, was aus euch wird, wenn man euch die Wahl lässt. Wir passen hier auf euch und auf eure verdorbenen Seelen auf.»

Es gab keinerlei Privatsphäre. Kam man neu dazu, musste man am Abend vorführen, wie man sich wusch. «Reinlichkeit ist das halbe Leben!» Auch das sagten die Schwestern ständig, und wenn eine es nicht richtig machte, nahmen sie einen kalten Lappen und halfen selber nach, fuhren sogar zwischen die Beine, denn «dort muss man ganz besonders auf Reinheit achten!». Uns von Schmutz zu befreien, körperlich wie seelisch, schien ihre oberste Priorität.

Vor der kleinen Schwester mit den dunklen Brauen und dem Stock fürchtete ich mich am meisten. Ausgerechnet sie war dabei, als ich mich an meinem ersten Abend waschen musste. Sie befahl mir, mich in die Mitte des Raumes zu stellen und die Kleider abzulegen. Ich gehorchte nur zögerlich, aber ich hatte keine Wahl. Nachdem ich mein Leibchen abgestreift hatte, starrte die Schwester auf meinen Bauch. Die Spuren der Schwangerschaft waren noch deutlich zu sehen.

Ihr schien alles Blut aus dem Gesicht zu weichen. Dann packte sie mich an den Haaren. «Da seht ihr, was passiert, wenn man euch einfach in die Welt hinauslässt.» Während sie mich mit dem Lappen abrieb, so fest, dass die Striemen noch Stunden später auf der Haut brannten, redete sie über die heilige Agnes von Rom, die ihr Leben geopfert habe, um ihre Unschuld zu bewahren. Ich versuchte, mir nicht anmerken zu lassen, wie weh sie mir tat. Die anderen standen aufgereiht an der Wand und schauten mit glasigen Augen zu. Ich glaube, sie versuchten, nichts zu sehen, denn später hielt ich es genauso. Als das nächste neue Mädchen kam und sich der Tortur unterziehen musste, schaute ich weg, obwohl meine Augen auf sie gerichtet waren.

Obgleich alle Bewohnerinnen des Stifts noch so jung waren, gab es einige, die Kinder bekommen hatten. Andere wiederum waren nur da, weil sie sich in jemanden verliebt hatten, in den sie sich nicht hätten verlieben dürfen, ungehorsam gewesen waren, gegen die Eltern rebelliert hatten. Gefangen waren wir alle gleich. Das Rasseln der Schlüsselbunde begleitete uns jede Minute, drang bis in unsere medizingetränkten Träume. Die Schwestern waren dabei, wenn wir uns morgens und abends wuschen und sogar, wenn wir uns erleichterten, denn selbst das durfte man nur zu bestimmten Zeiten.

Die Strafen wurden tagsüber verteilt, doch sie wurden aufgeschoben, damit die Arbeit nicht unterbrochen werden musste, und das Anstehen vor dem Zimmer war schlimmer als die Strafe selbst.

Außerdem gab es eine Dunkelzelle im Stift. Die Zelle befand sich an der Außenseite des Hauses, war aus rohem Stein gehauen und hatte kein Fenster. Sie wurde auch nicht beheizt. Die Insassinnen nannten sie «das Grab». Als ich das erste Mal ins Grab kam, war ich seit kaum einer Woche im Stift. Mein Vergehen bestand in einem verbrannten Hemd. Wir erledigten die Laufwäsche für halb Hamburg – zumindest fühlte es sich so an. Von morgens bis abends standen wir an den Kochtöpfen, Mangeln und Bügelbrettern. Mein Rücken war von der Schwangerschaft noch so mitgenommen, dass er bereits schmerzte, wenn ich einfach nur saß oder lag, aber die Schichten in der Wäscherei gaben mir den Rest. An diesem Tag war es passiert: Ich war im Stehen eingeschlafen und hatte einen handtellergroßen schwarzen Kreis in das Herrenhemd gebrannt, das ich plätten sollte. Im Stift gab es keine Erklärungen und keine Ausreden, es gab nur Strafen.

Im Dunkeln verliert man den Sinn für die Zeit. Ich legte mich an die Tür auf den eiskalten Boden und versuchte zu lauschen, aber bald gab ich es auf. Irgendwann begann ich, Stimmen zu hören. Dann meinte ich, Otto wäre bei mir. Aber ich konnte ihn im Dunkeln nicht finden, tastete mich an den Wänden entlang, immer weiter im Kreis, schluchzend und in Panik.

Ich bekam viel Besuch während meiner Zeit in der Dunkelheit. Der Pastor war da, und Mechthild kam auch, erzählte mir mit leiser Stimme von ihrer Angst zu sterben. Manchmal hörte ich Erika neben mir atmen. Ich roch den stechenden Geruch, der von ihr ausgegangen war, als ich sie fand. «Niemand hat mir geholfen», sagte sie in der Schwärze. Ich hörte ihre Stimme ganz deutlich. Auch meine Mutter kam. Sie beugte sich über mich und fragte mich, was ich hier machte, warum ich nicht mehr im Dorf war, wo sie mich zurückgelassen hatte. Und da merkte ich, wie sehr ich mich wirklich schämte für alles, was passiert war. Denn nicht einmal in der Dunkelheit konnte ich es erzählen.

Sie sagten mir später, dass ich drei Tage und drei Nächte im Grab gewesen sei. Es hatte sich angefühlt wie ein Jahr.

Es gab eine besonders mutige Frau im Stift. Sie ließ sich vom Stock und von den Strafen nicht beeindrucken, gab Widerworte, forderte mehr Essen und warmes Wasser. Sie hieß Carola. Eines Tages verweigerte sie einfach die Arbeit. Sie setzte sich in der Wäscherei auf den Boden und verschränkte die Arme vor der Brust.

Als sie in das Grab gesperrt wurde, begann sie zu singen. Sie sang so laut, dass wir sie sogar unten bei den Wäschemangeln hören konnten. Dann fing sie an zu rufen. Nachts lag ich da und hörte sie, freute mich, dass sie so stark war, dass sie sich nicht alles gefallen ließ. Aber die Schwestern hörten sie auch. Irgendwann in der Nacht erklangen schwere Schritte draußen auf dem Flur, begleitet vom Klappern der Schlüssel. Dann hörte ich Carola schreien, und danach war Ruhe. Zumindest eine Weile. Am nächsten Tag begann sie wieder zu rufen. Eine erzählte mir, dass die Schwestern Carola nicht einmal mehr für Wasser und Essen die Tür öffneten. «Sie haben ihr einen Laib Brot gegeben und gesagt, dass sie ihn sich einteilen soll», flüsterte die Frau, als sie einen Karren mit Laken an mir vorbeirollte.

Sie ließen sie drei Wochen im Grab, und bis sie sich endlich daran erinnerten, dass ihnen eine Arbeitskraft fehlte, hatte Carola längst aufgehört zu singen und zu rufen. Als sie rauskam, war sie nicht mehr sie selbst. Ich weiß nicht, wie ich die Frau beschreiben soll, die das Grab verließ, es ist schwer, Worte zu finden für das, was mit ihr passiert war. Ihr Gesicht war anders. Die Augen waren anders. Sie war irre geworden, dort drin in der Dunkelheit. Ich wusste es, denn auch nach mir hatten die kalten Finger des Irrsinns gegriffen. Bei mir waren es nur Momente gewesen, in denen ich nicht mehr genau wusste, wer ich war und was ich hier machte. Dieses langsame Verschieben der Realität, es hatte länger und länger gedauert mit dem Fortschreiten der Zeit in der Dunkelheit. Es hätte nicht viel gefehlt, und ich wäre genauso geendet wie sie. Ich fragte mich, wen sie wohl gesehen hatte.

Wer sie besucht hatte im Grab.

Es war klar, dass Carola nicht mehr arbeiten konnte, sie lachte irre, setzte sich einfach neben die Kochtöpfe mit der Wäsche auf den Boden und schlang die Arme um die Knie, wiegte sich vor und zurück und sah uns an wie ein kleines Kind. Als ich das nächste Mal ins Grab kam, weil aus der Kammer der Schwestern ein Stück Wurst fehlte und ich des Diebstahls bezichtigt wurde, obwohl ich nicht einmal in der Nähe gewesen war, dachte ich immerzu an Carolas Gesicht, an das Fremde in ihren Augen. «Du bist nur in der Zelle, du kommst bald wieder raus», flüsterte ich mir zu, ununterbrochen, weil es half, meine Stimme zu hören. Tatsächlich holten die Schwestern mich schon bald wieder raus. Noch eine Verrückte wollten sie sich anscheinend nicht leisten, und so blieb die Höchststrafe von nun an bei zwei Tagen.

Als Heide einmal eine Nacht ins Grab kam, in der es so kalt war, dass wir sogar in unserem Zimmer weißen Nebel ausatmeten, hatte ich eine fatale Idee.

Eine der Frauen hatte versehentlich ein Laken verbrannt, genau wie ich, woraufhin es weggeworfen werden musste –

wofür sie verprügelt, aber nicht eingesperrt wurde, weil das Grab bereits besetzt war. Ich holte das Laken heimlich aus dem Müll und versteckte es unter meiner Matratze, denn ich hatte etwas beobachtet: Die Schwestern betraten das Grab niemals selbst. Sie schoben Wasser und Brot durch einen Spalt in der Tür und machten sie sofort wieder zu. Ob es nun Mut war oder Dummheit oder eine Mischung aus beidem, ich knäulte das Laken zusammen und versteckte es bei der nächsten Gelegenheit hinter der Tür der Zelle. Dann erzählte ich den anderen nachts im Flüsterton, was ich getan hatte.

Erst waren sie wütend, sie zischten mir im Dunkeln Verwünschungen zu. Sie hatten Angst. Wer auch immer mit dem Laken erwischt wurde, musste die Strafe kassieren. Doch dann flüsterte meine Bettnachbarin: «Sie hat recht. Es friert doch schon nachts. Was, wenn sie wieder eine von uns vergessen? Denkt an Carola.»

Das ließ den Protest verstummen.

Nach und nach sprach es sich herum, und einige taten es mir gleich. Eine Frau aus dem Nachbarzimmer deponierte ein paar wollene Socken, eine sogar eine Packung Zündhölzchen. Wenn man tagelang in eiskalter Finsternis aushalten muss, sind ein Laken, Socken und ein Zündholz, das ein wenig Licht schenkt, beinahe wie ein Wunder.

Aber natürlich ging es nicht gut. Natürlich fanden sie es heraus. Wie hätte es auch anders sein können?

Als sie Heide die Schuld gaben, trat ich vor. «Es war allein ich», sagte ich fest. Sie wollte protestieren, aber ich schüttelte warnend den Kopf, und sie verstummte.

Ich musste mich vor den anderen aufstellen. Das war neu. Sie wollten wohl ein Exempel statuieren, schlugen mich nicht wie sonst auf die Oberschenkel, sondern auf den Rücken. Ich war so dünn, da war nichts zwischen dem Holz und meinen Knochen, kein schützendes Fleisch, kein Fett, das den Aufprall gelindert hätte. Die Schwester hörte und hörte nicht auf. Ihr Atem ging immer heftiger, immer schneller. Ich sah das Entsetzen in den Gesichtern der anderen.

Als ich erwachte, lag ich auf dem Bauch in meinem Bett. Das Hemd hatte man mir ausgezogen, erst später fand ich heraus, dass sich der Stoff in meine Haut gegraben hatte und mit der Pinzette hatte entfernt werden müssen.

Ich bekam so hohes Fieber, dass ich nicht mehr wusste, wer und wo ich war. Zum ersten Mal durfte eine von uns tagsüber im Bett bleiben. Jeden Abend kam eine Schwester zu mir, um meinen eitrigen Rücken einzureiben. «Sie hat es übertrieben», flüsterte sie. «Das ging wirklich zu weit.» Einen Arzt holte sie nicht, wahrscheinlich hatte sie Angst vor seinen Fragen.

Eines begriff ich sogar damals schon: Mit Gott hatte das, was sie taten, nicht das Geringste zu tun.

Es dauerte drei Wochen, bis ich wieder arbeiten konnte. Mein Rücken tat immer noch weh, nachts konnte ich nur auf dem Bauch liegen, aber ich fieberte nicht mehr.

Danach riskierte ich nichts mehr. Ich senkte den Blick und machte stumm, was man mir auftrug.

Wenn die Wäsche fertig war, trugen wir Frauen sie zu unseren Kunden zurück. Nur den Gehorsamsten war diese Aufgabe erlaubt. Eines Tages erfuhr ich, dass ich in der kommenden Woche für die Botengänge eingeteilt war. Es war wie ein Geschenk. Ich freute mich die ganze Woche lang. Ich durfte hinaus, auf die Straße, ich durfte Sonnenlicht sehen, mit Menschen reden. Ich plante sofort, einfach wegzulaufen. Aber es war noch nicht Domzeit. Meine Eltern waren noch nicht in Hamburg, das Geld von den Oberleutnants hatte ich für die Logierhäuser aufgebraucht, den Rest hatte mir der Polizist auf der Wache abgenommen. Ich hatte keine Ahnung, wohin ich gehen sollte. Wenn man mich aufgriff, würde ich zurückgebracht werden. Oder Schlimmeres. Hier hatte ich wenigstens Essen, ein Bett, ein Dach über dem Kopf. Was war die Alternative?

Zwei Wochen lang durfte ich beim Ausliefern helfen. Eines Tages klopfte ich dabei an die Hintertür eines unauffälligen grauen Stadthauses.

«Guten Tag, ich habe eine Lieferung für den Haushalt Modersson.»

Die Frau, die mir öffnete, hielt eine Zigarette in der Hand. Eine Frau, die am helllichten Tag dastand und eine Zigarette rauchte! Sie musste mir mein Entsetzen angesehen haben, denn sie lachte heiser. «Nun krieg mal den Mund wieder zu, Kleines. Du kannst das Paket dahinten abstellen.» Ihre Stimme war dunkel und melodisch.

Sie deutete mit dem Kinn in den Flur. Ich hatte Anweisung, die Ware in jedem Haushalt an der Hintertür an das Kleinmädchen oder den Hausdiener zu übergeben, sie quittieren zu lassen und kein Wort mehr als nötig zu reden. Aber Frau Modersson schwebte schon davon. Sie war barfuß. Ich starrte ihr verwundert nach. Dann ging ich zu meinem Karren und stemmte das erste schwere Paket mit der Bettwäsche auf die Schulter. Als ich es im Flur abgeladen hatte, ließ mich der köstliche Geruch von gebratenem Fleisch innehalten. Er waberte durchs Haus wie eine Verlockung. Dass etwas so duften konnte! Meine Füße bewegten sich wie von selbst in Richtung der Küche, aus der ich lautes Klappern vernahm.

Am Herd stand eine Frau mit Kopftuch, sie wendete in diesem Moment ein zischendes Schnitzel in der Pfanne. Frau Modersson saß am Tisch und las Zeitung. Sie blickte auf, als sie mich entdeckte, und bedeutete mir, mich zu setzen.

«Du arbeitest bei den Schwestern?» Sie betrachtete mein Gesicht. «Du bist schön. Aber zu dünn», sagte sie, als wäre ich ein Stück Fleisch, das sie beim Metzger begutachtete. Scham wallte in mir auf. Plötzlich legte sie den Kopf schief. «Möchtest du etwas essen?»

Ich sah sie an. Ich schluckte, räusperte mich. Gott, wie gerne hätte ich Ja gesagt! Aber das war vollkommen ausgeschlossen. Wenn es herauskäme, würde ich bis Weihnachten im Grab bleiben. Außerdem hatte ich gar keine Zeit.

«Ja, bitte», hauchte ich.

Ich saß in der Küche und schlang einen ganzen Teller voll Sülze in mich hinein, Brot mit Schinken, ein heißes, knuspriges Schnitzel und danach sogar Aprikosenkuchen. Die Köchin sah mir zu, genau wie Frau Modersson, die wieder rauchend im Türrahmen stand.

Mitleidig schüttelte sie den Kopf. «Das nennt man christliche Nächstenliebe, was?», fragte sie, und die Köchin verzog zustimmend den Mund. «Kannst du nicht weglaufen von da?»

«Rat ihr doch so was nicht. Sie ist doch so jung. Wenn die sie unter Sittengewahrsam nehmen, kommt sie nach St. Pauli», sagte die Köchin in warnendem Ton.

Frau Modersson nickte bekümmert. «Das will natürlich niemand.» Sie zögerte. «Ich leite eine Pension hier. Du könntest bei mir wohnen, bis du etwas Neues findest. Das kann man ja nicht mitansehen.»

Langsam hob ich den Blick vom Teller und starrte sie an. In

den Augen der beiden Frauen stand Mitleid. Sie lächelten so freundlich, dass ich ihnen sofort vertraute.

Ich konnte nicht einfach fortbleiben. Wenn ich jemals wieder eine Anstellung finden wollte, brauchte ich mein Buch. Es war meine Überlebensversicherung. Als uns am nächsten Abend der Löffel mit der Medizin verabreicht wurde, behielt ich sie im Mund und spuckte sie später ins Waschbecken. Dann lag ich im Bett und starrte an das Gitterbett über mir, bis das Atmen um mich herum ruhiger geworden war. Irgendwann stand ich auf.

Die Zimmertür war offen. Die Schwestern mussten nicht abschließen, unsere Medizin tat ihren Dienst, ohnehin hätte es keine gewagt hinauszugehen. Der Gang lag verlassen da. Ich wusste nicht, wo sie unsere Sachen aufbewahrten, also durchsuchte ich systematisch und geräuschlos Zimmer für Zimmer, öffnete die Türen so langsam, dass meine Muskeln krampften, bewegte mich lautlos wie ein Gespenst über die Flure. Nicht wenige Türen waren verschlossen, und mein Mut sank. Wenn ich es nicht gefunden hätte, wäre ich geblieben. Und vielleicht hatten die Schwestern ja recht, vielleicht wäre ich irgendwann geläutert und reingewaschen wieder entlassen worden und hätte ein neues Leben beginnen können.

Aber wie es kam, fand ich das Buch. Und entschied somit über mein weiteres Schicksal.

In einem Zimmer hinter der Küche lagerten Koffer und Taschen. Ich sah meine Sachen sofort. Lautlos nahm ich nur das Buch und den Ring von Frau Grün, ließ alles andere liegen, wie es war, schlich zurück, legte es unter mein Kissen und schloss die Augen.

Am nächsten Tag stahl ich mich direkt nach dem ersten Botengang davon. Ich ließ die Pakete mit der Wäsche einfach auf der Straße stehen und rannte buchstäblich um mein Leben, das Buch unter meinem Kleid an den Körper gepresst.

«Ich bin da!», rief ich atemlos, als Frau Modersson mir öffnete, und sah mich hektisch um. «Ich hab es geschafft!»

Sie lächelte überrascht, als hätte sie mich vergessen, trat zurück, um mich ins Haus zu lassen. «Das ging schnell», sagte sie und reichte mir die Hand. «Ich bin Pauline. Willkommen daheim.»

Eine Woche lang lebte ich wie im Himmel. «Du musst dich eine Weile unsichtbar machen, sie werden nach dir suchen. Irgendwann vergessen sie dich, und dann schauen wir mal, was wir mit dir machen», sagte Pauline.

Darum hielt ich mich anfangs die meiste Zeit in dem kleinen Zimmer auf, das sie mir gab, wagte es nicht einmal, den Vorhang zu lüften, aus Angst, die Polizei könnte draußen nach mir suchen. Aber ich hatte alles, was ich brauchte, ein weiches Bett, eine kleine Kohlenheizung, sogar ein paar Romane auf einem Regalbrett. Zum ersten Mal, seit ich das Pastorenhaus verlassen hatte, las ich wieder. Es waren hauptsächlich Schmonzetten, aber ein Buch gefiel mir besonders. Es hieß *Buddenbrooks* und handelte von einer reichen Familie, die erst alles hatte und dann alles verlor.

Pauline erlaubte mir sogar zu baden und stellte mir dafür ihre eigenen Räumlichkeiten zur Verfügung. Sie half mir, in der Küche das Wasser zu erhitzen. Als ich mich ausziehen wollte, blieb sie im Türrahmen stehen. Es beschämte mich, vor ihr die Kleider abzulegen, nicht nur, weil sie mir fremd war. Mein Körper war nicht mehr der gleiche seit der Schwangerschaft, der Bauch war weich und von kleinen roten Rissen überzogen, die nur langsam blasser wurden. Ich drehte mich zur Wand. Als ich das Kleid abstreifte, gab sie einen entsetzten Laut von sich – ich hatte die Striemen auf meinem Rücken völlig vergessen.

Sie schnalzte leise mit der Zunge. «Himmel, Kind. So etwas Grausames!»

Beschämt presste ich das Kleid gegen meinen Oberkörper. «Es tut nicht mehr weh.» Ich wollte nicht noch mehr von ihr bemitleidet werden.

«Du musst mehr essen, du bist ja furchtbar dünn.» Sie kam einen Schritt auf mich zu und strich mir mit zwei Fingern über die Schulter. «Aber das wird schon.»

Dann schwebte sie davon, um mir eine Salbe zu holen, und erleichtert sank ich in das warme Wasser. Ich kann nicht beschreiben, wie es sich anfühlte. Es war, als würde sich alles, was sich seit Monaten in mir angestaut hatte, plötzlich lösen. Ich begann zu weinen. Es war einfach zu schön, als würde ich in der Wärme zerfließen. Meine Beine waren dünn wie Stöcke, die Zehen rot und wund, der Bauch trotz meiner Magerkeit so schlaff, dass ich ihn nicht anfassen wollte.

Pauline hielt Wort. Dreimal am Tag gab es aus dem Lokal zu essen, das sie neben der Pension führte; Schnitzel und Kassler, Suppe und Kaltspeisen. Es kam mir seltsam vor, dieses Haus, in dem nur Frauen lebten, aber sie erklärte mir stolz, dass sie es ein Unrecht finde, dass niemand an alleinstehende Frauen vermieten wollte. Daher habe sie die Dinge einfach selbst in die Hand genommen, obwohl es nicht legal sei und sie aufpassen müsse, nicht von der Sitte erwischt zu werden.

«Frauen sind die besseren Mieterinnen, sie sind sauber und freundlich und kommen abends nicht besoffen aus der Wirtschaft», erklärte sie lachend. Nach und nach lernte ich die anderen kennen. Tagsüber arbeiteten sie und trudelten erst am späten Nachmittag ein. Pauline schlief morgens lange, das Lokal hatte eine Nachtkonzession, und sie legte sich meist erst in den frühen Morgenstunden ins Bett. Abends ging es laut zu. Sie überließ mir deshalb ein Zimmer direkt neben dem ihren am Ende des Flurs, damit ich meine Ruhe hatte.

An einem Morgen saß ich in der Küche, trank Kaffee und versuchte, die Zeitung zu lesen, da setzte sie sich mir gegenüber und lächelte mich an, mit dieser wohlwollenden Miene, die ich so zu schätzen gelernt hatte. Sie trug wieder ihren Morgenrock und hatte die Haare auf dem Kopf aufgetürmt. Nie zuvor hatte ich eine Frau wie sie kennengelernt, ungewöhnlich und ganz und gar anders als andere. Sie scherte sich nicht darum, was man über sie dachte. Ich lächelte zurück und erkundigte mich, ob es etwas gab, wobei ich helfen konnte. Sie ließ mich kaum etwas tun, die Köchin kümmerte sich um das Essen, und zum Reinemachen kam ein Mädchen. Es ging mir so gut bei Pauline, ich konnte ihr gar nicht genug danken, mein geschundener Körper hatte sich in dieser kurzen Zeit wie durch ein Wunder besser erholt, als ich es je für möglich gehalten hätte.

«Nein, helfen kannst du mir nicht», erwiderte sie. «Aber du kannst deine Rechnung bezahlen.»

Und plötzlich war das Lächeln weg.

Sie holte einen Zettel aus der Tasche ihres Morgenmantels und schob ihn mir hin. Darauf hatte sie säuberlich alles vermerkt, was ich in dieser Woche verspeist und getrunken hatte, das Wasser, das ich zum Baden verbraucht hatte, sogar die geliehene Bettwäsche. Und die Miete.

In meinem Sichtfeld begann alles zu verschwimmen. Die Zahl, die sie als Summe unter all diesen Posten notiert hatte, war horrend. «Aber», stotterte ich und sah auf. «Ich habe doch nichts. Ich dachte …» Die Worte wollten nicht über meine Lippen. Denn plötzlich realisierte ich, wie dumm ich gewesen war anzunehmen, dass eine völlig fremde Person mir Essen und Obdach *schenken* sollte.

Sie runzelte die Stirn. «Du dachtest was?», fragte sie liebevoll und gleichzeitig mit einem harten Unterton, den ich nicht von ihr kannte. «Dass ich dir aus reiner Nächstenliebe ein Dach über dem Kopf gebe und dich mit Fleisch vollstopfe?»

Als ich sie nur stumm ansah und damit ihre Annahme bestätigte, legte sie den Kopf in den Nacken und lachte, sodass ich ihre Plomben hinten im Mund sah.

«Mein Herzchen. Das würde nicht einmal der Papst selber tun.»

1914

14

Es war, als hätte ein anderer in ihm das Kommando übernommen. Als wäre ein Teil von ihm – der Teil mit einem Gewissen – in seinem Körper gefangen und müsste zusehen, wie er handelte, ohne es verhindern zu können. Wir tun das nicht wirklich, dachte er. Wir geben es ihr nicht. Es ist nur ein Gedankenspiel.

Wen genau er mit wir meinte, wusste er nicht. Vielleicht die zwei Seiten in ihm, Dunkel und Hell, Gut und Böse, die um die Oberhand kämpften.

Das Schlafzimmer roch nach Kampfer. Sie hatte das Frühstück mal wieder verpasst, saß im Bett und las ein Buch. Es war zehn vor elf Uhr am Vormittag. Als er eintrat, hob sie nur kurz den Blick.

«Ich habe dir Petits Fours mitgebracht, von dem französischen Konditor am Neuen Wall.» Julius trat ans Bett, hielt ihr das Päckchen hin. Das Papier knisterte leise. Seine Hände schwitzten.

Erstaunt sah Marlies ihn an, legte ihr Buch auf die Brust, richtete sich ein Stück auf.

«Johannisbeere!»

Jetzt lächelte sie tatsächlich. Ein wenig zaghaft, überrascht, aber echt. Bei einem ihrer ersten Gespräche hatte sie ihm einmal erzählt, dass Johannisbeere ihr Lieblingsgeschmack war. «Ich mag es in allem, in Limonaden, im Kuchen, im Sekt», hatte sie gelacht, und er hatte gedacht, dass er diese Frau küssen wollte. Küssen und immer wieder küssen.

Wie sehr sich die Dinge doch ändern konnten.

Marlies betastete das Papier mit den Goldbuchstaben darauf. «Warum?», fragte sie, und das Misstrauen in ihrer Stimme ließ seine ohnehin angespannten Nerven sofort reißen.

«Brauche ich ein Warum, um meiner Frau etwas aus der Stadt mitzubringen?» Sein Ton ließ sie sichtlich zusammenzucken. Aber die Zeiten, in denen er sie allein mit seiner Stimme einschüchtern konnte, waren lange vorbei.

«Ich kann mich jedenfalls nicht erinnern, wann du mir einmal grundlos etwas geschenkt hättest», schnappte sie nach einer Schrecksekunde zurück und stieß das Paket von sich, ließ sich wieder in die Kissen sinken und griff nach ihrem Buch.

Julius atmete einmal langsam ein und aus. Er zählte innerlich bis fünf. Dann setzte er sich neben sie an die Bettkante. Sie tat nur so, als würde sie lesen, starrte mit gespitzten Lippen auf die Seiten.

«Deine Augen bewegen sich nicht.» Er schaffte es zu lächeln. Weil es tatsächlich komisch war, dieses kleine Theaterstück, das sie hier spielte: Die beleidigte Ehefrau buhlt um die Aufmerksamkeit ihres Gatten. Nun, die konnte sie haben.

Sanft drehte er ihr Gesicht am Kinn in seine Richtung und schob mit der anderen Hand das Buch zur Seite. Als ihre Augen auf seine trafen, erklärte er: «Ich habe es dir mitgebracht, weil ich immer an dich denken muss, wenn ich das Wort Johannisbeere irgendwo lese oder höre!» Und zum ersten Mal seit vielen Wochen küsste er seine Frau. Es fühlte sich gut an. Beinahe ein bisschen wie früher. Aber eben nur beinahe. «Und weil ich mir Sorgen mache, dass du so wenig isst.»

«Ich esse nicht wenig!» Sofort war wieder ihre Entrüstung zurück.

«Du isst wie ein Spatz», beharrte er nachdrücklich, und sie

runzelte die Stirn, weil sein väterlicher Ton sie offensichtlich irritierte. Er musste aufpassen, dass er nicht plötzlich zu liebevoll auftrat.

Julius spürte seinen Herzschlag bis in den Hals. Was tat er hier?

«Und seit wann interessiert dich das? Ich bin doch nur noch eine Gebärmaschine für dich. Sag doch einfach ehrlich, was du willst: Du willst mich fett füttern, damit ich möglichst schnell schwanger werde und die Leute aufhören zu tuscheln.»

«Und? Wäre das so falsch?», rief er, sofort wieder wütend.

Er musste an sich halten, um nicht einfach aus dem Raum zu stürmen und mit der Tür zu knallen. Es hatte einfach keinen Sinn. Man konnte es dieser Frau nicht recht machen. Und die Aussicht, dass er es trotzdem für den Rest seines Lebens würde versuchen müssen, war einfach zu viel. Dieses trotzige Gesicht. Er hasste es. *Sie* war das Aquarium. Sie war das Wasser in seinen Lungen. Sie nahm ihm die Luft zum Atmen. Er sah es inzwischen mit vollkommener Klarheit.

Julius seufzte theatralisch und erhob sich. «Ob du es glaubst oder nicht, ich bemerke diese Dinge, und sie machen mir Sorgen. Ich wollte dir einfach nur eine Freude machen. Nimm es oder lass es, was auch immer ich tue ist ja ohnehin falsch. Ich werde in Zukunft von solchen Versuchen der Versöhnung absehen.»

Tatsächlich wirkte sie bestürzt. «Julius. Ich wollte nicht …»

Aber er hatte genug, stürmte hinaus wie ein beleidigter Schuljunge und schlug die Tür hinter sich zu, obwohl er sich doch geschworen hatte, dass diese Seite an ihm niemals wieder zum Vorschein kommen würde. Draußen blieb er stehen, schloss die Augen, krampfte die zitternden Hände ineinander.

Was zur Hölle hatte er getan?

Bewegungslos saß Marlies im Bett. Er hatte die Tür so fest zugeschmettert, dass das Buch vom Bett rutschte und mit einem dumpfen Laut auf den Boden schlug. Gott, er war wie ein kleiner Junge, wenn er sich ärgerte. Sie senkte den Blick. Neben ihr auf der Decke lag das Päckchen mit dem goldenen Schriftzug des Konditors. Mit spitzen Fingern öffnete sie das knisternde Papier. Vier wunderschöne, mit kleinen Marzipanrosen verzierte, zuckerübergossene Petits Fours. Sogar durch die Ummantelung konnte sie die Johannisbeermarmelade im Inneren riechen. Langsam hob sie das Gebäck vor ihr Gesicht, sog gierig den Duft ein. Sie würden köstlich schmecken, daran bestand keinerlei Zweifel. Marlies spürte den weichen Teig bereits auf der Zunge.

«Das könnte dir so passen», murmelte sie und fletschte die Zähne zu einer Grimasse. Glaubte er wirklich, dass es so einfach war? Dass er nur ein bisschen den aufmerksamen Ehemann spielen musste, und schon würde sich alles auf wundersame Weise zum Guten wenden? Er konnte sich seinen dämlichen Kuchen und seine lächerlichen Versuche, ihre Ehe zu kitten, in die Haare schmieren. Andererseits dufteten die Küchlein so herrlich. Der französische Bäcker war bekannt für seine Konditorkünste, und sie hatte an diesem Morgen noch nichts gegessen, weil sie ihren Anfall vom Vortag ausgleichen wollte, bei dem sie vollkommen die Kontrolle verloren hatte. Marlies hob einen der Kuchen an den Mund und leckte mit der Zungenspitze über den Zuckerguss. War das herrlich! Ein Schaudern lief ihr über die Arme. Sie wusste, wenn sie einen Bissen nahm, war sie verloren. Dann würde etwas außerhalb ihres Hirns die Kontrolle übernehmen, und sie würde alles verschlingen, und zwar in Windeseile. Trotzdem konnte sie nicht anders, als erneut mit der Zunge über den Guss zu fahren. So gut, dachte sie schaudernd. Oh, so gut.

⁂

Mit einem Ruck fuhr Julius in die Höhe. Er hatte nicht die geringste Ahnung, wo er sich befand. Verwirrt blickte er in das Gesicht eines Mannes, den er nicht kannte. Der nickte ihm höflich zu und fuhr dann fort staubzusaugen.

Stöhnend setzte er sich auf. Dann sah er den riesigen Kamin, die Ölgemälde an den Wänden. Er war im Herrenklub eingeschlafen. Dunkel blitzten Szenen der letzten Nacht vor seinem inneren Auge auf. Er hatte getrunken und getrunken und getrunken, hatte sich mehrfach Kokain in seinen Wein gemischt, Absinth bestellt, weil nichts sein Hirn besser außer Gefecht setzte. Offenbar war er in einem der Sessel vor dem Kamin eingeschlafen, halb sitzend, halb liegend. Blinzelnd richtete er sich auf. Der Dekanter vor ihm war leer, das Glas lag umgestoßen daneben. Mehrere Diener in dunklen Anzügen waren dabei, um ihn herum sauber zu machen, es roch nach Kaffee, und aus dem Speisezimmer hörte er leises Klappern. Mit beiden Händen rieb er sich über das stoppelige Kinn. Sein Mund schmeckte nach Eisen. Ohne einen klaren Gedanken fassen zu können, starrte er vor sich hin.

Dann war mit einem Schlag alles wieder da.

Es fühlte sich an, als würde er in einen eiskalten Fluss geworfen. Was hatte er getan?

Was zur Hölle hatte er nur getan?

Er stolperte los, stieß den kleinen Tisch um, rannte aus dem Raum und über den Flur. Vor dem Gebäude brüllte er nach einer Droschke. Sein Wagen stand verlassen am Straßenrand, aber er hatte jetzt keine Zeit, um den Motor zu starten. Oh Gott, dachte er pausenlos und zitterte so sehr, dass er unwillkürlich die Hände zu Fäusten ballte. Oh Gott, es darf nicht wahr sein.

Die Fahrt wurde die schlimmste halbe Stunde seines Lebens. Bilder dessen, was ihn daheim erwarten würde, blitzten pausenlos vor seinem inneren Auge auf. In einer erbarmungslosen Abfolge von Sekundensequenzen sah er alles vor sich, die Beerdigung, die Trauer ihrer Eltern, die Unumkehrbarkeit dessen, was er angerichtet hatte. Die Schuld. Er hatte immer nur bis zu dem Punkt gedacht, an dem es passierte und er frei sein würde. Nicht darüber hinaus.

Er war komplett in Schweiß gebadet. Er würde in die Hölle kommen. In die fauligste, dunkelste Ecke der Hölle. Wo er hingehörte.

«Marlies», brüllte er schon, als er vor dem Haus aus der noch rollenden Droschke sprang, die Stufen hinaufrannte. «Marlies!»

Er keuchte den Flur entlang, stieß die Tür zum Schlafzimmer auf. Jede Faser seines Körpers schien zu vibrieren.

Sie saß im Bett und trank Kaffee, eine dicke weiße Creme im Gesicht, die Tageszeitung aufgeschlagen auf den Knien. «Was schreist du denn so?» Eine Ladung Kaffee landete auf den weißen Laken, als sie bei seinem abrupten Eintreten erschrocken die Tasse durch die Luft schwenkte.

Blinzelnd starrte er sie an. «Ich … du …» Er konnte nicht glauben, dass sie hier saß, putzmunter wie immer. Erleichterung und Fassungslosigkeit wechselten sich in ihm ab. Er wollte lachen und sich gleichzeitig übergeben. «Du bist … hier», krächzte er dann und merkte selbst, wie seltsam das klang. Er würde jeden Moment das Bewusstsein verlieren, alles um ihn herum drehte sich.

Marlies sah auf die Uhr. «Ich stehe ja gleich auf!», fauchte sie, und er brauchte einen Moment, um zu verstehen, wie sie seine Worte aufgefasst hatte.

«Ich meinte …», begann er, brach aber ab. Was hatte er gemeint? Dass er erwartet hatte, sie mit aufgerissenen Augen und verzerrtem Gesicht tot auf dem Boden vorzufinden?

Marlies musterte ihn, und der altbekannte Ausdruck stahl sich in ihre Züge. «Du bist ja noch betrunken», murmelte sie voller Abscheu. «Du stinkst bis hier rüber.»

Er fuhr sich mit beiden Händen über das stoppelige Gesicht, roch seinen eignen Schweiß, seinen fauligen Atem. Die rasche Abfolge von grauenvoller Angst und unfassbarer Erleichterung war zu viel für seinen Körper, dem die Nacht noch zusetzte. Gleich würde sich ihm der Magen umdrehen, er fühlte es. Julius hielt sich am Türrahmen fest, lachte heiser auf. Es klang wie ein Keuchen. Dieser beschissene Alte. Dieser Dreckskerl in seinem dreckigen Rattenloch von Keller. Die unsägliche Freude darüber, dass sie noch lebte, wurde abgelöst von der Erkenntnis, dass er reingelegt worden war, und zwar gehörig. Oder hatte sie sie gar nicht gegessen? Sein Kopf fuhr in die Höhe, mit den Augen suchte er das Schlafzimmer ab. Wenn die Kuchen noch im Haus waren, musste er sie so schnell wie möglich beseitigen.

Sein Blick fiel auf den stoffbezogenen Papierkorb neben dem Schrank, darin lag der Karton des Konditors.

«Hast du die Petits Fours gegessen?», fragte er, und sie sah irritiert zu ihm auf.

«Was?»

«Die Petits Fours!», wiederholte er knurrend. «Die ich dir mitgebracht hatte.»

«Jaaa doch», erwiderte sie ungeduldig, als wäre er blöde, den Blick bereits wieder auf die Zeitung gerichtet. «Natürlich.»

«Und wie haben sie geschmeckt?»

«Nach Johannisbeere?», sagte sie, als zweifelte sie an seinem geistigen Zustand – was er ihr nicht einmal vorwerfen konnte.

In diesem Moment ertönte aus dem Inneren des Hauses ein schreckliches Geheul. Es klang, als würde jemand bei lebendigem Leib verbrannt, und Julius und Marlies starrten sich entgeistert an. Mit zwei Schritten war er an der Tür. Marlies musste sich noch ihren Morgenmantel überwerfen, und er war bereits bei der Treppe, als sie auf nackten Füßen hinter ihm aus dem Zimmer geeilt kam.

Das Geheule drang aus dem oberen Stockwerk. Auf der Treppe begegnete ihnen John mit irritierter Miene. Christina war bereits ein paar Stufen über ihnen, rannte, so schnell sie konnte, nach oben.

«Was ist denn los?», rief Gesa entgeistert aus der Halle. «Wer schreit da so?»

Christina, Julius und John trafen beinahe gleichzeitig oben ein. Burchard lag in seinem eigenen Blut. Die Augen standen offen, sein Magen hatte sich entleert, ebenso wie sein Darm. Es stank bestialisch. Über dem toten Hund saß Eugen in seinem Rollstuhl und schrie, die Augen aufgerissen, die Hände an die schlaffen Wangen gepresst.

Julius starrte den Hund an. In der Lache aus Blut und Exkrementen sah er deutlich vor der Schnauze des Tiers die beinahe unverdauten kleinen Kuchen, die er seiner Frau vom Konditor mitgebracht hatte. Burchard musste sie mit einem einzigen Bissen verschlungen haben.

Stück für Stück fielen in seinem Kopf die Puzzleteile an ihren Platz. «Oh!», murmelte er leise. «Oh, du kleine Schlange …» Seine Hände zitterten, um es zu verbergen, ballte er sie zu Fäusten. «Du kleines Miststück.» Er fing sich einen befremdeten Blick von John ein. In diesem Moment hörte Julius Marlies' nackte Füße hinter sich auf dem Gang.

Er wirbelte herum, bekam seine Frau noch vor der Tür zu fassen und hielt sie fest. «Nicht!» Er schüttelte den Kopf. «Geh nicht rein, es ist zu schlimm.»

Erstaunt sah sie zu ihm auf, da kam Christina aus dem Zimmer. «Madame, Sie sollten das wirklich nicht sehen», sagte sie im Vorbeieilen.

«Der Hund», erklärte Julius auf ihren fragenden Blick hin und drehte sie sanft, aber energisch in Richtung Treppe. «Es ist nur der Hund.»

Als er über die Schulter schaute, sah er John neben Eugen knien. Sein Bruder versuchte, den aufgelösten alten Mann zu beruhigen.

Julius wusste nicht, wie sein Herz einfach weiterschlagen konnte, das Rennen, der Alkohol und die Aufregung ließen seinen Puls rasen. Er fühlte sich, als müsse jeden Moment seine Schädeldecke explodieren.

Gesa kam mit hochroten Wangen im oberen Stockwerk an. «Julius?», japste sie mit großen Augen, aber er schüttelte abwiegelnd den Kopf.

«Geh dort nicht rein, Mutter! Der Hund. Er ist tot.»

Gesa stützte die Hände auf die Oberschenkel, rang nach Atem, es war eine so untypische Geste, dass sie für einen Augenblick ganz verändert aussah. «Ach», stieß sie ärgerlich hervor. «Der Hund. Ich dachte, es wäre wer weiß was.»

Marlies war neben ihnen stehen geblieben, an das Treppengeländer gelehnt. Julius konnte ihr nicht in die Augen sehen. Sie musterte ihn, er spürte ihren Blick auf der Haut. Er brannte wie Feuer.

«Irgendwann musste es passieren, das Vieh war doch sicher schon fünfzehn Jahre alt.» Er gab sich lässig, obwohl sein Gesicht glühte wie ein Ofen.

«Elf», erwiderte Gesa. Sie richtete sich wieder auf, strich sich die Haare aus dem Gesicht. «Und wenn du mich fragst, waren das zehn zu viel.»

Mit diesen Worten straffte sie sichtlich die Schultern und ging an ihnen vorbei in Eugens Zimmer. Als sie durch die Tür trat, hielt sie inne, und man sah ihr an, dass sie sich auf den Anblick vorbereitete, der sie erwartete. Eugens Heulen war inzwischen in leises, verstörtes Schluchzen übergegangen, ab und an unterbrochen von Johns beruhigender Stimme.

«Aber, Vater! Was ist denn nur geschehen?» Gesas Stimme war wie ausgetauscht. «Nein, unser armer Burchard!»

Jetzt erwiderte Julius doch Marlies' Blick, er konnte es nicht länger vermeiden. Sie lehnte am Geländer, in ihren weißen Morgenmantel gehüllt, barfuß, mit der Creme im Gesicht, und musterte ihn schweigend.

Er schluckte. Die nächsten Sekunden würden über sein weiteres Leben entscheiden. Julius setzte ein Lächeln auf, von dem er betete, dass es halbwegs überzeugend wirkte. «Ich würde sagen, wir überlassen die Aufräumarbeiten den anderen?» Er bot ihr den Arm. «Das ist mir ein bisschen zu viel am frühen Morgen.»

Sie erwiderte nichts. Ihre hellblauen Augen blickten so durchdringend, dass es ihn schauderte. Aber er hielt sein Lächeln wie festgeklebt im Gesicht. Ein Schweißtropfen rann ihm den Nacken entlang.

Sie öffnete den Mund, und er krallte unwillkürlich die Nägel in die Handflächen. «Ich habe dem Hund deinen Kuchen gegeben.»

Sein Herz setzte aus. «Was?», krächzte er dümmlich.

Konnte man an einem rasenden Puls sterben? Er war sich sicher, dass sein Körper jeden Moment einfach den Geist aufgeben und in sich zusammenfallen würde.

Plötzlich veränderte sich ihr Blick. Sie trat einen Schritt auf ihn zu. «Julius», wisperte sie. «Ich habe ihm deinen Kuchen gegeben. Du weißt schon, die Petits Fours.» Sie klammerte sich mit beiden Händen an seinen Arm. «Sei nicht böse, ich hatte einfach keinen Appetit darauf. Du denkst doch nicht, dass ich schuld bin? Was, wenn er sie nicht vertragen hat?» Ihre aufgerissenen Augen huschten zur Tür.

Erst glaubte er, dass sie mit ihm spielte. Aber dann erkannte er die Sorge in ihrem Blick. Sie war echt. Er hätte beinahe laut aufgelacht vor Erleichterung.

Sie hatte keinen Verdacht.

Sie hatte keinen blassen Schimmer.

Während er seine aufgelöste Frau, die eigentlich gar nicht mehr existieren sollte, die Treppe hinunterführte, ihr wieder und wieder versicherte, dass sie natürlich keinerlei Schuld traf, zum ersten Mal seit langer, langer Zeit den Geruch ihrer Creme genoss, der ihm in die Nase stieg, das Gefühl ihrer warmen Haut an seiner, wurde ihm mit Schaudern klar, dass das, was er vorgehabt hatte – was er getan hatte –, schlicht so diabolisch war, dass selbst sie es ihm niemals zugetraut hätte. Sie wäre nicht einmal auf die Idee gekommen.

Dieser Hund hat etwas gefressen, das ihm nicht bekommen ist.» Der Veterinär, den sie extra aus den Vierlanden hatten holen lassen und der den bereits erkalteten Burchard eine halbe Stunde lang genauestens untersucht hatte, erhob sich mit gerunzelter Stirn. «Und zwar Kuchen! Er steckt ihm noch im Maul. Diese großen Züchtungen haben einen sehr empfindlichen Magen. Sie sollten nie etwas bekommen außer dem eigens für sie vorgesehenen Futter. Zudem war er alt, da entwickelt das System schon mal seltsame Eigenheiten. Trotzdem ist es höchst verwunderlich. Vielleicht war es eine allergische Reaktion, so etwas kommt auch bei Tieren vor.»

Blanche und Gesa sahen sich an.

«Aber wer würde ihm Kuchen geben?», fragte Blanche erstaunt.

«Wer füttert den Hund denn normalerweise?» Der Tierarzt begann, seine Tasche zu packen.

«Das ist Christinas Aufgabe. Aber wir hatten gar keinen Kuchen in den letzten Tagen …», erwiderte Gesa ratlos. «Wo sollte sie den hergenommen haben? Es sei denn, er war vom Sonnabend, aber dann wäre er wirklich sehr alt ge…»

«Schmeißt sie raus!» Eugen war wie von Sinnen. Er warf sich hinter ihnen im Bett herum, in das Heinrich und John ihn verfrachtet hatten, und brüllte wie ein wütendes Tier. «Ich will sie aus dem Haus haben!»

Seine Trauer war in Wut umgeschlagen. Gesa war mehr als froh, dass er nicht alleine aufstehen konnte. «Aber Vater!» Sie ging zu ihm, fasste ihn sanft am Arm. «Nun wollen wir doch niemanden unter Generalverdacht stellen. So etwas tut doch keiner mit Absicht.» Sie würde einen Teufel tun und wegen der stinkenden Töle ihr neues Mädchen feuern, nachdem sie gerade erst eingearbeitet worden war. Da konnte Eugen toben, so viel er wollte.

Ihr Vater wimmerte, gab halb keuchende, halb schluchzende Töne von sich. Seufzend sah Gesa auf ihn hinunter. Er konnte einem wirklich leidtun, der Köter war ja alles gewesen, was ihn noch am Leben hielt. Mit einem Seitenblick auf Burchard fragte sie sich, wie sie das riesige tote Tier aus dem Haus bekommen sollten. Der Kutscher und der Gärtner würden ihn wohl in eine Decke wickeln müssen. Sie wünschte sich, Theodor wäre hier und könnte diese überaus unangenehme Angelegenheit regeln. Sie wünschte sich, ihr Vater würde aufhören zu weinen, es gehörte sich wirklich nicht für einen Mann. So traurig war er nicht einmal gewesen, als ihre Mutter starb. Sie wünschte sich, ihr Leben wäre wieder normal.

«Großvater.» Blanche trat ebenfalls ans Bett, setzte sich neben Eugen und griff seine Hand. «Wir werden dir einen ganz wunderbaren neuen Hund kaufen.»

«Ich – will – keinen – neuen – Hund – ich – will – Burchard!», japste Eugen. Er bekam kaum Luft, konnte die Worte nur einzeln hervorstoßen.

«Er ist ja vollkommen außer sich. Ich rufe besser Dr. Blaustin, sonst bekommt er uns noch einen Herzkasper», flüsterte Gesa.

Natürlich hörte er jedes Wort. Mit blutunterlaufenen Augen starrte er sie an. Er sah aus, als würde er ihr gerne den Hals umdrehen.

Blanche hielt sie am Ärmel fest. «Der wird ihm nur wieder Veronal verschreiben. Er braucht jetzt einfach Ruhe. Und Beistand.»

«Also, ich weiß wirklich nicht, was du gegen Rüdiger hast. Er ist einer der angesehensten Ärzte der Stadt. Und ein ganz wunderbarer Mann!», empörte sie sich, setzte sich aber auf die Bettkante. Zwei Sekunden später sprang sie wieder auf. «Die Veronal kann ich auch selbst holen, mein ganzer Schrank ist voll damit. Das hält man ja nicht aus», murmelte sie im Gehen.

«Er besteht darauf, dass sie entlassen wird.»

Zwei Stunden später stand Gesa am Fenster des Salons und blickte in den Garten hinaus. Die Stimme ihres Sohnes ließ sie herumfahren. Julius näherte sich ihr vorsichtig.

«Ich weiß.» Sie holte tief Luft. «Wird er sich dann auch darum kümmern, dass jemand Neues ins Haus kommt?», fragte sie scharf. «Wird er die Gespräche führen, sich die Bücher anschauen, das Probearbeiten überwachen, sich um die Gehaltsverhandlungen kümmern? Nein, wird er nicht! Das mache ich. Und ich sage dir mal etwas. Egal, wie sehr ich mich bemühe, jemand Besseres als Christina werde ich nicht finden!» Sie hatte bei den letzten Worten die Stimme gesenkt, warf einen Blick zur Tür. Die Mädchen wurden übermütig, wenn man sie zu sehr lobte. «Du weißt doch ganz genau, wie schwer es heutzutage ist, und beim Finden bleibt es ja nicht. Ist dir klar, wie lange es dauert, bis eine Domestikin vollständig eingearbeitet ist?» Natürlich war es ihm nicht klar, er hatte keine Ahnung, und es interessierte ihn auch nicht. «Bis sie unser Haus kennt, unsere Gewohnheiten? Es würde uns alle für Wochen durcheinanderbringen, für Wochen! Wir hatten in letzter Zeit wirklich mehr als genug Unruhe.»

«Ich wiederhole nur, was Großvater gesagt hat», erinnerte er ruhig und kam auf sie zu, die Arme vorsichtig erhoben, als versuchte er, einen Vogel einzufangen, der sich ins Wohnzimmer verirrt hatte und gegen die Scheiben flatterte.

«Ach!», fauchte sie, wirbelte herum, stand schwer atmend am Fenster, blickte hinaus, ohne etwas zu sehen. «Das Ganze ist lächerlich. Ich verstehe, dass er traurig ist. Aber Christina bleibt. Es war ein Unfall. Wer weiß überhaupt, ob Burchard am Kuchen gestorben ist oder nicht vielleicht einfach einen Herzschlag hatte.»

«Ganz, wie du willst.»

Bei seinen Worten grub sie ihre Fingernägel in die Handflächen. *Ganz, wie du willst. Ganz, wie du willst.* Gott, wie sehr sie es hasste.

«Es wäre wirklich schön, wenn ihr euch auch einmal ein wenig dafür interessieren würdet, was hier im Haus passiert!» Sie hörte selbst, wie schrill sie mit einem Mal klang. «Wenn es dir nur ein Mal nicht gleichgültig wäre. Ihr lebt hier, als wäre es nichts. Ich kümmere mich und organisiere und plane. Und wer dankt es mir?»

Sie sah, dass er nicht verstand. «Du willst doch, dass sie bleibt. Ich stimme dir nur zu!»

«Eben!» Ihre Stimme war die pure Anklage, und er wich ein Stück vor ihr zurück. «Kannst du nicht einmal eine eigene Meinung haben?»

Julius zuckte zusammen. «Ich ...»

«Ach, egal.» Sie wedelte wegwerfend mit der Hand. «Geh jetzt. Du bist doch wirklich zu nichts zu gebrauchen. Ich kläre das mit deinem Bruder.»

Er sah sie an, als hätte sie ihn geohrfeigt. Dann verließ er mit großen Schritten den Raum, schlug die Tür hinter sich zu.

Gesa atmete tief ein und wieder aus. Dann drehte sie sich wieder zum Fenster.

Bei der Rückkehr von dem letzten Besuch bei ihrer Schwester in Frankfurt hatte sie fast der Schlag getroffen. Sie hatte erwartet, ein heilloses Chaos in der Villa vorzufinden. Stattdessen war alles vollkommen reibungslos verlaufen, das Haus war frisch geputzt gewesen, die Böden poliert, die Teppiche geklopft, der Speiseplan für die Woche besprochen. Das Essen hatte pünktlich und vollkommen ohne ihr Zutun abends auf dem Tisch gestanden, sogar der Fisch war vorbestellt gewesen, ebenso wie die Kalbszunge zum Sonnabend.

Niemand hatte sie vermisst. Niemand hatte sie gebraucht.

Sie hatte sich Probleme buchstäblich aus dem Ärmel ziehen müssen, hatte geschimpft, geklagt, geseufzt und sich vor sich selbst geschämt.

Gerade eben hatte sie vor Julius ein großes Theater wegen nichts gemacht.

Sie machte immer Theater. Damit niemandem klar wurde, wie überflüssig sie im Grunde war.

Wie nutzlos.

15

Ihr Budenwagen war im Gegensatz zu den meisten anderen nicht bemalt. Henk hatte die beiden in München aufgespürt, war einmal quer durchs ganze Land gefahren, um sie zu treffen.

Statt nach Moder und Ruß roch es hier nach Kernseife und Essig. So kannte er es von früher. Schausteller waren ein sauberes Volk, die meisten waren erst zufrieden, wenn zwischen den Wagen mehrere Reihen blütenweißer Wäsche hingen, als Botschaft an die Welt, die allzu gern ihr vorschnelles Urteil fällte.

Nichts lag herum, nirgends sah er Staub oder Schimmel. Vor den Fenstern hingen gestärkte Vorhänge, auf einem kleinen Bord saßen drei Harlekins aus Porzellan und schauten auf ihn herunter. Der Korb neben dem Herd war mit frisch geschlagenen Holzscheiten gut gefüllt.

Eng war es auch hier, aber das war normal. Alle Schausteller waren Meister der Improvisation und der Vielseitigkeit. Tische wurden mit wenigen Handgriffen zu Betten, Bänke zu Regalen und Schlafkojen, man baute seine Möbel meist selbst, schnitt sie auf die eigenen Bedürfnisse zu, denn die Budenwagen boten nicht nur Wohnraum, sie dienten auch als Transportmittel für alle Arten von Ausrüstung.

«Du bist also beruflich in der Gegend?» Alice' Mutter musterte ihn mit Misstrauen im Blick.

Er sehnte sich nach einer Zigarette. «Ich wollte mir einen

Apparat für tönende Bilder anschauen. Mein Cousin überlegt, einen davon zu kaufen.»

Missbilligung kroch über ihre Züge. Die neuen Erfindungen verdrängten die traditionellen Geschäfte. «Ihr habt das Karussell noch?», fragte er rasch.

«Ja, aber wir überlegen, zu verkaufen. Es wird alles zu viel. Seit Jaris nicht mehr da ist, kommen wir kaum über die Runden. Wenn man keine Kinder hat, die einen unterstützen …» Sie zuckte die Achseln.

Henk nickte. Im Schaustellergewerbe war die Familie alles. Viele der Betriebe waren seit Generationen in gleicher Hand, Künste, Wissen, Handwerk und Traditionen wurden weitergereicht wie kostbare Erbstücke.

«Wie geht es Rosa?» Seine Schwiegermutter stand auf, nahm den brodelnden Kocher vom Herd und begann, den Kaffeesatz abzuseihen. Er sah ihr zu, betrachtete ihr Profil. Man konnte nicht viel von Alice in dieser Frau erkennen, ihr Gesicht war verhärmt, das Haar mit dem Eisen in Locken gelegt und schlohweiß. Sie trug eine geblümte Schürze über dem Kleid und sah aus wie ganze Generationen von Schaustellerfrauen. Erst in diesem Moment erkannte er, wie anders Alice war, nicht nur in ihrem Wesen, sondern auch äußerlich. Nie hatte sie Kittel und Schürze getragen, das Haar war ihr offen über den Rücken gefallen, und obwohl es ihm einen Grund zum Anstoß gegeben hatte, realisierte er, dass es ihm gefallen hatte.

«Rosa geht es gut», sagte er vage. Er war sich ganz und gar nicht sicher, was sie zu dem Ort sagen würde, an dem er ihre Enkeltochter untergebracht hatte. Auch wenn seine Schwiegereltern Rosa noch weniger kannten als seine eigene Mutter.

«Ich wollte mit euch über den Prozess sprechen.»

Sie hob fragend eine Braue, wirkte aber, als hätte sie etwas in der Art bereits erwartet.

«Es sieht nicht gut aus für mich.» Henk starrte auf seine schmutzigen Finger. Er hatte Schwielen vom Holzhacken, Farbreste klebten unter seinen Nägeln. «Sie will das Sorgerecht. Sie will mir Rosa wegnehmen.»

Alice' Mutter nickte. «Ich weiß.»

«Du weißt auch, dass ich Alice zurückwill. Eine Familie gehört zusammen. Also muss ich dafür sorgen, dass die Richter die Scheidung nicht durchgehen lassen.»

Abwartend sah sie ihn an. «Wie willst du das anstellen?», fragte sie.

Er hörte draußen die Hühner unter dem Wagen gurren. Jetzt kam der heikle Teil des Gesprächs. Als sie sich auf dem letzten Winterdom begegnet waren und Rosa gefunden hatten, waren Alice' Eltern geradezu entsetzt gewesen von dem Plan ihrer Tochter und hatten sich auf seine Seite gestellt, ohne zu zögern. Aber er hatte keine Ahnung, wie sie auf diese Bitte reagieren würden. «Ganz einfach.» Nun holte er doch sein Zigarettenkästchen aus der Jacke und sah sie fragend an.

Mit einem Blick auf ihre weißen Gardinen zuckte sie schließlich mit den Achseln, stand auf und holte einen blechernen Ascher aus dem Schrank.

Er zündete sich eine Kippe an, inhalierte, atmete erleichtert aus. «Ich muss Dinge über sie herausfinden. Dinge, die sie in Verruf bringen könnten.»

Ihre Augen weiteten sich kaum merklich. «In Verruf bringen?»

Henk nickte ruhig. «Es können auch Kleinigkeiten sein, alles kann helfen. Es geht nur darum, den Richtern klarzumachen, dass sie alleine nicht zurechtkommt, dass sie und Rosa mich brauchen.» Er versuchte, sie nicht direkt anzusehen, seine Stimme möglichst emotionslos zu halten. «Fällt dir irgendetwas ein?»

Sie schüttelte den Kopf, wie es ihm schien, ein wenig zu hastig.

«Ich habe mich schon immer gefragt. Nun, eine Frau wie sie …» Er zögerte. «Sie ist so schön. Warum habt ihr … Warum hat sie keinen Mann gefunden?» Keinen anderen Mann, hätte er sagen sollen.

Mit einem Mal verschloss sich ihr Gesicht. «Alice ist schwierig, das weißt du so gut wie ich.»

«Woher hat sie die Narben am Rücken?»

Sie starrte ihn an, von einer Sekunde auf die andere wich ihr alle Farbe aus dem Gesicht. Er hatte damals eingewilligt, keine Fragen zu stellen, war davon ausgegangen, dass es innerhalb der Familie Probleme gegeben hatte, vielleicht mit ihrem Vater oder ihrem Großvater, und sie deshalb nicht darüber reden wollte. Aber inzwischen hatte er den Verdacht, dass vielleicht mehr dahintersteckte.

«Ich weiß es nicht», gab sie schließlich zu. «Sie hat es mir nie erzählt.»

Sie hat einiges hinter sich, aber sie ist eine von uns, willig, nicht schlecht anzusehen. Er hatte noch die Stimme seiner Mutter im Ohr, wie sie sie ihm anpries. Damals war er zu sehr im Nebel gewesen, gefangen in seiner Trauer um Frau und Kind, hatte noch gar nicht richtig begriffen, dass sie nie zurückkehren würden. Alice war ihm wie eine Märchenfee erschienen. Eine Erlösung aus Einsamkeit und Trauer.

«Ich weiß, dass sie eine Weile als Dienstmädchen gearbeitet hat.»

Seine Schwiegermutter nickte. Zu seiner Überraschung

griff sie selbst nach der Zigarettendose, hob wieder fragend eine Braue. Aufmunternd nickte er, nahm die Zündhölzer und riss ihr eines an.

Sie inhalierte tief, beinahe gierig.

«Sie hat nicht viel erzählt. Wir mussten sie für ein paar Jahre weggeben, das Leben war zu teuer, wir hatten keine richtige Verwendung für sie, und sie hat mehr gekostet als genutzt. Auf dem Land haben sie mehr bezahlt als hier.» Sie machte eine vage Geste in der Luft, die wohl die Schaustellerwelt umschließen sollte. «Wir dachten, es ist ein gutes Geschäft, sie ist in Sicherheit, sie hat ein Dach über dem Kopf, warmes Essen, eine Aufgabe. Aber wir haben uns getäuscht. Sie haben sie dort nicht gut behandelt, und sie ist weggelaufen.» Sie sah aus, als wollte sie noch mehr sagen, brach dann aber ab. «Als sie zurückkam, war sie … anders.»

«Wo habt ihr sie hingebracht?»

«In ein kleines Dorf, irgendwo in der Nordmarsch», erwiderte sie achselzuckend. «Die Leute hatten eine Anzeige geschaltet. Wir haben sie zufällig gesehen, es hat gut gepasst, hat uns gerettet damals. Aber dort wirst du nichts finden.»

«Vielleicht ja doch.»

«Ich weiß den Namen nicht mehr.»

«Versuch, dich zu erinnern.»

«Sie war ein Kind. Was soll sie getan haben, das man ihr vorwerfen könnte?»

«Die können das drehen! Die Anwälte, meine ich. Harbke hat gesagt, ich soll ihm alles bringen, was ich herausfinden kann. Und er dreht ihr dann einen Strick daraus.»

Sie schaute ihn lange an. Der Rauch aus ihrer Zigarette kräuselte sich zur Decke. Er sah die welke Haut unter ihren Augen und dachte, dass diese Frau wirkte, als hätte sie seit Jahren nicht gelacht. «Gut», sagte sie endlich. «Ich schreibe es dir auf. Aber ich weiß nicht, was du dir davon versprichst. Sie war doch noch so jung.»

1898

Pauline hatte eine einfache Methode, ihren Willen zu bekommen. Sie schloss mich in mein Zimmer ein. «Bis ich weiß, ob ich mein Geld kriege.»

Als die Tür krachend hinter mir zufiel, sie den Schlüssel herumdrehte und ihre Schritte sich entfernten, als ich verstand, dass meine freundliche Gönnerin mich schlimmer hereingelegt hatte als alle zuvor, sogar heimtückischer als Käthe, sank ich aufs Bett. Ich schaffte es nicht, meinen Atem zu beruhigen. Langsam wiegte ich mich vor und zurück. Vor Angst konnte ich keinen klaren Gedanken fassen.

Ich weiß nicht, wie lange es dauerte, bis ich den Schlüssel wieder in der Tür hörte. Das Geräusch riss mich aus meinem Zustand, hastig sprang ich auf.

Aber es war nicht Pauline. Josephine kam herein, eine der jungen Frauen, die hier lebten. Sie warf mir ein mitleidiges Lächeln zu. In den Händen trug sie ein Tablett, darauf war dasselbe Essen wie immer, Fleisch, Kartoffeln, ein Schüsselchen mit Pudding. Verwundert beobachtete ich, wie sie es mir hinstellte. Ich hatte gefürchtet, Pauline würde mich hungern lassen.

«Sie fragt, ob du einsiehst, dass du ihr Geld schuldest, und ein braves Mädchen sein wirst.» Josephine blieb vor mir stehen und betrachtete mich, meine immer noch zitternden Hände, mein tränenüberströmtes Gesicht. «Hör zu», sagte sie leise mit einem Blick in Richtung Tür. «Mach einfach, was sie sagt.

Sie bekommt ihren Willen, so oder so. Und du hast es hier nicht schlecht. Es gibt viel schlimmere Bordelle.»

Da fiel es mir wie Schuppen von den Augen. Die Frauen im Stift hatten von Bordellen erzählt, aber das hätte ich niemals mit diesem Ort hier in Verbindung gebracht. Es war von entsetzlichen Zuständen die Rede gewesen, von roten Lampen, die abends über der Tür angezündet wurden, von Männern, die alles kontrollierten und die Frauen wie Ware verkauften. Das Haus von Pauline war hübsch und sauber, in der Küche duftete es nach gutem Essen.

Ich muss so verängstigt ausgesehen haben, dass Josephine Mitleid bekam. Sie sah noch einmal zur Tür, dann setzte sie sich neben mich. «Hast du Referenzen? Hast du einen Ort, wohin du gehen kannst?», fragte sie im Flüsterton.

Ich brauchte eine Weile, bis ich reagieren konnte. «Nein», hauchte ich. Ich hatte nichts. Keinen Pfennig in der Tasche. Nicht einmal meinen kleinen Koffer, und das Buch mit meiner einzigen Referenz war bei Pauline.

Josephine nickte, als hätte sie das schon geahnt, und seufzte. «Sie hat Kontakte zur Polizei, ist schon ewig im Geschäft, sie schmiert die richtigen Stellen, verstehst du? Du bist frei zu gehen, aber wenn sie dich auf der Straße aufgreifen, bringen sie dich zurück. Oder woandershin – und glaub mir, das willst du nicht. Es ist besser hier, als unter die Kontrolle der Sitte gestellt zu werden.» Sie holte einmal tief Luft. «Wir alle hier sind so. Wir haben niemanden. Sie hat einen Blick dafür. Ab und zu schafft es eine weg von hier, aber die meisten wollen gar nicht fort.»

«Und du?», fragte ich.

Die junge Frau blinzelte nur einmal kurz. «Ich will gar nichts mehr», sagte sie dann.

Die ganze Nacht lag ich wach, wälzte mich hin und her und lauschte auf die Geräusche im Haus. Als am nächsten Morgen niemand kam, fiel ich über das Essen her, obwohl ich mir vorgenommen hatte, es nicht anzurühren. Erst als der Teller leer war, merkte ich, dass sie mir nichts zu trinken gegeben hatte. Eine Weile hielt ich es für ein Versehen. Die Stunden wurden lang, meine Zunge klebte am Gaumen, das Essen war gut gewürzt gewesen, und mein Mund wurde mit jeder Minute trockener. Die Waschschüssel war leer, irgendwer musste sie ausgekippt haben, ohne dass ich es gemerkt hatte. Gegen Nachmittag kam Josephine erneut mit einem Tablett voller Essen.

«Ich habe Durst», krächzte ich, kaum war sie im Türrahmen erschienen.

«Ich weiß», erwiderte sie. «So geht es schneller.»

Da begriff ich, dass Pauline mich brechen würde. Es hatte nicht einmal zwei Tage gedauert, und ich war bereit, alles zu tun, was sie verlangte, wenn ich nur Wasser bekam. Nach ein paar Stunden wurde mir vor Durst schwindelig. Ich hämmerte gegen die Tür. Niemand kam. Ich rief und rief, schrie mich heiser. Nichts rührte sich. Einmal glaubte ich, im Flur Schritte zur hören, ein Rascheln. Ich rutschte weinend an der Tür hinab. Mir war kalt, ich fühlte mich schwach und entsetzlich müde. Aber schlimmer als alles war der Durst.

Irgendwann stand Pauline im Zimmer. «Und, hast du nachgedacht?» Ich erkannte sie nicht wieder. Sogar ihre Stimme hatte sich verändert.

«Bitte, ich kann das nicht!», flüsterte ich. Und plötzlich kam mir die rettende Idee. «Ich habe gerade erst ein Kind bekommen. Ich … bin noch nicht … richtig verheilt.» Ich konnte sie kaum ansehen. Über meinen Körper auf diese Weise zu sprechen, ließ mich vor Scham glühen.

In ihren Augen blitzte Überraschung auf. Dann riss sie mir mit einem Ruck das Leibchen hoch. Erschrocken stolperte ich zurück, versuchte, mich mit den Händen zu bedecken, aber sie hatte genug gesehen. «Nun. Dann weißt du zumindest, wie es geht.»

Mein Gesicht brannte. Wie sehr hatte ich mich in ihr getäuscht!

«Du brauchst mir keinen Anstand vorzuheucheln. Wer sich in deinem Alter ein Balg einfängt, kann nur verdorben sein bis ins Mark.» So hart die Worte waren, sie sagte sie leichthin, ohne jede Emotion. Pauline seufzte, schien einen Moment zu überlegen. «Gut, du darfst für den Anfang hinters Buffet.»

Der erste Tropfen Wasser auf meiner Zunge war die größte Erlösung, die ich je gespürt hatte.

Josephine nahm sich meiner an. Sie war schon seit drei Jahren bei Pauline, obwohl sie kaum älter sein konnte als ich. Klein und schmal wie ein Vogel sah sie mit ihren kurzen blonden Haaren und den großen Augen aus. Ab und an saßen wir in der Küche, sie rauchte und redete: «Manchmal frage ich mich, ob die Menschen wirklich nicht wissen, dass wir alle Gefühle haben – nicht nur die, die mit einem goldenen Löffel im Mund geboren wurden.» Ihre Arme waren dünn wie Zweige. Wir bekamen genug zu essen, aber ich habe sie nie mehr als ein paar Bissen zu sich nehmen sehen. «Wir sind Sachen für sie. Gegenstände, über die sie verfügen können. Wenn du kein Geld hast, gibt es nur zwei Dinge auf dieser Erde, die dich retten können.»

«Welche?», fragte ich leise.

Sie blies langsam den Rauch aus. «Jugend», antwortete sie. «Und Schönheit.» Dann lächelte sie ihr trauriges Lächeln. «Du solltest also fein raus sein.»

Viele der Mädchen bei Pauline – volljährig waren nur wenige von ihnen – sprachen kein Deutsch. «Menschenhändler», erklärte mir Josephine, als ich sie fragte, wo sie herkamen. «In Österreich und Russland gibt es die wie Sand am Meer. Von denen bekommt Pauline die Mädchen, sie ‹rettet› sie, wie sie sagt. Vielleicht ist es auch so. Jedenfalls sind sie froh, hier gelandet zu sein.» Einige ältere Bewohnerinnen gingen tagsüber anderen Arbeiten nach und kamen erst am Nachmittag zurück. Die meisten wirkten tatsächlich, als würden sie hier nur wohnen, man musste schon sehr genau hinschauen, um zu erkennen, wie es wirklich war.

«Was, wenn ich irgendwann nicht mehr zahlen kann?» Nervös drehte ich meine Tasse in der Hand. «Lässt sie mich dann verhungern?»

Josephine schüttelte den Kopf. «Warum solltest du nicht zahlen können? Du bist jung und schön. Sobald eine von uns siech oder alt wird, verkauft sie sie weiter. In anderen Ländern sind die Ansprüche nicht so hoch. Frankreich, England, die Hafenstädte, auch Amerika oder Brasilien. Da sind sie nicht wählerisch und quetschen schon noch was aus dir raus.» Sie lachte, wich aber meinem Blick aus. Als sie sich ihre Zigarette anzündete, brauchte sie mehrere Anläufe, um das Zündholz zu entfachen. «Keine Sorge, mit deinem Gesicht hast du noch lange vor dir.»

Tagsüber durfte ich tun, was ich wollte, bekam Essen, konnte baden, lesen, sogar spazieren gehen. Paulines System funktionierte reibungslos: Sie verlangte einfach nur horrende Summen für die Miete und die Mahlzeiten. Wollten die Mieterinnen sie bezahlen, hatten sie gar keine andere Wahl, als sich in ihrem Bordell Freier zu suchen. Um acht Uhr abends öffnete das Lokal. Dann mischten die Frauen sich eine nach der anderen unter die Gäste. Auf den Fluren wurde umhergehuscht, geflüstert, die Kunden nach getaner Arbeit so schnell und diskret wie möglich durch den Hinterausgang auf die Straße befördert. Ich begriff, warum ich vorher nichts bemerkt hatte: Es lag nicht an meiner Naivität, sondern an der Diskretion und Verschwiegenheit.

Pauline hielt Wort und setzte mich erst einmal als Kellnerin ein. Ich stand hinter dem Buffet und schenkte Sekt und Champagner aus, lief hin und her, sammelte Gläser ein, immer mit gesenktem Blick, immer in der Angst, dass sie mich für gesund genug befinden könnte, um mehr zu tun.

Ich wusste, dass es passieren würde, früher oder später. Pauline lauerte nur darauf, dass ich endlich die Aufgabe erfüllen würde, für die sie mich hergeholt hatte. Jede einzelne Minute eines jeden Tages dachte ich darüber nach wegzulaufen. Aber wohin? In welche neue Hölle würde ich stolpern?

Ich bestand nur noch aus Anspannung, konnte nicht mehr essen, nicht mehr schlafen. Die Angst wurde so groß, dass ich es kaum noch aushielt.

Und dann war es so weit.

«Christina, ich möchte dir diese netten jungen Herren vorstellen.»

Ich stand am Buffet und schenkte gerade den frappierten Sekt in kleine Kristallgläser. Als ich den Kopf hob, genügte ein einziger Blick in das Gesicht der beiden Männer, um zu wissen, was mir bevorstand. Sie schauten mich an, als wäre ich in einem Schaufenster ausgestellt, gleichzeitig zurückhaltend und lauernd.

«Unsere Christina ist noch neu, aber sie hat sich schnell hier eingelebt, oder nicht?» Paulines Stimme klang wie Samt, ihr Lächeln schien beinahe echt.

Ich spürte die Kälte der Flasche in meiner Hand, sie breitete sich langsam von den Fingerspitzen aus und durchströmte meinen ganzen Körper.

«Christina, das sind Julius und Arne. Sie waren noch nie hier. Setzt euch zusammen in die Nische, ich bringe euch ein Glas Sekt. Du brauchst mal eine Pause. Josephine wird auch gleich zu euch stoßen.» Strahlend trat sie hinter mir ans Buffet, legte eine Hand an meine Hüfte und schob mich mit so viel Kraft in die Richtung der jungen Männer, dass ich ihnen fast in die Arme stolperte.

Der Sekt war mein Rettungsanker. Ich trank viel zu schnell und viel zu viel. Mein Gesicht wurde warm, der Abend um mich her verschwamm. Der Mann namens Julius setzte sich neben mich. Er war attraktiv und jung, sicher noch keine zwanzig. Blonde Locken fielen ihm ums Gesicht, auf seinen Schläfen glitzerte Schweiß.

Er redete viel, erzählte von Regatten und Pferderennen, saß ganz dicht bei mir, eine Hand auf meinem Oberschenkel, sein Mund so nah an meinem Ohr, dass er mich hin und wieder wie zufällig berührte. Ich bekam kein Wort heraus, wollte nur wegrennen. Später erinnerte ich mich nicht an Einzelheiten, nur an seinen Geruch, ein wenig sauer unter dem Rasierwasser, und an das Gewicht seiner Hand auf meinem Bein. Josephine warf mir Blicke zu, trat mich unter dem Tisch, aber ich war vor Angst wie erstarrt. Nach einer Ewigkeit wandte Julius sich an seinen Freund. «Sie ist furchtbar langweilig», stellte er mit abfälligem Blick fest. «Ich will sie nicht.»

Sein Freund lachte, musterte mich. «Gut», sagte er. «Dann tauschen wir.»

Wir gingen in mein Zimmer. An den Weg dorthin kann ich mich nicht erinnern, plötzlich stand ich vor meinem Bett und hörte den Schlüssel, der hinter uns im Schloss herumgedreht wurde.

Arne war nicht unfreundlich, er wurde auch nicht laut. Das machte es auf eine Weise fast noch schlimmer zu ertragen. Ich dachte an die Zukunft. Daran, dass ich Geld brauchte, wenn ich hier herauskommen und Otto zurückholen wollte. Es tat weh, aber ich ließ es geschehen, als hätte es nichts mit mir zu tun. Das hatte es ja auch nicht. Nur mit meinem Körper. Und schließlich passierte es mir auch nicht zum ersten Mal.

Hinterher fühlte ich mich nur leer. Als hätte etwas alle Gefühle aus mir herausgesaugt.

Nachdem ich es einmal getan hatte, riet mir Josephine, nicht zu lange zu warten, damit ich mich daran gewöhnte. «Irgendwann ist es wie Zähneputzen. Denk an das Geld.»

Aber ich dachte nicht an das Geld. Ich dachte an Otto.

Und dann tat ich es wieder.

1914

16

Plötzlich waren die kleinen Dinge wichtig geworden. Nichts von dem, was sein Leben früher bestimmt hatte, schien noch von Bedeutung. Nicht der Börsenkurs, nicht die Nachrichten aus Berlin. Er erinnerte sich daran, wie sehr es ihn aufgeregt hatte, als das erste Mal ein Telegramm nach Übersee gelungen war. Diese Errungenschaft, diese Unvorstellbarkeit, über den riesigen Ozean hinweg miteinander kommunizieren zu können! Wie Zauberei hatte er es empfunden, ein Wunder, an Bedeutung nicht zu übertreffen.

Und jetzt? Jetzt war ihm nur noch wichtig, welche Vögel er draußen singen hörte, in diesen wertvollen Sekunden, in denen er vom Schlaf in den Tag glitt, aber noch nicht die Augen öffnete, kurz so tun konnte, als wäre er daheim, als läge seine Frau neben ihm. Gleich würden sie zusammen aufstehen, er würde sich zu ihr hinüberbeugen und sie auf die Wange küssen, sie würde seinen Arm tätscheln und sich dann mit diesem kleinen Seufzen aufsetzen, das zu sagen schien: Schon wieder ein neuer Tag. Nun, man kann es nicht ändern, dann packen wir die Sache mal an.

Es tröstete ihn, wenn er morgens die Tauben unter dem Dachfirst gurren hörte wie zu Hause. Die anderen Vögel unterschieden sich von denen in der Stadt: Hier gab es Buchfinken und Grauschnäpper, Gimpel und Grünspechte. Er hatte sogar schon Tannenmeisen gesehen, aber es verwunderte ihn nicht, die Anlage war schließlich umgeben von hohen Fichten, die sacht im Wind wogten und deren Zapfen auf den Wegen herumlagen und leise knirschten, wenn man darauftrat.

Er war dankbar für diesen friedlichen Ort. Umgeben von Grün und Stille, von duftendem Wald, von Vögeln, die in der blauen Stunde so ungestört sangen, dass sich die Bewohner im Abenddämmer draußen versammelten und ihnen zuhörten. Er mochte den weichen Sandboden, der verriet, dass das Meer nicht weit weg war, freute sich über die klagenden Rufe der Möwen, die ab und an den Weg über den Wald bis hierher auf sich nahmen.

Aber genau aus diesem Grund war er hier. Das Haus war vollkommen von der Außenwelt abgeschnitten, verborgen im Wald, mitten in der Natur. Wo niemand ihn und die anderen sehen musste.

Theodor erwachte auf dem Rücken liegend, die Arme an den Körper gepresst. Er blinzelte, konnte es nicht länger aufschieben, öffnete die Augen, blickte gegen die niedrigen Deckenbalken. Schon wieder ein neuer Tag. Nun, man kann es nicht ändern, dann packen wir die Sache mal an, dachte er, bewegte sich aber noch nicht, genoss noch einen Moment die Wärme und den Frieden.

Seit er hier war, hatte er ein genaueres Bild von dem, was auf ihn zukam, schließlich sah er es täglich an den anderen. «Ganz dunkel ist es nicht. Die Sonne kann ich nicht sehen, aber ich weiß, wann sie scheint.» So hatte ihm sein Zimmernachbar an einem seiner ersten Tage mit brüchiger Stimme erzählt, wie es sich anfühlte, wenn die Krankheit die Augen befiel. Seitdem erschien ihm jeder Morgen, an dem er aufwachte und der Himmel blau war, wie ein unfassbares Geschenk.

Sein ganzes Leben lang hatte er gearbeitet, die vergangenen vierzig Jahre hatten mehr oder weniger der Bank gehört, in der Rückschau kam ihm alles vor wie ein einziger Augenblick. Die Kinder waren so schnell groß geworden, kaum waren sie ihren Matrosenanzügen entwachsen, arbeiteten sie schon, heirateten. Er würde alles Geld der Welt geben, um Blanche noch einmal als kleines Mädchen zu sehen, mit den Schleifen im Haar, dem Schmollmund, den goldenen Locken. Eigentlich hatte er geplant, möglichst zeitig aus der Bank auszusteigen, hatte Gesa so oft versprochen, dass er sich dann «dem Leben» widmen würde. Er hatte vorgehabt, seinen geliebten Garten zu gestalten, ihn irgendwann, wenn die Pläne, die er im Kopf hatte, vollendet waren, der Bürgerschaft zu öffnen. So konnte es gehen mit Plänen. Während man noch darüber nachdachte, entschied das Leben anders.

Draußen war es bereits hell, Sonnenlicht drang durch die Vorhänge, aber das Zimmer lag in einem angenehmen Dämmer. Es beruhigte ihn, wie die warme Bettwäsche duftete, wie seine vertrauten Hausschuhe neben dem Nachtschrank standen.

Morgens versuchte er als Erstes, seine Zehen zu spüren, wanderte dann langsam in Gedanken durch den gesamten Körper. Manchmal war er sich nicht ganz sicher, musste erst eine Hand oder ein Bein dazu zwingen, sich zu bewegen, bevor er aufatmen konnte. Noch spürte er alles.

Es gab nicht viele Spiegel im Haus – eine kluge Maßnahme, die er voll und ganz begrüßte. Wer wollte, konnte einen Spiegel auf dem Zimmer haben, und er hatte das Gefühl, nicht feige sein zu dürfen. Man sah noch nicht viel. Trotzdem blickte er selten hinein. Es war besser, sich nicht auf das Äußere zu konzentrieren.

Die Ärzte und Schwestern behandelten sie vollkommen normal, mit Achtung und Respekt. Das hatte er nicht erwartet, und es erfüllte ihn mit Dankbarkeit. Wenn es nicht sein musste, sprach niemand über den Grund, aus dem sie hier waren.

Er war jeden Tag aufs Neue erstaunt über die Lebensfreude, die ihn umgab, diese friedliche Ergebenheit in das Schicksal. Fast schien es, als wären alle hier entschlossen, die Krankheit zu ignorieren, so gut es eben ging. Aber manchmal traf es ihn wie ein Schlag, wie es wirklich um ihn bestellt war.

Ein Mädchen hatte so starke Verwachsungen, dass er sich nur vage vorstellen konnte, wie sie einmal ausgesehen haben musste. Einige der Bewohner konnten nicht mehr laufen, hatten Hände oder andere Gliedmaßen verloren. Ab und an hörte er nachts jemanden weinen. Manchmal versuchte jemand wegzulaufen. Einer hatte es sogar bis ins nächste Dorf geschafft. Dort war der Mann in einen Bus gestiegen und davongefahren. Der Weg musste zurückverfolgt, alle Menschen, die er unterwegs getroffen hatte, mussten benachrichtigt werden.

Im Alltag konnte man die Realität vergessen, es fühlte sich eher an wie ein Erholungsheim. Aber allein der hohe Zaun, der das Grundstück umgab, war ihm Erinnerung genug. Diese kleine, vergessene Gemeinschaft mitten im Nichts, diese Handvoll Menschen, die ein Schicksal teilte, die man versteckt hatte vor dem Rest der Welt. Sie waren buchstäblich das, was die Krankheit bedeutete: ein Aussatz. Etwas, das nicht mehr dazugehörte. Das abseits und allein auf sein Ende wartete.

Heute würde Gesa kommen. Der Gedanke verursachte ein Ziehen in seinem Magen. Er liebte sie. Mit Leidenschaft hatte diese Art von Liebe nichts zu tun, aber was war schon Leidenschaft? Leidenschaft war für Bücher und junge Leute, sie verwirrte das Herz und den Verstand, und wenn sie wieder ging – und sie ging immer, das wusste er aus eigener Erfahrung –, ließ sie nichts als quälende Erinnerungen zurück. Er trat langsam ans Fenster, stand mit auf dem Rücken verschränkten Händen da, blickte hinaus in den blühenden Garten. Aber was er sah, lag nicht vor ihm, sondern lange Zeit zurück. Er sah das Gesicht einer jungen Frau, wunderschön, lächelnd und warm.

Herrje, sie hatte immer so schief gesungen. Sie war siebzehn gewesen, als sie ins Haus kam, blutjung, mit geflochtenen Zöpfen und kleinen Grübchen in den runden roten Wangen. Er erinnerte sich, wie es sich anfühlte, wenn sie im Raum war, sein ganzer Körper spürte es, alles in ihm spannte sich an, wurde wie ein Magnet von ihr angezogen. Wenn er nur ihre Stimme im Flur hörte, überlief ihn ein Schauer, ihr Lachen verfolgte ihn bis in seine Träume. Und der Gedanke an ihren Körper unter der Uniform, die Brüste unter der Schürze, war nicht zu ertragen gewesen. Manchmal sehnte er sich danach zurück, nach diesem Verlangen der Jugend.

Er blinzelte und sah wieder den Garten, fühlte diesen seltsamen neuen Schmerz in seinen Gelenken, in seinem Magen, und versuchte, die Angst zu ignorieren, die sofort in ihm hochkroch. Er war nicht mehr jung, er war alt. Alt und krank. Langsam trat er an den Schrank, zog das Fotoalbum hervor, das er in einer der Schubladen verwahrte. Die Bilder waren ganz hinten einsortiert, er wusste genau, auf welcher Seite, schlug trotzdem eine nach der anderen um, bewegte vorsichtig das hauchdünne Seidenpapier, das die Bögen voneinander trennte. Alle Mitglieder des Reeven-Haushalts vor der Villa aufgereiht, sogar die Hunde lagen dabei, die Mädchen in ihren Schürzen und Hauben, die Diener in der Livree, daneben die Familie, seine Eltern, die Schwestern in Matrosenkleidern, die Brüder in Anzügen. Sie waren noch nie fotografiert worden, sein Vater hatte Beziehungen zu einem Kriegsfotografen gehabt und die Aufnahmen als große Überraschung zum Geburtstag seiner Mutter arrangiert.

Und da stand *sie*, in der Reihe mit den anderen Dienstboten. Langsam strich Theodor über das junge, schöne Gesicht, das ihm einmal so vertraut gewesen war.

Inga hatte Keuchhusten bekommen, von einem Tag auf den anderen war sie fort gewesen. Während der Krankheit hatte er sie nicht sehen dürfen, niemand hatte sie sehen dürfen, sie hatte in ihrer Kammer hinter der Küche gelegen, und nur ihr verzweifeltes Husten war durch den Türspalt gedrungen. Einmal hatte er es gewagt und sich nach unten geschlichen, immer mit einem Ohr lauschend, ob ihm auch niemand folgte. Er hatte die Tür mit den Fingerspitzen aufgedrückt und hineingespäht. Nie zuvor war er in dieser Kammer gewesen, keines der Kinder durfte die Zimmer der Domestiken betreten.

Der Raum hatte keine Fenster. Nur eine kleine Kerze auf ihrem Nachttisch spendete Licht. Es war klamm dort drinnen, kalt und feucht, wenn er daran dachte, spürte er es noch jetzt. Sie sah so klein aus im Bett, wie ein Kind beinahe. Ihre Augen waren so groß, voller Angst. Sie bekam nicht genug Luft, ihr Atem drang wie das gequälte Pfeifen einer kleinen Lokomotive aus ihren Lungen. Einen Moment sahen sie sich an, aber er war nicht sicher, ob sie ihn überhaupt wahrnahm. Dann packte sie ein neuer Anfall, sie fasste sich verzweifelt an den Hals, und er floh, rannte die Treppe hinauf und blieb oben keuchend stehen, spürte das Wummern seines Herzens bis in die Ohren.

Wenige Tage später wurde sie hinausgetragen, den Kopf mit den ehemals runden Wangen auf einem Kissen ruhend, die Augen für immer geschlossen. Ihr Gesicht war so eingefallen und bleich, dass er sie kaum erkannte.

Nie wieder hatte er für jemanden empfunden, was er damals gefühlt hatte, diese Anziehung, die sich nicht erklären ließ, diese körperliche Reaktion auf ihre pure Anwesenheit, die sich seiner Kontrolle vollkommen entzog.

Er seufzte und klappte das Album zu. War das Liebe gewesen? Leidenschaft? Wer konnte das schon sagen. Er wusste nur, dass das Gefühl mit ihr gestorben war. Und dass er es seitdem vermisste.

Es klopfte leise an der Tür. Als die Schwester hereinkam, lag das Album bereits wieder in der Schublade, und er lächelte ihr entgegen.

«Sie sind schon auf? Da waren Sie mal wieder schneller! Guten Morgen, Herr Reeven.» Das Personal hier verbreitete immer gute Laune, dafür war er unendlich dankbar. Hier tickten die Uhren langsamer, alles war auf die Bedürfnisse der Bewohner und ihr Wohlbefinden ausgerichtet. «Sie wissen, was heute für ein Tag ist?»

Schwester Emilie half ihm in die Schuhe, sie kämmte seine von der Nacht zerzausten Haare mit zarter Hand. Er hätte das alles selbst gekonnt, aber manchmal ließ er sie gewähren und ergab sich einfach seinem Schicksal. Wozu noch Autonomie bewahren, so lange wie möglich an der Selbstständigkeit festhalten? Es gab kein Danach. Das hier war seine letzte Station. Er würde Hamburg nie wiedersehen. Er würde nie wieder einen Fuß in seine Bank setzen, nie wieder ein frisches Holsten trinken. Manchmal wollte er den Schwestern und Ärzten erzählen, wer er noch vor Kurzem gewesen war. Seine Anzüge, seine Krawatten und Zylinder, seine glänzenden schwarzen Schuhe und Smokings waren Teil einer anderen Wirklichkeit. Nun trug er weiche Kleidung, Hausmäntel, Schlappen.

«Sie bekommen heute Besuch.»

Theodor nickte. «So ist es.»

«Wie fühlt es sich an?»

Die Antwort auf diese Frage war nicht leicht. Er hatte Gesas Ankunft so entgegengefiebert, aber im Laufe der letzten Woche hatte sich die freudige Erwartung in ihr Gegenteil verkehrt. Nun bekam er Bauchschmerzen, wenn er daran dachte.

Er würde seine Frau wiedersehen.

Gesa war Teil seines alten Lebens. Eines Lebens, das er vergessen musste, wenn er hier jemals Frieden finden wollte. Aber Gott, er vermisste sie so unglaublich. Nie hätte er es für möglich gehalten, dass er sich so sehr nach ihr verzehren konnte. Wenn er ganz ehrlich war, hatte seine Frau ihn immer angestrengt. Sie übertönte alles andere, ohne es zu merken, stand unter Strom wie eine surrende Glühbirne. Wenn sich hinter ihr eine Tür schloss, war es ihm manchmal vorgekommen, als hätte jemand die Schnur gezogen, und das etwas zu grelle Licht der Glühbirne wich von einer Sekunde auf die andere einem wohltuenden Dämmer. Erst hier war ihm klar geworden, wie sehr er auf sie bezogen war, wie sie alles in seinem Leben mitbestimmt, ihm eine einzigartige Färbung gegeben hatte. Er vermisste alles an ihr. Einfach alles.

Die Schwester musterte ihn, während sie ein wenig Lanolin in der Hand verrieb und es in seinem Bart verteilte. Ihr Gesicht hatte etwas Gütiges. «Es ist nicht leicht. Das geht allen hier so. Man freut sich, aber es ist so viel mehr als ein einfacher Besuch.»

Er hob etwas verloren die Schultern. Es war schwer, die richtigen Worte für all seine Gefühle zu finden.

«Sie haben Angst davor, was der Besuch in Ihnen auslösen wird. Sie haben Angst, dass er Sie an Ihr altes Leben erinnert, dass Sie Ihre Frau nicht gehen lassen wollen, wenn sie erst einmal hier ist. Dass die Sehnsucht zu groß wird», redete sie leise weiter. Da waren so viel Verständnis und Wärme in ihren Augen.

«Ja», sagte er und schluckte.

Sie fuhr fort, seinen Bart zu richten, lächelte, drehte sanft seinen Kopf am Kinn, um zu sehen, ob der Schnäuzer auf beiden Seiten gleich ausgerichtet war. Über die Tränen, die ihm plötzlich durch den Bart rannen, verlor sie kein Wort.

Theodor räusperte sich. «Ich habe es mir überlegt», sagte er mit belegter Stimme.

Die Schwester hielt inne.

«Ich will sie nicht sehen.»

Das Dorf war klein. Es roch nach Jauche und Hühnern. Das Haus am Platz, das Alice' Mutter ihm beschrieben hatte, war zwar bewohnt, aber ein Schild für eine Wirtschaft sah er nicht, und als Henk an einer Tür nach dem Pastor fragte, schüttelte die Frau, die ihm geöffnet hatte, den Kopf.

«Das ist lange her, von damals lebt niemand mehr hier. Wir wohnen erst seit zwei Jahren im Ort. Sie hätten die Nachbarn fragen können, aber Grete ist nach der Geburt ihres letzten Kindes gestorben, und der Mann ist dann mit den anderen Kindern in die Stadt gezogen. Die Schwiegereltern gleich mit.» Sie zuckte die Achseln.

Henk nickte. «Danke», sagte er nur, tippte sich an die Mütze und ging wieder.

Etwas verloren stand er auf dem Dorfplatz und sah sich um. Dann hörte er die Glocken läuten.

Ein hutzeliges altes Weib lief mit einer Gießkanne zwischen den Gräbern vor dem Gotteshaus umher. Sie war so bucklig, dass ihre Nase fast den Bauch berührte, trotzdem wieselte sie flink auf und ab, die Kanne in der einen und eine Harke in der anderen Hand, musterte ihn mit der wachen Aufmerksamkeit, die man Fremden auf dem Land immer zuteilwerden ließ. Sie kniff die Augen auf eine Weise zusammen, dass er annahm, sie müsse fast blind sein.

Er lief auf sie zu. «Entschuldigung. Sind Sie aus dem Ort?»

Misstrauisch beäugte sie ihn, nickte aber. «Hier bin ich geboren, und hier sterb ich. Jetzt bin ich fast neunzig. Niemand sollte so alt werden müssen, sag ich Ihnen. Aber der Herr hat seinen Plan mit mir, und ich folge.» Sie reichte ihm ihre kleine verkrümmte Hand. «Göteborg.»

«Dann müssen Sie den Pastor gut gekannt haben?»

«Na, sicher, sicher!» Die Haut an ihrem Hals schlackerte, als sie erneut nickte.

«Erinnern Sie sich an ein Mädchen, das eine Weile bei ihm im Haushalt gelebt hat?»

Einen Moment stand sie nachdenklich da. «Natürlich. Sie müssen Christina meinen.»

Enttäuscht schüttelte er den Kopf. «Ihr Name ist Alice.»

Die Frau schürzte bedauernd die Lippen. Doch plötzlich erhellte sich ihr Gesicht. «Sie haben recht, ich erinnere mich.» Ihr krummer Zeigefinger schoss in die Luft. «Christina war gar nicht ihr richtiger Name.»

Verwirrt sah er sie an und hoffte, sie würde weitersprechen.

«Sie haben sie anders genannt, weiß auch nicht genau, warum, Käthe hat es mir damals erzählt. Der Name gefiel ihnen wohl nicht.»

«Christina, sagen Sie?» Er kratzte sich im Nacken, blinzelte zur Kirchturmuhr hinauf.

«Ich weiß nur, dass sie irgendwann weg war. Die Leute haben geredet, man sagt, es soll ein Techtelmechtel gegeben haben mit einem der Verwandten. Irgendeinen Grund muss es gehabt haben. Aber fragen Sie besser mal bei Rine.» Ihre zitternde Hand wies auf ein Dach etwa zweihundert Meter entfernt. «Da, sehen Sie, hinter den Bäumen? Da wohnt sie. Sie war die Köchin bei den Pastors.»

Das kleine Haus mit dem schiefen Dach stand am Rande des Dorfes. Auf sein Klopfen hin erklangen schlurfende Schritte im Inneren. Eine dicke, kleine Frau öffnete mit fragender Miene, während sie sich die Hände an einem Küchentuch trocknete. Ihm wehte der Geruch von gebratenem Fleisch entgegen, und sein Magen zog sich zusammen. Er hatte fast einen halben Tag gebraucht, um hierher in die Nordmarsch zu gelangen, und hatte unterwegs nur ein paar Prünellen und ein Rundstück gegessen.

«Ich kaufe nichts!», sagte die Frau abweisend.

«Guten Tag. Ihr Name ist Rine?» Er lächelte in der Hoffnung, dass ihn das freundlich und nahbar erscheinen ließ.

Sie sah ihn an, ohne die Miene zu verziehen. Wenn überhaupt, schaute sie vielleicht noch ein wenig mürrischer. «Wer will das wissen?»

«Mein Name ist Henk. Henk Bloom.» Er nahm die Kappe ab und hielt ihr die Hand hin. «Ich habe eine Frage bezüglich einer Frau, die Sie vielleicht einmal kannten. Das heißt, damals war sie wohl noch keine Frau», fügte er hinzu und hakte die Daumen in die Hosenträger, weil er plötzlich nicht wusste, was er mit seinen Händen anstellen sollte.

Sie blinzelte. Ihr Haar musste einmal rot gewesen sein, war nun aber fast vollständig ergraut, sie trug es in einem kleinen Knoten auf dem Kopf. «Und die wäre?», blaffte sie ungeduldig.

«Nun.» Dieses Mal geriet ihm sein Lächeln etwas schief. «Es ist ein bisschen kompliziert. Kannten Sie eine gewisse Alice Nord?»

Sie runzelte die Stirn, schüttelte den Kopf. «Nie gehört. Ich hab was auf dem Herd, ich muss …»

«Vielleicht sagt Ihnen der Name Christina etwas?»

Mitten in der Bewegung hielt sie inne. «Christina?», fragte sie langsam.

«Sie soll einmal hier im Dorf gearbeitet haben, im Pastorenhaus. Erinnern Sie sich?»

Die Frau verschränkte die Arme vor der Brust. Sie war zwar klein, aber so bullig gebaut, dass er unwillkürlich einen Schritt zurücktrat. «Soll sie das?», fragte sie abweisend. Aber er ließ sich nicht täuschen. Sie kannte Alice. Er hatte es genau gesehen.

«Ganz recht. Zu der Zeit, in der Sie auch dort tätig waren. Hat man mir gesagt.»

«So. Und wer, wenn ich fragen darf?»

«Eine gewisse Frau Göteborg.»

«Die.» Sie machte eine abfällige Geste. «Die Alte hat auch nichts Besseres zu tun, als zu tratschen. Und warum interessiert Sie das?»

«Ich bin ihr Mann», erklärte er. «Der von Alice. Ich meine, Christina.»

Überraschung zuckte über ihr Gesicht.

«Und ich versuche, etwas über ihre Vergangenheit herauszufinden.»

Ihre Augen wurden schmal. «Warum das?»

«Wir … Nun, es ist eine schwierige Sache. Sie versucht, mir meine Tochter wegzunehmen.»

«Tochter?», hakte die Frau sichtlich irritiert nach. «Hatte sie nicht einen Sohn?»

«Nein, wir haben eine Tochter. Und sie versucht, das alleinige Sorgerecht zu erstreiten, obwohl sie sie gar nicht ernähren kann. Ich muss unsere Tochter schützen, verstehen Sie? Wie soll eine Frau allein ein Kind großziehen? Deswegen versuche ich … Nun ja. Dinge über sie herauszufinden.»

Mehrere Sekunden sagte die Frau gar nichts. «Wie alt ist Ihre Tochter?», fragte sie dann.

«Fünf», erwiderte er mit einem erneuten Lächeln und überlegte, ob Rosa nicht inzwischen sogar sechs geworden war. Er war sich nicht sicher.

Erst sah die Frau aus, als wollte sie etwas sagen, aber dann zuckte sie mit den Achseln. «Christina war noch ein Kind damals. Sie war ganz normal, ich weiß nicht, was Sie von mir hören wollen.»

«Warum musste sie plötzlich gehen? Es gab wohl Gerede, meinte Frau Göteborg. Sie hat etwas von einem Verhältnis gesagt?»

Erschrocken holte sie Luft. «Nein, also davon weiß ich nichts», sagte sie dann schnell. «Wenn Sie mich fragen, auf das Geschwätz der Alten sollten Sie nicht viel geben. Und jetzt muss ich weiterkochen.» Bevor sie ihm die Tür vor der Nase zuwarf, war er sicher, sie murmeln zu hören: «Das wäre ja noch schöner. Also, ich sag nichts.»

*

Sie fühlte sich, als wäre ihr Körper aus Gips. Stocksteif saß Gesa in der ungewohnt kleinen Droschke. Die Reise bis an die Memel war eine Tortur gewesen, sie hatte ja keine Ahnung gehabt, wie weit weg es war, buchstäblich am Ende der Welt, der östlichste Teil Preußens. Mehrere Tage hatte sie gebraucht, um sich in der Pension von den Strapazen zu erholen. Vielleicht auch, um Mut zu schöpfen. Mit jedem Meter, den sie sich nun dem endgültigen Ziel näherte, spürte sie, wie sich ihre Angst verdichtete. Beim Abschied daheim war sie so gefasst gewesen. Vor den Kindern hatte sie stark sein können. Aber nun, da die Begegnung kurz bevorstand, wusste sie kaum noch, wie ihr geschah. Sie hatte einen bleiernen Geschmack im Mund. Ständig fasste sie sich prüfend an die Frisur, rückte den Hut zurecht; die andere Hand war so fest um die kleine Reisetasche auf ihrem Schoß gekrallt, dass sie zu schmerzen begann. Sie hatte keine Ahnung, was man zu einem solchen Anlass trug, hatte all ihre Koffer gefüllt, die sich nun in der Pension in Memel stapelten, sich an diesem Morgen vier Mal umgezogen, das Mädchen beinahe in den Wahnsinn getrieben. Nun kam sie sich albern vor, viel zu steif und herausgeputzt.

Die Droschke rumpelte durch einen Plantagenwald. Der Boden war entsetzlich holprig, es schien, als würde er nicht oft befahren. Sie bekam doch so schnell Reiseübelkeit, hielt sich bereits den Bauch, konnte es nicht erwarten, endlich anzukommen. Fichten und Birken säumten den sandigen Weg – und plötzlich ragte ein weißer Giebel zwischen den Bäumen hervor. Sie erspähte eine Turmuhr, ein kleines Dach, reckte den Hals, um besser sehen zu können, aber ein hoher Zaun machte jeden weiteren Einblick unmöglich.

Sie fuhr durch ein Tor, das sofort hinter der Droschke wieder geschlossen wurde. Der Kutscher sprang vom Bock, half ihr hinaus und überreichte ihr die Tasche. Es war so friedlich hier. Fliederduft lag wie Parfum in jedem Atemzug. Die Luft trug Salz, beinahe glaubte sie, die Ostsee riechen zu können.

Vor dem großen, hellen Haus mit Giebel, das sie schon

durch die Bäume erspäht hatte, stand eine Frau in Diakonissentracht.

Gesa zögerte, da überzog ein Lächeln das rundliche Gesicht der Frau. «Willkommen!», rief sie, trat aber nicht auf sie zu. «Zu Ihrer eigenen Sicherheit schüttele ich Ihnen nicht die Hand, ich hoffe, Sie sehen es mir nach. Sie müssen Gesa Reeven sein. Ich bin Schwester Emilie, eine der beiden Krankenschwestern hier. Ich werde Sie herumführen und Ihnen alles erklären. Sicherlich wissen Sie bereits, dass ein gewisses Risiko nicht ausgeschlossen werden kann, sich zu infizieren?»

Sie konnte nur nicken, sprechen schien ihr vollkommen unmöglich. Plötzlich war ihr alles zu viel.

«Sorgen Sie sich nicht, das Risiko ist sehr gering, und solange wir gewisse Vorsichtsmaßnahmen treffen, beinahe nicht vorhanden.» Die Schwester schien ihr anzusehen, dass ihr die Worte im Halse stecken blieben. «Nun kommen Sie erst mal, ich führe Sie ein wenig durch den Garten. Jetzt, da der Sommer vor der Tür steht, ist es paradiesisch hier bei uns. Dann erzähle ich Ihnen, wie sich Ihr Besuch gestalten wird.»

Mit einem Mal war Gesa schrecklich heiß, doch sie hatte den Sonnenschirm vergessen. Sie trug noch immer die schwere Tasche mit all den Dingen, die sie Theodor mitgebracht hatte, Zeitungen, Tabak, Pralinen, sein Rasierwasser, Briefe von den Kindern.

«Warum ist das Heim gerade hier entstanden?» Es war die erste Frage, die ihr in den Sinn kam, aber sie konnte nicht weiter einfach schweigen. Sonst war sie so gut in lockerer Konversation, aber heute schienen ihr die Worte abhandengekommen zu sein.

«Oh, es gab eine besondere Häufung der Fälle hier im Kreis», erwiderte die Schwester freundlich, während sie Gesa in einen rund angelegten Garten führte, der in voller Blüte stand. «Da bot es sich an. Die meisten Bewohner sind seit vielen Jahren bei uns. Hier im Heim können wir zweiundzwanzig Erkrankte aufnehmen. Momentan leben aber nur fünfzehn bei uns. Wie Sie wissen, sind wir hier sehr abgeschnitten. Ein Besuch wie Ihrer darf nur sehr eingeschränkt und unter strengen Auflagen erfolgen. Der Zaun ist hauptsächlich dazu da, die Außenwelt fernzuhalten.» Die Augen der Frau flackerten kurz über die hohe Bretterwand, die jede Einsicht in die Anlage unmöglich machte. «Allerdings gibt es ab und an auch Fluchtversuche.» Sie lachte auf. «Es wird eben schnell langweilig hier in der Einöde.»

Gesa hielt die Luft an. Die Vorstellung, es könnte den Kranken hier so schlecht gehen, dass sie versuchten zu fliehen, traf sie wie ein Schock. «Und Sie sind immer hier?», brachte sie endlich heraus. Gesa musterte die Frau so unauffällig, wie sie es vermochte. Sie konnte sich nicht vorstellen, was einen bewog, an einem Ort wie diesem zu arbeiten, so schön und friedlich er sich auf den ersten Blick auch präsentierte.

«Das ist richtig. Die meiste Zeit zumindest.» Schwester Emilie lächelte auf eine Art, die Gesa ganz durcheinanderbrachte. Sie wirkte so ruhig, so friedvoll. «Auch wir Schwestern und das Personal haben nur Ausgang, wenn der Arzt es gestattet. Er kommt zweimal in der Woche her, um sich um die Kranken zu kümmern. Viel können wir leider nicht tun, zumindest nicht gegen die Krankheit. Aber wir können das Leben doch ungemein erleichtern, indem wir etwas gegen die Schmerzen tun, den Menschen zuhören.»

Ihre Hände zitterten. Es war ein Gefängnis. Ein paradiesisches Gefängnis, aber Mauern gab es dennoch.

«Sie müssen nicht denken, dass es den Bewohnern hier nur schlecht geht, Frau Reeven», erklärte die Schwester sanft. «Wir versuchen, den Kranken jeden Wunsch zu erfüllen. Im Rahmen der Möglichkeiten natürlich», fügte sie hinzu. «Im Sommer sitzen sie oft bis spätnachts im Garten zusammen. Der Hausmeister spielt gerne auf seiner Mandoline. Manche werden dabei so übermütig, dass wir eine eigene Zelle einrichten mussten, damit sie ihre Gemüter abkühlen können.» Sie lachte hell. «Es gibt ja nicht viel zu tun hier.»

«Sie sperren sie ein?», fragte Gesa schrill.

«Nur zum Ausnüchtern», beschwichtigte die Schwester.

«Wann kann ich ihn sehen?» Plötzlich wünschte sie sich nichts mehr, als es endlich hinter sich zu bringen und zu erfahren, wie er aussah, wie es ihm ging. Endlich Gewissheit zu haben.

Ein Schatten huschte über das Gesicht der Schwester. «Nun, Frau Reeven. Ich hatte heute Morgen eine Unterredung mit Ihrem Mann. Ich muss Ihnen leider mitteilen, dass er sich dazu entschieden hat, Sie nicht sehen zu wollen. Und wir müssen die Wünsche unserer Patienten selbstverständlich respektieren.»

Gesa spürte, wie ihr die Farbe aus dem Gesicht wich. «Wie bitte?», fragte sie. «Aber … ich bin extra aus Hamburg gekommen. Ich habe ihm die ganzen Sachen … Er hat mir doch geschrieben, er hat mir gesagt, ich soll ihn besuchen!»

Sie war immer lauter geworden, und die Schwester sah sie erschrocken an. «Verzeihen Sie, ich habe mich missverständlich ausgedrückt. Ich wollte Sie nur darauf vorbereiten, dass Sie ihn nicht sehen können. Aber Sie können ihn selbstverständlich besuchen und mit ihm sprechen.»

«Ich … verstehe nicht», sagte Gesa entkräftet.

«Theodor hat angewiesen, dass er während des Besuches vor Ihnen verborgen bleiben will. Das ist hier eine übliche

Praxis. Wir haben ein Besucherzimmer, in dem Vorkehrungen getroffen wurden. Sie können mit ihm sprechen, aber er wird hinter einer Wand sein.»

Sie war so erstaunt, dass ihr buchstäblich der Mund aufklappte. «Aber … das ist doch lächerlich. Er ist mein Mann. Ich kenne ihn seit vierzig Jahren. Wollen Sie mir ernsthaft sagen, dass ich ihn nicht sehen darf?»

«Es ist sein persönlicher Wunsch.» Die Schwester drückte mitfühlend ihren Arm. «Für ein erstes Aufeinandertreffen ist es gar keine schlechte Idee. Es ist … gewöhnungsbedürftig, wie stark die Krankheit das Äußere eines Menschen verändern kann. Auch wenn sie bei Ihrem Mann noch nicht weit fortgeschritten sein mag.»

«Meine Liebe!» Gesa schnellte zu ihr herum. «Glauben Sie, ich habe meinen Mann wegen Äußerlichkeiten geheiratet? Glauben Sie, dass ich drei Kinder mit ihm großgezogen, all die Jahre an seiner Seite gestanden habe, nur weil er gut aussah?»

Die Milde wich keine Sekunde aus dem Gesicht der Frau. «Es ist sein ausdrücklicher Wunsch», wiederholte sie sanft. «Und der steht für uns an erster Stelle.»

Gesa starrte die Wand an. Sie wagte nicht, näher zu treten. Ein seltsames Gefühl überkam sie, wie sie dort bei der Tür stand, in diesem kleinen, leeren Raum, der nach Kreide und feuchtem Stein roch. Das Gefühl, nicht mehr zu wissen, wer sie eigentlich war. Ihr Name stimmte noch, aber alles andere schien aus den Fugen geraten zu sein. Was tat sie hier, an diesem Ort mitten im Nirgendwo? Sie gehörte in ihr Haus, nach Hamburg, an die Seite ihres Mannes. Heute war Sonntag, sie sollten alle gemeinsam frühstücken und dann einen Ausflug machen.

«Theodor?» Ihre Stimme klang hoch und fremd.

Einen Moment war es still. Dann räusperte sich jemand. «Gesa.»

Er klang genau wie immer. Das war seine Stimme. Zitternd hob sie eine Hand an den Mund. Sie atmete aus, und plötzlich war alles nicht mehr ganz so furchtbar.

Das war ihr Mann, dort hinter der Wand.

Es stand ein Stuhl bereit, zögernd ging sie näher, setzte sich, stellte die Tasche neben ihre Füße und drückte die Knie zusammen. «Ich habe dir so viel mitgebracht. Deine Lieblingsschokolade mit den Nüssen. Und Tabak von Sossidi. Dein Rasierwasser war ausverkauft, ich sage dir, wir hatten vielleicht einen Jammer, es zu bekommen, ich habe das Mädchen durch die halbe Stadt gescheucht, am ganzen Wall war es aus, aber sie hat es schließlich bei Karstadt gefunden. Eine Schurdecke habe ich auch dabei, ich weiß ja, dass es dir nachts kalt hat an den Füßen, und ich war nicht sicher, ob du eine mitgenommen hast …» Sie brach ab.

Hinter der Wand blieb es so still, dass sie unwillkürlich die Nägel in die Handfläche grub.

Wie erstarrt saß sie da, die Augen weit aufgerissen. «Ich wollte … Nun, ich hoffe, du kannst die Sachen benutzen», sagte sie schließlich kleinlaut.

«Ich danke dir von Herzen, meine Liebe.»

Oh, es war so seltsam. Warum war sie so verkrampft? Sie hatte nicht damit gerechnet, dass ihr neben ihrem Mann einmal die Worte fehlen würden.

«Es ist wunderschön hier. Ein kleines Paradies.» Anscheinend waren ihr nur Floskeln geblieben.

«Nachts hört man die Sprosser rufen.»

Sie wusste nicht, was sie darauf antworten sollte. «Wie

schön», sagte sie schließlich leise. Dabei hatte sie keine Ahnung, wovon er sprach.

«Eine Art der Nachtigall», erklärte er, und sie hörte, dass er nachsichtig lächelte, wie er es tat, wenn sie etwas nicht verstand.

«Erzähl mir, wie es dir geht», bat sie. Mit einem Mal hatte sie ein solches Bedürfnis, ihn zu umarmen, dass sie unwillkürlich näher an die Wand rückte. «Sind sie hier auch gut zu dir?»

«Mir geht es wunderbar. Du brauchst dir um mich keine Gedanken zu machen. Ich habe schon zugenommen, seit ich hier bin, ich werde gut gefüttert, und seit ich nicht mehr viel zu tun habe … Tja, die Pfunde sind schneller auf den Hüften, als mir lieb ist.» Er lächelte wieder, sie konnte es hören.

Sie hingegen spürte, wie Ärger in ihr aufwallte. «Theodor, was soll diese Lächerlichkeit mit der Wand?» Endlich fand sie ihre gewohnte Resolutheit wieder. «Das ist doch absurd. Was glaubst du, was passiert, wenn ich dich sehe? Dass ich weglaufe?»

Wieder war es einen Moment lang still. «Ehrlich gesagt, Gesa, ist die Wand eher für mich als für dich.»

«Für dich?» Sie verstand kein Wort. «Warum denn für dich? Ich sehe aus wie immer.»

Jetzt lachte er auf. «Du siehst mit Sicherheit wunderschön aus. Aber darum geht es nicht.»

«Um was dann? Ich verstehe nicht.»

Sie hörte ihn unterdrückt seufzen, sein Stuhl scharrte über den Boden, als er die Position änderte. «Eigentlich ist die Wand für die schweren Fälle hier. Nicht alle können es ertragen, gesehen zu werden. Aber man gewöhnt sich rasch an den Anblick, und man lernt, dass es keinen großen Unterschied macht. Der Mensch ist noch da, verstehst du? Es ist egal, wie man aussieht, der Mensch steckt dahinter. Aber ich habe den Raum nicht deswegen gewählt.» Er brach ab.

Ungeduldig schüttelte sie den Kopf.

«Ich habe Angst, dass ich dich nicht gehen lassen kann», sagte er leise, bittend beinahe. «Dass es zu schwer wird, wenn ich dich sehe.»

Gesa holte tief Luft. Ihr Herz schien sich zusammenzuziehen. Sie spürte, wie ihr Gesicht anfing zu beben.

17

Blinzelnd sah Henk an dem großen Schriftzug an der Fassade empor. Wie musste es sich anfühlen, den eigenen Namen meterhoch über dem Bürgersteig zu lesen?

Alice hatte inzwischen diesen neuen Anwalt mit den grauen Locken. Henk kannte ihn von der Verhandlung, außerdem hatte er ihm bereits einige Briefe geschickt, in denen sie ihn anflehte, Rosas Aufenthaltsort zu verraten. Natürlich hatte er auf keinen davon reagiert, hatte jeden einzelnen genüsslich zerknüllt und ins Feuer geworfen. Den Namen des neuen Anwalts hatte er vergessen und keine Ahnung, wie er ihn finden konnte. Aber er wusste auch so, wie er Alice von seinem Plan unterrichten würde.

Das Dorf war eine Sackgasse gewesen. Die Köchin hatte nicht geredet, obwohl er noch ewig an ihre Tür geklopft hatte, und als er zurück zum Friedhof gegangen war, um die alte Frau Göteborg auszuhorchen, war auch die verschwunden gewesen.

Nun musste er eben anders vorgehen.

Er betrat die Bank mit festem Schritt. Mehrere Köpfe wandten sich ihm zu. Gut, er hätte sich vielleicht die Arbeitshose ausziehen können, sie war voller Farbflecken, seine Jacke ebenso, außerdem roch er wohl nicht besonders angenehm.

«Ich muss Herrn Reeven sprechen!»

Die Dame am Empfang wich unwillkürlich ein Stück zurück. «Welchen genau?»

«Den Anwalt. Hab gehört, er arbeitet jetzt hier.»

«Sie meinen Dr. John Reeven?» Pikiert spitzte sie die Lippen. «Haben Sie eine Audienz?»

«Ich will nicht zum Kaiser», blaffte er. «Ich will nur mit ihm sprechen.»

«Ich fürchte, ohne einen Termin kann ich Sie nicht vorlassen. Wenn Sie stattdessen mit einem unserer …»

«Sagen Sie ihm, dass ich hier bin!»

«Ich …»

«Sagen Sie ihm, dass ich hier bin, dann kann er selbst entscheiden, ob er mit mir reden will oder nicht. Ich warte solange.» Demonstrativ ging er zu einem der stoffbezogenen Stühle in der Lobby und setzte sich.

Die junge Frau war sichtlich irritiert. Und sichtlich überfordert. Eine Weile versuchte sie, ihn zu ignorieren, sprach mit dem nächsten Kunden, brachte ihn zu einem der Berater, signierte den Empfang eines Telegramms. Währenddessen nahm Henk nicht für eine Sekunde die Augen von ihr.

Immer wieder schoss ihr Blick in seine Richtung, kleine rote Kreise bildeten sich auf ihren Wangen. Schließlich kam sie um den Empfangstresen herum, sichtlich erbost. «Darf ich Ihren Namen erfahren?»

«Sicherlich», erwiderte er ruhig. Er legte die Finger über dem Bauch aneinander und sah zu ihr auf. Sie war jung. Es machte Spaß, mit ihr zu spielen. «Henk Bloom. Er weiß, wer ich bin.»

Sie verschwand wortlos.

Er sah ihr nach. Es arbeiteten einige Frauen hier, in der Bank der Reevens schien man einen modernen Führungsstil zu pflegen. Er konnte dem nicht das Geringste abgewinnen, es kam ihm vor wie eine Störung der natürlichen Ordnung.

In den Fabriken sah man sie wenigstens nicht. Aber hier am Empfang schien es fast, als wären sie Männer, als wäre es selbstverständlich, dass sie die gleichen Arbeiten verrichteten.

Wenige Minuten später stand sie wieder vor ihm. «Herr Reeven bittet Sie hinauf», sagte sie, immer noch kühl, aber merklich erstaunt.

Henk erhob sich. «Wären Sie so freundlich, mir den Weg zu zeigen?»

«Den Paternoster in den letzten Stock und dann links den Gang hinunter bis zu der Doppeltür», erklärte sie knapp.

Er kratzte sich am Kopf. «Wo genau?»

«Folgen Sie mir», sagte sie schließlich und ging voraus.

Von hier oben hatte man einen hervorragenden Blick auf die Alster. Sogar die Korridore strahlten Wohlstand aus, an den Wänden hingen Ölgemälde, und auf den Mahagonidielen lagen dicke Perserteppiche. Zum sicher hundertsten Mal fragte er sich, wie Alice es geschafft hatte, einen Anwalt wie John Reeven für ihren Fall zu gewinnen. Zwar hatte Jaris ihm von der Sozialsprechstunde erzählt, aber er war nicht vollkommen blöde. Nur wegen einer Sprechstunde übernahmen Anwälte von Reevens Kaliber nicht gleich für lau ganze Fälle mittelloser Mütter. Er hatte bisher nur eine Antwort auf die Frage gefunden. Und die gefiel ihm ganz und gar nicht.

Er selbst wäre eingetreten, ohne zu klopfen, aber da er die Dame gezwungen hatte, ihn hierherzuführen, übernahm nun sie diesen Part und streckte vorsichtig den Kopf zur Tür hinein. «Herr Reeven? Ihr Besuch ist jetzt hier.»

Henk hörte die Antwort nicht. Plötzlich spürte er seinen Herzschlag bis in den Hals.

Als er eintrat, überwältigte ihn die schiere Größe des Raumes. Leute wie er kamen nicht in Zimmer wie dieses. Das hier war eine andere Welt, in der man sehr gut darauf achtete, mit der seinen so wenig wie möglich in Berührung zu kommen. Alles hier war groß, hell und beeindruckend, es roch nach Poliermittel, Kaffee und Zigarre. Und nach dem teuren Rasierwasser des Mannes, der dort in einem dunklen Anzug hinter dem wuchtigen Eichenschreibtisch saß und ihm bewegungslos entgegenblickte.

«Guten Tag!» Er nahm seine Kappe ab, ohne zu überlegen, es war ein Reflex, und als er sie in der Hand hielt, verfluchte er sich dafür. In der Lobby war er noch so selbstsicher gewesen.

John Reeven rührte sich noch immer nicht. Das Sonnenlicht in seinem Rücken ließ sein Gesicht dunkel wirken und seine Silhouette größer, als er war. «Was tun Sie hier?»

Der Mann hatte Präsenz, er musste es ihm lassen. Schon im Gerichtssaal hatte er ihn beeindruckt. Eingeschüchtert wäre das passendere Wort, aber das konnte er nicht einmal vor sich selbst zugeben.

«Ich habe einen Vorschlag für Sie.»

Reeven saß da wie eine Statue. Bestimmt debattierte er gerade innerlich, ob er Henk zusammenschlagen oder von den Angestellten aus dem Haus schleifen lassen sollte. «Der wäre?», fragte er schließlich, und ihm war anzuhören, wie sehr er sich zusammenreißen musste.

«Sie können meiner Frau sagen, dass Sie Rosa wiederhaben kann.»

Beinahe war es komisch, das Erstaunen in Reevens Gesicht zu beobachten. «Wie bitte?»

Henk nickte. «Ich sage Ihnen, wo sie ist, und sie kann sie

abholen.» Er konnte nicht leugnen, dass es ihm diebisches Vergnügen bereitete, die nächsten Worte auszusprechen und zuzusehen, wie der Schock seine Züge in eine Grimasse verwandelte. «Wenn sie zu mir zurückkommt.»

Beinahe eine geschlagene Minute lang sagte Reeven gar nichts. Er sah ihn nur an, das Gesicht eine Maske aus Wut. Der verkrampfte Kiefer und die Art, wie seine Finger zuckten, obwohl sie fast bewegungslos auf dem Tisch lagen, bestätigten Henk, was er dachte.

«Sie wollen Alice dazu zwingen, zu Ihnen zurückzukommen?», fragte er schließlich mit ruhiger Stimme, und Henk konnte nicht umhin, seine Selbstbeherrschung zu bewundern.

Dass Reeven den Vornamen seiner Frau benutzte, ließ die Wut in ihm aufkochen. «Ich zwinge sie zu gar nichts. Ich mache ihr ein Angebot.»

«Sie glauben ernsthaft, dass sie darauf eingehen würde?»

«Ja, das glaube ich!» Er nickte und spürte, wie ein siegessicheres Grinsen seine Mundwinkel nach oben bog.

«Warum sollte sie das tun?»

«Ganz einfach. Weil ich ihr sonst niemals verraten werde, wo Rosa ist.» Er wandte sich zur Tür. «Und ich bin der einzige Mensch, der es weiß.»

«Sie scheinen mir etwas zu sicher davon auszugehen, dass Sie den Prozess gewinnen werden. Die Richter können Sie immer noch dazu zwingen, den Aufenthaltsort preiszugeben, Herr Bloom.»

«Kann schon sein.» Henk griff bereits nach der Türklinke. «Aber ohne mich wird sie sie niemals wiedersehen. Eher verrotte ich im Gefängnis, als ihr zu sagen, wo Rosa ist. Teilen Sie ihr das mit. Vielleicht nicht mit diesen Worten. Oder, wenn ich es mir überlege, vielleicht genau mit diesen Worten.» Er tippte sich an die Kappe. «Ich gebe Ihnen eine Woche.»

Bevor John Reeven reagieren konnte, ging er hinaus und zog die Tür hinter sich zu. Im Flur atmete er aus.

Ein warmes Gefühl des Triumphs durchflutete ihn.

Sie würden Rosa nicht finden. Der Plan, systematisch die Stadt nach arbeitenden Kindern zu durchkämmen, war gescheitert. Das Ende der Liste war erreicht – und es gab keine Spur von seiner Nichte. Die Erkenntnis, dass sie immer noch ganz am Anfang standen, war langsam in ihn eingesickert. Sie hatten rein gar nichts erreicht. Er hatte kein Geld mehr, keine Wohnung, keine saubere Kleidung.

Jaris blieb vor dem schmiedeeisernen Tor der großen Halle stehen und sah sich zweifelnd um. In einer Tonne brannte ein Feuer, überall lag Schrott herum, riesige Haufen Altmetall, die abmontierten Körbe eines Riesenrades. Für Rosa konnte er im Augenblick nichts mehr tun. Aber da war noch jemand, dem er helfen konnte – und er würde alles tun, um Sala ein Schicksal wie das seiner Schwester zu ersparen. Und dafür brauchte er eine Arbeit. Eine Arbeit, eine Wohnung und Geld.

«Du bist also Alice' Bruder?» Statt eines Händeschüttelns hob Bernhard die schwarz verschmierten Pranken. Dann führte er ihn mit einem Wink durch die Halle, wo die riesigen Fahrgestelle zusammengeschweißt wurden. Es roch nach Beize und Metall, die meisten der Männer waren gerade damit beschäftigt, eine rostige Achterbahn in ihre Einzelteile zu zerlegen. «Wird verschrottet, die kann keiner mehr retten. Jedes Mal ein bisschen traurig, irgendwie. Hast du ihr Talent mit den Farben auch geerbt?» Bernhard betrachtete erst die Achterbahn, dann ihn.

Jaris schüttelte den Kopf. «Hab noch nie in meinem Leben einen Pinsel gehalten, fürchte ich.»

«Zu schade. Aber Alice sagte, du warst früher auf Tour, kennst dich aus im Geschäft?»

«Mein halbes Leben lang», antwortete er und schmeckte Bitterkeit im Mund.

Bernhard hielt ihm eine Zigarette hin, und dankbar nahm er sie an. «Aber nicht hier, Brandgefahr. Lass dich in der Halle bloß nie mit einer angezündeten Fluppe erwischen. Wir gehen ins Büro.» Er gab Jaris ein Zeichen, ihm zu folgen.

Das besagte Büro war nicht mehr als eine Bretterbude am Ende der Halle, vollgestopft mit Ordnern und Kisten. Bernhard ließ sich hinter den schäbigen kleinen Schreibtisch fallen und bedeutete ihm, sich ebenfalls zu setzen. Dann gab er Jaris Feuer, steckte auch die eigene Zigarette an und atmete hörbar durch.

«Hör zu. Ich kann Arbeiter immer brauchen. Henk ist nicht mehr hier, wie du weißt, er erledigt jetzt andere Dinge für mich. Ihr würdet euch also nicht über den Weg laufen.»

Jaris nickte. So in etwa hatte Alice das auch gesagt, als sie ihn dazu überredet hatte, bei Henks Cousin nach Arbeit zu fragen.

«Wo wohnst du?»

«Wo auch immer ich wohnen soll.»

Bernhard grinste nickend. «Du gefällst mir.» Er nahm einen tiefen Zug, dann holte er zwei kleine Gläser aus einer Schublade und füllte sie mit einer durchsichtigen Flüssigkeit. «Wir haben ein paar Wohnungen für Arbeiter in der Nähe. Kurzer Weg, billige Miete.» Mit zwei Fingern schob er eines der randvollen Gläser in seine Richtung.

«Ich habe eine Frau.»

«Kein Problem. Aber es ist nicht der Kaiserpalast. Vielleicht schaut ihr sie euch erst mal an.»

Jaris hob das Glas, sie nickten sich zu und tranken. Er ließ sich nicht anmerken, wie aufgeregt er plötzlich war. Sollte es tatsächlich so einfach gehen, eine Arbeit und eine Bleibe an einem Tag?

Bernhard musterte ihn aus schmalen Augen. «Du kannst heute anfangen, wenn du willst. Besser gestern als heute sogar. Viel mehr noch als einfache Handwerker suche ich übrigens jemanden, der mit auf Tour geht.» Bernhard trommelte mit den Fingern auf den Schreibtisch. «Wäre das vielleicht was für euch? Wird besser bezahlt als die Arbeit hier. Ist schwer, dafür Männer zu finden, die meisten wollen nicht weg. Kann man verstehen, wer will schon immer auf der Straße leben? Wenn ihr noch keine Kinder habt, wäre es eine gute Möglichkeit.»

Langsam hob Jaris den Blick. «Auf Tour?»

In der Zwischenzeit hatte er Sala mehrmals getroffen. Hatte sie abgeholt, frühmorgens, wenn sie nicht arbeiten musste und Pauline noch schlief, und sie waren zusammen durch die Stadt gelaufen. Die junge Frau löste etwas in ihm aus, für das er keine Worte hatte. In dieser kurzen Zeit war sie zum Mittelpunkt seiner Welt geworden. Er dachte nur noch an sie, an ihre angstvollen Augen, die er so gerne beruhigen wollte, an ihre weiche Stimme, an ihr müdes, liebes Gesicht. Er wollte sie retten, musste sie retten, bevor es zu spät war, musste schaffen, was er bei Alice versäumt hatte. Aber es war mehr als das. Als er sie das erste Mal zum Lachen gebracht hatte, hatte sich etwas ganz tief in ihm gelöst.

Den Arbeitsvertrag, den Bernhard ihm über den Tisch schob, unterschrieb er auf der Stelle. «Ich kann nicht sofort aus

Hamburg weg. Erst muss ich noch etwas regeln», sagte er. «In der Familie.»

«Eilt nicht, hier wirst du genauso gebraucht. Es wird verschiedene Konvois geben, für alle großen Jahrmärkte im Land, bis nach München runter. Wann es dir passt, bist du dabei.» Bernhard hielt ihm die Hand hin. «Willkommen zurück.»

Wieder in der Stadt, kaufte er auf dem Markt von seinem letzten Geld einen Ring bei einem Trödelhändler. Als Erstes musste er sie dort rausholen. Jede Minute zählte. Er wusste, dass sie von ihrem Gehalt als Kellnerin die Schulden, die sie bei Frau Modersson durch Miete und Essen anhäufte, niemals würde decken können. Irgendwann würde es so weit sein, und die Wirtin würde sie zwingen, das Unsägliche zu tun. Er hatte nicht mehr viel Zeit.

Bei Sala angekommen, band er den Ring mit einem Faden an den Hals der Schildkröte. Er hoffte, es würde ihr ein Lächeln entlocken. So ruhig er konnte, erklärte er erst seinen Plan, dann öffnete er vorsichtig den Deckel des Kartons.

«Aber … wie? Wo sollen wir hin?», fragte sie, die Augen rund vor Überraschung.

Dass sie «wir» sagte, ließ ihn schaudern. «Ich weiß einen Ort», erwiderte er ruhig. «Wir können dort wohnen. Und ich habe eine Arbeit gefunden. Niemand wird Fragen stellen. Und sie wird nicht nach dir suchen.»

Er hätte es sofort getan – aber er wollte nicht, dass sie ihn heiratete, nur um ihrer Situation zu entkommen. «Wir täuschen es nur vor», erklärte er eilig. «Niemand wird die Urkunde sehen wollen, der Ring reicht vollkommen aus. Erst mal musst du hier raus. Aber du kannst nur bei mir wohnen, wenn

Bernhard glaubt, dass wir verheiratet sind. Das ist sogar bei den Schaustellern nicht anders.»

Er wollte ihr sagen, dass er sie niemals anfassen würde, wenn sie es nicht wollte. Dass er alles dafür tun würde, damit diese Angst aus ihrem Blick wich, ohne die er sie noch nie gesehen hatte. Aber er wusste nicht, wie er das alles in Worte fassen sollte, ohne dass es komisch klang. Also sagte er nur: «Du musst natürlich nicht.»

Lange sah sie ihn an. Als er schon dachte, sie würde gar nicht mehr antworten, löste sie vorsichtig den Ring vom Hals der Schildkröte und streifte ihn sich über den Finger.

«Wann können wir gehen?»

18

Als sie das Geräusch hörte, zog Alice gerade den zentnerschweren Staubsauger über den Flur im oberen Stockwerk. Das Gerät erleichterte zwar das Reinigen der Teppiche, aber es erst einmal dorthin zu schleppen, wo sie es brauchte, war eine Aufgabe für sich. Erschöpft stellte sie fest, dass die Räder des Gerätes sich im Teppich verkeilt hatten. Sie überlegte gerade, ob sie Heinrich um Hilfe bitten musste, um ihn zu befreien, da hörte sie ein leises Wimmern.

Langsam schritt sie die Zimmertüren ab. Vor einem der Räume blieb sie stehen. Vorsichtig schob sie die Tür zum Schlafzimmer einen winzigen Spalt weiter auf.

Gesa Reeven weinte.

Dort saß die Frau, die über alles hier im Haus herrschte, die nur mit den Fingern zu schnippen brauchte, damit ihr jeder Wunsch von den Augen abgelesen wurde, in ihrem seidenen Kleid und krümmte sich vor Verzweiflung. Die schlanke Gestalt hatte sich in einem Sessel zusammengekauert und schluchzte in ein Taschentuch, selbst in ihrer Verzweiflung noch elegant, zurückhaltend und leise, ganz die Dame, zu der sie ein Leben lang erzogen worden war. Gesa war erst am Tag zuvor aus Preußen zurückgekehrt, still und verändert, hatte seitdem kaum gesprochen, sich sichtlich mitgenommen von der langen Reise in ihr Zimmer zurückgezogen.

Alice stand hilflos im Türrahmen, sie wusste nicht, was sie tun, wie sie reagieren sollte. Es war vollkommen undenkbar,

Gesa Reeven in einer so privaten Situation zu stören. Unbemerkt zog sie die Tür wieder zu.

Evelyn saß im Salon und stickte. Sie war allein, durch das geöffnete Fenster drang leiser Vogelgesang, daneben untermalte nur das Ticken der Uhr auf dem Kaminsims die Stille im Raum. Sie wirkte verloren, wie sie dort saß. Alice fragte sich, ob es in diesem Haus überhaupt noch jemanden gab, der nicht todunglücklich war.

«Fräulein Evelyn.» Alice räusperte sich. Sie redete nie mit Johns Verlobter, vermied, so gut es ging, in ihre Nähe zu kommen. Bislang war es niemandem aufgefallen, schließlich war Alice das Kleinmädchen und hatte sich so unauffällig wie möglich zu verhalten und so wenig wie möglich zu sprechen.

«Ja?» Evelyn sah lächelnd auf. Sie hatte ein offenes Gesicht, herzförmig und freundlich. John wird diese Frau heiraten, dachte Alice. Sie stellte sich vor, wie die beiden Seite an Seite durch den Park schritten, ein perfektes Bild, diese Frau hatte die perfekte Größe, das perfekte Lächeln, den perfekten Namen. Und das perfekte Gemüt.

«Verzeihen Sie, dass ich Sie störe. Aber es ist … Ich habe zufällig mitbekommen, dass es Madame Reeven nicht gut geht.» Verlegen schlang sie die Hände ineinander. «Vielleicht wäre es ratsam, dass Sie einmal nach ihr schauen?»

Evelyn erhob sich sofort, legte den Stickrahmen beiseite. «Oh, aber natürlich!» Im Vorbeigehen drückte sie Alice' Arm. «Vielen Dank, dass Sie mir Bescheid gegeben haben, meine Liebe.»

Es war durchaus ein Vorteil, nur noch sporadisch in die Kanzlei zu gehen. Abends kam er etwas früher nach Hause als gewöhnlich. Nachdem er sich einmal eingearbeitet hatte, liefen die Dinge in der Bank wie am Schnürchen, was ihm eine gewisse Regelmäßigkeit in seinen Arbeitszeiten erlaubte, die er früher nicht gekannt hatte. Hier stand er an der Spitze, er konnte delegieren, an die Prokuristen abgeben – und an Julius, der keinerlei Ambitionen hegte, früh nach Hause zu gehen. Es erstaunte John, wie sehr sein Bruder sich hinter der Arbeit verschanzte, hatte er doch den Eindruck gehabt, dass sich die Spannungen zwischen Julius und Marlies in letzter Zeit ein wenig gelegt hatten.

Auch an diesem Abend hatte John die Fähre genommen, war aber von der Rabenstraße aus zum Schwanenwik gefahren, um ein Stückchen weiter laufen zu können. Er genoss diese abendlichen Spaziergänge am Ufer. Begleitet vom Gesang der Amseln, gewährte ihm der Fußweg einen kleinen Aufschub, bevor die Villa und seine Familie ihn wieder verschluckten.

An diesem Abend währte der Aufschub jedoch nicht einmal bis zur Haustür. Als er in die Einfahrt bog, stand Evelyn bereits vor der Tür. Sie kam ihm entgegen, in ein zartrosa Hauskleid gehüllt. «John, du musst mit deiner Mutter reden.»

Erstaunt sah er sie an. «Ist etwas passiert?» Zur Begrüßung küsste er sie auf die Wange.

«Ja, aber sie sagt mir nicht, was. Sie weint seit dem Vormittag. Das heißt, jetzt weint sie nicht mehr, aber sie ist so seltsam, wahnhaft beinahe. Sie hat mich regelrecht aus dem Zimmer geworfen.» Evelyn griff nach seinem Arm, offenbar in dem Gefühl, dass er die Sache nicht ernst genug nahm. «John, sie packt einen Koffer!»

«Sie macht … was?» Vollkommen verdutzt blickte er zum Haus. «Aber warum?»

«Ich weiß es nicht.» Ratlos hob Evelyn die Schultern. «Es

war nichts aus ihr herauszubringen. Geh zu ihr, bitte, ich warte seit Stunden, dass du endlich kommst.»

Er betrat mit weiten Schritten das Haus, legte die Aktentasche auf den kleinen Tisch in der Halle, hängte seinen Hut an den Haken und lief die Treppe hinauf. Vor dem großen Schlafzimmer seiner Eltern blieb er stehen, um sich zu sammeln, dann klopfte er vorsichtig an. «Mutter?»

Sofort ertönte ihre helle Stimme. «Ja, herein!»

Er sah auf den ersten Blick, dass sie geweint hatte. Aber in ihren Augen standen keine Tränen mehr. Im Gegenteil, sie wirkte seltsam entschlossen. Auf dem Bett vor ihr lag ein aufgeklappter Koffer.

«Mutter, was ist passiert? Evelyn sagt, es geht dir nicht gut? Was machst du mit dem Gepäck, du bist doch gerade erst zurückgekommen?» John trat ein und zog die Tür hinter sich zu. Er war schon ewig nicht mehr hier drinnen gewesen. Mit Betroffenheit fiel ihm auf, dass die Bettseite seines Vaters nicht bezogen war.

Gesa runzelte die Stirn. «Ich bin nicht krank, John, du kannst aufhören, mit mir zu reden, als wäre ich bleichsüchtig.»

Verdutzt hielt er inne. «Gut, dann erklär mir, was los ist!»

Sie holte tief Luft, schien einen Moment zu überlegen, dann öffnete sie den Mund, schüttelte gleichzeitig den Kopf. «Ich werde nach Preußen ziehen.»

«Du wirst was?» Er trat einen Schritt zurück. «Was redest du denn?»

Im Kontrast zu Evelyns Beschreibung wirkte sie auf ihn nicht wahnhaft, sondern vollkommen ruhig. «Du hast richtig gehört. Ich habe mich entschlossen, also versuch nicht, es mir auszureden.» Aber als sie sein Gesicht sah, ließ sie sich mit einem ergebenen Seufzer auf dem Bett nieder. «Er ist ganz alleine dort, John. Niemand kann hinaus. Es gibt nichts außer Blumen und Bäumen. Die Kranken sitzen da am Ende der Welt und sind vollkommen abgeschirmt von allem. Ich habe es mir gut überlegt. Und ich habe meine Entscheidung getroffen.» Sie nickte, wie um ihre Worte zu bekräftigen. «Hier gibt es für mich nichts mehr zu tun. Vater wird es verstehen.» Sie schloss die Augen. «Theodor braucht mich. Ich darf ihn dort alle zwei Wochen besuchen. Sicherlich öfter, wenn ich insistiere. Ich kann ihm Bücher bringen, Gebäck vom Konditor. Vielleicht bleibe ich irgendwann auch ganz auf dem Gelände. Die Schwestern erledigen schließlich nicht viel mehr als Waschen und Anziehen, das kann ich auch.» Sie sah zu ihm auf, als fände sie ihre eigenen Worte selbst ein bisschen absurd. Dann fügte sie hinzu: «Ich bin seine Frau. Ich muss mich um ihn kümmern.» Da war eine Entschlossenheit in ihrem Blick, die er lange nicht mehr gesehen hatte und die ihn überraschte. «Dafür bin ich doch hier, John. Das ist doch meine Aufgabe.»

Mit allem hatte er gerechnet, aber nicht damit. «Willst du etwa sofort aufbrechen?»

Sie lächelte. «Ich packe noch nicht. Ich suche Kleider heraus, die ich mir für den Anlass ändern lassen will. Dort brauche ich eine andere Garderobe als hier. Es gibt dort keine Abendgesellschaften, John.»

Eine Weile schwieg er, überrumpelt von dem Pragmatismus, mit dem sie diese lebensverändernde Entscheidung anging. «Mutter, lass uns bitte darüber …», begann er, aber sie hob die Hand.

«Ich will nichts hören», sagte sie ungewohnt scharf.

«Aber ich …», versuchte er es ärgerlich noch einmal.

«John!»

Sie mussten das nicht jetzt klären, es war noch Zeit, sicher hatte sie sich nur in die Sache hineingesteigert und würde wieder zur Vernunft kommen. «Es ist sehr weit weg», gab er in sanfterem Tonfall zu bedenken.

«Ich weiß.» Sie lächelte, und jetzt standen doch Tränen in ihren Augen. Sie kam auf ihn zu, küsste ihn auf die Wange, wozu sie sich auf die Zehenspitzen stellen musste, und drückte seinen Arm. «Es ist weit, aber ich werde euch besuchen. Sicher könnt ihr auch einmal zu uns kommen, wenn Theodor es erlaubt.»

John konnte nur nicken. Das alles rüttelte ihn auf eine Weise durcheinander, die er nicht greifen konnte. Seine Mutter würde gehen? Bald war ja niemand mehr da!

«Das Abendessen wird gleich aufgetragen, in der Küche haben sie sicher mitbekommen, dass du nach Hause gekommen bist.» Gesa warf noch einen prüfenden Blick aufs Bett, richtete sich dann vor dem Spiegel die Frisur und trat in den Flur.

John blieb mitten im Raum stehen. Sie würde es tun. Sie würde es wirklich tun, er hatte es ihr angesehen, hatte es an ihrem Tonfall gehört. Sie war nicht wahnhaft, und sie war auch nicht krank. Sie war entschlossen.

Er konnte sich Hamburg ohne seine Mutter nicht vorstellen. Der Gedanke daran, wie es sich anfühlen würde, wenn auch sie nicht mehr da war, tat weh. Vielleicht ist es trotz allem besser so, dachte er.

Langsam ging auch er die Treppe hinunter. Aus dem Speisezimmer waren schon gedämpft die Geräusche zu hören, die ihm ankündigten, dass serviert wurde.

Vielleicht gehörte seine Mutter dorthin, an die Seite ihres Mannes, auch wenn sie dafür alles aufgeben musste, was sie kannte.

Vielleicht war das Liebe.

Seine tote Frau lief durch das Haus. Sogar in halb bewusstem Zustand, gefangen zwischen Traum und Wachen, wusste Eugen, dass es nicht so sein konnte. Und doch spürte er sie. Sie war hier, im Zimmer. Ein Schatten nur, ein Knacken der Dielen, ein Lufthauch, der sein Gesicht streifte. Aber zweifellos seine Frau.

Da bist du ja wieder, dachte er, und obwohl ihm im Schlaf das Kinn auf die Brust gesackt war, lächelte er. Manchmal spürte er sie so deutlich. Wenn er so wie jetzt tagsüber in seinem Stuhl einnickte, die Pfeife neben sich auf dem Ascher, wenn er halb noch da war und halb weit weg, dann tauchte sie gelegentlich auf, sprach mit ihm, räumte am Rande seiner Wahrnehmung etwas umher, beschwerte sich, lachte. Er hörte sie, er roch sie.

Dann erwachte er, und es war, als wäre sie nur eben schnell aus dem Zimmer gehuscht. Bis das Gefühl von ihrer Präsenz verschwand, verging eine Weile, und meist saß er einfach da, vollkommen still, und genoss es.

Im Tod hatte Irmgard ausgesehen, als schliefe sie. Jede Sekunde hatte er damit gerechnet, dass sie die Lider aufschlug, zum Fenster blickte und das Wetter kommentierte. Gegen Abend dieses dunklen Tages hatte er nur für kurze Zeit die Augen von ihr genommen, vielleicht etwas gegessen, mit jemandem geredet, er erinnerte sich nicht mehr. Als er wieder zu ihr schaute, war sie fort gewesen. Etwas war über ihre Züge gekommen, das nicht zu ihr gehörte. Erst dann hatte er begriffen, dass sie tot war. Obwohl, so ganz begriffen hatte er es eigentlich bis heute nicht. Noch immer wartete er insgeheim darauf, dass sie wiederkommen und die Welt sich normal anfühlen würde.

Sie gehörte doch zu ihm! Es war so unumstößlich wie ein

Naturgesetz. Sie gehörte zu ihm, ob sie sich mochten oder nicht, ob sie sich ertrugen oder nicht.

Ob sie sich liebten oder nicht.

Sie gehörte zu ihm, und er hatte erst nach ihrem Tod verstanden, wie unendlich tröstlich es war, jemanden zu haben, der immer da war. Der nicht weggehen würde, egal, wie viel Eugen zeterte und wie sehr seine schlechte Laune ihn heimsuchte. Der alles mit einem aushielt. Der einen selbst aushielt.

Gott hatte sie neben ihn gesetzt, um dieses Leben mit ihm zusammen zu durchschreiten. Und dann war sie plötzlich einfach nicht mehr da gewesen. Noch immer erschien es ihm falsch, ein Fehler im System, ein Ausrutscher des Allmächtigen, für den dieser ihm irgendwann Rede und Antwort würde stehen müssen, wenn alles so ablief, wie er es sich vorstellte.

Genau wie Burchards Tod.

Seit der Hund nicht mehr da war, war er nicht mehr er selbst. Er wachte nachts auf und rief nach ihm. Tagsüber erwischte er sich dabei, wie er die Hand hob und die Luft tätschelte.

Er vermisste ihn schrecklich. Er spürte den Verlust in seinem Körper. Der Verfall schien sich beschleunigt zu haben, alles tat ihm weh, nichts funktionierte, wie es sollte.

Schritte auf der Treppe rissen Eugen aus seinen Gedanken. Er blickte zur Uhr. «Das wurde auch Zeit», murmelte er und drehte den Rollstuhl zur offenen Tür.

«Du wolltest mich sprechen?»

Julius war fülliger geworden, stellte er erstaunt fest, als er seinen Enkel die Treppe heraufkommen sah. Dicker, aufgeschwemmt, gleichzeitig auf eine Weise verhärmt. Die Haare begannen, ihm auszugehen, man merkte es an den Schläfen und, wenn man genauer hinschaute, auch auf dem Kopf. Irgendwann hatte das kommen müssen, man konnte als Mann nicht bis in alle Ewigkeit mit einem blonden Lockenschopf herumlaufen und erwarten, dass einem dieses Privileg für immer zustand. Aber bestimmt traf es Julius hart. Sein Enkel war schrecklich eitel. Die dunklen Ringe unter seinen Augen trugen dazu bei, dass Eugen ihn musterte und sich fragte, was mit ihm los war.

«Und, wie ist die Lage?»

Julius seufzte kaum hörbar, mit einem Auge schielte er bereits wieder Richtung Treppe. Man sah ihm an, wie wenig er hier sein wollte. «Ich habe es dir doch schon erklärt. Wir konzentrieren uns vorerst auf die Akzeptkredite. John denkt, dass …»

«John denkt», fiel Eugen ihm ins Wort. «John denkt. Und du? Denkst du eigentlich auch mal? Oder lässt du jetzt deinen großen Bruder alles entscheiden, so wie früher deinen Vater?»

Er sah, wie Julius die Kiefer aufeinanderpresste. Sein Enkel stand vor ihm wie ein begossener Pudel, die Hände in den Taschen, und konnte ihm nicht einmal in die Augen schauen. «Du weißt genau, wie die Dinge geregelt sind. Ich kann nicht ohne ihn entscheiden, dafür hat Vater gesorgt. Und John stellt sich quer. Was soll ich denn tun, ihm ein Messer in den Rücken rammen?»

Was bist du für ein Weichling.» Der Ton seines Großvaters triefte vor Verachtung. «Traust dich nicht einmal, die einfachsten Entscheidungen selbst zu treffen.»

Er sollte ihn nicht ernst nehmen, sollte einfach die Ohren auf Durchzug stellen, wie er es immer tat, wenn Eugen seine Launen hatte und mal wieder laut wurde.

Aber er konnte nicht. Die Worte drangen in ihn ein wie giftige Pfeile, sie bohrten sich in sein Hirn, trafen ihn da, wo es am meisten wehtat. In seinem Stolz als Mann. Und der war ohnehin schon sehr, sehr verletzt.

«Deine eigene Frau kann dich nicht ausstehen, ist dir das eigentlich klar? Du bringst nichts zu Ende, du redest immer nur und redest, und worauf gründet sich deine Großspurigkeit? Theodor hatte schon recht, dir nicht zu vertrauen. Du kannst nicht führen. Du kannst nicht leiten. Du bist ja noch ein halbes Kind.» Eugen murmelte etwas in sich hinein, Julius verstand ihn nicht genau, aber er schnappte deutlich die Worte «… eine Scheibe von deinem Bruder abschneiden» auf.

Plötzlich konnte er nicht mehr.

Die Wut kochte in ihm über, all die Anspannung, die Scham der letzten Monate und Jahre. Er lebte für die Bank, er gab verdammt noch mal alles, was er hatte, jeden einzelnen Tag. Und musste sich beleidigen lassen von einem Mann, der nicht einmal alleine auf die Toilette gehen konnte.

«So redest du nicht mit mir.» Zu seiner eigenen Verblüffung kamen die Worte tatsächlich aus ihm heraus. «Jetzt hörst du mir mal zu, du alter Mistkerl!»

Die entsetzte Miene seines Großvaters tat gut. Oh, sie tat so gut. Er hätte ihm schon vor Jahren ins Gesicht sagen sollen, was er von ihm hielt. «Niemand braucht dich, kapierst du das? Du gehst allen nur noch auf die Nerven. Weißt du eigentlich, wie das Personal dich verabscheut, wie sogar deine eigene Tochter die Augen hinter deinem Rücken verdreht, sobald du den Mund aufmachst?»

Es stimmte schließlich, oder nicht? Nur traute sich niemand, es auszusprechen. Was hatte man von einem Mann wie Eugen, der nie freundlich war, der nichts mehr beitrug, der alle herumkommandierte und nicht einsah, dass seine Zeit abgelaufen war.

Eugens Augen schienen ihm aus dem Kopf zu fallen, sein Gesicht nahm innerhalb von Sekunden eine dunkellila Färbung an. Er öffnete den Mund, schnappte nach Luft wie ein Fisch auf dem Trockenen, setzte an, etwas zu sagen, aber Julius ließ ihn nicht reden.

«Du hast mich lange genug terrorisiert mit deinen Launen und deinem Jähzorn und deiner beschissenen Überheblichkeit.» Er brüllte jetzt, schrie seinen ganzen Zorn und seine Scham hinaus. «Deine Zeit ist vorbei. Begreif es endlich. Du hast mir gar nichts zu sagen. Und du hast dich nicht einzumischen in meine Entscheidungen. Wenn es nach mir geht, kannst du hier oben verrotten!»

Damit drehte er sich um und floh die Treppe hinunter, immer zwei Stufen auf einmal, gleichzeitig euphorisch und mit so stark wummerndem Herzen, dass er es im ganzen Körper spürte.

Er hörte nicht mehr, wie Eugen um Atem rang. Er sah nicht mehr, wie das Gesicht seines Großvaters immer röter wurde, wie es anschwoll, wie seine Hände hilflos in der Luft ruderten. Wie Eugen ein Röcheln von sich gab, die Augen vor Schreck und Schmerz geweitet.

Er war nicht mehr da, als sein Großvater vornübersank, sein Gesicht auf den Schreibtisch fiel, er noch versuchte, nach der Klingel zu greifen, es aber nicht mehr schaffte.

Zwei Stunden später fand Heinrich Eugen halb auf dem Tisch liegend, halb im Rollstuhl hängend, kaum noch atmend. Da war Julius schon längst im Herrenklub, zu betrunken, um sich an seinen eigenen Nachnamen zu erinnern, zu elektrisiert darüber, dass er es endlich geschafft hatte, seinen Mann zu stehen. Zu sehr mit Scham erfüllt, um innezuhalten und auch nur eine Sekunde darüber nachzudenken, was er getan hatte.

⁂

Es war schwer zu begreifen, dass es wirklich bald vorbei sein sollte. Seit sie denken konnte, hatte ihr Großvater mit seiner lauten Stimme, seinen Regeln und Vorschriften ihr Leben dominiert, im Hintergrund über allen gethront wie ein alter König. Sogar hier im Haus hatte er buchstäblich über ihren Köpfen gewacht, obwohl es so viel einfacher gewesen wäre, ihn mit seinem Rollstuhl im Erdgeschoss einzuquartieren. Aber sein Platz war immer an der Spitze gewesen, und den hatte er sich bis zuletzt nicht nehmen lassen.

Zusätzlich zu Dr. Blaustin hatte ihre Mutter ein ganzes Konsilium aus Ärzten kommen lassen. Aber es half nichts. Einer nach dem anderen seufzte betreten und packte Stethoskop und Gerätschaften wieder ein. «Es geht zu Ende. Er mag nicht mehr.»

Vielleicht stimmt das, dachte Blanche, als sie vorsichtig die Tür aufdrückte und zu ihrem Großvater ins Zimmer spähte. Vielleicht mag er wirklich nicht mehr.

Was band ihn noch an dieses Leben? Es schien absurd, dass ein Mann, der einmal jedem in dieser Stadt ein Begriff gewesen war, hier oben ganz alleine vor sich hin starb.

Aber genau so war es.

Eugen sah so klein aus in seinem Bett. Er schlief, die Stirn angestrengt gerunzelt, als hätte er Schmerzen. Sein Atem ging pfeifend. Auf dem Nachttisch standen verschiedenste Flaschen aus der Apotheke. Blanche betrachtete die Etiketten. Leise gab sie ein wenig von dem Chloralhydratpulver in eine Tasse, schüttete Wasser aus dem Krug hinein, rührte um. Als sie aufsah, begegnete sie seinem Blick.

«Du bist ja wach.» Sie lächelte warm. «Geht es dir gut? Hast du Schmerzen?»

Er nickte angespannt.

«Hier, kannst du das trinken? Es ist ein Sedativum für die Nerven.»

Seine weißen Haare, vom Kissen zerdrückt wie bei einem Kind, standen in alle Richtungen ab. Gehorsam hob er den Kopf, schlürfte gurgelnd ein wenig Flüssigkeit aus der Tasse, wobei das meiste danebenging und in seinem Kragen verschwand. Blanche nahm ein Tuch, tupfte ihm behutsam den faltigen Hals ab.

Unerwartet fasste er sie am Handgelenk. «Blanche!», wisperte er. «Blanche, ich …» Er brach ab, hustete röchelnd.

«Großvater.» Sie versuchte, sich sanft aus seinem Griff zu befreien. «Du darfst dich nicht anstrengen!»

Er schüttelte den Kopf und zog sie zu sich heran. «Hör mir zu.» Mit seinen wässrigen Augen blickte er zu dem Stuhl, der neben dem Bett stand. «Setz dich.»

«Aber natürlich. Nur reg dich nicht zu sehr auf. Ich kann auch später wiederkommen, wenn du …»

Wieder schüttelte er vehement den Kopf, hustete, und ergeben setzte sie sich. Erst dann ließ er sie los. Seine Züge entspannten sich ein wenig, und nun ergriff sie die knotigen Finger auf der Bettdecke, legte die ihren darüber, hielt sie fest.

«Was musst du mir sagen?», fragte sie liebevoll, um ihn zu beruhigen.

Eugen schloss die Augen. Seine Hände waren weich und warm. Eine Weile war es still. Sie glaubte schon, er wäre wieder eingeschlafen, und wollte gerade aufstehen und sich aus dem Zimmer schleichen, da begann er doch zu sprechen. «Du warst angenommen worden. Damals. An der Akademie. In Berlin.» Gequält holte er Luft.

Blanche spürte, wie ihr ganzer Körper sich versteifte. Sie verstand die Worte. Aber sie ergaben keinen Sinn.

«Ich habe … den Brief verbrannt.» Die sonst so kräftige Stimme war kaum mehr als ein Hauch. Er hielt die Augen immer noch geschlossen, seine Brust hob und senkte sich ruckartig. «Ich wusste, du würdest fortgehen. Würdest vielleicht nicht heiraten. Eine von diesen Frauen werden … diesen Emanzipierten. Ich konnte … das nicht zulassen.»

Die Bedeutung seiner Worte sickerte in sie hinein wie Eiswasser. Es konnte nicht wahr sein. Er redete Irrsinn. «Du hast was?», flüsterte sie.

«Ich habe … ihn verbrannt», wiederholte er zwischen zwei gequälten Atemzügen, fester diesmal. Noch immer sah er aus, als würde er schlafen. Aber es bestand kein Zweifel, dass er wusste, was er sagte.

All die Möglichkeiten. All die Momente, die sie nie gehabt, die Menschen, die sie nie kennengelernt hatte. All das Sehnen und Hoffen. Ein ganzes ungelebtes Leben.

Sie spürte Hass in sich aufsteigen, so roh und unvermittelt, dass es sie schüttelte. Hass und eine unendliche Traurigkeit über alles, was er ihr gestohlen hatte.

Langsam zog sie ihre Hände von den seinen zurück.

Eugen öffnete die Augen. Und sie sah, dass er verstand, was er getan hatte. «Es tut mir leid.»

Noch nie hatte er sich entschuldigt. Noch nie in ihrem ganzen Leben hatte er jemals eingestanden, etwas falsch gemacht zu haben. Er war der stolzeste und sturste Mensch, den sie kannte.

In seinen trüben Augen schimmerten Tränen. Sein altes Gesicht zitterte. «Du bist klüger als die beiden Jungs zusammen. Das habe … ich immer gewusst. Alle wissen es.» Seine Haut färbte sich langsam blau. Er bekam nicht genug Luft. «Es gibt keine Entschuldigung», flüsterte er. «Ich wollte dich beschützen. Ich dachte … nun, ich dachte …» Er brach ab. «Ich wollte nicht, dass du gehst. Eine Frau muss bei ihrer Familie sein. Dort draußen … hätten wir dich nicht beschützen können.»

Jetzt war da neben der Rührung auch so etwas wie Trotz in seinen Zügen. Er wusste, dass es keine Vergebung gab. Also bat er auch nicht darum. Er gestand es ihr nicht, um Absolution zu erhalten oder mit ihr Frieden zu schließen, bevor es mit ihm zu Ende ging. Er hatte es getan, weil er ein Mann seiner Zeit war. Und er würde wieder so handeln. Auch wenn es ihm leidtat.

«Warum sagst du es mir jetzt?»

Eugen sah sie an, sein Atem ging pfeifend. «Inzwischen bist du verheiratet. Und ich weiß, wie verrückt ihr nacheinander seid, Niklas und du. Es besteht wohl keine Gefahr mehr, dass du nach Berlin verschwindest.» Er lachte keuchend. «Ich dachte … du solltest es wissen», stieß er hervor und hustete. «Du solltest wissen, wozu du fähig bist. Ich hatte immer ein schlechtes Gewissen, dass ich es dir verheimlichen musste.»

Langsam ließ Blanche sich wieder auf den Stuhl sinken. Die Traurigkeit breitete sich in ihr aus, und sie wusste, dass sie von nun an für immer bleiben würde, in ihrer Brust, in ihrem Hals. Trauer über alles, was hätte sein können. Aber der Hass, der bei seinen Worten so plötzlich und unerwartet in ihr aufgeflammt war, war ebenso schnell wieder verschwunden. Eugen liebte sie, das wusste sie. Er hatte getan, was er für richtig hielt.

Genau wie auch sie immer tun würde, was sie für richtig hielt.

Sie nahm wieder seine Hand und hielt sie, bis er Minuten später den letzten qualvollen Atemzug tat. Plötzlich gab Eugen ein Röcheln von sich. «Da bist du ja!», sagte er laut, beinahe vorwurfsvoll. Seine Stimme klang fast wieder normal, und Blanche zweifelte keine Sekunde daran, dass er nicht mit ihr sprach. Sie sah sich um, doch der Raum war leer. Dann starb er, ohne noch einmal die Augen zu öffnen.

Blanche saß lange Zeit da und sah ihn an. Die Atmosphäre im Haus hatte sich verändert. Sie spürte es in ihrem Körper, im Zimmer. Eben noch war da etwas gewesen, das jetzt für immer fort war.

Irgendwann stand sie auf. Sie küsste Eugen auf die Wange, wie sie ihn schon hundert Mal geküsst hatte, strich noch einmal mit dem Finger über seine stets missmutig zusammengezogene Stirn, die sich endlich entspannt hatte. Er sah friedlich aus. Beinahe wirkte es, als läge ein Lächeln auf seinen Lippen. Als sie von der Tür noch einmal zurückschaute, hatte der Tod ihn bereits verändert, und das Lächeln war verschwunden. Vielleicht hatte sie es sich auch nur eingebildet.

Langsam ging sie nach unten, öffnete die Tür zum Salon, blickte in erwartungsvolle Gesichter. «Großvater ist gestorben», sagte sie gefasst. «Er ist friedlich eingeschlafen.»

19

Sie spürte das Kind in sich. Sie spürte seine Bewegungen wie einen Finger, der sie in der Dunkelheit kitzelte und ihr klarmachte, dass sie nicht alleine war. Die Schwangerschaft hatte begonnen, sie zu verändern. Ihr Gesicht war breiter geworden, ihre Finger sahen aus wie geschwollene Würste, die sie Tag für Tag daran erinnerten, was nicht sein durfte. Ihr Bauch rundete sich nun doch. Noch konnte sie ihn wegschnüren, aber lange würde das nicht mehr funktionieren. Helene ahnte schon etwas, es war ihr anzumerken, schließlich musste sie ihr jeden Tag mit dem Leibchen helfen. Ihre Brüste waren ebenfalls gewachsen, spannten, juckten. Ein Kind von Julius konnte natürlich nichts Gutes bedeuten. Andere Frauen wurden wunderschön in ihrer Zeit, sie leuchteten geradezu von innen heraus, aber selbstverständlich war das bei ihr nicht der Fall. Sie wurde nur dick und schwer, mit rot geränderten Augen und schütterem Haar. Wie sollte es auch anders sein, wie sollte etwas, das sie hasste, sie von innen heraus leuchten lassen? Sie hatte das Gefühl, dass es sie belauschte. Dass es jeden ihrer sündhaften Gedanken mitbekam und über sie urteilte. Wie ein kleiner Wurm saß es in ihr drin, hörte ihr zu, spionierte sie aus. Eine Verlängerung ihres Mannes, die er in sie eingepflanzt hatte wie einen Parasiten und die sie nie wieder ganz loswerden würde.

Ihre Fantasien hatten sich verändert. Sie waren nun mehr kurze Abfolgen von Bildern, die ihr ungeheure Befriedigung verschafften: Sie nahm ein Messer und stach es sich in den Bauch. Sie knickte auf der Treppe ein, fiel, rollte die Stufen hinab, jede einzelne bohrte sich genussvoll in ihren Unterleib, in ihr Fleisch, bis sie endlich spürte, wie das Ding sich aus ihr löste, wie es wegschwamm, verschwand.

Sie wollte es nicht. Sie hasste es mit jeder Faser ihres Wesens.

Nachts lag sie wach und lauschte. Es kratzte von innen an ihr, saugte sie aus, wandte sich hin und her, ließ sie absichtlich nicht schlafen. Da war manchmal dieses Flüstern in ihrem Kopf. Ganz bestimmt lag es an ihrer Übernächtigung, man konnte nicht normal funktionieren, wenn man nicht schlief.

Aber es hörte sich so echt an …

Manchmal wurde es so laut, dass sie die Hände an die Schläfen presste und leise wimmernde Laute von sich gab, um es zu übertönen. Einmal hatte sie sehr deutlich: «Sei still!» gezischt und zu spät gemerkt, dass sie nicht alleine war, sondern mit Gesa und Evelyn im Salon saß, die sich unterhielten und sie nun entsetzt ansahen. Marlies hatte eine Entschuldigung gestammelt und war in ihr Zimmer geflohen, die Blicke wie Nadelstiche auf der Haut.

Sie hatte begonnen, das Kind auszuhungern. Hatte sie vorher schon wenig gegessen, beschränkte sie sich nun auf das Allernötigste, nahm nur noch das zu sich, was sie brauchte, um nicht ohnmächtig zu werden. Der Hunger laugte sie aus, er wurde alles, woran sie denken konnte. Kleinigkeiten überreizten ihre ohnehin zum Zerreißen gespannten Nerven. Wenn jemand zu laut sprach, zu laut atmete, wenn die Vögel am Morgen zu laut sangen oder bloß das Wasser in der Wanne zu heiß war, begann sie, haltlos zu weinen. Und immer wieder knickte sie ein. Dann schlich sie nachts in die Küche und aß, was auch immer sie in die Finger bekam. Vorsichtig schnitt sie erst kleine Stücke von der Wurst ab, nahm ein Ei, ein Stückchen Kuchen. Bis ihre Kontrolle aussetzte und sie aufhörte zu denken. Wenn sie eine halbe Stunde später wieder zu sich kam, wurde ihr klar, dass sie auf dem Küchenboden saß, inmitten von Essensresten und Krümeln, und soeben eine ganze Salami gegessen hatte, einen Käse, einen Laib Brot, oder sie stand über die Anrichte gebeugt, und der Kuchen für den kommenden Tag war so gut wie vernichtet, sie hatte fünf gekochte Eier in sich hineingestopft, Essiggurken und Salzhering, hatte den Aufschnitt fürs Frühstück verschlungen und den Nachtisch für das Abendessen.

Immer räumte sie alles wieder auf, so gut es ging, schlich auf Zehenspitzen umher und versuchte, ihre Spuren zu beseitigen, die Krümel aufzufegen, die Würste in der Kammer so zu richten, dass die fehlende nicht auffiel. Kleinlaut tappte sie zurück in ihr Bett, endlich satt, aber mit tränennassem Gesicht und einer Verzweiflung in sich, die ihr die Kehle zuschnürte. Das Kind triumphierte, sie hörte es lachen, es grinste wie ein Honigkuchenpferd, saß inmitten all der guten Dinge, die sie gerade wie eine Wahnsinnige in sich hineingestopft hatte, und labte sich an ihrer Schwäche. Sie stellte es sich vor wie einen kleinen Teufel. Es hatte goldene Locken wie Julius und winzige Hörner, die ihm aus der Stirn wuchsen.

Nach ihren Fressattacken schlief sie komatös, aber ihre Träume waren dunkel und qualvoll. Wenn sie am Morgen erwachte, den Geschmack von Lachs und Schokolade noch auf der Zunge, gemischt mit Galle und Bitterkeit, war die Scham kaum zu ertragen. Genau wie der Hass auf diesen kleinen Dämon in ihr, der sie dazu trieb, die Kontrolle zu verlieren. Der ihr jede Hoffnung auf ein anderes Leben nahm.

Niemand sagte etwas. Dem Personal musste es auffallen, sie vernichtete Massen an Lebensmitteln. Aber vielleicht waren die Mädchen so an Julius' Gelage nach seinen Kneipentouren gewöhnt, dass es sie schlicht nicht kümmerte. Und nun hatte der Tod des Alten das Haus ohnehin durcheinandergewirbelt, sie hatten andere Sorgen als ihren Appetit.

Ihr selbst war Eugens Ableben gleichgültig. Was änderte es schon, niemand hatte ihn gemocht, er war allen nur auf die Nerven gegangen. Und jetzt taten sie, als wäre es eine Tragödie. Ihr war es nur recht, jedenfalls lenkte es von ihrem Zustand ab.

Sie musste endlich etwas sagen, musste das Kind ankündigen. Vorbereitungen mussten getroffen werden, es gab hier ja kein Kinderzimmer, eine Amme musste gefunden, eine Wiege bestellt werden. Sehr bald würden ihre Kleider nicht mehr passen, sie brauchte eine Hebamme, sie brauchte Windeln und Rasseln und was immer Kinder benötigten.

Aber sie sagte kein Wort. Sie hoffte darauf, dass ein Wunder geschehen würde. Jedes Mal, wenn sie eine Treppe hinabging, stellte sie sich vor, wie es wäre zu fallen. Wenn ihre Hand jetzt einfach das Geländer losließe … wenn ihr Fuß die Stufe verfehlte … ihr Knöchel wie von Zauberhand umknickte … Sie konnte den Moment spüren, in dem sie den Halt verlor, wie sie aufknallte, wie ihre Knochen brachen.

Und das machte ihr Angst.

Was, wenn sie nicht nur auf den Bauch fiel, sondern sich das Genick brach …

Ihr war klar geworden, dass all die Qualen der letzten Jahre – die Traurigkeit, die Stille und Leere in ihr – nur eines bedeuteten. Etwas, das sie nie bemerkt hatte: Sie wollte leben. Sie wollte so sehr leben.

Aber nicht hier. Nicht mit Julius.

Es gab nur eine einzige Sache, die sie noch nicht probiert hatte.

Sie musste mit ihm sprechen.

Sie musste John ihre Gefühle gestehen.

Henk war wirklich bei ihm in der Bank aufgekreuzt! John konnte es noch immer kaum glauben. Nachdem die Tür hinter ihm zugefallen war, hatte John minutenlang in einer Art Schockstarre dagesessen. Ich werde es ihr einfach nicht sagen, hatte er gedacht und gespürt, wie der Schreck in Wellen durch seinen Körper fuhr. Ich kann es ihr nicht sagen.

Aber natürlich musste er genau das tun.

Beinahe eine Woche lang hatte es ihn zerfressen, und der unerwartete Tod seines Großvaters hatte zusätzlich alles durcheinandergerüttelt. Keiner in der Familie war Eugen besonders wohlgesinnt gewesen, trotzdem war ein Leben ohne ihn nicht vorstellbar. Die Beerdigung war wie in einem Nebel an John vorbeigerauscht, halb Hamburg war gekommen, Hunderte Equipagen und Automobile hatten die Straßen verstopft, alle Zeitungen hatten darüber berichtet. Ein letztes Mal war Eugen wichtig gewesen.

Julius hatte der Tod des Großvaters schwer mitgenommen. Vor der Beerdigung hatte er sich bis zur Besinnungslosigkeit betrunken, hatte nur mit einer Spritze von Dr. Blaustin und einigen sehr scharfen Ermahnungen von John wieder zu sich gefunden und den Tag irgendwie durchgestanden, ohne die Familie zu blamieren. Gesa hingegen hatte seltsam gefasst reagiert. «Jetzt kann ich in Frieden gehen», hatte sie am Abend gesagt, nachdem alles vorbei war, sie in ihren dunklen Kleidern im Wintergarten saßen und einen Abendtee tranken. In ihrer Miene hatte Trauer gestanden, aber sie hatte ruhig geklungen, besonnen beinahe. «Jetzt gibt es nichts mehr, was mich hier hält.»

John stand in seinem Zimmer am Fenster und blickte in den morgendlichen Garten. Es war ungewöhnlich still in der Villa, der Sonntagvormittag war normalerweise eine Zeit, in der alle zu Hause waren, aber Gesa traf sich mit Bekannten, Blanche würde erst am Nachmittag kommen, und so hatten Julius, Marlies, Evelyn und er zu viert gefrühstückt. Julius hatte nicht gesprochen, Marlies hatte nichts gegessen, Evelyn und er hatten sich immer wieder Blicke zugeworfen und waren beide heilfroh gewesen, als abgeräumt wurde und sie aufstehen konnten.

Als es klopfte, drehte John sich um.

«Du wolltest mich sprechen?» Zögernd kam sie herein. Es war das erste Mal, dass er sie zu sich zitierte, und er sah ihr die Nervosität an.

John nickte. «Schließ bitte die Tür.»

«Du machst mir Angst.» Mit großen Augen trat Alice auf ihn zu. «Was ist passiert, gibt es Neuigkeiten?» Unsicher sah sie sich im Raum um. Er wusste genau, was sie dachte – niemand durfte sie hier erwischen, besonders nicht Marlies oder Heinrich. Es war ein Risiko. Aber er musste ungestört mit ihr sprechen.

John verschränkte die Arme vor der Brust, wie um sich zu wappnen. Schlagartig wurde ihm klar, dass er zu lange gewartet hatte. Sie würde es nicht verstehen. «Es gibt Neuigkeiten», sagte er zögernd. «Allerdings nicht von Rosa.»

Als er ihr mit knappen Worten erzählte, was Henk vorgeschlagen hatte, atmete Alice scharf ein.

«Du denkst doch nicht ernsthaft darüber nach?» Er umfasste ihre Schultern. «Alice, das wäre Wahnsinn. Er würde dich jeden Tag dafür büßen lassen, dass du dich von ihm trennen wolltest.»

«Und ich habe nur noch bis morgen Zeit?» Panik stahl sich in ihren Blick. «Warum hast du es mir nicht früher gesagt? Warum hast du es nicht *sofort* gesagt?» Sie stieß seine Hände weg. «Du hattest kein Recht, es mir zu verschweigen!»

«Ich weiß», sagte er. «Ich war … Ich hatte Angst, was du tun würdest.» Das war die schlichte Wahrheit.

Sie schaute ihn an, aber es war offensichtlich, dass sie ihn gar nicht wahrnahm. Sie dachte tatsächlich darüber nach. Sie wog die Möglichkeiten ab. Er merkte es genau, und es machte ihn rasend vor Zorn auf Henk. Am liebsten hätte er sie geschüttelt, damit dieser entrückte Ausdruck von ihrem Gesicht wich. Er spürte geradezu körperlich, wie sie sich von ihm entfernte.

«Alice!», sagte er beschwörend, trat wieder auf sie zu, fasste ihre Schultern. «Wir werden gewinnen. Wir werden das schaffen. Und dann muss er uns sagen, wo sie ist. Die Richter sind keine Unmenschen, sie sehen, wen sie da vor sich haben.»

«Was, wenn nicht?», flüsterte sie, die Stimme rau von unterdrückten Emotionen. «Was, wenn wir verlieren?»

«Das werden wir nicht. Aber dann kannst du immer noch entscheiden, wie du …»

«Was, wenn es dann zu spät ist?», unterbrach sie ihn, vollkommen absorbiert von der plötzlich greifbaren Möglichkeit, ihr Kind zurückzubekommen. Sie sah die Falle nicht, in die sie tappen würde. «Was, wenn Rosa einfach verschwunden bleibt? Wenn ich zu ihm zurückgehe, dann können wir immer noch fliehen, dann kann ich …» Sie versuchte, sich ihm zu entziehen, aber er ließ sie nicht los.

«Alice!» John suchte nach Worten, wusste nicht, was er sagen sollte, um ihr klarzumachen, wie absolut irrsinnig dieser Plan war. «Alice, du kannst nicht zu ihm zurückgehen. Es ist eine Falle, siehst du das nicht? Wenn du mit Rosa wegläufst, wird der Prozess automatisch für ihn entschieden. Wir haben das schon so oft besprochen, es würde ein Leben auf der Flucht bedeuten, du könntest nicht in Hamburg bleiben, du müsstest dich alleine mit ihr durchschlagen, ohne Wohnsitz, immer in der Angst, dass man euch aufgreift. Du könntest … du könntest nicht wieder heiraten. Es ist ein schweres Vergehen und kann Gefängnis bedeuten. Ich kann euch nicht beschützen, wenn ihr untertaucht. Es wäre Irrsinn!»

Das stimmte, es wäre der reinste Irrsinn. Aber seine wachsende Panik hatte nichts damit zu tun, sondern einzig und allein mit der Erkenntnis, dass er im Begriff stand, sie zu verlieren. Er würde es nicht ertragen, wenn sie mit Rosa aus Hamburg floh und damit aus seinem Leben verschwand.

Sie nickte, hörte ihm zu, seine Worte erreichten sie zumindest. Aber die Anspannung wich nicht aus ihrem Körper.

«Hör mir zu», sagte er, so ruhig es ihm möglich war. «Wenn wir verlieren …» Er schloss einen Moment die Augen. «Wenn wir verlieren», sprach er zähneknirschend weiter, «werde ich ihm Geld für Rosa bieten. Ich werde ihm so viel Geld bieten, dass er gar nicht anders kann, als anzunehmen.»

«Aber … das geht nicht», protestierte sie. «Wenn das herauskommt. Das kann dich deine Zulassung kosten.»

«Wenn es sein muss, werde ich es tun. Aber es wird nicht so weit kommen. Du kannst nicht zu ihm zurück. Das ist ausgeschlossen. Er würde dich einsperren und den Schlüssel wegwerfen.» John hielt inne. «Tu mir das nicht an», sagte er dann leise. «Bitte.»

Er sah die Unsicherheit in ihrem Blick. Sie war immer noch nicht überzeugt. Schließlich nickte sie ganz langsam. «Du hast recht», sagte sie gebrochen. Die Hoffnung wich aus ihren Zügen.

Trotz der Erleichterung, die ihn durchströmte, konnte er es kaum ertragen, sie so zu sehen. Er zog sie an sich und hielt sie fest. «Es ist das Richtige!»

Das Verlangen nach ihr schien von einer Sekunde auf die andere zu explodieren, als er ihren warmen Geruch einatmete. So nah und ungestört waren sie sich nicht gewesen, seit sie das letzte Mal miteinander geschlafen hatten. Immer hielten sie Abstand, waren stets darauf bedacht, sich nicht zu berühren, die Distanz zu wahren. Damit nicht geschah, was jetzt passierte.

Plötzlich war sein Mund auf ihrem Hals, seine Hände strichen durch ihr Haar.

Das Gefühl ihrer warmen Haut ließ ihn aufstöhnen.

Die Sehnsucht nach ihm wurde von einem Augenblick auf den anderen so stark, dass sich alles andere ausschaltete. John begann, ihr die Kleider abzustreifen, hörte dabei nicht auf, sie gierig zu küssen. Als er ihre Schürze im Rücken nicht aufbekam, lachte er, ohne den Mund von ihrem zu nehmen. Alice half ihm mit zitternden Fingern, die Schleife zu öffnen, zog dann voller Ungeduld an seinem eigenen Hemd, ihre Hände fuhren über seinen Bauch, waren überall auf seinem Körper. Sie konnte nicht fassen, wie schnell alles in ihr von Schock und Enttäuschung zu fieberhaftem Verlangen wechselte. In diesem Moment wollte sie nichts mehr, als ihn endlich wieder in sich zu spüren.

Er streifte ihr Kleid ab, dann ihr Leibchen, hob sie hoch und trug sie durchs Zimmer, sie fielen zusammen aufs Bett, Hände und Körper ineinander verschlungen. Im Raum war nur noch ihr keuchender Atem zu hören. Alice dachte nicht an mögliche Konsequenzen, nicht daran, dass die Tür nicht verschlossen und ihre Abwesenheit im Haus nicht erklärbar sein würde.

Endlich, dachte sie nur. Endlich, endlich.

Ihr ganzer Körper schien wohlig zu glühen. Alice lag in Johns Armbeuge, er atmete schwer, blickte an die Decke, mit einer Hand streichelte er sanft ihren Bauch. Die Laken waren weich, sie war vollkommen entspannt. Das Fenster neben dem Bett war halb geöffnet, und die frische Luft zog angenehm kühl über ihre verschwitzte Haut. Es fühlte sich so gut an, hier zu liegen und alles andere zu vergessen. Sie wäre so gern geblieben in diesem Gefühl. Aber irgendwo im Haus schlug eine Tür zu, von draußen erklang der alarmierende Schrei einer Möwe. Langsam richtete Alice sich auf, kam wieder in der Wirklichkeit an. Ihre Kleider lagen überall verstreut auf dem Boden.

Sie lag vollkommen nackt in Johns Bett.

Es hätte nicht passieren dürfen. Sie dachte es, aber laut sagte sie es nicht. Dafür hatte es sich viel zu richtig angefühlt.

Alice stand auf, sammelte ihr Leibchen vom Boden, begann mit raschen Bewegungen, sich anzuziehen. Wie laut waren wir?, dachte sie erschrocken. Sie war vollkommen im Wahn gewesen, hatte alles andere ausgeblendet, hätte nicht sagen können, wie lange sie schon hier bei John war und ob jemand sie vielleicht gehört hatte.

John schob sich hoch, blieb in die Kissen gelehnt liegen

und beobachtete sie. In seiner Miene meinte sie, all die widerstreitenden Gefühle zu sehen, die auch sie hin- und herrissen, diese entsetzliche Mischung aus purem Glück und schlechtem Gewissen.

«Bleib noch kurz», bat er und versuchte, vom Bett aus ihren Arm zu fassen.

Aber sie schüttelte den Kopf, trat rasch einen Schritt zurück. Für ein paar gestohlene Momente hatte sie vergessen können, dass sie weder in seinem Zimmer noch in seinem Bett etwas verloren hatte. Sie hatte das Glück schon viel zu lange auf die Probe gestellt. «Ich muss wieder runter, sie suchen bestimmt schon nach mir.»

Er nickte widerwillig, stand ebenfalls auf, ließ das Laken fallen, hob seine Hose auf und begann, sich anzuziehen. Als er sein Hemd nicht fand, sah Alice sich suchend um und zog es schließlich mit einem kleinen Lächeln unter ihrer Schürze hervor, die auf dem Teppich lag. Plötzlich fühlte sie seine Arme um sich, er war hinter sie getreten, zog sie wieder an sich. «Nur noch eine Minute», flüsterte er in ihr Haar. Seine Hände glitten über ihren Bauch, er küsste ihren Hals, sein Bart fuhr über ihre Haut, er versuchte, das Leibchen, das sie gerade angezogen hatte, wieder von ihren Schultern zu streifen.

Sie wollte sich entziehen. Aber sie schaffte es nicht. «Zwei!», murmelte sie, drehte sich um und schlang die Arme um seinen Hals.

Ein Geräusch ließ sie innehalten.

Ein entsetztes Aufkeuchen.

Sie fuhren beide gleichzeitig herum. Die Zimmertür fiel ins Schloss. Draußen auf dem Gang waren Schritte zu hören, die sich rasch entfernten.

Entsetzt sahen sie sich an. «Nein», wisperte Alice.

«Evelyn!» John hielt Alice noch immer fest, den Blick unverwandt auf die geschlossene Tür gerichtet. Sie spürte, wie sich seine Finger vor Schreck in ihren Rücken bohrten.

«Sie hat uns gesehen.»

Er nickte mit ausdrucksloser Miene.

«Ich muss sie suchen.» Nach ein paar Sekunden des Schocks ließ John sie los, zog sich mit fliegenden Fingern das Hemd über, richtete seinen Kragen. «Verdammt», murmelte er.

«Soll ich …»

«Nein.» Mit verkrampftem Kiefer schüttelte er den Kopf. «Warte hier!»

Sie war nicht in ihrem Zimmer und auch sonst nirgendwo im Haus. Mit wachsender Panik durchkämmte er alle Räume, fragte beim Personal und bei seiner Mutter. Dass sie einfach gegangen war, ohne jemandem zu sagen, wohin, konnte nur eines bedeuten. Sie hatte ihn und Alice tatsächlich gesehen.

Mit einer bleiernen Schwere in den Gliedern kehrte er in sein Zimmer zurück. Alice hatte sich wieder angezogen, die Frisur gerichtet. Sie stand am Fenster und fuhr mit bleichem Gesicht herum, als er hereinkam.

«Ich finde sie nicht», sagte er mit belegter Stimme. «Ich finde sie nicht.»

Die Konsequenzen dessen, was gerade geschehen war, würden alles verändern.

Alice griff seine Hände. «Was tun wir jetzt?»

20

Ein Schrei hallte durch das Haus.

John fuhr in die Höhe. Er hatte im Büro seines Vaters über den Akten gebrütet, dabei den ganzen Tag mit einem Ohr auf das Klappen der Haustür gelauscht, in der Hoffnung, dass Evelyn doch zurückkommen und sich seine Furcht in Luft auflösen würde. Hinter dem Feenteich war die Sonne in einem Bogen über den Himmel gewandert, er hatte im Büro zu Mittag gegessen, nicht in der Lage, jemandem gegenüberzusitzen und normale Konversation zu betreiben, hatte am Nachmittag zwei schwarze Kaffee in sich hineingekippt und weitergearbeitet, krampfhaft versucht, sich irgendwie abzulenken. Nun dämmerte draußen bereits der Abend herauf, aber der Himmel leuchtete noch hell. Eine Amsel sang, er hörte es durch das halb geöffnete Fenster.

Müde rieb er sich mit den Händen über das Gesicht. Hatte er geträumt? Verwirrt stand er auf, da ertönte ein zweiter Schrei.

Jemand rief um Hilfe.

John stürzte zur Tür. Der Gärtner stand in der Halle. Er hielt seine Mütze in den Fäusten, stammelte etwas. Der Mann wirkte vollkommen aufgelöst.

«Sie ist im Wasser!», brüllte er, als er John sah, vollkommen außer sich, er lief auf ihn zu, griff nach Johns Arm. «Herr Reeven, sie ist im Wasser, im Graben. Ich komm nicht ran. Es tut mir so leid – ich komm nicht ran.» Der Gärtner zitterte am ganzen Leib. «Ich kann doch nicht schwimmen.» Sein Gesicht war grau wie Asche. «Ich kann doch nicht … Aber es ist auch zu spät … Es ist zu spät, sie ist …»

Es dauerte zwei endlose Sekunden, bis John verstand. Dann war es wie ein Hammerschlag. Plötzlich wusste er, warum er Evelyn nicht finden konnte. Warum sie niemandem gesagt hatte, wo sie hingegangen war.

Seine Gedanken setzten aus. Er rannte in den Garten, so schnell, dass er beinahe die Freitreppe hinabstürzte, schlitterte über die schlammige Wiese auf den Kanal zu, der nur wenige Meter vom Haus entfernt in den Feenteich mündete. Der Weg zum Wasser erschien ihm wie eine Ewigkeit. Eine nicht enden wollende Ewigkeit, in der die Zeit sich bog, die Sekunden sich ausdehnten.

«Evelyn!», brüllte er. «Evelyn!»

Sie hing zwischen den Seerosen. Das Gesicht lag im Wasser, die Haare trieben ihr um den Kopf, wogten sanft auf und ab. John blieb stehen, sein Blut dröhnte ihm in den Ohren.

Julius war ebenfalls durch die Schreie alarmiert worden, er gelangte nur Augenblicke nach John auf den Steg, kam so schnell angerannt, dass er ihn festhalten musste, damit er nicht ins Wasser stürzte.

Im ersten Moment verstand John nicht, was er sah. Dann setzte sich das Bild vor ihm zu seiner grausamen Wahrheit zusammen. «Warte!» Er wollte seinen Bruder wegziehen. «Warte, Gott, Julius, sieh nicht hin!»

Aber es war zu spät.

Benommen stand Julius da. Sein Gesicht wurde grau. «Marlies», keuchte er. «Das ist Marlies!»

John wollte ihn wegziehen, ihn festhalten, doch mit einem

Aufschrei sprang Julius ins Wasser. Es war nicht einmal tief. Als sein Bruder Marlies erreichte, ging ihm der brackige Kanal nur bis zum Hals. Aber die Tiefe des Wassers war wohl auch nicht wichtig gewesen. Es hatte gereicht, um ihre Lungen zu füllen. Mehr hatte sie nicht gebraucht.

Julius drehte Marlies um. Als er ihr Gesicht sah, gab er einen gequälten Laut von sich. John wollte den Blick abwenden, aber er schaffte es nicht. Die gebrochenen Augen starrten blicklos in den Himmel.

Sie sah klein aus, wie ein Kind. Julius nahm seine Frau auf den Arm, drückte sie sich an die Brust, presste seine Wange an ihre. Dann kämpfte er sich langsam mit ihr zurück ans Ufer, durch die Seerosen und Schlingpflanzen. John wollte ihm helfen, doch ein knappes Kopfschütteln seines Bruders reichte, um ihn aufzuhalten.

In Marlies' Haar hingen Algen und Schmutz. Sein Bruder erklomm keuchend die Uferböschung, zerrte Marlies mit sich. Als er sie an Land hob, strömte der Fluss aus ihrem dunkelgrünen Kleid wie ein Wasserfall. Julius ließ sich mit Marlies im Arm auf die Erde sinken. Sie hatte den Kopf an seine Brust gelehnt, als schliefe sie. Aber ihre Augen waren offen.

Der nasse Stoff klebte an Marlies' Körper, offenbarte eine nicht übersehbare Wölbung ihres Bauches. John brauchte erneut einen Moment, bis er verstand, was das zu bedeuten hatte.

Es war unmöglich zu sagen, ob Julius es auch sah, ob er es gewusst hatte. Sein Gesicht war so verzerrt, dass er kaum noch aussah wie er selbst. So sanft, wie John ihn noch nie erlebt hatte, legte er seine tote Frau auf die Erde und kniete sich neben sie. Wasser rann ihm aus den goldenen Haaren über den Hals, sammelte sich um seine Knie und Stiefel in einer schlammigen

Pfütze. Er schlang seine Hände um ihre, wiegte sich langsam vor und zurück. John sah, dass er noch nicht begriff, nicht wirklich. Und es war auch nicht zu begreifen, es schien einfach nicht möglich, dass die junge Frau, die heute Morgen noch mit ihnen gefrühstückt hatte, tot sein sollte.

Inzwischen waren auch die anderen aus dem Haus gekommen, hatten kurz vor dem Steg haltgemacht. Er bat sie mit knappen Worten zurück, wollte verhindern, dass sie Julius zu nahe kamen. John beobachtete alles mit einer seltsamen Taubheit, die verhinderte, dass er etwas fühlte, und es ihm gleichzeitig ermöglichte zu handeln.

Gesa stand mit vor den Mund geschlagenen Händen da, die Augen so weit aufgerissen, dass das Weiß um die Iris gespenstisch leuchtete. Blanche war zu Besuch, Gott sei Dank war sie da, sie hielt ihre Mutter an den Schultern gefasst. Die Mädchen weinten. Ganz oben unter dem Dach erspähte John das weiße Gesicht seines Großvaters durch das Fenster. Dann wurde ihm klar, dass es nicht sein konnte, er schaute noch einmal hin, und das Gesicht wurde zu einem Schatten, einer Erinnerung. Kurz beschlich ihn das schaurige Gefühl, es wäre das Haus selbst, das auf seine Bewohner heruntersah.

Was tut ihr nur?, schien es zu fragen. Was passiert mit euch?

Julius erhob sich schwankend, taumelte zurück. Marlies' Hände, die er eben noch gehalten hatte, fielen kraftlos auf den Boden, die Finger öffneten sich, ließen es für zwei grausame Sekunden so erscheinen, als würde sie noch leben. John wollte Julius am Arm fassen, aber sein Bruder riss sich los, stolperte zwei Schritte auf die nächste Hecke zu und übergab sich keuchend und würgend ins Gras.

Evelyn kam eine Stunde später mit einer Mietdroschke zurück in den Hof gefahren.

«Wo warst du?», rief John, der ihr entgegeneilte, die Tür aufriss, noch bevor das Gefährt richtig zum Stehen gekommen war.

Erstaunt sah Evelyn ihn an, reichte ihm eine Hand, damit er ihr die Stufen hinunterhalf. «Ich war bei meinem Onkel, wir hatten doch den Termin beim Notar, die Erbschaft ist endlich geregelt.» Sie lächelte verunsichert. «Hättest du nun doch dabei sein wollen?»

Einen Moment sah er sie an, ohne zu blinzeln. Dann erinnerte er sich. Sie hatte es ihm tatsächlich erzählt. Er hatte es nur vollkommen vergessen, hatte, wenn er ehrlich war, wie so oft in letzter Zeit gar nicht richtig hingehört.

John spürte unfassbare Erleichterung in sich aufwallen. Sie wusste nichts, sie hatte nichts gesehen! Gleichzeitig überkam ihn Übelkeit erregende Scham. Wie konnte er erleichtert sein angesichts dessen, was an diesem Tag geschehen war?

«Ich verstehe das einfach nicht.»

Julius, John, Gesa, Blanche und Evelyn saßen im Salon um den Tisch, und die Szenerie erinnerte John auf gespenstische Weise an das vergangene Weihnachtsfest. Da war wieder diese Schwere, dieses drückende Gefühl im Raum, diese Leere, die ihn mit jedem Atemzug spüren ließ, dass jemand fehlte.

Julius sah John an, seine Augen waren blutunterlaufen. «Ich verstehe nicht, warum sie das getan hat», sagte er leise. «War ich … war ich wirklich so schlimm?»

Er hatte seinen Bruder noch nie so gesehen. Und er wusste keine Antwort auf diese Frage.

«Es gibt nur eine Erklärung, und wir kennen sie alle.» Blanche rettete ihn, wie so oft. Sanft fasste sie Julius am Arm.

«Du weißt es. Sie war schon lange zutiefst melancholisch, sie hat nicht gegessen, sie hat nicht gelacht. Immerzu saß sie am Wasser und hat vor sich hingestarrt. Sie war krank, Julius. Niemanden trifft eine Schuld daran, was sie getan hat.»

Wie seine Schwester sogar in einer Situation wie dieser die richtigen Worte fand, war ihm unbegreiflich. Dankbar nickte John. «Blanche hat recht, Julius.» Manchmal musste man lügen. Marlies war nicht mehr bei ihnen, und Julius würde es nicht helfen, wenn seine Familie ihm die Verantwortung für ihren grausamen Freitod zuschob.

Er konnte es sich einfach nicht erklären. Wenn es nicht Evelyn gewesen war, die Alice und ihn aufgeschreckt hatte, dann konnte es nur Marlies gewesen sein, deren Schritte sie gehört hatten. Er verstand es nicht, es ergab keinen Sinn. War es alles ein schrecklicher Zufall? Oder hingen die Ereignisse am Ende doch irgendwie zusammen? Aus Marlies war er nie schlau geworden, sie hatte ihn vom ersten Tag ihrer Bekanntschaft an irritiert. Er hatte sie nicht gemocht, nie wirklich einen Hehl aus dieser Tatsache gemacht. Aber er rechnete es ihr hoch an, dass sie geschwiegen, Alice und ihn geschützt hatte. Richtig verstanden hatte er es allerdings nie. Warum hatte sie nichts gesagt? Schließlich war sie Evelyn wesentlich näher gewesen als ihm. Aber er würde es nie erfahren. Wahrscheinlich hatte Blanche recht: Marlies war krank gewesen. In der Familie hatten sich alle im Laufe der Zeit so sehr an ihr seltsames Verhalten gewöhnt, an ihre Launen, ihre Kopfschmerzen, dass sie nie lachte und sich über nichts freute, stundenlang tatenlos herumsaß, dass sie es nicht mehr infrage gestellt hatten. Sie waren zu sehr mit sich selbst beschäftigt gewesen. Sie alle hatten die Warnzeichen missachtet, hatten nicht gesehen, wie es um Marlies stand.

Er sah zu, wie Blanche Julius tröstete, beobachtete mit verkrampften Schultern, wie sein Bruder zu schluchzen begann und sich nicht mehr beruhigen ließ, das Gesicht in den Händen vergraben.

Zwei Stunden später bestätigte der Arzt, dass er Marlies' Ableben offiziell als Freitod bescheinigen würde.

Vielleicht hatte Marlies in Alice und ihm etwas gesehen, das sie selbst nicht besaß und sich in ihrer Ehe sehnlichst wünschte? Vielleicht war es purer Zufall. Vielleicht war sie einfach verrückt geworden. Alles, was John sicher wusste, war, wie verzweifelt und allein sie gewesen sein musste.

Und das half ihm bei der Entscheidung.

Er hatte an Marlies' Schicksal gesehen, wohin eine unglückliche Ehe führen konnte.

Er würde Evelyn alles sagen. Noch an diesem Tag.

❊

Du hast vielleicht gemerkt, dass ich in letzter Zeit … abwesend war. Mich nicht auf uns und die Hochzeit konzentriert habe, wie ich es sollte. Das … nun, es hat einen Grund. Einen ganz bestimmten Grund.»

John und Evelyn standen im Wintergarten. Evelyn war sehr blass. Sie starrte ihn aus riesigen, unsicheren Augen an.

«Was ich dir jetzt sagen muss, fällt mir unglaublich schwer. Ich habe es wieder und wieder durchdacht, habe kaum geschlafen in den letzten Wochen. Ich bin mir sicher, dass es das Richtige ist. Und nach dem, was heute geschehen ist …»

Evelyn hatte die Hände ineinandergekrallt, wirkte, als hätte sie ein Todesurteil zu verkünden.

«Du merkst es doch auch», sprach sie weiter und trat einen Schritt auf ihn zu, als wollte sie seine Hand fassen, überlegte es sich im letzten Moment aber anders, ließ hilflos die Hände wieder sinken. «John, du merkst doch auch, dass die Dinge zwischen uns nicht richtig sind. Es fühlt sich einfach nicht an, wie es sich anfühlen sollte.»

Er konnte nicht glauben, was hier passierte. Stand sie gerade wirklich vor ihm und sprach die Worte aus, die eigentlich von ihm kommen sollten?

Er hatte sie um ein Gespräch gebeten, und sie war sofort einverstanden gewesen, hatte aber verkündet, ihm zuerst selbst etwas sagen zu müssen. Vollkommen blauäugig hatte er eingewilligt, nicht ahnend, was sie ihm mitteilen würde. Er war so verblüfft, dass er einen Moment alles um sich herum vergaß.

«Es tut mir leid, es gerade in dieser Situation tun zu müssen, John. Ich weiß, wie es um die Familie steht, wie viel du arbeitest, wie sehr dich das Ganze in Anspruch nimmt. Und nun auch noch diese Tragödie.» Jetzt ergriff sie doch seine Hand. «Aber sie hat mir klargemacht, dass ich keinen Tag länger schweigen darf.»

Er hatte noch kein Wort herausgebracht, konnte sie nur weiter anstarren. «Was willst du mir sagen?», fragte er endlich heiser. «Ich verstehe nicht.»

«Ich kann dich nicht heiraten.» Kaum hatte sie die Worte ausgesprochen, flutete Erleichterung über ihr Gesicht. Sie atmete tief durch. «Ich kann dich nicht heiraten.»

Stumpfsinnig stand er da, lachte leise auf. «Was?»

«Wir lieben uns nicht, John.» Evelyns Stimme klang warm und besänftigend. «Wir mögen uns, sehr sogar, aber wir lieben uns nicht. Das siehst du doch so wie ich, oder nicht? Du fühlst es doch auch.»

Als er immer noch nichts sagte, schien sie es nicht mehr auszuhalten. Sie begann, unruhig im Zimmer hin und her zu gehen. Ihre Röcke raschelten, er roch ihr vertrautes Parfum und begriff gar nichts.

«Ich weiß, was du jetzt sagen willst. Dass die letzte Zeit eine Ausnahme war, dass du es sehr schwer hattest und deswegen so warst, wie du warst. Das stimmt auch. Die letzte Zeit war hart. Und du … du warst unleidlich, verschlossen, abwesend. Ich war dir zu viel.»

Noch immer klang sie sanft, aber ihre Worte trafen genau. Er versuchte nicht, zu protestieren, denn es entsprach den Tatsachen, und sie wussten es beide.

«Es tut mir leid!», sagte er schließlich, räusperte sich, bemühte sich um Haltung. In seinem Kopf herrschte nur noch Chaos. «Aber ich … Gott, du hast recht. Es tut mir so leid.»

«Nein. Genau das ist mein Punkt», unterbrach sie ihn schnell. «Es stimmt alles, aber daran liegt es nicht. Wenn ich dich lieben würde, würde ich es ertragen. Es ist keine Entschuldigung, sondern eine Erklärung. Es würde wehtun, aber ich würde es ertragen.» Sie blieb stehen, sah ihn an, schien selbst um Fassung zu ringen. «Aber ich will es nicht ertragen.» Entschuldigend hob sie die Hände. «Es ist mir klar geworden in den letzten Wochen, in denen ich hier im Haus herumsaß wie ein Möbelstück, wie bestellt und nicht abgeholt. Wir müssen das nicht tun. Wir können noch rechtzeitig aussteigen.» Plötzlich senkte sie die Stimme. «Schau dir Marlies und deinen Bruder an. Sie haben zu spät erkannt, wie sie wirklich fühlten. Und nun? Willst du so ein Leben? Willst du, dass wir in ein paar Jahren auch so nebeneinander am Tisch sitzen? Dass einer von uns …» Sie ließ den Satz unvollendet.

«Aber ich … wir … Das ist doch etwas vollkommen anderes!» Warum um Himmels willen versuchte er, ihr zu widersprechen?

«John.» Mit einem traurigen Lächeln schüttelte sie den Kopf. «Wir hatten die große Chance, dass wir uns vor der Hochzeit kennenlernen durften. Durch den Tod meiner Eltern», sie schluckte sichtlich, «durch diese mehr als ungewöhnliche Situation, in der wir momentan leben, hatten wir eine Möglichkeit, die anderen verwehrt bleibt. Wir durften das Leben miteinander vor der Ehe ausprobieren. Wer kann das schon für sich in Anspruch nehmen! Auch wenn mir bewusst ist, dass die letzte Zeit eine besondere war, hat sie mich doch sehr klar sehen lassen. Ich schätze dich so sehr. Aber ich liebe dich nicht.» Das traurige Lächeln blieb, sie zuckte mit den Schultern, als wollte sie sagen: Wer hätte das gedacht? «Meine Eltern sind tot. Niemanden interessiert es, was ich mache oder auch nicht mache.» Ihre Stimme zitterte ganz leicht. «Weißt du, wie sich das anfühlt? Wenn man plötzlich für niemanden mehr wichtig ist?»

«Du bist *mir* wichtig!», widersprach er leise. Und trotz allem war es wahr.

Sie nickte. «Ich weiß. Aber nicht wichtig genug. Nicht so, wie ich es möchte.»

Er öffnete den Mund, um erneut zu protestieren, und schloss ihn wieder. Er hatte versucht, sich einzureden, dass er sie trotz allem liebte und es ausreichen würde. Dass das, was er für Alice empfand, nicht wahr sein konnte. Und das, was er mit Evelyn teilte, richtig sein musste.

«Wie du weißt, habe ich heute mit meinem Vormund gesprochen. Mein Onkel ist ein spezieller Mensch. Er lässt mir freie Hand über das Erbe. Zum ersten Mal in meinem Leben ist niemand mehr da, der darüber bestimmt, was ich tue. Wir hätten eine solide Ehe, da bin ich mir sicher, wir würden uns arrangieren, wir hätten sogar Spaß, wir hätten kluge, schöne Kinder. Aber etwas würde immer fehlen. Meinst du nicht auch?»

Langsam begriff er, dass sie es ernst meinte. Dass sie wirklich nicht mehr wollte. Es fühlte sich an, als würde ihn jemand schütteln wie eine Schneekugel. Er hatte keine einzige Sekunde an eine Möglichkeit wie diese gedacht. Es war ihm nie in den Sinn gekommen, dass diese Entscheidung gar nicht allein bei ihm lag. Die Verantwortung für Evelyn hatte ihm wie eine schwere Last auf den Schultern gelegen, seine Verlobte war so abhängig von ihm und seiner Familie. Und nun? Sie sprach aus, was er seit Monaten vor sich hergeschoben hatte. Er selbst hatte die Verlobung lösen wollen. Doch als sie es nun an seiner Stelle tat, spürte er Übelkeit in sich aufsteigen. Evelyn war vertraut, sie war sicher, sie war alles, was er jemals vor sich gesehen hatte. Die Vorstellung, dass sie einfach verschwinden würde, drehte ihm den Magen um.

«Du hast recht», sagte er nach einer langen Pause, und er sah, wie ihre Lippen vor Trauer bebten.

Sie griff seine Hand. «Ich denke, wir sollten uns gegenseitig die Chance geben, jemanden zu finden, bei dem es sich anders anfühlt. Und in Freundschaft auseinandergehen.»

«Aber … wie stellst du dir das vor?»

«Ich werde arrangieren, dass meine Sachen abgeholt werden.» Er sah, dass ihre Augen schimmerten, doch sie weinte nicht. «Ich ziehe vorerst in ein Hotel. Ich will einfach nicht in das Haus meiner Eltern.»

«Du kannst trotzdem hierbleiben», bot er an, während er noch versuchte, sich ein Leben ohne sie vorzustellen.

Evelyn schüttelte den Kopf. «Danke, das ist sehr zuvorkommend. Deine Familie hat wirklich genug für mich getan. Und ich brauche Abstand.»

«Ich verstehe …»

Er hatte sich geschworen, ihr alles zu sagen. Aber was würde es ihr jetzt bringen außer Demütigung und Schmerz? Nein, er musste mit seinem schlechten Gewissen leben. Mit dem Wissen, dass er sie sich hatte fühlen lassen wie ein überflüssiges Möbelstück, wie ein Störfaktor in seinem Leben, und das inmitten ihrer eigenen Trauer. Mit dem Wissen, dass er sie betrogen hatte und sie nur durch den unglücklichen Tod ihrer Eltern die Möglichkeit hatte, sich von ihm zu befreien. Denn würden die beiden noch leben, hätte sie ihn niemals verlassen. Sie hätte einen Mann geheiratet, der ihr jeden Tag seines Lebens signalisierte, dass sie nicht die Richtige war. Dass er sie nicht wollte. Obwohl er sie ins Unglück gestürzt hätte, hätte sie es sehenden Auges getan.

Das zu wissen, war seine Strafe.

21

Julius lehnte sich so tief über den Hals des Pferdes, dass sein Kinn beinahe dessen Ohr berührte. Erbarmungslos drückte er ihm die eisernen Sporen in die Flanken, das Tier schien über die Wiese zu fliegen. Trotzdem half es nichts. Der eisige Wind ließ ihm die Tränen über die Wangen strömen. Er sah seinen Großvater vor sich, den aufgerissenen Mund, und der Schock in Eugens Zügen vermischte sich mit Marlies' aufgequollenem Gesicht mit den blickleeren Augen.

Vollkommen überstürzt war er hierher in die Tudor-Villa geflohen, hatte gehofft, vor allem davonlaufen zu können, vor den Geistern der Toten, die ihn heimsuchten. Aber es hatte keinen Zweck, sie waren in seinem Kopf, verfolgten ihn, wo auch immer er hinging. Der Hengst keuchte verzweifelt, Julius spürte, wie die Muskeln des Tieres sich anspannten, wie das Pferd versuchte, noch schneller zu galoppieren, und es nicht mehr schaffte. Trotzdem hieb er mit der Gerte wieder und wieder auf die schweißnasse Flanke ein. Plötzlich war da ein Knall über dem Wald, so nah, dass er einen Moment meinte, der Schuss hätte ihm gegolten.

Ein Ruck ging durch das Tier, der riesige Körper bäumte sich auf, drehte sich gleichzeitig um seine eigene Achse. Julius spürte, wie er den Halt verlor. Wie der Hengst unter ihm plötzlich einfach nicht mehr da war.

Er wusste, was passierte. Und konnte es gleichzeitig nicht fassen.

Als er auf dem Boden aufschlug und sich beinahe im selben Moment das Gewicht auf ihn senkte und ihn unter sich begrub, dachte er an Marlies. Daran, wie sie ausgesehen hatte, als er sie aus dem Wasser hob. An das Kind in ihrem Bauch. Daran, dass er sie für immer verloren hatte.

*

Da war nur Schmerz. Er wollte schreien, aber es kamen keine Töne aus seinem Mund, bloß gurgelnde Geräusche. Seine Hände griffen panisch in die Luft, versuchten, sich an irgendetwas festzuhalten. Er wusste weder seinen Namen noch wo er sich befand. Da war nur dieser gleißende Schmerz in seiner Mitte, in seinem Rücken. Als würde Knochen auf Knochen reiben. Und eine uferlose Panik, die verhinderte, dass er auch nur einen einzigen klaren Gedanken fassen konnte.

«Ah, endlich sind Sie wieder unter den Lebenden!» Plötzlich war da ein Gesicht. Ein Mann beugte sich über ihn, musterte ihn besorgt.

«Was. Ist. Passiert.» Er hatte Mühe, die Worte zu finden, war sich nicht sicher, ob er sie wirklich ausgesprochen hatte.

Aber der Mann antwortete. «Sie hatten einen Unfall, Herr Reeven. Sie sind im Krankenhaus. Bitte bleiben Sie so ruhig, wie Sie können. Ich gebe Ihnen jetzt etwas gegen die Schmerzen. Dafür musste ich Ihren Wachzustand abwarten, sonst ist die Gefahr einer Überdosis zu groß. Auf einer Skala von eins bis zehn, wie sehr tut es weh?»

Er schluckte krampfhaft, brauchte alle Kraft, die er aufbringen konnte, um die Auskunft hervorzupressen: «Zwanzig.»

Der fremde Mann nickte nur. Er zog eine Spritze auf, und Julius sah zu, wie die Nadel in seinem Arm verschwand. Er fühlte den Einstich nicht, dafür war der Schmerz im Rest seines Körpers zu überwältigend. Jetzt nahm er auch das Zimmer um sich herum wahr, das Bett, die Gerätschaften, den weißen Vorhang.

«So, jetzt wird es gleich besser. Schlafen Sie erst einmal weiter. Im Schlaf geschieht die meiste Heilung!»

Er spürte, wie ihm die Sinne schwanden, wie sein Kopf kraftlos zurück ins Kissen sank. Er wollte so viel fragen.

Aber bevor er weiterdenken konnte, wurde es dunkel um ihn.

Als er erneut erwachte, war der Schmerz in seinen Rippen gedämpfter. Noch immer trieb er ihm den kalten Schweiß auf die Stirn, aber dieses Mal konnte er denken, dieses Mal wusste er sofort, wo er war, wie er hieß, wenn er auch nach wie vor keinerlei Erinnerung daran hatte, wie er hierhergekommen war.

Ein leises Geräusch zu seiner Linken ließ ihn den Kopf drehen. John saß neben seinem Bett. Sein Bruder hatte das Gesicht in die Hand gestützt, die Brauen im Schlaf zusammengezogen.

Er versuchte, sich aufzusetzen.

«Julius!» Mit einem Ruck fuhr John in die Höhe. «Du bist wach.»

«Erzähl mir, was passiert ist.»

John rückte den Stuhl ein wenig näher an das Bett. Er griff nach einem Glas auf dem Nachttisch und setzte es ihm an die Lippen. Erst jetzt merkte Julius, wie durstig er war. Er trank in hastigen Zügen, verschluckte sich, hustete.

Der Schmerz ließ ihn aufstöhnen.

Sein Bruder wartete, bis er sich gefasst hatte. «Du bist gestürzt. Mit dem Pferd.» Noch nie hatte John so sanft mit ihm gesprochen.

«Aber …» Er war ein erfahrener Reiter. Er stürzte nie. Langsam kamen verschwommen die Bilder zurück. Der Schuss über dem Wald, dieser Moment, in dem ihm klar wurde, dass er nicht mehr kontrollieren konnte, was geschah. Der Aufprall. Der Schmerz. Es wollte nicht in seinen Kopf, dass er selbst schuld sein sollte an seiner Lage.

«Was ist mit …» Er wollte nach seinem Zustand fragen, aber die Worte blieben ihm im Hals stecken. Er war noch nicht bereit für die Wahrheit.

John verstand ihn falsch. «Der Hengst ist tot. Sie haben ihn noch am Unfallort erschossen. Er hatte zwei gebrochene Beine und …» Er brach ab. «Es hat gedauert, bis sie dich gefunden haben. Als du nicht wiedergekommen bist, ist der Stallmeister ausgeritten, um dich zu suchen. Du warst stark unterkühlt, eine Weile dachten wir …» Wieder brach er ab. «Hast du Schmerzen?»

Julius konnte es nicht ertragen, wie John mit ihm sprach. Als wäre er ein kleines Kind. Er stieß ein Knurren aus. Schmerzen waren kein Ausdruck für das, was er fühlte. Wieder versuchte er, sich aufzusetzen, aber seine zitternden Arme wollten seinen Oberkörper nicht stemmen. Sofort erhob sich John und versuchte, ihm zu helfen. «Fass mich nicht an!»

John hielt inne, hob beruhigend die Hände. «Du sollst dich nicht bewegen. Ich hole jemanden.»

Etwas stimmte ganz und gar nicht. Julius fühlte, wie ihm schwindelig wurde. Neben dem Schmerz war da noch etwas anderes, ein Gefühl, das er nicht kannte. «John!», sagte er, und seine eigene Stimme war ihm fremd, hoch und verzerrt drang sie aus seinem Hals. «John. Ich spüre meine Beine nicht!»

Sein Bruder sah ihn an. Und dann tat John etwas, was er noch nie zuvor gemacht hatte.

Er wandte den Blick ab.

«Ich hole jemanden, Julius», wiederholte er, immer noch mit dieser unerträglichen Sanftheit, die ihm eine Gänsehaut über den Nacken trieb. «Der Arzt wird dir alles erklären.»

«Spüren Sie das?»

Julius blickte starr nach vorne, damit er nicht sehen musste, wie die Nadel in der Hand des Arztes in seinem Bein verschwand. Er spürte nicht das Geringste von dem Einstich. «Nein», knurrte er unwirsch.

«Und das?» Der Arzt setzte die Nadel an einer anderen Stelle an. Er fühlte, wie der Druck sein Bein bewegte. Aber die Nadel fühlte er nicht.

«Auch nicht», sagte er mit wachsender Panik.

Der Arzt drückte etwas höher.

«Ah!» Julius schrie auf.

«Nun, das ist erfreulich.» Die Miene des Arztes hellte sich auf.

«Wie meinen Sie das?»

«Dann wurde das Rückenmark nicht vollständig durchtrennt. Die Lähmung scheint sich auf den unteren Teil der Beine zu beschränken. Es besteht Hoffnung. Zum Glück haben wir in Hamburg ein Laboratorium für medizinisch-hygienische Untersuchungen und eine sehr moderne radiologische Fachabteilung. Wir konnten Sie gründlich durchleuchten. Sie haben nicht nur mehrere Rippenbrüche, sondern durch den Sturz wurde auch Ihr Rückenmark verletzt.»

Julius starrte den Mann an, nahm jedes Detail wahr, registrierte seine pockennarbige Haut, die etwas zu große Brille, die ihm über die Nase rutschte. Aber er hatte Mühe, den Zusammenhang der Worte zu verstehen. «Was bedeutet das?»

«Nun, wenn das Rückenmark durchtrennt ist, ganz oder teilweise, kann das Hirn weder Impulse an bestimmte Körperregionen senden noch solche empfangen. Es kann unterhalb der geschädigten Stellen zu Lähmungen und Gefühllosigkeit kommen, wie Sie sie in Ihren Beinen empfinden. Ähnliche Symptome entstehen bei Prellungen und Quetschungen, ich fürchte jedoch, in Ihrem Fall … Ganz sicher sind wir nicht, aber es handelt sich aller Wahrscheinlichkeit nach um eine Paraplegie. Eine … dauerhafte Lähmung der Beine.»

Julius blinzelte. Er öffnete den Mund, aber kein Laut kam heraus. Es fühlte sich an, als würde sein Blut in ihm aufwallen und in einer roten Welle über ihm zusammenschlagen.

22

Wenn man nur vorher wüsste, dass Dinge geschehen würden, die das Leben in zwei Teile schnitten, ein Vorher und ein Nachher. Was würde man alles anders machen.

Aber Alice' Nachher kam leise, unauffällig. Es flatterte in Form eines Briefes ins Haus.

«Christina?» Heinrich streckte den Kopf zur Küchentür herein. Er lächelte, hielt einen Umschlag in die Höhe. «Herr Reeven bat mich, dir das zu geben.»

Alice saß am Tisch und schrappte Rüben. Die Villa war still geworden in den letzten Wochen. Es war niemand mehr hier, und eigentlich wusste sie gar nicht, für wen sie kochte, meist trugen sie die vielen Schüsseln und Platten so gut wie unberührt wieder ab.

Die Enttäuschung saß Alice noch immer in den Knochen, sie spürte sie bei jedem Atemzug. Insgeheim hatte sie gehofft, dass John zu ihr kommen und ihr sagen würde, dass Evelyn und er ihretwegen die Verlobung gelöst hatten. Dass sie jetzt zusammen sein konnten. Aber natürlich war das nicht geschehen. Und natürlich wusste sie auch, dass sich im Grunde nichts geändert hatte. Es war nie um Evelyn gegangen, sondern um sie. Um alles, was sie nicht war.

Sie stand sofort auf. Der Brief konnte nichts Gutes bedeuten. Wer sollte ihr schreiben, wenn nicht ihr Anwalt oder das Gericht? Die Köchin bekam regelmäßig Briefe von ihrem Bruder, Helene von ihrem Verehrer, einem Bäckerlehrling vom

Neuen Wall. Sie jedoch hatte in der Reeven-Villa noch kein einziges Mal Post empfangen.

Der Umschlag war unbeschriftet und stammte dem Aufdruck zufolge aus Johns Kanzlei. Vorsichtig hob Alice die Lasche auf der Rückseite, die nur lose ins Kuvert eingesteckt war, und zog einen weiteren, abgenutzten Briefumschlag heraus. Wie es schien, war ihre Post zunächst an Alice' alte Adresse in der Bachmannstraße gegangen, wo weder sie noch Henk mehr wohnten. Per Weiterleitung hatte das Schreiben die Kanzlei erreicht.

Der Brief sah offiziell aus, Alice kannte weder Siegel noch Namen oder Adresse. Aber als sie den Absender las, überlief sie ein Schauer. Ein Notar.

Ihre Eltern!

Nein, dachte sie, während sie mit zitternden Händen das Siegel brach und den Umschlag öffnete. Ihr Magen schien sich zu verknoten. Sie hatte seit so vielen Jahren nur sporadisch Kontakt zu ihren Eltern gehabt, eigentlich kannte sie sie gar nicht. Es sollte ihr egal sein. Aber ihr Körper bewies ihr das Gegenteil.

Ihre Augen flogen über die Zeilen, und ihr wurde klar, dass sie sich geirrt hatte. Es ging nicht um ihre Eltern.

Es ging um Käthe.

… Nach dem Tode ihres Bruders erbte sie auch dessen Haus, da er kinderlos geblieben war. Der Erlös aus dem Verkauf viertelt sich zu gleichen Teilen unter den Enkelkindern meiner Klientin, ihrem noch lebenden Bruder und Ihnen. Aufgrund langer Verhandlungen schreiben wir Ihnen erst jetzt, da Ihr Anteil von den Miterben angefochten wurde, er hat sich jedoch als rechtens erwiesen. Folg-

lich erhalten Sie ein Viertel des Geldes. Wenn Sie mir zukommen lassen, bei welcher Bank Ihr Mann ein Sparbuch führt, werde ich den Betrag in Kürze dorthin überweisen.

Sie konnte es nicht fassen. Sie konnte es einfach nicht fassen. Es war eine unglaubliche Summe. Mit angehaltenem Atem las sie weiter.

Meine Klientin hat mich vor ihrem Tod und dem Verkauf beider Häuser beauftragt, Ihnen ferner die beiliegende Sonderzahlung in Höhe von 700 Mark zukommen zu lassen.

Alice blickte in den Umschlag. Sie zog einen vergilbten Scheck heraus und faltete ihn auf. Unter dem ausgestellten Betrag standen ein paar Worte in den krakeligen Buchstaben einer alten, zitternden Hand.

Für Otto.
Es war falsch von uns.

Alice schloss die Augen. Sie spürte die Tränen erst, als sie ihr über die Wangen liefen.

Die Konsequenzen dieser zwei Stücke Papier, die sie in den Händen hielt, waren so gewaltig, dass ihr erst nach und nach klar wurde, was sie bedeuteten. Sie würden alles verändern.

Wenn sie Rosa fand, würde sie gehen können. Sie würde für viele Jahre auf niemanden mehr angewiesen sein als auf sich selbst.

Kraftlos ließ sie sich auf die Küchenbank sinken und blickte aus dem Fenster, ohne etwas wahrzunehmen.

Sie würde frei sein.

Es war nicht einmal vorstellbar.

Seine tote Frau lief durchs Haus. Sogar in halb bewusstem Zustand, gefangen zwischen Traum und Wachen, wusste er, dass es nicht so sein konnte. Und doch spürte er sie. Sie war wieder wie damals, kurz vor der Hochzeit, liebreizend, aufregend, wunderschön, voller Versprechungen. Er war verrückt nach ihr. Und sie war hier, im Zimmer. Ein Schatten nur, ein Knacken der Dielen, ein Lufthauch, der über sein Gesicht streifte.

Aber zweifellos seine Frau.

Julius fuhr in die Höhe, hektisch blinzelnd sah er sich um, streckte die Hand nach ihr aus. «Marlies? Marlies?»

Der Stuhl unter ihm knarzte, als er versuchte aufzustehen. Sie war eben noch hier gewesen, er wusste es genau. Er musste hinter ihr herrennen, sie suchen.

Er hatte es vergessen. Hatte vergessen, dass seine Beine nicht mehr funktionierten. Der Ruck der Vorwärtsbewegung, den seine Muskeln nicht aufnehmen konnten, fuhr ihm durch die Rippen, und der Schmerz war so stark, dass er nicht einmal zu schreien vermochte, er öffnete nur den Mund, riss die Augen auf, schnappte nach Luft wie ein Ertrinkender. Mit einem Schlag fiel ihm alles wieder ein. Er saß in einem Rollstuhl. Er würde vielleicht nie wieder gehen können. Und Marlies war nicht hier. Sie war tot.

Es dauerte Minuten, bis der Schmerz so weit abgeebbt war, dass er wieder gleichmäßig atmen konnte. Das Haus lag still da. Kein Staubsauger, kein Türenschlagen, keine Stimmen, keine Klaviermusik. Sein Herz begann zu flattern. Wo waren sie alle? Hatten sie ihn hier vergessen?

Er war erst seit dem Vortag zurück. Man hatte ihn mit der Erklärung entlassen, dass man vorerst nichts weiter tun könne, die Rippen müssten von selbst heilen, und ob seine Beine jemals wieder funktionieren würden, stehe in den Sternen.

Es war unendlich mühsam, die Räder des Rollstuhls in Bewegung zu versetzen. Jetzt wusste er, warum Eugen hier oben so wenig Möbel besessen hatte. Wie hatte der Alte es nur geschafft, dieses Höllenungetüm so elegant und fließend zu führen? In seinen schlaffen Armen mussten sich ungeheure Muskelberge verborgen haben. Zentimeter für Zentimeter rollte Julius der Schelle an der Wand entgegen. Der Schweiß brach ihm aus. Als er sie endlich erreichte, zog er so heftig an der Kordel, dass sie riss. Verdattert hielt er das Band in der Hand. Im selben Moment sah er die Klingel auf dem Tisch und lachte heiser auf. Sie schien ihm unendlich weit weg. Statt zum Tisch rollte er zum Ascenseur im Flur, aber als er auf den Knopf drückte, passierte nichts. Der Aufzug blieb still.

«Hallo!», brüllte er die Treppe hinunter. «Hallo, hört mich jemand?»

Er brüllte weiter, bis Heinrich ein wenig außer Atem die Stufen hinaufgeeilt kam. «Herr Julius.» Schnaufend blieb der Diener vor ihm stehen. Sein Blick huschte kurz über Julius' Beine. Julius wusste, dass er sie seltsam abgewinkelt hielt, sie schienen nicht mehr Teil von ihm zu sein. «Was kann ich für Sie tun?»

Überrumpelt sah Julius zu ihm auf. Das hatte er sich noch gar nicht gefragt. «Es ist so still», sagte er nach kurzem Nachdenken. «Wo sind denn alle?»

Heinrich räusperte sich. «Ihr Bruder ist zur Arbeit gefahren. Ihre Mutter ist bei der Schneiderei. Frau Evelyn ist ja, wie Sie wissen, nicht mehr unser Gast. Und sonst …» Heinrich brach ab, wohl, weil ihm bewusst wurde, dass es sonst niemanden mehr gab.

Eine gespenstische Kälte durchrieselte ihn.

Sie schwiegen beide, Heinrich wartete auf Anweisungen, Julius wartete darauf, dass ihm einfiel, was er jetzt in Auftrag geben sollte. «Der Ascenseur funktioniert nicht», sagte er schließlich.

Heinrich nickte bekümmert. «Er hat uns in letzter Zeit des Öfteren Probleme bereitet, wir müssen einen Mechaniker kommen lassen.»

«Heute noch», knurrte Julius, fassungslos, dass niemand daran gedacht hatte. «Das hat oberste Priorität!»

«Ich werde mich bemühen.» Plötzlich erhellte sich Heinrichs Miene. «Mit Verlaub. Die Zeitungen Ihres Großvaters werden weiter geliefert. Soll ich Ihnen die neuesten Ausgaben hochbringen? Dann können Sie sich ein wenig ablenken.»

Sein Hals war mit einem Mal trocken. «Nein. Ich habe zu arbeiten. Ich werde direkt in der Bank anrufen und …» Er sah an sich hinunter, und ihm wurde klar, dass er noch Pyjama und Hausmantel trug. Morgens und abends war eine Schwester einbestellt, die ihm half, sich zu waschen und bettfertig zu machen. Sie hatte ihn an diesem Morgen mit routinierten Bewegungen aus dem Bett in den Rollstuhl verfrachtet, aber danach war er so erschöpft gewesen, dass an Umziehen nicht einmal zu denken war. «Helfen Sie mir beim Ankleiden, Heinrich.»

«Natürlich!» Mit unbewegter Miene fasste Heinrich den Stuhl und schob Julius zurück ins Zimmer. «Wenn ich mir die Frage erlauben darf, beabsichtigen Sie, heute noch auszufahren? Ich weiß nämlich nicht, wie ich Sie ohne die Hilfe Ihres Bruders die Treppe …»

«Ich werde nicht ausfahren. Ich möchte mich nur nicht den ganzen Tag wie ein Invalide fühlen.» Er hasste es, dass Heinrich ihn schob, gleichzeitig war er erleichtert. Seine Arme zitterten immer noch.

«Das verstehe ich sehr gut.»

Es dauerte fast eine halbe Stunde, bis Julius fertig angekleidet war. Bis er den Anzug trug, schwitzte er am ganzen Körper und fühlte sich, als könnte er hundert Jahre schlafen.

«So.» Heinrich schloss ihm den hohen weißen Kragen über der Krawatte. «Jetzt sehen Sie aus wie neu!»

Julius hatte nicht einmal mehr die Kraft für eine Antwort. Zu seinem Entsetzen meldete sich ein neues Bedürfnis. «Heinrich», stöhnte er. «Ich muss die Waschräume aufsuchen.»

Der Diener war ebenfalls sichtlich erschöpft von der Prozedur, ein leichter Schweißfilm stand ihm auf der Nase. Seine Augen weiteten sich kaum merklich, und er blickte zur Uhr auf dem Kaminsims. «Die Krankenschwester kommt erst in ein paar Stunden», murmelte er besorgt. «Soll ich die Pfanne holen …?»

«Auf gar keinen Fall! Schieben Sie mich ins Badezimmer.»

Heinrich zögerte nicht, die Anweisung auszuführen, aber nach seinem Blick zu urteilen, war er nicht sicher, die Aufgabe bewältigen zu können. «Sehr wohl!»

«Sehen Sie es positiv», sagte Heinrich aufmunternd, der ihm erst geholfen und dann diskret im Flur gewartet hatte, bis er fertig war, nur um ihn dann wieder in den Stuhl zu heben. «Sie werden sich schon einfinden. Es wird alles irgendwann zur Routine werden, wie bei Ihrem Großvater. Und jetzt haben

Sie ein wenig Zeit, um wieder zu Kräften zu kommen und … sich Ihren privaten Interessen zu widmen.»

Julius starrte ihn an. Alle seine privaten Interessen hatten mit Bewegung zu tun. Er ritt, er war im Fechtklub und im Ruderklub, er spielte Golf und Cricket, er jagte und angelte. Erst vor ein paar Wochen war er mit einem Freund die Elbe hinunter bis zur Nordsee gesegelt. «Da haben Sie wohl recht», sagte er steif. In Sekundensequenzen sah er sein altes Ich vor sich, wie er über die Wiesen galoppierte, wie er mit dem Tennisschläger ausholte, seinem Gegner einen Ball über das Netz schmetterte, den dieser unmöglich parieren konnte. Er spürte, wie etwas in ihm zu zerfallen drohte. Deswegen sagte er schnell: «Bringen Sie mir einen Kaffee.»

«Selbstverständlich. Ich schicke sofort eines der Mädchen rauf.»

«Kommen Sie selbst.» Julius schüttelte den Kopf. Er wollte nicht, dass sie ihn so sahen, vor allem nicht die schöne Christina. «Ich möchte die Dienstmädchen nicht hier oben haben.»

«Natürlich», lenkte Heinrich sofort ein. «Mit Verlaub, dürfte ich den Kaffee eventuell in den Speiseaufzug stellen? Ich bin wohl etwas aus der Puste!» Er lächelte entschuldigend.

Julius sah nicht zu ihm auf. «Selbstverständlich.» Er richtete sich seine Krawatte im Spiegel. Sie war zu eng, schnürte ihm die Luft ab. «Aber um zu servieren, müssen Sie schon heraufkommen. Oder wollen Sie mir sagen, dass Sie nicht mehr in der Lage sind, Ihre Arbeit zu verrichten?»

Heinrich stutzte, alarmiert schürzte er die Lippen. «Natürlich nicht. So war es nicht gemeint.» Sofort drehte er sich Richtung Treppe. «Ich beeile mich.»

Julius rollte zum Tisch und zog den Fernsprecher zu sich heran. Als er die Finger auf die Wählscheibe legen wollte, merkte er, dass seine Hände zitterten. Er brauchte mehrere Anläufe, um die Nummer zu wählen. Die Dame vom Amt stellte ihn durch, aber es dauerte lange, bis jemand abnahm.

«Hallo? Julius?», meldete John sich angespannt. «Ist alles in Ordnung?»

Nichts ist in Ordnung, wollte er schreien. Ich bin hier ganz allein, ich habe nichts zu tun, ich weiß nicht, was ich machen soll. Die Panik drohte wieder über ihn zu schwappen. «Ja, natürlich», sagte er und war selbst erstaunt, wie ruhig seine Stimme klang. «Ich wollte mich nur erkundigen, wie es läuft. Habt ihr die Zahlen aus Moskau schon bekommen? Und die Verträge mit Brasilien müssen diese Woche unterschrieben werden.»

In der Leitung knackte es. «Julius, das muss dich doch jetzt nicht kümmern. Ich habe hier alles im Griff. Du brauchst Ruhe, der Arzt hat gesagt …»

«Mir geht es bestens!» Das könnte dir so passen, dachte er. Das könnte dir so passen, mich hier abzustellen wie ein altes Möbelstück, hier oben wegzusperren und zu vergessen. «Ich kann genauso gut von hier aus arbeiten. Wenn du mir heute Abend die Akten mitbringst und …»

«Wir besprechen das später. Ich habe gleich eine Sitzung und muss mich vorbereiten.»

«Aber ich …»

«Später, Julius. Ich komme bei dir vorbei, wenn ich wieder da bin.»

Julius biss die Zähne zusammen. *Bei dir vorbei.* Als wäre er auf dem Mond und nicht im selben Haus. «Der Ascenseur muss repariert werden. Er fällt ständig aus. Dann kann ich nicht hinunter.»

«Das musst du ja auch vorerst nicht», antwortete John, nun in sanfterem Ton. «Ich werde Heinrich bitten …»

«Natürlich muss ich runter!» Vor seinen Augen tanzten plötzlich kleine Lichtpunkte. «Wie soll ich denn mit euch essen, wenn ich nicht hinunterkann? Wie soll ich in den Garten kommen? Soll ich vielleicht nie wieder an die frische Luft, oder wie stellst du dir das vor?» Er verschluckte sich an seinem eignen Speichel, hustete krampfhaft. Schmerz schoss seinen Rücken hoch. Jetzt hatte er doch wieder die Nerven verloren. Jedes Mal, wenn er mit John sprach, nahm er sich vor, dass ihm das nicht passieren würde, und dann brach es aus ihm heraus.

«Beruhige dich!» Johns Ton veränderte sich sofort. Er schien zu spüren, was mit ihm los war – dass er kurz davor war durchzudrehen. «Natürlich regeln wir das. Ich kümmere mich. Es wird noch heute jemand kommen, der nach dem Aufzug schaut.»

Ich kümmere mich. Wie er das immer sagte. Als wäre er der Herr über das Universum.

«Und wir müssen jemand Neues einstellen. Heinrich kommt ja kaum noch die Treppe rauf.»

Einen Moment war es still in der Leitung. «Heinrich ist schon unser ganzes Leben lang bei uns, Julius.»

«Dann stellen wir eben noch jemanden ein!», bellte er und musste dem übermächtigen Drang widerstehen, den Hörer mit aller Kraft auf die Tischplatte zu schlagen. «Ich kann nicht jedes Mal stundenlang warten, bis der Alte es die Treppen rauf schafft!»

«Das klären wir später. Erst mal der Aufzug. Brauchst du sonst noch etwas?»

Mein Leben zurück!, dachte er verzweifelt. «Nein, ich … Ich wollte mich nur überzeugen, dass bei dir alles in Ordnung ist.»

John zögerte. «Es ist alles unter Kontrolle. Aber ich brauche deine Meinung zu den Akzeptkrediten. Das Portfolio von

Krupp könnten wir auch noch mal zusammen durchgehen … Vielleicht finden wir heute Abend eine ruhige Minute?»

Er atmete einmal tief ein und aus. Julius wusste nur zu gut, dass sein Bruder ihm gerade aus Mitleid einen Dienst erwies. John brauchte weder seine Expertise noch seine Meinung, die Prokuristen waren dazu genauso in der Lage, wenn nicht sogar besser als er. Durch den Unfall war er in keiner der beiden Angelegenheiten auf dem aktuellen Stand. Er war John dankbar. Gleichzeitig brannte die Demütigung wie Feuer.

Sobald er den Hörer mit einem leisen Klirren auf die Gabel gelegt hatte, war sofort wieder die Stille da, sie erfüllte den Raum wie ein Dröhnen. Er rollte zum Fenster und riss es auf. In den Trauerweiden am Kanal gurrte eine Taube. Das gedämpfte Horn eines Alsterschiffs zog durch die Luft. Es roch nach Sommer.

Julius schluckte krampfartig.

Er drehte sich wieder um, nahm die Klingel vom Tisch und wedelte sie zornig durch die Luft.

Als Heinrich erneut die Treppe heraufkam, keuchte er hörbar. «Herr Julius?», fragte er und blieb vor ihm stehen, sichtlich bemüht, seinen Atem zu beruhigen. «Der Kaffee ist noch nicht …»

«Ich habe in der Bank niemanden erreicht. Bringen Sie mir doch die Zeitungen!»

Heinrich schaute einen Moment stumm auf ihn hinunter. «Sehr wohl», sagte er leise. Dann drehte er sich um und ging die Treppe wieder hinab.

Morgens und abends gibt es eine Schnitte Feinbrot mit einem Glas Milch. Wir verdünnen die Milch allerdings mit Wasser, sonst wäre der Verbrauch zu hoch.»

Eine Schwester in Haube und Kittelschürze führte Sala durch die langen Gänge. Es roch nach Poliermittel und vollen Windeln. Das wunderte sie, denn Säuglinge wurden hier eigentlich nicht aufgenommen, das hatte man ihr gleich zu Anfang erklärt. Kinder unter vier Jahren wurden in Familien auf dem Land gebracht und erst ab dem fünften Lebensjahr wieder ins Heim geholt.

«Für das Mittagessen haben wir einen strengen Wochenplan. Montags, mittwochs und freitags gibt es Rumfordsche Suppe, dienstags und samstags Graupen oder Buchweizengrütze, manchmal auch Warmbier. Brot bekommen sie auch dazu, aber nur eine Schnitte pro Kind. Da müssen wir genau sein, sonst wollen alle noch mehr. Sonntags und donnerstags gibt es Fleisch und Gemüse, meist graue Erbsen oder Gelbwurzeln.» Sie lachte. «Also alles, was Kinder gerne essen.»

Sala lachte nicht. Sie fand, dass die Kinder in dem Heim aufgedunsen und blass aussahen. Durch die Uniformen und die kahl geschorenen Köpfe war es beinahe unmöglich, die Jungen voneinander zu unterscheiden, und auch die Mädchen wirkten durch die gleichen Zöpfe wie eine einförmige Masse. Wo auch immer sie auftauchte, folgten ihr die Blicke der Kinder zwar mit Neugier, aber auch mit einer gewissen Resignation.

«Sie haben ihre Uniform und dazu das leinene Schnupftuch, das Halstuch und die Lederschuhe. Ach ja, und die Jungen haben noch die Ledermützen, natürlich nur für draußen. Wir müssen stets darauf achten, dass sie die Sachen sauber halten und nichts verlieren, es ist ein Kampf, sage ich Ihnen, besonders bei den Jungen. In erster Linie passen wir darauf

auf, dass jeder immer genau da ist, wo er zu sein hat. Es ist alles geregelt, von der ersten bis zur letzten Minute. Die Kinder stammen fast alle aus unschönen Verhältnissen, wie Sie sich vorstellen können. Viele versuchen auszureißen. Oder sie kehren vom Verwandtenbesuch nicht zurück. Um Punkt achtzehn Uhr haben alle wieder hier zu sein, wir kontrollieren das strengstens. Der Abend nach den Familienbesuchen ist immer der schwierigste, viele sehen ihre Eltern wieder, und das verstört sie ungemein.»

«Die Kinder haben Eltern? Aber es ist doch ein Waisenhaus.» Erstaunt hielt Sala inne.

Die Schwester winkte ab. «Das sollte man annehmen. Tatsächlich sind gerade nur etwa neunzig Vollwaisen hier. Von fast siebenhundert leben entweder ein oder sogar beide Elternteile.» Als sie Salas überraschtes Gesicht sah, fuhr sie fort: «Sie glauben nicht, wie viele Menschen in dieser Stadt über keinerlei Mittel verfügen, um sich um ihre Kinder zu kümmern. Viele der Eltern gelten offiziell als verschollen», sie hob vielsagend die Brauen, «manche sitzen ein oder sind schlicht zu arm, um Essen oder eine Wohnung zu bezahlen. Was soll dann mit den Kindern passieren?»

Darüber hatte Sala noch nie nachgedacht. Sie konnte sich nicht vorstellen, wie es sein musste, in einem Waisenhaus aufzuwachsen. Noch dazu, wenn man eigentlich Eltern hatte.

«Um neunzehn Uhr beginnt die Nachtruhe. Persönlicher Besitz ist verboten, das gilt auch für Zuckerwerk. Durch die Uniform sind unsere Kinder überall in der Stadt gut zu erkennen, viele meinen es gut und versuchen, ihnen etwas zuzustecken. Aber das führt nur zu Streit und Unmut.»

«Das glaube ich gern», murmelte Sala.

«Vor vier Jahren gab es ein paar interne Reformen, seitdem

geht es etwas lockerer zu. Aber man muss Disziplin halten in einem so großen Haus, und wenn Sie mich fragen: Kinder brauchen eine harte Hand.»

Sala war sich plötzlich ganz und gar nicht mehr sicher, ob diese Arbeit hier eine gute Idee war. Aber ohne Referenz hatte sie nicht viel Auswahl, es gab entweder diese Stelle oder Fabrikarbeit. Für das Waisenhaus auf der Uhlenhorst wurde händeringend nach Hilfe gesucht – und Sala hatte Kinder schon immer gemocht.

Jaris bestand darauf, dass sie sich eine Arbeit suchte. «Nur wenn du eigenes Geld hast, kannst du frei entscheiden», hatte er gesagt, nicht einmal einen Tag nachdem sie zusammen in die neue Wohnung gezogen waren.

«Ich bin eine Bürde für dich.» Sie hatte sofort angefangen zu weinen. Die Tränen waren ihr peinlich, aber noch viel unangenehmer war ihr, dass sie so blauäugig mit ihm gegangen war und ihm nach nicht einmal einem Tag bereits zur Last fiel.

Er war glühend rot geworden, hatte sie kaum anschauen können. «Du verstehst das nicht», hatte er gebrummt und ausgesehen, als wäre er am liebsten aus dem Zimmer geflohen. Stattdessen hatte er ihre Hände genommen, gewartet, bis sie ihn ansah. «Nur wenn du eigenes Geld verdienst, kann ich sicher sein, dass du bei mir bleibst, weil du es willst. Und nicht, weil du es musst.»

Von außen machte das Waisenhaus auf der Uhlenhorst einen stattlichen Eindruck. Man erreichte es über eine kleine Allee, das hufeisenförmige Gebäude hatte einen Turm in der Mitte, der der Anlage einen beinahe sakralen Ausdruck verlieh. Als sie vorstellig geworden war, hatte sie allein die schiere Größe des Komplexes beeindruckt. Beim Betreten senkte sich jedoch eine bedrückende Atmosphäre auf sie nieder.

«Die Kinder leben und arbeiten in den Seitenflügeln. Das Personal schläft unter dem Dach, es gibt Säle und Einzelzimmer. Aber wie ich höre, wohnen Sie weiterhin in der Stadt?» Die Schwester, die dazu verdonnert worden war, ihr alles zu zeigen, drehte sich im Laufen zu ihr um.

«Ich bin frisch verheiratet.» Die Lüge glitt Sala flüssig über die Lippen.

«Nun, die Entscheidung steht Ihnen frei. Natürlich ist auch nach Feierabend viel zu tun, hier kann man nicht einfach zum Müßiggang übergehen, wenn die Uhr schlägt. Sie glauben nicht, wie oft man geweckt wird, weil wieder jemand versucht auszureißen oder das Bett genässt hat. Die Nachtschwestern kommen nicht hinterher.»

«Das glaube ich gern», sagte sie wieder und spürte, wie ihre Wangen heiß wurden.

Die Schwester musterte sie, dann ging sie weiter. «Kommen Sie, ich zeige Ihnen die Unterrichtsräume. Die Kinder bleiben hier bis zu ihrem vierzehnten Lebensjahr, dann kommen sie in Dienst. Die Mädchen versuchen wir, in Haushalte zu vermitteln, die Jungen ins Handwerk. Meistens gelingt es ganz gut.»

Sala nickte abwesend. Sie selbst war vierzehn gewesen, als sie bei den Reevens in Anstellung gegangen war.

Jungen und Mädchen waren im Heim streng voneinander getrennt. Salas Aufgabe bestand für den Anfang hauptsächlich darin, die Kinder aus ihrem Flügel zu bewachen wie ein Hund seine Schafherde; aufzupassen, dass sie abends in ihre Schlafsäle gingen; vollzählig und pünktlich zum Unterricht erschienen; nicht in den Gängen herumrannten; zu den Mahlzeiten ihre Teller leer aßen und dass die Großen den Kleinen nicht das Essen wegnahmen.

Schon nach wenigen Stunden war sie so erschöpft, dass sie sich fragte, wie sie den Rest des Tages durchstehen sollte. Als sie die Kinder aus ihrem Saal beim Abendessen durchzählte, war ein Platz leer. «Sie versteckt sich», erklärte ihr ein sommersprossiges Mädchen mit großen roten Ohren. «Sie will nach Hause.»

Sala alarmierte eine der Schwestern. Die nickte mit wissendem Blick, ohne ihre Augen von den Kindern zu nehmen. «Die Kleine haut ständig ab. Sie ist schon fünf, aber noch nicht lange hier. Es ist schwerer für ältere Kinder, wenn sie zu uns kommen. Viele kennen gar nichts anderes, aber die Neuen brauchen oft ihre Zeit, um sich einzufinden.»

Beunruhigt durchkämmte Sala die Schlafsäle, die Küche, die Waschräume. Ausgerechnet an ihrem ersten Tag musste es passieren, dass ein Kind entwischte! Alle Räume waren leer. Gerade wollte sie unverrichteter Dinge in den Speisesaal zurückkehren, da eilte der Hausmeister in der Halle auf sie zu.

«Eine der Kleinen ist ausgebüxt!» Er deutete auf eine Tür neben der Treppe. «Hat mich fast zu Tode erschreckt. Sie sitzt im Keller. Und sie will partout nicht wieder rauskommen.»

Sala nahm ein Öllicht und stieg die knarzende Treppe hinab. Es war dunkel in den Gewölben, kalt und feucht. Die Steinwände verströmten einen modrigen Geruch, und sie zog unwillkürlich ihr Tuch fester um sich.

«Hallo?», rief sie beklommen, aber es blieb still, nur ihre eigene Stimme verhallte zwischen dem Gemäuer. Sie wünschte sich, der Hausmeister hätte sie begleitet. Was musste ein Kind bewegen, sich alleine hier unten in der Finsternis zu verstecken?

Langsam ging sie weiter, das flackernde Licht warf zuckende Schatten auf die Wände. Plötzlich hörte sie ein Geräusch zu ihrer Linken, und sie fuhr herum, hielt das Licht höher.

Die Kleine hatte sich in der Kohlenschütte versteckt. Es sah aus, als hätte sie versucht, durch die Klappe nach draußen zu klettern, aber die Öffnung war viel zu weit oben. Nun saß sie an die Wand gelehnt und starrte Sala entgegen. Das ganze Kind war schwarz gepudert, die braunen Augen wirkten riesig und dunkel, als sie zu ihr aufsah.

«Ich will zu meiner Mama!»

Sie hatte wohl vor Kurzem Läuse gehabt, ihre Haare waren abgeschoren, sodass sie aussah wie einer der Jungen. «Ich weiß», sagte Sala mitfühlend und kniete sich vor den Kohlenhaufen. «Aber das geht leider nicht.» Sie streckte die Hand aus. «Nun komm, es gibt Essen. Wenn wir uns nicht beeilen, musst du hungrig ins Bett.»

Das kleine Gesicht verschloss sich noch mehr. «Nein!», rief das Mädchen, so laut, dass Sala erschrocken zurückzuckte.

Sala bat, sie drohte, versuchte, das Kind zu ziehen, aber die Kleine schrie und strampelte, wehrte sich so heftig, dass sie es irgendwann aufgab. Egal was Sala sagte oder anstellte, sie war nicht dazu zu bewegen aufzustehen.

Erschöpft setzte Sala sich auf einen umgestülpten Eimer. «Soll ich dir etwas Lustiges erzählen?» Sie stellte die Lampe neben sich und klopfte die schwarzen Streifen vom Kleid, die die Stiefel des Mädchens dort hinterlassen hatten.

Die Kleine sah sie weiter mit zusammengepresstem Mund an. Aber sie protestierte nicht.

«Weißt du, vor gar nicht allzu langer Zeit habe ich in einem wunderschönen Haus gewohnt.»

Sala stockte. Noch immer schnürte ihr die Erinnerung an die Villa am Feenteich die Kehle zu. Wie wenig sie alles zu schätzen gewusst hatte: das gute Essen, die warmen Stuben, das Miteinander des Personals. Sie hatte sich ständig beschwert, immer war die Arbeit zu viel gewesen. Jetzt hätte sie alles gegeben, wieder dort zu sein.

«Dort gab es wunderschöne Möbel und Vasen mit frischen Blumen, es gab jeden Tag Kuchen, und im Garten war ein Teich mit Fischen. Zu besonderen Anlässen wurde für die Herrschaften Schildkrötensuppe serviert.» Sie lachte, weil es so absurd klang. Wer dieses Leben nicht mit eigenen Augen gesehen hatte, dem musste es in der Tat wie ein Märchen vorkommen. «Die Damen trugen feinste Kleider und herrlichen Schmuck. Und einen Hund gab es auch.»

Das Mädchen gab keinen Laut von sich, aber ihre Augen verrieten sie. Sie klebte Sala geradezu an den Lippen.

«Das Wasser kam warm aus der Wand. Kannst du das glauben?»

Die Kleine schüttelte heftig den Kopf, als wollte sie sagen: So ein Schwachsinn.

«Genau so war es.» Sala nickte ernst. «Weißt du was? Jeden Morgen habe ich mit einer Papageiendame gefrühstückt!» Sie riss die Augen auf, um diese Ungeheuerlichkeit zu unterstreichen. «Sie hat dort in der Küche in einem Käfig gewohnt. Und sie konnte sprechen. Ihr Lieblingsessen waren Mandarinen.»

Nie wieder würde sie in dieser Küche sitzen. Sie hatte mit den Herrschaften gelebt, ihr Essen gekocht, ihre Sachen gewaschen, ihre Geheimnisse gehütet. Es war ihr Zuhause gewesen, für so viele Jahre. Nun war es einfach vorbei. Es fühlte sich an, als hätte man ihr einen Teil von ihr selbst weggenommen. Sie würde erst lernen müssen, wer sie in diesem neuen Leben war.

«Ich hab auch mal einen Papagei gesehen.» Die Stimme des Mädchens klang auf einmal ganz anders als zuvor, heiser und aufgeregt.

«So?» Sie lächelte in sich hinein. Ihr Plan schien zu funktionieren.

«Er war grün. Und er hat auf meinem Arm gesessen.»

«Ach ja? Das ist ja toll!» Sala nickte bewundernd, auch wenn die Kleine natürlich log wie gedruckt. «Und konnte er auch sprechen?»

Das Mädchen überlegte einen Moment. «Er hat Lumpenpack gesagt», rief sie, und ein kleines Lachen entwich ihrer Kehle.

Sala spürte, wie ihr Hals enger wurde. «Was?», fragte sie leise. «Wie hieß der Papagei? Erinnerst du dich?»

Das Mädchen legte den Kopf schief. «Natürlich.» Sie sah aus, als fände sie die Frage seltsam. «Er hieß Polly.»

23

Ein Hämmern durchbrach die bleierne Stille, die über der Reeven-Villa lag. Als Heinrich durch die Fenster der Halle spähte, um zu sehen, wer da so unverschämt laut gegen die Vordertür schlug, erkannte er Christinas Bruder sofort. Jaris Nord war schon ein paarmal zu Besuch gewesen, aber sonst hatte er stets den Dienstboteneingang gewählt.

«Ja, um Himmels willen!», murmelte Heinrich, gleichzeitig konsterniert und erstaunt. «Was ist denn nur los …»

«Ist sie da?» Der junge Herr schien vollkommen außer sich, kaum hatte Heinrich die Tür einen Spalt geöffnet, drängte er ins Haus. «Ist meine Schwester da?» Er wartete die Antwort nicht ab, sondern rannte in die Halle. «Alice!», brüllte er. «Alice, bist du hier?»

Alice sah von dem Kochtopf auf, in dem sie die Soße für den Hummer andickte, den niemand essen würde, weil in diesem Haus niemand mehr zu Tisch erschien.

«Jaris?», sagte sie laut, obwohl sie sicher war, dass sie sich das Rufen nur eingebildet hatte.

Dann rief er wieder, und sie ließ den Kochlöffel fallen.

Er stand mitten in der Halle. Und sie sah sofort, dass etwas passiert sein musste. Ihr Bruder weinte.

«Ich weiß, wo sie ist!» Er klang tränenerstickt. Aber dann lachte er.

Ihr Bruder trat auf sie zu und zog sie an sich. Alice spürte sein Herz hämmern.

«Alice, wir haben sie gefunden!», rief er mit rauer Stimme. «Wir haben Rosa gefunden.»

❈

Zu viert liefen sie auf das efeubewachsene Gebäude zu. Das Waisenhaus auf der Uhlenhorst war groß wie ein Schloss, der Turm in der Mitte ragte über ihnen in den Himmel. «Wir warten hier», sagte Jaris, als sie die Treppe zum Eingangsportal erreicht hatten. Er verlangsamte seine Schritte, und auch Sala und John blieben stehen.

John nickte Alice zu. «Er hat recht, du solltest erst alleine mit ihr sein.»

Alice ging allein die Treppe hinauf und schob die schwere Eingangstür auf. Es war, als würde die Anspannung sie zerreißen.

Der Pförtner war in der Empfangsloge über seinen Büchern eingenickt. Als sie gegen die Scheibe klopfte, schoss er in die Höhe.

«Ich möchte meine Tochter abholen.» Zu ihrer eigenen Überraschung klang ihre Stimme klar und fest, trotz des Gefühlschaos in ihrem Inneren. Sie hatte einfach nicht glauben können, dass es wahr sein sollte, der Weg hierher war eine Tortur gewesen, Jaris hatte darauf bestanden, John dazuzubitten, falls es Schwierigkeiten geben sollte und das Heim sich weigern würde, Rosa herauszugeben. Natürlich ergab das Sinn, aber durch den Umweg in die Stadt hatte sich das Ganze erheblich in die Länge gezogen, ihre Nervosität hatte sich von Minute zu Minute weiter gesteigert, und inzwischen hatte sie das Gefühl, es keine Sekunde länger aushalten zu können.

«Haben Sie einen Termin?»

«Nein», erwiderte sie erschrocken. «Aber es ist unumgänglich, dass ich sofort mit jemandem spreche. Meine Tochter wurde ohne mein Wissen hierhergebracht. Und ich muss sie heute wieder mitnehmen.»

Der Mann schien verwirrt, er rieb sich mit den Händen über das verquollene Gesicht. «Moment. Ich hole jemanden», sagte er und verschwand durch eine Pforte im Inneren der kleinen Kabine.

Händeringend lief sie im Gang auf und ab. Wenig später öffnete sich eine Tür zu ihrer Linken, und eine Frau in Haube und weißer Uniform trat auf sie zu. «Sie wünschen?», fragte sie, nicht unfreundlich, aber sichtlich verhalten.

«Ich möchte meine Tochter abholen», wiederholte Alice.

«Ihre Tochter?» Erstaunt sah die Frau sie an. «Abholen? Madame … Das hier ist ein Waisenhaus. Die Kinder *leben* bei uns. Man kann sie nicht einfach abholen. Wenn Sie sie sehen wollen, gibt es den Besuchstag.»

«Das weiß ich.» Es war Alice selbst ein Rätsel, wie sie es schaffte, gefasst zu bleiben. Gib sie mir!, wollte sie schreien. Hol sie sofort hierher! «Sie wurde zu Unrecht hier bei Ihnen untergebracht. Rosa Bloom ist der Name.»

«Zu Unrecht? Ich verstehe nicht.» Die Miene der Frau wurde von Sekunde zu Sekunde misstrauischer.

«Mein Mann hat sie hergebracht. Er wollte sich nicht mehr um sie kümmern.»

Irritiert schüttelte die Frau den Kopf. «Also so etwas …

Können Sie das beweisen? Wir haben des Öfteren Leute, die Kinder hier rausholen wollen, um sie dann für sich als billige Arbeitskräfte schuften zu lassen. Fragt ja sonst keiner nach den Kleinen.»

«Nein.» Alice presste die Hände gegeneinander, ihr Herz schlug so wild, dass es wehtat. «Beweisen kann ich es nicht. Aber wenn Sie sie holen, sehen Sie doch, dass sie mich kennt. Dass ich ihre Mutter bin.»

«Wie alt ist Rosa?»

«Fünf», erwiderte sie ruhig.

«Madame», schnappte die Frau. «Das hier ist kein Ferienheim, wo man sich einschreibt wie in einem Hotel und kommt und geht, wie es einem passt. Wir nehmen nur Kinder auf, denen keine andere Wahl bleibt. Davon gibt es in Hamburg wahrlich genug. Falls Ihre Tochter tatsächlich unter falschen Voraussetzungen hier untergebracht ist, obwohl sie eigentlich bei Ihnen leben könnte, kann das ernsthafte rechtliche Konsequenzen für Sie haben.»

«Ich habe Ihnen doch gerade erklärt, dass mein Mann …»

Plötzlich spürte Alice John neben sich. «Was dauert hier so lange?»

Sofort änderte sich die Haltung der Frau. Beinahe erschrocken sah sie zu ihm auf.

Er streckte die Hand aus. «Dr. John Reeven. Rechtsanwalt. Sie kennen mich vielleicht, meine Familie spendet regelmäßig an Ihre Einrichtung.» Irritiert huschte der Blick der Frau zwischen ihnen hin und her. «Meine Mandantin hat erfahren, dass ihre Tochter von ihrem Mann unter falschen Behauptungen hier untergebracht wurde, obwohl sie tatsächlich bei ihrer Mutter leben kann. Wir sind hier, um das Mädchen abzuholen. Ich möchte für Sie hoffen, dass wir Rosa wohlauf und in gutem Zustand auffinden. Sonst kann das ernsthafte rechtliche Konsequenzen für Sie haben.»

Über das Gesicht der Frau huschte die Unsicherheit wie ein Schatten. «Bitte warten Sie kurz», sagte sie nach einer Sekunde des Zögerns. «Ich frage nach, ob wir ein Mädchen mit diesem Namen hier haben, und werde ihre Akte einsehen. Wenn sie Sie erkennt, sehen wir weiter.»

«Sie wissen nicht einmal, ob sie hier ist?» Erschüttert hielt Alice die Frau am Arm fest.

«Wir haben hier Hunderte Kinder.» Verärgert fuhr die Schwester zu ihr herum. «Wie soll man da alle Namen behalten?»

«Es tut mir leid», murmelte John leise, als sie gegangen war. «Ich wollte mich nicht einmischen. Aber ich hatte so ein Gefühl …»

Alice nickte nur, zu angespannt, um etwas zu erwidern. Sie hätte es vorher wissen müssen, dass sie Rosa nicht einfach so würde abholen können wie von einem Besuch bei Verwandten.

Es wurde die längste Viertelstunde ihres Lebens. Alice lief auf und ab, John stand mit verschränkten Armen an die Wand gelehnt und beobachtete sie mit undurchdringlicher Miene.

«Es wird alles gut», sagte er irgendwann, als sie vor Ungeduld einen heiseren Laut ausstieß. «Du bekommst sie zurück.»

«Ich will sie jetzt», erwiderte Alice und setzte ihren Weg fort, ohne innezuhalten. «Ich halte es keine Minute länger aus!»

«Ich weiß», sagte er leise. Danach unternahm er keinen Versuch mehr, sie zu beruhigen.

Endlich kehrte die Schwester zurück. Doch sie war alleine. Alice, die beim Geräusch der Türklinke herumgefahren war, brauchte einen Moment, um zu verstehen, dass Rosa nicht bei ihr war.

Bedauernd schüttelte die Frau den Kopf. «Es tut mir leid. Sie weigert sich.»

Unwillkürlich griff Alice nach Johns Arm, krallte die Finger in den Stoff seines Mantels. «Was?», fragte sie heiser. «Wie meinen Sie das? Sie ist also hier?»

«Wir haben ein Kind mit dem passenden Namen im Haus.» Die Schwester nickte langsam. «Sie wurde von ihrem Vater abgegeben mit der Begründung, dass er nicht genug Geld verdient, um sie zu versorgen.» Sie stockte sichtlich. «Ihr Mann hat uns mitgeteilt, die Mutter des Kindes sei verstorben. Es ist in unseren Büchern so vermerkt.»

Alice schnappte nach Luft wie eine Ertrinkende. Sie spürte Schwindel in sich aufsteigen. Es war unfassbar. Henk war unfassbar. Gab es irgendetwas, wovor er nicht zurückschreckte? «Also ist sie wirklich hier? Sie haben sie?», presste sie hervor.

«Das ist korrekt. Wir haben ein Mädchen mit passendem Alter und Namen hier. Aber sie hat Angst. Als ich ihr gesagt habe, dass Sie sie abholen wollen, ist sie weggelaufen und hat sich versteckt.»

Es kostete Alice all ihre Beherrschung, nicht zu schreien.

«Vielleicht sollten Sie morgen noch einmal wiederkommen. Wir möchten Rosa nicht überfordern. Schließlich wurde ihr immer wieder gesagt, dass sie jetzt hier lebt. Das Ganze muss ein großer Schock für sie sein.»

«Nein!» Alice trat einen Schritt vor, und die Frau sah sie überrascht an. «Nein, das geht nicht. Ich kann nicht morgen wiederkommen. Bitte. Würden Sie es noch einmal versuchen und ihr das hier geben?» Sie zog Plüsch aus der Tasche. «Dann weiß sie, dass ich es wirklich bin.»

Die Frau zögerte. Ihr Blick wanderte zu John.

«Wir warten hier», sagte er ruhig.

Nach Minuten, die sich anfühlten wie Jahre, ging die Tür wieder auf, und die Schwester trat erneut in die Eingangshalle. Dieses Mal war sie nicht allein. Ein kleines Kind presste sich in ihre Röcke.

Als Alice den kahl geschorenen Kopf erblickte, gab sie einen leisen, gequälten Laut von sich.

«Mama!»

Alice sah den Ausdruck des schieren Unglaubens in der Miene ihrer Tochter, und sie verstand, dass Rosa wirklich gedacht haben musste, sie sei tot. Einen Moment war es vollkommen still, niemand bewegte sich, es schien, als hätte jemand die Zeit angehalten.

Dann löste Rosa sich von dem Rock ihrer Begleiterin und lief auf sie zu. Alice presste sie an sich, atmete ihren Duft ein, und die Welt war von einer Sekunde auf die nächste eine andere. Ich habe sie zurück, dachte sie.

Ich habe sie wirklich zurück.

Alice bekam nicht mit, was genau er zu der Schwester des Waisenhauses sagte. John regelte Rosas Entlassung innerhalb von Minuten. Als sie schließlich zu dritt durch das Tor ins Freie traten, rannte Jaris mit einem heiseren Aufschrei die Stufen empor. Alice schüttelte leicht den Kopf, als Zeichen, dass Rosa noch verschüchtert war, und er verstand sofort, blieb eine Armeslänge entfernt von ihr stehen.

«Und? Lass sehen, was macht die Lücke?»

Rosa musterte ihren Onkel misstrauisch, als wäre sie auch bei ihm nicht sicher, ob er es wirklich war. Dann entblößte ihr schüchternes Lächeln zwei nagelneue weiße Schneidezähne.

«Perfekt», murmelte Jaris, heiser vor Rührung.

Rosa streckte die Arme nach ihm aus, und er schloss den letzten Meter zwischen ihnen, presste seine Nichte an sich, und wieder liefen ihm die Tränen die Wangen hinunter. Er wischte sich über das Gesicht, blinzelte.

Dann sah er Alice an. «Jetzt können wir gehen.»

Sie nickte zögernd. Er hatte recht. Jetzt gab es nichts mehr, was sie hier hielt. Jaris hatte ihr von seinem Plan erzählt, mit den Schaustellern auf Tour zu gehen. Und sie hatte eingewilligt.

John trat auf sie zu. «Ich reserviere ein Zimmer im Hotel Atlantic für euch», sagte er mit Blick auf Rosa. «Ich bringe euch hin und lasse deine Sachen holen. Bis zum Ende der Gerichtsverhandlung könnt ihr dort wohnen. Du kannst ja unmöglich weiter bei uns im Haus arbeiten, jetzt, wo du Rosa zurückhast. Im Hotel könnt ihr euch erholen, und wenn alles vorbei ist, sehen wir weiter.»

«Ich gehe nicht zum Prozess.» Sie wich ein Stück zurück. «Ich habe sie wieder, und ich lasse nicht zu, dass man sie mir noch einmal wegnimmt.»

«Alice!» Sichtlich schockiert fasste er sie am Arm. «Du musst hingehen. Ich regele das mit dem Waisenhaus, sie werden Henk nicht benachrichtigen. Wenn er nicht nach ihr fragt, wird er nicht einmal merken, dass sie nun bei dir ist. Und wenn doch, erklären wir den Richtern, dass er sie hier abgegeben und deinen Tod vorgetäuscht hat, um sie kostenlos versorgen zu lassen. Das wird ihnen ganz und gar nicht gefallen. Alice. Ich bitte dich, die Verhandlung abzuwarten. Du musst Vertrauen haben in unser Rechtssystem.»

«Wie kann ich bitte Vertrauen haben in ein System, von

dem du mir selbst gesagt hast, dass es einzig und allein den Männern dient?»

Einen Moment schien er nicht zu wissen, was er darauf antworten sollte. «Du musst Vertrauen in *mich* haben. Und in Gregorios Arbeit. Nur wenn ihr geschieden seid, bist du wirklich frei. Wir sind so weit gekommen. Wenn du jetzt einfach gehst, war alles umsonst.»

«Aber jetzt habe ich Geld, jetzt ist es etwas anderes.»

Er schüttelte ungeduldig den Kopf. «Das Geld von Käthe wird nicht ewig reichen. Und da ihr noch nicht geschieden seid, geht es im Zweifel erst mal auf das Konto deines Mannes, vergiss das nicht.»

Sie blickte zu Jaris. Noch nie hatte sie ihn so glücklich gesehen. Er wirkte wie ein anderer Mensch. Ihr Bruder presste Rosa an sich, strich ihr immer wieder mit der Hand über den kahlen kleinen Kopf, murmelte beruhigend auf sie ein. Sala stand neben ihnen und streichelte Rosas Arm.

Rosa war im Begriff einzuschlafen, die Aufregung musste zu viel für sie gewesen sein. Sie hatte ihren Kopf an die Wange ihres Onkels gelegt, der Mund stand leicht offen, ihre Lider flatterten.

Jaris fing Alice' Blick auf. Sachte gab er Rosa an Sala weiter und kam auf sie zu. «Worüber sprecht ihr?»

Alice bemerkte, wie John sich bei seinem Näherkommen sofort innerlich versteifte. «Ich versuche, Alice davon zu überzeugen, dass sie das Ende des Prozesses abwartet und erst dann entscheidet, wie es weitergehen soll», sagte er knapp.

«Die Entscheidung ist bereits gefallen», antwortete Jaris an Alice' Stelle. «Wir verlassen Hamburg und fangen ein neues Leben an. Alice kommt mit mir, wenn ich mit den Schaustellern auf Reisen gehe.»

John schien wie vor den Kopf gestoßen. «Was?», fragte er leise, sah sie an.

Alice hob die Schultern. Sie konnte ihm nicht in die Augen sehen. «Ich kann doch nicht hierbleiben. In Hamburg findet er uns.»

«Und genau das ist der Grund, warum du den Prozess abwarten musst!», rief John. Sie sah, dass er nach ihren Händen greifen wollte, es aber mit einem Blick auf ihren Bruder in letzter Sekunde unterließ. «Wovon willst du leben?»

«Ich kann arbeiten. Ich bin gut, ich habe mein Talent», sagte Alice fest.

«Richtig!» Ihr Bruder stand neben ihr wie ein Leibwächter und nickte bei jedem Wort. «Sie hätte schon viel früher etwas daraus machen sollen.»

Ja, dachte Alice. Ich hätte es mir niemals ausreden lassen dürfen.

«Gut», sagte John ungeduldig. «Das ist ein Plan. Mit dem Startkapital aus dem Erbe kann es funktionieren, solange du es auch wirklich bekommst und Henk es nicht einfach einbehält, was ich natürlich anfechten würde. Du kannst es schaffen, auch wenn es riskant ist.» Er zögerte. «Aber wenn du gewinnst, musst du nicht gehen», fügte er hinzu, beinahe bittend. «Dann kannst du dir hier etwas aufbauen.»

Es war kaum zu ertragen, ihn anzusehen. «Und dann?», fragte sie, obwohl sie wusste, dass es auf diese Frage keine Antwort gab.

«Dann … finden wir einen Weg», sagte John mit rauer Stimme. Aber sie sah ihm an, dass er selbst nicht an seine Worte glaubte.

«Wir wissen beide, dass es den nicht gibt.»

«Es muss ihn geben», sagte er nur. «Ihr könnt nicht gehen!»

«Meine Schwester kommt mit mir, und daran wird nichts, was Sie sagen oder tun, etwas ändern! Ich werde sie nicht noch einmal verlieren, und ich werde nicht noch einmal zulassen, dass ihr etwas zustößt.» Jaris wandte sich Alice zu. «Dennoch bin ich seiner Meinung.» Er wirkte, als kostete es ihn Kraft, die nächsten Worte auszusprechen. «Ihr solltet den Prozess zu Ende bringen.»

Erstaunt blickte sie zu ihm auf.

«Er hat recht. Wenn du gewinnst, bist du frei. Es ist den Versuch wert. Sonst müsstest du immer über die Schulter schauen. Und danach gehen wir!», schloss er brüsk in Johns Richtung.

Einen Moment sahen die Männer sich wortlos in die Augen.

«Bitte», sagte John noch einmal, und es war ihm anzusehen, wie angespannt er war. «Bitte warte mit deiner Entscheidung, bis das Verfahren abgeschlossen ist.»

Alice zögerte. «Wenn ihr beide es für das Richtige haltet …»

John atmete sichtbar auf. «Das ist es. Es *ist* das Richtige. Du hättest sonst keine ruhige Stunde mehr. Ich bringe euch jetzt ins Hotel. Du wirst nicht einen Tag länger unser Dienstmädchen sein.»

Wieder wollte sie protestieren, aber er sprach weiter, bevor sie Gelegenheit dazu bekam.

«Ich kann das nicht mehr ertragen. Und Rosa braucht dich jetzt. Soll sie den ganzen Tag warten, bis du unsere Kamine gekehrt hast? Du musst dich um sie kümmern.»

«Du bleibst, weil ich dich darum bitte. Also ist es nur recht und billig, dass ich euch unterbringe.» Jetzt lächelte er. Seine Augen lagen auf ihr, selten hatte sie so viel Wärme in seinem Blick gesehen. «Das Hotel ist fußläufig zum Feenteich. Und ich akzeptiere kein Nein. Das weißt du doch.»

«Sie werden uns dort gar nicht einlassen», widersprach Alice schwach, obwohl sie schon wusste, dass es nicht stimmte. Mit John an ihrer Seite würde man ihr dort und überall sonst auf der Welt den roten Teppich ausrollen. Plötzlich war ihr alles egal. Die Aussicht, nur mit Rosa zusammen zu sein, war so schön, dass es ihr nicht einmal etwas ausmachte, wenn John dafür bezahlte. «In Ordnung», lenkte sie ein, und endlich zeigte sich Erleichterung in seiner angespannten Miene.

«Gut», sagte er. «Dann lasst uns gehen.»

So kam es, dass Alice und Rosa am nächsten Morgen vor dem Hotel Atlantic auf die Straße traten und nichts zu tun hatten, außer den Tag zu genießen.

Rosa war still und in sich gekehrt, die ganze Nacht hatte sie sich wie in Fieberträumen im Bett umhergeworfen, war immer wieder aufgewacht und hatte nach ihr gerufen. Alice wollte diesen Tag nutzen, um sie zu verwöhnen, sie die Zeit im Waisenhaus, so gut es ging, vergessen zu lassen. Sie aßen Kuchen und Eiscreme im besten Café der Stadt, sie schauten die Schwäne auf der Alster an und besuchten ein Puppentheater. Dann liefen sie Hand in Hand über den Jungfernstieg. Vor dem imposanten neuen Karstadt-Gebäude in der Mönckebergstraße blieben sie stehen.

«Du brauchst neue Kleidung.»

Rosa war aus den meisten ihrer alten Sachen herausgewachsen, und die Uniform des Waisenhauses hatte Alice im Kamin verbrannt.

Zaghaft nickte Rosa, klammerte sich an ihre Hand. Ein Kaufhaus wie dieses hatte sie noch nie betreten.

John hatte ihr ihren Lohn für den Rest des Monats ausbezahlt, und Alice wollte Rosa etwas schenken, etwas, das sie sich sonst nie hätte leisten können. Und als sie in die riesige Spielwarenabteilung kam, wusste sie sofort, was es sein würde.

Ehrfürchtig nahm sie eine der zarten Meißner Puppen aus dem Regal. In einem schmerzhaften Moment der Erinnerung sah sie das kleine Mädchen vor sich, das sie einmal gewesen war und das so fest geglaubt hatte, wenn sie nur eine solche Puppe bekäme, wäre sie wieder glücklich.

Als sie das Preisschild sah, musste sie schlucken. Es war ein kleines Vermögen. «Möchtest du die haben?» Erwartungsvoll beugte sie sich zu Rosa hinunter.

Zu ihrer Überraschung würdigte Rosa die Puppe keines Blickes. Energisch schüttelte sie den Kopf. «Ich will Karamellen!»

Nun, dachte Alice mit leisem Bedauern, legte die Puppe wieder hin, strich zum Abschied über das feine, kalte Porzellangesicht.

Sie wäre wohl auch mehr ein Geschenk für mich gewesen.

24

Julius? Bist du da?»

Die Frage klang wie ein schlechter Scherz angesichts der Tatsache, dass er seit Wochen von zu Hause aus arbeitete und Theodors ehemaliges Büro, in dem er nun die Bankgeschäfte erledigte, kaum mehr verließ.

«Natürlich bin ich da!» Er rollte John entgegen. Inzwischen ging ihm die Bedienung des Stuhls etwas leichter von der Hand, und er hatte herausgefunden, wie er die Arme drehen, das Gewicht verteilen musste. Trotzdem kostete ihn jede Fortbewegung eine gewaltige Kraftanstrengung. Abends zitterten ihm die Muskeln.

«Du hast es noch nicht gehört?» John trat ein, sichtlich blass, er blieb in der Tür stehen und sah ihn an, einen seltsamen Ausdruck im Gesicht. «Keiner hat es dir erzählt?»

«Wer soll mir was erzählt haben?» Ärgerlich schüttelte Julius den Kopf.

John zog eine eingerollte Zeitung aus der Manteltasche, hielt sie ihm hin und ließ sich dann in einen der Sessel fallen. «Der österreichisch-ungarische Thronfolger Franz Ferdinand und seine Frau sind ermordet worden.»

«Wie bitte?» Ungläubig betrachtete Julius die Titelseite.

«Eine Sonderausgabe. Lies! Es ist nicht zu glauben.» Mit fassungsloser Miene lehnte John sich im Sessel vor.

«In Sarajevo?» Julius studierte erschüttert die Schlagzeile.

Sein Bruder nickte. «Es scheint so. Jemand hat eine Bombe

gegen ihr Auto geschleudert. Sie hat aber nicht richtig getroffen, es wurden mehrere Menschen verletzt, Passanten und ein Oberstleutnant aus dem Konvoi Franz Ferdinands. So steht es hier. Der Konvoi wurde fortgesetzt, anscheinend wollten sie den Verwundeten im Krankenhaus besuchen und sind dabei falsch abgebogen. Der Attentäter konnte erneut zuschlagen. Hat einen Revolver gezogen und auf das offene Cabriolet geschossen. Sie sind beide sofort in den Konak transportiert worden, aber man konnte nichts mehr tun. Dort steht, dass sie in derselben Minute gestorben sind. Die Herzogin hat ein Schuss mitten ins Herz getroffen, Franz Ferdinand einer ins Bein und einer in den Kopf.»

«Das gibt es nicht!» Julius, der gleichzeitig mit Johns Bericht die Zeilen überflogen hatte, ließ die Zeitung sinken. «Ich kann es nicht glauben», sagte er erschüttert. In seinem Kopf ging sofort ein Strudel an Gedanken los. Die Konsequenzen dieses Ereignisses würden ungeheuerlich sein.

«Man hat den Attentäter gefasst. Ein serbischer Nationalist, ein junger Gymnasiast.» Auch John schien der Ernst der Lage bewusst zu sein. «Neunzehn Jahre alt, wenn die Angaben stimmen. Ist das nicht ungeheuerlich?»

Julius schwieg. Sarajevo war, ebenso wie Herzegowina und Bosnien, seit Kurzem Untertan der Doppelmonarchie der Habsburger und unterstand somit dem Wiener Kaiser. Aber die Serben stellten in Bosnien beinahe die Hälfte der Bevölkerung, und sie hatten nie einen Hehl daraus gemacht, dass sie wesentlich lieber zum unabhängigen Königreich Serbien gehört hätten. Er wusste, wie angespannt die Lage bereits vorher gewesen war, und trotzdem schockierten ihn diese Ereignisse.

«Du hattest recht», sagte John, und als Julius sein Gesicht sah, fuhr ihm ein Schauer über den Rücken. «Jetzt gibt es Krieg.»

Nach einem Moment des Schweigens schüttelte Julius den Kopf. «Das weißt du nicht! Es ist alles offen.» Beinahe kam es ihm komisch vor, wie er und sein Bruder plötzlich die Rollen getauscht hatten.

Aber John sah weniger optimistisch aus. «Ich sage dir, diese Sache wird alles verändern. Was ist, wenn Österreich-Ungarn mit einem Militärschlag reagiert? Darauf drängen sie doch ohnehin seit Jahren. Nun haben sie ihren Vorwand. Sie werden die Gelegenheit nicht auslassen, um der großserbischen Bewegung Herr zu werden.»

«Es kommt jetzt ganz darauf an, wie Serbien reagiert, würde ich meinen.»

Schritte in der Halle ließen sie beide gleichzeitig den Kopf drehen. «Habt ihr es schon gehört?» Blanche war außer Atem. Sie küsste ihre Brüder nacheinander flüchtig auf die Wange und warf sich dann in den letzten freien Sessel.

«Was ist?», fragte John alarmiert, als er sah, dass sie sich die Seite hielt, aber sie winkte mit einem Lachen ab.

«Die Lunge sticht, ich bin zu schnell gerannt. Ihr habt es schon mitbekommen!», rief sie, als sie die Sonderausgabe auf Julius' Knien liegen sah.

«John hat mich gerade ins Bild gesetzt.» Julius nickte.

«Und ich bin extra hergefahren, um es euch zu erzählen. Gott, was wird jetzt werden? Österreich-Ungarn wird sich niemals die Gelegenheit entgehen lassen, um militärisch zuzuschlagen. Wenn Russland sich einmischt … Ich möchte es mir gar nicht ausmalen.»

Julius und John tauschten einen Blick. Blanche zeigte nicht oft, wie gut sie sich hinsichtlich politischer Themen auf dem Laufenden hielt. «Tja, es wäre nicht unprovoziert», gab Julius zu bedenken.

«Eben!» Blanche nahm sich einen Ingwerkeks aus der Schale auf dem Schreibtisch und biss krachend hinein. «Also muss das Deutsche Reich Österreich-Ungarn nicht unbedingt zu Hilfe kommen», sagte sie kauend. «Der Zweibund-Vertrag ist da eindeutig.»

«Es heißt aber nicht, dass sie es in Berlin nicht trotzdem beschließen können», warf John ein. «Und *werden*, wenn ihr mich fragt.»

«Wenn das Deutsche Reich sich gegen Russland einmischt, muss Frankreich einschreiten. Dazu ist es vertraglich verpflichtet.»

«Es ist nur eine Eventualität!» Julius setzte sich aufrechter hin. Er war nicht sicher, was plötzlich mit ihm passierte, aber er fühlte sich geradezu euphorisch. Der Tod des Thronfolgers war tragisch, keine Frage. Aber nicht für ihn persönlich. Für ihn persönlich wandten die Dinge sich zum Guten. Endlich passierte etwas. Endlich konnte er mitreden, war wieder ein Teil vom Leben. Da war plötzlich dieses Kribbeln in seinem Magen. Zum ersten Mal seit Wochen fühlte er sich lebendig.

«Eine sehr wahrscheinliche Eventualität.» Blanche nahm sich gedankenverloren einen zweiten Keks. «Ich habe nicht mal gefrühstückt, so schnell bin ich hergekommen. Sie können es Serbien nicht erlauben, auf Dauer die Monarchie zu bedrohen. Auf die eine oder andere Weise müssen sie sie ausschalten.»

«Sicherlich will niemand einen Krieg vom Zaun brechen.»

«Sie werden annektieren. Verkleinern, isolieren.» Blanche zuckte die Achseln. «Ihnen wird schon etwas einfallen.»

«Nie im Leben werden sie annektieren, das wäre ungeheuerlich.» John schüttelte den Kopf.

«Nun, sie werden es natürlich nicht öffentlich verkünden.» Blanche lachte hohl. «Aber warte ab. Sie finden schon einen

Weg.» Plötzlich änderte sich ihre Miene. «Wie auch immer, wir werden es früh genug mitbekommen. Es ist gut, dass wir hier zusammensitzen, auch wenn es kein fröhlicher Anlass ist. So kann ich euch berichten, dass ich mit Niklas nach Italien reisen werde. Für ein paar Monate, vielleicht länger.»

Erstaunt sahen Julius und John ihre Schwester an.

«Wir müssen uns wieder auf uns besinnen. Hoffentlich machen uns die aktuellen Ereignisse keinen Strich durch die Rechnung», murmelte sie dann. «Nun, ich bin jedenfalls einfach nur froh, dass ihr beide nicht an die Front müsst, falls es jemals so weit kommen sollte.»

Einen Moment war es still im Zimmer. «Wie meinst du das?», fragte Julius. Da sah er, wie John ihr einen warnenden Blick zuwarf.

Blanche zuckte erschrocken zusammen. «Also», stotterte sie. «Weil ihr beide unabkömmlich für die Firma seid, oder nicht?»

Aber es war zu spät. Er spürte, wie die Erkenntnis, was sie eigentlich gemeint hatte, in seinem gesamten Körper ankam. Er hatte es mal wieder vergessen. Hatte im Eifer des Gesprächs vergessen, was er war. «Du meinst, *John* ist unabkömmlich.» Sein Gesicht verzog sich zu einer schmerzhaften Grimasse. Seine Wangen zuckten. «Ich bin nur ein Krüppel, den niemand gebrauchen kann.»

«Das habe ich weder gesagt noch gemeint», rief sie, zu schnell, zu laut, zu empört.

Plötzlich war es wieder weg, dieses euphorisierende Gefühl, am Leben teilzuhaben. Die letzten Wochen waren so hart gewesen, ein beständiger Kampf gegen sich selbst, gegen die Schmerzen, die Trauer, die neue Lebenssituation. Er tat so, als würde er von hier aus arbeiten können, aber er bekam kaum etwas mit, war mehr eine Bürde als eine echte Hilfe, wusste es genau und konnte trotzdem nicht davon lassen, es wenigstens zu versuchen. Plötzlich fühlte er sich nur noch erschöpft. «Ich bin müde», sagte er barsch.

Wieder warfen Blanche und John sich Blicke zu. «Soll ich dir helfen …», begann John vorsichtig, aber er fuhr ihm ins Wort.

«Geht einfach.» Gott, warum musste er ständig gegen die Tränen kämpfen? Das Letzte, was er wollte, war, vor seinem Bruder zu weinen. Er rollte in Richtung des Ascenseurs. «Schickt Heinrich hinauf!»

25

Am Tag der Verhandlung war Alice bereits im Morgengrauen wach. Sie frühstückte mit Rosa im Restaurant des Hotels, sah dabei zu, wie ihre kleine Tochter an diesem Tisch mit weißem Tuch und Kerzenschmuck saß und vollkommen unbeeindruckt von dem Reichtum um sie herum, von den livrierten Dienern und beladenen Etageren, Krapfen mit Marmelade in sich hineinschob, als hätte sie ihr Lebtag in teuren Restaurants gespeist.

Alice atmete flach, ihr Bauch fühlte sich an wie ein Brett. Niemand weiß, dass du sie hast, niemand wird euch hier suchen, niemand kann sie dir wegnehmen, dachte sie ununterbrochen. Sie hatte Rosa eine Haube gekauft, damit man sich im Hotel nicht über den kahl geschorenen Kopf mokieren würde, das sichere Zeichen für einen Läusebefall. Insgesamt war die Zeit im Waisenhaus augenscheinlich weniger einschneidend für Rosa gewesen, als Alice befürchtet hatte. Sie hatte Angst davor gehabt, ihre Tochter kaum wiederzuerkennen, dass sich das Geschehene unwiderruflich in sie eingebrannt und sie für immer verändert hatte. Aber Rosa war Rosa. Dennoch war sie stiller als früher, sie schlief unruhig, sie lief Alice auf Schritt und Tritt hinterher. Und sie trug Plüsch nicht mehr mit sich herum. Abends legte sie ihn noch immer in das kleine Bett, das Jaris für ihn gezimmert und das Alice aufbewahrt hatte. Nun stand es neben ihrem Nachtschrank, aber sie flüsterte ihm nicht mehr zu, was am Tag alles passiert war, und sie trug ihn auch nicht mehr in der Ellenbeuge mit sich herum. Es war, als würde sie es dem Bären übel nehmen, dass er in ihrer schwersten Zeit nicht für sie da gewesen war.

«Mama, wo musst du heute hin?» An Rosas Kinn klebte Marmelade, und Alice hob die Serviette und wischte die roten Spuren ab. Unwillig drehte Rosa den Kopf zur Seite.

«Ich habe einen wichtigen Termin, das habe ich dir doch erklärt», sagte sie sanft.

«Was machst du da?»

«Ich … rede mit Menschen darüber, wie unser Leben weitergehen wird.» Es musste verwirrend für Rosa klingen. Alice hasste Sätze wie «Das können Kinder nicht verstehen» oder «Dafür bist du noch zu klein». Aber Rosa *war* zu klein dafür. Wie sollte sie einem Kind erklären, dass andere Menschen über ihr Schicksal entscheiden würden?

Mit einem Klirren stellte Rosa die Tasse mit heißer Schokolade auf ihren Teller. «Ich will mitgehen!» Nun hatte sie einen braunen Oberlippenbart, und Alice musste sich davon abhalten, ihr wieder über das Gesicht zu wischen.

«Das geht leider nicht», sagte sie entschuldigend.

«Ich will aber!», beharrte Rosa, lauter diesmal, und Alice bemerkte aus den Augenwinkeln, wie das Ehepaar am Nachbartisch sich zu ihnen umdrehte.

«Ich weiß, dass du das willst. Ich verspreche dir, es dauert nur ein paar Stunden. Danach machen wir etwas Schönes, nur wir zwei. Du darfst dir etwas wünschen.»

«Ich will mitgehen!»

Die Dame am Nebentisch prustete empört. «Also, so etwas Unerzogenes», sagte sie zu ihrem Mann, so laut, dass man es sicher noch ein paar Tische weiter hören konnte.

Alice ignorierte die beiden mit zusammengebissenen Zähnen. «Es geht nicht», sagte sie bestimmt. «Ich kann es nicht ändern.» Sie wusste genau, dass Rosa Angst hatte, sie würde nicht zurückkommen. Und es brach ihr das Herz.

Rosas Gesicht wurde dunkelrot, Tränen der Wut füllten ihre Augen. Alice war sich ganz und gar nicht sicher, wie das Ganze enden würde. Innerlich wappnete sie sich bereits dafür, dass man sie mitsamt ihrer zornigen Tochter aus dem Speisesaal werfen würde.

«Seid ihr bereit?»

Sie hatte John nicht kommen sehen. Plötzlich stand er neben dem Tisch und lächelte auf Rosa hinunter. «Man hört dich bereits in der Lobby, du bist nicht zu verfehlen. Sehr praktisch.» Er grinste. «Ich habe eine Überraschung für dich.» John ging neben Rosas Stuhl in die Knie.

Rosa war so überrumpelt, ihn zu sehen, dass sie ihren Wutanfall vergaß.

«Sie ist im Automobil, kommst du mit mir?» John streckte auffordernd die Hand aus, und nach einer Sekunde des Zögerns, in der Rosa mit rotem Gesicht zwischen ihrer Mutter und John hin und her blickte, nahm sie sie und glitt vom Stuhl.

John zwinkerte Alice über die Schulter hinweg zu. Sie war so erleichtert, dass sie hätte weinen können. Das Paar am Nebentisch hatte vergessen zu essen, sah ihnen zu wie einer Vorstellung im Theater.

«Mein Anwalt», erklärte sie der Frau, die erschrocken den Mund aufklappte. «Ich lasse mich heute scheiden.» Sie lächelte, nahm ihre Handschuhe. «Einen schönen Tag noch.»

Pollys Käfig stand auf dem Rücksitz des Wagens. «Sie hat dich vermisst», behauptete John, und Rosas Gesicht leuchtete beim

Anblick des Vogels auf. «Und sie wollte dir heute Gesellschaft leisten, während du auf uns wartest.»

Rosa kletterte auf den Rücksitz neben den Käfig und streckte einen Finger zwischen die Stäbe. Sofort kam Polly über die Stange zu ihr getrippelt und drückte ihren kleinen grünen Kopf dagegen.

«Pollyyy», rief der Papagei und klapperte mit dem Schnabel. «Polly Auto!»

«Das haben wir auf der Fahrt eingeübt», erklärte John, hörbar zufrieden. «Eigentlich sollte sie Mercedes sagen, aber das war ihr zu lang.»

Alice sah ihn an und hatte das Gefühl, etwas in ihr würde sich auflösen. «Danke», sagte sie leise.

Er nickte nur. Dann drückte er kurz ihre Hand, ohne den Blick von Rosa zu nehmen.

Eine Stunde später öffnete sich vor ihnen eine große Flügeltür. «Da seid ihr ja endlich!» Blanche breitete die Arme aus. «Ich warte schon ganz verzweifelt.»

Rosa lief zu Johns Schwester, als würden die beiden sich schon ihr Leben lang kennen.

John trug den Käfig mit Polly, Alice die kleine Tasche mit Rosas Sachen. «Wir sind sogar etwas früh», bemerkte er an Blanche gerichtet und stellte den Käfig auf den Boden neben dem Hutständer.

«Jaja, dafür dürft ihr auch direkt wieder gehen.» Blanche wedelte lachend mit der Hand. «Wir haben sehr viel vor und können euch hier nicht gebrauchen.»

Niklas kam die Treppe herab. Seine Begrüßung wirkte seltsam verhalten. John wunderte sich über seinen Schwager, er war blass und schien in sich gekehrt.

Blanche hingegen strahlte über das ganze Gesicht. «Ich habe meine alte Dampfmaschine aus dem Keller geholt, willst du sie sehen? Das dachte ich mir», sagte sie zufrieden, als Rosa begeistert nickte. «Ich war damals so wütend, dass John und Julius welche geschenkt bekamen und ich nur ein Puppenhaus. Zur Strafe habe ich den ganzen Weihnachtstag nicht mit meinen Eltern geredet. Und dann habe ich auch eine gekriegt.»

Rosa hatte ihren Zorn auf Alice scheinbar vollkommen vergessen, folgte Blanche in den Salon, ohne sich zu verabschieden – aber im Türrahmen drehte sie sich noch einmal um. Als sie Alice' Blick auffing, hielt sie inne. Dann rannte sie plötzlich zu Alice zurück und klammerte sich an sie. «Mama», murmelte sie in ihre Röcke, und Alice' Hals verengte sich. Sie musste mehrfach schlucken, bevor sie sprechen konnte.

«Wir kommen in ein paar Stunden zurück, Rosa.» Sie ging in die Knie, strich ihrer Tochter über den kahlen Kopf. «Ich verspreche es dir.»

Als sie nebeneinander im Mercedes saßen, füllte drückendes Schweigen den Wagen. Die Aufregung um Rosa hatte Alice für eine Weile beinahe vergessen lassen, dass in ein paar Stunden das Urteil verkündet werden würde.

«Ich bin sehr zuversichtlich, was den heutigen Tag angeht.» John lenkte das Automobil mit lockerer Hand über den Jungfernstieg.

Alice drehte verwundert den Kopf und sah ihn an. Seine Stimme passte nicht zu den Worten. Er wirkte nervös, hielt den Blick starr auf die Straße gerichtet, seine Lenkhandschuhe knirschten leise, als er um eine Kurve steuerte.

«Was ist mit dir?»

Er hob erstaunt die Brauen. «Was soll mit mir sein?»

«Irgendetwas stimmt nicht.»

John warf ihr einen kurzen, taxierenden Seitenblick zu. «Ich weiß nicht, was du meinst. Du bist nervös, versuch, dich zu beruhigen.»

Sie schüttelte den Kopf. «Verheimlichst du mir etwas? Gibt es Entwicklungen, von denen ich nichts weiß?»

«Wie kommst du darauf?», fragte er, und Irritation zuckte über sein Gesicht. Aber er sah sie nicht an. Und sie konnte das Gefühl nicht abschütteln, dass er angespannter war, als er zugab. Dass irgendetwas nicht so war, wie es sein sollte.

«Wir sind so gut vorbereitet, wie wir sein können. Ich habe mit Gregorio alles wieder und wieder durchgesprochen», sagte er, als sie nicht weitersprach.

«Warum bist du überhaupt noch involviert?» Die Anspannung verlieh ihrer Stimme einen vorwurfsvollen Ton.

«Weil ich nicht anders kann», erwiderte er knapp.

Wieder drückte das Schweigen auf sie nieder.

«Bist du sicher, dass das Ganze gut ausgehen wird?», fragte sie nach einer Weile. Ihre Zuversicht schwand mit jedem Meter, den sie sich dem Gerichtsgebäude näherten.

Zu ihrem Entsetzen flackerte sein Blick. «Nein», gab er zu, während er den Motor ausstellte. Sie waren am Sievekingplatz angekommen. «Aber wir müssen es trotzdem versuchen. Das weißt du doch.»

Einerseits war sie dankbar für seine Ehrlichkeit, andererseits schnürte die Angst ihr den Hals zu. Minutenlang saßen sie schweigend da, während sie zum tausendsten Mal innerlich debattierte, ob sie nicht doch einfach wegrennen und sofort mit Rosa aus der Stadt fliehen sollte.

«Gut», sagte sie schließlich, und es klang wie ein Seufzer. «Dann versuchen wir es.»

Er nickte knapp, öffnete die Wagentür. «Bleib einfach bei der Wahrheit. Dann kann dir nichts passieren.»

Alice wurde kalt. Als sie ausstieg, erfasste ein Windstoß ihren Hut und riss ihn ihr beinahe vom Kopf.

Gregorio wartete auf der großen Freitreppe vor dem Gerichtsgebäude, seine weißen Locken wehten ihm um den Kopf. Besorgt schaute Alice in den Himmel. Vorhin hatte noch die Sonne geschienen, nun schoben sich dicke Wolken über den Dächern zusammen.

«Ich habe Ihre Zeugen mehrfach getroffen, sie vorbereitet, ihnen genauestens eingeschärft, was sie sagen sollen und was nicht.» Gregorio hielt sich nicht mit Floskeln auf, schüttelte Alice geschäftig die Hand, klopfte John auf die Schulter, drehte sich um und ging ihnen voran in das Gebäude am Sievekingplatz. «Ich bin sehr zuversichtlich, was die Verhandlung angeht.» Aufmunternd drückte er ihren Arm. «Das wird!», sagte er. «Wir kriegen das hin.»

Das Richterkollegium schritt in den Saal, der Vorsitzende Richter Beckmann zuerst, dann die anderen Landrichter, dem Dienstalter nach, wie es Sitte war.

«Bloom, geborene Nord, gegen Bloom. Es soll Beweis der Schuldlast erhoben werden. Da sich dieser Prozess bereits zu lange hinzieht, möchte ich heute zu einem Urteil gelangen. Ich eröffne die Sitzung und rufe den ersten Zeugen der Klägerin.» Beckmann verlor keine Zeit.

Bevor sie wusste, wie ihr geschah, war die Verhandlung in vollem Gange. Henk saß auf der anderen Seite des Saals in der Bank und vermied jeden Blick in ihre Richtung. Seit ihr bekannt war, wohin er Rosa verschleppt hatte, schwelte der Hass in ihr umso stärker. Aber Gregorio hatte ihr davon abgeraten, dieses Ereignis vor Gericht anzubringen.

«Unter Umständen kann es gegen Sie verwendet werden. Die Richter könnten es so auslegen, dass Ihr Ehemann als alleinerziehender Vater nicht zurechtkommt, und die Trennung verweigern. Genau darum geht es im Eherecht schließlich: Nur die Einheit der Familie garantiert Frauen und Kindern Sicherheit.»

Jaris war ihr erster Zeuge. Er wurde vom Gerichtsdiener hereingeführt. Ihr Bruder trug einen blauen Anzug, den sie an ihm noch nicht kannte, die Hände waren so sauber, wie sie sie noch nie gesehen hatte, und die braunen Haare mit Pomade zurückgekämmt. Er sah gut aus, kraftvoll, jung, intelligent. Wegen dieses Teils des Prozesses musste Alice sich keine Sorgen machen, trotzdem fiel die Anspannung keine Sekunde von ihr ab. Ihre Hände waren gleichzeitig eiskalt und schweißnass. Jaris wurde eingeschworen. Er lächelte erst ihr zu, dann den Richtern. Anschließend hielt er eine glühende Rede darüber, was sie für eine wundervolle Frau und Mutter sei. Er war ein guter Erzähler, sie sah, wie die Richter ihr anerkennende Blicke zuwarfen. Gregorio schien sehr zufrieden, lehnte sich zurück, nickte ihr kaum merklich zu. Als Jaris über Henk sprach, schlug auch das ein. Er beschrieb ihre Verletzungen drastisch, aber wahrheitsgetreu, und die Mienen der Richter wurden wieder ernst. Richter Beckmann murmelte etwas in sich hinein, schüttelte den Kopf, machte sich eine kurze Notiz. Henk wurde sichtbar nervös.

«In den Jahren ihrer Ehe hatte ich keine ruhige Minute. Meine Schwester ist nicht sicher in der Gegenwart dieses Mannes. Keine Frau wäre es und auch kein Kind. Ich bitte Sie inständig, diese Ehe zu trennen und Rosa seiner Fürsorge zu entziehen. Die beiden haben genug gelitten», schloss Jaris seinen Bericht.

Beckmann sah Jaris an, dann nickte er. «Danke für Ihr Plädoyer, Herr Nord. Keine weiteren Fragen.»

Als Nächstes wurden Marietta und Bertie aufgerufen. Auch sie waren gute Zeugen, zwar wirkten sie eingeschüchtert, sahen sich mit großen Augen im Saal um, und Marietta beantwortete die ihr gestellten Fragen so leise, dass Alice sie kaum verstand. Aber niemand hätte ihnen zugetraut, dass sie lügen würden.

«Sie hat uns in unserer größten Not beigestanden wie niemand sonst.» Bertie sah Alice an, während er sprach, obwohl er sich dafür zu ihr umdrehen musste. «Sie ist ein guter Mensch. Ein sehr guter Mensch. Hat meiner Frau sogar oft noch abends bei der Arbeit geholfen, obwohl sie selber den ganzen Tag in der Fabrik war.»

Es hätte nicht besser laufen können. Bertie und Marietta bezeugten Henks Gewalt glaubhaft, erzählten, wie sie ihn durch den Fußboden ihrer Wohnung hatten brüllen hören, berichteten von Rosas Angst, wenn ihr Vater laut wurde. Henks Anwalt verzichtete darauf, sie zu befragen, wie er es auch bei Jaris getan hatte, und Gregorio schüttelte ebenfalls den Kopf.

Es war alles gesagt.

Als die beiden entlassen wurden, wirkten sie sichtlich erleichtert, fassten sich an den Händen und verließen gemeinsam den Saal.

«Haben wir etwas vergessen?», flüsterte Bertie Marietta zu, hörbar für alle.

«Nein, du hast das wunderbar gemacht», erwiderte sie, kurz bevor die Tür sich hinter ihnen schloss.

Alice sah, wie ein Lächeln über Beckmanns strenges Gesicht huschte. Nichtsdestotrotz verlor er auch diesmal keine Zeit. «Gut, wir hören den nächsten Zeugen.»

Alice sah auf. Ein nächster Zeuge? Es gab keinen nächsten Zeugen. Erschrocken drehte sie sich um.

John sah sie an. Da war etwas in seinem Blick, das ihr einen Stromstoß den Rücken hinunterfahren ließ. «Ruhig bleiben», formte er mit den Lippen.

Die Tür des Saals öffnete sich. Als sie den Mann sah, entfuhr ihr ein heiserer Laut. Er erkannte sie sofort, nickte ihr freundlich zu, hob die Hand zum Gruß.

Alice konnte die Geste nicht erwidern. Langsam drehte sie sich wieder um. Ihr ganzer Körper begann zu zittern.

«Herr Dr. Ansbach?» Richter Beckmann lehnte sich vor.

«Richtig.» Der Herr nickte lächelnd. Auf die Generalfragen antwortete er schnell und ohne zu zögern. Dann wurde er als Zeuge eingeschworen.

«Kennen Sie die Klägerin?» Beckmann deutete auf Alice, der Zeuge richtete seine freundlichen Augen auf ihr Gesicht.

«Ich kenne sie nicht auf privater Ebene, aber ich habe sie letztes Jahr behandelt und erinnere mich gut. Ich bin Stationsarzt im Krankenhaus St. Georg. Außerdem bin ich Bakteriologe, was dazu geführt hat, dass mir Frau Bloom als Patientin anvertraut wurde.»

Beckmann nickte ihm aufmunternd zu. «Fahren Sie fort.»

«Es handelte sich um einen besonders schweren Fall der Anthrax-Krankheit, landläufig bekannt als Milzbrand. Es war wohl eine Mischung aus kutanem und inhalativem Befall. Besonders Letzterer ist sehr gefährlich und in den meisten Fällen tödlich.»

«Warum erinnern Sie sich besonders an Frau Bloom?»

Der Arzt räusperte sich. «Das hat verschiedene Gründe.

Zum einen ist Milzbrand eher selten, zumindest in den Krankensälen. In der Pathologie sehen wir die Krankheit durchaus häufiger. Die meisten Menschen erkennen sie zu spät. Zum anderen glaubten meine Kollegen und ich mehrere Tage, dass wir Frau Bloom verlieren würden. Es stand sehr schlecht um sie, und es kostete uns alle Bemühungen, die wir aufbringen konnten. Aber sie hat hart gekämpft.» Er lächelte Alice wieder zu. «Sie hatte etwas, das sie am Leben gehalten hat.»

Alice hielt seinen Blick. Aber lächeln konnte sie nicht.

«Außerdem hat Frau Bloom, als sie nach zehn Tagen aus ihrem komatösen Zustand erwachte, augenblicklich nach Briefpapier verlangt, um ihrer Familie zu schreiben. Obwohl es ihr schlecht ging, ließ sie sich nicht abhalten. Auf Nachfrage verstand ich, dass die Sorge um ihre Tochter unermesslich war.» Erneut räusperte er sich. «Das Kind befand sich damals wohl in der Obhut des Vaters. Als es ihr wieder besser ging, hat Frau Bloom ein Bild von dem Mädchen gemalt.» Wieder sah er sie an. «Sie hat großes künstlerisches Talent.»

Beckmann nickte abwesend. «Gibt es noch weitere Details, die Sie erinnern?»

Der Arzt nahm die Brille ab, rieb sie kurz über das Revers, setzte sie wieder auf. Alice brach kalter Schweiß im Nacken aus.

«Die gibt es in der Tat.» Nun schien Dr. Ansbach unsicher, wie er die nächsten Worte wählen sollte. «Unsere Schwestern haben bei der Krankenpflege beunruhigende Male an Frau Blooms Körper entdeckt, auf die sie mich hinwiesen. Als die Patientin erwacht war, habe ich sie darauf angesprochen.» Er hielt inne. «Es waren eindeutig Zeichen körperlicher Misshandlung.»

Die beiden Landrichter neben Beckmann wechselten einen

Blick. «Wie muss man sich diese Male vorstellen?», fragte einer von ihnen, und Beckmann nickte als Zeichen, dass er die Frage unterstützte.

«Nun, sie hatte mehrere Hämatome in der Rippengegend, an den Armen und auch an den Oberschenkeln. Außerdem war ihre Nase erst vor kurzer Zeit gerichtet worden, und sie hatte eine frisch verheilte Brandwunde an der Hand.» Der Arzt schluckte hörbar – und dann sprach er aus, was Alice befürchtet hatte. «Frau Bloom hatte auch Narben am Rücken. Deutliche, schlecht verheilte Narben, die von grober Misshandlung zeugten. Sie waren älteren Datums, wann genau und wie sie entstanden sind, kann ich nicht sagen.»

Sie war erstaunt, dass sie einfach weiteratmete. Der Moment war gekommen, in dem die Vergangenheit sie einholte, sich in die Gegenwart schob wie ein dunkler Schatten.

Sie hatte immer gewusst, dass es eines Tages passieren würde.

Der Vorsitzende Richter runzelte die Stirn. «Was hat die Klägerin auf Ihre Nachfrage hin ausgesagt?»

«Zu den Malen am Rücken wollte sie keine Auskunft geben. Sie hat mir jedoch versichert, dass die Verletzungen, von denen sie stammten, lange zurückliegen. Zu den Hämatomen hat sie ebenfalls keine genauen Angaben gemacht, aber als ich ihr riet, sich an eine Beratungsstelle für Frauen oder einen Sozialverband zu wenden, reagierte sie verhalten.» Er zögerte. «Wir können nur Menschen helfen, die sich helfen lassen. Bei Frau Bloom war offensichtlich, dass sie über diese Dinge nicht sprechen wollte. Eines möchte ich jedoch betonen. Ihre Angst um ihre Tochter hat mich beeindruckt. Es war mehr als deutlich, dass sie das Mädchen in einer gefährlichen Situation wähnte. Ich kann nur mutmaßen, aber da mir bekannt ist, dass es sich hierbei um einen Scheidungsprozess handelt, möchte ich bezeugen, dass sie große Sorge hatte, als sie erfuhr, dass das Kind alleine bei seinem Vater war. Auch möchte ich betonen, dass ihre Verletzungen nicht von einem einmaligen Vorkommnis herrührten. Die Hämatome befanden sich in verschiedenen Stadien der Heilung. Sie müssen ihr über lange Zeit erhebliche Schmerzen bereitet haben.»

«Vielen Dank.» Beckmann nickte ihm zu. «Keine weiteren Fragen.»

Gregorio und Harbke schüttelte beide die Köpfe, auch sie hatten keine Fragen mehr. Der Arzt wurde hinausgeführt. Zum Abschied schenkte er ihr einen Blick, als hoffte er, ihr geholfen zu haben.

«Frau Bloom.» Beckmanns Stimme ließ sie herumfahren. «Ich nehme an, dass die Hämatome, von denen Dr. Ansbach berichtet hat, von den Misshandlungen herrührten, die Ihr Mann Ihnen zugefügt hat.»

«Richtig, Euer Ehren», antwortete Alice mit trockenem Mund.

«Und die Narben am Rücken, die er erwähnte?»

Sie spürte, wie sich ihr Hals zuzog. «Diese stammen nicht von meinem Mann», sagte sie schließlich.

Erstaunt sah Beckmann sie an. «Woher dann?»

«Aus meiner Jugend.»

Er runzelte die Stirn. «Wer hat sie Ihnen zugefügt?»

Fieberhaft überlegte sie, was die richtige Antwort sein könnte. Sie konnte nicht die Wahrheit sagen! Aber sie durfte Henk auch nicht zu Unrecht beschuldigen.

«Frau Bloom, Sie beantragen das alleinige Sorgerecht für Ihre Tochter. Wenn das Gericht es Ihnen zusprechen soll, müssen wir uns sicher sein, dass Sie für den Schutz des Kindes garantieren können. Sollte es Personen in Ihrem Umfeld geben, die dem Kind körperlichen Schaden zufügen könnten, wie zum Beispiel die Großeltern …»

«Es ist sehr lange her. Ich erinnere mich nicht», sagte sie panisch.

«Sie erinnern sich nicht?»

Gregorio erhob sich. «Euer Ehren, es ist nicht ungewöhnlich, dass Menschen belastende Ereignisse verdrängen. Es kommt öfter vor, als man denken sollte. Der Psychologe Sigmund Freud nennt das Trauma. Sie haben sicher schon von ihm gehört.»

«Natürlich habe ich von ihm gehört», erwiderte Beckmann unwirsch. «Eine vollkommene Amnesie scheint mir in diesem Fall aber wenig glaubhaft. Wie dem auch sei. Sie bleiben bei der Aussage, dass Sie sich nicht erinnern?»

Alice nickte. «Ja», beeilte sie sich zu sagen, als der Richter sie strafend anblickte.

«Gibt es weitere Zeugen?», fragte Beckmann.

Der Gerichtsdiener trat vor. «Wir haben vor ein paar Minuten erfahren, dass sich noch ein weiterer Zeuge gemeldet hat.»

Erstaunt tauschte sie einen Blick mit Gregorio.

«Wie, aber …» Gregorio wandte sich zu ihm um. «Ich verstehe nicht. Wer ist der Zeuge?»

«Er war angefragt worden, hatte die Aussage aber verweigert. Nun hat er sich umentschieden.»

«Wie lautet der Name?», fragte Beckmann.

Der Gerichtsdiener schaute auf einen Zettel in seiner Hand, dann sah er wieder auf. «Kohl.»

Vater Kohl sah aus wie immer. Falls er feinere Kleidungsstücke besaß, schien er den Auftritt vor Gericht nicht als würdiges

Ereignis zu sehen, um diese hervorzuholen. Er trug seinen weiten, fleckigen Kittel und die viel zu großen Holzschuhe. Dazu hatte er einen Filzhut aufgesetzt, der ihn noch gedrungener erscheinen ließ als sonst. Alice konnte nicht glauben, dass er gekommen war.

Der alte Mann schlurfte herein, blieb vor dem Richterpult stehen und entblößte beim Lächeln seine schwarzen Zähne. Er schien vollkommen ruhig.

«Ansgar Kohl?»

«Ganz recht.» Er nickte.

«Ihr Religionsbekenntnis?»

«Gibt keins.»

«Sie sind nach dem Strafregisterauszug unbestraft?»

Eine kaum wahrnehmbare Pause. «Aber sicher.»

«Wann und wo sind Sie geboren?»

«Ja, wenn ich das wüsste.» Er kratzte sich hinter dem Ohr. «Hab ich mich auch schon oft gefragt», antwortete er ernst. «Ist lange her, so viel kann ich sagen.»

«Gibt es eine Identifikationsnummer oder ein schriftliches Dokument, das Sie zurate ziehen könnten?»

«Irgendwo gibt's bestimmt was. Hab nie nachgeschaut. So wichtig war's mir dann doch nicht.»

Beckmann seufzte leise. «Gut, Name und Anschrift reichen vorerst. Wir werden die fehlenden Daten im Anschluss ermitteln, sofern wir sie benötigen. Was ist Ihre Profession?»

«Ich behandle», erwiderte Vater Kohl ruhig.

«Sie sind Arzt?»

«Ich mach, was ein Arzt macht, ja.»

Beckmann runzelte die Stirn. «Wie darf ich das verstehen? Sie behandeln ohne Ausbildung?»

«Das hab ich nicht gesagt. Ausgebildet bin ich.»

«An einer Universität?»

Vater Kohl lachte meckernd. «Ne, das nun nicht!»

Offenbar erschöpft lehnte Beckmann sich zurück. «Wo dann?»

«Die Leute wissen, dass ich kein Arzt bin. Ich belüge niemanden.» Der alte Mann schob den Unterkiefer vor wie ein stures Kind. «Wenn sie trotzdem kommen, ist es ihre Sache, würd ich meinen.»

Die Landrichter wurden unruhig. Alice war sich plötzlich ganz und gar nicht mehr sicher, ob es eine gute Idee gewesen war, Vater Kohl anzubetteln, für sie auszusagen.

«Haben Sie eine Konzession?» Beckmann betrachtete den alten Mann mit einer Mischung aus Neugier und Skepsis.

«Keine», erwiderte der. Und jetzt klang er beinahe stolz.

Der Richter seufzte. «Nun gut, ich entscheide später, inwieweit dies für den vorliegenden Fall von Belang ist. Ich lasse den Zeugen zu.» Er wedelte mit der Hand, und der Protokollant machte sich eilig eine Notiz. «Herr Kohl. Kennen Sie die hier anwesende Klägerin?» Beckmann deutete erneut auf Alice.

Vater Kohl nickte. «Kenne sie sehr gut. War schon oft bei mir.»

«Weswegen?»

«Wie gesagt, ich kenn mich aus. Kräuter, Heilmittel. Bisschen Chirurgie. Was man so braucht.»

«Sie haben Frau Bloom behandelt?»

«Richtig. Die Kleine auch.»

«Sie meinen Frau Blooms Tochter?»

«War oft bei mir. Kinder haben ja ständig was. Mumps, Röteln, Diarrhö …»

«Aus welchen Gründen war Frau Bloom im letzten Jahr bei Ihnen?»

«Ich hab ihr die Nase gerichtet. War gebrochen. Hat eines Morgens an meine Tür gehämmert, war überall voller Blut. Die Hand hatte sie auch verbrannt. Die Nase musste ich drehen, ist aber schön verheilt. Ich kenn mich aus mit Brüchen.» Zufrieden musterte er Alice.

«Hat Frau Bloom Ihnen gesagt, woher der Bruch stammte?»

«Hat se nicht müssen. Das war eh klar. Ich weiß ja, wie es daheim zugeht bei denen. Ist ja keine Seltenheit. Sie kam immer zu mir, damit ich sie wieder zusammenflicke. Ihr Mann hat es schon schlimm getrieben manchmal.» Vater Kohl murmelte etwas zwischen den Zähnen.

«Wie bitte?»

«Ist ein feiger Mistkerl, wenn Se mich fragen», sagte er laut, und Beckmanns Brauen zogen sich konsterniert zusammen. Zu Alice' Überraschung rief er Vater Kohl jedoch nicht zur Ordnung. Sie sah, wie Henk unruhig auf seinem Platz hin und her rutschte.

Beckmann stellte noch einige weitere Fragen zu ihren Verletzungen. «Was können Sie uns zu den Narben an Frau Blooms Rücken sagen?», schloss er schließlich.

Überraschung zeigte sich in Vater Kohls Miene. «Davon weiß ich nichts», sagte er, und es war ihm anzusehen, dass es die Wahrheit war.

Als der alte Mann fünf Minuten später entlassen wurde, drehte er sich um und sah sie an.

«Danke», formte Alice mit den Lippen.

Er nickte nur knapp. Mit ausdrucksloser Miene schlurfte er an ihr vorbei.

Die Türen fielen hinter Vater Kohl ins Schloss. Beckmann schrieb etwas auf, den Kopf über das Pult gebeugt, und eine

Minute war es vollkommen still im Saal. Dann sah er hoch. «Gut. Keine weiteren Zeugen, hoffe ich. Gibt es etwas, das die Herren Anwälte abschließend noch resümieren wollen? Oder die Klägerin? Die Gegenseite?» Er betrachtete erst Alice, dann Henk.

Der Anwalt der Gegenseite erhob sich. Er hatte bisher den Prozess aus schmalen Augen verfolgt, sich aber kein einziges Mal selbst geäußert. «Keine weiteren Zeugen von unserer Seite, Euer Ehren», erklärte Harbke laut. «Allerdings gibt es neue Erkenntnisse meinerseits, die den Fall beeinflussen könnten und die ich dem Gericht gerne darlegen würde, wenn die Herren Richter es gestatten.»

Beckmann wirkte überrascht, tauschte einen Blick mit einem der Landrichter. Dann gab er ihm ein Handzeichen, dass er sprechen sollte.

Der Anwalt ordnete umständlich die Papiere vor sich auf der Bank. Alice sah, wie Gregorio sich mit einem Stirnrunzeln gerader hinsetzte. Übelkeit stieg in ihr auf. Sie hatte keine Ahnung, was das Ganze bedeutete. Aber es konnte nichts Gutes sein.

«Meine Herren. Meine Nachforschungen im Fall Bloom gegen Bloom haben ergeben, dass die Klägerin in jungen Jahren eine Zeit in einem Hamburger Stift der evangelischen Kirche verbracht hat. Eine Einrichtung, die gefallene Frauen aufnimmt, um sie wieder in die Gesellschaft einzugliedern.»

Sie spürte, wie ihr die Gesichtszüge entglitten. Nein, dachte sie. Das kann er nicht wissen. Es kann nicht sein.

«Das Stift existiert bis heute. Die Schwestern dort waren zunächst nicht gewillt, Auskunft zu erteilen, aber als ich insistierte, gewährte man mir Einblick in die Bücher.»

Von einer Sekunde auf die andere beschleunigte sich ihr

Herzschlag so sehr, dass er in den Ohren dröhnte. Es darf nicht sein, dachte sie. Es darf einfach nicht sein.

Beckmann musterte sie mit gerunzelter Stirn. «Sie erinnern sich an Ihre Zeit im Stift, Frau Bloom?»

Alice zögerte. «Ja», hauchte sie dann.

«Warum waren Sie dort?»

Unfähig zu sprechen, starrte sie ihn an.

Der Richter warf ihr einen strengen Blick zu, wandte sich wieder an den Anwalt der Gegenseite. «Wie sind Sie auf diese Tatsache gestoßen? Das Ganze ist lange her, wenn ich nicht irre?»

Harbke nickte. «Ganz einfach. Ich habe bei der Polizei gefragt, ob etwas gegen Frau Bloom vorliegt, und um Akteneinsicht gebeten. Es war nicht leicht, aber wie Sie wissen, ist die Hamburger Polizei für ihre akribische Dokumentation bekannt. Dort existierte ein Vermerk, allerdings unter einem anderen Vornamen. Von meinem Mandanten habe ich die Information, dass Frau Bloom diesen damals verwendete.»

Woher weiß er das? Alice sah Henk an. Woher kennt er diesen Namen?

«Und der wäre?», fragte Beckmann erstaunt.

Harbke legte eine theatralische Pause ein. «Christina», verkündete er laut, und es war Alice, als würde mit seiner Stimme Kälte durch sie hindurchfahren. Sie schloss die Augen, hörte mit einem Mal draußen den Wind ums Gebäude heulen.

Es blieb still im Saal. Als sie die Augen wieder öffnete, beobachtete Beckmann sie noch immer. «Frau Bloom, ist es richtig, dass Sie unter diesem Namen im Stift bekannt waren und die entsprechende Akte Ihnen zuzuordnen ist?»

Wenn sie log, würden sie es herausfinden. Sie würden es herausfinden, und es würde alles noch viel schlimmer machen.

«Ja.»

«Frau Bloom war in dem genannten Stift untergebracht, weil sie von der Polizei aufgegriffen worden war.» Harbkes Stimme war sachlich, aber es war ihm anzumerken, dass er den Auftritt genoss.

«Aufgegriffen?» Beckmann verschränkte die Arme vor der Brust und lehnte sich zurück, die buschigen Brauen streng zusammengezogen. Sie meinte, Mitleid in seinem Blick zu erkennen.

«Ganz recht. Und zwar auf der Straße.» Harbke ließ die Worte bei den Richtern einsinken. «Sie hatte keinen Wohnort und keine Arbeit. Da sie noch minderjährig war und man sie in einer kompromittierenden Situation angetroffen hatte, entschied man sich für das Stift. Mit Verlaub …» Er räusperte sich. «In ihrer Akte stand ein Vermerk, der mich stutzig werden ließ und den ich den Herren Richtern nicht vorenthalten möchte.»

Alice wusste, was er sagen würde. Und sie wusste auch, dass sie verloren hatte.

«Verdacht auf Prostitution.»

Die Mienen der Richter verschlossen sich augenblicklich. Der Ausdruck in ihren Augen änderte sich. Sie würden sie nie wieder anschauen wie vor dieser Aussage. Auch wenn es nur ein Verdacht war, wenn niemand jemals etwas würde beweisen können.

Es dauerte eine ganze Weile, bis sie es schaffte, den Kopf zu heben. Sie konnte John nicht ansehen, hielt den Blick starr auf Gregorio gerichtet. Er schien erschüttert.

Nach ein paar Sekunden, in denen er sichtlich um Fassung rang, erhob er sich. «Mit Verlaub. Ein Verdacht ist kein Beweis», donnerte er. «Das sind mehr als unlautere Methoden, mit denen Sie meine Mandantin zu diskreditieren versuchen.»

«Sie können sich gerne selbst überzeugen, eine Abschrift der Akten liegt vor», antwortete Harbke unbeeindruckt. «Oder Sie fahren selbst auf die Wache und fragen nach.»

«Sie wussten also nicht davon?» Beckmann rückte seine Brille gerade, blickte Gregorio fragend an.

«Nein», gab der zu. «Aber es ist ohnehin nicht von Relevanz. Frau Bloom war damals noch minderjährig, sie kannte den Angeklagten nicht. Ich weiß nicht, wie das mit diesem Prozess hier …»

«Der Verdacht auf Prostitution ist eine äußerst schwerwiegende Anschuldigung, Herr Gregorio», unterbrach ihn Beckmann.

«Das ist mir durchaus bewusst. Wenn die Gegenseite jedoch keinerlei Beweise beibringt, die diese Anschuldigung belegen, bitte ich das Gericht, sie zu missachten. Wir halten uns hier schließlich immer noch an Fakten und nicht an Mutmaßungen.»

Beckmann seufzte. Er schrieb wieder etwas auf, anschließend wandte er sich an Alice. «Frau Bloom. Möchten Sie dazu eine Aussage machen?»

Sie wusste, dass sie jetzt funktionieren musste. Dies war vielleicht der wichtigste Moment in ihrem Leben. Alice atmete ein. Sie atmete aus. «Ja», sagte sie mit fester Stimme.

Sie stand auf. Sie öffnete den Mund. Sie sprach. «Euer Ehren», begann sie, langsam, jedes Wort abwägend. «Es ist richtig, dass ich in dem Stift gelebt habe. Der Verdacht auf Prostitution war jedoch vollkommen unbegründet.»

Beckmann nickte, als hätte er sich schon gedacht, dass sie genau das vorbringen würde. «Und wie sind Sie dorthin gekommen?»

«Es ist richtig, dass die Beamten mich auf der Straße aufgegriffen haben.» Wie durch einen Tunnel blickte sie nur noch auf Beckmann. «Ich hatte ein paar Tage zuvor meine Anstellung als Dienstmädchen verloren. Da ich in Hamburg keine Familie habe, stand ich von einem Tag auf den anderen auf der Straße. Durch meine Arbeit besaß ich nur wenig Erspartes. Wie Sie sicher wissen, erhält man als Kleinmädchen einen Großteil des Lohnes in Form von Kost und Logis. Von dem Rest hatte ich mir ein Zimmer in einer Pension gemietet.» Alice spürte, wie sich ihre Brust mit jedem Wort weiter zusammenzog. Ihre Fingerspitzen begannen zu prickeln, als würden sie brennen.

«Warum hatten Sie die Anstellung verloren?»

Sie hatte das Gefühl, von einer Mauer umgeben zu sein, die sich immer enger um sie schloss. «Ich, nun … Es hatte eine Unstimmigkeit gegeben.» Oh Gott, wie sollte sie die Sache erklären, ohne sich um Kopf und Kragen zu reden?

«Eine Unstimmigkeit?»

«Einen Irrtum. Es war dumm, den Beamten nicht die Wahrheit zu sagen. Aber ich war noch jung, ich habe mich geschämt. Ich wusste ja nicht, was passieren würde. Niemals hätte ich gedacht, dass sie mich für eine … dass sie vermuten würden, ich wäre aus unlauteren Gründen nachts alleine unterwegs gewesen.»

Beckmann hörte schweigend zu.

Harbke schaute in seine Unterlagen. «Laut den Aufzeichnungen der Schwestern ist sie während eines Arbeitsausganges aus der Obhut des Stiftes entflohen. Sie hat Wäsche ausgeliefert und ist davongelaufen. Die Schwestern wussten nichts über ihren Verbleib. Nach ein paar Tagen wurde die Suche eingestellt.»

«Ist das korrekt, Frau Bloom?»

«Ja», antwortete sie mit rauer Stimme.

«Sie sind davongelaufen?»

«Ja.»

«Warum?»

Mit einem Mal war sie so erschöpft, dass sie kaum noch die Augen aufhalten konnte. Sie räusperte sich. «Die Narben an meinem Rücken entstammen meiner Zeit im Stift. Mehr möchte ich dazu nicht sagen.»

Sie hatte erwartet, dass Beckmann nachhaken würde, bis er alles aus ihr herausgepresst hatte. Seltsamerweise nickte er. «So etwas habe ich mir schon gedacht. Von solchen Fällen hört man öfter. Nun, Frau Bloom. Danke für Ihre Ehrlichkeit. Herr Harbke, möchten Sie die Angaben der Klägerin weiter überprüfen?»

Der Anwalt der Gegenseite musterte sie mit ausdruckslosem Gesicht. «Das nicht», verneinte er. «Aber, mit Verlaub.» Er wandte sich wieder an die Richter. «Es gibt noch eine weitere Sache, die ich im Zuge meiner Nachforschungen erfahren habe und die ich zu bedenken geben möchte, bevor die Herren Richter ihre Entscheidung fällen.»

Alice krallte die Finger ineinander.

«Unter Frau Blooms Namen gab es drei Einträge: das Datum ihres Einzugs im Stift sowie dessen Grund, das Datum ihrer Flucht sowie einen Vermerk, der mich mehr als stutzig hat werden lassen. Besonders, da mein Mandant nichts davon wusste, wie er Ihnen in der Folge bestätigen wird.»

«Wovon sprechen Sie?», fragte Beckmann ungeduldig.

Harbke wandte sich Alice zu. «Frau Bloom war bei ihrem Einzug in das Stift bereits Mutter. Sie hatte kurz zuvor ein Kind geboren.»

1899

Mit der Zeit verstand ich, wie die Frauen hier funktionierten. Sie machten einfach weiter. Sie standen auf, sie aßen, sie schliefen, es war gar nicht so schwer, man musste sich ablenken, abends musste man trinken, dann vergaß man schnell. Wenn man sich an diese Dinge hielt, war es möglich.

Ich sah aus dem Fenster, und es war Frühling. Ich ging in den Hof, und die ersten Rauchschwalben zirpten unter dem Dach. Die Monate flogen an mir vorbei. Vielleicht wollte ich es so. Vielleicht wollte ich nicht merken, wie die Zeit verstrich. Denn jeder vergangene Tag war ein Tag ohne mein Kind.

Ich hatte Otto nie wieder besucht. Bevor ich ihn sah, musste ich herausfinden aus diesem Leben, das nicht meines war und das ich doch lebte, Tag für Tag. Nacht für Nacht.

Aber ich träumte von ihm. Ich träumte davon, wie es sein würde, wenn wir endlich wieder beisammen waren. Denn das würden wir. Ich glaubte ganz fest daran.

Sonst hätte ich es nicht geschafft.

An einem frühen Morgen, als es bereits alltäglich für mich geworden war, was wir hier im Haus taten, saß ich in der Küche und tröpfelte Honig auf ein Stück Schwarzbrot. Die anderen schliefen noch, aber ich mochte diese Zeit, die nur mir gehörte. Außerdem waren die Nächte immer noch schwierig. Wenn mein letzter Besuch gegangen war, wälzte ich mich unruhig herum, wachte trotz der späten Arbeit im Morgengrauen auf, dunkle Schatten unter den Augen, einen bleiernen Geschmack im Mund. Ich wusste nicht mehr, wer ich war. Und in der Nacht brachte mich das um den Verstand.

Meine kleinen Rituale halfen mir. Morgens ging ich als Erstes hinaus, um die Zeitung aus dem Kasten zu holen. Dann setzte ich Kaffee auf. In diesen Momenten konnte ich mir einbilden, ein ganz gewöhnliches Leben zu führen.

Die Küchenbank knirschte leise unter mir. Ich schlug die Zeitung auf und biss in mein Brot. Der Honig schmeckte süß, aber es schien, als wäre es eine andere Süße als früher, eine andere als die der Cremeschnitten im Dorf. Appetit hatte ich schon lange keinen mehr, ich aß, um bei Kräften zu bleiben. Der Honig tropfte mir vom Brot auf die Finger, und ich leckte ihn ab, trank noch einen Schluck Kaffee. Kauend schlug ich die Seite um. Und dann sah ich es.

«Was hast du?» Josephine war in die Küche gekommen, eine Strickjacke über dem Nachthemd. Mit fragendem Blick trat sie an mich heran. Als sie merkte, dass ich nicht atmen konnte, schlug sie mir zwei Mal kräftig auf den Rücken. Das harte Brot, das sich in meinem Hals verkeilt hatte, rutschte heraus, und ich hustete, rang nach Luft.

«Nein! Es kann nicht sein! Es kann nicht sein!», schrie ich.

Erschrocken hielt sie mich an den Schultern fest. «Christina. Du bist ja außer dir, beruhige dich!»

Aber ich hörte sie kaum. Da war plötzlich ein Rauschen in meinem Kopf, das alles verschlang.

Als ich wieder aufwachte, lag ich auf meinem Bett. Josephine, die Köchin und Pauline standen in ihren Nachthemden über mich gebeugt, die Köchin hielt mir ein petroleumgetränktes Tuch unter die Nase. Ich würgte, der Gestank war entsetzlich.

«Ich dachte schon, sie wacht gar nicht mehr auf.»

«So ein Geschrei. Ist mir direkt durch Mark und Bein gefahren.» Die Köchin sah mich aufgeschreckt an, als hätte sie Angst vor mir.

«Was ist?» Ich versuchte, mich aufzusetzen. Es fühlte sich an, als hätte mich eine Droschke überrollt, alles tat mir weh, mein Kopf hämmerte. Irgendetwas stimmte nicht, irgendetwas war schrecklich falsch, jede Zelle meines Körpers schien es zu wissen … Aber ich konnte mich nicht erinnern, was geschehen war.

«Du hast die Zeitung gelesen und plötzlich angefangen zu schreien.» Josephine näherte sich mir langsam, wollte meinen Arm fassen, zögerte aber, als wäre ich eine zerbrechliche Puppe. «Die Todesanzeigen …»

Da fiel es mir wieder ein.

Ich erbrach mich auf den Boden neben meinem Bett. Es kam einfach aus mir heraus in einer heißen, stinkenden Fontäne. Mein Körper schien das Gift, das mit den Buchstaben in ihn hineingefahren war, auszustoßen, ich keuchte und würgte und weinte gleichzeitig. Denn plötzlich sah ich es wieder vor mir. Schwarz auf weiß und vernichtend schlicht hatte es dort gestanden.

Gott dem Allmächtigen hat es gefallen,
unseren geliebten Sohn
Krusius Schmittfeld
nach kurzer, schwerer Krankheit
gestern Abend um 6 Uhr
zu sich zu befehlen.
Wir verbleiben in
ohnmächtiger Trauer.

1914

26

Frau Bloom.» Beckmann fixierte Alice mit durchdringendem Blick. Es war, als würde sie aus einer Trance erwachen, sie hatte keine Ahnung, wie lange sie fort gewesen war. Minuten, Sekunden? «Können Sie uns darlegen, wie dieser Eintrag zu erklären ist?»

Jetzt gab es kein Entkommen mehr. Sie hatte nur noch eine Chance.

«Ja», sagte sie wieder. «Ja, das kann ich.»

Beckmann runzelte die Stirn. Es war so still im Saal, dass man die Fensterläden im Wind klappern hörte.

«Wo ist Ihr Kind?»

Sie atmete ein. Sie atmete aus.

«Mein Sohn ist tot», sagte sie langsam, und jedes einzelne Wort tat weh. Seit Rosa auf der Welt war, hatte die Trauer um ihn sich verändert, war weniger roh, auf eine Art erträglicher, wenngleich präsenter. Denn jeder Tag mit Rosa war ein Tag, an dem er fehlte. «Er ist an der Brechruhr gestorben, in seinem zweiten Lebensjahr.» Sie sprach leise, aber weil niemand sich rührte, kam ihr die eigene Stimme trotzdem laut vor.

Beckmann schwieg einen Moment. «Wer war der Vater des Kindes?», setzte er schließlich die Befragung fort, die Stimme kaum merklich sanfter als vorher.

Zum ersten Mal seit über zehn Jahren sprach sie den Namen des Mannes aus, der verantwortlich für das größte Leid in ihrem Leben war. «Ich war als Aushilfe eingestellt. Und ich hatte ein … Verhältnis mit dem Neffen des Hausherrn.» Ihre Stimme brach nur ganz kurz. Sie log bewusst. Sie wollte auf keinen Fall, dass Friedemann von dem Prozess erfuhr. Die Wahrheit würde alles nur verschlimmern. Wenn sie in ihrem Leben eines gelernt hatte, dann war es, dass man über diese Dinge nicht sprach. Niemand wollte sie hören.

Und niemand sah sie als das, was sie waren.

«Wie alt waren Sie bei Ihrer Niederkunft?»

Sie zögerte einen Moment – und als sie antwortete, ging ein Raunen durch den Saal. «Dreizehn.»

Beckmann wirkte erschüttert. «Sie hatten also ein Liebesverhältnis?» Fragend sah er sie an.

Alice nickte. Dieses Mal forderte er sie nicht auf, das Ja auszusprechen.

«… und wurden schwanger?»

Ihre Wangen glühten. Immer noch, nach all den Jahren. Obwohl sie genau wusste, dass es nicht ihre Schuld gewesen war, dass sie nichts getan hatte, das man ihr vorwerfen konnte. Immer noch brannte die Scham, in sie hineingestanzt von der Doppelmoral einer Gesellschaft, die Männer beschützte und Frauen bestrafte.

«Als ich die Schwangerschaft bemerkte, war sie schon sehr weit fortgeschritten. Ich wusste damals nicht, was ich tun sollte. Die Familie meines Arbeitgebers hat mir geholfen, einen Ort zu finden, an dem ich mein Kind zur Welt bringen konnte. Nach der Geburt haben sie ein Paar gefunden, das meinen Sohn adoptieren wollte. Ich habe mein Kind abgegeben und eine Stelle als Dienstmädchen angetreten.»

«Sie haben Ihr Kind abgegeben?» In Beckmanns Stimme lag weder Urteil noch Vorwurf.

«Ich war beinahe selbst noch ein Kind. Ich hatte kein Geld,

um für meinen Sohn zu sorgen, und ich konnte niemanden bezahlen, der auf ihn aufpasste, wenn ich einer Arbeit nachging. Ja, ich habe ihn abgegeben. Ich wollte, dass er überlebt.» Wie konnte sie so emotionslos klingen, obwohl sie über das Wichtigste in ihrem Leben sprach?

«Frau Bloom.» Beckmann blickte einen Moment auf seine über dem Tisch gefalteten Hände. «Sie haben Ihrem Mann all diese Dinge verheimlicht?»

«Ich habe mich geschämt. Ich wusste, er würde mich nicht heiraten, wenn er von meiner Vergangenheit erfährt.»

«Und wo waren Sie in den Jahren zwischen der Geburt Ihres Kindes und der Hochzeit mit Herrn Bloom?»

Alice spürte einen leichten Schwindel. Er begann irgendwo in ihrer Mitte und breitete sich langsam in ihr aus. «Ich habe gearbeitet», sagte sie und schluckte. «Als Kellnerin.»

«In welchem Etablissement?»

Sie wusste nicht, ob Pauline Moderssons Café noch existierte, aber ganz sicher gab es Akten. «Ich weiß den Namen nicht mehr», sagte sie leise.

Beckmann schien sich erst sammeln zu müssen, er starrte auf einen Punkt irgendwo in der Luft. «Frau Bloom.» Er seufzte lange und tief. «Ich fürchte, Sie lassen uns wenig Spielraum.» In den Saal hinein rief er: «Gibt es weitere Fragen?»

Sie konnte nicht aufblicken, aber sie hörte weder Gregorio noch Harbke, und gleich darauf sagte Beckmann: «Gut. Wir werden uns zur Beratung zurückziehen und das Urteil in Kürze verkünden. Bitte bleiben Sie auf Ihren Plätzen.»

Die Richter standen auf. Ihre Roben raschelten, als sie ihre Akten nahmen und durch die Seitentür hinausgingen.

Dann senkte sich Stille über den Saal.

Sie konnte sich nicht bewegen, sie konnte nicht den Blick heben. Sie spürte das Entsetzen darüber, was eben geschehen war, durch ihren Körper rauschen.

Es dauerte nur wenige Minuten, bis die Richter zurückkamen. Als die Tür sich öffnete, schaffte sie es aufzusehen, hielt den Blick aber starr auf Beckmann gerichtet. Seine Miene war nicht zu deuten.

Die Richter begaben sich zu ihren Plätzen, doch sie setzten sich nicht.

«Ich bitte die Anwesenden, zur Urteilsverkündung aufzustehen.»

Sie erhob sich mechanisch, erstaunt, dass ihre Beine sie trugen.

«Im Namen des Volkes ergeht folgendes Urteil. Bloom, geborene Nord, gegen Bloom. Ich genehmige die Trennung der Ehe vom Bande, die Trennung von Bett und Tisch, und erlaube, die Ehe zu scheiden.»

Alice hatte die Hände so fest in das Holz der Bank vor sich geklammert, dass sie vor Anstrengung zitterten. Jetzt erst sah der Vorsitzende Richter Beckmann sie an. Er räusperte sich, und sie meinte, beinahe so etwas wie Bedauern in seinem Blick zu erkennen.

«Das Sorgerecht für die gemeinsame Tochter wird Herrn Henk Bloom zugesprochen. Die Kosten des Rechtsstreits sind unter Klägerin und Angeklagtem aufzuteilen.»

Es war keine Überraschung. Als der Hammer des Richters auf die Bank niederfuhr und die Sitzung aufgelöst wurde, entwich Alice die Luft, die sie die ganze Zeit angehalten hatte, in einem langen Seufzer.

Es war vorbei.

Sie trat aus der Bank, langsam schritt sie durch den Saal auf die Tür zu. Und dann lief sie los. Sie stieß die Türen auf, rannte hinaus, am Gerichtsdiener vorbei, der erstaunt zurückwich. Sie hörte, dass John nach ihr rief. Aber sie blieb nicht stehen.

⁂

Der Friedhof lag im Abendlicht. Ein Rabe schrie über den Bäumen. Alice stand vor dem kleinen Grab. Sie ging in die Knie und entfernte ein wenig Moos von dem Schriftzug auf dem Stein.

Krusius Schmittfeld
In ewiger Trauer

Dir ist wohl,
uns bleibt der Schmerz.
Schlummere sanft,
Du süßes Herz.

Ein solches Gedicht hätte sie vielleicht auch selbst für ihn ausgewählt, hätte man sie danach gefragt. Ein weinender marmorner Engel saß auf dem Grab. Einmal war er wohl weiß gewesen, aber jetzt lag ein grauer Schleier auf seinen Tränen. Alice betrachtete sein verzweifeltes Gesicht. Engel, dachte sie. Nie sind sie da, wenn man sie braucht.

Es gab keinen Blumenschmuck mehr, nichts deutete darauf hin, dass noch jemand das Grab aufsuchte. Eine Platte aus Stein war darübergelegt worden, doch sogar die schien verwittert. Sie haben ihn vergessen, schoss es ihr durch den Kopf. Sie haben ihn einfach hier alleingelassen.

Ob es außer ihr überhaupt noch jemanden gab, der sich an seinen richtigen Namen erinnerte?

Sie hoffte, dass es stimmte, dass ihm wirklich wohl war, wo auch immer er sich jetzt befand.

Manchmal versuchte sie, sich vorzustellen, wie er jetzt aussehen würde, aber für sie würde er immer das fröhliche, gurgelnde kleine Geschöpf bleiben, das sie im Haus der Oberleutnants besucht und danach nur noch aus der Ferne gesehen hatte. Auf eine Weise war in ihrem Herzen die Zeit stehengeblieben, und es war dieses Kind, nach dem sie sich noch immer verzehrte. Dieses Kind, das er längst nicht mehr war und auch nicht mehr wäre, hätte er überlebt. Noch immer sehnte sie den Moment der Wiedervereinigung herbei, und sie hatte inzwischen begriffen, dass das auch so bleiben würde, egal wie lange sie weiterlebte.

Ewige Trauer, dachte Alice und drehte sich um. Das traf es gut. Ihr Sehnen nach etwas, das sie niemals zurückbekommen würde, hatte eine ganz bestimmte Färbung.

Als sie mit raschen Schritten den kahlen Weg entlangging und die Steine unter ihren Schuhen knirschten, spürte sie, dass sie beobachtet wurde. Sie hob den Kopf und erblickte eine dunkle Silhouette. Für den Bruchteil einer Sekunde glaubte sie, es wäre Henk, und Angst durchzuckte sie. Aber es war nicht Henk.

«Du bist mir gefolgt?»

John stand etwas abseits am Weg, in seinen dunklen Mantel gehüllt, einen Regenschirm in der Hand. Inzwischen war es so dämmrig, dass sie nur seine Konturen ausmachen konnte.

Sie blieb vor ihm stehen. Er musterte sie mit einem neuen

Ausdruck in den Augen. Sie wusste nicht, was sie sagen sollte, und ihm schien es genauso zu gehen.

«Ich dachte, der Arzt würde uns helfen», sagte er leise. «Ich hätte nie vermutet …» John brach ab, schüttelte den Kopf. «Wie ist sein Name?»

Wenn alles anders gekommen wäre, hätte sie ihm alles irgendwann freiwillig erzählt. Sie hätte es erzählen müssen. Damit er wirklich verstand, wer sie war, damit sie sicher sein konnte, dass er nicht nur eine Täuschung liebte.

«Otto», sagte sie, und es war das erste Mal seit seinem Tod, dass sie den Namen ihres Sohnes laut aussprach.

«Warum hast du es nicht erzählt?», fragte er, und es beruhigte sie, wie sanft er klang.

«Ich musste an Rosa denken. Wir waren Fremde für dich. Und ich habe … noch nie über ihn gesprochen.» Sie zögerte. «Nicht einmal Jaris weiß von ihm», sagte sie und sah Erstaunen über sein Gesicht flackern.

Er schaute sie lange an. Alice wusste, dass er gleich fragen würde. Also wartete sie nicht ab. Stockend begann sie, von selbst zu erzählen. Jetzt gab es ohnehin kein Zurück mehr.

Es gab nur noch die Wahrheit oder gar nichts.

Sie erzählte alles. Zum ersten Mal in ihrem Leben, die ganze Geschichte, genau so, wie sie passiert war, nicht, wie die Menschen sie hören wollten.

«Er hat dich vergewaltigt.»

Sie nickte.

«Du musstest das Kind … du musstest Otto zur Adoption abgeben?»

«Ja», sagte sie.

John schluckte sichtlich. «Und dann?», fragte er mit rauer Stimme.

«Dann habe ich eine Weile als Dienstmädchen gearbeitet. Als ich die Stelle verlor, hatte ich nichts, die Hausherrin hat mir meinen Lohn nicht ausgezahlt. Meine Eltern waren irgendwo im Kaiserreich unterwegs, ich konnte nicht einmal alleine ein Hotelzimmer nehmen, ohne zu lügen.»

Sie erzählte, wie sie von der Polizei aufgegriffen und zu den Schwestern gebracht worden war. «Es war ein Irrtum. Ich hatte nichts getan, außer alleine draußen herumzulaufen.»

«Daher stammen die Narben?» Sein Blick schien zu brennen. «Von den Schwestern?»

Alice nickte.

«Wie bist du entkommen?»

Mit schlichten Worten erzählte sie von Pauline und ihrem Angebot, wie sie dachte, dass sie gerettet worden sei, nur um in die nächste Falle zu tappen.

«Du hast dort als Kellnerin gearbeitet?»

Sie nickte wieder.

«Am Anfang.»

Er verstand sofort, hatte es sicher schon befürchtet. Trotzdem sah sie den Schock in seinem Gesicht.

«Ich hatte keine Wahl.» Sie würde sich nicht rechtfertigen. «Es war entweder das oder mein Ende. Und ich brauchte Geld, um meinen Sohn wiederzubekommen. Wenn du mich deswegen hasst», schloss sie leise, «dann musst du auch deinen Bruder hassen.»

Verwirrt stockte er. Dann schien er zu verstehen. «Du meinst …?»

«Nicht bei mir, aber in unserem Haus, ja.»

John stand einfach nur da und starrte ins Leere. «Daher kanntest du ihn», murmelte er.

«Ja», sagte sie nur.

Als er schwieg, hob sie die Hand, um nach der seinen zu greifen. «John, ich …»

Er zuckte zusammen. «Gib mir … gib mir etwas Zeit», sagte er. Dann trat er einen Schritt zurück.

Alice sah ihn an. Sein Gesicht hatte sich verschlossen.

«Gut», sagte sie leise. Langsam drehte sie sich um. Sie hatte schon in seinem Blick gesehen, dass er sie nicht zurückhalten würde. Aber als er es dann tatsächlich nicht tat, als sie ging, er einfach weiter da stand, sich nicht bewegte, nichts sagte, tat es so grausam weh, dass sie die Hände gegen den Hals pressen musste. Ein kleiner, irrationaler, dummer Teil in ihr hatte doch gehofft, dass er ihr Leben würde akzeptieren können.

Er sah ihr nach, wie sie zwischen den Gräbern davonlief, stand einfach nur da, tat nichts, um sie aufzuhalten. Das Entsetzen über alles, was er eben erfahren hatte, spülte in Wellen durch ihn hindurch, fühlte sich an wie ein Fieber. Er kannte sie überhaupt nicht. Er wusste nichts über sie!

Es regnete jetzt, aber er konnte sich nicht bewegen, schaffte es nicht einmal, den Schirm aufzuspannen. John nahm nichts wahr, außer den kühlen Tropfen auf seiner Haut und diesem Gefühl der tiefsten Verwirrung, das ihm den Atem nahm.

Es war ungeheuerlich, undenkbar. Eine Prostituierte. Eine Mutter, die ihr Kind weggegeben hatte. Er konnte sein Bild von Alice einfach nicht mit dem überein bringen, was er erfahren hatte.

Aber das waren nur Wörter. Wenn er den Schmerz und die Verwirrung beiseiteschob, wusste er das. Die Wahrheit war eine andere. Eine verzweifelte Frau. Ein junges Mädchen, das vergewaltigt worden war. Eine Mutter, die ihr Kind retten wollte, indem sie das größte aller Opfer brachte.

Es wurde dunkler, noch immer hatte er sich nicht bewegt. Wenn er sich beruhigt hatte, wenn er wieder klar denken konnte, würde er es einordnen können. Er verstand, dass sie keine Wahl gehabt hatte. Trotzdem fühlte es sich an, als hätte ihm jemand in den Magen geboxt. Er hatte so oft gefragt, sie hatte so oft die Gelegenheit gehabt.

Sie hatte gelogen, immer und immer wieder.

John stand dort im Nieselregen, zwischen den Gräbern. Über seinem Kopf schrie eine Möwe, eine zweite antwortete. Er spürte, wie der Schmerz der Selbsterkenntnis sich in ihn hineinfraß.

Er begriff, dass sie richtig gehandelt hatte. Es war klug gewesen, ihm diese Dinge zu verschweigen. Er hätte es nicht verstanden. Er hätte sie abgewiesen. Sie verurteilt. Sie weggeschickt.

Das zu erkennen, tat mehr weh als alles andere.

Langsam ging John zu dem kleinen Grab. Der Engel schien zu weinen, Regentropfen perlten von dem steinernen Gesicht. Lange betrachtete er den Namen, den er heute zum ersten Mal gehört hatte und der Alice jeden Tag ihres Lebens begleitete.

«Otto», sagte er leise.

1899

Die Tage, die auf die Nachricht von Ottos Tod folgten, habe ich nur in nebeliger Erinnerung. Josephine half mir, mich halbwegs wieder aufzurichten, sie kümmerte sich um mich, sie fuhr mit mir zu den Oberleutnants und wartete vor dem Haus, bis ich Gewissheit hatte. Er war an der Brechruhr gestorben. Keine drei Tage hatte es gedauert. Frau Schmittfeld weinte und konnte gar nicht mehr aufhören.

Ich verstand, dass sie litt, aber ihre Trauer bedeutete mir nichts. Sie und ihr Mann hatten mir die Zeit mit meinem Sohn genommen. Sie selbst hatten immerhin beinahe zwei wunderbare Jahre mit ihm gehabt, hatten ihn aufwachsen und lachen sehen. Ich hatte wie ein Schatten vor ihrem Haus herumkriechen müssen, um ab und an einen Blick auf ihn zu erhaschen. Wenn sie davon gewusst hätten, hätten sie mir auch das nicht gegönnt.

Wie ich die Kraft fand, zu seiner Beerdigung zu gehen, weiß ich nicht mehr. Aber ich musste mich verabschieden. Ich wollte ihn noch einmal sehen. Als ich jedoch in die Kapelle kam, war der Sarg verschlossen, und es waren so viele Menschen dort, dass ich nur in der hintersten Reihe einen Platz fand. Die ganze Zeit kämpfte ich mit dem Verlangen, nach vorne zu stürzen, ihm noch einmal nahe zu sein. Dass ich ihn nie wieder würde sehen dürfen, war nicht zu begreifen. Er war hier, im selben Raum, und ich konnte nicht zu ihm.

Kaum etwas drang durch den Schleier der Trauer. Aber die Angst, erkannt zu werden, fraß sich sogar durch meinen Schmerz. Die rauschenden Trauertoiletten der Damen und die eleganten Mäntel der Herren ließen mich herausstechen wie einen Wurm im Apfel. Was, wenn einer der Männer mich kannte? Was, wenn man mir ansah, wer ich war?

Sogar im Tod gehörte Otto nicht mehr mir. Niemand hier wusste, dass ich seine Mutter war. Aus Angst, erkannt zu werden, hielt ich mich ganz am Rande und den Blick gesenkt, und als die Prozession sich in Bewegung setzte, drängten so viele Menschen über den Friedhof, dass ich nicht sehen konnte, wie sie den kleinen Sarg hinabließen.

Vielleicht war es besser so.

Ich wartete zwei Stunden, bis auch die Letzten gegangen waren, erst dann trat ich ans Grab. Die Totengräber begannen schon, es zuzuschaufeln. Nie werde ich das Geräusch vergessen, mit dem die Erde auf den Sarg traf.

✲

Ein paar Wochen nach Ottos Beerdigung nahm sich eine der Frauen im Haus das Leben. Sie hieß Isabel, war noch keine zwanzig und hatte Lysol getrunken. Die leere Flasche lag neben ihr, als wir sie fanden.

Es war früher Morgen, und gerade kam ein Kunde aus dem Zimmer einer meiner Nachbarinnen, ein kleiner, unauffälliger Herr mit einer Melone und unscheinbarem Gesicht. Er bemerkte den Tumult, in der offenen Tür blieb er stehen. «Gott, wie schrecklich», murmelte er, als er die Leiche auf dem Boden sah. «Nein, wie schrecklich.» Er war ganz weiß geworden, hatte seinen Hut abgenommen und drehte ihn in den Händen.

«Sie konnte nicht mehr», sagte Josephine, die neben Isabel kniete, ihre qualmende Zigarette noch in den Fingern. Sie strich Isabel ganz vorsichtig eine Haarsträhne hinters Ohr. Ewig hatte mich nichts mehr so berührt wie diese zarte kleine Geste. Und auch danach nicht, für sehr lange Zeit.

«Ja, also wenn man das gewusst hätte. Wenn man geahnt hätte, dass sie so verzweifelt war …» Der Mann schien wirklich betroffen. «Man hätte doch etwas tun können. Warum hat sie denn nichts gesagt?»

Josephine hob den Blick. «Ja. Wenn man es nur gewusst hätte.» Ihre sonst so emotionslose Stimme triefte vor Hohn. Sie stand auf. «Dann hättet ihr sicher alle Spalier gestanden, um ihr zu helfen, nicht wahr?»

Verdattert sah er sie an, sein Schnurrbart zuckte. «Nun, ich …», stammelte er, aber sie ließ ihn nicht ausreden.

«Sie hätte sich vor euch auf den Boden werfen und mit ausgestreckter Hand um Hilfe flehen können, und ihr hättet nichts gemacht. Keiner von euch.»

Als ich mich umdrehte, war der Mann verschwunden. Ich habe ihn danach nie wieder im Haus gesehen. Wir riefen die Polizei, aber es dauerte lange, bis jemand kam. Sie nahmen sie mit, ohne großes Aufhebens zu machen. Ich fragte mich, ob Isabel eine Familie hatte, die man benachrichtigen würde.

Oft genug schien es mir, dass die Männer wirklich an den Zauber glaubten, den wir Frauen allabendlich zu versprühen versuchten: dass wir bei Pauline Modersson arbeiten wollten und das Zusammensein mit ihnen genossen. Daran, dass wir scheinbar anders waren als ihre Mütter, Schwestern, Gattinnen und deshalb einer Profession nachgingen, die man zwar ausüben, aber über die man nicht sprechen durfte.

Ich wollte nichts mehr, als irgendwo anders Anstellung zu finden, wieder Teil der Gesellschaft zu sein, in der alles nach anderen Gesetzen funktionierte. Aber es schien, als gäbe es eine unsichtbare Mauer zwischen dem Jetzt und dem Früher, zwischen anderen Frauen und uns. Ohne Reputation, ohne Empfehlungen und Ausbildung konnte ich nicht einfach als Bonne oder Erzieherin arbeiten, als Lehrerin schon gar nicht. Ich hatte gehört, dass es Heime für unverheiratete Frauen gab, in denen sie zusammenlebten und sich gegenseitig unterstützten, aber ich wusste weder, wo ich eines finden konnte, noch, wie man dort aufgenommen wurde. Nicht verheiratet zu sein, konnte sich eine Frau nur leisten, wenn sie einen ordentlichen Beruf erlernt hatte. Das hatte mir früher nie jemand gesagt. Aber ich verstand nun endlich, warum es so wahnsinnig wichtig gewesen war, einen Verehrer zu finden, warum sich ab einem bestimmten Alter alles nur noch um Jungen und Männer gedreht hatte: weil Frauen sie zum Überleben brauchten.

Mir bliebe nichts als die Arbeit in einer Fabrik. Aber das, was es dort zu verdienen gab, würde zum Leben nicht reichen.

«Ja, was denkst du denn? Wenn es so einfach wäre zurückzugehen, würden es ja alle machen», sagte Josephine.

Keine von uns ging gerne unter Menschen. Ich habe nie gefragt, warum, aber vielleicht ging es den anderen genau wie mir, und sie schämten sich.

Jeden Morgen dachte ich, dass ich den Tag nicht schaffen würde. Jeden Abend graute mir vor dem nächsten, den es zu bewältigen galt. Wenn man es nicht beendete, musste man eben weiterleben. Und wenn man lebte, fühlte man. So einfach war das.

Pauline überraschte mich. Sie gab mir Zeit, in der ich zwar abends im Café arbeiten, Sekt frappieren, Essen austragen musste, die andere Sache jedoch ruhen lassen konnte. Ich hielt es für Nächstenliebe, für Güte. Aber zufällig hörte ich mit, wie sie zur Köchin sagte: «Eine mit ihrem Gesicht können wir nicht gehen lassen. Sie bringt mir mehr, wenn sie fett und gesund ist. Unser Glück, dass sie hier hereingestolpert ist wie ein unschuldiges Kalb. Wenn sie sich erholt hat, werden die Männer sich um sie prügeln. Eine Goldgrube ist sie. Zumindest für ein paar Jahre.»

Das Gefühl, das mir über den Körper lief, als ich ihr zuhörte, war wie ein Rinnsal aus Kälte. Langsam ging ich zurück in mein Zimmer, setzte mich aufs Bett und starrte die Wand an. Ich spürte Paulines Anwesenheit im Haus wie die eines hungrigen Wolfes.

Obwohl ich nach Ottos Tod gedacht hatte, dass mir nun nichts mehr nahegehen könnte, dass ich alles gefühlt, alles erlebt hätte, was es auf dieser Erde an Abgründen gab, dass ich jetzt genauso gut sterben und verhungern könnte, änderte sich diese Gleichgültigkeit. Ich schien doch noch einen Funken Lebenswillen in mir zu tragen: Denn ich bekam wieder Angst.

Das erste Mal sah ich ihn an einem Dienstag. Er saß mit ein paar anderen Herren an einem Tisch in der Ecke. Sie tranken teure Südweine, aßen Kaviar und leerten im Anschluss die Kuchenplatte. Ihre Zylinder stapelten sich auf der Hutablage, ich roch schon an ihren Rasierwassern, dass es sich um feinere Herrschaften handelte, die eigentlich nicht in ein Nachtcafé wie unseres passten.

Anfangs hatte ich noch geglaubt, dass ein Großteil der Männer, die hierherkamen, unwissend hereinstolperten, keine Ahnung hatten, worum es sich bei dem Etablissement handelte. Schließlich hatten wir kein Schild über der Tür, das verkündete, was man bei uns kaufen konnte.

Aber sie wussten es alle.

Er sah mich immerzu an. Es war schon beinahe unheimlich, wann auch immer ich mich im Raum umschaute, begegnete ich seinem nachdenklichen Blick. Er war wohl um die fünfzig und hatte einen Kranz grauer Haare um den Kopf, einen langen weißen Schnäuzer, der ihm neben den Mundwinkeln herabhing wie bei einem Seehund, und den wohlmeinenden Blick eines Großvaters. An diesem Abend passierte noch nichts. Sie aßen, sie rauchten, sie tranken, irgendwann saß Josephine mit am Tisch. Dann Klara. So ging das Spiel.

In der nächsten Woche kamen sie wieder. Pauline bemerkte es mit Genugtuung. «Hat ihnen geschmeckt bei uns», stellte sie fest, ein Glimmen in den Augen, und scheuchte mich an den Tisch, um die Bestellung aufzunehmen. Der Mann mit dem grauen Schnauzbart erschien etwas später als die anderen, trat durch die Portiere und wischte sich den Regen aus dem Gesicht, nahm den Hut ab, sah sich suchend um. Als sein Blick den meinen fand, huschte ein Lächeln über sein Gesicht. Beschämt senkte ich den Kopf, innerlich über mich selber fluchend. Warum hatte ich hingesehen?

Er ließ mich nicht aus den Augen, einige Gäste drehten sich sogar um, um zu sehen, wo er immerzu hinstarrte. Es machte mich nervös, ich spürte, wie mir der Schweiß ausbrach. Was, wenn er so viel Geld bot, dass Pauline mich doch zu ihm schickte?

Zu meinem Entsetzen sah ich, wie er aufstand und zu ihr

ging, gedämpft mit ihr sprach. Beide blickten zu mir, und Panik rieselte mir den Rücken hinunter, beinahe ließ ich mein Tablett mit Bowleschalen fallen, konnte es in letzter Sekunde auffangen und stellte es mit zitternden Händen auf die Theke. Pauline schüttelte den Kopf, erklärte ihm etwas mit bedauernder Miene. Daraufhin nickte er und kehrte schließlich wieder an den Tisch zurück. Danach sah er mich nicht mehr an, und die Erleichterung ließ mich förmlich schweben.

Später am Abend wurde es lauter, die Tische wurden beiseitegeschoben, um die Tanzfläche zu vergrößern, ich eilte hin und her, um die Teller und Speisereste einzusammeln, füllte Gläser und nahm Bestellungen auf.

Plötzlich stand er vor mir. Er war groß und schlank und wirkte aus der Nähe sogar ein wenig älter, als ich geschätzt hatte. «Guten Abend», begrüßte er mich mit einem beinahe schüchternen Lächeln. «Christina. Mein Name ist Frederick.»

Er war so freundlich, dass es mir nicht gelang, ihn abzuschütteln. Den restlichen Abend saß er bei mir an der Theke, und wann immer es die Arbeit erlaubte, stellte er mir Fragen. Seine Stimme war weich, die Augen blickten warm, und als ich merkte, dass er nur reden wollte, entspannte ich mich ein wenig.

Er bat mich um einen Spaziergang, und weil Pauline es mitbekam, konnte ich nicht ablehnen. Am nächsten Abend holte er mich nach meiner Schicht ab.

«Man sieht dir an, dass du nicht hierhergehörst. Du hast etwas Unschuldiges», sagte er fürsorglich. «An dir ist etwas, das man beschützen möchte.»

Ich starrte auf meine Schuhe. In meinem Kopf formulierte ich, was ich von diesem Gerede hielt: Dass die anderen Frauen nicht so aussehen wie ich, bedeutet nur, dass sie länger gelitten haben. Dass sie in ein Leben geboren wurden, in dem ihnen schon früher keine Wahl gelassen wurde. Es sollte dir zeigen, dass sie umso mehr Schutz brauchen.

Natürlich sagte ich nichts davon. Er war ein Mann, und ich hatte jedes Vertrauen in Männer verloren. Sie sahen diese Dinge nicht, oder sie wollten sie nicht sehen. Es machte keinen Unterschied.

«Die anderen wollen es genauso wenig wie ich», versuchte ich es dennoch nach einer Weile des Schweigens.

«Sicher, sicher!» Er lächelte gutmütig. «Da hast du recht. Du hast ein großes Herz. Aber lass dich nicht täuschen, es sind einige kalkulierende Viecher unter diesen Weibern, die nur ans Geld denken.»

Ja, weil sie es zum Überleben brauchen, sagte ich im Kopf. Aber ich sprach kein Wort.

Bei unserem nächsten Spaziergang schenkte er mir eine Kette. Ich nahm sie nicht an, und er schien es zu akzeptieren, aber als ich abends mein Zimmer betrat, lag sie auf meinem Bett, eingewickelt in weiches Seidenpapier.

«Das wurde für dich abgegeben», erklärte mir die Köchin achselzuckend, als ich danach fragte.

Ich ging ins Pfandleihhaus und versetzte die Kette. Sie war echt, und ich bekam dafür so viel Geld, dass ich Pauline hätte auszahlen können. Aber ich musste ja nicht nur hier rauskommen, ich musste auch mein Leben finanzieren. Meine Angst vor der Welt war zu groß geworden. Darum versteckte ich das Geld in einer Ecke oben auf meinem Schrank und sagte nichts.

Als er bei unserem nächsten Spaziergang fragte, warum ich die Kette nicht trug, antwortete ich wahrheitsgemäß: «Ich brauche keine Kette, ich brauche Geld. Deswegen habe ich sie eingetauscht.» Es erstaunte mich selbst, wie ich mit ihm sprach, aber schließlich wollte ich nichts von ihm, er wollte etwas von mir. Und ich hatte sein Geschenk abgelehnt. Wenn er mir die Kette dennoch aufdrängte, war er selber schuld.

Etwas zuckte über sein Gesicht, und ich wappnete mich für eine Schimpftirade und dafür, dass er das Geld zurückverlangen würde.

«Wie dumm von mir», sagte er sanft, beinahe betreten. «Bitte entschuldige, du hast natürlich recht.»

Am nächsten Tag wurde eine neue Kette gebracht, dazu vierhundert Mark in bar und eine Notiz:

Damit du sie nicht wieder versetzen musst!

Bei unserem nächsten Spaziergang trug ich das Schmuckstück.

«Ich möchte, dass du mir gehörst», sagte er beim Abschied vor der Haustüre.

Ich erstarrte vor Angst. «Was?», stotterte ich.

Frederick nickte ernst. «Ich würde dir alles kaufen, was du dir nur vorstellen kannst, dir jeden Wunsch erfüllen.»

Betreten überlegte ich, was ich sagen sollte. «Ich möchte ein anständiges Leben führen.» Ohne ihn anzusehen, schüttelte ich den Kopf. «Ich kann Ihr Angebot leider nicht annehmen.»

Er sah mich lange an, ohne zu sprechen. «Und wenn ich dir sagen würde, dass es ein anständiges Leben wäre?», fragte er dann und überraschte mich damit so sehr, dass mir die Worte fehlten. «Ich bin seit dreißig Jahren verheiratet, ich habe keine Kinder und mehr Geld, als ich jemals ausgeben kann.» Er stockte, lächelte bitter. «Aber ich habe keine Freude daran.»

Beim nächsten Spaziergang schien er mein Schweigen bereits als eine Art Zustimmung gewertet zu haben.

«Ich habe eine Wohnung für dich gefunden. Möchtest du sie dir anschauen? Du musst nicht, aber sie ist sehr schön, ganz für dich alleine, mit einem Südbalkon, vier Zimmern und sogar einem Bad.»

Es stimmte nicht, die Wohnung war nicht für mich alleine. Sie war auch für ihn. Aber natürlich verstand er nicht, welchen Unterschied das für mich machte.

Vielleicht war es Neugierde, die mich mitgehen ließ. Wenig später schloss er die Tür auf und zeigte mir die Räumlichkeiten. Die Wohnung lag in der Nähe des Jungfernstiegs, in einer der besten Gegenden der Stadt. Hohe Stuckdecken, eingefasste Wandkamine, ein glänzender Fischgrätboden.

«Du darfst dir die Räume einrichten, wie du möchtest, ich habe bereits ein paar Kataloge bestellt. Kennst du das KaDeWe in Berlin?»

Als ich den Kopf schüttelte, schien er erfreut.

«Es ist das größte Warenhaus des Landes. Du kannst dir alles aussuchen. Vielleicht können wir einmal hinfahren und gemeinsam dort einkaufen. Doch bis dahin findest du im Katalog alles, was es dort gibt. Dahinten wird das Schlafzimmer sein.» Er öffnete eine Tür zu einem sonnendurchfluteten, vollkommen leeren Raum. «Daneben die Ankleide, hier die Wohnstube und da das Zimmer für deinen Zeitvertreib.» Er sprach mit einem Mal so, als wäre alles schon entschieden – und ich verpasste den Moment, um zu widersprechen.

Zwei Abende später kam Pauline in mein Zimmer. «Jemand hat deine Schulden bei mir bezahlt. Und noch was obendrauf», sagte sie mit unlesbarer Miene. «Du kannst gehen. Aber glaube mir, es gibt noch ganz andere Abgründe in dieser Stadt. Es sind nicht alle so gut zu euch Mädchen wie ich.»

Ich glaubte ihr.

Und ging trotzdem.

«Was wären die Bedingungen?», fragte ich Frederick, als wir uns das nächste Mal trafen.

Ein Lächeln huschte über sein Gesicht, ich sah es ganz deutlich, auch wenn er es sich sofort wieder verkniff. Noch hast du mich nicht!, dachte ich mit einem schweren Gefühl in der Brust. Denn wahrscheinlich wusste ich da schon, dass es nicht stimmte. Denn was war die Alternative?

Für ihn war es nur ein Spiel, ein Zeitvertreib, ein kleines Abenteuer. Es machte ihm Spaß. Er verstand nicht, dass es buchstäblich um mein Leben ging.

«Nun, sie wären ganz einfach», sagte er und umfasste meinen Arm, zog mich im Gehen ganz nah an sich heran, als wollte er mich wärmen. «Du gehörst mir, und nur mir. Kein anderer Mann darf dich anfassen oder etwas mit dir zu tun haben.»

Ich nickte, erwartete, dass er die Liste fortsetzen würde.

Aber er lächelte auf mich herab. «Das war alles», sagte er und genoss sichtlich meine Überraschung.

«Aber das kann nicht alles sein!», rief ich, und er freute sich wie ein Kind über meine Reaktion.

«Doch, sicherlich», bestätigte er ruhig. «Geld spielt keine Rolle. Was sollte es sonst für Regeln geben? Ach ja, eine Sache noch. Man darf uns natürlich nicht zusammen sehen, deswegen muss ich immer zu dir kommen. Und wir können nicht oft hinaus, es sei denn am Abend.»

Ich widersprach nicht, es erschien mir plausibel, schließlich war er verheiratet.

«Du bekommst von mir Unterhalt, ich stelle eine Köchin ein, ein Mädchen zum Waschen. Du musst nichts tun, nur da sein, wenn ich dich brauche.»

Eine Weile ging ich schweigend neben ihm her. Es ergab alles keinen Sinn. Warum sollte jemand so etwas tun und nichts dafür verlangen? «Und … die Sache?», brachte ich schließlich hervor, und ich spürte, wie die Scham meinen ganzen Körper lähmte.

Ich sah, wie sein Gesicht unwillig zuckte. «Ich habe es dir schon einmal gesagt und werde es jetzt wiederholen. Du sollst nichts tun, was du nicht tun möchtest. Wenn du dich mir irgendwann nahe fühlen solltest, wenn du es selbst so willst, freiwillig und aus reinem Herzen, dann werde ich selbstverständlich nicht ablehnen.»

Das wird niemals passieren, dachte ich und befürchtete im selben Atemzug, dass er mir ansehen könnte, was mir durch den Kopf schoss.

«Und wenn ich es niemals will?», fragte ich dann doch.

Er lächelte so warm, dass ich ihm glaubte, als er sagte: «Dann sei es so.»

Frederick blieb stehen, nahm mein Kinn zwischen die Hände. Sein Blick glitt über mein Gesicht, meine Lippen. Beinahe wirkte es, als wäre er stolz. «Gott, wie schön du bist», seufzte er, und sein Schnauzbart bebte. «Also, mein Kind, ist es besiegelt?»

Anscheinend hatte ich genickt. Denn als wir weitergingen, war es beschlossene Sache. Er drückte meine Hände in den seinen, redete von der Wohnung und der Einrichtung, davon, dass wir einen Termin bei der Schneiderin machen mussten, dass ich neue Kleider brauchte und viele andere Dinge, deren Namen ich nicht einmal kannte.

«Ich werde dir Bücher kaufen», sagte er und sah mich verliebt an. «Was hältst du davon? Und ein Klavier.»

«Ich kann es ja nicht spielen», widersprach ich mit pochendem Herzen. Das Ganze ging mir viel zu schnell.

«Dann kaufe ich eine Lehrerin gleich mit!» Er fasste mich um die Taille, hob mich hoch und drehte mich einmal im Kreis. Als er mich wieder absetzte, versuchte er, mich zu küssen. Rasch drehte ich das Gesicht zur Seite, und sein Schnäuzer landete auf meiner Wange. Er lachte wieder, zog mich weiter, und mir wurde mit einem leichten Schwindelgefühl klar, dass es sehr vieles gab, über das wir noch sprechen mussten. Dass nicht nur er Regeln hatte, sondern auch ich. Dass es einen großen Spielraum zwischen körperlicher Nähe und völliger Keuschheit gab. Ich musste mich davon abhalten, die feuchte Stelle auf meiner Wange, die sein missglückter Kuss hinterlassen hatte, nicht abzuwischen.

Ich gab Josephine die vierhundert Mark, die Kette und das Geld vom Pfandhaus. Ihre Augen weiteten sich ungläubig, eine Weile stand sie ganz still und starrte auf das Geld in ihrer Hand. Sie umarmte mich lange und fest. Ich spürte ihren dünnen Körper und hatte plötzlich das sichere Gefühl, dass sie nicht mehr lange leben würde. Dass es vielleicht das letzte Mal war, dass wir uns sahen.

«Du darfst noch einmal neu anfangen», flüsterte sie, bevor ich ging. «Mach was draus!»

Zu meiner Überraschung gab mir Pauline meine Sachen zurück, die sie zuvor einbehalten hatte, mein Buch mit der gefälschten Referenz und den Ring von Frau Grün. Dann stand sie rauchend in meiner Zimmertür, während ich den Koffer packte, den Frederick mir gekauft hatte, und beobachtete genau, dass ich auch ja keins ihrer verschlissenen Handtücher mitnahm.

«Hochmut kommt vor dem Fall», sagte sie, als ich an ihr vorbei zur Tür hinausging. «Lass dir eins gesagt sein: Wenn du dieses Haus verlässt, kommst du nicht wieder. Schönheit vergeht.» Langsam blies sie den Rauch aus, er quoll ihr aus Nase und Mund. «Und was hast du dann?»

Eine Seele, dachte ich, umklammerte den Koffergriff und lief den Flur entlang an den Türen der anderen vorbei.

Aber eigentlich war ich mir da gar nicht so sicher.

Seine Droschke wartete draußen auf mich. Er war nicht selbst gekommen, aber der Fahrer wusste Bescheid. Er musterte mich, nahm mein spärliches Gepäck entgegen, verstaute es auf dem Dach. Während er mir die Tür aufhielt, wich er meinem Blick aus. Ich setzte den Fuß auf die Stufe. Jetzt begann ein neues Kapitel in meinem Leben.

Es konnte nur besser werden. Oder nicht?

Es dauerte einige Wochen, bis die Möbel fertiggestellt waren, während derer er mich in einem Hotel einquartierte. Nicht die beste Adresse der Stadt, aber auch keine Hafenwirtschaft, ein feines, sauberes Haus in der Nähe der Uhlenhorst, mit Federkernmatratzen und Wäscheservice. Ich schrieb mich unter seinem Namen ins Fremdenbuch ein, kramte den Ring von Frau Grün wieder hervor und steckte ihn an den Finger, denn an derlei Details, die einen Mann nicht kümmern mussten, die für mich aber einen himmelweiten Unterschied bedeuteten, hatte er nicht gedacht. Im Nachhinein betrachtet, waren diese Wochen im Hotel die beste, die freieste Zeit. Aber wie hätte ich das ahnen sollen?

Nachdem ich bei der Schneiderin neu eingekleidet worden war, behandelte man mich mit höflichem Respekt. Ich war wieder in der Gesellschaft angekommen, die unsichtbare Mauer war eingerissen – von einem Ring, einem Paar guter Handschuhe und einem Mann, der mein Zimmer bezahlte.

Tagsüber saß ich gerne im Frühstücksraum des Hotels und las, trank Tee, freute mich daran, akzeptiert zu sein, in der Masse unterzugehen, dazuzugehören.

Bei Frau Poggenfuhl hatte ich gesehen, wie eine Dame sprach, wie sie saß und wie sie den Kopf hielt, und ich versuchte, die anderen Frauen im Hotel heimlich zu beobachten und es ihnen gleichzutun, übte in meinem Zimmer, wie sie sich elegant auf ihren Schirm stützten, wie sie mit geschlossenem Mund lachten und wie sie sich beim Personal bedankten, immer höflich, aber auch mit einer gewissen Herablassung, die deutlich machte, dass sie den Service eigentlich für selbstverständlich hielten.

Meine neuen Kleider gefielen Frederick nicht, er wurde ärgerlich, als er sah, was ich mir bestellt hatte. «Ich habe dir doch gesagt, Geld spielt keine Rolle», rief er. «Warum ziehst du dich an wie ein Mauerblümchen?» Er arrangierte einen neuen Termin und begleitete mich sogar, suchte mir elegante Toiletten und Hüte aus, diskutierte mit der Schneiderin über Stoffe und Schnitte, als wäre ich eine Anziehpuppe.

«Wo soll ich das alles tragen?», protestierte ich, denn wir konnten ja nicht ausgehen, nicht ins Theater und nicht in ein Restaurant.

«Du trägst es für mich», erwiderte er gelassen und ließ die Sachen einpacken.

Als ich das erste Mal die Handschuhe auszog und er den Ring sah, wich ihm alles Blut aus dem Gesicht. Er packte meine Finger so fest, dass ich erschrocken aufkeuchte. Rasch erklärte ich, warum ich den Ring trug, und er hörte mir schweigend zu, schien wieder ein wenig betroffen, dass er so vieles nicht bedacht hatte. Am nächsten Abend nahm er mich mit zu einem Juwelier, der extra für uns länger geöffnet hatte, und suchte mir einen neuen Ring aus. Den alten musste ich wegwerfen, er bestand darauf. Fast fiel es mir ein wenig schwer.

Er übernachtete nie bei mir, und er begleitete mich auch nicht auf mein Zimmer, wir begegneten uns nur im Restaurant des Hotels. Wenn er hereinkam, sollte ich mich nicht zu erkennen geben, er suchte mit den Augen den Raum ab, und wenn er mir ein Zeichen gab, dass niemand hier war, der ihn kannte, durfte ich lächeln und ihn begrüßen. Wir saßen immer in manierlichem Abstand voneinander und fassten uns niemals an.

«Ich mache mir nicht viele Sorgen», erklärte er, als mich das Verhalten beim ersten Besuch irritierte. «Niemand, den ich kenne, verkehrt normalerweise in so einem Haus. Aber ein wenig Vorsicht ist doch immer geboten.»

Mir wurde klar, dass das Hotel für ihn eine billige Absteige sein musste.

Er erzählte mir, wo er wohnte, und obwohl er es untersagt hatte, spazierte ich eines Abends zu seinem Haus. Fassungslos stand ich davor, die schiere Größe schien mir unmöglich. Hier sollte ein einziges Paar wohnen?

Ich sah die Kronleuchter hinter den Fenstern glimmen, sah den Umriss eines Gemäldes. Jemand ging hinter dem Vorhang vorbei, und rasch trat ich zurück. Es war eine andere Welt, zu der ich niemals Zutritt haben würde.

⁂

Lass uns eine kleine Reise machen, solange wir auf die Möbel warten», schlug er mir vor. «Wo auch immer du hinwillst.»

Ich wollte nicht nach Paris oder Rom, nicht nach Davos oder Sylt. Es gab nur einen einzigen Ort auf der Welt, an den es mich zog.

In Hamburg durfte uns niemand gemeinsam sehen, aber als wir auf dem Dorfplatz in der Nordmarsch aus dem Automobil stiegen, nahm er meine Hand. Es war das erste Mal, dass wir in der Öffentlichkeit nicht so taten, als würden wir uns kaum kennen.

«Hier hast du also einmal gelebt?» Er sah sich um, und seine Miene verriet deutlich, was er von dem Dorf hielt.

Mir kam es kleiner vor als früher. Es roch nach Jauche und Hühnern, jemand hatte ein Feuer angezündet, die Schwaden zogen durch die Gässchen. Hatte ich es hier wirklich einmal schön gefunden?

«Ich möchte mich gerne ein wenig umsehen. Würde es dir etwas ausmachen, auf mich zu warten?»

Er schien überrascht, nickte aber bereitwillig. «Ich gehe solange in die Wirtschaft.»

«Geh lieber ins Ausflugslokal am Fluss. Die Wirtschaft hier ist wirklich nicht zu empfehlen.»

Aber es gab sie gar nicht mehr, das Haus des Pastors stand leer. Die Rollläden waren heruntergelassen, das Schild der Wirtschaft abgehängt. Einzig eine dunklere Stelle an der Fassade erinnerte an den Schriftzug über der Tür. In den Rissen auf der Treppe wuchs Löwenzahn. Hier lebte niemand mehr. Nur der schmiedeeiserne Hahn war noch da. Er schaukelte leicht in der

Brise, und ich beeilte mich vorbeizugehen. Ich wollte nicht an mein altes Zimmer denken. Und ich wollte auf keinen Fall, dass der Hahn wieder anfing, in meine Träume hineinzuknarzen.

Das Wasser in der Graft war dunkel und brackig. Die kleine Kirche jedoch sah genauso aus wie früher. Ich drückte die Friedhofspforte auf und dachte an Erika. Daran, dass ich nie erfahren hatte, wo sie beerdigt worden war.

Mechthilds Grab war ordentlich bepflanzt, wie ich es erwartet hatte. Zu meinem Erstaunen stellte ich jedoch fest, dass sie nicht mehr alleine dort lag. Still stand ich da und blickte auf seinen Namen.

Ich hatte mir immer vorgestellt, dass ich den Pastor irgendwann wiedersehen würde. Dass ich ihm sagen konnte, was mir angetan worden war. Ich hatte mir vorgestellt, wie sein Gesicht in sich zusammenfiel, wie er bestürzt den Kopf schüttelte, wie ihm klar wurde, welche Schuld er auf sich geladen hatte.

Wie er mich um Verzeihung bat.

Dass ich das niemals bekommen würde, war schwer zu akzeptieren.

Das Törchen hinter mir quietschte, eine alte Frau betrat den Friedhof. Sie war so bucklig, dass ihre Nase fast den Bauch berührte, trotzdem wieselte sie mit flinken Schritten zwischen den Gräbern auf und ab, eine Gießkanne in der einen, eine Harke in der anderen Hand, musterte mich mit dem wachsamen Misstrauen, das man Fremden hier schon immer hatte zuteilwerden lassen.

«Verzeihung.» Ich räusperte mich, und sofort blieb sie stehen.

Als sie den Blick hob, erkannte ich eine der alten Freundinnen von Käthe, die am Frauensonntag neben ihr in der Wirtschaft gesessen und geklönt hatten.

«Der Pastor ist verstorben?» Mit meinen zarten Spitzenhandschuhen wies ich auf den Grabstein.

Sie taxierte mich aus wässrigen Augen, und ich sah ihr an, wie es in ihrem Kopf ratterte, sie sich fragte, wer ich wohl sein könnte. Ihr Blick huschte über mein Kleid. Ich hatte mein teuerstes Ensemble ausgewählt, eine blau-weiß gestreifte Kombination aus engem Rock und langer Bluse mit gerüschtem Kragen, dazu einen großen Hut mit Schleier und einen breiten Taillengürtel. Ich sah aus wie eine Dame aus der Stadt. Ich *war* eine Dame aus der Stadt – zumindest für sie. Sie würde mich nicht mit dem unmanierlichen Mädchen in Verbindung bringen, das damals die Sahne in die Windbeutel gefüllt, das Essen ausgeteilt und sich im Stillen gefragt hatte, was Anfechtung bedeutet.

Und wie sie verhindern konnte hineinzugeraten.

«Ach ja, den Herrn Pastor hat der Herrgott geholt. Schreckliche Sache. Aber nun ist er bei Ihm. Nun sind sie beide wieder zusammen, sag ich immer. So soll es schließlich sein. Mein Bertram wartet schon seit zwölf Jahren, dass ich ihm nachfolge, aber der Herrgott hat noch was vor mit mir.»

«Wie geht es Käthe?», fragte ich, und ihr Mund zuckte erstaunt.

«Käthe? Nun, den Umständen entsprechend.» Sie stützte eine Hand in die Hüfte, versuchte, sich ein wenig aufzurichten. «Sie hat's mit den Augen, sieht nicht mehr gut. Und seit ihr Bruder fort ist … Sie nimmt's schwer. Ist ja niemand mehr da, außer Werner und Inge. Aber ich besuch sie oft.»

«Es ist niemand mehr da?»

«Friedemann ist ja in die Stadt gezogen. Er ist Prokurist in einer Firma!», erzählte sie voller Achtung. «Und die Mädchen sind mit ihren Männern fort.»

Ich konnte nicht fassen, dass beide Schwestern so früh geheiratet hatten.

«Woher kennen Sie die Familie?» Sie schirmte die Augen gegen die Sonne ab. Wieder glitt ihr Blick über mein Kleid, blieb bei meiner Halskette hängen, den Ohrringen.

«Oh, ich bin eine alte Bekannte. Aus Hamburg», fügte ich hinzu. «Bei dem Pastor und seiner Frau war doch einmal dieses Mädchen. Wie hieß sie doch gleich …»

Sie schien zu überlegen. «Ah, das Kind, das sie für Mechthild dahatten?», fragte sie dann.

«Richtig. Christina hieß sie, oder nicht? Wissen Sie, was aus der Kleinen geworden ist?»

Sie hob die Brauen. «Na, was soll schon geworden sein aus einer wie der.» Ihr Mund zuckte. «So was kann ja nur in der Gosse enden.»

«Wie meinen Sie das?», fragte ich scheinbar unschuldig. Es bestand kein Zweifel, wie sie es meinte.

«Ach, ich red ja nur», murmelte sie ein wenig verlegen.

«Sie meinen, weil sie so überstürzt von hier wegmusste», bot ich an.

Ihre Augen leuchteten auf, als ihr klar wurde, dass ich Bescheid wusste und sie freiheraus lästern konnte. «Gerede gab das, ich sag es Ihnen. Aber von den eigenen Eltern verkauft, ohne Heimat. Das musste schiefgehen. Ich hab's Käthe immer gesagt. Die Kleine hatte so was … wie soll ich sagen … sie hatte was Wildes. Aber die Familie vom Pastor hat sich gut gekümmert. Sie haben Anstand, wissen Sie.»

Auch bei Käthe waren die Rollläden heruntergelassen. Allerdings stand kein Spalt mehr offen, durch den sie hindurchschauen und den Dorfplatz im Auge behalten konnte.

Ich schob die schiefe Pforte auf und ging auf die Haustür zu. Der Weg war uneben, Moos wucherte zwischen den Steinen, Wurzelwerk schob die Gehwegplatten nach oben. Der einst blühende und akkurat gepflegte Bauerngarten wucherte vor sich hin, die Beete lagen brach, einzig ein paar welke Salate und Bohnen ließen darauf schließen, dass im Haus noch jemand lebte.

Die Schläge des Türklopfers verhallten im Haus. Nichts rührte sich. Ich klopfte wieder, zog auch an der kleinen Glocke aus Gusseisen, die neben dem Briefkasten hing, und läutete. Als ich mich nach dem dritten Klingeln schon umwandte, um zu gehen, hörte ich, wie sich hinter mir die Tür öffnete.

«Was wollen Sie?»

Die Stimme war noch genau dieselbe. Käthe aber war kleiner und gedrungener als früher. Oder war ich größer geworden? Aus dem Halbdunkel des Flures heraus starrte sie mich mit ihren Habichtaugen an. Sie trug noch immer ihre Witwentracht und die dunkle Haube, aber die Kleider schlackerten ihr um den Körper. Ich roch den vertrauten Geruch nach ihrer Gelenksalbe. Noch immer hielt sie die Tür halb geschlossen.

«Du erkennst mich also nicht.»

Ich sah, wie sich das Erstaunen auf ihrem Gesicht ausbreitete. «Christina?», fragte sie nach ein paar Sekunden, und ich schob den Schleier beiseite.

Sprachlos starrte sie mich an, und ich sah den Katarakt in ihren Augen. Sie wirkten beinahe weiß. Trotzdem konnte sie anscheinend noch etwas sehen. Genau wie zuvor ihre Freundin nahm sie alles an mir auf, ihr Blick glitt über mein Kleid und den Schmuck, sie wog ab, was sie wert sein mochten. Wie viel *ich* in der Konsequenz wert war. Offensichtlich fragte sie sich, was mir passiert sein mochte, das meine Aufmachung erklärte.

Nach einer Weile fragte ich: «Darf ich reinkommen?»

Sie zögerte geschlagene zehn Sekunden. Dann trat sie zurück und hielt mir die Tür auf.

«So, dir geht es also gut?» Käthe wackelte mir voraus in die Stube. Es roch schal hier drinnen, nach altem Teppich und saurer Milch. Im Haus staute sich trotz der Dunkelheit die Hitze. Auf den Sesseln lagen Spitzendeckchen, über dem Esstisch hing ein Jesus am Kreuz.

«Ich kann dir leider nichts anbieten, mein Mädchen kommt erst um fünf.»

«Ich brauche nichts.» Früher hätte sie mir auch nichts angeboten. Es war nicht meinem Alter, sondern allein meiner Kleidung, meinem Schmuck, meiner Frisur geschuldet, dass sie überhaupt darüber nachdachte, mir etwas zu servieren.

Wir setzten uns nicht in die Küche, sondern in die gute Stube, wo ich früher nichts hatte anfassen dürfen. Die Sonne drang durch die Ritzen der alten Rollläden und tauchte das Zimmer in ein orangefarbenes Dämmerlicht. Ich sah mich um. In der Vitrine stand ein Engel aus Biskuitporzellan. Er trug eine Krone auf dem Kopf und hatte weite blaue Flügel, schützend breitete er seine Arme über zwei kleine Kinder, die zu seinen Füßen spielten. Bei seinem Anblick überkam mich eine solche Traurigkeit, dass sie den Triumph, den ich gespürt hatte, als Käthe mich erkannte und so offensichtlich schockiert war von meinem Anblick, vollkommen auslöschte.

Sie folgte meinem Blick. «Den hat Horst mir aus der Schweiz mitgebracht.»

Ich nickte nur, eine Schwere in der Brust, mit der ich nicht gerechnet hatte.

«Er ist gestorben.»

«Ich weiß.»

Das schien sie zu überraschen. «Ein Schlaganfall. Es ging ihm nicht gut nach Mechthilds Tod. Das Haus war so still, es war ja niemand mehr da. Rine war auch gegangen, hatte eine neue Stellung angenommen. Es war … nicht mehr richtig alles.» Sie gab ein leises Zungenschnalzen von sich.

«Nicht richtig?», konnte ich nicht widerstehen nachzuhaken.

Sie zögerte, kniff die Lippen zusammen, schüttelte missbilligend den Kopf. «Du weißt schon. Er hat Erika sehr gemocht. Und Mechthild hat so gelitten. Es war eine schwere Zeit für ihn.» Natürlich sprach sie nicht von mir. Ich war nur ein kleiner Schluckauf gewesen in ihrem gut geölten Getriebe. Sie hatten immer nur an sich selber gedacht.

«Ach so», sagte ich ruhig.

«Ich sehe, du hast die Zeit seit deinem Verschwinden genutzt.»

Es musste sie wahnsinnig machen, nicht zu wissen, was mir geschehen, wie es zu meinem scheinbaren Wohlstand gekommen war. Schließlich konnte man mir nicht ansehen, was ich wirklich war.

«Ein Mann», stellte sie nüchtern fest, und ich widersprach nicht. Was sollte es auch anderes sein.

Draußen klapperte ein Fuhrwerk vorbei, eine Fliege summte gegen das Glas, Käthe nahm die Klatsche und erledigte sie trotz ihrer Augenkrankheit mit einem einzigen gezielten Hieb. «Da hast du Glück gehabt. Aber mit deinem Gesicht war das wohl auch keine Kunst. Die Männer haben dich ja immer gemocht.»

Ich hätte ihr gerne den hämischen Ausdruck aus dem Gesicht gekratzt.

«Ich nehme an, du hast ihm nichts von dem Kind erzählt.»

«Otto», sagte ich. «Das Kind hat einen Namen. Und es ist tot.»

Ihre Miene blieb ausdruckslos. «Ich weiß.»

Das erstaunte wiederum mich. In meinem Kopf war Otto einzig und allein mein Kind, ich hatte ihn vollkommen von Friedemann und den Menschen hier abgetrennt. Aber sie war seine Urgroßmutter – Werner war ihr Sohn und Friedemann ihr Enkel. Die Schmittfelds mussten ihr geschrieben haben, oder vielleicht hatte auch Frau Grün sie benachrichtigt.

Nach einer Weile, während der wir uns gegenübersaßen und ich die Hühner im Nachbargarten durch die Rollläden hindurch gurren hörte, fragte sie: «Warum bist du hier?»

«Ich war in der Gegend.»

Natürlich glaubte sie mir nicht. Käthe war nicht leicht zu täuschen. «Man kommt nicht einfach in diese Gegend», sagte sie nur. «Nicht, wenn man aus der Stadt ist und solche Kleider trägt wie du.»

«Ich wollte sehen, wie es euch geht», gab ich zu.

«Wie soll es uns gehen?»

Einen Moment sagte ich nichts. «Ihr schuldet mir noch etwas.»

Das ließ ihr faltiges Kinn in die Höhe fahren. «Wir schulden dir gar nichts.» Da war wieder die Käthe, die ich kannte, resolut und abweisend.

«Ich habe damals Geld bekommen, für Otto. Ihr habt es für mich aufbewahrt bis zu meiner Volljährigkeit.» Auch jetzt war ich noch nicht volljährig, obwohl es sich anfühlte, als hätte ich drei Leben gelebt. Aber darum ging es auch nicht.

«Du bist hier, weil du Geld willst? Von mir?», fragte sie, echtes Erstaunen in der Stimme. Meine Garderobe musste tatsächlich Eindruck gemacht haben.

«Ich will, was mir zusteht.» Ich hatte nicht geplant, nach dem Geld zu fragen, und war überrascht über mich selber. Warum konnte ich plötzlich etwas verlangen?

Ihr Mund wurde spitz, der Kopf ruckte hin und her wie der einer Taube. «Nach all der Zeit. Wie kommst du darauf, dass du Anspruch darauf hast? Einen Gnadendienst hat Friedemann dir mit der Hebamme erwiesen, einen Akt der Barmherzigkeit. Er hat dafür gesorgt, dass das Kind gut unterkommt.»

«Otto war auch sein Kind. Ich wollte nicht schwanger werden», antwortete ich ruhig. Ich wartete, bis sie mich ansah. «Ich wusste nicht einmal, wie das geht.»

Jetzt wurde sie still. Ich hörte, wie sie mit den Zähnen mahlte. Sie schaute mir nicht mehr in die Augen – schließlich hatte sie mich mit genau diesen Worten vor den anderen verteidigt. Oder es zumindest versucht.

«Wir haben alles getan, was wir konnten. Wir haben uns gekümmert, dir einen guten Ort besorgt.»

«Ich will das Geld.»

«Das Geld war für Otto.»

«Es war für mich. Es war mein Schweigegeld. Es steht mir zu.»

«Schweigegeld», wiederholte sie empört.

«Ich weiß, dass Friedemann Prokurist ist. Auf dem Friedhof habe ich deine Freundin getroffen, sie hat mir alles erzählt. Ich weiß, bei welcher Firma er arbeitet.»

Es war, als würde ein Ruck durch sie hindurchfahren.

«Wie es ihm wohl gefallen würde, wenn ich dort auftauche und seiner Frau erzähle, was damals passiert ist?»

«Niemand würde dir glauben», hauchte sie, sichtlich getroffen. Aber ich sah die Unsicherheit in ihrem weißen Hexenblick.

«Ich will nur das, was mir gehört.»

Sie stand auf, schob mit einem Ruck den Stuhl zurück und trippelte zu dem kleinen Vertiko unter dem Kreuz. Einen Moment lang wühlte sie darin herum, und schließlich legte sie ein angelaufenes Scheckbuch vor mich auf den Tisch. Sie schrieb mit zitternden Fingern wie ein Kind. Es dauerte lange, ich sah ihr zu, ohne einen Muskel zu bewegen. Als sie mir den Scheck gab, war es nicht einmal ein Viertel von dem, was sie mir damals versprochen hatte.

«Mehr habe ich nicht. Horst hatte Schulden, die Wirtschaft lief nicht gut.»

Seltsamerweise glaubte ich ihr.

Du weißt doch, was geschehen ist, dachte ich, während ich beobachtete, wie sie das Scheckheft wieder wegschloss. Warum kannst du nicht einfach sagen, dass es dir leidtut?

Aber sie war, wer sie war.

Und es hätte ohnehin nichts geändert.

*

Als die Wohnung fertig war, trug Frederick mich über die Schwelle wie eine Braut. Staunend ging ich in den Zimmern umher. Ich spürte, dass er Freude von mir erwartete, und gab mein Bestes, sie vorzutäuschen. Er konnte ja nicht wissen, dass wahre Freude mir inzwischen vollkommen fremd schien.

Die Wohnung stand voller Möbel und Pflanzen, dicke Teppiche lagen auf den Fischgrätdielen, alles roch neu und sauber, er hatte sogar Bilder aufhängen lassen und frische Blumen bestellt. Ein ganzer Raum existierte nur zu meinem Vergnügen, dort fand ich ein gut gefülltes Bücherregal mit Romanen, ein Klavier, Wolle zum Stricken, Farben zum Malen, sogar einen

Webrahmen und ein Poesiealbum mit Klebebildchen. Ich fragte mich, wer das alles ausgesucht hatte. Er versicherte sich wieder und wieder, ob es mir auch an nichts fehle.

Sobald die Tür sich hinter ihm schloss, fiel mein Lächeln in sich zusammen.

Ich tippte auf dem Klavier herum, dessen Tasten laute und schrille Töne erzeugten, sobald ich mehrere auf einmal drückte. Ich nahm die Wolle aus dem Korb und sortierte sie nach Farben. Im Haus des Pastors hatte ich Strümpfe stricken müssen, ich dachte daran, wie ich mit Erika die Wolle gewickelt hatte, und es schnürte mir den Hals zu. Den Stickrahmen fasste ich gar nicht erst an.

Die Bücher hingegen freuten mich, aber ich fand bald heraus, dass die Auswahl nicht nach meinem Geschmack war. Trotzdem würde ich sie lesen, an den langen Abenden und Tagen, an denen er nicht kommen konnte, und in den vielen Stunden zwischen den Mahlzeiten, in denen ich von Zimmer zu Zimmer wanderte und darauf wartete, dass die Uhr auf dem Kaminsims eine neue Stunde schlug.

Er mochte es nicht, wenn ich zu viel draußen herumlief. Für die Einkäufe schickte er eine Frau, die zweimal in der Woche für mich zum Markt ging. Die Schneiderin kam ebenfalls ins Haus, genau wie die Mädchen zum Saubermachen und Kochen. Sie sprachen nicht viel, beantworteten meine Fragen einsilbig und lustlos, stellten nie eigene. Irgendwann begriff ich, dass sie wussten, was ich war. Und dass sie mich verachteten.

Ich begann, seine Besuche herbeizusehnen wie eine Verdurstende das Wasser. Sobald sich der Schlüssel im Schloss drehte, sprang ich auf und lief ihm entgegen. Er verwechselte die Freude, aus meiner Lethargie gerissen zu werden, mit

Freude über ihn. Ich wusste es nicht zu verhindern. Es gefiel ihm, dass ich so sehr auf ihn konzentriert war und es in meinem Leben nichts gab außer ihm.

Ich trug die Haare offen. Schließlich war ich allein, niemand sah mich. «Es sieht gewöhnlich aus, wie eine Dirne», fand er missbilligend. «Damen tragen die Haare nicht offen.»

Aber ich war ja auch keine Dame. Es hatte mir immer gut gefallen, sie offen zu tragen.

Ich ließ mich morgens von dem Mädchen frisieren, das stets freundlich und höflich blieb, mir aber nicht in die Augen schaute und sich weigerte, mich beim Vornamen zu nennen.

Das Klavier und die Wolle fasste ich weiterhin nicht an. Doch die Farben faszinierten mich. Noch nie hatte ich mit Farben gemalt. In den Schulen hatten wir Wasserkästen bekommen, aber die waren nur zu besonderen Gelegenheiten benutzt worden und hatten nicht mehr als sechs Fächer gehabt.

«Du hast Talent», stellte er erstaunt fest, als er eines meiner zaghaften Gemälde sah. Ein Blick aus dem Fenster, die Hausdächer und Straßen, sogar verschwommen die Pferdebahn und dahinter die Binnenalster. Es war nicht gut, mehr wie etwas aus der Hand eines Kindes. Aber es half mir. Die Zeit war weniger lang, wenn ich malte, und manchmal vergaß ich sie vollkommen. Irgendwann blickte ich auf, und das Feuer im Ofen war heruntergebrannt, der Kaffee neben mir war kalt geworden. Ich malte jeden Tag, ich malte alles, was ich sah.

Ich malte, damit ich nicht denken musste.

«Ja, aber das bin ja ich!», rief die Köchin, als ich ihr eines Tages eine Zeichnung reichte, die ich heimlich von ihr angefertigt hatte. Mit krummer, zittriger Hand nahm sie das Bild entgegen. «Sie sind ja eine Künstlerin!» Sie musterte mich, als sähe sie mich plötzlich ganz anders – und zum ersten Mal, seit wir uns kannten, lag Achtung in ihrer Stimme. «Nein, so was. Ich hab noch nie ein Bild von mir gesehen. Darf ich das behalten?»

Ich malte Tag und Nacht. Meine Bilder lösten bei allen, die sie sahen, Anerkennung aus, und irgendwann begann der Gedanke in mir zu reifen, dass ich aus ihnen etwas machen könnte, dass es vielleicht stimmte und ich tatsächlich Talent hatte. Ich nahm all meinen Mut zusammen, packte ein paar meiner Skizzen, Ölgemälde und Porträts in eine Tasche und ging in die kleine Kunsthandlung in der Nähe, vor deren Schaufenstern ich schon oft gestanden und die Auslage bewundert hatte.

«Sie wollen was?» Der Mann hinter der Theke blinzelte mich über seine Brille hinweg an. Er lehnte sich vor und blickte in die Tasche mit meinen Bildern, die ich ihm aufhielt.

«Ihre Meinung zu meiner Arbeit!», sagte ich vorsichtig und zog ein paar der Werke hervor.

Er griff danach und sah sie sich an, eines nach dem anderen, spitzte den Mund, hob die Brauen. «Sie malen schon lange?», fragte er mit schief gelegtem Kopf.

«Eine Weile», erwiderte ich ausweichend.

«Nun, Madame, Sie haben durchaus Talent.» Lächelnd gab er mir das letzte Bild zurück.

«Und?», fragte ich schüchtern, und er sah mich überrascht an.

«Und wie?»

«Nun, ich dachte …» Kleinlaut brach ich ab. Plötzlich war mir meine Idee herzukommen wahnsinnig peinlich. «Ich wollte Sie fragen. Nun, denken Sie, die Bilder würden sich verkaufen? Wenn ich noch besser werde …», fügte ich hastig hinzu.

Einen Moment sah er mich erstaunt an. Dann lachte er leise auf. «Verkaufen? Meine Teuerste. Ihre Bilder sind gut, das will ich Ihnen nicht absprechen. Aber verkaufen? Die meisten männlichen Künstler können nicht einmal von ihrer Arbeit leben, es gibt nur wenige Menschen, die Kunst überhaupt zu würdigen wissen. Und Bilder von einer Frau, noch dazu einer unbekannten?» Er schüttelte den Kopf. «Einen Markt gibt es für so etwas jedenfalls nicht. In der Kunst ist es wie überall: Der Name zählt. Vielleicht unter einem männlichen Pseudonym», murmelte er nachdenklich und hielt eines der Bilder ins Licht.

Erschrocken nahm ich es ihm wieder ab und stopfte es zurück in die Tasche. «Ich werde es mir überlegen», sagte ich und verließ überstürzt den Laden. Auf dem Nachhauseweg war es, als würde tief in mir etwas warm glühen. Ich hatte Talent, er hatte es selbst bezeugt, hatte sogar ernsthaft überlegt, ob man die Bilder verkaufen könnte.

Es war ein Anfang.

«Warum lachst du nie?», fragte Frederick mich einmal, als wir abends zusammensaßen und lasen. Erschrocken sah ich ihn an. Hatte ich vergessen zu lachen? «Ich bin so viel allein», sagte ich schließlich zaghaft und probierte ein Lächeln, von dem ich schon wusste, dass es nicht überzeugen würde. «Kannst du nicht ein wenig öfter kommen?» Trotz seines besorgten Blickes sah ich, dass mein Wunsch ihn freute. Ich brauchte ihn, ich wollte ihn öfter um mich haben, ließ ihn nicht gerne gehen. Genau das hatte er gesucht.

Bei seinem nächsten Besuch überreichte Frederick mir eine große Hutschachtel. Er hielt sie so vorsichtig, dass ich bereits etwas ahnte, bevor ich die Bewegung im Inneren spürte und mein Herz zu klopfen begann. Nein, dachte ich und wollte die Schachtel von mir schleudern. Nein, ich kann das nicht.

Darin saß eine winzige weiße Katze. Sie trug eine Schleife um den Hals und sah mich aus runden Augen fragend an.

«Sie heißt Kränzchen», sagte er und beobachtete mein Gesicht, wie er es immer tat, wenn er mir etwas schenkte oder etwas Neues zeigte. «Damit du nicht so alleine bist.»

Es kostete mich alle Kraft, Begeisterung zu heucheln, bis er wieder gegangen war. Wir saßen auf dem Teppich wie Kinder und zogen eine Schnur vor ihr her, sie sprang herum und versuchte, das Ende zu fangen, verhakte sich mit ihren kleinen Krallen in meinem Kleid, wollte meinen Arm hinauflaufen. Irgendwann schlief sie ein, in die Ritze zwischen zwei Sofakissen gekuschelt. Ihr kleiner weißer Bauch hob und senkte sich, als hätte das Spiel sie vollkommen ausgelaugt. Im Schlaf trat sie mit ihren winzigen Tatzen in die Luft, und ich sah, dass sie davon träumte, bei ihrer Mutter zu trinken. Es schnürte mir die Kehle zu.

Die Tür hatte sich kaum hinter ihm geschlossen, da packte ich die schlafende Katze mit beiden Händen und setzte sie in die Küche. «Hier bleibst du», fauchte ich, sie saß auf dem Boden und starrte mich verschlafen aus ihren blauen Augen an. Ich warf die Tür zu und ließ sie dort drin alleine. Am Morgen würde die Köchin kommen, die konnte sich um sie kümmern. Ich wollte nichts mit ihr zu tun haben.

Erst war es still. Aber nach einer Weile fing sie an, herzzerreißend zu miauen. Ich versuchte, sie zu ignorieren, lief hin und her und knetete die Hände, öffnete ein Buch, schloss es wieder, ging in mein Schlafzimmer und legte mich angezogen aufs Bett, starrte den Baldachin an und verwünschte Frederick und seine Ideen. Mehrmals polterte es leise hinter der Küchentür. Dann hörte ich, wie sie am Holz kratzte.

«Wahrscheinlich hat sie Hunger», sagte ich laut und stand wieder auf.

Er hatte kein Futter gekauft und auch sonst nichts, was ich gebraucht hätte, um sie zu versorgen. Ich öffnete die Küchentür und fand sie auf dem Boden, sie hatte die Blumenvase umgekippt, hockte neben den Tulpen und dem Wasserfleck und sah mich wie um Entschuldigung bittend an. Als ich an ihr vorbeiging, maunzte sie kläglich. Das Geräusch fuhr mir durch Mark und Bein.

Ich goss ihr Milch in ein Schälchen und stellte es auf den Boden. Dann ging ich in den Salon, nahm die zwei Kissen, zwischen denen sie geschlafen hatte, und trug auch die in die Küche. «Hier. Jetzt hast du alles, was du brauchst», sagte ich, ohne sie anzusehen. Ich stellte auch noch Wasser hin, weil ich plötzlich nicht sicher war, ob Milch gut für sie war, und sie versuchte, mit den Pfoten nach meiner Hand zu schnappen und sie festzuhalten.

Ich wich ihr aus, floh aus dem Raum und knallte die Tür zu.

Sie miaute die ganze Nacht. Nie hätte ich gedacht, dass ein so kleines Wesen so laut werden konnte. Gegen vier Uhr morgens stand ich auf und lief wutentbrannt in die Küche. Wie sie so ganz allein und winzig mitten in dem dunklen Raum auf dem Boden saß, konnte ich nicht anders. Ich nahm sie mit zu mir.

Sie schlief sofort ein, mit einem Geräusch, das beinahe wie ein zufriedener Seufzer klang. Ich lag neben ihr und starrte mit pochendem Herzen an die Decke.

Es passierte genau das, wovor ich Angst gehabt hatte.

Sie wurde meine ganze Welt.

Wenn sie sich nachts schnurrend an meinen Hals drückte, lächelte ich. Wenn ich morgens davon aufwachte, dass sie mit meinem Haar spielte und mir mit ihren seidigen kleinen Pfoten im Gesicht herumdrückte, war ich nicht allein.

Ich trug sie in einer Schlinge am Körper, die ich aus einem Schal gebastelt hatte. Ich saß mit ihr am Fenster und beobachtete die Vögel in der Dachrinne. Ich knotete Federn an eine Schur und lief vor ihr her, lachte entzückt, wenn sie versuchte, sie zu fangen, ihren ganzen Körper hin und her warf, sich streckte wie eine Ziehharmonika, um eine Sekunde später wie ein Frosch loszuspringen und ihre Krallen in die Beute zu schlagen.

Anfangs spielte Frederick noch mit, doch bald verlor er das Interesse. Ich wünschte mir Futter und ein Körbchen, Spielzeug und Leckereien. Er kaufte Kränzchen alles, ohne zu murren, aber ich meinte, in seinem Blick lesen zu können, dass er bereute, sie angeschafft zu haben. Sie bekam zu viel von meiner Aufmerksamkeit; ich sah, dass es ihn störte. Wenn er da war, bemühte ich mich, nicht allzu viel über sie zu reden und nicht allzu begeistert zu sein, wenn sie wieder etwas tat, das mich in Verzückung versetzte.

«Hopp», sagte ich abends, und sie sprang aufs Bett, drückte die Decke auf meinem Bauch mit ihren Pfoten zurecht, bis sie ihr genehm war. Sie wurde so warm, wenn sie schlief. Es gab mir eine neue Ruhe, sie bei mir zu wissen. Mit ihr kamen Gefühle zurück, von denen ich gedacht hatte, sie wären für immer verdorrt. Plötzlich konnte ich mich wieder freuen.

Ich hatte alles, was ich mir nur wünschen konnte. Geld, Essen, Zeit, schöne Kleider. Ich musste keine Angst mehr haben, konnte schlafen, wann ich wollte, essen, was ich wollte. Es war wie in einem Traum. Tagsüber streifte ich mit Kränzchen durch die Zimmer, gekleidet in meine neuen Gewänder, ich hörte dem Ticken der Uhr zu, die auf dem Kaminsims stand. Stundenlang saß ich am Fenster und sah zu, wie die Pferdebahn Menschen einsammelte und wieder ablud, beobachtete die Frauen beim Einkaufen, die Männer auf dem Weg zur Arbeit.

Ich hatte alles, was ich mir nur wünschen konnte. Doch frei war ich nicht.

Vielleicht konnte man als Frau nicht frei sein in dieser Welt?

Die Zeit türmte sich vor mir auf wie ein riesiges durchsichtiges Meer, sie wogte und ebbte, verging wie im Flug und dehnte sich gleichzeitig so sehr, dass ich manchmal glaubte, wahnsinnig zu werden, wenn nicht bald der nächste Tag anbrach. Sie rauschte in meinen Ohren und in meinem Blut.

Eines Morgens wachte ich auf und wusste, dass ich gehen musste. Sonst würde ich irgendwann, inmitten der Fülle der Dinge, die er mir schenkte, eingehüllt in eines meiner schönen Kleider zugrunde gehen.

Ich saß im Wohnzimmer, mit einem kleinen Koffer, in meinem alten Kleid, die Haare offen, und wartete auf ihn.

Als er hereinkam, mit einer Schachtel Pralinen in der Hand, erstarrte er mitten in der Bewegung. Langsam kam er auf mich zu, setzte sich mir gegenüber, und an seiner Miene sah ich, dass er bereits ahnte, was ich sagen würde.

So gut ich es vermochte, erklärte ich alles. Plötzlich war ich doch befangen, begann zu stottern. Er musste doch verstehen, dass es einem Menschen nicht reichen konnte, immer nur zu malen, zu essen und zu warten. Ich war leer, ich war nur noch eine Hülle. Dabei hatte ich wirklich Talent. Meine Bilder waren so gut geworden, dass die Köchin und das Kleinmädchen die Hände vors Gesicht schlugen, wenn sie eines sahen. Ich hatte etwas gelernt. Und ich würde versuchen, damit Geld zu verdienen.

«Ich muss es ausprobieren», sagte ich fest. «Ich kann nicht ewig so leben.»

Ich rechnete damit, dass er traurig sein, es aber verstehen und mir wahrscheinlich sogar Geld aufdrängen würde. «Ich habe nur eingepackt, was mir auch gehört hat», fügte ich hinzu, als er schwieg, obwohl ich mir sicher war, dass er mir auch die Kleider und den Schmuck schenken wollen würde, schließlich hatte er alles nur für mich gekauft. Geld bedeutete ihm nichts. Aber einfach nehmen wollte ich die Sachen trotzdem nicht.

«Ich habe dir alles gegeben!», sagte er leise. «Wie kannst du so undankbar sein? Ich habe dir *alles* gegeben!»

Erschrocken sah ich ihn an. Auf seiner Stirn begann eine Ader zu pochen. Er war immer so sanft, so ruhig. Ich hatte nicht damit gerechnet, dass er zornig werden würde.

«Du gehst nicht!», brüllte er plötzlich, am ganzen Leib zitternd, und seine Miene veränderte sich von einer Sekunde auf die andere so sehr, dass ich ihn kaum noch erkannte. Er fuhr in die Höhe, packte meinen Koffer, schleifte ihn zurück ins Schlafzimmer, hob ihn hoch und warf ihn dort gegen die Wand, mit einer Kraft, die ich seinem alten Körper niemals zugetraut hätte. Der Koffer öffnete sich mit einem Knall, und meine wenigen Sachen verstreuten sich über den Boden.

Als er sich umdrehte, stolperte er über Kränzchen. Er fluchte, ruderte mit den Armen in der Luft, verlor beinahe den Halt. Ich sah, wie sie zwischen seine Füße geriet, nicht verstand, dass er nicht spielte, und sich zum Spaß in sein Hosenbein krallte. Er packte sie mit beiden Händen, löste sie mit einem Ratschen vom Stoff.

Und dann drehte er ihr den Hals um.

Meine Augen sahen es. Und trotzdem verstand ich nicht, was geschah. Ich schrie gellend.

Frederick ließ Kränzchen auf den Teppich fallen, ohne sie anzusehen.

«Ich habe dir alles gegeben», wiederholte er leise. «Alles, alles habe ich dir gegeben.»

Und ich begriff, wie falsch ich die Situation eingeschätzt hatte. Er war nicht der Mann, für den ich ihn gehalten hatte. Ich hatte seine Einsamkeit unterschätzt, seine Gefühle für mich. Hatte mich selbst nur als eine Art Spielzeug gesehen, etwas, das er sich leistete, weil er es konnte – nicht, weil er es brauchte. Jetzt erst sah ich, dass er mich brauchte.

Er brauchte mich sogar viel mehr als ich ihn.

Und er würde mich nicht einfach so gehen lassen.

Doch ich irrte mich erneut. Frederick trat einen Schritt auf mich zu. «Du willst gehen?», sagte er kalt. «Dann geh. Die Tür steht offen. Das hier ist kein Gefängnis.»

Ich konnte mich nicht rühren. Aus den Augenwinkeln sah ich das tote Kränzchen auf dem Boden liegen.

Frederick musterte mich. «Du willst es alleine schaffen? Es wird keine zwei Wochen dauern, bis du wieder im Rinnstein liegst. Glaubst du wirklich, deine Schmierereien interessieren jemanden? Glaubst du, du kannst damit ein Leben bestreiten?» Ein hohles Lachen drang aus seiner Kehle. «Die Menschen wollen keine Kunst von Frauen. Meinst du, du kannst Miete bezahlen mit *Bildern*?» Er sah mich beinahe mitleidig an. «Für solche wie dich gibt es keinen Weg zurück in die Gesellschaft. Hast du das noch immer nicht begriffen?»

Kränzchen verloren zu haben, war schlimmer als seine Wut, schlimmer als meine Angst. Schlimmer als seine vernichtenden Worte. Ich hatte mein Herz wieder ein kleines Stückchen geöffnet. Und nun lag das Lebewesen, das ich so geliebt hatte, wie ein verdrehter Klumpen auf dem Teppich.

Bevor ich die Wohnung verließ, nahm ich sie hoch und legte sie sanft in ihre leere Hutschachtel. Frederick hielt Wort, versuchte nicht mehr, mich am Gehen zu hindern, sagte nichts mehr, sah mir nur stumm dabei zu, wie ich weinend meine Sachen zurück in den Koffer packte und die Tür hinter mir zu zog.

Dann stand ich wieder auf der Straße.

Hamburg bei Nacht. Es war riesig und dunkel und drückte auf meine Brust.

Ein Schluchzer drang aus meiner Kehle. Er hatte recht. Ich würde es niemals schaffen. Ich war eine Frau, ich hatte nichts. Und mein Talent, von dem ich vorhin noch so überzeugt gewesen war, reichte nicht aus. Es würde mich nicht retten können.

*

Es war Dezember, und damit Domzeit. Ich ging zum einzigen Ort auf der Welt, der mir noch blieb. Zu meiner Familie.

Die Fenster des Budenwagens waren hell erleuchtet. Rauch kräuselte sich aus dem Rohr auf dem Dach. Als ich die Stufen hinaufstieg, fühlte es sich an, als würde ich von einer Welt in eine andere gleiten.

Meine Mutter erkannte mich nicht. Ich sah es genau, es dauerte, bis ihr Blick sich klärte und sie begriff, wer da vor ihr stand. «Alice», flüsterte sie und hob zitternd eine Hand an den Mund.

So kam es, dass Christina verschwand und ich wieder Alice wurde. Zumindest zum Teil.

Jaris und mein Vater saßen am Tisch und aßen zu Abend. Als ich hereinkam, hoben sie die Köpfe, erstarrten gleichzeitig. Einen Moment lang war es vollkommen still in dem kleinen Raum. Dann fuhr Jaris in die Höhe, er schoss auf mich zu und umarmte mich so fest, wie mich in meinem ganzen Leben noch niemand umarmt hatte.

«Wo warst du denn?», flüsterte er.

Ich hatte nichts mitgenommen außer einem Mantel, dem kleinen Koffer und der Schachtel mit Kränzchen. Wortlos gab ich ihm den Karton.

Jaris öffnete ihn, und seinem Gesicht entwich alle Farbe. Er sah mich an, die Augen groß und dunkel. Dann klappte er den Deckel wieder zu. «Ich kümmere mich darum», murmelte er und verschwand nach draußen.

Meine Mutter machte Tee, mein Vater schürte das Feuer im Kamin, legte mir eine Decke um die Schultern. Ich log, wo es nötig war, erzählte das, was ich erzählen konnte. Von den Poggenfuhls, vom Stift. Nichts von Otto oder Pauline und auch nichts davon, was ich in den letzten Monaten erlebt hatte. Sie hätten es niemals verstanden.

Und meine Scham war noch immer zu groß.

Ich lebte wieder bei ihnen, als wäre nichts von alldem je passiert. Christina gab es nicht mehr, und Alice war plötzlich einfach wieder da. Aber nach einer Weile wurde es mir klar. Dass man manchmal nicht zurückkann. Dass es Dinge gibt, die einen für immer verändern. Meine Eltern waren Fremde geworden. Die Vergangenheit würde für immer zwischen uns stehen, umso mehr, weil sie keine Ahnung hatten, was alles vorgefallen war.

Jaris blieb immer bei mir, zu jeder Tages- und Nachtzeit. Er schlief neben mir auf der Küchenbank, flüsterte mir zu, wenn ich Albträume hatte, erzählte mir Geschichten, ließ mich keine Sekunde aus den Augen. Ihm erzählte ich mehr. Aber Otto verschwieg ich auch ihm. Es tat einfach zu weh.

Als das Domfest vorbei war, zogen wir ins Winterquartier. «Was machen wir nur mit dir, was machen wir?», murmelte meine Mutter täglich. Ich war ja fast erwachsen, und ich hatte nichts beizutragen zum Leben hier.

Es war klar, worauf es hinauslaufen würde: Ich brauchte einen Mann. Als meine Eltern schließlich einen für mich fanden, protestierte ich nicht.

Der einzige Widerstand kam von Jaris. «Tu es nicht!», bat er mich eindringlich. «Heirate ihn nicht. Du findest etwas Besseres. Du kannst doch hierbleiben, mit uns arbeiten. Ich kann für uns beide sorgen.»

Doch ich wollte nicht weiter bei meinen Eltern leben. Der Wagen war viel zu klein für uns vier.

Und ich konnte ihnen einfach nicht verzeihen.

Darum heiratete ich einen Mann, den ich nicht kannte. Den ich nie zuvor gesehen hatte und von dem ich nicht viel mehr wusste als den Namen. Henk war freundlich und unsicher. Er beteuerte, wie schön er mich fand, und versprach, dass wir ein glückliches Leben führen würden. Vor dem Altar hielt er meine Hand. Er trug mich über die Schwelle einer kleinen Wohnung im Hinterhof eines Hinterhofes.

Dann begann eine neue Hölle.

1914

27

Er hatte sie nicht zurückgehalten, hatte sie auf dem Friedhof einfach davongehen lassen. Jetzt war sie verschwunden.

Einen Tag nachdem Alice gegangen war, bekam John einen Anruf vom Hotel Atlantic: Seine Zahlungen würden nicht mehr benötigt, der Gast, für den er das Zimmer reserviert hatte, habe das Hotel verlassen. Mit einem tonnenschweren Gefühl im Magen legte er den Hörer auf die Gabel.

Als wollte das Schicksal ihm eins auswischen, entschied seine Mutter am selben Tag, dass sie abreisen würde. «Wenn ich es jetzt nicht einfach tue, schaffe ich es nie», erklärte Gesa sanft, als er zu protestieren versuchte. «Es gibt keinen Grund, die Reise weiter aufzuschieben.»

Nun ging alles so schnell, dass er es nicht fassen konnte, als sich die Tür ein letztes Mal hinter ihr schloss und die Kutsche die Einfahrt hinunterrumpelte. Gesa hatte fast alle ihre persönlichen Sachen mitgenommen, bis auf ihre Abendroben und Festtagskleider waren ihre Schränke leer, im Salon fehlten ihre Bücher und die Stickrahmen, auf der Vitrine die Kinderbilder von Julius, Blanche und ihm selbst, die sie als Andenken eingepackt hatte.

John versuchte, Evelyn zu erreichen. Trotz allem spürte er eine warme Zuneigung zu ihr, wann immer er an sie dachte. Sie fehlte ihm. Aber sie war nicht mehr Gast des Hotels und hatte auch keine Nachricht hinterlassen. Als er es in ihrem Elternhaus probierte, erfuhr er vom Hausmädchen, dass sie nach Davos aufgebrochen war. Es schmerzte tief, dass sie ihm nichts davon gesagt hatte. Er vermutete, dass sie bald schreiben würde, dennoch tat es weh zu wissen, dass sie von nun an getrennte Leben leben würden.

Er fuhr zur Arbeit wie eine Maschine, die jemand zum reibungslosen Funktionieren eingestellt hatte. Abends kam er nach Hause, aß schweigend mit Julius am großen Tisch. Sein Zuhause war ihm ohne die Menschen, die es zu einem Zuhause machten, fremd geworden.

Nichts war, wie es sein sollte.

Alice war bereits seit vierzehn Tagen verschwunden, als Julius beim Frühstück die Zeitung aufschlug und sein Gesicht die Farbe verlor. «Jetzt steht es fest!» Er drehte die *Neue Hamburger Zeitung* so, dass John sie sehen konnte.

Der Krieg ist da!

Die Überschrift prangte in fetten schwarzen Buchstaben auf der Titelseite.

Obwohl er es hatte kommen sehen, obwohl es keine Überraschung war, brauchte er einen Moment, um die Ungeheuerlichkeit der Nachricht in sich einsinken zu lassen. Krieg. Krieg in Europa.

«Oh Gott», sagte John leise.

«Alle sagen, dass er innerhalb weniger Tage entschieden sein wird», gab Julius zu bedenken.

«Wir wissen beide, dass das Schwachsinn ist», erwiderte John nur, und Julius nickte. Ohne es zu merken, hatten sie die Rollen getauscht. «Ein historischer Tag», murmelte er.

Sein Bruder legte die Gabel hin und drehte den Rollstuhl in Richtung Tür. «Ich rufe besser sofort in der Bank an. Jetzt gilt es, keine Minute zu verlieren.»

John bewegte sich nicht. Es schien, als wäre sein Inneres schon zu taub, um noch groß etwas zu fühlen. Er aß weiter, ohne die Zeitung neben sich zu beachten. Das alles würde er noch früh genug erfahren.

Heinrich trat ins Speisezimmer; John bemerkte ihn erst, als er sich räusperte. «Mit Verlaub, Herr Reeven, ich bedaure, Sie beim Frühstück zu stören, aber es ist jemand für Sie an der Hintertür. Der junge Herr Nord.»

Stirnrunzelnd sah John von seinem Pökelfisch auf. «Ach ja?», sagte er erstaunt. «Gut, bitte lassen Sie ihn ein. Ich komme.» Er schob den Stuhl zurück, warf die Serviette hin und stand auf.

Jaris stand in der Küche, die Mütze in den Händen. Als John hereinkam, nickte Alice' Bruder ihm zu, das Gesicht ernst.

«Wo ist sie?», fragte John sofort. «Geht es ihr gut?»

Jaris verschränkte die Arme vor der Brust. «Sie ist bei mir», erwiderte er knapp. «Es geht ihr den Umständen entsprechend.» Bevor John etwas antworten konnte, fuhr er fort: «Ich wollte Ihnen nur mitteilen, dass wir morgen abreisen.»

Schreck durchzuckte ihn wie ein Stromstoß. «Wir?», fragte er mit rauer Stimme.

«Ich gehe auf Tour, mit den Schaustellern. Alice kommt mit mir, wie besprochen. Wir werden zusammen ein neues Leben anfangen; sie, Sala, Rosa und ich.»

Er konnte nichts erwidern.

«Ich weiß nicht, was in diesem Gerichtssaal vorgefallen ist. Aber meine Schwester hat all das, was ihr in jungen Jahren zugestoßen ist, nicht gewollt.»

«Das weiß ich», sagte John leise.

«Sie dafür zu verurteilen, ist falsch.»

«Auch das weiß ich.» Er spürte, wie sich etwas in ihm löste, während er es aussprach, der letzte Rest Verletzung, der noch in seiner Brust gesessen hatte und nicht weggegangen war, obwohl er genau wusste, dass sie nicht anders hätte handeln können. «Es war einfach … ein großer Schock», erklärte er langsam, und zu seiner Überraschung nickte Jaris.

«Das war es für mich auch.» Alice' Bruder musterte ihn schweigend. Dann schien er zu einem Entschluss zu kommen. «Ich bin hier, um Ihnen zu sagen, dass es nur eine Möglichkeit für Sie gibt. Und dass Sie sie besser nutzen sollten.»

«Ach ja?» John blinzelte überrascht. Er hatte keine Ahnung, wovon der Mann sprach. «Wie meinen Sie das?»

Jaris verdrehte die Augen. «Was soll ich schon meinen?», schnappte er barsch. «Sie wird gehen. Sie haben versagt, Henk hat das Sorgerecht, also kann Alice nicht in dieser Stadt bleiben. Es gibt nur einen Weg.» Er legte den Kopf schief und musterte John durchdringend. «Sie müssen mit uns kommen», stellte er fest, mit einem Achselzucken, als wäre es nichts.

John starrte ihn an. Es war so absurd, dass er beinahe aufgelacht hätte. Aber sein Hals war plötzlich wie zugeschnürt.

Sie würde gehen. Es gab keinen anderen Weg für sie. Sie würde für immer aus Hamburg verschwinden, und damit aus seinem Leben.

Seine Gedanken rasten. Tag um Tag hatte er jede nur erdenkliche Möglichkeit durchgespielt, wie er Alice und Rosa in sein Leben einfügen könnte. Worüber er nie nachgedacht hatte, war die Möglichkeit, dass sein Leben in Hamburg vorbei sein könnte.

Dass *er* sich in *ihr* Leben einfügen würde.

Seine Familie war ihm unter den Händen weggebrochen. Julius brauchte ihn nicht. Blanche brauchte ihn nicht. Gesa brauchte ihn nicht. Niemand hier brauchte ihn.

«Warum tun Sie das?», fragte er leise. «Warum wollen Sie mir helfen?»

Jaris schnaubte entrüstet. «Ich mache das nicht für Sie, da können Sie Gift drauf nehmen. Ich mache das für Alice. Weil ich will, dass meine Schwester endlich glücklich wird.» Beinahe wütend blickte er auf seine Arbeiterstiefel. Aber als er weitersprach, klang seine Stimme nicht mehr ganz so hart. «Und anscheinend kann sie das nicht ohne Sie.»

John schluckte schwer. Ihn durchfuhr der Gedanke, dass dies vielleicht der entscheidendste Moment in seinem Leben war. Und dass er ihn diesem Mann zu verdanken hatte. «Würden Sie bitte hier warten?»

«Worauf?» Erstaunt sah Jaris ihn an.

John drehte sich um. «Auf mich. Ich hole meinen Mantel. Wir nehmen mein Automobil.»

*

Schweigend fuhren sie durch die Straßen, Alice' Bruder saß mit verschränkten Armen neben John und starrte aus dem Fenster. Trotzdem merkte er, wie sehr Jaris das Fuhrwerk begeisterte, immer wieder schweifte sein Blick wie magnetisch angezogen über die Armaturen.

«Siebzig PS», erklärte John nach einer Weile, ohne den Blick von der Straße zu nehmen, und Jaris nickte, halb abweisend, halb anerkennend.

«Vielleicht können Sie ihn irgendwann einmal fahren. Wenn Sie möchten.»

«Vielleicht», sagte Jaris nach einem Moment der überraschten Stille. Seine Stimme war immer noch alles andere als freundlich.

Aber es war ein Anfang.

Sie glitten durch die Stadt, und John kam es vor, als sähe er alles um sich herum mit anderen Augen. Hamburg war ihm immer wie der Mittelpunkt der Welt erschienen, hier war alles, was er brauchte, alles, was er wollte. Hier lagen seine Wurzeln, Generationen seiner Familie hatten hier gelebt und waren hier gestorben. Keine Sekunde hatte er jemals darüber nachgedacht, diese Stadt zu verlassen.

Seine Hände krampften sich um das Lenkrad. Er fuhr viel zu schnell, gleichzeitig fürchtete er sich vor dem Moment, wenn er ankommen und ihr gegenüberstehen würde. Die ganze Zeit hatte er befürchtet, dass sich sein Blick auf sie verändern würde. Jetzt hatte er Angst davor, dass *sie* ihn anders sah als zuvor.

Jaris, Sala, Alice und Rosa wohnten in einer Mietskaserne nicht weit entfernt von der Werkhalle, in der er Alice vor nicht allzu langer Zeit beim Malen beobachtet hatte. Es fühlte sich an, als wäre es Jahre her.

«Ich mache jetzt Henks alten Job.» Jaris grinste verhalten. «Wie das Leben manchmal so spielt.»

«Wenn Sie wieder in der Brauerei anfangen möchten, sind Sie jederzeit willkommen.»

Jaris schüttelte den Kopf. «Unsere Zeit in Hamburg ist vorbei», antwortete er fest und stieg aus dem Wagen. «Ich schicke sie runter.»

John hatte das Gefühl, vor Anspannung zu zittern. Irgendwann trat Alice aus dem Haus. Sie trug ein neues, hellblaues

Kleid, die Haare fielen ihr offen über den Rücken. Zögernd kam sie auf ihn zu. Mit ihrem Anblick verschwand auch der letzte Überrest seiner diffusen Angst, dass er sie nicht als sie selbst sehen und ihre Vergangenheit seinen Blick auf sie verstellen würde.

Alice war Alice. Nichts würde daran jemals etwas ändern.

John lief ihr entgegen, blieb ein paar Schritte von ihr entfernt stehen. «Ich wusste nicht, wo ich dich finden kann.»

Sie nickte nur. Ihr Gesicht war blass, die grünen Augen leuchteten hell.

«Ich weiß nicht, was ich …», begann er unbeholfen, und als er gleich wieder abbrach, sah er, wie Resignation die Anspannung in ihrer Miene ablöste.

Einen Moment standen sie voreinander und schwiegen.

«Es tut mir leid, dass du mir nicht die Wahrheit sagen konntest. Es muss schrecklich gewesen sein, das alles allein mit dir herumzutragen. Aber du hattest recht: Ich hätte es nicht verstanden.»

Abwartend sah Alice ihn an. Sie sagte kein Wort.

«Von dem Mann, der dich damals aus seinem Büro werfen wollte, ist nicht mehr viel übrig. Er hat einiges dazugelernt in den letzten Monaten.» John versuchte ein Lächeln.

Alice wartete weiter ab, und er schluckte, sein Hals schien ihm zu eng zum Atmen. Es war zu spät, sie wollte ihn nicht mehr.

«Es tut mir leid», sagte er noch einmal.

«Weißt du eigentlich, dass wir uns vor ein paar Jahren schon einmal begegnet sind?», fragte sie plötzlich, und der Klang ihrer Stimme löste ein sehnsüchtiges Ziehen in ihm aus. Gott, er hatte sie so vermisst.

Als ihm klar wurde, was sie gesagt hatte, gab er einen überraschten Laut von sich. «Daran würde ich mich erinnern.»

Sie schüttelte den Kopf. «Das glaube ich nicht. Ich habe damals ein Kostüm getragen – und du hattest zu viel getrunken.» Alice beobachtete ihn aufmerksam. Der Wind verfing sich in ihren Haaren. «Sie ist perfekt», sagte sie leise. «Aber Sie lieben sie nicht.»

Für einen Augenblick verschlug es John die Sprache. Hatte er wirklich so verblendet sein können? Er brauchte lange, um sich wieder zu sammeln. «Nun», sagte er endlich mit belegter Stimme. «Damals war ich ziemlich wütend auf diese dreiste Wahrsagerin, die mir diese Unverschämtheit ins Gesicht geschleudert hat.»

Ihre Mundwinkel zuckten, trotz der Traurigkeit in ihrem Blick. Diese Augen, dachte er. Sie hatten ihn seit der ersten Begegnung nicht mehr losgelassen.

«Aber im Nachhinein muss ich sagen, dass die Wahrsagerin recht hatte.» Vorsichtig fasste er ihre Hände.

Er hatte Evelyn oft gesagt, dass er sie liebte. Zu seinem großen Erstaunen stellte er fest, dass es ihm viel schwerer fiel, diese Worte auszusprechen, wenn er sie wirklich meinte. Zumindest bei einem Menschen, dem er es noch nie gesagt hatte, obwohl er es schon sehr lange fühlte.

«Alice. Ich liebe dich. Ich liebe dich, immer schon.» Behutsam drehte er ihre Finger, sodass sie sich mit den seinen verschlangen. «Jetzt ist Krieg. Ich kann nicht einfach die Stadt verlassen. Ich könnte jederzeit eingezogen werden. Und ich darf Julius nicht mit allem alleine lassen, nicht von heute auf morgen.»

Sie nickte, als hätte sie nichts anderes erwartet. Enttäuschung zuckte über ihr Gesicht.

Bevor sie sich entziehen konnte, sprach er weiter. «Aber», sagte er hastig und ließ nicht zu, dass sie seine Hände losließ.

«Sobald der Krieg vorbei ist, komme ich nach. Vollkommen gleichgültig, wo ihr seid. Ich komme nach.» Noch nie war er sich einer Sache so sicher gewesen. Er hatte es endlich verstanden, was sie für ihn bedeutete. «Ich kann überall arbeiten. Wir suchen einen Ort, an dem wir bleiben wollen. Egal, wie lange es dauert. Und wenn du nirgends bleiben möchtest, ist es auch in Ordnung. Es ist mir egal.» Er sah sie an, suchte in ihrem Gesicht nach der Reaktion, die er sich erhoffte. «Ich finde eine Lösung.»

«Was?», fragte sie leise, ungläubig.

«Ich komme mit euch», wiederholte er und holte tief Luft. Angespannt musterte er ihr Gesicht. «Wenn du es willst.»

Eine Ewigkeit lang reagierte sie nicht. Sie sah ihn nur an, mit einem leichten Stirnrunzeln. Es kam ihm vor, als hinge an einem einzigen Seil alles, was ihm in diesem Leben etwas bedeutete. Und dieses Seil drohte, jeden Augenblick zu zerreißen.

«Natürlich will ich das», sagte sie schließlich mit einem leichten Kopfschütteln, als wäre er schwer von Begriff.

Dann lachte sie.

Und sie lachen zu sehen, war alles, was er je gewollt hatte.

John verbrachte die nächsten Stunden mit ihr und Rosa in der kleinen Küche des Mietshauses. Immer wieder musste sie seinen Arm fassen, ihn anschauen, ihn küssen, sich klarmachen, dass er wirklich hier war.

Nachdem er gegangen war, blieb dieses neue, warme Summen in ihr. Die letzten Tage hatte sie in einem einzigen Wirrwarr der Gefühle verbracht. Dass Rosa wieder bei ihr war, ließ sie alles ertragen: den Ausgang der Gerichtsverhandlung, sogar die Tatsache, dass eingetroffen war, wovor sie sich am meisten gefürchtet hatte – ihr Geheimnis war verraten worden. Die Menschen hatten erfahren, wer sie wirklich war. Und John hatte sie abgelehnt. Obwohl sie all das ertrug, war da diese tiefe Traurigkeit darüber gewesen, dass die Vergangenheit für immer definieren sollte, wer sie war. Dass sie ihr den einzigen Mann nahm, den sie jemals geliebt hatte. Obwohl sie nie eine Wahl gehabt hatte.

Aber sie hatte sich in ihm getäuscht.

Da war dieses neue, warme Summen in ihm. Nicht einmal der Anblick der leeren Reeven-Villa konnte etwas daran ändern. Sie gehörten zusammen, hatten die ganze Zeit zusammengehört. Nur hatte er es erst jetzt wirklich begriffen. Alice ging es gut, sie hatte alles, was sie brauchte. Und dadurch hatte er alles, was er brauchte. Es erstaunte ihn, wie einfach es war.

Aber so war es.

Nachdem er die Halle betreten hatte wie immer, seinen Hut abgelegt hatte wie immer, Heinrich seinen Mantel gereicht hatte wie immer, ging John auf direktem Weg nach oben ins Dachgeschoss.

«Julius», sagte er, sobald er eingetreten war und sein Bruder von seinen Zeitungen zu ihm aufsah. «Ich muss mit dir sprechen.»

Er hatte sich entschieden. Hamburg war seine Heimat. Aber sein Zuhause war es nicht mehr.

Sein Zuhause war sie.

28

Samstags wurde gemeinsam gefrühstückt, das war in der Reeven-Villa seit jeher Sitte und Tradition.

Julius rollte aus dem Ascenseur hinaus und den Flur entlang in Richtung des Esszimmers. In Gedanken war er bei den Akzeptkrediten. Es war Krieg. Die Bank würde unglaubliche Summen an Russland verlieren. Er verfluchte seinen Bruder dafür, dass er nicht auf ihn gehört hatte, dass er immer meinte, es besser zu wissen, auch wenn er es eben *nicht* besser wusste. Nun war der Krieg da, er stand buchstäblich vor der Tür, und die Lage hätte so anders aussehen können, hätten sie die Bank geleitet, wie er es vorgehabt hatte. Trotzdem war er noch immer erfüllt von Euphorie. John würde ihm seine Anteile abtreten, er hatte es am Abend zuvor aus heiterem Himmel verkündet. Der Schrecken über die Nachricht, dass sein Bruder vorhatte, Hamburg zu verlassen, sobald sich die Weltlage beruhigte, war unter diesem Triumph vollkommen untergegangen. Sollte John nur machen. In dieser Stadt war ohnehin nur Platz für einen Reeven. Julius' Plan hatte funktioniert, John zog sich zurück, schon sehr bald würde er die Bank alleine leiten. Er wusste, dass er es schaffen würde. Es war alles, was er immer gewollt hatte.

Im Esszimmer schlug ihm die Stille entgegen wie eine Wand. Verdutzt hob Julius den Blick, hielt im Türrahmen an. Es roch nach Eiern und Speck, aber auf dem Tisch stand nur ein einziges Gedeck. Das Buffet, auf dem sich sonst die Speisen auf den Warmhalteplatten stapelten, war leer. Nicht einmal den Blumenschmuck gab es, der sonst in der Mitte des Tisches thronte. Mit Verwunderung wurde ihm klar, dass niemand ihn bestellt hatte. Es war schlicht niemand mehr da, den es kümmerte.

Langsam rollte er ans Tischende.

Heinrich kam herein, ein Tablett in der einen, die Kaffeekanne in der anderen Hand. «Guten Morgen.» Der Diener lächelte verhalten. «Da Sie heute alleine speisen, hat sich das Personal erlaubt, das Essen in der Küche warm zu halten.» Er stellte einen Teller mit Fisch und Eiern vor ihn. «Ich bringe Ihnen sofort die Wecken.»

«Wo ist John?»

Seit Gesas Abreise hatten sein Bruder und er jeden Morgen zusammen gefrühstückt. Obwohl sie sich anschwiegen, in die Zeitungen starrten und wortlos ihren Kaffee tranken, war es doch etwas anderes, als ganz allein hier zu sitzen.

«Ihr Bruder ist sehr früh schon ausgefahren, er hatte etwas zu erledigen», erwiderte Heinrich freundlich.

Julius nickte, sein Hals fühlte sich plötzlich an wie zugeschnürt. Mechanisch griff er nach seiner Post, die wie sonst neben dem Teller auf einem kleinen Silberschälchen lag.

Draußen sang eine Amsel.

Es ist niemand mehr hier, dachte er und aß eine Gabel Rührei.

Bald bin ich vollkommen allein in diesem Haus.

29

Der Schaffner schob die Tür auf. «Guten Tag, Madame. Dürfte ich Ihre Fahrkarte kontrollieren?»

Mit einem Lächeln reichte Alice ihm die Billetts.

Der Mann musterte sie kurz, nickte dann und reichte sie ihr zurück. «Wie lautet Ihr Name?»

Alice sah zu ihm auf. «Christina», sagte sie fest. «Mein Name ist Christina Nord.» Sie glaubte nicht, dass Henk über die Stadtgrenzen hinaus nach ihr und Rosa suchen würde. Aber man konnte nie wissen.

Der Schaffner nickte freundlich. «Vielen Dank, Madame Nord. Wir wünschen Ihnen und Ihrer Tochter eine angenehme Reise!»

Alice ging zum geöffneten Fenster des Abteils und lehnte sich hinaus. Rosa trat neben sie, stellte sich auf die Zehenspitzen, um über den Fensterrand zu schauen.

John stand auf dem Bahnsteig, eine große Gestalt in Mantel und Hut. Um ihn her wurde Gepäck eingeladen, Männer riefen sich Befehle zu. Es gab nur zwei Waggons für Passagiere, der Rest des Zuges war beladen mit riesigen Fahrgestellen, die, zerlegt in ihre Einzelteile, überall ins Land geliefert werden wurden, zu den Jahrmärkten und Volksfesten.

Alice betrachtete John. Sie wusste, er würde sich nicht von der Stelle bewegen, bis der Zug außer Sichtweite war. Auch er suchte sie mit den Augen, und als er sie entdeckt hatte, glitt Erleichterung über seine Miene. Er hob die Hand, sie sah, wie er versuchte zu lächeln und es ihm nicht gelang. Sie mussten sich wieder trennen, jetzt, wo sie sich endlich, endlich gefunden hatten.

In diesem Moment kam eine Böe auf, sie packte Johns Hut, riss ihn ihm vom Kopf. Bevor er ihn zu fassen bekam, wurde der Hut in die Höhe gewirbelt und verschwand hinter dem Dach des Bahnhofs. Stirnrunzelnd sah John ihm nach. Auch Alice hob überrascht den Blick in den Himmel. Da war plötzlich etwas Kaltes im Wind.

Etwas Raues, das von Norden kam.

Am Horizont ballten sich schwere Wolken zusammen. Sie spürte, wie die Böen auch an ihr zu zerren begannen, ihre Haare packten, gierig an ihnen zogen. Mit einem Schaudern drückte Alice Rosa an sich. Dieses Mal nicht, dachte sie.

Dieses Mal kriegst du uns nicht.

Mit einem Rucken fuhr der Zug an. Rosa winkte aufgeregt. Alice hielt seinen Blick, solange sie konnte. Als er verschwand, schloss sie das Fenster mit einem Knall, sperrte den Nordwind draußen aus, wo er wütend gegen die Scheiben drückte, sie aber nicht erreichen konnte.

«Wohin fahren wir, Mama?»

«Irgendwohin.» Alice setzte sich neben Rosa auf die Bank, sah auf sie hinunter. «Es ist ganz egal. Solange wir zusammen fahren.»

Rosa nickte ernst, musterte sie, als würde sie die Tragweite dieser Worte tatsächlich verstehen. Plüsch klemmte unter ihrem Arm.

Die Männer fuhren in den Betriebswagen, auch Jaris. Aber Sala saß ihr gegenüber, sie fing ihren Blick auf und lächelte warm. Alice beugte sich vor, nahm kurz ihre Hand und drückte sie.

Dann lehnte sie sich zurück und schaute aus dem Fenster. Sie ließen Hamburg bereits hinter sich, das Land öffnete sich, wurde hell und grün. Der Wind hatte die Wolken fortgeschoben. Da war plötzlich Licht im Norden. Es breitete sich ungehindert aus und überflutete die Felder, sie konnte die Elbe sehen, die Marsch. Der Zug ratterte landeinwärts, sie spürte die Stahlmassen unter sich beben, die sie in ein neues Leben trugen.

Der Krieg würde nur ein paar Wochen dauern, das sagten alle, und sie klammerte sich an diese Hoffnung. John würde nachkommen. Sie würden zusammen sein. Alice würde niemals eine Heimat haben, einen Ort, an den sie gehörte. Das hatte sie akzeptiert. Aber sie hatte Menschen, die zu ihr gehörten. Menschen, die bleiben würden.

Sie schloss die Augen. Sie atmete ein. Sie atmete aus.

Bald würde sie wieder Alice Nord heißen.

Und wäre das erste Mal in ihrem Leben eine freie Frau.

Liebe Leserinnen und liebe Leser,

nach dieser absorbierenden Zeitreise ins Hamburg zu Beginn des 20. Jahrhunderts und einem intensiven Schreibprozess tauche ich auf und finde mich in unserer Welt wieder. Ich danke Ihnen, dass Sie mich auf dieser Reise begleitet haben! Es hat mir Freude gebracht, mich aber manchmal auch vor Herausforderungen gestellt, Alice, John und Julius, Rosa, Jaris und Sala und all die anderen Figuren zu entwickeln und zu formen, ihnen beizustehen, wenn sie sich veränderten, mit und an ihnen zu wachsen und ihrer Geschichte und ihrer Liebe Leben einzuhauchen.

Wie in allen meinen Büchern verwende ich viel Sorgfalt und Recherche, um eine Geschichte zu schreiben, die zwar fiktiv, aber dennoch möglichst realistisch die Lebensbedingungen der Zeit widerspiegeln soll. Dass meine «Nordwind»-Saga doch dunkler geworden ist, als ich es ursprünglich einmal im Sinn hatte, ist der Historie selbst geschuldet – an die ich mich gehalten habe. Ich hoffe, dass Sie genügend lichte Momente in meinem Roman gefunden haben, um am Ende auch ein wenig Hoffnung für Alice, John, Rosa und alle anderen zu schöpfen!

Wie bereits in meinem Nachwort zum ersten Band, «Im Nordwind», erwähnt, entstammt die Inspiration für Alice' Kindheit und Jugend dem Roman «Tagebuch einer Verlorenen» von Margarete Böhme (1905). Diese Erzählung hat mich tief beeindruckt und mir einen unvergleichlichen Einblick in die Zeit und die damaligen Gepflogenheiten ermöglicht. Nicht nur Ottos Schicksal ist diesem Roman nachempfunden. Auch für Alice' Erlebnisse bei Pauline Modersson diente mir das Buch als Vorlage. Gönner wie Frederick, die ihre Mätressen bezahlten, ihnen Unterkunft und Verpflegung zur Verfügung stellten, gab es nicht nur im «Tagebuch einer Verlorenen», sondern auch in der Realität.

Bei der Beschreibung von Alice' Zeit bei den Poggenfuhls hat mir das Buch «Erlebnisse eines Hamburger Dienstmädchens» von Doris Viersbeck (1910) geholfen, zu einer möglichst authentischen Darstellung zu finden.

Das Frauenstift der Schwestern, in das Alice gebracht wird, nachdem sie von der Polizei aufgegriffen wurde, existierte in dieser Form in Hamburg nicht, es ist fiktiv. Dass «gefallene Frauen» in ähnlicher Situation wie Alice in vergleichbare Einrichtungen gebracht wurden, vermeintlich, um sie zu besseren Menschen umzuformen, ist allerdings nicht ausgedacht, sondern war für viele Frauen bittere Realität. Ein strenges Regiment und drakonische Strafen gehörten zum Alltag. Alice' Erlebnisse in dem Stift entstammen verschiedenen Zeuginnenberichten von Frauen, deren Leben von diesen traumatisierenden Erfahrungen geprägt wurde.

Das Hamburger Waisenhaus, in dem Alice ihre Tochter Rosa glücklicherweise wiederfindet, hatte eine lange Vorgeschichte. Nachdem beim großen Brand 1842 das Hamburger Rathaus den Flammen zum Opfer gefallen war, wurde kurzerhand das damalige Waisenhaus in der Admiralitätsstraße umgenutzt – die Kinder wurden stattdessen im St.-Johannis-Kloster in Harvestehude untergebracht. Lange wurde im Senat debattiert, ob es überhaupt ein neues Waisenhaus geben sollte. Schließlich entschied man sich für einen Neubau auf der gerade erst erschlossenen Uhlenhorst. 1858 zogen die ersten Kinder in der Averhoffstraße (zu der Zeit Schulweg) ein. Viele von ihnen waren aber gar keine Waisen: Für das Jahr 1903 sind nur 91 Vollwaisen verzeichnet, von 258 Kindern lebte noch ein Elternteil, und von 374 lebten sogar noch beide. Die Eltern waren aus verschiedenen Gründen, meist Armut oder Krankheit, nicht in der Lage, sich selbst um ihre Kinder zu kümmern. Da diese wegen ihrer schwierigen Familienverhältnisse als «gefährdet» galten, wurden sie besonders streng erzogen, uniform gekleidet und mussten deutlich disziplinierter auftreten als andere Gleichaltrige, sodass sie bei Ausflügen in die Stadt sofort auffielen. Matthias Schmoock schreibt in dem Buch «Hamburgs verschwundene Orte»: «Die Kinder wurden als ‹Zöglinge› angesehen und zu Disziplin und Anspruchslosigkeit erzogen. Dazu gehörten ein einfacher, eintöniger Speiseplan, monotone Arbeiten und ein minimales Freizeitprogramm.»

Das Lepraheim bei Memel in Ostpreußen, dem heutigen Klaipėda in Litauen, wo Theodor Obhut findet, war im 20. Jahrhundert das einzige verbliebene Leprosenhaus in Europa. Dort wurden Erkrankte aus dem gesamten Deutschen Kaiserreich untergebracht und strikt isoliert. Auch Schwester Emilie, die sich rührend um Theodor kümmert und Gesa bei ihrem ersten Besuch in Empfang nimmt, hat eine historische Vorlage: die Diakonin Emilie Uszkoreit, die ab 1907 in dem Heim lebte und sich zusammen mit einer weiteren Schwester um die Patient*innen kümmerte. Tatsächlich hielten sich einige der Bewohner*innen vor ihren Besucher*innen verborgen – die provisorische Wand, hinter der Gesa auf Theodors Wunsch bleiben muss, ist aber einer Quelle über eine andere Leprakolonie entnommen.

Mein Dank gilt meiner Lektorin Iris Homann, die meine Manuskripte immer noch viel besser macht; meiner Agentin Dorothee Schmidt, die nicht nur die beste Plotterin ist, sondern auch sehr gut im Beruhigen verzweifelter Autorinnen; meiner Lektorin Hanne Reinhardt, die eine wunderbare Art hat, Texte mit zarter Hand zu formen; und meinen Testleserinnen Rebekka Frank und meiner Mutter, die beide unglaublich schnell lesen und unglaublich hilfreiche Ideen haben, um meine Story rundzumachen. Ich danke den Mitarbeiter*innen im Rowohlt Verlag, die einfach schöne Bücher herstellen, tolles Marketing machen, für die Pressearbeit alle Kanäle nutzen und im Vertrieb jeden Hebel in Bewegung setzen. Ich danke dem Argon Verlag und der Sprecherin Tanja Fornaro für die bezaubernden Hörbücher. Ich danke den vielen Buchhändler*innen, Blogger*innen und Rezensent*innen, die meine Romane mit so großem Interesse, mit Offenheit und Zuwendung aufnehmen, dass ich völlig überwältigt bin. Und vor allem danke ich Ihnen, liebe Leser*innen, dass Sie bereit sind, Ihre Zeit mit Alice und John zu teilen und in diese dramatische Geschichte mit mir einzutauchen. Ohne Sie alle würde es meine Bücher nicht geben.

Ihre Miriam Georg

Verwendete Fremdtexte

S. 83 ff.: *Der Anker. Internationale Schausteller-Zeitung. Offizielles Fachorgan des Internationalen Vereins reisender Schausteller und Berufsgenossen und des gesamten Reisestandes.* 8. Jahrgang Nr. 13. Hamburg, den 21. März 1908

S. 126 ff.: *Schule anno 1900 – Schulmuseum im Internet.* https://schulefrueher.jimdofree.com, abgerufen im Frühjahr 2024

S. 239 f.: Dr. med. W. Gebhardt: *Praktische Anleitung zum imponierenden Auftreten im gesellschaftlichen und öffentlichen Leben. Eine Anweisung zur Korrektur allerlei körperlicher und geistiger Mängel und Fehler, zur Beseitigung von Schönheitsfehlern aller Art, sowie zur Erlangung angenehmer Umgangsformen und weltmännischer Vollkommenheit in Haltung, Gang und Gebärden.* Modern-Medizinischer Verlag F. W. Gloeckner & Co., Leipzig o. J.

S. 499: Diese berührende Inschrift fand ich bei einem meiner Spaziergänge auf dem Ohlsdorfer Friedhof.

S. 550: *Neue Hamburger Zeitung*, 19. Jahrgang, 3.8.1914, S. 1

Hamburg-Uhlenhorst
Averhoffstraße. Behörde für öffentliche Jugendfürsorge

Bildnachweis

S. 570: Das Hamburger Amtsgericht am Sievekingplatz aus der Vogelperspektive. commons.wikimedia.org/wiki/File:Hamburg_NARA-68154993.jpg/U.S. National Archives and Records Administration/PD

S. 571: Die Einweihung des Lepraheims bei Memel in Ostpreußen, heute Klaipėda in Litauen. de.wikipedia.org/wiki/Lepraheim_Memel#/media/Datei:Einweihung_Lepraheim_Memel.jpg/Illustrirte Zeitung, Nr. 2929, 17. August 1899 (Archiv der Arbeitsgemeinschaft der Memellandkreise e.V., Werner Boes)

S. 572: Das Hamburger Waisenhaus auf der Uhlenhorst in der Averhoffstraße. Postkarte, nach 1908. Nach: Matthias Schmoock: *Hamburgs verschwundene Orte. Überraschende Geschichten aus der Hansestadt.* Mit Fotografien von Andreas Laible. Hamburger Abendblatt in Kooperation mit Bast Medien GmbH, Überlingen 2. Aufl. 2021, S. 130/Privatarchiv

S. 573: Eine Mädchengruppe beim Essen im Hamburger Waisenhaus. Aus: Johannes Petersen (Hg.): *Die hamburgische Waisenpflege im Jahre 1904. Festschrift zur Feier des dreihundertjährigen Bestehens des hamburgischen Waisenhauses.* Verlagsanstalt und Druckerei A.-G., Hamburg 1904, S. 19

Weitere Titel

Die Hamburger Auswandererstadt

Das Tor zur Welt: Träume

Das Tor zur Welt: Hoffnung

Die Nordwind-Saga

Im Nordwind

Im Nordlicht

Eine hanseatische Familiensaga

Elbleuchten

Elbstürme